AU BORD DE LA RIVIÈRE

DU MÊME AUTEUR

Saga LE PETIT MONDE DE SAINT-ANSELME :

Tome I, *Le petit monde de Saint-Anselme, chronique des années 30*, roman, Montréal, Guérin, 2003.

Tome II, *L'enracinement, chronique des années 50*, roman, Montréal, Guérin, 2004.

Tome III, *Le temps des épreuves, chronique des années 80*, roman, Montréal, Guérin, 2005.

Tome IV, *Les héritiers, chronique de l'an 2000*, roman, Montréal, Guérin, 2006.

Saga LA POUSSIÈRE DU TEMPS :

Tome I, *Rue de la Glacière*, roman, Montréal, Hurtubise, 2005, format compact, 2008.

Tome II, *Rue Notre-Dame*, roman, Montréal, Hurtubise, 2005, format compact, 2008.

Tome III, *Sur le boulevard*, roman, Montréal, Hurtubise, 2006, format compact, 2008.

Tome IV, *Au bout de la route*, roman, Montréal, Hurtubise, 2006, format compact, 2008.

Saga À L'OMBRE DU CLOCHER :

Tome I, *Les années folles*, roman, Montréal, Hurtubise, 2006, format compact, 2010.

Tome II, *Le fils de Gabrielle*, roman, Montréal, Hurtubise, 2007, format compact, 2010.

Tome III, *Les amours interdites*, roman, Montréal, Hurtubise, 2007, format compact, 2010.

Tome IV, *Au rythme des saisons*, roman, Montréal, Hurtubise, 2008, format compact, 2010.

Saga CHÈRE LAURETTE :

Tome I, *Des rêves plein la tête*, roman, Montréal, Hurtubise, 2008, format compact, 2011.

Tome II, *À l'écoute du temps*, roman, Montréal, Hurtubise, 2008, format compact, 2011.

Tome III, *Le retour*, roman, Montréal, Hurtubise, 2009, format compact, 2011.

Tome IV, *La fuite du temps*, roman, Montréal, Hurtubise, 2009, format compact, 2011.

Saga UN BONHEUR SI FRAGILE :

Tome I, *L'engagement*, roman, Montréal, Hurtubise, 2009.

Tome II, *Le drame*, roman, Montréal, Hurtubise, 2010.

Tome III, *Les épreuves*, roman, Montréal, Hurtubise, 2010.

Tome IV, *Les amours*, roman, Montréal, Hurtubise, 2010.

Saga AU BORD DE LA RIVIÈRE :

Tome I, *Baptiste*, roman, Montréal, Hurtubise, 2011.

Tome II, *Camille*, roman, Montréal, Hurtubise, 2011.

Michel David

AU BORD
— DE LA —
RIVIÈRE

TOME 2. CAMILLE

Roman historique

Hurtubise

Catalogage avant publication de Bibliothèque et Archives nationales du Québec et Bibliothèque et Archives Canada

David, Michel, 1944-2010

    Au bord de la rivière

    L'ouvrage complet comprendra 4 v.

    Sommaire: t. 1. Baptiste – t. 2. Camille.

    ISBN 978-2-89647-506-3 (v. 1)

    ISBN 978-2-89647-521-6 (v. 2)

    I. Titre. II. Titre: Baptiste. III: Camille.

PS8557.A797A9 2011   C843'.6   C2011-940353-6
PS9557.A797A9 2011

Les Éditions Hurtubise bénéficient du soutien financier des institutions suivantes pour leurs activités d'édition:

- Conseil des Arts du Canada;
- Gouvernement du Canada par l'entremise du Fonds du livre du Canada (FLC);
- Société de développement des entreprises culturelles du Québec (SODEC);
- Gouvernement du Québec par l'entremise du programme de crédit d'impôt pour l'édition de livres.

Graphisme de la couverture: René St-Amand
Illustration de la couverture: Luc Normandin
Maquette intérieure et mise en pages: Andréa Joseph [pagexpress@videotron.ca]

Copyright © 2011, Éditions Hurtubise inc.
ISBN 978-2-89647-521-6 (version imprimée)
ISBN 978-2-89647-608-4 (version numérique PDF)
ISBN 978-2-89647-832-3 (version numérique ePub)

Dépôt légal: 4ᵉ trimestre 2011
Bibliothèque et Archives nationales du Québec
Bibliothèque et Archives Canada

Diffusion-distribution au Canada:
Distribution HMH
1815, avenue De Lorimier
Montréal (Québec) H2K 3W6
www.distributionhmh.com

Diffusion-distribution en Europe:
Librairie du Québec/DNM
30, rue Gay-Lussac
75005 Paris FRANCE
www.librairieduquebec.fr

Imprimé au Canada
www.editionshurtubise.com

Je suis un fils déchu de race surhumaine,
Race de violents, de forts, de hasardeux,
Et j'ai le mal du pays neuf, que je tiens d'eux.

Alfred DesRochers
À l'ombre de l'Orford

Les principaux personnages

Rang Saint-Jean

La famille Beauchemin

Marie et Baptiste Beauchemin : cultivateurs âgés respectivement de 51 et 53 ans et parents de : Camille (28 ans, célibataire), Donat (25 ans, époux d'Eugénie âgée de 24 ans et père du petit Alexis de 9 mois), Emma (23 ans, épouse de Rémi Lafond âgé de 26 ans et mère de Flore (5 ans) et Joseph (2 ans) habitant plus loin sur le rang Saint-Jean), Xavier (22 ans, célibataire résidant au bout du rang Sainte-Ursule), Hubert (21 ans, célibataire) et Bernadette (20 ans, célibataire)

La famille Connolly

Liam Connolly : cultivateur veuf âgé de 37 ans et père d'Ann (13 ans), Patrick (11 ans), Duncan (10 ans) et Rose (6 ans)

Tancrède Bélanger : époux d'Émérentienne et voisin des Lafond

Conrad Boudreau : un des premiers cultivateurs arrivés dans la région, époux d'Amanda et voisin immédiat des Beauchemin

Constant Aubé : cultivateur, meunier, sellier et cordonnier

Joseph Gariépy : cultivateur, époux d'Anne-Marie, voisin immédiat des Beauchemin

Cléomène Paquette : cultivateur, époux d'Aurélie

Éloi Provost : un des premiers cultivateurs arrivé dans la région, époux de Marthe

John White : cultivateur

Rang Sainte-Ursule

Xavier Beauchemin : cultivateur célibataire de 22 ans récemment établi dans le rang Sainte-Ursule

Laura Benoît : veuve de 47 ans, mère de Cyprien (25 ans, époux de Marie-Rose) et de Catherine (20 ans, célibataire)

Anatole Blanchette : cultivateur et membre du conseil

Évariste Bourgeois : forgeron

Angèle Cloutier : veuve âgée d'une cinquantaine d'années, occupant le terrain voisin de chapelle en bas de la côte

Antonius Côté : cultivateur, membre du conseil et père de Martial

Télesphore et Alexandrine Dionne : propriétaires du magasin général et parents d'Angélique

Samuel Ellis : cultivateur âgé de 49 ans, époux de Bridget (également ménagère du curé), membre du conseil et père de quatre enfants

Thomas Hyland : membre du conseil, tanneur, cultivateur, propriétaire de la scierie et père de Bert et Mathilda

Joshua Gunn : cultivateur, époux de Mary et père de onze enfants

Antonin Lemoyne : homme engagé de Xavier Beauchemin

Alcide Proulx : cultivateur, époux d'Angelina

Rang Saint-Paul

Céleste Comtois : joueuse de clavecin

Aurélie Jutras : fille d'Adjutor, cultivateur

Aurélien Migneault : cultivateur, père de treize enfants dont le petit Joseph

Autres

Mathilde Beauchemin : sœur de Baptiste, aussi nommée
sœur Marie-du-Rosaire

Amable Fréchette : fils d'Artémise et prétendant de
Bernadette

Gustave Joyal : originaire de Saint-Pierre-de-Sorel, homme
engagé des Beauchemin

Ignace Houle : homme engagé des Beauchemin

Anthime Lemire : organisateur de la campagne d'Edward
John Hemming dans les paroisses de Sainte-Monique et
Saint-Zéphirin

Hormidas Meilleur : facteur

Agénor Moreau : bedeau et père de Delphis

Charles-Omer Ouellet : curé de la mission Saint-Bernard-
Abbé

Eugène Samson : docteur de Saint-Zéphirin

Chapitre 1

Une bonne nouvelle

En cette fin d'après-midi de mai, le soleil faisait miroiter le ruban argenté de la Nicolet de l'autre côté de la route, en face de la ferme de Baptiste Beauchemin. L'air était doux et une petite brise agitait les nouvelles feuilles des érables et des peupliers qui montaient la garde devant l'imposante maison en pierre du rang Saint-Jean. Depuis le début du mois, le temps clément avait permis aux cultivateurs de la région de redresser leurs clôtures et d'épierrer leurs champs. Le temps était déjà venu de préparer les labours.

Un vol d'oies blanches s'abattit soudainement sur le champ, entre la route et la rivière, devant la maison. Leurs criailleries réveillèrent en sursaut Baptiste, assis dans sa chaise berçante, sur la galerie. La bouche tordue, il fixa de son unique œil ouvert les grands oiseaux blancs. Sa main droite se crispa à plusieurs reprises sur la couverture qui lui couvrait les jambes et un borborygme étouffé sortit de sa bouche d'où s'écoula un peu de salive.

L'homme de cinquante-trois ans en paraissait vingt de plus. L'attaque dont il avait été victime au jour de l'An, quatre mois plus tôt, l'avait transformé en impotent pitoyable dont les siens devaient s'occuper comme d'un enfant. Entièrement paralysé du côté gauche et aphasique, le maître des lieux était maintenant incapable de satisfaire ses moindres besoins. On avait du mal à se rappeler que l'infirme décharné recroquevillé dans sa chaise berçante était encore, quelques mois auparavant, un robuste cultivateur au verbe haut dont l'ambition semblait sans limites.

Baptiste Beauchemin avait été, sans contredit, l'homme le plus important de Saint-Bernard-Abbé. Président du conseil des syndics, maître d'œuvre et organisateur électoral d'Edward John Hemming, le député conservateur de Drummond, il était parvenu à créer une école de rang et à faire construire une chapelle. Il avait été l'instigateur de la pétition soumise à l'évêque de Trois-Rivières, feu monseigneur Thomas Cooke, et son successeur, monseigneur Laflèche, avait accepté d'instituer la mission Saint-Bernard-Abbé quelques mois plus tard.

Maintenant, Baptiste ne quittait plus son lit que pour sa chaise berçante qu'on installait indifféremment dans la cuisine d'été ou sur la galerie pour profiter du soleil.

Revenant du jardin, sa femme entra dans la maison après avoir vérifié qu'il ne manquait de rien. Des éclats de voix lui firent tourner la tête vers la remise. Elle savait que son fils aîné et leur nouvel employé y travaillaient depuis le début de l'après-midi.

— Maudit sans-génie! T'as mis de la graisse partout! s'écria Donat Beauchemin sur un ton rageur. Donne-moi ça et va me chercher un madrier derrière la grange.

Âgé de vingt-cinq ans, le fils aîné de Baptiste Beauchemin était un homme trapu au visage énergique. La patience n'était pas sa vertu première. L'employé lui tendit le seau de graisse et sortit de la remise sans se presser.

— Grouille-toi, Gros-Gras, bonyeu! Je passerai pas la journée à t'attendre, lui ordonna-t-il, furieux.

Le jeune homme grassouillet accéléra à peine le pas.

Ignace Houle s'était présenté à la ferme des Beauchemin du rang Saint-Jean au début du mois d'avril, en pleine saison des sucres, quand tous les habitants de la maison étaient débordés de travail. Il avait offert ses services comme homme engagé et Marie l'avait embauché, même s'il ne lui avait pas donné l'impression d'être particulièrement vaillant. En fait, le garçon de dix-huit ans en faisait le moins possible et il fallait continuellement lui pousser dans le dos pour le faire travailler. De plus, il avait un air sournois assez déplaisant que la femme de Baptiste Beauchemin avait mis sur le compte de la timidité.

Donat se plaignait de lui dix fois par jour, répétant sans cesse à sa mère qu'il fallait mettre à la porte ce paresseux et trouver quelqu'un d'autre pour l'aider sur la ferme. Mais, en ce printemps 1871, les ouvriers agricoles ne couraient pas les chemins. Avant de renvoyer celui qu'il appelait Gros-Gras, on devait s'assurer de lui trouver un remplaçant.

Au moment où Donat arrivait à la porte de la remise pour houspiller encore une fois son employé, il vit sa sœur Bernadette entrer dans la cour de la ferme.

La jeune fille avait retiré son chapeau de paille et tenait à la main le sac en cuir qui lui avait été offert par Constant Aubé l'année précédente. L'institutrice de vingt ans était toujours aussi jolie avec ses yeux pers, ses traits fins et son épaisse chevelure brune bouclée.

La porte moustiquaire claqua et Marie Beauchemin apparut sur la galerie. La mère de famille de cinquante et un ans avait passablement vieilli durant le dernier hiver et les mèches blanches s'étaient multipliées dans le chignon de la petite femme bien en chair.

— J'espère que t'as pas enlevé ton chapeau depuis que t'es partie de l'école, dit-elle à sa fille cadette sur un ton désapprobateur. Je t'ai dit cent fois que le soleil est pas bon pour la peau.

— Bien non, m'man, je viens juste de l'ôter parce que j'ai trop chaud, répondit l'institutrice.

— T'arrives juste à temps. Avant de venir nous aider dans le jardin, jette donc un coup d'œil à Alexis, en haut. S'il est réveillé, descends-le et ramène-le avec toi.

— Camille et Eugénie peuvent pas vous donner un coup de main ? demanda-t-elle, exaspérée. Je suis fatiguée de ma journée.

— On est dans le jardin depuis la fin de l'avant-midi. Ta sœur vient juste de partir pour aller chez les Connolly. On a presque fini. Viens nous aider. Un peu d'ouvrage dehors te tuera pas.

Bernadette monta les trois marches conduisant à la galerie et déposa un baiser distrait sur une joue de son père avant de pénétrer dans la cuisine d'été où on avait enfin installé un poêle deux jours auparavant. La jeune femme monta à l'étage et changea de robe avant d'ouvrir doucement la porte de la pièce voisine de sa chambre pour voir si son neveu de neuf mois était réveillé. L'enfant ouvrit les yeux en l'apercevant et lui adressa son plus charmant sourire en lui tendant les bras.

La fille cadette des Beauchemin ne résista pas. Elle prit Alexis dans ses bras ainsi qu'une couverture et sortit de la maison. Elle poussa la porte du jardin et déposa le bébé par terre sur la couverture. Sa mère leva la tête et jeta un coup d'œil à son petit-fils.

— Voyons, Bedette ! s'exclama-t-elle. Où est-ce que t'as la tête ? Tu lui as pas mis son bonnet avant de sortir. Il va attraper mal aux oreilles. Et en plus, je suis prête à gager que t'as même pas regardé s'il avait la couche pleine...

— Il s'est pas sali, m'man.

— Il est mouillé, constata Eugénie en soulevant son fils et en se dirigeant déjà vers la porte du jardin.

— Perds pas trop de temps, on n'a pas fini, lui dit sa belle-mère, une main contre ses reins pour les soulager.

— Il y a pas le feu, madame Beauchemin, fit Eugénie sur un ton excédé avant d'emporter son fils vers la maison.

— Elle, je commence à pas aimer pantoute le ton qu'elle prend pour me parler, dit Marie assez fort pour être entendue par sa fille.

Le comportement de l'épouse de Donat avait progressivement changé au cours des derniers mois. À son avis, le fait que son mari fût maintenant le seul homme de la maison à travailler la terre lui conférait un statut nouveau dans la maison. C'était Donat qui exploitait la ferme depuis l'attaque qui avait terrassé son père, et la jeune femme au chignon noir acceptait de moins en moins d'être bousculée par sa belle-mère.

Dans l'intimité de leur chambre à coucher, Eugénie Guérin ne se gênait pas pour faire remarquer à son mari que sa famille serait bien mal prise s'il n'était pas là et que ce n'était pas sa mère et ses deux sœurs qui seraient en mesure de cultiver la terre des Beauchemin.

— On dirait qu'elles comprennent pas que c'est une charité qu'on leur fait de tous les garder, lui avait-elle encore chuchoté la veille en s'habillant pour la nuit.

— Whow! avait fait Donat, stupéfait que sa femme ose dire cela. Tu débordes! La terre est à mon père et il est pas encore mort. Ça fait que ma mère, mon père et mes sœurs sont chez eux ici dedans.

— Mais c'est toi qui fais tout le gros ouvrage, avait-elle protesté, persuadée d'avoir raison.

— T'oublies que ma mère et mes sœurs font leur large part. Il y a personne chez nous qui reste à rien faire.

— Ta mère... avait-elle commencé.

— Laisse ma mère tranquille, lui avait-il sèchement ordonné. Ma mère en a gros sur les bras avec le père qui est plus capable de prendre soin de lui. Donne-lui une chance de respirer un peu, bonyeu! Il me semble que c'est pas trop demander.

— En tout cas, je te le dis tout de suite que j'en ai assez de recevoir des ordres du matin au soir, comme si j'étais une servante.

La petite femme au visage pointu s'était tue, mais il était évident qu'elle avait hâte de devenir la véritable maîtresse de la maison, un titre qu'elle estimait devoir lui revenir.

Ce soir-là, après le souper, Donat se fit aider par Ignace pour transporter son père sur la galerie avant d'envoyer son employé atteler le boghei pour que les femmes de la maison puissent aller en voiture à la croix de chemin plantée près du pont, sur le terrain de Tancrède Bélanger. Comme tous les soirs depuis le début du mois de mai, les gens se rassemblaient là pour la récitation du chapelet.

— Vous pourriez bien venir avec nous autres, déclara Marie en constatant que les deux hommes n'avaient pas l'intention de les accompagner.

— On n'aurait pas assez de place dans la voiture, m'man, répondit Donat en allumant sa pipe. En plus, il faut ben que quelqu'un reste avec p'pa et le petit.

— Et toi, Ignace ? insista la maîtresse de maison, l'air sévère.

— Moi, madame Beauchemin, j'aime mieux dire mon chapelet tranquillement dans ma chambre, répondit l'employé bien dodu sur un ton qui laissait nettement entendre qu'il n'en faisait rien.

— Pour moi, tu dois en sauter des bouts, le taquina Bernadette.

— Bedette, mêle-toi de tes affaires, la réprimanda sa mère en vérifiant du bout des doigts l'état de son chignon. Il est libre de faire ce qu'il veut. Après tout, s'il a pas peur de l'enfer, c'est son affaire.

L'employé la regarda, les yeux ronds, apparemment incapable de comprendre pourquoi on le menaçait des flammes de l'enfer.

— Donnez-moi une minute, je monte avec vous autres, intervint Camille en déposant son linge à vaisselle près du poêle pour le faire sécher.

— Les enfants vont pas au chapelet à soir ? lui demanda sa mère.

— J'ai oublié de le leur demander, m'man.

Il s'agissait des quatre enfants de Liam Connolly, un jeune veuf qui demeurait quelques fermes plus loin dans le rang Saint-Jean. Depuis l'automne précédent, l'aînée de la famille Beauchemin avait continué de veiller sur Ann, Duncan, Patrick et Rose en s'échappant de la maison paternelle quelques heures deux ou trois fois par semaine. Elle suivait de près le travail scolaire des deux garçons âgés de dix et onze ans et voyait à aider l'aînée, Ann, à cuisiner et à prendre soin de la petite Rose.

Camille allait célébrer son vingt-neuvième anniversaire dans moins de deux mois. La célibataire n'était peut-être pas aussi jolie que ses sœurs Emma et Bernadette, mais son visage rond était éclairé par des yeux bruns pleins de douceur. Solidement bâtie, elle ne craignait pas les longues journées de travail. Tous les membres de la famille lui reconnaissaient un cœur d'or et c'était ce qui l'avait poussée à venir en aide aux enfants de Liam Connolly.

La jeune femme n'était pas naïve au point de ne pas se rendre compte que le veuf de trente-sept ans avait des vues sur elle depuis plusieurs mois, mais elle avait tenu à ce qu'il respecte la parole donnée à son père lorsqu'elle était venue s'occuper de ses enfants la première fois. Il avait été entendu qu'il éviterait d'être présent à la maison lors de ses visites pour ne pas donner lieu aux racontars.

Par contre, l'Irlandais avait profité de la maladie de Baptiste pour apparaître une ou deux fois par semaine chez les Beauchemin sous le prétexte de prendre des nouvelles du malade. À chaque occasion, il venait seul et discutait longuement avec les occupants de la maison, quittant rarement des yeux une Camille qui commençait à voir clair dans son jeu.

— J'ai dans l'idée qu'il t'haït pas pantoute, avait fini par lui dire sa mère, qui avait, elle aussi, remarqué le manège du voisin.

— C'est pas mon problème, m'man, avait rétorqué la célibataire, apparemment insensible aux attentions du veuf.

— Il te ferait un bon parti, avait insisté Marie.

— Je tiens pas pantoute à me marier, avait-elle laissé tomber sur un ton indifférent.

En fait, Camille se méfiait de l'homme. Elle le trouvait un peu trop doucereux en présence d'étrangers, alors que par ailleurs elle l'avait surpris une fois en train de battre ses enfants. La scène l'avait marquée au point qu'à chacune de ses visites elle les examinait sans en avoir l'air pour s'assurer qu'il ne les avait pas frappés de nouveau. Chaque fois qu'elle les avait interrogés sur l'origine de marques qu'ils portaient, ces derniers lui avaient donné des explications embarrassées.

La jeune femme venait à peine de rejoindre sa mère, Bernadette et Eugénie déjà sur la galerie que la voiture de Liam Connolly s'arrêta dans la cour. Le père ordonna à ses quatre enfants de ne pas bouger et descendit de la carriole pour aller saluer Donat et Baptiste, qui souleva un peu sa main non paralysée en signe de reconnaissance.

— Je m'en allais au chapelet avec les enfants, expliqua-t-il. Est-ce que quelqu'un veut monter avec nous autres ? J'ai encore une place, offrit le visiteur en regardant Camille avec insistance.

— Vous êtes bien fin, Liam, mais comme vous pouvez le voir, le boghei est déjà attelé, répondit Camille. On va vous suivre.

— Comme vous voudrez, dit l'Irlandais, apparemment dépité, en soulevant son chapeau pour saluer tous les gens présents.

— Est-ce que je peux monter avec vous ? demanda Ignace.

— Si le cœur t'en dit, fit le veuf sans aucun enthousiasme en s'emparant des guides après être remonté dans sa carriole.

Pendant que les quatre femmes prenaient place dans leur boghei, Connolly mit son attelage en marche et quitta la cour des Beauchemin.

— Il a du front tout le tour de la tête, lui, de venir t'offrir de monter avec lui, fit remarquer Bernadette à sa sœur, qui tenait les rênes.

— Les enfants sont dans la voiture, dit Camille.

— Ça fait rien, intervint sa mère, c'est une affaire qui se fait pas. Il a pas pensé à ce que le monde aurait dit en te voyant arriver avec lui.

Camille ne se donna pas la peine de répondre. Elle tourna la tête à gauche pour regarder la roue à aubes du moulin à bois de Hyland, de l'autre côté de la rivière. À droite, si elle se fiait à ce qu'elle voyait, Conrad Boudreau et John White avaient déjà commencé leurs labours du printemps. Puis Camille aperçut au loin de nombreux véhicules qui encombraient le chemin au bout du rang.

— Pour moi, on est mieux de laisser la voiture chez Emma, suggéra sa mère qui avait vu la même chose qu'elle.

Sa fille ne dit rien, mais quelques instants plus tard elle entra dans la cour de la ferme voisine de celle de Tancrède Bélanger et immobilisa le cheval près de la galerie où était assis son beau-frère Rémi en train de bercer son petit Joseph.

— Dites-moi pas que vous venez me débarrasser de ma femme? dit le jeune cultivateur aux quatre femmes en train de descendre de voiture. Elle s'en vient.

— On va se dépêcher à te la ramener après le chapelet, répondit sa belle-sœur Bernadette, moqueuse. Comme on te connaît, tu serais le premier à venir brailler si on te la ramenait pas.

Emma sortit de la maison en finissant de placer son chapeau.

— Je t'ai entendu, Rémi Lafond, fit la petite femme blonde qui, malgré quelques livres de plus, ressemblait beaucoup à sa sœur Bernadette. Je viens de coucher Flore. Relève-la pas aussitôt que je vais avoir le dos tourné. Sinon, quand je vais revenir du chapelet, tu vas avoir affaire à moi, le menaça-t-elle pour plaisanter.

Sur cette remarque, les femmes quittèrent la cour de la ferme à pied et parcoururent la courte distance qui les séparait de la croix du chemin près de laquelle une petite foule s'était déjà regroupée en cette belle soirée de printemps.

— C'est pas encore commencé, fit remarquer Bernadette. Pour moi, monsieur le curé est pas arrivé.

— Pendant que j'y pense, lui dit sèchement sa mère, arrange-toi donc pour te tenir loin d'Amable Fréchette pendant le chapelet.

— Pourquoi vous me dites ça, m'man?

— Je suis pas aveugle, Bedette Beauchemin! répliqua sa mère, l'air sévère. Depuis le commencement de la semaine, vous arrêtez pas de vous faire des clins d'œil pendant le chapelet. S'il t'intéresse tant que ça, ce garçon-là, t'as juste à l'inviter à venir veiller au salon.

L'arrivée du curé Ouellet à bord du boghei conduit par son bedeau poussa les paroissiens de Saint-Bernard-Abbé à se rapprocher de la croix de chemin que la femme de Tancrède Bélanger avait fleurie le matin même. Le prêtre avait passé un surplis blanc sur sa soutane noire. La petite assemblée s'écarta pour le laisser se rendre jusqu'au pied de la croix. L'air affable, l'homme de Dieu salua au passage plusieurs de ses paroissiens.

Charles-Omer Ouellet s'agenouilla dans l'herbe, imité immédiatement par les fidèles. Il se signa et entreprit d'une voix forte la récitation du chapelet. À le voir afficher une humeur aussi agréable, il était difficile d'imaginer qu'il se trouvait là contre sa volonté.

À dire vrai, décider le pasteur à venir réciter le chapelet chaque soir du mois de mai à la croix du chemin n'avait pas été une mince affaire. Il avait même fallu un vote du conseil des syndics pour lui forcer la main.

Quand le curé Ouellet avait prévenu ses ouailles que la récitation du chapelet allait avoir lieu à sept heures à la chapelle, chaque soir du mois de mai, comme dans les paroisses voisines, les gens avaient fait pression sur les syndics pour le persuader de la nécessité de poursuivre la tradition de cette récitation à la croix du chemin.

— On n'est pas une paroisse, nous autres, avait protesté la femme de Tancrède Bélanger. On est juste une mission. Je vois pas pourquoi on devrait s'enfermer dans la chapelle pour le chapelet. On l'a toujours récité à la croix du chemin.

Beaucoup de gens ne s'étaient pas gênés pour l'approuver ouvertement, même si la plupart savaient fort bien qu'Émérentienne Bélanger disait cela pour ne pas perdre son rôle d'hôtesse puisque la croix était sur la terre de son mari.

Si Baptiste avait encore été président du conseil, il n'aurait probablement pas mis de gants blancs pour faire savoir au prêtre que les gens du rang Saint-Jean et même ceux du rang Saint-Paul allaient s'entêter et qu'il n'attirerait que les habitants du rang Sainte-Ursule où la chapelle était située. Il aurait argué que tout cela ne ferait que générer du mécontentement et diviser la paroisse.

Finalement, Samuel Ellis, le nouveau président du conseil, était venu rencontrer le curé Ouellet pour l'inciter à renoncer à son projet en lui promettant que les gens de Saint-Bernard-Abbé allaient accepter plus facilement le changement l'année suivante quand ils se seraient habitués à l'idée. Comme le prêtre ne l'avait guère cru, il avait fallu une réunion spéciale du conseil. Les quatre syndics avaient voté contre sa décision et le pasteur avait dû plier devant la volonté générale.

À la fin de la prière, Marie fut surprise d'apercevoir le visage énergique surmonté de l'épaisse chevelure noire et bouclée de son fils Xavier. Ce dernier s'approcha d'elle alors que Bernadette s'écartait de quelques pas pour s'entretenir avec un garçon âgé d'une vingtaine d'années qui tentait de se donner des allures de conquérant en retroussant les pointes de son épaisse moustache noire.

— Sainte bénite ! s'exclama Marie. C'est bien la première fois qu'on te voit venir prier depuis le commencement du mois, dit-elle à Xavier.

— J'ai trop d'ouvrage à faire, m'man, s'excusa son fils cadet. À soir, j'arrive de Sainte-Monique et j'avais dans l'idée d'arrêter voir p'pa avant de rentrer. Mais là, avec toutes les voitures de travers dans le chemin, il y avait pas moyen de passer.

— Si je comprends bien, t'es venu au chapelet forcé, fit sa mère.

— C'est un peu ça, admit le jeune homme.

— En tout cas, viens à la maison, ça va faire l'affaire de ton père d'avoir un peu de visite. Je pense qu'il trouve les journées pas mal longues à rien faire.

Une ride profonde se creusa dans le front du jeune homme de vingt-deux ans. Il ne s'était toujours pas pardonné sa bouderie qui l'avait poussé à se soustraire à la bénédiction paternelle au jour de l'An passé. Il se sentait en partie responsable de l'attaque subie par son père cette nuit-là. S'il ne s'était pas entêté à ne pas assister au souper familial sous le prétexte que ses parents avaient refusé leur porte à Catherine Benoît qu'il continuait à courtiser malgré leur désapprobation, son père ne serait peut-être pas un infirme, croyait-il.

— Bon, on va y aller, déclara sa mère en faisant signe à Bernadette de la rejoindre. En passant, dis à Camille qu'on rentre.

Xavier aperçut sa sœur aînée, tenant la main de la petite Rose, en grande conversation avec Ann Connolly pendant que le veuf écoutait en compagnie de ses deux fils. Il s'approcha du petit groupe.

— Bonsoir, monsieur Connolly. Camille, m'man veut rentrer, dit-il.

— J'arrive, fit-elle en se penchant pour embrasser Rose avant de saluer la famille Connolly et de suivre son frère.

— Tiens, Gros-Gras, t'étais là, toi aussi, fit Xavier en apercevant l'employé de son père. On dirait ben que ma mère est en train de faire de toi un bon chrétien, ajouta-t-il, moqueur.

Ignace haussa les épaules, toujours un peu intimidé par la stature de Xavier qui le dépassait d'une demi-tête.

— Tu marches ou t'embarques avec moi ?

— J'embarque si t'as de la place, répondit l'homme engagé.

— Beau dommage ! Je suis pas pour te laisser t'épuiser sur le chemin à manger la poussière des voitures, répliqua un Xavier hilare, au courant de la tendance à la paresse de son passager.

Xavier arriva le premier à la ferme paternelle, probablement parce que les femmes s'étaient un peu attardées chez Emma en allant récupérer le boghei. Il trouva Donat assis avec son père sur la galerie. Il attacha sa bête à la balustrade avant de rejoindre les deux hommes. Sans dire un mot, Ignace pénétra dans la maison avec l'intention de gagner sa chambre.

— Comment ça va aujourd'hui, p'pa ? demanda-t-il à son père qui le fixait de son unique œil ouvert.

Il lui répondit d'un bredouillement à peine audible.

— T'es allé au chapelet ? s'étonna son frère.

— Disons que je suis arrivé à la moitié. Je m'en venais vous voir, mais le chemin était encombré de voitures à la sortie du pont et j'aurais été un peu trop remarqué par tout le monde en virant de bord sans m'arrêter pour prier.

— Est-ce que ta maison avance ?

— Ça s'en vient doucement, on a fini de creuser la cave et le solage est fait.

— Aussitôt que je vais avoir une chance, je vais aller te donner un coup de main, lui promit son frère aîné.

— Il y a rien qui presse, déclara Xavier. Là, je suis comme toi, il faut que je laboure. Mais cette année, c'est plus encourageant que l'année passée. Après avoir autant bûché, Antonin et moi, on a fini par défricher presque toute la terre qui donne sur la rivière. On avait commencé à essoucher l'automne passé. On a presque fini. Si je me trompe pas, on va être bons pour finir avant la fin du mois. La maison va passer après.

— C'est comme tu veux. T'auras juste à me faire signe quand tu seras prêt.

— Aujourd'hui, j'avais affaire à Sainte-Monique et je suis arrêté au moulin. Le père Boisvert me devait deux poches de farine pour le bois que je lui ai fourni au mois d'avril. Je te dis qu'il était pas à prendre avec des pincettes, le bonhomme.

— Je vois pas ce qu'il y a de surprenant là-dedans. Il est toujours en joualvert contre tout le monde, fit son frère. Il crie du matin au soir.

— Ben là, il a une autre raison de se lamenter, affirma Xavier avec un petit rire. Tenez-vous ben, dit-il en s'adressant autant à Donat qu'à son père, il paraîtrait que votre voisin, Conrad Boudreau, aurait vendu à quelqu'un son champ qui donne sur la rivière.

— Hein! À qui?

— Le bonhomme le sait pas. Par contre, vous devinerez jamais ce qui s'en vient à côté de chez vous.

— Quoi?

— Un moulin, mon frère! dit Xavier sur un ton triomphant.

— Un moulin à bois? s'étonna Donat.

— Non, un moulin à farine.

La main à demi valide de Baptiste se mit à battre en cadence sur le bras de sa chaise berçante et il hocha la tête à plusieurs reprises pour marquer sa joie.

— Si ce que tu viens de dire là est vrai, c'est la meilleure nouvelle depuis longtemps, affirma Donat en allumant sa pipe. On rit pas. Un moulin à farine dans le rang, ça veut dire qu'on a fini de courir à l'autre bout du monde pour faire moudre notre récolte et pour une fois...

Il y eut un court silence meublé par l'arrivée du boghei.

— Envoye! dis-le, ordonna un Xavier goguenard à son frère. Tu t'en allais dire que pour une fois un commerce s'installait ailleurs que dans Sainte-Ursule...

— Ben, c'est sûr que ça nous fera pas brailler, admit Donat en se levant pour aller dételer la Noire. Il était temps qu'une bonne nouvelle nous arrive, pas vrai, p'pa? ajouta-t-il à l'intention de son père.

Ce dernier hocha la tête en émettant quelques bruits.

Les ombres s'allongeaient et le soleil était à la veille de disparaître à l'horizon.

— Il commence à faire cru, déclara Marie en montant sur la galerie. Je pense qu'on est mieux de rentrer votre père avant qu'il attrape du mal. Il est encore trop de bonne heure pour le coucher. On va l'installer dans la cuisine.

Xavier se leva et Camille s'avança pour l'aider à soulever leur père.

— Laisse faire, lui ordonna son jeune frère, contente-toi de m'ouvrir la porte.

Sur ces mots, il souleva sans mal son père et le transporta dans ses bras jusqu'à sa chaise berçante placée près du poêle, dans la cuisine.

— Blasphème! on peut pas dire que vous perdez votre temps, dit le jeune homme en regardant autour de lui après avoir déposé doucement son père. Vous avez déjà fini votre barda du printemps.

— Et le jardin est prêt, intervint Bernadette.

— Et on a fini de ramasser les pierres hier, ajouta Camille en enlevant son chapeau.

— Il me faudrait une couple de créatures comme vous autres pour venir faire le ménage dans ma cabane, dit Xavier en riant. Une chatte y retrouverait pas ses petits.

— Vous avez pas d'excuses, fit sa mère, sévère. Vous êtes juste deux là-dedans. Vous avez qu'à vous ramasser un peu.

— Vous savez ce que c'est, m'man, plaida-t-il. On travaille toute la journée comme des bœufs et on n'a pas le goût pantoute de faire du ménage quand on rentre après une journée d'ouvrage.

— À ce moment-là, t'as pas le choix, fit Bernadette. Il va falloir que tu te maries.

Sa mère lui lança un regard furieux et s'empressa de changer de sujet. Quand son fils lui eut appris que Conrad Boudreau aurait vendu le champ sur le bord de la rivière à quelqu'un qui entendait bâtir un moulin à farine, la quinquagénaire fut aussi heureuse de la nouvelle que son mari et Donat.

— Reste à savoir si c'est vrai, cette histoire-là, intervint Donat en entrant dans la maison après avoir conduit la Noire dans l'enclos.

— On va ben voir ce qui va arriver, conclut Xavier. Bon, je m'ennuie pas, mais j'ai une bonne journée d'ouvrage qui m'attend demain, poursuivit-il en embrassant sa mère sur une joue.

— Essaye au moins de venir nous voir le dimanche, lui dit sa mère sur un ton de reproche.

— Je vais faire tout mon possible, m'man, promit-il.

Depuis le début du mois de mars, la mère de famille avait remarqué que son fils cadet espaçait ses visites de plus en plus. Chaque fois qu'elle lui en faisait le reproche, il trouvait toujours une excellente excuse. Elle se doutait bien qu'il y avait du Catherine Benoît derrière tout ça et cela la mettait en colère, colère qu'elle tourna contre Bernadette ce soir-là.

— Bernadette Beauchemin, l'apostropha-t-elle dès que la voiture de son fils eut quitté la cour de la ferme, que je te voie plus parler de mariage à ton frère, m'entends-tu ?

— Voyons, m'man, pourquoi ?

— Seigneur que t'as pas de tête ! s'écria Marie. Je suppose que tu serais fière de le voir marier l'espèce de dévergondée avec qui il va veiller ?

— Mais m'man, il y a rien qui dit qu'il continue à fréquenter Catherine Benoît.

— Moi, je peux te dire que ça continue, cette affaire-là, rétorqua Marie. Angèle Cloutier a entendu Cyprien Benoît le dire au magasin général pas plus tard que la semaine passée.

Un silence pesant accueillit la mauvaise nouvelle.

La fille de feu Léopold Benoît avait quitté Saint-Bernard-Abbé à l'automne 1869, enceinte des œuvres de l'employé des Benoît, si on en croyait la rumeur. La nouvelle s'était répandue comme une traînée de poudre à travers ce qu'on appelait à l'époque la concession, et on avait espéré ne plus jamais revoir cette Jézabel dans la région. Or, six mois plus tard, la jeune fille avait refait surface chez ses parents dont on ne s'était pas privé de critiquer le laxisme. La conséquence de ce retour ne s'était pas fait attendre. Les Benoît, déjà montrés du doigt, avaient été mis au ban de la communauté. Cet ostracisme n'avait été levé que durant quelques jours, le temps de veiller au corps de Léopold Benoît.

— Bondance ! comme s'il pouvait pas en fréquenter une autre ! se plaignit Marie.

— Parlant de fréquentations, m'man, Amable Fréchette m'a demandé s'il pouvait venir veiller samedi soir, reprit Bernadette.

— C'est correct, accepta sa mère. Tu verras à épousseter le salon comme il faut avant qu'il arrive. Je connais Artémise Fréchette, elle va se dépêcher à demander à son garçon si tout était bien propre chez nous.

— C'est pas la poussière qu'il vient voir, m'man, c'est moi, protesta la jeune institutrice. À part ça, je me suis dépêchée de l'inviter avant que Camille s'installe dans le salon.

— Pourquoi j'irais m'installer là ? lui demanda sa sœur aînée en levant le nez de la jupe qu'elle avait entrepris de repriser.

— Parce que le beau Liam va bien finir par vouloir te parler dans le blanc des yeux plutôt que de s'asseoir avec tout le monde dans la cuisine, répondit sa cadette sur un ton narquois.

— Ça risque pas d'arriver, fit Camille.

— Si t'as besoin de conseils pour attirer les beaux hommes, t'as juste à venir me voir, reprit sa sœur en adoptant une allure aguichante, une main sur sa taille cambrée, ce qui fit froncer les sourcils de sa mère.

— Bedette, quand est-ce que tu vas vieillir ?

— Il y a rien qui presse, m'man, déclara cette dernière dans un éclat de rire. Bon, je monte me coucher. J'ai de l'école demain.

Moins d'une heure plus tard, on décida de se mettre au lit. Donat se leva et s'approcha de l'horloge pour en remonter le mécanisme. Il posait ce geste depuis l'attaque de son père et cela lui conférait d'une certaine façon le titre de chef de la famille. Ensuite, il souleva son père avec l'aide de sa sœur Camille et tous les deux le transportèrent jusqu'à son lit avant de se retirer pour la nuit.

Eugénie attendait son mari au pied de l'escalier en brandissant une lampe à huile et elle le précéda jusqu'à leur petite chambre à coucher située à l'étage. Dès que Donat eut refermé la porte sur eux, elle se prépara pour la nuit après avoir vérifié si Alexis dormait bien dans son petit lit placé dans un coin de la chambre. La pièce n'était pas conçue pour abriter trois personnes et ils étaient réellement à l'étroit.

— Dire qu'on pourrait être installés dans la grande chambre en bas, murmura-t-elle pour ne pas réveiller le bébé.

— Comment ça ? lui demanda son mari à voix basse.

— Ce serait normal qu'on soit en bas, c'est toi qui fais marcher la ferme.

— Dis donc pas n'importe quoi, lui ordonna Donat, agacé. Tu sais ben que c'est pas possible avec mon père arrangé comme il est. Il manquerait plus qu'on leur demande ça. Ma mère en a déjà assez sur le dos. Elle est poignée pour s'en occuper à cœur de jour. Elle doit l'habiller, le laver, le faire manger. Il manquerait plus qu'on essaie de leur arracher leur chambre, à cette heure.

— Je parle pas de la chambre, ça peut encore attendre. Je parle du reste.

— Quoi, du reste ?

— De la terre et de la maison.

— C'est leur terre et leur maison, ici dedans.

— Je le sais, mais les choses ont changé depuis l'hiver. Il serait temps que tu commences à leur parler de se donner à toi, poursuivit Eugénie. Ton père peut plus rien faire et ta mère vieillit.

— Ils voudront jamais, déclara Donat en se glissant sous les couvertures.

— Ils voudront peut-être pas, mais ils ont pas le choix, conclut la petite femme en soufflant la lampe.

Eugénie connaissait son homme. La graine était semée. Elle savait que son idée allait faire son chemin et qu'il finirait par réagir. Elle allait y voir et n'avait pas l'intention de continuer à supporter encore longtemps de se faire houspiller par sa belle-mère, qui la traitait presque en étrangère, dans une maison qu'elle considérait maintenant comme la sienne. Pour ses belles-sœurs, rien ne pressait. Elle les aimait bien, mais il ne faudrait tout de même pas qu'elles s'incrustent trop longtemps. Bernadette ne servait pas à grand-chose pendant une bonne partie de l'année parce qu'elle enseignait, mais elle sentait que la présence prolongée de Camille pourrait l'empêcher de prendre le contrôle de la maisonnée.

Chapitre 2

Un nouveau rôle

Une dizaine de jours plus tard, Marie fut réveillée un peu après cinq heures par le bruit de la pluie qui balayait la fenêtre de sa chambre. Elle se leva dans le noir et quitta la pièce sans faire de bruit après avoir enfilé une épaisse veste de laine. Elle alluma une lampe et passa dans la cuisine d'été pour faire chauffer le poêle et préparer du thé. Le silence de la maison à une heure aussi matinale n'était troublé que par le grondement des flammes dans le poêle et la pluie qui tombait sur l'avant-toit.

Elle se lava rapidement et retourna dans la chambre en portant un broc d'eau chaude destiné à la toilette de son mari. Après s'être habillée, elle le rasa et le lava avant de lui passer difficilement ses vêtements.

— Ça va être un vendredi pas mal tranquille, lui dit-elle à mi-voix, il mouille. Une chance que Donat a fini les labours hier. Cette pluie-là va faire du bien. Elle va faire entrer le fumier dans la terre, comme t'as toujours dit. Là, il est temps que j'aille réveiller les enfants. Prends patience, on va venir te chercher dans quelques minutes.

Sur ces mots, elle quitta la chambre et monta à l'étage pour aller frapper doucement à la porte de ses enfants et d'Ignace, désirant éviter de réveiller Alexis. Elle descendit ensuite pour commencer à dresser le couvert.

— Va chercher les vaches, ordonna-t-elle à l'employé dès qu'il entra dans la cuisine d'été.

Peu après, Eugénie et Bernadette firent leur apparition dans la pièce, suivies par Donat et Camille portant leur père qu'ils déposèrent dans sa chaise berçante.

— Cette pluie-là arrive juste à temps, déclara Donat en se plantant devant la fenêtre après avoir chaussé ses bottes.

Déjà, un petit jour gris chassait l'obscurité de la nuit. Bernadette et Camille mirent de vieux manteaux et sortirent derrière leur frère pour l'aider à faire le train pendant qu'Eugénie et sa belle-mère se mettaient à la préparation du déjeuner.

Au retour des siens, Marie déposa un plat de crêpes et une omelette sur la table pendant que sa bru tranchait le pain. La maîtresse de maison récita le bénédicité et Camille, assise à la droite de son père, la devança en commençant à nourrir lentement son père. On mangea en silence autour de la table. Ignace Houle se goinfrait, comme il le faisait la plupart du temps. Bernadette finit par lui dire au moment où il se resservait pour une troisième fois :

— Je crois bien que ce sera pas aujourd'hui que tu vas te laisser mourir de faim, mon Gros-Gras.

— J'avais un petit creux, expliqua Ignace en tournant vers elle sa figure bien ronde.

— Une chance qu'il était juste petit, ton creux, se moqua l'institutrice. Si tu continues comme ça, tu vas être gras sans bon sens.

— Et un bon coq, c'est maigre, intervint Donat.

— Donat ! surveille ce que tu dis devant tes sœurs, fit sa mère, réprobatrice.

Le jeune fermier fit comme si sa mère n'avait rien dit.

— Tu vas aller me réparer le grillage dans le poulailler, reprit Donat à l'adresse de l'homme engagé. Ça va te faire digérer. Moi, je dois aller chercher de l'huile à lampe et des crampes pour les clôtures chez Dionne.

— Si t'es pour atteler, je vais monter avec toi, annonça Bernadette. Ça va m'éviter de marcher jusqu'à l'école.

— J'avais pas l'intention pantoute d'aller au magasin général tout de suite. L'école est juste à un mille…

— Envoye donc! le supplia sa jeune sœur. J'ai déjà des élèves qui m'attendent pour réciter leurs leçons et me montrer leurs devoirs. En plus, si j'y vais à pied, je vais arriver à l'école toute crottée.

— Fais pas le malcommode, intervint sa mère. Tu sais bien qu'elle doit être là avant huit heures.

C'était le même problème chaque printemps. Les élèves les plus âgés devaient «faire leur école», comme on disait. Mais les parents avaient besoin d'eux à la maison et, comme ils désiraient tout de même que leurs enfants réussissent leur année scolaire, les jeunes devaient se présenter chaque matin avant l'arrivée des autres élèves pour réciter leurs leçons et faire corriger leurs devoirs. Ils retournaient ensuite travailler à la ferme ou aux champs.

Donat entendit son père émettre des bruits avec sa bouche et comprit qu'il désirait qu'il fasse ce qui lui était demandé.

— C'est correct, laissa-t-il tomber avec mauvaise humeur, j'attelle. Et arrange-toi pas pour me faire attendre, dit-il à sa sœur en se levant. Toi, Gros-Gras, grouille-toi d'aller travailler. Il reste plus rien à manger sur la table, tu peux y aller.

— Va te préparer, ordonna Marie à sa fille cadette. À matin, tu te sauves de la vaisselle, mais tu la feras toute seule à soir.

Quelques minutes plus tard, la jeune institutrice monta aux côtés de son frère qui avait pris la précaution de remonter la capote du boghei, même si la pluie avait cessé. La voiture finissait de longer le deuxième champ de Conrad Boudreau, le voisin, quand Donat immobilisa soudainement sa voiture pour mieux regarder l'activité inhabituelle qu'il avait aperçue au bord de la rivière. Une demi-douzaine d'hommes s'agitaient autour de deux waggines lourdement chargées.

— Ah ben, sacrifice! s'exclama-t-il. On dirait ben que Xavier a pas fait une farce. Boudreau a ben l'air d'avoir vendu son champ.

— Si c'est un moulin qui va se construire là, fit sa sœur, ça va faire drôle d'avoir ça aussi près de chez nous.

Son frère remit son cheval en marche sur la petite route détrempée. Il passa devant la maison de Conrad Boudreau et longea les fermes de John White, d'Ernest Gélinas et de Gratien Ménard avant de dépasser celles de son beau-frère Rémi Lafond et de Tancrède Bélanger. Il franchit le petit pont qui enjambait la Nicolet et laissa descendre Bernadette devant l'école du rang, une petite maison blanche située en face du magasin général de Télesphore Dionne, voisin de la forge d'Évariste Bourgeois.

Malgré l'heure matinale, trois voitures étaient déjà stationnées dans la cour commune des deux commerçants. Donat descendit de voiture, monta sur la galerie du magasin général et poussa la porte.

Le jeune cultivateur découvrit Télesphore Dionne en grande conversation avec Samuel Ellis, Thomas Hyland et le facteur, Hormidas Meilleur, regroupés devant le grand comptoir occupé en grande partie par toutes sortes de produits et une antique caisse enregistreuse.

— Tiens, du monde du rang Saint-Jean! s'écria le facteur qui ressemblait de plus en plus à un vieux gnome avec son chapeau melon verdi par les intempéries.

— Sacrifice, encore un client de bonne heure à matin! s'exclama Télesphore Dionne. Voulez-vous ben me dire ce qui vous a jetés en bas de votre lit aussi de bonne heure?

— On est des cultivateurs, nous autres, monsieur Dionne, répliqua Donat avec le sourire. On se lève à l'heure des poules.

— Je vois ça.

— Comment va ton père? demanda le facteur.

— Il a l'air correct, répondit Donat.

— C'est ben de valeur quand même, dit le marchand d'un air pénétré. Un si bon homme! Qui aurait pu prévoir ça?

Ellis, Hyland et Meilleur hochèrent la tête en affichant un air de commisération de circonstance. Les deux premiers, membres du conseil des syndics, étaient venus à la maison à plusieurs reprises durant l'hiver pour s'informer de l'état de santé de Baptiste. Samuel Ellis avait même laissé de côté son agressivité coutumière pour compatir avec la famille de son adversaire de toujours. Cependant, il n'en avait pas moins profité pour se faire nommer président du conseil en lieu et place du malade.

— Ça a l'air de bouger pas mal dans le champ de Boudreau, dit Donat en changeant de sujet de conversation. Est-ce que ça veut dire que c'est ben vrai qu'un moulin à farine va être bâti là?

— En plein ça, affirma Télesphore avec autorité, en se passant les pouces dans les entournures de son gilet.

— Qui bâtit?

— Le propriétaire a l'air d'avoir fait affaire avec Eugène Bélisle de Saint-Zéphirin. En tout cas, j'ai reconnu Beaupré, son contremaître, quand il est passé avec ses hommes devant le magasin tout à l'heure, répondit Dionne.

— Comme ça, c'est un moulin qui va se construire?

— Un moulin et une maison, compléta Hyland, le propriétaire de la scierie du rang Sainte-Ursule.

— Mais on sait pas encore à qui ça va être, poursuivit le fils de Baptiste, curieux.

— Moi, je le sais, déclara Hyland avec assurance. Je viens de leur dire qui c'est, ajouta-t-il en montrant Dionne et Meilleur.

Le gros et grand homme était habituellement peu bavard et il avait la réputation de ne pas parler à tort et à travers. Donat dressa donc l'oreille.

— Qui est-ce?

— Tu te rappelles de mon homme engagé ?

— La Bottine ?

— Oui, c'est Constant Aubé qui a acheté le terrain de Boudreau et qui est en train de faire construire là.

— Voyons donc ! fit le fils de Baptiste, incrédule.

— Je te le dis. Il m'a écrit la semaine passée pour me demander si j'accepterais pas de le prendre en pension, le temps que sa maison soit construite. Il devrait arriver dans une dizaine de jours. Il paraîtrait qu'il s'est entendu avec Bélisle pour qu'il lui construise son moulin et sa maison.

— Ah ben, j'en reviens pas ! avoua Donat, estomaqué.

— Je sais pas où il a pris son argent, intervint le facteur, mais il doit avoir les moyens en petit Jésus pour se faire bâtir en même temps un moulin et une maison.

— Et là, on sait même pas s'il est capable de faire l'ouvrage de meunier, renchérit Télesphore Dionne.

— Si je me fie à ce qu'il m'a écrit, reprit Hyland, il aurait appris avec son grand-père qui est meunier dans le bout de Québec.

— En tout cas, pour une nouvelle, c'en est toute une, affirma Donat.

— J'ai l'impression que ta sœur Bernadette va être contente de le voir revenir, intervint Alexandrine Dionne, qui venait de se glisser aux côtés de son mari.

— Je vois pas pourquoi, se rebiffa le jeune cultivateur, soudainement méfiant.

— Ben, le bruit a couru dans la paroisse que la Bottine l'haïssait pas pantoute, s'entêta la femme du marchand général.

— Peut-être qu'il l'haïssait pas, mais ma sœur l'a jamais invité à venir accrocher son fanal les bons soirs, corrigea Donat sur un ton qui n'incitait pas à poursuivre.

Il y eut un bref silence dans le magasin avant que Samuel Ellis se décide à parler à son tour.

— Moi, j'ai une ben plus grande nouvelle à vous apprendre que le retour de l'homme engagé de Thomas, dit l'Irlandais avec une fierté non déguisée.

— Qu'est-ce que tu pourrais ben savoir que je sais pas déjà ? le défia le facteur, sarcastique.

— Ben, le père, tenez-vous ben après vos bretelles, Wilfrid Laurier a décidé de se présenter dans notre comté. Il sera candidat dans Drummond-Arthabaska.

— C'est qui ce gars-là ? demanda Dionne.

— Voyons, Télesphore, je t'en ai parlé ben des fois, lui reprocha Samuel, apparemment peiné par l'absence de mémoire du marchand. C'est un avocat qui a son bureau à Victoriaville. Il a ben de l'avenir et j'ai entendu dire qu'il parle ben en démon, à part ça.

— Un Rouge, je suppose, dit Hormidas Meilleur, narquois.

— Un vrai Rouge ! Vous allez voir que Hemming sera pas de taille devant un homme comme lui.

— Comment ça se fait que t'es au courant de ça, toi ? lui demanda Hyland, surpris.

Le cultivateur trapu à la grosse tête ronde surmontée d'une tignasse rousse prit alors des airs de conspirateur et se rapprocha de ses auditeurs.

— Je suppose que je peux parler devant toi, même si tu dois être aussi Bleu que ton père ? demanda-t-il à Donat.

— Ben oui, monsieur Ellis.

— Ben, j'ai reçu la visite de Pouliot, hier soir. Il va être encore l'organisateur en chef des élections pour les libéraux dans le comté.

— Il a pas fait tout le chemin de Victoriaville à Saint-Bernard-Abbé juste pour t'apprendre que Laurier se présentait dans le comté aux prochaines élections, je suppose, fit le facteur, un peu moqueur.

— Ben non, le père. Il est venu me dire de me tenir prêt. Il paraît que Chauveau se prépare à déclencher des élections d'un jour à l'autre. Et là, j'aime autant vous dire que ça va chauffer.

— Ouais, t'as dit ça aussi aux dernières élections, intervint Dionne, sarcastique. Les Rouges se sont fait laver presque partout.

— Ce sera pas pantoute la même chose cette année, je vous en passe un papier, promit l'Irlandais, l'air frondeur.

— C'est vrai que Baptiste sera pas dans ton chemin pour te mettre des bâtons dans les roues, osa dire Hormidas Meilleur.

— Il y aura pas de coups croches cette année. Ça va être des élections honnêtes, affirma Samuel Ellis avec aplomb.

— Attention à ce que vous dites, vous, le mit en garde Donat qui sentait son père visé par cette dernière affirmation.

— Je vise pas ton père, se rétracta prudemment le cultivateur du rang Sainte-Ursule. Mais tout le monde sait ben qu'il y a eu toutes sortes de crocheries aux élections de 1867. Il y a du monde qui ont jamais pu se rendre voter parce que des chemins étaient barrés par des boulés qui ont battu ceux qui votaient pas pour le bon parti.

— Si je me fie à ce que mon père m'a raconté, les Rouges aussi ont fait ça.

— Il y a eu des registres qui ont été volés, à part ça, ajouta Ellis sans tenir compte de ce que le fils de Baptiste venait de dire.

— Peut-être, mais on n'a jamais su qui avait fait ça, répliqua Donat en élevant le ton.

— Dans Arthabaska, on a mis le feu à deux étables pour faire peur à des libéraux et les Bleus ont envoyé des hommes mettre le diable dans les réunions contradictoires, affirma l'Irlandais, qui commençait à s'enflammer.

— Mon père m'a raconté que les Rouges ont eu beau acheter des votes et même faire voter des morts, ils ont toujours ben perdu, déclara sèchement Donat à qui la moutarde montait au nez de plus en plus.

— Ouais, on a ben raison de dire qu'une pomme tombe jamais ben loin de l'arbre, intervint Hormidas Meilleur en regardant d'un œil neuf le jeune Beauchemin.

— J'ai ben l'impression qu'Anthime Lemire aura pas à chercher trop loin s'il veut trouver un remplaçant à Baptiste, enchaîna Télesphore Dionne en cherchant à détendre l'atmosphère.

— La politique, ça m'intéresse pas, affirma Donat en retrouvant progressivement son calme. Bon, c'est ben beau tout ça, mais je suis pas juste venu pour placoter. J'ai besoin de deux livres de crampes pour mes clôtures et d'une pinte d'huile à lampe.

Quand il quitta le magasin général, le jeune homme se rendit compte que la pluie avait repris. En passant devant l'ancien champ de Conrad Boudreau, il vit les ouvriers d'Eugène Bélisle, abrités sous une toile goudronnée dressée sur des perches, au bord de la rivière. De toute évidence, ils attendaient que l'averse cesse pour reprendre leur travail.

De retour à la ferme, Donat ne jugea pas utile de s'arrêter à la maison. Il poursuivit sa route jusqu'à l'écurie pour dételer le Blond avant d'aller rejoindre Ignace en train de réparer l'enclos des poules. Quand vint l'heure du repas de midi, il fut trop occupé à rapporter aux siens le léger accrochage qu'il avait eu avec Samuel Ellis au magasin général au début de l'avant-midi pour songer à parler du moulin à farine dont la construction semblait être sur le point de commencer. Lorsqu'il parla des élections probables, il vit l'œil de son père s'allumer.

Durant le récit de son fils, Baptiste ne cessa de hocher la tête et sa main tremblante frappa la table à plusieurs reprises, signes qu'il suivait avec attention tout ce que rapportait son fils aîné.

— Bon, on va parler d'autre chose, si ça te fait rien, lui ordonna sa mère. Ça énerve ton père sans bon sens et c'est pas bon pour lui.

Tous tournèrent la tête vers le malade dont les rictus exprimaient un vif mécontentement.

Les renseignements glanés au magasin général au sujet du futur moulin à farine ne revinrent à la mémoire de Donat qu'à l'instant où les membres de la famille Beauchemin, réunis autour de la table, finissaient de souper.

— Pendant que j'y pense, j'ai enfin su qui avait acheté le terrain de Boudreau, laissa tomber Donat. À part ça, il paraîtrait que le meunier va construire là une maison en plus de son moulin à farine.

— Qui t'a dit ça ? lui demanda sa mère.

— Thomas Hyland. Le contrat a été donné à Bélisle de Saint-Zéphirin, l'ouvrage a même commencé sur le bord de la rivière, pas vrai, Bedette ?

— En tout cas, il y avait des hommes qui travaillaient là quand je suis revenue de l'école, dit l'institutrice.

— Qui va venir rester là ? s'enquit Camille.

— Tu le devineras jamais, répondit son frère. Hyland m'a dit que c'est la Bottine à Aubé qui fait construire tout ça.

— L'ancien homme engagé de Thomas Hyland ? intervint sa mère, franchement étonnée.

— En plein ça, m'man.

Bernadette avait légèrement pâli en apprenant la nouvelle, ayant du mal à croire qu'après une absence de plus de six mois Constant Aubé soit revenu à Saint-Bernard-Abbé pour s'y installer définitivement.

Dès son arrivée dans la paroisse, cinq ans auparavant, on avait surnommé l'employé de Thomas Hyland la Bottine, parce qu'il boitait de la jambe droite. Au demeurant, le jeune homme âgé de vingt-cinq ans au visage un peu ingrat et à la timidité maladive s'était révélé plein de ressources. L'année précédente, les gens avaient découvert avec étonnement qu'il savait non seulement lire et écrire, mais qu'il était capable de tracer des plans et de travailler le cuir avec beaucoup d'habileté.

Après avoir reçu un magnifique sac en cuir de sa part, la jeune institutrice avait fini par avoir pitié de celui qui devait son infirmité à un coup de sabot du cheval de son père reçu dans son enfance. Coquette, elle s'était bien rendu compte qu'il était secrètement amoureux d'elle et elle en avait profité pour lui emprunter des romans et lui suggérer d'écrire à son père avec lequel il était brouillé depuis son départ de la maison. À son grand étonnement, le jeune homme avait quitté Saint-Bernard-Abbé au milieu de l'automne précédent sans la prévenir, en lui faisant toutefois remettre par Hyland une paire de bottes qu'il lui avait confectionnées à titre d'étrennes du jour de l'An.

Il aurait été faux d'affirmer que ce départ l'avait laissée indifférente, loin de là. Sans qu'elle se l'avoue ouvertement, Constant lui avait manqué. Dans une maison marquée par la maladie de son père, l'hiver s'était étiré de façon intolérable, ne lui laissant comme distraction que la lecture et la relecture des romans qu'il lui avait prêtés avant son départ. Le pire avait été cette espèce d'incertitude qui s'était glissée dans son esprit. S'était-elle fait des idées? L'aimait-il, oui ou non? S'il l'aimait, pourquoi ne lui avait-il jamais écrit pour lui donner de ses nouvelles?

— Il a jamais été mon cavalier, s'était-elle répété des dizaines de fois. Pourquoi m'écrirait-il? À part ça, je l'aime pas pantoute. Pour moi, c'était juste un ami…

Il n'en restait pas moins qu'elle s'était mise à douter de son charme et cela lui avait été d'autant plus facile qu'aucun garçon de Saint-Bernard-Abbé n'avait tenté de lui faire la cour durant tout l'hiver. Il fallait cependant reconnaître que la maladie de son père avait vite fait le tour de ce qu'on appelait encore la concession de la rivière, ce qui n'avait pas été très propice à attirer un jeune homme chez elle pour lui faire la cour.

— Est-ce que ça se pourrait que tu regrettes un peu d'avoir invité Amable Fréchette à venir veiller? lui demanda

Camille, qui venait de remarquer le trouble de sa sœur cadette.

— Pourquoi je le regretterais?

— Je le sais pas, moi. J'avais l'impression que tu t'entendais pas trop mal avec Constant Aubé avant qu'il parte l'automne passé.

— Les seules fois qu'il est venu ici dedans, tu sauras, c'était juste pour me prêter des livres, se défendit un peu trop vivement la jeune fille.

— Nous autres, on avait l'impression qu'il avait remplacé Léon Légaré, intervint sa belle-sœur Eugénie.

— Pas une miette, répliqua sèchement la cadette de la famille en se levant brusquement pour commencer à desservir la table.

— En tout cas, j'espère que t'oublieras pas de le remercier pour la belle paire de bottes qu'il t'a donnée au jour de l'An quand tu vas le revoir, lui rappela sa mère en se levant à son tour après avoir aidé Baptiste à finir de boire sa tasse de thé.

— Si je le vois, m'man, je vais m'en rappeler.

❦

Le lendemain après-midi, les femmes de la maison étaient occupées à défaire les tresses d'épis de maïs confectionnées l'été précédent quand un boghei entra dans la cour et vint s'immobiliser près d'elles.

Un gros homme vêtu d'un costume noir et coiffé d'un chapeau melon de la même couleur en descendit difficilement. Âgé d'une cinquantaine d'années, il arborait d'épais favoris poivre et sel qui contrastaient avec ses joues rouges rebondies.

— Tiens, monsieur Lemire! s'exclama Marie en s'essuyant les mains sur son tablier.

— Vous avez le bonjour, mesdames, dit galamment le visiteur d'une voix de stentor en soulevant son chapeau pour saluer les quatre femmes en train de travailler sur la galerie. À ce que je vois, vous êtes à préparer du blé d'Inde à lessiver, ajouta-t-il en connaisseur.

— En plein ça, mais on va garder la moitié des graines pour les semer, tint à préciser la maîtresse de maison.

— Il y a rien de meilleur dans la soupe aux pois, tint à ajouter Anthime Lemire d'un air gourmand.

— Entrez donc, l'invita Marie en lui tenant la porte pour le laisser entrer devant elle. Vous avez pas fait tout le chemin depuis Victoriaville pour parler de soupe aux pois.

— En effet, madame Beauchemin, je venais dire deux mots à votre mari. Je suppose qu'il est en train de travailler dans un de ses champs ?

— Pantoute, monsieur Lemire, il est en train de piquer un somme dans sa chaise berçante.

Devant l'air stupéfait du visiteur, Marie lui montra Baptiste, le visage contrefait, en train de dormir près du poêle. De toute évidence, Anthime Lemire avait du mal à reconnaître son hôte et il dut l'examiner de plus près pour s'assurer qu'il ne se trompait pas. L'homme qu'il avait devant lui n'avait plus rien de commun avec l'organisateur qui avait travaillé pour lui quatre ans auparavant.

— Mais qu'est-ce qui lui est arrivé ? chuchota-t-il à Marie, en retrouvant progressivement son aplomb.

— Un coup de sang, monsieur Lemire. J'ai bien cru que je le perdais. Il est maintenant paralysé et il est même plus capable de parler, ajouta-t-elle, les larmes aux yeux.

— J'en reviens pas, dit le gros homme en secouant la tête, apparemment peiné de découvrir Baptiste dans cet état. Si ça vous fait rien, on va sortir pour pas le réveiller, proposa-t-il en faisant un pas vers la porte.

Marie le suivit et ils se retrouvèrent sur la galerie. À cet instant, Donat sortit de l'écurie et aperçut la voiture près de la maison. Il laissa Ignace derrière lui et s'avança pour connaître l'identité du visiteur.

— C'est mon garçon Donat, le présenta Marie quand il s'arrêta au pied des marches. Te souviens-tu de monsieur Lemire ? demanda-t-elle à son fils.

— On s'est vus deux ou trois fois aux dernières élections, dit le jeune cultivateur en tendant la main à l'organisateur du candidat conservateur.

— Je viens de voir ton père et je trouve que c'est bien triste ce qui est arrivé à un si bon homme. J'espère qu'il va finir par aller mieux.

Camille, Bernadette et Eugénie avaient cessé leur travail et écoutaient.

— Je vous cacherai pas que j'étais venu rencontrer votre mari pour avoir un coup de main pour les élections qui s'en viennent, annonça Anthime Lemire en se tournant vers Marie. Aux dernières élections, il nous avait pas mal aidés à faire élire Hemming dans Sainte-Monique et Saint-Zéphirin.

— C'est vrai qu'il aime ben gros la politique, reconnut Marie en tournant la tête vers la cuisine d'été où elle venait de percevoir un bruit. Attendez, je pense que mon mari vient de se réveiller. Entrez lui dire bonjour, il va être content de vous voir. En même temps, je vais vous servir un thé, offrit-elle.

Tous entrèrent dans la maison pour assister à la rencontre.

Dès qu'il aperçut le visiteur, l'œil valide de Baptiste laissa voir un éclair de plaisir. Sa bouche se tordit et émit un petit gémissement. Anthime s'avança vers lui et s'empara de la main tremblante du malade pour la serrer brièvement avant de s'asseoir sur la chaise que lui présentait Donat.

— Je dois dire que je m'attendais pas pantoute à te voir malade, lui dit Lemire. Je venais te demander de t'occuper des prochaines élections, comme t'as fait la dernière fois.

— Il va y avoir des élections ? intervint Donat en s'assoyant près de son père.

44

— Oui, mon gars, et le premier ministre Chauveau est supposé les annoncer d'ici deux ou trois jours. Mais garde ça pour toi.

— Est-ce que Hemming se représente ?

— Certain, c'est notre homme et personne viendra me dire qu'il a pas bien fait son ouvrage de député ces dernières années.

— J'ai appris que les Rouges présentent un nommé Laurier, fit Donat.

— Je vois que t'es déjà au courant, s'étonna l'organisateur politique. Mais inquiète-toi pas, c'est un jeune. Il fera pas le poids devant Hemming. Attends la première assemblée contradictoire et tu vas t'apercevoir que notre homme va écraser cette espèce de petite chenille à poils qui vient de la ville.

— Je le connais pas, avoua le fils de Baptiste.

— Dis donc, le jeune. J'y pense là. T'as l'air de pas haïr ça, la politique. Pourquoi tu remplacerais pas ton père ? Tu dois bien connaître le monde de Sainte-Monique et de Saint-Bernard. À part ça, je suis certain que t'es aussi Bleu que ton père.

— Je sais pas trop, fit Donat d'une voix hésitante. J'ai ben de l'ouvrage et j'ai pas grand temps pour m'occuper d'une affaire comme ça. En plus, je saurais pas trop quoi faire.

— Ça, c'est pas un problème pantoute et dis-toi bien qu'il y a pas mal de petites compensations quand on travaille pour le prochain député, ajouta l'homme en lui décochant un clin d'œil entendu. Pas vrai, Baptiste ? ajouta-t-il en se tournant vers l'infirme.

Le maître des lieux hocha convulsivement la tête. Donat sentit que son père le poussait à accepter et il se laissa tenter.

— Je peux ben essayer, finit-il par dire après une brève hésitation.

— Tu le regretteras pas, lui promit le visiteur en lui tapant sur l'épaule. Bon, je pense que je vais vous laisser, annonça-t-il en se levant. J'ai encore pas mal de monde à rencontrer. Merci pour le thé, ajouta-t-il en se tournant vers Marie.

— Moi, je trouve que mon garçon est encore pas mal jeune pour s'occuper de politique, intervint toutefois Marie.

— Voyons, m'man, j'ai vingt-cinq ans, protesta Donat.

— Dites pas ça, madame Beauchemin, répliqua le gros homme avec un bon gros rire. Je vous comprendrais si votre garçon devait travailler pour les Rouges. Mais il va aider un Bleu à se faire réélire. Vous pouvez pas être contre. Le Parti conservateur est le seul parti que nos prêtres recommandent, oubliez pas ça. Vous devriez plutôt être fière.

— Je voudrais pas qu'il soit obligé de se battre, comme mon mari l'a fait aux dernières élections.

— Ayez pas peur. Cette fois-ci, on va être encore mieux organisés qu'en 1867, promit l'organisateur en faisant signe à Donat de le suivre à l'extérieur. Bon, salut, Baptiste. Prends bien soin de toi, dit-il au maître de la maison avant de pousser la porte.

Marie regarda les deux hommes se diriger vers le boghei du visiteur.

— J'aime pas ça pantoute, cette affaire-là, finit par murmurer Eugénie.

— S'il fait cet ouvrage-là, il risque de se faire estropier, ajouta Camille, pas plus emballée que les autres femmes de la maison par la perspective de voir Donat prendre la place de son père.

— Il est pas niaiseux, intervint Bernadette. S'il s'aperçoit que ça devient trop dangereux, il va laisser tomber ça.

À l'extérieur, Anthime Lemire avait pris des allures de conspirateur pour expliquer à Donat ce qu'il aurait à faire dans les prochaines semaines.

— Je vais te donner à organiser juste Saint-Bernard-Abbé et Sainte-Monique. Dans le temps, ton père s'occupait aussi de Saint-Zéphirin, mais je vais demander à Giroux de s'en charger.

— Qu'est-ce que je vais avoir à faire exactement?

— D'abord, tu vas te trouver un homme ou deux pour te donner un coup de main. Il y a une couple de vire-capots que tu vas essayer de persuader de voter du bon bord. Je suis sûr que tu les connais. Ton père a dû t'en parler.

— Oui, si je me trompe pas, Cléomène Paquette et Renaud Monette du rang Sainte-Ursule ont voté Bleu la dernière fois, mais ils ont pas arrêté de parler contre Chauveau depuis un an ou deux.

— C'est ça, approuva Lemire. Il y a aussi Antonius Lemaire et Magloire Beauregard de Sainte-Monique qui jurent qu'ils vont voter Rouge.

— C'est correct, je vais m'en occuper, affirma Donat avec une assurance qu'il était loin d'éprouver.

— Il faudra pas que tu perdes trop de temps avant de le faire, lui recommanda son vis-à-vis. Sais-tu qui va travailler pour les Rouges dans la paroisse?

— Si je me trompe pas, c'est le même que la dernière fois, Samuel Ellis.

— L'Irlandais avec une tête rouge?

— Oui.

— Inquiète-toi pas trop. En partant, il doit savoir qu'il a pas grand chance de faire élire son homme. On va te donner un coup de main. Tu vas voir, c'est pas trop de trouble. Je vais te faire envoyer deux barils de bagosse et je vais m'organiser pour te faire savoir quand Hemming va passer parler au monde de chez vous. Toi, tu vas voir à ce qu'il puisse parler librement sans que les Rouges viennent faire du trouble.

— ...

— Si t'as une chance d'aller faire un tour avec quelques gars de la place à une réunion de Laurier, gêne-toi pas pour brasser un peu, juste pour faire comprendre au monde que dans Drummond-Arthabaska, ce sont les Bleus qui commandent.

— C'est compris.

— Bon, il faut que j'y aille, déclara Anthime Lemire en se hissant péniblement sur le siège de son boghei. Dis-toi bien que si Hemming rentre, il oubliera pas les services rendus. Tu pourras lui demander ce que tu veux.

— Il y a tout de même une affaire qui m'embête pas mal, avoua Donat alors que le visiteur prenait les guides en main.

— Quoi?

— Ben, le monde va trouver ça drôle que je m'occupe des élections quand j'ai même pas le droit de voter. Je suis pas propriétaire.

— C'est pas grave, le rassura le gros organisateur avec un bon gros rire. Dis-toi que t'es pas tout seul dans ce cas-là.

Là-dessus, Anthime Lemire mit son attelage en marche et quitta la ferme.

Trois jours plus tard, la prédiction de l'organisateur conservateur du comté se réalisa. Au début de l'après-midi, le facteur, tout excité, s'arrêta chez les Beauchemin.

— J'arrive de Sainte-Monique, déclara-t-il. J'ai rencontré le notaire Letendre. Il m'a dit que le premier ministre Chauveau vient de déclencher les élections.

— Parlez pas trop fort, monsieur Meilleur, lui demanda Marie, vous allez réveiller mon mari.

— C'est pour quand? interrogea Donat.

— Si j'ai ben compris, les élections vont se tenir entre le 16 juin et le 14 juillet.

— Mais nous autres, dans Drummond, quand est-ce qu'on va voter?

— Il paraît que ça va se faire le 9 juillet, affirma le petit homme, et…

Hormidas Meilleur se mit à tousser en grimaçant.

— Maudit que j'ai la gorge sèche, se plaignit-il. J'ai de la misère à parler.

Donat comprit à demi-mot ce que son interlocuteur voulait. Sous le regard désapprobateur de sa mère, il se dirigea vers le garde-manger et en sortit un petit cruchon en grès. Il versa une bonne rasade d'alcool au facteur qui s'empressa de l'ingurgiter. Ce dernier reposa la tasse sur la table et afficha un air d'intense satisfaction en claquant la langue contre son palais.

— J'ai parlé tout à l'heure à Ellis, au magasin général, poursuivit-il, l'air narquois. Je vous dis qu'il en mène large depuis qu'il sait qu'il va y avoir des élections. Pour moi, il se fie au fait qu'il aura pas ton père dans les jambes ce coup-ci. Je pense qu'il s'imagine qu'il va faire la pluie et le beau temps dans la paroisse.

— Là, il se trompe en jériboire, laissa tomber Donat, l'air mauvais. C'est moi qui prends la place du père. J'ai rencontré l'organisateur pas plus tard que la semaine passée et je peux vous garantir que les Rouges vont prendre leur trou.

Quelques minutes plus tard, le facteur quitta la ferme des Beauchemin.

— Tu peux être certain qu'il va aller raconter à tout venant ce que tu viens de dire, lui reprocha sa mère, mécontente.

— Tant mieux, comme ça tout le monde va savoir que les Bleus ont pas pantoute l'intention de se laisser manger la laine sur le dos.

Ce soir-là, la dernière bouchée du souper avalée, Donat ordonna à Ignace d'aller atteler le Blond. Ce dernier obéit avec sa lenteur coutumière, ce qui eut le don d'exaspérer le jeune homme.

— Grouille-toi, calvaire! lui cria-t-il. C'est pour à soir, pas pour demain.

Dès que l'homme engagé eut quitté la maison, Donat ne put s'empêcher de dire aux femmes en train de ranger la cuisine :

— Lui, je le sacre à la porte à la fin du mois. J'en ai assez.

— On en reparlera, déclara sèchement sa mère. Oublie pas, mon garçon, que c'est moi qui l'ai engagé. La terre est encore à ton père et à moi, crut-elle bon de lui rappeler.

— Vous l'avez engagé, mais c'est moi qui suis poigné pour travailler avec ce maudit sans-dessein-là. Il se traîne les pieds du matin au soir. Le seul temps où il se grouille, c'est quand il mange.

Marie ne répliqua pas, mais Donat vit un léger sourire de satisfaction effleurer les lèvres de sa femme, apparemment heureuse de le voir regimber et chercher à s'imposer.

Peu après, Donat quitta la maison sans dire où il se rendait, laissant les femmes libres d'aller à la récitation du chapelet à pied ou en attelant la Noire à la carriole. Il faisait doux en cette dernière soirée du mois de mai. En passant devant chez Boudreau, il entendit le bruit de la chute près de laquelle on avait entrepris la construction du moulin la semaine précédente.

Il parcourut tout le rang Saint-Jean, franchit le pont, passa devant le magasin général et la forge avant de monter la pente abrupte conduisant au rang Sainte-Ursule. Quelques centaines de pieds plus loin, il souleva sa casquette en passant devant la chapelle et poursuivit sa route. Il aperçut le bedeau, Agénor Moreau, en grande conversation avec le curé Ouellet qu'il salua de la tête. En ce début de soirée, tout était calme et paisible.

Finalement, Donat Beauchemin parvint à la grande courbe et longea la ferme des Benoît, voisins de son frère Xavier. À sa grande surprise, le rideau d'arbres séparant les deux fermes avait encore diminué d'épaisseur. Il repéra la cabane habitée par Xavier et son employé Antonin depuis la fin de l'été précédent et vint immobiliser sa voiture tout près. À côté s'élevait un petit bâtiment construit à la va-comme-je-te-pousse servant aussi bien d'étable que de porcherie et d'écurie. Puis il observa durant un court moment le solage en pierre des champs construit à une cinquantaine de pieds de la cabane.

Alors qu'il descendait de voiture en cherchant du regard les habitants des lieux, il entendit son frère lui crier de venir le rejoindre. Tournant la tête, il aperçut la haute stature et les larges épaules de Xavier. Il était de l'autre côté de la route, agenouillé au bord de la rivière. Sans se presser, Donat traversa le chemin et le champ de plusieurs arpents tout en évaluant avec étonnement l'énorme travail de défrichage effectué par son frère cadet et son employé en un an. Ils avaient défriché et essouché tout le lot sur le bord de la rivière et ils étaient même parvenus à réaliser une sérieuse trouée de l'autre côté de la route.

— Est-ce qu'il se passe quelque chose de pas normal? lui demanda Xavier en se relevant, surpris de voir son frère lui rendre visite.

— Non, tout est correct, le rassura Donat. Qu'est-ce que tu fais là?

— Comme tu peux voir, je fais mon lavage. Une semaine, c'est moi, l'autre semaine, c'est Antonin. Il y a rien que j'haïs faire plus que ça, ajouta-t-il en finissant de tordre une chemise qu'il lança ensuite dans un vieux panier d'osier.

— Où est passé ton homme engagé?

— Il est parti empiler des branchages dans le coin où on a bûché la semaine passée.

— Je vois que t'as fini de labourer, dit Donat en regardant le champ qu'il venait de traverser. Ça a l'air de la bonne terre.

— On va le savoir cet automne.

— J'en reviens pas comment t'es avancé, reprit l'aîné en regardant encore une fois le terrain de son frère avec, certes, un air de fierté, mais aussi un peu de jalousie devant la tâche accomplie par Xavier.

La dernière visite de Donat datait de l'automne précédent.

— On a bûché comme des fous d'une étoile à l'autre, reconnut Xavier, mais ça s'en vient ben. Là, comme t'as pu voir, on a mis deux semaines pour creuser la cave de la maison et on a eu le temps de faire le solage avec les pierres qu'on a ramassées. Madame Benoît m'a même dit que je pouvais me servir dans leur tas de pierre. Je me suis pas gêné.

— Dis-moi pas que t'arrives à t'entendre avec Cyprien Benoît? s'étonna son frère en se mettant en route aux côtés de son cadet qui venait de se charger de son panier de vêtements mouillés.

— Pantoute, je lui parle même pas à cette espèce de gros air bête. Je parle pas plus à sa femme qui est pire que lui.

— Si je comprends ben, la mère s'inquiète donc pour rien quand elle pense que tu vas encore veiller avec la fille de la maison?

— Elle s'énerve pour rien, même si c'est vrai que je vais toujours veiller avec Catherine… Mais dis rien à maman, ça va encore la faire enrager. À part ça, tu m'as toujours pas dit pourquoi t'es venu me voir.

Tout en marchant en direction de la cabane, Donat raconta à son jeune frère la visite d'Anthime Lemire et sa décision de remplacer son père à titre d'organisateur des Bleus dans la paroisse et à Sainte-Monique.

— Qu'est-ce que t'en dis? demanda-t-il finalement à Xavier.

— J'en dis que c'est une ben belle façon de recevoir des coups de poing sur la gueule, laissa tomber le cadet.

— Je me souviens pas que le père ait eu besoin de se battre tant que ça quand il s'est occupé des dernières élections.

— Il l'a fait, mais il s'en est pas vanté, le corrigea son frère. En plus, j'ai entendu dire qu'il avait toujours deux ou trois bons hommes autour de lui quand ça risquait de mal tourner.

— C'est justement pour ça que je suis passé te voir, expliqua Donat. Lemire m'a conseillé de trouver un homme ou deux pour me donner un coup de main. Qu'est-ce que tu dirais de venir m'aider ? T'es solide et t'es connu dans toute la région comme un gars fort qui a pas peur de grand-chose. D'après Lemire, Hemming oubliera pas ceux qui vont l'avoir aidé à se faire élire.

— Je suis pas sûr pantoute de ça, fit Xavier, sceptique.

— Pense au père. C'est Hemming qui lui a trouvé l'argent pour payer l'école. On peut pas dire que c'est un ingrat. On sait jamais. Tu peux avoir besoin de lui un beau jour.

— J'ai ben de l'ouvrage devant moi, prétexta son jeune frère.

Le frère aîné sentait bien que Xavier n'était guère emballé par sa proposition et il insista.

— Dis-toi ben que tu perdras pratiquement pas de temps. S'il y a quelque chose à faire, ça va être le soir et peut-être le dimanche.

Il y eut un long silence, silence que respecta Donat pour donner à son jeune frère le temps de réfléchir.

— Bon, c'est correct. Tu me feras signe, finit par concéder Xavier, sans grand enthousiasme. Je suppose que tu vas demander à quelqu'un d'autre ? ajouta-t-il.

— J'ai d'abord pensé à Rémi, puis je me suis souvenu qu'Emma avait fait toute une crise au père quand il avait essayé de le faire travailler avec lui aux dernières élections. Mais inquiète-toi pas, je vais trouver quelqu'un d'autre.

— T'as intérêt à te grouiller, lui conseilla Xavier. J'ai l'impression que ça va pas mal brasser.

— Dis-tu ça parce que c'est encore Samuel Ellis qui va s'occuper des Rouges dans la paroisse ?

— Oui et non, je pensais à ce que monsieur le curé allait faire quand il va s'apercevoir qu'un des syndics est Rouge et que sa ménagère est mariée à un Rouge, dit Xavier en riant.

Après avoir examiné avec son jeune frère le solage de sa future maison, Donat accompagna Xavier jusqu'à une trouée située quelques centaines de pieds derrière la cabane. Antonin y travaillait. Il salua l'adolescent de seize ans qui finissait de constituer un énorme tas de branchages.

— Là, ce que tu vois, ça va être mon deuxième champ, déclara Xavier avec fierté. Cet été, on aura peut-être pas le temps d'essoucher parce qu'on va construire la maison, mais l'automne prochain ça va être fait. En attendant, je vais labourer entre les souches la semaine prochaine et je vais semer ici du sarrasin.

— Quand tu commenceras à monter les murs de ta maison, tu me feras signe. Je viendrai t'aider avec Rémi et Gros-Gras, s'il travaille encore chez nous.

— À ce que je vois, t'as pas l'intention de le garder trop longtemps.

— Si ça dépendait juste de moi, je le sacrerais dehors demain matin. Mais la mère m'a fait comprendre que c'était pas à moi de décider.

— Tiens! On dirait qu'il y a de l'orage dans l'air, dit Xavier sur un ton qui se voulait plaisant.

— C'est pas drôle pantoute, le corrigea son aîné. Je commence à en avoir assez. Et Eugénie est comme moi. Un beau jour, il va falloir que je lui dise qu'il est temps qu'elle et p'pa se donnent à moi.

Xavier, qui marchait à ses côtés en revenant vers la voiture, s'immobilisa brusquement.

— Si j'ai un conseil à te donner, t'es mieux de pas dire un mot de ça tant et aussi longtemps que p'pa va être vivant, lui conseilla son frère, redevenu sérieux. Ils accepteront jamais de se donner. M'man sait à quel point le père tient à sa terre; ce serait le tuer que de le forcer à te la donner.

—Je pourrais toujours partir avec Eugénie et le petit, avança Donat, à mi-voix.

— Parle donc pas pour rien dire, le réprimanda son frère cadet. Tu sais ben que t'as pas l'argent pour t'acheter une terre. En plus, te vois-tu en train de défricher une nouvelle terre et de faire vivre ta femme et Alexis dans une cabane ?

Donat ne dit rien et monta dans sa voiture.

— À ta place, je prendrais patience, lui recommanda son jeune frère. Un beau jour, m'man va ben se rendre compte qu'elle a pas le choix.

Sur le chemin du retour à la maison, Donat regretta de s'être ouvert à son frère de ses intentions et il se promit de ne plus aborder ce sujet avec personne d'autre que sa femme.

À son entrée dans la cour, il aperçut Liam Connolly, assis sur la galerie en compagnie de sa mère, de son père et de Camille. Il poursuivit son chemin jusqu'à l'écurie, dételas sa bête et la fit entrer dans l'enclos avant de revenir sans se presser jusqu'à la maison. Au moment où il montait sur la galerie, Eugénie sortit de la maison, portant Alexis dans ses bras.

— Je viens de le laver et de le préparer pour sa nuit, déclara-t-elle. Je m'en vais le coucher.

— Donne-le-moi, lui demanda Camille en se levant. Je vais aller le coucher.

Sur ces mots, elle prit Alexis et rentra dans la maison. Donat s'assit près de son père à qui Liam racontait qu'il avait commencé à semer son blé la veille.

— Nous autres, on va faire ça demain matin, annonça Donat.

— Et nous, les femmes, on va descendre dans le caveau pour dégermer les patates, intervint Marie, occupée à tricoter.

— Et il nous reste encore pas mal de laine à carder, madame Beauchemin, lui rappela sa bru.

— Avant ça, je veux que mes plates-bandes soient faites, tint à préciser sa belle-mère. J'espère, Donat, que tu vas pouvoir te passer d'Ignace pendant une couple d'heures demain après-midi ?

— Je vous le laisse pour la journée, si vous en avez besoin, m'man. Il est plus une nuisance qu'autre chose.

Ensuite, Donat entreprit de raconter encore une fois la visite d'Anthime Lemire et sa décision de remplacer son père à titre d'organisateur des Bleus, mais cette fois au profit de Liam Connolly, qui l'écoutait sans rien dire. La porte claqua et Camille revint s'asseoir sur la galerie.

L'Irlandais tourna la tête vers elle, apparemment déçu de constater qu'elle avait choisi d'occuper la chaise vide près de sa mère plutôt que celle qui était libre près de lui.

— Mon ouvrage va d'abord être d'aller essayer de faire changer d'idée ceux qui pourraient être tentés de voter pour les Rouges, dit Donat à l'intention de Liam.

— Voyons donc, Donat ! protesta sa mère. Tu sais ben que tu vas perdre ton temps. Il y en a qui ont toujours été Rouges.

— Je le sais, se reprit son fils. Ce que je veux dire, c'est que je dois aller voir ceux qu'on sait pas trop de quel bord ils sont. Et toi, Liam, t'es le premier que je vais aller voir avec mon frère, affirma Donat, tout à son nouveau rôle.

— Pourquoi ? demanda le veuf avec un petit sourire sarcastique.

Baptiste frappa sur le bras de son fauteuil avec sa main valide.

— Je viens de le dire, répondit le frère de Camille avec une certaine impatience.

— Tu penses qu'il y a des chances que je vote pour les Rouges parce que je suis Irlandais, c'est ça ? répondit Liam sur un ton qui ne laissait place à aucune hésitation.

— Ben...

— Ben là, tu te trompes, affirma Liam. J'ai voté pour Chauveau aux dernières élections et je vais faire la même chose ce coup-ci, tu peux en être certain. C'est pas parce que Samuel Ellis va monter une cabale pour les Rouges que tous les Irlandais vont être de son bord.

— Si c'est comme ça, est-ce que ça veut dire que t'accepterais de t'occuper des élections avec mon frère et moi ? lui demanda Donat.

Liam Connolly regarda Camille qui n'avait pas levé les yeux de son travail de couture. Après une brève hésitation, il se décida à accepter l'offre de Donat en songeant probablement qu'il s'agissait d'un très bon moyen de se rapprocher de la famille Beauchemin, donc de Camille.

Chapitre 3

Un départ, un retour

Un meuglement assourdissant, inhabituel si tôt le matin, réveilla Marie en sursaut. Elle ouvrit les yeux et se souleva sur un coude. Le soleil était déjà levé et les oiseaux faisaient entendre leurs chants matinaux, nichés dans les branches des érables plantés près de la maison.

— Veux-tu ben me dire… murmura-t-elle à mi-voix en jetant un coup d'œil à Baptiste, dormant encore à ses côtés.

Puis elle réalisa ce qu'elle venait d'entendre et se leva précipitamment pour aller à la fenêtre.

— Ah ben, bondance! s'écria-t-elle en s'empressant de sortir de sa chambre. Donat! Ignace! cria-t-elle, debout au pied de l'escalier. Levez-vous, les vaches sont plus dans le clos. Elles ont pris le chemin. Vite, ça presse!

Sans vérifier si elle avait bien été entendue par les siens, elle se précipita à l'extérieur après avoir passé une veste sur sa robe de nuit et s'immobilisa, catastrophée, sur la galerie.

— Sainte bénite! C'est pas vrai! Regarde-moi les dégâts, dit-elle avec une forte envie de pleurer.

Les vaches en liberté avaient ravagé aussi bien le jardin que ses plates-bandes. De surcroît, elles avaient laissé un peu partout des bouses fraîches. La maîtresse de maison entendit la porte claquer dans son dos.

— Qu'est-ce qui se passe? lui demanda Donat au moment même où Camille et Bernadette arrivaient derrière lui.

— Regarde! s'écria sa mère en lui montrant le jardin et ses plates-bandes. Tout est à l'envers. Mes cœurs saignants, mes lys, mes pivoines, mes saint-joseph! Tout a été écrasé!

— Calvaire! jura son fils, hors de lui. Ça, c'est le maudit sans-dessein qui a pas refermé la clôture hier soir, précisa-t-il en parlant d'Ignace Houle. Où est-ce qu'il est encore passé, ce maudit agrès-là?

— Il est pas encore descendu, l'informa Bernadette.

— Bon, allez courir les vaches pendant que je vais le réveiller, cet innocent-là, ordonna Marie à ses enfants. Faites ça vite avant qu'elles fassent d'autres dégâts.

Tous les trois s'empressèrent de se chausser et se mirent à la recherche des fugitives.

— Eh, que j'aime me faire réveiller comme ça! se plaignit Bernadette. Je sens que ça va me mettre de bonne humeur pour le reste de la journée!

Il leur fallut une bonne demi-heure pour ramener les bêtes dans leur pacage. Camille en trouva deux derrière la maison tandis que Donat et sa sœur, venant d'apercevoir les huit autres vaches dans le champ fraîchement semé la semaine précédente, de l'autre côté de la route, s'élancèrent pour les en chasser.

— Ah ben, maudit! s'exclama Bernadette en s'arrêtant brusquement et en se mettant à sautiller sur un pied.

— Qu'est-ce que t'as? lui demanda son frère en s'approchant.

— Je viens de marcher dans une bouse! s'écria-t-elle, l'air dégoûté, en tentant maladroitement d'essuyer son soulier souillé sur l'herbe.

— Envoye! Laisse faire ça! Tu te nettoieras tout à l'heure, lui ordonna Donat. On n'est pas pour attendre qu'elles aient tout piétiné, précisa-t-il en se mettant à courir vers les bêtes.

Bernadette courut derrière lui et tous les deux parvinrent à regrouper les fugitives et à les faire entrer dans l'étable avec force et menaces.

Un peu essoufflés, ils revinrent vers la maison en n'oubliant pas, au passage, de refermer soigneusement la porte de la clôture. La jeune institutrice s'arrêta au puits pour tenter de nettoyer tant bien que mal sa chaussure couverte de bouse qu'elle laissa près de la galerie. Camille sortit pour voir s'ils avaient récupéré les autres vaches et vit sa sœur revenir vers la galerie à cloche-pied.

— Qu'est-ce qu'il t'arrive? lui demanda-t-elle.

— J'ai marché dans une bouse.

— T'es pas capable de regarder où tu mets les pieds? s'informa sa mère, soudainement apparue derrière la porte moustiquaire.

— Quand on court après les animaux à moitié réveillée, ça peut arriver, m'man, répondit-elle, de mauvaise humeur.

— En allant conduire les vaches à l'étable, j'ai remarqué que la porte de la clôture était toute grande ouverte, dit Camille. Si Ignace Houle avait voulu faire exprès, il s'y serait pas pris autrement.

— Attends que je le ramasse, le maudit insignifiant, fit Donat, la voix mauvaise, en les rejoignant. Il va s'en souvenir.

— Moi, ce que je comprends pas, c'est comment ça se fait que la porte du jardin était ouverte, intervint Bernadette, l'air songeur. Je suis allée là hier soir et je me souviens encore de l'avoir bien fermée.

Une surprise les attendait lorsqu'ils pénétrèrent dans la maison.

— Où est-ce qu'il est, lui? demanda Donat à sa mère en ouvrant la porte moustiquaire de la cuisine d'été.

— On dirait qu'il est parti, déclara Marie. Quand je suis montée voir pourquoi il était pas encore descendu, j'ai trouvé son lit défait et les tiroirs de sa commode grands ouverts et vides.

— Ben ça, c'est une maudite bonne nouvelle, déclara son fils. Comme ça, je serai pas obligé de le sacrer dehors avec un bon coup de pied dans le cul.

— En attendant, il y a le jardin à arranger et je sais pas ce que je vais pouvoir sauver de mes plates-bandes, rétorqua sa mère, furieuse.

— Pour moi, cet agrès-là a fait exprès d'ouvrir la clôture pour laisser sortir les vaches. Il a même ouvert la porte du jardin, déclara Bernadette.

— Ça me surprendrait pas pantoute, dit son frère en serrant les dents. Si jamais je lui mets la main dessus, je vais lui faire passer le goût du pain, promit-il.

— Bon, avec tout ça, il est déjà passé six heures et le train est pas fait, déclara Marie sur un ton résigné. Eugénie s'en vient avec le petit qu'on a réveillé. Vous, allez vous occuper des animaux ; moi, je vais aller voir votre père avant d'aider Eugénie à préparer le déjeuner.

Peu après, les Beauchemin se retrouvèrent autour de la table pour manger des crêpes arrosées de sirop d'érable. Le silence régnait dans la cuisine d'été. Chacun semblait plongé dans ses pensées. Si Marie songeait à ce qu'elle pourrait sauver de ses plates-bandes et de son jardin, Bernadette, de son côté, était préoccupée par ses élèves en ce début de juin, alors que son frère se demandait comment il allait parvenir à faire tout le travail qui l'attendait sans l'aide d'un employé.

— Il a dû attendre qu'on soit tous endormis pour faire son mauvais coup, dit soudain Camille.

— Il faut être hypocrite en pas pour rire, poursuivit Eugénie.

— La paresse est la mère de tous les vices, comme disait souvent monsieur le curé Lanctôt, intervint Marie en tendant une crêpe à son mari.

— Paresseux et hypocrite, il manquerait plus ben qu'il soit un maudit voleur, conclut Donat.

Son père l'approuva en hochant la tête. Marie sembla penser soudainement à quelque chose. Elle quitta précipitamment la table et poussa la porte de la cuisine d'hiver pour se rendre jusqu'au petit secrétaire en chêne placé dans un coin de la pièce. Elle rabattit le couvercle qui servait de pupitre et ouvrit le tiroir dans lequel elle gardait une partie des économies familiales. L'argent avait disparu !

— Seigneur, en plus il est parti avec notre argent ! s'écriat-elle en revenant dans la cuisine d'été. Il a pris tout ce qu'il y avait dans le tiroir.

— Combien vous aviez, m'man ? demanda Camille.

— Au moins dix piastres, répondit sa mère, la mine défaite.

— Aïe, c'est un mois et demi de mon salaire, ça ! fit Bernadette en blêmissant.

— L'enfant de chienne ! s'exclama Donat. Si je lui mets la main dessus, c'est clair que je lui tords le cou.

— Qu'est-ce qu'on va faire ? demanda Marie à ses enfants.

— Je suis pas pour perdre une journée pour aller le dénoncer à la police, à Sorel. Tout ce que je vais faire, je vais en parler autour et ouvrir les oreilles. Si j'entends dire qu'il a trouvé à s'engager quelque part, il va me voir arriver, promit Donat d'une voix rageuse.

⁂

Les jours suivants, une véritable canicule s'installa sur la région, même si on n'était qu'au début du mois de juin. En ce vendredi après-midi, un soleil de plomb avait poussé les bêtes à se réfugier à l'ombre des arbres plantés le long des champs et les stridulations des insectes étaient assourdissantes. Au loin, on entendait les coups de marteaux en provenance du chantier sur le bord de la rivière.

En cette fin de vendredi après-midi, Bernadette referma son registre de classe qu'elle venait de remplir en poussant un soupir de lassitude. Quelques minutes plus tôt, elle avait laissé partir ses élèves avec un soulagement évident. À l'approche des vacances estivales, ils devenaient de plus en plus agités et la chaleur régnant à l'intérieur de la petite école de rang située devant le magasin général n'aidait pas.

— Il reste juste trois semaines, murmura-t-elle pour elle-même.

La jeune femme au chignon blond serré posa sur sa tête son chapeau et s'assura d'avoir mis dans son sac tout ce dont elle aurait besoin durant la fin de semaine avant de sortir de l'école et d'en verrouiller la porte. Il n'y avait qu'une voiture dans la cour commune de la forge et du magasin général. Elle marcha jusqu'au pont qu'elle traversa et entreprit de remonter le rang Saint-Jean en direction de la maison paternelle.

— Si Emma est sur sa galerie, je vais arrêter cinq minutes pour me mettre à l'ombre, se dit la jeune femme en tirant un mouchoir de l'une de ses manches pour éponger son front moite.

Ses bottines noires étaient déjà couvertes de la poussière du chemin et sa robe qui s'arrêtait à ses chevilles entravait sa marche.

Malheureusement, sa sœur était occupée à l'intérieur et Bernadette jugea préférable de ne pas la déranger. Elle poursuivit son chemin. Quelques minutes plus tard, en passant devant le champ de Conrad Boudreau, voisin des Beauchemin, elle aperçut un homme venant dans sa direction en provenance du chantier où s'agitaient une demi-douzaine d'ouvriers malgré la chaleur accablante. La jeune institutrice mit quelques secondes avant de réaliser que l'homme claudiquait légèrement. Elle s'arrêta pour lui donner le temps de la rejoindre.

— Mais c'est un revenant! s'écria-t-elle au moment où l'homme prenait pied sur la route.

— Bonjour, Bernadette, la salua Constant Aubé, toujours aussi timide, mais apparemment très heureux de la revoir. Je suis content que tu te souviennes de moi, ajouta-t-il.

— Je t'ai pas oublié, fit-elle, coquette. J'ai encore les trois romans que tu m'as prêtés l'automne passé avant de disparaître.

— C'est vrai que je suis parti pas mal vite, admit-il, un peu mal à l'aise. J'aurais voulu t'expliquer pourquoi je partais, mais je pouvais pas arriver comme ça chez vous pour aller te le dire…

Constant lui faisait comprendre qu'elle ne l'avait jamais invité à aller veiller chez elle. Bien sûr, elle l'avait fait passer au salon les deux fois où il était venu lui apporter des romans, mais il avait interprété ce geste comme la simple manifestation de politesse d'une jeune femme bien élevée.

— Il fait pas mal chaud pour jaser sur le bord du chemin, reprit-elle. Si t'as rien de plus important à faire, tu pourrais peut-être marcher avec moi jusqu'à la maison ? Comme ça, je pourrais te remettre tes livres. En plus, je suis certaine que mon père va être content de te voir.

— Ben sûr, dit-il avec un sourire en se mettant en marche à ses côtés. Mais je vais peut-être déranger ton père dans son ouvrage… avança-t-il.

Durant le reste du trajet jusqu'à la maison des Beauchemin, Bernadette raconta ce qui était arrivé à son père l'hiver précédent, tout en n'oubliant pas de remercier l'ancien employé de Hyland pour les magnifiques bottes qu'il lui avait fait remettre au jour de l'An par Bert Hyland.

— Je les ai mises tout l'hiver, lui déclara-t-elle, et j'ai pas arrêté d'avoir des compliments. J'ai fait pas mal de jalouses dans la paroisse.

— Tant mieux, fit Constant, heureux de lui avoir fait autant plaisir.

Elle finissait de lui raconter ce qu'Ignace Houle avait fait aux Beauchemin avant de prendre la fuite la nuit dernière, quand ils arrivèrent à la ferme. Au moment d'entrer dans la cour, ils virent Marie sortir du poulailler où elle venait d'aller chercher des œufs.

— Tiens, de la visite rare ! s'écria-t-elle en reconnaissant Constant Aubé.

Ce dernier la salua et s'excusa d'arriver presque à l'heure du souper. Il ne faisait que raccompagner sa fille rencontrée sur la route. La mère de famille ne put s'empêcher de lancer un regard désapprobateur à sa cadette.

— Je voulais juste saluer votre mari et prendre de ses nouvelles, ajouta-t-il, gêné de s'imposer.

— Ça va lui faire plaisir de te voir, affirma Marie. Tu peux aller le voir, il est assis à l'ombre, sur la galerie, précisa-t-elle en montrant Baptiste de la main.

Avant que sa mère ne lui fasse savoir qu'elle avait besoin d'elle, Bernadette s'empressa d'entraîner le visiteur vers la maison. Si Constant eut du mal à reconnaître Baptiste Beauchemin, il se garda bien de le montrer. Plus à l'aise avec les hommes, il serra doucement la main de l'infirme avant de s'asseoir à ses côtés, imité par Bernadette, qui s'empressa de retirer son chapeau et ses gants pour se mettre à l'aise.

— Raconte-nous comment ça se fait que tout à coup on te voit sourdre dans le rang Saint-Jean en train de te faire construire un moulin à farine et une maison, dit-elle à Constant, incapable de dissimuler plus longtemps sa curiosité.

Alors que le jeune homme allait se mettre à parler, la porte moustiquaire s'ouvrit dans le dos du visiteur et Marie apparut avec quelques tasses. Elle en tendit une à Constant.

— Ça a tout l'air que Bedette a oublié comment recevoir le monde, dit-elle, acerbe. Bois, c'est une recette qui vient de ma vieille mère. C'est du jus de pomme avec de l'eau froide. Ça rafraîchit et ça coupe la soif.

Une fois Baptiste désaltéré, la maîtresse de maison sembla décider de demeurer sur place pour entendre ce que Constant avait à raconter.

— Votre fille a dû vous dire que j'ai eu la jambe droite cassée par un coup de pied de cheval quand j'avais huit ans. L'os a mal repris…

66

Il était évident que le rappel de la cause de sa boiterie le mettait mal à l'aise. Marie se sentit obligée de dire que c'étaient des choses qui arrivaient.

— Mon père a toujours eu un gros commerce de bois à Québec et il bâtissait des maisons avec l'aide de mes deux frères aînés. Quand il a vu que je boitais, il a décidé que j'irais à l'école et il m'a même fait étudier deux ans au Petit Séminaire de Québec. Son idée était que je reste au magasin et que je serve les clients derrière le comptoir.

— C'était pas bête comme idée, reconnut Marie en hochant la tête.

— Oui, mais j'étais jeune et je voulais lui prouver que j'étais aussi capable que mes deux frères, poursuivit Constant Aubé. À dix-sept ans, je suis parti de la maison sans sa permission et je suis allé rester chez mon grand-père qui avait un moulin à farine et qui faisait cordonnier pendant l'hiver. Si ma mère avait été encore vivante, j'aurais peut-être pas fait cette bêtise-là, mais elle est morte quand j'avais sept ans. En tout cas, c'est chez mon grand-père Duranleau que j'ai appris les métiers de meunier et de cordonnier.

— Tu m'as dit que ton père t'avait pas pardonné d'être parti, intervint Bernadette.

— C'est vrai, reconnut l'ancien employé de Thomas Hyland. J'ai jamais essayé de retourner chez nous et lui, il a fait comme si j'étais mort. Il a même arrêté de fréquenter le père de ma mère parce que je restais chez lui. L'automne passé, Bernadette m'a conseillé d'écrire à mon père pour m'excuser, expliqua Constant.

— Et ? demanda Marie, attentive.

— Cette lettre-là a changé ma vie, madame Beauchemin, avoua le jeune homme. Un de mes frères m'a écrit que mon père était gravement malade et qu'il voulait me voir. Il me conseillait de pas perdre de temps. C'est pour ça que je suis parti aussi vite de Saint-Bernard-Abbé. Rendu à Québec, je suis allé voir mon père. Mes deux frères m'ont dit qu'il était atteint aux poumons et qu'il avait de plus en plus de misère à respirer. Mon père, c'était un homme solide, mais il avait tellement changé quand je l'ai revu que j'ai eu de la misère à le reconnaître.

— Est-ce qu'il t'a pardonné? lui demanda Bernadette, émue.

— Je pense que oui parce qu'il m'a fait aucun reproche. Tout ce qu'il m'a dit, c'était qu'il voulait que j'aide mes frères à faire marcher le commerce. C'est ce que j'ai fait pendant les trois mois suivants. Puis mon grand-père est mort et j'ai appris que j'étais son seul héritier.

Bernadette fut émue de constater que les yeux du narrateur s'étaient remplis d'eau à l'évocation de son grand-père. Cependant, Constant poursuivit son récit.

— J'aurais ben voulu continuer à faire tourner le moulin après la mort de mon grand-père parce que j'aimais cet ouvrage-là, mais je pouvais pas parce que j'avais promis à mon père d'aider mes frères. Ça fait que j'ai dû vendre le moulin, la maison et tout le roulant pour continuer à travailler au magasin. Un peu après Pâques, mon père a pris froid et le docteur a rien pu faire pour le sauver. Après sa mort, le notaire nous a réunis, mes frères et moi, pour la lecture du testament. C'est à ce moment-là que j'ai vraiment compris que mon père m'avait pardonné parce qu'il nous a tout légué à parts égales.

— C'était un homme juste, ne put s'empêcher de faire remarquer Marie.

— Ce jour-là, j'ai dit à mes frères que j'étais pas intéressé à continuer à travailler dans le commerce du bois et que j'étais prêt à leur vendre ma part d'héritage, s'ils le voulaient. On a discuté une couple d'heures. Finalement, on s'est entendus quand ils m'ont dit qu'ils me paieraient ma part au plus tard à la fin du mois de mai.

— Au fond, ça s'est plutôt bien passé pour toi, avança Bernadette en surveillant sa réaction.

— Plus ou moins, admit Constant avec un sourire contraint. Honoré et Joachim étaient pas trop contents que je les force à emprunter, mais j'y pouvais rien. En tout cas, avant qu'ils le fassent, j'ai pris la précaution d'écrire au notaire Letendre de Sainte-Monique pour lui demander d'essayer de s'entendre avec votre voisin sur un prix raisonnable pour son champ, en face du moulin de Thomas Hyland. Pour un moulin à farine, on n'a pas le choix, il faut une chute avec un bon débit d'eau pour faire tourner des meules de façon régulière. Quand le notaire m'a répondu que monsieur Boudreau était prêt à me vendre le terrain, je suis venu signer le contrat d'achat à Sainte-Monique avant d'aller rencontrer Eugène Bélisle à Saint-Zéphirin. J'avais eu affaire à lui pour les plans de la chapelle et j'avais ben aimé sa façon de travailler. J'ai confiance en lui. Il y a trois jours, je suis revenu, et là, je vais m'organiser pour que le moulin soit prêt à marcher à temps pour moudre les prochaines récoltes.

Baptiste, qui semblait ne pas avoir perdu un mot des explications du visiteur, hocha la tête.

— On peut dire que t'as pas perdu de temps, lui fit remarquer Bernadette en cachant mal son admiration.

— Disons que j'ai été pas mal chanceux. Là, j'ai demandé à Bélisle de commencer à bâtir la maison. J'ai l'intention de la finir moi-même pendant que la plupart de ses hommes vont travailler surtout à construire le moulin.

— Il y a pas à dire, ça construit dans la paroisse, reprit Bernadette. Mon frère Xavier a commencé, lui aussi, à bâtir sa maison.

— C'est plus encourageant que de voir brûler des maisons, dit Constant.

— Pourquoi tu dis ça ? lui demanda Marie, intriguée.

— Vous l'avez peut-être pas su, mais vendredi passé, tout le quartier Saint-Roch, à Québec, est passé au feu. J'ai entendu dire qu'il y avait cinq cents maisons qui ont brûlé.

On voyait les flammes de loin et il y avait de la fumée partout dans Québec. Je vous dis que c'était pas drôle de voir autant de monde jeté à la rue.

— Mon Dieu! Ça devait être pas mal effrayant, cette affaire-là, dit Marie.

— Je vais aller chercher tes livres, lui annonça Bernadette en voyant Camille s'arrêter à l'entrée de la cour et remercier les deux fils de Liam Connolly qui l'avaient raccompagnée.

La jeune femme disparut quelques instants dans la maison pour revenir avec les trois romans que lui avait laissés Constant l'automne précédent. Ce dernier comprit qu'il était temps de partir. Il salua Baptiste et les trois femmes avant de quitter la ferme. Il était évident qu'il se sentait épié et il faisait des efforts pour atténuer son léger handicap à la jambe.

— Sais-tu qu'il boite presque plus, dit Camille à sa sœur en entrant dans la cuisine à sa suite.

— Je sais pas, j'ai pas remarqué, mentit cette dernière.

— T'es-tu demandé ce que le monde va dire en te voyant te promener toute seule sur le chemin avec un garçon? lui demanda sa mère en train de ceindre son large tablier.

— Il y a juste les Boudreau qui ont pu me voir, m'man, laissa tomber Bernadette. Il m'a vue en sortant du chantier. Quand il m'a offert de me raccompagner, je pouvais tout de même pas lui dire non, mentit-elle.

— Ça fait rien, s'entêta Marie. Si Amanda Boudreau va colporter qu'elle t'a vue avec le petit Aubé en train de te promener, ça va faire jaser.

— Ben là, m'man, le monde jasera.

— Et Amable Fréchette, lui? se moqua Eugénie, apparue comme par enchantement dans la cuisine d'été, de retour de chez les voisins où elle était allée carder de la laine avec Anne-Marie Gariépy.

— Lui, il a rien à dire. Ça le regarde pas pantoute, répondit sèchement Bernadette, avant de se diriger vers la cuisine d'hiver dans l'intention d'aller changer de robe, à l'étage.

⁊⁊⁊

Ce soir-là, les Beauchemin venaient à peine de finir de souper quand un inconnu se présenta à leur porte en demandant à parler à Donat. Ce dernier sortit sur la galerie et l'autre l'attira près de sa carriole avec des airs mystérieux.

— Je suis Wilbrod Bérubé. C'est Lemire qui m'envoie te porter deux barils de bagosse pour que tu puisses payer la traite au monde demain soir à Sainte-Monique.

Les deux hommes prirent les deux barillets et les portèrent dans la remise avant de revenir près de la voiture du visiteur.

— Qu'est-ce qu'il y a là demain soir ?

— Hemming vient parler. Lemire a eu la permission du curé Lanctôt de faire la réunion sur le perron de l'église. T'es chanceux, t'auras pas à faire la tournée de Sainte-Monique pour faire de la cabale pour cette réunion-là, le curé de la paroisse l'a déjà annoncée en chaire dimanche passé.

— Si je l'avais su à temps, j'aurais pu demander au curé Ouellet de faire la même chose à Saint-Bernard-Abbé, lui fit remarquer Donat, mécontent. Comment ça se fait que j'apprends ça à la dernière minute ?

— Je le sais pas, avoua Bérubé, mais c'est pas ben grave. En tout cas, Lemire te fait dire qu'il aimerait ben que tu viennes avec le plus de monde possible de ta paroisse. Fais le tour pour mettre les gens au courant.

— C'est correct, mais vous pourrez dire à Lemire que j'aurais ben aimé qu'il me le fasse savoir avant. Comme ça, j'aurais pas perdu une journée à faire le tour de la paroisse. J'aurais pu avertir le monde après la messe, dimanche passé.

— Qu'est-ce que tu veux ? Il est pas mal occupé et il a ben des affaires à faire. Il a dû oublier de te prévenir.

En tout cas, Hemming a tellement confiance qu'il va venir juste une autre fois dans notre coin.

— C'est correct.

— Là, je te le dis tout de suite, reprit l'homme de confiance de l'organisateur. Samedi, dans deux semaines, il va y avoir une assemblée contradictoire entre lui et Laurier à Saint-Zéphirin. Naturellement, Lemire compte encore sur toi pour venir avec ben du monde à cette assemblée-là parce que ça risque de brasser.

— Bon, fit Donat sans grand enthousiasme. Je vais faire mon possible.

— Pendant que j'y pense, reprit Bérubé en se penchant dans sa voiture pour y prendre une affichette roulée sous la banquette avant. Tu poseras cette affiche-là à la porte de l'église dimanche. C'est pour annoncer que l'élection dans le comté va se tenir le 9 juillet. Le registre devrait être à l'école.

— Je vais le faire, promit Donat.

— Naturellement, tu vas t'organiser pour passer la journée là-bas avec tes gars pour être ben sûr qu'il y a rien de croche qui se passe.

— Naturellement, répéta Donat.

— Si jamais tu t'aperçois qu'il y a des Rouges qui essaient d'empêcher du monde de se rendre au registre, aie pas peur de les tasser. S'il faut frapper dans le tas, gêne-toi pas, ajouta le messager avec un bon gros rire avant de monter dans sa voiture.

Le jeune cultivateur le salua d'un bref signe de tête et rentra dans la maison, la mine sombre.

— Qu'est-ce qu'il voulait, cet homme-là ? s'empressa de lui demander sa femme au moment où il rentrait pour prendre sa pipe et sa blague à tabac.

— C'est un gars envoyé par Lemire. Ça a rapport avec les élections, ajouta-t-il sans se donner la peine de donner plus de précisions.

Après tout, la politique était quelque chose de bien trop compliqué pour que les femmes y comprennent quelque chose.

Une fois sa pipe allumée, le fils aîné de Baptiste Beauchemin se dirigea sans se presser vers l'enclos pour aller atteler la Noire au boghei. Quand Eugénie entendit la voiture avancer dans la cour, elle se dépêcha de sortir sur la galerie pour demander à son mari où il allait.

— J'ai deux mots à dire à mon frère et après ça, il faut que j'arrête chez Connolly.

Il mit son attelage en marche et prit la route sans se retourner. Il trouva Xavier et Antonin en train de manger des fèves au lard sur une table de fortune installée à l'extérieur de leur cabane. Il demanda à Xavier de prévenir les gens de son rang de la réunion électorale de leur candidat qui allait avoir lieu à Sainte-Monique le lendemain soir.

— Moi, je veux ben, mais je vais pas chez les Benoît. J'ai pas le goût pantoute de parler au frère de Catherine. Tu le sais, il m'aime pas la face.

— Voyons, Xavier, t'as pas d'affaire à aller le voir. Il est pas propriétaire, ça fait qu'il a pas le droit de voter, prit la peine de lui expliquer son frère.

— Ça fait mon affaire en blasphème. Est-ce que je dois arrêter chez Hyland et Ellis ?

— Tu peux toujours pour les faire étriver, le défia Donat en riant. Demain après-midi, je t'attends à la maison vers quatre heures pour monter à Sainte-Monique. Je compte sur toi.

Après avoir obtenu l'accord de son jeune frère, Donat revint dans le rang Saint-Jean, puis dépassa la demeure paternelle pour s'arrêter chez Liam Connolly à qui il transmit les mêmes informations qu'à Xavier.

— Il faudrait que t'ailles avertir les gens de Saint-Paul, dit-il à l'Irlandais.

— Je vais y aller à soir pour être certain de tous leur parler, promit Liam en faisant preuve d'une bonne volonté qui fit plaisir au fils de Baptiste Beauchemin.

— Sais-tu, je pense que je vais faire la même chose que toi, je vais faire ma tournée du rang Saint-Jean tout de suite. Comme ça, j'aurai pas à courir après personne demain, dit-il au veuf.

Les deux hommes se séparèrent. Donat se dirigea aussitôt vers la maison de Cléomène Paquette pour commencer sa tournée par la dernière demeure du rang. Sur le chemin du retour, un peu après dix heures, il était si fatigué qu'il décida qu'il irait se mettre immédiatement au lit en rentrant.

À son entrée dans la cour de la ferme, tout était silencieux. Il n'y avait qu'une fenêtre de la cuisine d'été éclairée par une lampe à huile laissée allumée à son intention. Il détela la Noire, l'étrilla rapidement, lui donna un peu d'avoine et la conduisit dans son enclos avant de revenir à la maison. Il s'empara de la lampe allumée et monta à sa chambre sans faire de bruit. Comme il s'y attendait, Eugénie ne dormait pas encore, probablement incommodée par la chaleur qui régnait dans la petite pièce. Pas le moindre souffle d'air ne faisait voleter le rideau de cretonne.

— On a eu pas mal de misère à rentrer ton père, murmura-t-elle dans le noir.

— Torrieu! Je l'avais complètement oublié. Il fallait que je voie tout le monde du rang pour dire qu'il y a une assemblée demain soir à Sainte-Monique après être allé prévenir Xavier et Connolly. Ça m'a pris plus de temps que je pensais.

— Tu vas aller à cette réunion-là?

— J'ai pas le choix. Tu me prépareras mon linge propre pour la fin de l'après-midi. Il va falloir qu'on parte avant le souper. Je vais demander à Camille et Bedette de faire le train toutes seules pour une fois, lui expliqua-t-il en repoussant l'unique couverture, tant il faisait chaud dans la chambre.

Chapitre 4

Une réunion mouvementée

Le lendemain, à la fin de l'après-midi, Donat fit monter Xavier et Liam dans sa carriole. Le ciel était gris, et la rivière Nicolet, qui coulait de l'autre côté de la route, ressemblait à une coulée de lave. Après avoir déposé les deux barillets de bagosse à l'arrière du véhicule et pris soin d'y adjoindre deux gobelets en fer-blanc, les trois hommes avaient placé dans la voiture des toiles goudronnées pour se protéger de la pluie si elle se mettait à tomber.

— Camille nous a préparé quelque chose à manger, déclara Donat en mettant la carriole en marche et en tendant un panier à son frère, assis à ses côtés.

Liam souleva poliment sa casquette en apercevant Camille et sa mère, debout sur la galerie.

— Faites pas les fous, vous autres, les mit en garde Marie Beauchemin. Arrangez-vous pas pour vous faire estropier.

— Inquiétez-vous pas, m'man, répondit Xavier avec un large sourire. On va se tenir ben tranquilles dans notre coin.

La voiture disparut sur la route en soulevant un nuage de poussière en cette fin d'après-midi de juin.

— S'il pouvait se mettre à mouiller, déclara Liam, ça ferait ben du bien. Tout est en train de sécher.

— Rassure-toi, ça s'en vient, lui prédit Xavier en jetant un coup d'œil vers le ciel assombri par de lourds nuages.

— Ta blonde s'est pas trop lamentée quand tu lui as dit que t'allais pas veiller avec elle à soir ? lui demanda son frère.

— Aïe, je suis pas marié, moi ! protesta le cadet des Beauchemin. Je suis pas attaché au bout d'une corde.

En fait, il faisait le faraud devant les deux autres, mais il se gardait bien de dire que Catherine Benoît n'avait pas accepté de gaieté de cœur son absence en ce samedi soir. Elle lui avait fait promettre de venir la voir le lendemain après-midi et le surlendemain, pour compenser.

— On aurait ben pu emmener Antonin, ajouta Xavier.

— T'es pas malade, toi ? Il est ben trop jeune pour ce genre d'affaires. Tu sais comme moi que ces réunions-là finissent souvent par des coups.

— Même s'il a juste seize ans, il est pas mal raide, le jeune, assura son frère.

— Je veux ben le croire, mais tu te ferais blâmer s'il lui arrivait quelque chose.

La quinzaine de milles séparant Saint-Bernard-Abbé de Sainte-Monique fut franchie assez rapidement, et à l'arrivée des trois hommes il y avait déjà une vingtaine d'hommes en train de discuter, debout dans le stationnement de l'église. Ils ne semblaient pas plus incommodés par la chaleur qui régnait que par la menace d'un orage. Donat prit soin d'immobiliser sa carriole à la limite du terrain, sous les arbres, de manière à ce que personne du presbytère ne puisse la voir.

— On a en plein la bonne place, déclara-t-il à ses deux assistants. Placés où on est, ça va vite se savoir qu'on a de la boisson et on risque pas de voir monsieur le curé ou un de ses vicaires venir nous donner le diable parce qu'on sert un peu de boisson.

— Est-ce qu'on va en donner à tout le monde qui va en demander ? s'enquit Xavier.

— Certain, inquiète-toi pas. Tu peux être sûr par exemple que pas un maudit Rouge va venir essayer de nous quêter à boire. Il y en a juste pour les bons Bleus. À cette heure, il est un peu de bonne heure pour commencer à payer la traite, reprit Donat. On va aller jaser avec mon oncle Armand que je viens de voir arriver. Il est en train de parler au notaire Letendre.

— On est mieux de cacher les barils avec la toile, proposa Connolly en étalant une toile sur les barillets pour les dissimuler à la vue des curieux.

Les trois hommes s'éloignèrent en direction du parvis de l'église au pied duquel Armand Beauchemin, le frère de Baptiste, venait de s'arrêter. Le gros cultivateur était en grande conversation avec un petit homme à la chevelure argentée dont les vêtements soignés tranchaient avec ceux portés par les gens qui ne cessaient d'arriver sur les lieux.

Pendant ce temps, personne n'avait remarqué que Samuel Ellis s'était glissé derrière la carriole des Beauchemin. Quand il avait aperçu le trio en train de quitter la voiture, il avait fait signe à John White, avec qui il était venu à la réunion, de ne pas bouger. Ce dernier avait vu l'organisateur libéral dans Saint-Bernard-Abbé contourner un important groupe de cultivateurs avant de se faufiler derrière la rangée d'arbustes qui séparait le stationnement de la propriété voisine.

Après un bref coup d'œil autour de lui pour s'assurer de ne pas être vu, Ellis s'était glissé sous la toile goudronnée pour vérifier ce qu'elle cachait. Sans perdre un instant, il retira la bonde de chacun des tonnelets pour y jeter tout le contenu d'un petit sac avant de les remettre en place. Ensuite, il s'esquiva en arborant un large sourire.

À l'autre bout du terrain, près du parvis, les frères Beauchemin et Liam Connolly serrèrent la main d'Armand Beauchemin et d'Ange-Albert Letendre. Ces deux derniers prirent d'abord des nouvelles de la santé de Baptiste. Donat les rassura.

— J'ai appris par Anthime Lemire que c'est toi qui as pris la place de ton père comme organisateur, dit l'homme de loi au fils aîné de Baptiste Beauchemin.

— Ben oui, monsieur le notaire, et je dois dire que j'haïs pas ça pantoute, avoua Donat.

— J'espère que Hemming va avoir le temps de parler avant qu'il se mette à mouiller, déclara Xavier, hors de propos.

— Pour moi, ça va être pour la fin de la soirée, pas avant, prédit Armand Beauchemin en scrutant le ciel gris. En tout cas, j'ai ben l'impression que ça empêchera pas personne de venir écouter notre homme, ajouta-t-il. Regardez, il en arrive de partout.

— Tant mieux, Hemming est un homme qui sait ce qu'il dit, affirma le notaire. Je suis allé l'écouter à Saint-Frédéric la semaine passée. Je peux vous assurer qu'on a le meilleur député de la région et les gens le respectent.

— J'ai entendu dire que George-Étienne Cartier était venu parler pour lui, intervint Armand.

— C'est vrai, reconnut Ange-Albert Letendre. Comme chef de file des conservateurs dans la province, il est obligé de venir donner un coup de main à Chauveau pour qu'il se fasse réélire. J'ai aussi lu dans le journal que Macdonald pourrait venir faire son tour, même si je pense que notre premier ministre a pas besoin de lui pour se faire réélire.

— Ouais, fit Donat, mais il me semble que le premier ministre aurait pu faire les élections à un autre temps de l'année, par exemple.

— C'est pourtant le meilleur temps, le contredit l'homme de loi. Penses-y un peu, jeune homme. À l'automne, tout le monde est pris par les récoltes. L'hiver, les chemins sont souvent fermés à cause de la neige et au printemps, il y a les sucres et beaucoup de routes sont impraticables. Non, moi, je trouve ça très correct.

— Moi aussi, confirma Armand Beauchemin.

— Mais il y a des choses que je changerais, par exemple, dit Letendre en baissant la voix.

— Quoi, monsieur le notaire ? lui demanda Liam, qui n'avait pas encore ouvert la bouche.

— Au lieu d'étirer les élections sur un mois, je les ferais partout le même jour. Je trouve que c'est insensé que chaque district choisisse sa date d'élection. Là, le jour même où Chauveau a déclaré les élections, Chapleau a été élu par acclamation dans Terrebonne et le lendemain, c'était au tour de Gérin dans Saint-Maurice. Et avant-hier, Chauveau a été élu dans Québec et Trudel dans Champlain.

— Ben, comme ça, on sait au moins qu'on a déjà quatre bons Bleus d'élus, dit Xavier avec bonne humeur.

— Là, ça fait notre affaire parce que ça fait comprendre aux gens des autres districts que les conservateurs sont les plus forts et qu'ils ont intérêt à en élire un, mais ça pourrait bien nous jouer un mauvais tour un jour.

— C'est pas demain la veille, intervint Armand Beauchemin en affichant un air suffisant.

— On peut pas savoir, dit sèchement le notaire. Oubliez pas que dans beaucoup de districts des candidats battus viennent se présenter dès le lendemain de leur défaite dans un district où le vote a pas encore eu lieu pour essayer de s'y faire élire. Il y a des Rouges qui finissent par se faire élire comme ça.

— Et des Bleus, compléta Armand.

— Ça, ça me fatigue, reprit Ange-Albert Letendre, sans tenir compte de l'intervention du gros cultivateur. Il y a aussi nos députés provinciaux qui se sont fait élire à Ottawa en 1867 et qui vont faire la même chose aux prochaines élections. Là, ça va bien, Chauveau et Macdonald s'entendent. Qu'est-ce qui va arriver quand la chicane va prendre entre les deux ? À qui ces députés-là vont être fidèles ? Pouvez-vous me le dire, vous autres ?

— Des Bleus finissent toujours par s'entendre, notaire, affirma Armand avec assurance.

— Ce qui est sûr, c'est que nous autres, on va fêter la victoire de Hemming le 9 juillet, intervint Donat qui n'avait pas dit un mot durant tout l'échange.

Pendant cette discussion, le stationnement s'était progressivement rempli et la route qui traversait le village de Sainte-Monique était maintenant encombrée de toutes sortes de voitures. Il y avait près de cent cinquante personnes, surtout des hommes, qui avaient envahi les lieux et attendaient avec une certaine impatience l'arrivée de l'orateur.

Samuel Ellis, de son côté, avait rejoint un petit groupe de libéraux bien connus dans la région. John White l'attira à l'écart pour lui demander à voix basse :

— *Goddam* ! Veux-tu ben me dire ce que t'es allé faire proche de la carriole de Beauchemin ? J'espère que t'as rien fait de dangereux...

— Ben non, se défendit Ellis en réprimant mal un petit rire.

— Qu'est-ce que t'as fait ?

— Je voulais juste m'assurer qu'il avait fait la même chose que son père aux dernières élections.

— De quoi tu parles ?

— Baptiste Beauchemin apportait de la bagosse à toutes les réunions pour payer la traite aux Bleus. Je voulais voir si son garçon avait fait la même chose.

— Puis ?

— Il y a rien qui a changé. On dirait ben que Hemming continue à fournir de la bagosse à ses organisateurs.

— Je vois pas pourquoi tu trouves ça drôle, fit White en haussant les épaules.

— Ben, disons que les Bleus vont se souvenir longtemps de la bagosse que Hemming va leur donner à boire à soir.

— Hein ?

— J'ai fait sécher un bon tas de feuilles de séné et je les ai pilées. Je te dis que ça fait pas mal de poudre que je viens de vider dans les barils de bagosse qui sont dans la carriole du jeune.

— C'est pas vrai! s'exclama White à mi-voix.

— Tu vas voir qu'il y en a qui auront pas le temps d'entendre la moitié des menteries que Hemming va raconter à soir. Ils vont avoir la plus belle va-vite de leur vie, tu peux me croire. Mais pas un mot là-dessus, ajouta l'Irlandais, redevenu sérieux.

Par une étrange coïncidence, Cléomène Paquette se matérialisa aux côtés de Donat au même instant.

— Dis donc, le jeune, t'aurais pas oublié quelque chose, par hasard? lui demanda l'homme au nez bourgeonnant en le fixant de ses petits yeux chafouins.

— Quoi, monsieur Paquette?

— Aux dernières élections, ton père s'organisait toujours pour offrir un bon petit boire à ceux que le voyage avait assoiffés. Là, il fait chaud en tornom et j'ai la bouche sèche, c'est effrayant, précisa-t-il en lui adressant un clin d'œil.

— J'y ai pensé, moi aussi. J'ai ce qu'il faut. Venez.

Sur ces mots, Donat s'ouvrit un chemin au milieu de la foule en compagnie de Xavier et de Liam jusqu'à sa carriole. Il retira la toile goudronnée, prit un gobelet sous l'un des sièges et le remplit de bagosse qu'il tendit au voisin qui les avait suivis.

— T'en bois pas, toi? lui demanda Cléomène avant d'ingurgiter le contenu du gobelet.

— Beau dommage! fit Donat en s'en versant une large rasade qu'il but avant de servir Liam, puis son frère qui firent honneur, eux aussi, à l'alcool.

— C'est pas le père qui l'a faite, celle-là, mais elle est presque aussi bonne, déclara Xavier en s'essuyant les lèvres.

En quelques instants, la nouvelle fit le tour des gens rassemblés devant le parvis de l'église de Sainte-Monique et un grand nombre de supporteurs de Hemming se présentèrent à la carriole pour boire à l'élection de leur candidat. Quand le premier barillet fut vide, on entama le second.

— Blasphème ! jura Xavier. J'ai l'impression qu'il y en a même qui viennent boire pour la deuxième fois.

— C'est pas grave, l'apaisa Liam, qui servait à boire, lui aussi. Quand il y en aura plus, ils s'en passeront.

— Je veux ben le croire, mais il y en a qui ont déjà les pieds un peu ronds.

Soudain, il y eut des cris d'enthousiasme et la foule s'écarta de la carriole pour aller se masser, plus compacte, devant le parvis. Certains soiffards hésitèrent un long moment entre demeurer aux abords de la carriole des Beauchemin et se joindre à la foule. Ils ne se décidèrent à s'approcher du parvis qu'en voyant Connolly et Donat couvrir les barillets avec la toile, signe qu'ils avaient décidé d'arrêter de régaler les partisans.

Il faisait toujours aussi chaud et humide et plusieurs personnes présentes sur les lieux soulevaient leur casquette de temps à autre pour essuyer la sueur qui perlait sur leur front.

Anthime Lemire se présenta soudain près de la voiture et fit signe à Donat et à ses deux compagnons de se rapprocher.

— C'est parfait, vous faites du bel ouvrage, les gars, les encouragea-t-il. Là, je viens d'arriver avec Hemming. J'ai deux hommes qui sont en train de lui ouvrir un chemin jusqu'en haut des marches. Il va parler dans cinq minutes, après que je vais l'avoir présenté. Vous pouvez arrêter de donner de la boisson.

— C'est ce qu'on vient de faire, lui déclara Donat en lui montrant la toile goudronnée étalée à l'arrière de la carriole.

— Parfait, approuva l'organisateur. Monsieur le curé vient d'arriver lui aussi, et il aurait pas aimé pantoute vous voir faire ça.

— De toute façon, on aurait pas pu continuer ben long-temps, fit Liam. Il nous en reste presque plus.

— C'est pas grave. C'est moi qui l'ai faite, cette bagosse-là, et j'en ai encore pas mal. Bon, à cette heure, j'aimerais que vous alliez vous placer en arrière. Je viens de voir Ellis avec du monde de votre paroisse. En plus, Maximilien Leclair est déjà là avec une dizaine de Rouges. Je suis certain qu'il y en a d'autres. Tout ce monde-là va essayer de semer le trouble.

— On va s'en occuper, lui promit Xavier avec un sourire mauvais. Ils viendront pas empêcher Hemming de parler à soir.

Lemire les quitta et fendit la foule pour se rendre jusqu'au parvis de l'église où l'attendait une demi-douzaine de personnalités, dont le député sortant et le curé Lanctôt.

Âgé de quarante-huit ans, Edward John Hemming était un avocat de belle prestance. Maire du comté de Wicham et député des comtés de Drummond et d'Arthabasca durant les quatre dernières années, il avait si efficacement travaillé au bien-être de ses concitoyens qu'il méritait largement l'ovation qui l'avait accueilli.

Anthime Lemire dit quelques mots au candidat debout à ses côtés avant de se tourner vers la foule. Il réclama le silence d'une voix de stentor. Les conversations se turent progressivement.

— À soir, j'ai l'honneur de vous présenter un homme que vous connaissez bien, votre député à Québec depuis quatre ans. J'ai nommé Edward John Hemming.

Le député conservateur bien connu fit un pas en avant et leva les deux bras en l'air, en signe de victoire, ce qui provoqua une salve nourrie d'applaudissements.

— J'ai pas besoin de vous rappeler tout ce qu'il a fait pour nous dans la région depuis qu'il a été élu en 1867, poursuivit Lemire. Il nous avait promis de développer nos routes et surtout de se battre pour que les trains sur des lisses de bois se rendent jusqu'à Sorel, Drummond et Acton. Il a réussi à faire accepter ça par le gouvernement et à cette heure, ça va nous amener des compagnies dans nos deux districts et donner de l'ouvrage à notre monde. Il est encore bien décidé à travailler pour nous si nous l'élisons le 9 juillet prochain. Je le laisse vous raconter ce qu'il entend faire.

Des applaudissements frénétiques se firent entendre de nouveau, mais aussi quelques huées en provenance des derniers rangs. Donat, Xavier et Liam se rapprochèrent des fauteurs de trouble en même temps que deux autres individus arrivés avec Anthime Lemire. Dès ses premières phrases, la foule se rendit compte que le candidat conservateur était un brillant orateur.

Le politicien rappela d'abord l'œuvre du gouvernement Chauveau, tant dans le domaine de la justice que dans celui de l'éducation depuis les dernières élections, tout en se gardant bien d'évoquer l'opposition du tout-puissant évêque Ignace Bourget dans ce dernier domaine. Il insista lourdement sur les efforts extraordinaires consentis pour développer la colonisation dans l'espoir de contrer l'émigration massive de Canadiens français vers les États-Unis.

— Depuis plus de vingt ans, chers amis, des dizaines de milliers des nôtres quittent notre pays chaque année pour aller gagner leur vie dans les filatures américaines. Notre gouvernement promet de continuer à ouvrir de nouvelles terres et de les vendre soixante-deux cents l'hectare.

— Il va en mettre la moitié dans ses poches, cria un Rouge caché dans la foule.

— Tous des maudits voleurs! hurla un autre.

Ce dernier n'eut pas la chance de jouir longtemps de sa popularité auprès de son entourage. Il se sentit brusquement soulevé par sa ceinture de pantalon par un Xavier Beauchemin qui, sans effort apparent, le transporta, gigotant, sur une vingtaine de pieds, avant de le déposer sans trop de ménagement par terre.

— Toi, on t'a assez vu! lui dit-il sur un ton menaçant. Débarrasse la place, sinon je vais me fâcher, tu m'entends?

Puis, sans attendre de réponse, il lui tourna résolument le dos pour venir rejoindre Liam et Donat qui n'avaient pas bougé et se contentaient de repérer ceux qui émettaient, à haute et intelligible voix, des commentaires désobligeants sur ce que disait Hemming.

— Au sujet des écoles, on vous promet qu'il n'arrivera pas dans notre province ce qui se passe au Nouveau-Brunswick où les catholiques sont maltraités, poursuivit Hemming. Je sais qu'on nous reproche d'accorder plus de faveurs aux écoles protestantes que les autres provinces en accordent aux écoles catholiques, mais ce n'est pas dans notre mentalité de chercher à nous venger. Nous, on va se contenter de développer nos écoles et de faire en sorte d'avoir des institutrices bien formées.

— Et la dette, elle? cria quelqu'un dans la foule.

Donat se souleva sur le bout des pieds pour tenter d'identifier l'intervenant.

— C'est Leclair, dit Liam Connolly. Il cherche le trouble.

— Attends donc que… fit Xavier, prêt à aller vers ce fier-à-bras célèbre dans la région.

— Laisse faire, je m'en occupe, fit l'Irlandais en lui faisant signe de ne pas bouger.

Cependant, Donat, Xavier et les deux hommes de Lemire le suivirent de près pendant qu'il se déplaçait vers l'endroit d'où provenaient les provocations des supporteurs libéraux.

Edward John Hemming n'était pas sans savoir qu'on reprochait de plus en plus aux conservateurs d'avoir endetté la province de façon considérable autant en acceptant de rembourser une trop grande part de la dette du pays lors de la confédération qu'en partageant le coût de l'achat des immenses terres de la compagnie de la Baie d'Hudson. Le député tenta, d'une voix posée, de défendre la position de Chauveau sur ces deux questions fort impopulaires, mais il éprouva quelques difficultés. Il était évident qu'il cherchait surtout à revenir à des sujets plus dignes d'intérêt et moins controversés aux yeux des gens de la région.

— Ça se voit comme le nez au milieu du visage que ce sont tous des croches, hurla Maximilien Leclair, bruyamment appuyé par une poignée de Rouges. Ils sont dans l'assiette au beurre et ils veulent pas la lâcher.

Liam Connolly ne lui laissa pas le temps d'une autre intervention. Il avait contourné la foule par l'arrière et avait rejoint le petit groupe bruyant qui semblait obéir aux ordres de Leclair. Sans le moindre avertissement, il attrapa ce dernier par le col de chemise et son poing droit vint cueillir le fier-à-bras à la pointe du menton avant même que ses compagnons aient eu le temps de réagir. Les jambes du provocateur plièrent et il s'effondra lourdement au sol.

En un rien de temps, la demi-douzaine de voyous payés par l'organisation de Laurier pour venir troubler la réunion se fit rudement chahuter par Donat et les siens. Des coups furent portés de part et d'autre, mais on parvint à chasser les indésirables. Cependant, ce genre de péripétie était tellement courant dans les réunions électorales que l'orateur poursuivit son discours comme si de rien n'était.

Un peu plus loin, Ellis s'était bien gardé de participer à l'échauffourée. Il se tenait silencieux, entouré de quelques fidèles de Saint-Bernard-Abbé, feignant d'écouter attentivement les paroles du député sortant. Puis, quand il vit un premier spectateur s'ouvrir un chemin pour quitter précipitamment la réunion, un vague sourire apparut sur son visage. Ce sourire s'élargit dans les minutes suivantes quand il en aperçut plusieurs autres, les traits tirés, quitter aussi rapidement la réunion.

En quelques minutes, cet exode sembla se généraliser au point de déstabiliser un peu Hemming qui jeta un regard interrogateur à Anthime Lemire, debout derrière lui sur le parvis. Ce dernier quitta discrètement l'endroit, contourna la foule et vint rejoindre Donat.

— Veux-tu ben me dire ce qui se passe ? Qu'est-ce qu'ils ont à partir comme ça ?

— Je le sais pas pantoute, affirma le jeune cultivateur. Comme vous pouvez voir, c'est tranquille. On s'est débarrassés de Leclair et de sa bande.

— Je le vois bien, mais il se passe quelque chose de pas catholique, insista Lemire en attrapant au même moment un gros homme qui se hâtait de quitter les lieux.

— Aïe ! qu'est-ce que t'as ? lui demanda-t-il.

— Je suis malade. Lâche-moi, il faut que j'aille aux toilettes.

Un autre homme le bouscula au passage, encore plus pressé que lui.

— Moi aussi, il faut que j'y aille.

— Coliboire ! J'ai jamais vu ça, reconnut l'organisateur. Ils peuvent pas tous avoir mangé quelque chose de pas bon.

Le temps de finir sa phrase, deux autres spectateurs l'avaient frôlé pour s'éloigner rapidement. Il retourna sur le parvis et glissa quelques mots à l'oreille de Hemming. Ce dernier poursuivit son long discours en tentant d'oublier qu'il perdait des auditeurs de façon régulière au fil des minutes.

Un éclair déchira brusquement le ciel devenu noir et le tonnerre se mit à gronder. Les premières gouttes de pluie vinrent offrir à l'orateur le prétexte rêvé pour mettre fin à la rencontre. Il quitta le parvis non sans avoir demandé aux gens debout devant lui depuis plus d'une heure de venir en grand nombre voter le 9 juillet suivant. Il les remercia de s'être déplacés et, sous les applaudissements de son auditoire, ou du moins de ce qui en restait, il regagna en hâte son boghei en compagnie d'Anthime Lemire qui salua Donat d'un signe de la main avant de quitter les lieux.

Au même moment, le ciel ouvrit ses vannes et un véritable déluge se mit à tomber, ce qui eut pour effet de disperser rapidement la foule. Donat, Xavier et Liam se dépêchèrent de monter dans la carriole et de se couvrir avec la toile goudronnée. Samuel Ellis, toujours accompagné de John White, arrêta alors sa voiture tout près de celle des Beauchemin.

— Tiens, vous êtes venus vous instruire, les nargua Donat en apercevant l'organisateur libéral pour la première fois de la soirée.

— En vieillissant, tu vas apprendre, mon jeune, qu'on n'est jamais trop vieux pour apprendre, rétorqua Ellis avec bonne humeur. J'ai même trouvé ça pas mal intéressant. J'espère que vous aurez pas trop de misère à revenir à Saint-Bernard-Abbé, ajouta-t-il avec un petit sourire à la fois mystérieux et arrogant. Il y a des fois où le chemin peut paraître ben ben long.

— Il sera pas plus long pour nous autres que pour vous autres, rétorqua Donat en s'essuyant le visage.

— Je suis pas sûr de ça pantoute, fit Ellis en riant.

Sur ces mots, l'Irlandais cria à son cheval d'avancer, laissant derrière lui les trois hommes cherchant à s'abriter du mieux qu'ils le pouvaient sous la toile goudronnée.

À peine venait-il de mettre son attelage en marche que Donat se plia en deux, en proie à une forte crampe.

— Qu'est-ce que t'as? lui demanda Xavier, inquiet.

— Prends les guides et fais-nous sortir au plus vite du village. J'ai jamais eu autant envie. Grouille, ça presse, torrieu!

Xavier obtempéra et il venait à peine de s'éloigner de la dernière maison qu'il reçut l'ordre de s'arrêter sur le bord du chemin. Il pleuvait à verse et des éclairs continuaient à strier le ciel.

— Tu peux pas attendre? demanda Xavier à son frère. On pourrait demander d'aller dans les bécosses de Beauchamp. On est presque rendus.

— Laisse faire, ça presse trop, dit Donat en se précipitant vers le fossé où il put se soulager misérablement sous la pluie qui s'intensifiait.

À l'instant où Xavier allait s'adresser à Liam, assis à l'arrière, ce dernier quitta la toile goudronnée sous laquelle il était à demi enfoui et descendit de voiture en disant :

— *Shitt* ! Moi aussi, j'ai mal au ventre.

Et sans plus d'explications, il courut un peu plus loin sur le chemin et descendit dans le fossé.

Le retour à la maison devint un véritable calvaire pour les trois hommes. Les crampes et la diarrhée qui avaient frappé Donat et Liam n'épargnèrent pas plus Xavier que les deux autres. Sous une pluie battante et dans l'obscurité, les trois hommes durent descendre de la carriole à tour de rôle, à deux ou trois reprises durant le trajet pour vider leurs intestins. La route était si détrempée que la Noire avait peine à monter les côtes et ce fut encore pire quand elle dut escalader la pente abrupte conduisant au rang Sainte-Ursule.

Il y eut une accalmie lorsque la voiture arriva devant la cabane de Xavier.

— En tout cas, on m'ôtera pas de l'idée qu'il y a quelque chose de pas normal dans ce qu'on vient d'avoir, affirma le cadet des Beauchemin dont les vêtements étaient trempés.

— C'est sûr, poursuivit un Liam Connolly au visage étrangement pâle. Je me demande même si ça vient pas de la bagosse.

— Pourquoi tu dis ça ? lui demanda Donat, intrigué.

— Ben, c'est tout ce que j'ai trouvé. On dirait que ben du monde qui sont venus boire un petit coup sont partis vite en désespoir.

— Ça se peut pas, trancha Donat. La bagosse était chez nous et Lemire m'a dit qu'il l'a faite lui-même.

— On verra ben, conclut Xavier avant de rentrer dans sa cabane où l'attendait Antonin.

L'orage s'était transformé en une petite pluie fine et une brise rafraîchissante avait enfin chassé la chaleur étouffante des derniers jours. Donat revint dans le rang Saint-Jean, laissa Liam chez lui et vint dételer sa bête près de la remise.

Il conduisit cette dernière à l'écurie, mais dut s'arrêter de toute urgence aux toilettes extérieures avant de rentrer à la maison, les pieds boueux et trempés.

— Des plans pour attraper ton coup de mort! s'exclama Eugénie en sortant sur la galerie pour accueillir son mari avec une serviette.

Donat s'essuya et retira ses souliers avant de pénétrer à l'intérieur.

— Je vais me changer et je reviens, dit-il aux siens en traversant la cuisine d'été pour aller à sa chambre.

À son retour, il tendit ses vêtements mouillés à sa femme et se versa une tasse de thé. Il se rendit compte que son père le fixait de son unique œil, attendant évidemment un récit de la réunion à laquelle il venait de participer. Il raconta alors la soirée en mettant l'accent davantage sur la manière dont ils étaient parvenus à faire taire les provocateurs rouges que sur les promesses électorales d'Edward John Hemming. Il ne fut pas avare de détails sur la façon expéditive employée par Liam Connolly pour terrasser Maximilien Leclair, ce qui eut l'air de faire plaisir à Baptiste.

— La soirée a mal fini par exemple, avoua-t-il.

— Comment ça? lui demanda sa mère, assise au fond de la pièce, en train de tisser.

— Ben, on a été malades comme des chiens, tous les trois, en revenant. On a passé notre temps à aller se vider dans le fossé.

— Voyons donc! protesta Camille. On a mangé la même chose que ce que je vous ai préparé pour souper et on n'a pas été malades, nous autres.

— Je pense pas que ça vienne du manger que tu nous as préparé, admit son frère. Liam pense que ça vient plutôt de la bagosse de Lemire parce qu'il y a eu ben du monde qui ont été malades à soir. On les a vus partir pas mal vite.

— T'en as bu? lui demanda Bernadette.

— Un peu, pour accompagner, avoua Donat.

— Et tu t'es pas aperçu de rien ? fit sa mère.

— Non.

— Va donc en chercher une tasse que je regarde ça, lui ordonna-t-elle.

Même s'il n'avait guère envie de sortir, Donat obéit, curieux de voir si la bagosse pouvait être la responsable des malaises dont lui et ses compagnons avaient souffert. Il revint avec la tasse qu'il tendit à sa mère. Cette dernière la renifla longuement et observa la couleur de la boisson.

— On dirait que ça sent le séné, annonça-t-elle en tendant la tasse à Camille, debout près d'elle.

Celle-ci renifla le liquide à son tour et confirma le verdict de sa mère. Eugénie puis Bernadette émirent la même opinion tour à tour.

— On dirait ben que quelqu'un vous a payé une belle purgation, décréta Marie avec un petit rire.

— Si jamais je trouve celui qui nous a fait ce tour de cochon-là, il va le regretter, conclut Donat, furieux.

Ce soir-là, le fils de Baptiste Beauchemin eut beaucoup de mal à trouver le sommeil, et les crampes abdominales n'en furent pas l'unique cause. Étendu dans l'obscurité aux côtés de sa femme, il écoutait la pluie tomber tout en cherchant à comprendre comment on était parvenu à trafiquer l'alcool qu'il avait servi aux gens. Il repassa toute la soirée dans sa tête avant de s'arrêter aux dernières paroles échangées avec Samuel Ellis.

— L'enfant de chienne ! jura-t-il à mi-voix dans le noir. Si jamais c'est lui qui nous a fait ça, il l'emportera pas au paradis.

Chapitre 5

Une séparation imprévue

Le lendemain matin, la température était devenue plus agréable, bien qu'une fine pluie continuât de tomber. Marie entra dans la cuisine d'été pour allumer le poêle et déposer la théière dessus. Elle ne posait ces gestes que pour Bernadette et Baptiste puisqu'ils allaient être les seuls à pouvoir déjeuner en ce dimanche de la Fête-Dieu. Depuis l'attaque dont avait été victime son mari au début du mois de janvier, les quatre femmes de la maison demeuraient avec lui à tour de rôle le dimanche matin parce qu'on ne pouvait le laisser seul, pas plus que le petit Alexis.

— C'est Angelina Proulx qui va être contente à matin, déclara Camille en entrant dans la pièce. Il paraît que ça fait un gros mois qu'elle prépare le reposoir.

— Il y a rien qui dit que monsieur le curé va annuler la procession, laissa tomber sa mère.

— Voyons, m'man, protesta sa fille aînée. Vous savez bien qu'il fera pas marcher tout le monde de Saint-Bernard dans la bouette jusqu'à chez Proulx. Le chemin de Sainte-Ursule doit pas être regardable.

— On va bien voir, conclut sa mère en allant se planter devant le miroir pour vérifier son chignon.

Peu après, Bernadette, Eugénie et Donat descendirent. Pendant que Marie allait faire la toilette de son mari, les autres quittèrent la maison pour aller soigner les animaux.

À leur retour, on installa Baptiste à table et Marie entreprit de lui faire manger le gruau qu'elle avait cuisiné.

Avant de partir pour la messe, Donat et Camille déposèrent leur père dans sa chaise berçante pendant que Bernadette donnait à manger à un Alexis affamé.

Les Beauchemin s'entassèrent dans le boghei dont la capote avait été relevée pour protéger les voyageurs. Les ornières du rang Saint-Jean étaient gorgées d'eau et le ciel était gris et bas. Le Blond traversa le pont et peina à tirer la voiture en haut de la pente abrupte du rang Sainte-Ursule. Quelques centaines de pieds plus loin, le conducteur immobilisa son cheval devant la chapelle de Saint-Bernard-Abbé pour laisser descendre ses trois passagères. Il alla ensuite stationner le boghei près des autres, sur le côté gauche du temple.

Le bâtiment d'une cinquantaine de pieds par un peu moins de trente n'avait pas encore un an d'existence et déjà le bois de ses murs et de son petit clocher dépourvu d'une cloche commençait à prendre une teinte grisâtre.

Malgré la pluie, quelques hommes s'étaient rassemblés sur l'étroit parvis et fumaient en échangeant les dernières nouvelles. Ils parlaient surtout de la réunion électorale de la veille et du retour désagréable qu'avaient connu certains d'entre eux. Donat salua les gens au passage. Après avoir fixé à la porte de la chapelle l'affiche officielle de la date de l'élection, il entra dans l'intention d'aller attendre avec sa femme le début de la grand-messe dominicale. Les Beauchemin allaient occuper encore les deux mêmes bancs durant les six prochains mois puisqu'ils en avaient payé la location au début du mois de mai.

En prenant place dans le sixième banc, du côté de l'épître, le fils de Baptiste remarqua que Samuel et Bridget Ellis, la servante du curé, étaient déjà installés dans le premier banc. Il se rappela la colère paternelle au mois de novembre précédent quand ce dernier s'était rendu compte que l'Irlandais s'était approprié cette place qui, normalement aurait dû lui revenir, à lui, le maître d'œuvre et le président du conseil.

Donat tourna la tête autant pour vérifier si son frère Xavier et Antonin étaient arrivés que pour admirer cette chapelle dont la construction avait permis, l'automne précédent, la création de la mission Saint-Bernard-Abbé. Il réprima un sourire en se rappelant à quel point les curés Lanctôt et Moisan des paroisses de Sainte-Monique et de Saint-Zéphirin étaient furieux. Les deux pasteurs n'avaient pas accepté de gaieté de cœur de se voir amputer de plus de cinq cents paroissiens par monseigneur Laflèche, mais ils avaient dû se plier à la décision de leur évêque.

— On va avoir pas mal moins chaud que dimanche passé, chuchota Eugénie à l'oreille de son mari.

Ce dernier se borna à hocher la tête tout en continuant à regarder autour de lui sans toutefois parvenir à trouver son frère. Même vingt minutes avant la messe, beaucoup de gens s'entassaient déjà debout à l'arrière de la chapelle, comme lors de chaque cérémonie religieuse. Donat déplora encore une fois la trop grande prudence de son père qui avait poussé le conseil à accepter des dimensions trop modestes pour la chapelle sous le prétexte que les fermiers de la mission n'avaient pas suffisamment d'argent pour s'offrir plus grand. Le résultat était qu'il n'y avait que quarante-six bancs, ce qui était nettement insuffisant pour le nombre de fidèles. Évidemment, cela suscitait des critiques acerbes de la part de ceux qui n'arrivaient pas à louer un banc.

Le vieil Agénor Moreau, perclus de rhumatismes, apparut soudain dans le chœur et se mit en frais d'allumer les cierges des deux chandeliers posés sur l'autel. Peu après, tous les fidèles assis se levèrent pour accueillir le célébrant vêtu de ses ornements sacerdotaux blancs, comme il se devait pour une fête religieuse aussi importante que la Fête-Dieu. Ce dernier fit une génuflexion devant l'autel et y monta pour y déposer son calice avant de revenir se placer entre ses deux servants agenouillés au pied de l'autel pour réciter le chant d'entrée.

Le curé Charles-Omer Ouellet était un homme âgé d'une quarantaine d'années à la chevelure poivre et sel qui commençait à se clairsemer. En revanche, son menton s'ornait d'une épaisse barbe en collier et ses yeux bruns étaient à demi dissimulés sous d'épais sourcils. De l'avis de beaucoup de ses fidèles, ce curé-résident bilingue se situait à mi-chemin entre l'intransigeant curé Lanctôt et l'aimable curé Moisan.

— Il est ben fin, se plaisait à dire le syndic Anatole Blanchette, mais quand il a une idée dans la tête, il l'a pas dans les pieds.

Après la lecture de l'Évangile relatant la multiplication des pains par le Christ, le célébrant se tourna vers la foule pour faire sa prédication hebdomadaire. Il remarqua sans rien dire la quinzaine d'hommes se faufilant à l'extérieur pour échapper à son long sermon, mais le durcissement de ses traits trahissait sans l'ombre d'un doute son déplaisir. Il fit son homélie d'abord en français, puis en anglais pour les Irlandais unilingues de la mission. Le tout dura une quarantaine de minutes. Puis, au moment où les paroissiens, un peu excédés, croyaient que la messe allait se poursuivre, il prit une feuille sur l'autel en annonçant:

— Je dois maintenant vous lire une lettre pastorale que notre bien-aimé évêque, monseigneur Louis-François Richer Laflèche, a fait parvenir à tous les fidèles de son diocèse.

Sur un ton mesuré, le curé de Saint-Bernard-Abbé lut le message qui consistait à recommander fortement à ses ouailles de se conduire en bons catholiques durant la campagne électorale et d'éviter les excès de toutes sortes. Plus important encore, il incitait les électeurs à voter pour ceux qui respectaient le clergé et les œuvres de l'Église en rappelant quelques méfaits engendrés par des idées libérales. Selon le primat, elles avaient conduit à l'occupation de Rome et à toutes sortes de sacrilèges. L'évêque mentionnait que son distingué confrère de Montréal avait dû excommunier les membres de l'Institut canadien parce qu'ils propageaient de telles idées nocives. Le primat de Trois-Rivières associait les libéraux au diable et encourageait ouvertement les gens à voter pour les conservateurs.

Donat eut un sourire de contentement. Il aurait donné cher pour voir la figure de Samuel Ellis, assis tout raide dans le premier banc. Nul doute que l'organisateur libéral ne devait pas être trop heureux de la prise de position de l'Église dans la campagne électorale.

Le curé annonça ensuite qu'il regrettait d'avoir à annuler la procession de la Fête-Dieu qui devait avoir lieu pour la première fois depuis son arrivée. Le mauvais temps et le chemin détrempé y faisaient obstacle. Pour terminer, il déplora tout de même que le magnifique reposoir dressé par Angelina Proulx devant sa maison du rang Sainte-Ursule ait été érigé en pure perte et il la remercia de s'être donné tout ce mal. Ensuite, l'officiant retourna à l'autel pour terminer la célébration de la messe.

Donat esquissa alors un sourire de contentement qui n'échappa pas à sa femme, debout à ses côtés.

— Qu'est-ce que t'as ? lui murmura-t-elle.

— Rien.

En fait, le fils de Baptiste avait redouté que le curé de Saint-Bernard-Abbé n'annonce la tenue d'une longue cérémonie de prières en remplacement de la procession, comme l'avait fait le curé Lanctôt trois ans auparavant quand il avait dû annuler la procession de la Fête-Dieu pour la même raison.

Après le *Ite missa est*, de retour dans la sacristie, le prêtre envoya son bedeau chercher Samuel Ellis. Quand Agénor Moreau trouva le président du conseil, celui-ci, debout sur le parvis en bois de la chapelle, était en train de discuter avec Thomas Hyland et quelques autres Rouges notoires de la prise de position inacceptable de l'évêque du diocèse. La pluie s'était transformée en un crachin désagréable, mais le ciel ne s'était pas éclairci pour autant.

— C'est pas juste pantoute, cette affaire-là, se plaignit-il. Les curés devraient pas se mêler de politique. Ça les regarde pas.

— Tu diras ça à monsieur le curé quand tu le verras, se moqua le propriétaire du moulin à bois.

— Je me gênerai pas pour lui dire ma façon de penser, promit l'Irlandais.

— Ça tombe ben, monsieur le curé veut justement te voir tout de suite, lui dit le vieux bedeau en lui tapant sur l'épaule. J'aime autant te dire qu'il a pas l'air de bonne humeur.

— Ben, ça s'adonne que moi aussi je suis pas de bonne humeur, rétorqua Ellis, en arborant un air faraud devant ses quelques supporteurs.

Un peu plus loin, Donat avait rattrapé son beau-frère Rémi en grande conversation avec Xavier et Liam Connolly. Il leur apprit ce que les femmes de la maison avaient détecté dans la bagosse qui restait dans le barillet.

— Ah ben, blasphème! ragea Xavier qui avait été la proie de violentes coliques une bonne partie de la nuit précédente. Si jamais je mets la main sur le drôle qui nous a joué ce tour-là, il va s'en souvenir.

— Je me suis demandé si Ellis était pas pour quelque chose dans cette affaire-là, avança Donat.

— Pourquoi tu dis ça? lui demanda Xavier. N'importe qui aurait pu faire le coup.

— Je pense à ce qu'il nous a dit avant de partir hier. En plus, lui et White ont pas eu l'air d'avoir été malades en chemin. En tout cas, on les a pas vus arrêtés nulle part.

— C'est vrai ce que tu dis là, intervint Liam. Mais il y avait pas grand chance qu'ils tombent malades, ils ont pas bu de notre bagosse.

— J'ai ben envie d'aller lui casser la gueule à ce maudit malfaisant-là ! s'écria Xavier qui avait sur le cœur d'avoir dû passer une partie de la nuit enfermé dans ses toilettes sèches.

— Attends, le retint Liam, l'aîné du petit groupe. Il y a rien qui prouve qu'Ellis est pour quelque chose là-dedans. Personne l'a vu faire ce mauvais coup-là. On finira ben par savoir qui a fait ça.

Pendant ce temps, Samuel Ellis devait faire face à un Charles-Omer Ouellet irrité. Le prêtre ne lui avait pas laissé le temps de se plaindre de la prise de position politique de l'évêque.

— Je pensais, monsieur Ellis, qu'il avait été entendu que vous et les autres syndics alliez vous organiser pour mettre un peu d'ordre en arrière de la chapelle durant la messe, l'apostropha le prêtre en ajustant le ceinturon de sa soutane.

— Ça a été fait, monsieur le curé, se défendit le président du syndic.

— Ça paraît pas, monsieur. Encore aujourd'hui, les hommes ont pas arrêté d'entrer et de sortir de la chapelle durant la messe. En plus, durant l'épître, il y a eu du cha-maillage en arrière.

— On est quatre sur le conseil, monsieur le curé. J'ai demandé à Antonius Côté et à Anatole Blanchette de faire la police aujourd'hui et, la semaine prochaine, ce sera moi et Hyland. Je peux pas faire ben plus.

— S'ils étaient là, ils ont été les premiers à sortir pendant mon sermon, lui reprocha le curé Ouellet, amer. Je veux que vous mettiez de l'ordre là-dedans, vous m'entendez, monsieur ?

— Oui, monsieur le curé, promit Samuel Ellis, un peu secoué par cette colère.

— À la prochaine réunion du conseil, dans deux semaines, on va parler d'un jubé. Ça presse, conclut le prêtre d'une voix tranchante.

Samuel Ellis était assez fin renard pour avoir remarqué que sa relation avec le curé Ouellet s'était passablement refroidie depuis que le prêtre avait appris qu'il faisait cabale pour les Rouges. Apparemment, le curé de Saint-Bernard-Abbé n'appréciait pas du tout de voir le président des syndics de Saint-Bernard-Abbé travailler à l'élection d'un parti libéral ouvertement opposé au clergé.

Quand l'Irlandais revint sur le parvis, la plupart des fidèles avaient quitté les lieux. Il ne restait qu'un petit groupe auquel sa femme venait de se joindre. Avant la messe, elle avait préparé le dîner du curé et elle ne retournerait à la sacristie que le lendemain matin pour le petit déjeuner de l'ecclésiastique. Angèle Cloutier parlait haut et fort à la demi-douzaine de personnes rassemblées autour d'elle.

La veuve âgée d'une cinquantaine d'années aux allures hommasses avait la réputation d'avoir un fichu caractère, ce qui incitait plus d'un à murmurer que son défunt mari avait préféré se laisser mourir que d'avoir à continuer à la supporter. Elle était connue dans la région pour son franc-parler et les commérages qu'elle se plaisait à colporter.

— En tout cas, il est pas question que je saute mon tour pour le reposoir l'année prochaine, dit-elle, l'air décidé, en voyant le président du syndic s'approcher.

— Là, je sais pas trop, dit Samuel. C'est monsieur le curé qui va décider si Angelina Proulx va faire encore le reposoir l'année prochaine, vu que cette année il y a pas eu de procession.

— Lui, je vais lui dire deux mots s'il se dédit, fit l'imposante fermière, l'air mauvais. Il m'a promis que l'année prochaine ce serait mon tour, ça va l'être. C'est pas parce que je reste en bas de la côte qu'on va me dédaigner.

— Ça fera pas une ben longue procession, Angèle, intervint Bridget Ellis, conciliante.

— C'est vrai que ce sera pas aussi long que d'aller jusque chez Proulx, rétorqua la fermière, mais oublie pas que la côte à monter et à descendre, ça compte en double.

— De toute façon, il est encore pas mal de bonne heure pour en parler. Il reste encore un an et il y a pas mal d'eau qui va passer sous le pont avant ça, trancha Samuel en faisant signe à sa femme de le suivre jusqu'à leur voiture.

Dès qu'ils furent montés dans leur boghei, Bridget Ellis remarqua l'air soucieux de son mari et lui en demanda la cause.

— Je sais pas ce qui se passe à matin, mais on dirait que tout le monde est en maudit. Monsieur le curé me reproche de pas mettre de l'ordre en arrière de la chapelle pendant la messe et v'là que la Cloutier s'énerve déjà pour son reposoir. Un peu plus, elle avalait sa moustache !

— Dis donc pas ça, fit sa femme avec un petit rire. Angèle est une bonne femme.

— Peut-être, mais pas endurable, laissa tomber son mari sur un ton convaincu.

❦

Cet après-midi-là, Xavier Beauchemin tint parole et se présenta chez les Benoît, comme il l'avait promis à Catherine quelques jours auparavant. Pour une rare fois, il n'irait pas rendre visite à ses parents ce jour-là. Il avait d'ailleurs pris la précaution de prévenir sa mère à la sortie de la chapelle sans évidemment lui en révéler la raison.

Un an après son installation sur sa terre du rang Sainte-Ursule, le jeune homme était parvenu à défricher une importante superficie des deux lots qu'il possédait, en partie grâce à l'aide efficace d'Antonin, un adolescent particulièrement travaillant. D'ailleurs, après un hiver très rude durant lequel ils avaient bûché du matin au soir dans des conditions extrêmes, il avait décidé de partager avec son jeune compagnon une partie des revenus tirés de la vente du bois.

Toutefois, il restait encore beaucoup à faire et un rideau d'arbres important séparait toujours son bien de celui des Benoît, mais ce n'était pas plus mal. S'il aimait de plus en plus Catherine, la fille de Laura et de feu Léopold Benoît, il n'en détestait pas moins son frère de vingt-six ans et sa femme, une petite noiraude particulièrement désagréable.

Aussi incroyable que cela puisse paraître, le cadet de Baptiste Beauchemin n'avait jamais osé aborder avec son amie de cœur ce qui l'avait chassée de Saint-Bernard-Abbé deux ans auparavant.

Bien sûr, il n'était pas sourd. Il avait entendu des rumeurs sur les raisons qui avaient incité une cousine religieuse à venir la chercher chez elle. Il savait qu'elle n'était revenue chez ses parents que six mois plus tard, au grand scandale des bonnes âmes de la concession. En général, on n'avait pas compris que Léopold et sa femme aient accepté de reprendre leur fille à la maison et on ne s'était pas gêné pour condamner ouvertement un tel comportement.

Depuis ce jour, personne ne s'était risqué à fréquenter la famille de Léopold Benoît, comme si chacun de ses membres avait souffert d'une maladie honteuse. Les Benoît n'étaient pas mieux considérés que des pestiférés. Mis à part la trêve de deux jours à l'occasion de la veillée au corps de Léopold, décédé subitement à la fin de l'été précédent, la mise à l'écart de la famille se poursuivait.

C'était d'ailleurs à l'occasion du décès du cultivateur que Xavier Beauchemin avait sympathisé pour la première fois avec la jeune fille de vingt ans que tous les visiteurs feignaient d'ignorer. Quelques semaines plus tard, il s'était mis à la fréquenter après s'être interposé par la force entre elle et son frère alors que ce dernier lui infligeait une sévère correction.

Xavier n'avait jamais oublié la vive réaction de ses parents lorsqu'ils avaient appris qu'il allait veiller avec celle que sa mère, choquée, appelait une Jézabel. Après l'attaque qui avait terrassé son père, il n'avait plus jamais abordé le sujet de ses fréquentations avec sa mère, même si elle devait bien se douter qu'elles se poursuivaient. Depuis le début, il ne s'affichait pas avec sa cavalière dans Saint-Bernard-Abbé, non de sa propre volonté, mais parce qu'il ignorait où il aurait pu emmener la jeune fille sans qu'elle se fasse insulter. S'il y avait eu une place pour lui sur le banc loué par les Benoît dans la chapelle, il n'aurait pas hésité une seconde à s'afficher aux côtés de la jeune fille et malheur à celui qui aurait osé lui faire un affront.

Bref, ce dimanche-là, le jeune homme eut la surprise de se voir ouvrir la porte des Benoît par une vieille religieuse au visage tout ridé qui l'invita à entrer.

— Entre, mon garçon, lui dit la petite sœur Grise. Catherine s'en vient. Elle est en train de se préparer.

Surpris, le jeune homme retira sa casquette et pénétra dans la cuisine où Laura Benoît finissait d'essuyer la vaisselle du dîner.

— Je te présente ma cousine, sœur Émérentienne, dit-elle à l'amoureux de sa fille. Elle est venue passer la semaine avec nous autres.

Xavier salua la religieuse dont les petits yeux vifs n'avaient cessé de le scruter depuis son entrée dans la pièce. À cet instant, Catherine dévala l'escalier et vint le rejoindre.

La jeune fille était agréable à regarder avec son chignon blond soigneusement coiffé, ses yeux bruns pétillants de vie et ses hautes pommettes. Elle avait hérité de la taille fine et élancée de sa mère.

Elle s'empressa d'entraîner son cavalier dans le salon un peu étriqué des Benoît dont l'unique fenêtre ouvrait sur le ciel gris et la route boueuse en ce triste dimanche de juin.

— Ton frère et ta belle-sœur sont pas là ? demanda-t-il en s'assoyant sur le dur canapé rembourré de crin.

— Ils sont allés passer la journée chez le grand-père de Marie-Rose, à Saint-Zéphirin… et c'est aussi bien comme ça, chuchota-t-elle pendant que sa mère et sœur Émérentienne s'installaient ostensiblement non loin de la porte du salon pour chaperonner.

— Depuis quand la sœur est chez vous ?

— Lundi passé.

— Qu'est-ce qui se passe ?

— Je te dis que Cyprien s'est fait parler par la cousine. Elle y est pas allée de main morte pour lui dire ce qu'elle pensait de sa façon de nous traiter, ma mère et moi.

— Je te l'ai déjà dit que si ton frère s'énervait un peu trop, t'avais qu'à me le dire. Je vais venir le calmer, moi, fit Xavier à qui le jeune homme au cou de taureau ne faisait nullement peur.

— T'aurais dû voir comment elle a rembarré Marie-Rose quand elle a voulu s'en mêler, poursuivit Catherine avec un petit rire. Un peu plus, ma belle-sœur lui sautait dessus.

— Bon, à ce que je vois, sa visite est agréable, conclut son amoureux en lui prenant la main.

— Pense pas ça, lui conseilla-t-elle. La belle façon leur est vite revenue quand la cousine de ma mère leur a dit qu'elle venait me chercher.

Depuis l'automne précédent, Xavier n'ignorait pas que Cyprien et Marie-Rose toléraient à peine la présence de Catherine dans la maison et que cette dernière n'y vivait que parce que sa mère l'exigeait. S'il n'en avait tenu qu'à son frère, jamais la jeune fille n'aurait remis les pieds à Saint-Bernard-Abbé. Il était évident que le jeune couple souffrait de se voir montré du doigt par tous les gens de la mission à cause de la présence de la jeune fille sous son toit.

Le visage de Xavier pâlit légèrement en apprenant la nouvelle.

— Comment ça, elle vient te chercher ? lui demanda-t-il.

— Quand je suis revenue dans la paroisse, sœur Émérentienne a promis à mon père et à ma mère de me trouver de l'ouvrage à Montréal. Elle travaille au refuge Sainte-Brigitte.

— C'est quoi cette place-là ?

— Une place où on trouve de l'ouvrage pour des filles comme moi et des orphelines, avoua Catherine d'une toute petite voix. La cousine de ma mère m'a enfin trouvé de l'ouvrage au refuge, et je dois partir avec elle demain matin.

— Et moi là-dedans ? se révolta le jeune homme en élevant légèrement la voix.

— T'as été bien fin de t'occuper de moi quand tout le monde me tournait le dos, lui dit-elle en se faisant tendre, mais tu sais bien qu'on pouvait pas continuer à se voir comme ça bien longtemps encore.

— Et pourquoi ça ?

— Voyons, Xavier ! Il y a pas un homme ici qui veut marier une fille comme moi, se décida-t-elle à lui dire, les yeux pleins d'eau.

Le silence tomba sur la pièce durant un long moment. Le fils de Baptiste Beauchemin continuait à tenir la main de Catherine, le visage figé. Finalement, il sembla prendre une décision.

— Tu m'en as jamais parlé, mais j'aimerais que tu me racontes ce qui s'est passé avant que tu partes de la paroisse.

Un silence pesant tomba sur le salon. La jeune fille tourna son regard vers le coin de ciel gris qu'elle pouvait voir par l'étroite fenêtre du salon. Elle reprit finalement la parole comme si elle avait du mal à trouver les mots.

— Chez vous, ta mère a dû t'en parler, se défendit Catherine, devenue soudain nerveuse.

— Pantoute, répliqua sèchement Xavier. Là, ça fait neuf mois que je viens veiller avec toi et je pense que j'ai le droit de savoir ce qui s'est passé.

La jeune fille sembla réfléchir encore une minute ou deux à la façon de présenter les choses à son amoureux avant de reprendre la parole, un ton plus bas.

— Magloire Delorme, l'homme engagé de mon père, m'a surprise pendant que je me baignais dans la rivière à la fin du mois d'août. Il faisait chaud cet après-midi-là. Je l'ai jamais vu arriver. Il est venu me rejoindre, et après je me rappelle plus pantoute ce qui est arrivé. J'étais comme étourdie. Tout s'est passé bien vite. Je l'aimais même pas, ajouta-t-elle en sanglotant.

— Puis? demanda Xavier, la voix dure.

— Je lui ai plus jamais reparlé. Il est parti de chez nous le lendemain matin. Pendant des semaines, j'ai prié pour qu'il se passe rien, mais ça a été pour rien. Quand ma mère s'est aperçue que j'attendais un petit, ça a été une vraie crise dans la maison. Mon père voulait tuer Delorme. Il m'a battue et il voulait me jeter dehors, mais ma mère l'a convaincu d'attendre qu'elle ait écrit à sœur Émérentienne. Une semaine après, la cousine de ma mère est venue et elle m'a emmenée à Sainte-Pélagie, à Montréal, ajouta-t-elle en se mettant à pleurer.

Xavier ne savait quel comportement adopter devant la peine de la jeune fille. Il regrettait de l'avoir obligée à revivre le drame qu'elle avait vécu près de deux ans auparavant. Toutefois, elle reprit son récit après s'être séché les yeux.

— J'ai eu une petite fille qui s'appelle Sophie, murmura-t-elle, l'air malheureux. Normalement, les sœurs auraient dû me l'enlever dès qu'elle est venue au monde, mais il manquait de place à la crèche et j'ai pu la garder pendant un mois et demi. Ça aurait été moins dur si je l'avais pas revue après l'avoir mise au monde. Tu peux pas savoir ce que ça fait à une mère de se faire arracher son petit. J'en rêve toutes les nuits et ça me fait mal au cœur de savoir que je saurai jamais ce qu'elle est devenue.

— Tout ça, c'est du passé, finit par dire Xavier pour la consoler. Mais maintenant, pourquoi tu t'en irais travailler en ville?

— Parce que Cyprien et sa femme veulent plus me voir ici dedans et que je sens que ma mère est fatiguée de se battre avec eux autres pour moi.

Le jeune homme crispa les poings et les traits de son visage se durcirent. Il n'aurait pas fallu que le frère soit dans les parages... Il garda le silence quelques instants avant de se remettre à parler.

— Et si on se mariait l'automne prochain, quand ma maison va être construite? demanda-t-il.

— Voyons donc, Xavier! protesta-t-elle faiblement. Tu sais bien que ta famille acceptera jamais ça.

— C'est pas ma famille qui va te marier, c'est moi, affirma-t-il sèchement. J'ai le droit de marier qui je veux, et ça regarde pas personne. Qu'est-ce que t'en dis?

— J'ai peur que tu le regrettes un jour, avoua-t-elle dans un souffle.

— Jamais! Si tu m'aimes assez pour me marier, on va se marier, et pas plus tard que l'automne prochain, déclara-t-il d'une voix énergique.

— Je t'aime, fit-elle en rougissant légèrement, mais je veux pas que tu te sentes obligé de me marier.

— Mais je veux te marier! insista-t-il.

— Écoute, je vais partir avec sœur Émérentienne pour aller travailler au refuge.

— Mais pourquoi tu fais ça?

— Pour permettre à ma mère de souffler un peu, et surtout pour te donner le temps de bien penser à ton affaire.

— Mais j'y ai ben pensé, protesta-t-il.

— Je vais revenir au mois de septembre, lui promit-elle. Si t'as pas changé d'idée, on se mariera, sinon je retournerai vivre à Montréal.

— Mais je suis prêt à faire ma grande demande à ta mère tout de suite, insista-t-il, incapable d'accepter ce délai qu'elle lui imposait.

— Non, attends, lui conseilla-t-elle. Il y a rien qui presse. Tu vas voir que trois mois, ça passe pas mal vite. Dis-toi qu'il y a rien qui t'oblige à me marier et que tu restes libre de changer d'idée pendant tout le temps que je vais être partie.

Xavier ne parvint pas à convaincre la jeune fille durant le reste de sa visite. Il ne réussit qu'à lui arracher la permission d'aller les conduire, elle et la religieuse, au train, le lendemain matin.

C'est donc la mort dans l'âme qu'il se résigna à laisser Catherine sur le quai de la gare. À son retour à sa cabane à la fin de l'avant-midi, il arborait une mine sombre. Il doutait maintenant de l'amour de Catherine. La séparation sur le quai s'était faite sans effusions et sans grande marque de tendresse de la part de celle dont il entendait faire sa femme dans trois mois. Peut-être était-ce dû à la présence encombrante de la religieuse, mais tout de même…

Chapitre 6

Des réformes

—Je le savais! Que je le savais! s'exclama Marie en vidant sur le parquet de la cuisine la grande poche dans laquelle la laine avait été entassée à la fin du mois d'avril précédent, après la tonte des moutons. Ça sent mauvais à plein nez. J'aurais donc dû m'en occuper, ajouta-t-elle en adressant un regard de reproche à Camille et à sa bru en train de changer les langes d'Alexis.

—M'man, on vous l'a fait sentir, cette laine-là après le deuxième lavage, et vous-même, vous avez dit qu'elle sentait plus rien.

—Je me rappelle pas de ça pantoute, fit sa mère avec une évidente mauvaise foi.

Comme chaque année, au début du printemps, on avait ligoté les pattes de la douzaine de moutons que les Beauchemin possédaient et Donat avait couché chacun sur une table dans la grange pour le tondre avec soin. Eugénie et Camille s'étaient chargées de jeter toute la laine recueillie dans un tonneau rempli d'eau bouillante autant pour la blanchir que pour en chasser les odeurs de fumier et de suint. Après deux rinçages, les jeunes femmes avaient essoré le tout et avaient invité Marie à venir constater que le troisième rinçage traditionnel n'était vraiment pas nécessaire parce que la laine n'avait conservé aucune odeur désagréable.

Or, en ce dernier mardi du mois de juin, la maîtresse des lieux avait décidé de trier la laine avec l'aide de sa fille et de sa bru.

— On va faire ça avant que les fraises soient prêtes, avait-elle déclaré après le déjeuner au moment où Bernadette s'apprêtait à partir pour l'une de ses dernières journées de classe.

— C'est de valeur que vous fassiez ça aujourd'hui, déclara la jeune institutrice. Moi, j'aime ça trier la laine.

Bernadette était habile à séparer les grandes laines, qui serviraient au tissage des vêtements, des courtes en provenance de la tête et des pattes des moutons, qui seraient utilisées à la fabrication des moufles et des chaussettes.

— On va sûrement avoir fini quand tu vas revenir de l'école cet après-midi, affirma sa mère; on va te garder le repassage.

La grimace qui déforma le visage de la jeune fille fit sourire Eugénie et Camille. Cependant, après son départ, Marie demanda à Camille d'aller chercher la cuve dans la remise et de la remplir d'eau chaude.

— On va relaver toute cette laine-là et l'étendre sur une toile dehors pour la faire sécher. Son odeur me tombe trop sur le cœur.

Quelques minutes plus tard, Bernadette marchait sans trop se presser vers l'école. Il faisait un soleil magnifique et les eaux argentées de la rivière Nicolet coulaient paresseusement sur sa gauche avant de tomber avec fracas dans la chute près de laquelle se dressait le moulin à farine dont la construction était presque terminée. La grande roue à godets avait été installée la veille par les ouvriers et le bâtiment en pierre des champs avait fière allure.

Plus près d'elle, à une cinquantaine de pieds de la route, le solage en pierre de la future maison de Constant Aubé était déjà en place. La jeune institutrice jeta un coup d'œil pour tenter d'apercevoir le maître des lieux, mais elle ne le vit pas. Il devait être au moulin en train de surveiller les ouvriers.

Depuis son retour à Saint-Bernard-Abbé, l'ancien employé de Thomas Hyland s'était fait très discret. Elle ne l'avait entrevu qu'à quelques occasions sur le chantier ou à la chapelle, le dimanche. Un soir, il était passé sur la route devant la maison et l'avait aperçue en compagnie d'Amable Fréchette sur la balançoire. Elle avait été incapable de savoir s'il avait l'intention de s'arrêter, mais il ne le fit pas et on ne l'avait pas revu chez les Beauchemin depuis ce soir-là.

— Est-ce qu'il serait jaloux, par hasard? se demanda la jeune fille à mi-voix, tout de même flattée d'inspirer un pareil sentiment.

À son arrivée à l'école, il n'y avait pas plus de dix de ses vingt et un élèves qui l'attendaient dans la cour. La veille, elle avait signifié aux autres qu'ils n'étaient plus tenus de se présenter à sept heures trente tous les matins pour lui montrer leurs devoirs et réciter leurs leçons et qu'ils pouvaient dorénavant demeurer à la maison pour aider leurs parents.

Elle entra dans l'école et s'empressa d'ouvrir toutes les fenêtres pour aérer les lieux avant de rejoindre les enfants en train de s'amuser dans la cour. À huit heures trente précises, elle sonna la cloche et les fit pénétrer dans la classe pour leur donner une autre journée de cours, même si le beau temps les rendait de moins en moins attentifs à ses explications. Il restait deux longues semaines de classe, et elle n'avait prévu de faire laver les pupitres et le tableau que le 14 juillet. Le surlendemain serait consacré, comme l'année précédente, à un pique-nique sous les arbres, dans la cour.

La jeune institutrice venait à peine de terminer la prière qu'une voiture s'arrêta près de l'école.

— Mademoiselle, il y a un homme qui s'en vient, la prévint Patrick Connolly, la tête tournée vers l'une des fenêtres.

Bernadette fit quelques pas vers une fenêtre pour identifier le visiteur. Elle vit un homme assez jeune vêtu d'un strict costume noir et coiffé d'un chapeau melon de la même couleur en train de prendre un sac de cuir sur le siège de son boghei avant de se diriger résolument vers la porte de l'école.

— Les enfants, on a de la visite. Vous vous levez et vous dites bonjour, ordonna-t-elle à ses élèves en allant vers la porte.

Elle l'ouvrit avant même que l'inconnu ait eu le temps de frapper.

— Bonjour, mademoiselle Beauchemin, la salua poliment l'homme. Amédée Durand, inspecteur des écoles.

— Bonjour, monsieur. Un inspecteur des écoles? C'est nouveau, ça, ajouta-t-elle, surprise, en bloquant tout de même l'entrée de sa classe.

— Pour votre école, c'est sûrement nouveau, rétorqua l'inspecteur à la moustache avantageuse. Vous pouvez vous attendre à ce que je passe vous voir au moins deux fois par année à compter de septembre prochain. Cette année, j'aurais dû venir vous voir en janvier, mais j'ai eu divers empêchements. Mais, comme on dit, il n'est jamais trop tard pour bien faire.

L'homme s'exprimait bien et semblait plutôt sympathique.

— Là, je peux pas vous parler longtemps, lui expliqua-t-elle, mal à l'aise. J'ai des élèves dans la classe.

— Mais c'est aussi pour eux que je suis là, mademoiselle, dit Amédée Durand avec un sourire un peu contraint. Mon travail consiste à vérifier si les enfants ont bien appris cette année. Je suppose que vous avez tenu un registre des présences et des absences.

— Oui, monsieur.

— Après le départ des enfants, je regarderai ça aussi ainsi que vos préparations de classe.

— C'est bien la première fois depuis deux ans que quelqu'un vient mettre son nez dans mes affaires, se défendit Bernadette, nerveuse. D'habitude, il y a juste monsieur le curé qui passe toutes les deux semaines pour vérifier l'enseignement du catéchisme.

— Je m'en doute, mademoiselle Beauchemin, mais cette année, monseigneur Laflèche a demandé qu'il y ait un contrôle plus sévère de ce qui s'enseigne dans les écoles du diocèse. Bon, je pense qu'il serait temps que vous me laissiez entrer pour voir ce que vos élèves savent, dit l'inspecteur en faisant un pas en avant.

— J'en ai juste dix, monsieur, lui annonça-t-elle, gênée, en s'effaçant pour le laisser passer.

— Monsieur le curé m'a dit tout à l'heure que vous en aviez une vingtaine, fit Durand, surpris.

— Oui, mais j'en ai onze qui restent à la maison depuis un bon mois pour aider leurs parents. Ils viennent tous les matins me montrer leurs devoirs et réciter leurs leçons, par exemple.

— C'est correct, c'est aussi ce qui se fait dans les autres écoles, la rassura l'inspecteur.

Bernadette referma la porte derrière le visiteur. Les enfants se levèrent et le saluèrent. Amédée Durand leur rendit leur salut de bonne grâce et les invita à s'asseoir avant d'aller lui-même prendre place sur la petite estrade, à l'avant de la classe.

Pendant quelques minutes, il vérifia les connaissances en français et en arithmétique des enfants et sembla satisfait des réponses obtenues. Finalement, il leur annonça qu'il leur donnait congé pour le reste de la journée et qu'ils pouvaient rentrer chez eux. Durant un court moment, les enfants demeurèrent sans réaction, scrutant leur institutrice pour savoir s'ils pouvaient vraiment s'en aller.

— Dites merci, les enfants, leur ordonna-t-elle avec un sourire, monsieur l'inspecteur vous donne congé.

Les enfants quittèrent rapidement l'école. Dès que le dernier fut parti, Amédée Durand demanda à voir le registre des présences et le cahier de préparation de Bernadette. Après avoir tiré un lorgnon de la poche de poitrine de son veston noir, il entreprit d'examiner le tout avec soin avant de lui dire :

— Je vous félicite, mademoiselle. Vous faites un beau travail. En plus, si je me fie aux réponses que les enfants m'ont données tout à l'heure, ils apprennent bien avec vous et ils ont l'air de vous aimer.

— Merci, monsieur, fit la jeune femme, soulagée.

— Est-ce que vous utilisez l'appartement au-dessus ?

— Non, monsieur, je reste chez mes parents.

— Avez-vous demandé à enseigner en septembre prochain ?

— Pas encore.

— Je vais recommander qu'on vous engage pour l'an prochain, mademoiselle Beauchemin, si c'est ce que vous souhaitez.

— Merci.

— Bon, je ne vous apporte pas uniquement des mauvaises nouvelles, mademoiselle Beauchemin, déclara l'inspecteur en lissant sa moustache. Tout d'abord, vous allez avoir la chance d'arrêter de faire l'école deux semaines plus tôt que la date prévue.

— Comment ça ? s'étonna Bernadette.

— Le gouvernement a décidé d'uniformiser l'année scolaire dans toutes les écoles de la province. À compter de cette année, toutes les écoles vont fermer leurs portes le 30 juin, soit après-demain, pour ne rouvrir que le 1er septembre prochain.

— Mais ça veut dire que j'ai presque fini mon année ! s'exclama la jeune institutrice, incapable de dissimuler son plaisir.

— En plein ça, mademoiselle, reconnut Amédée Durand, avec un sourire. Par contre, vous allez faire la classe une semaine de plus au mois de décembre prochain.

— C'est correct, accepta-t-elle, consciente que ces changements l'avantageaient.

— De plus, monseigneur m'a demandé de vérifier les contrats d'engagement des maîtresses d'école. Est-ce que je peux voir le vôtre?

— J'ai pas de contrat, monsieur.

— Pourquoi? demanda l'inspecteur, apparemment étonné.

— C'est mon père qui m'a engagée. C'est lui qui a trouvé l'argent pour ouvrir l'école, ajouta-t-elle en guise d'explication.

— Monsieur le curé était d'accord? s'enquit Amédée Durand, de plus en plus surpris.

— La mission existait pas encore quand l'école a été ouverte, expliqua-t-elle.

— C'est tout de même assez étrange. D'habitude, la paroisse nomme un conseil pour voir à ce que l'école manque de rien et pour engager les institutrices.

— Ça s'est pas fait comme ça à Saint-Bernard-Abbé, conclut Bernadette, un peu mal à l'aise.

— Je crois qu'il va falloir que j'aille rencontrer votre père pour tirer les choses au clair, déclara le visiteur en retirant son lorgnon.

— Vous pouvez venir le voir à la maison, l'invita Bernadette, mais il est plus capable de parler. Il a eu une attaque au mois de janvier et il est resté paralysé.

— Là, on a un gros problème à régler, mademoiselle. Il va falloir éclaircir sans tarder comment vous allez être payée et par qui.

— Mon père a fait la tournée de la mission l'automne passé et il a amassé l'argent.

— Bon, d'accord, accepta l'inspecteur, mais il va falloir changer tout ça avant l'automne prochain. Je vais passer chez monsieur le curé et monsieur le maire...

— Mais on n'a pas de maire, monsieur Durand. On n'est pas une vraie paroisse, tint-elle à préciser.

— Je vais tout de même aller rencontrer monsieur le curé pour arranger l'affaire, poursuivit l'homme. Il va falloir qu'il voie à constituer un conseil qui va décider ou non de vous réengager... Mais je vais bien sûr recommander que vous le soyez, conclut-il en reprenant son chapeau melon qu'il avait déposé sur une chaise.

Bernadette, un peu perturbée par cette visite inattendue, raccompagna le visiteur jusqu'à sa voiture.

— Si on vous reconduit à votre poste, mademoiselle, je viendrai vous revoir vers la fin du mois d'octobre. Bonne journée.

L'institutrice retourna dans l'école et s'assit brièvement à son bureau pour réfléchir aux implications de cette visite. Dans les semaines à venir, tout risquait d'être remis en question. Si on lui préférait quelqu'un d'autre, toute sa vie allait basculer et elle ne se voyait pas passer toutes ses journées sous les ordres de sa mère à s'acquitter uniquement de tâches ménagères.

Deux ans auparavant, elle n'avait pas de concurrentes sérieuses pour lui disputer son poste. D'ailleurs, le fait que son père fût à l'origine de cette école de rang avait fait pencher la balance en sa faveur. Mais maintenant il y avait au moins deux filles du rang Saint-Paul assez instruites pour enseigner et peut-être prêtes à accepter un salaire moindre pour lui ravir son emploi.

Après quelques minutes à remuer des idées moroses, elle se leva pour aller fermer les fenêtres avant de reprendre la route. Après avoir franchi le pont, elle décida de s'arrêter chez sa sœur Emma durant quelques minutes. Elle trouva cette dernière agenouillée dans son jardin, en train de cueillir les premières fraises de la saison.

— L'école finit bien de bonne heure aujourd'hui, lui fit remarquer la jeune femme blonde en se relevant. J'ai vu passer les enfants il y a au moins une heure.

— C'est pas moi qui les ai renvoyés, c'est le nouvel inspecteur.

— Un inspecteur? s'étonna Emma en se redressant.

Sa jeune sœur s'empressa de lui raconter sa rencontre avec Amédée Durand et les exigences de celui-ci. Emma chercha à apaiser ses craintes en lui disant qu'elle ne voyait pas pourquoi elle ne conserverait pas son poste. Quand Bernadette quitta sa sœur une heure plus tard, elle était un peu rassurée sur son avenir.

Deux jours plus tard, la jeune femme mit fin à son année scolaire au début de l'après-midi après avoir animé le pique-nique auquel pratiquement tous ses élèves participèrent. Il faisait beau et très chaud en cette dernière journée de juin et les enfants s'amusèrent beaucoup à toutes sortes de jeux jusqu'à deux heures.

Après leur avoir souhaité de joyeuses vacances, elle rentra dans l'école et entreprit de faire les derniers rangements. Quand vint le moment de laver le parquet de la classe, elle se rappela que l'année précédente, le même jour, le facteur lui avait livré la lettre du secrétaire de monseigneur Laflèche donnant à son père la permission de faire construire la chapelle et lui apprenant la fondation de Saint-Bernard-Abbé. Elle eut alors une pensée attristée pour son père que la maladie condamnait à une immobilité presque complète.

À son retour à la maison, fatiguée mais heureuse, elle trouva son beau-frère Rémi en grande conversation avec Donat et sa mère, sur la galerie, en présence de son père.

Camille venait de partir chez les Connolly pour vérifier si les enfants avaient tout ce qu'il leur fallait.

— Seigneur ! je suis bien la seule à travailler, s'écria-t-elle en les apercevant tous assis à l'ombre, sur la galerie.

— On parle de toi, lui apprit sa mère.

— En quel honneur ?

— Antonius Côté fait le tour du rang pour annoncer que monsieur le curé fait une réunion spéciale à soir, intervint Rémi Lafond. Blanchette et Ellis font la même chose dans les deux autres rangs.

— Ah bon, se contenta de laisser tomber Bernadette. En quoi ça me regarde, cette affaire-là ?

— Ben, t'apprendras, la petite belle-sœur, que cette réunion-là, c'est pour nommer un conseil qui va s'occuper de l'école. Il paraît que monsieur le curé a pas le choix. Il faut que ça se fasse vite pour engager dès cette semaine la maîtresse d'école.

— L'inspecteur m'en a parlé avant-hier, reconnut-elle, soudain inquiète.

— Peut-être, mais est-ce qu'il t'a dit que les Irlandais pourraient demander une école dans Sainte-Ursule ?

— Ce serait pas la fin du monde.

— Le monde de Saint-Bernard-Abbé a pas assez d'argent pour deux écoles, fit Donat. En plus, il y aurait plus rien qui empêcherait les cultivateurs de Saint-Paul d'en vouloir une, eux autres aussi. C'est pour ça qu'on est en train de s'organiser pour faire le tour de ceux qui ont une tête sur les épaules pour leur demander d'essayer de se faire élire sur ce conseil-là.

— En même temps, je suppose que tu vas leur rappeler l'assemblée contradictoire de demain soir à Saint-Zéphirin, plaisanta Rémi en donnant une bourrade à son beau-frère.

— Beau dommage, fit Donat avec bonne humeur.

— Essaye de pas boire trop de bagosse, lui conseilla Rémi, narquois. Si j'ai ben compris, t'as pas l'air à trop ben supporter la boisson.

— Laisse faire, toi. Si j'en bois, elle va venir de chez nous et personne va avoir eu la chance de mettre quelque chose dedans. Je pense, les femmes, que vous allez être obligées de faire le train toutes seules à soir.

— Encore ! protesta Bernadette à qui l'idée d'aller chercher les vaches dans le champ et de les traire ne plaisait pas particulièrement en cette chaude journée. Il y a pas à dire, c'est fin, votre affaire.

— T'en mourras pas, intervint sa mère. Dis-toi que c'est aussi pour sauver ton ouvrage que ton frère fait ça.

Bernadette lança un regard peu convaincu à son frère aîné avant d'entrer dans la maison pour changer de vêtements.

❧

Ce soir-là, un grand nombre d'habitants de Saint-Bernard-Abbé se rassemblèrent près de la chapelle et décidèrent de tenir la réunion à l'extérieur tant il faisait chaud dans la chapelle.

— Maudit Agénor ! s'emporta Anatole Blanchette. Toujours aussi sans-dessein ! Il me semble qu'il aurait pu penser à ouvrir les portes et les fenêtres de la chapelle cet après-midi pour faire entrer un peu d'air là-dedans. Ben non, c'était trop fatigant, je suppose.

— Laisse faire, lui dit Antonius Côté, debout près de lui. Si on reste debout dehors, ça va peut-être pousser le monde à faire plus vite et ce sera tant mieux.

Charles-Omer Ouellet apparut sur le parvis, imposant dans sa soutane noire et coiffé de sa barrette. En l'apercevant, Donat Beauchemin cessa de faire la tournée des petits groupes pour rappeler à tous l'assemblée contradictoire qui allait avoir lieu le lendemain soir, à Saint-Zéphirin.

Les gens s'approchèrent du prêtre et ce dernier attendit que les conversations s'arrêtent pour prendre la parole. En quelques mots, il expliqua à ses ouailles que monseigneur Laflèche exigeait, conformément aux vœux exprimés par le gouvernement, que l'administration des écoles de chaque paroisse soit confiée à un conseil de trois commissaires élus par les membres de la communauté pour quatre ans. Ils allaient être responsables de l'entretien de l'école, de l'achat de fournitures scolaires et de l'embauche de l'institutrice. Ils allaient aussi fixer le montant des taxes à payer et être tenus de suivre les recommandations de l'inspecteur scolaire.

Le curé de Saint-Bernard-Abbé ne mentionna pas qu'il aurait aussi son mot à dire. C'était inutile, tout le monde l'avait deviné.

— Est-ce que c'est ben utile de faire cette élection-là, monsieur le curé ? demanda le gros Tancrède Bélanger. Vous pourriez nommer vous-même ces hommes-là.

— Non, monsieur Bélanger, une élection est nécessaire, et il faudrait qu'on nomme un secrétaire d'assemblée.

— Il y a qu'à demander à Hormidas Meilleur, suggéra un cultivateur du rang Saint-Paul. Il a ben fait ça quand on a élu les syndics.

Plusieurs approuvèrent ce choix et le petit homme, tout fier, traversa la foule pour monter sur le parvis aux côtés du curé de la paroisse.

— Il faudrait pas que ce soit que des Bleus qui soient choisis, dit Samuel Ellis assez fort pour être entendu par les gens debout autour de lui.

Cette remarque lui attira un regard peu amène du prêtre.

— Sam, c'est pas le temps de faire de la politique, le réprimanda sévèrement le père Meilleur, rempli de l'importance du rôle qu'on venait de lui confier. Est-ce qu'il y a quelqu'un qui se propose pour faire la besogne ? demanda-t-il en scrutant les gens debout devant lui.

Les murmures cessèrent et les gens se regardèrent les uns les autres jusqu'à ce que Télesphore Dionne lève la main.

— Si ça peut rendre service au monde de Saint-Bernard, je veux ben m'occuper de ça, déclara le propriétaire du magasin général.

— Levez la main, ceux qui veulent que Télesphore soit commissaire, ordonna le facteur.

La majorité des personnes présentes acceptèrent la candidature.

— Un autre est intéressé ? interrogea le facteur en scrutant l'assemblée.

— Oui, moi, répondit de sa voix bourrue le forgeron, Évariste Bourgeois.

On approuva sans réserve cette seconde candidature.

— Qui veut être le troisième commissaire ? interrogea Hormidas.

Un long silence plana sur la petite foule massée au pied du parvis. Sans en avoir l'air, Donat Beauchemin guettait la réaction de Samuel Ellis. Lorsqu'il vit ce dernier esquisser le geste de lever la main pour se proposer, il s'empressa de le devancer en criant qu'il était intéressé par le poste.

— Moi, je suis prêt à prendre la suite de mon père, déclara Donat avec aplomb. Je pense que mon père a fait du bon ouvrage avec l'école. Je suis capable de continuer, ajouta-t-il.

L'Irlandais s'était tourné d'un bloc vers lui, furieux d'avoir été devancé.

— Il faudrait tout de même voir à pas nommer du monde trop jeune pour s'occuper de ça ! s'écria-t-il.

— C'est pas une question d'âge, monsieur Ellis, rétorqua Donat.

— Ce serait normal que juste des francs-tenanciers soient élus commissaires, déclara Ellis. Il me semble qu'on devrait élire que des payeurs de taxes. Baptiste Beauchemin en était un, mais pas son garçon. La terre est encore à son père.

Les têtes se tournèrent vers le curé Ouellet. On s'attendait à son intervention. Elle ne tarda pas.

— L'inspecteur qui est passé me voir n'a fait mention d'aucune restriction, déclara le prêtre.

— Mais le bon sens le dit, monsieur le curé, s'entêta l'Irlandais, persuadé de son bon droit. On n'est tout de même pas pour élire quelqu'un qui a encore presque la couche aux fesses.

Cette remarque mesquine suscita quelques rires dans la foule, mais Xavier et Liam, debout près de Donat, durent retenir ce dernier pour l'empêcher de se jeter sur son adversaire.

— Il n'y a pas d'empêchement, déclara sèchement Charles-Omer Ouellet en fusillant le président de son conseil du regard.

— Si c'est comme ça, on va choisir entre les deux hommes qui veulent être commissaires, reprit le facteur, tout heureux qu'il y ait une contestation pour le dernier poste libre.

— Je suis prêt à me dévouer, fit Ellis avec force en se tournant vers la petite foule.

— Moi aussi, répliqua Donat, sur le même ton.

— Si c'est comme ça, on va passer au vote, décida le facteur. Monsieur le curé, voulez-vous compter les mains levées ?

Charles-Omer Ouellet hocha la tête en signe d'acceptation.

— Qui vote pour Donat Beauchemin ? s'enquit Hormidas.

Beaucoup de mains se levèrent et le curé compta soigneusement.

— Trente-cinq, dit-il.

— Qui vote pour Samuel Ellis ? reprit le facteur.

Le curé Ouellet fit le décompte des nombreuses mains qui s'étaient levées.

— J'en ai compté trente et un.

— Ça veut dire que Donat Beauchemin est élu commissaire pour les quatre prochaines années, comme Télesphore Dionne et Évariste Bourgeois.

— Il leur reviendra de nommer un président, conclut le curé Ouellet.

La foule applaudit. Samuel Ellis fut l'un des premiers à quitter le stationnement de la chapelle. Il était si humilié d'avoir été battu par un jeune homme d'à peine vingt-cinq ans qu'il ne se donna pas la peine d'aller féliciter les trois nouveaux responsables, contrairement à la majorité des personnes présentes sur les lieux.

— Il faudra penser à ouvrir une école dans Sainte-Ursule, mentionna Joshua Gunn aux trois nouveaux élus en leur serrant la main.

— Et une autre dans Saint-Paul, ajouta John O'Malley en l'imitant.

— On va en ouvrir partout, s'empressa de répondre Donat, narquois. Nous autres, on sera pas contre si vous êtes prêts à payer. Si vous êtes d'accord pour mettre deux cents piastres par école et soixante-dix piastres pour la maîtresse, on va vous arranger ça ben comme il faut, ajouta-t-il sur un ton plaisant.

Dionne et Bourgeois se regardèrent et hochèrent la tête pour faire comprendre qu'ils approuvaient tous les deux ce que leur jeune collègue venait de dire. Quand la majorité des gens eurent quitté les lieux, Télesphore et Évariste se consultèrent brièvement avant de s'approcher de Donat qui s'apprêtait à monter dans son boghei.

— Dis donc, le jeune, l'interpella le forgeron. On vient de se parler, Télesphore et moi. On pense qu'on va te laisser l'ouvrage de président. T'es jeune et t'as pas l'air d'avoir peur de dire ce que tu penses. Qu'est-ce que t'en dis ?

Donat se sentit envahi par une bouffée d'orgueil. Il n'hésita qu'un bref instant avant d'accepter la charge que ses deux aînés consentaient à lui laisser.

— C'est ben correct. Si c'est comme ça, on va se réunir à l'école mardi soir prochain, décida-t-il sans y avoir trop réfléchi.

— Et pour monsieur le curé ? demanda Dionne.

— Il est pas dit nulle part qu'il doit être là. C'est pas le syndic de la mission, notre affaire. En tout cas, avant de partir, je vais aller le voir pour tirer l'affaire au clair. S'il doit être là, je vais le savoir tout de suite.

Sur ce, le jeune homme fit demi-tour, traversa le terrain et alla frapper à la porte de la sacristie où habitait le curé de la mission. Charles-Omer Ouellet vint lui ouvrir et l'invita à entrer.

— Je voudrais pas vous déranger ben longtemps, monsieur le curé, s'excusa-t-il. Je voulais juste vous demander si vous deviez assister à toutes les réunions des commissaires.

— Pourquoi tu me demandes ça ? fit le prêtre, curieux.

— Ben, les autres viennent de me nommer président et je voudrais faire les choses comme il faut. On va avoir une réunion mardi prochain.

— Non, c'est pas nécessaire que je sois là, précisa le curé Ouellet, mais si vous avez besoin de moi, gênez-vous pas.

— Merci ben, monsieur le curé. Bonsoir.

À l'instant où le jeune cultivateur allait tourner les talons, l'ecclésiastique le retint.

— Attends une minute, j'ai à te parler, lui dit-il d'une voix légèrement hésitante.

— Oui, monsieur le curé, fit Donat, intrigué.

Charles-Omer Ouellet regarda durant un bref moment le fils de Baptiste Beauchemin avant de se décider soudainement.

Depuis quelques jours, il cherchait un moyen de faire contrepoids à l'influence de Samuel Ellis sur le conseil des syndics. Et là, il venait de s'apercevoir qu'il avait sous la main le candidat idéal. Qui serait mieux qu'un organisateur bleu pour calmer un organisateur libéral ?

— Tu sais que ton père a fait un très bon travail comme président du syndic avant sa maladie, lui rappela le prêtre.

— Oui, monsieur le curé.

— Qu'est-ce que tu dirais de venir prendre sa place sur le conseil ? lui demanda Charles-Omer Ouellet.

— Je suis pas un peu jeune pour cette besogne-là, monsieur le curé ? s'enquit le fils de Baptiste Beauchemin.

— À mon avis, si t'es assez vieux pour être commissaire, t'es capable d'être syndic.

— Si c'est comme ça, monsieur le curé, j'accepte, déclara Donat, tout fier de sa nomination.

— C'est parfait, fit le curé en lui ouvrant la porte. J'annoncerai ta nomination dimanche prochain, à la grand-messe.

Ce soir-là, Donat, tout gonflé de son importance, apprit aux siens sa nomination au titre de commissaire et de président de la commission scolaire. Les borborygmes émis par son père lui firent comprendre que ce dernier était content que son fils prenne la charge de ce qu'il avait mis sur pied deux ans auparavant.

— Et c'est pas tout, ajouta le jeune cultivateur en se rengorgeant, monsieur le curé vient de me demander de devenir syndic.

— Sainte bénite ! s'exclama sa mère, heureuse de voir un membre de sa famille ainsi honoré, t'es rendu aussi important que l'était ton père.

— M'man ! fit Camille qui avait perçu le rictus qui avait déformé le visage de son père.

— Je voulais dire presque aussi important, se corrigea immédiatement Marie.

— J'ai un mari qui est devenu important en pas pour rire, affirma une Eugénie transportée de fierté.

Sous le compliment, Donat se redressa, apparemment bien aise d'être ainsi louangé.

— Ça me fait penser à la fable que Bedette racontait l'autre soir, dit soudainement Camille avec l'air de ne pas y toucher.

— C'est quoi, cette affaire-là ? lui demanda son frère, curieux.

Bernadette eut un petit rire silencieux qui intrigua les membres de sa famille.

— Si je me rappelle bien, ça racontait qu'une grenouille avait essayé de devenir aussi grosse qu'un bœuf.

— Je vois pas, dit Marie, le front plissé par l'effort.

— Ben m'man, à force de grossir, elle a fini par éclater, lui expliqua Camille en riant doucement.

— Pourquoi tu racontes ça ? l'interrogea son frère.

— Tout simplement pour te rappeler qu'il faudrait pas que tu t'enfles trop vite avec ce qui t'arrive, lui précisa sa sœur aînée, redevenue sérieuse.

Donat piqua un fard en comprenant soudain la leçon.

— Et c'est moi qui vais encore faire l'école l'année prochaine, affirma Bernadette, hors de propos.

— Whow ! la petite, il y a encore rien de décidé, déclara son frère en prenant un air sérieux. Ça dépend pas juste de moi. On va se réunir mardi prochain et on va en parler. Si les deux autres veulent que t'enseignes, on va te faire signer un contrat.

— L'inspecteur a dit qu'il était bien satisfait de ce que j'avais fait, plaida la jeune fille, passablement refroidie par la déclaration de son frère.

— On va en tenir compte, inquiète-toi pas, dit-il pour la rassurer. Mais avant ça, il y a l'assemblée contradictoire demain soir. J'espère qu'il y a ben du monde de Saint-Bernard qui vont y aller pour prouver à Lemire que je fais ben mon ouvrage.

Chapitre 7

Ni oui ni non

Le lendemain matin, à son retour des bâtiments, Camille eut la surprise de découvrir un paquet enveloppé dans un papier brun à la place qu'elle occupait habituellement à table.

— Bonne fête, ma fille, lui dit sa mère en l'embrassant sur une joue.

Tous les autres membres de la famille, sauf son père contraint à l'immobilité, s'approchèrent pour l'embrasser à leur tour.

— Surtout, dites pas mon âge, fit en riant la jeune femme.

— T'as juste vingt-neuf ans, s'empressa de dire Bernadette, t'as tout de même pas l'âge de Mathusalem. Commence pas à te lamenter. Ouvre plutôt ton cadeau.

Camille s'empara du paquet dont elle dénoua la ficelle et trouva un chandail vert, un napperon et une boîte de bonbons.

— C'est Eugénie qui a brodé le napperon, expliqua Marie à sa fille aînée. Pour le chandail, ça vient de Bedette et de moi. S'il y a des mailles sautées…

— C'est m'man qui a pas fait attention, se dépêcha de préciser la cadette.

— Les bonbons viennent de moi, ajouta Donat en prenant place à table.

Camille remercia les siens de s'être donné autant de mal pour son anniversaire avant d'aider à servir le déjeuner.

Une autre surprise l'attendait à la fin de l'après-midi lors de sa visite chez les Connolly pour s'assurer que les enfants ne manquaient de rien, puisqu'elle ne reviendrait les voir que le lundi suivant, comme elle en avait pris l'habitude.

À son arrivée à la petite maison grise, elle sursauta légèrement en voyant Liam Connolly venir lui ouvrir la porte, contrairement aux conventions clairement établies depuis plusieurs mois. Il n'aurait pas dû être à la maison lors de sa visite.

— Dérangez-vous pas, lui dit-elle, embêtée. Je reviendrai un autre jour.

— Non, attendez, Camille, lui demanda-t-il en sortant sur la galerie. Je suis ici juste parce que les enfants tenaient à ce que je sois là. Ils s'en viennent.

À peine venait-il de la rejoindre sur la galerie que Rose poussa la porte moustiquaire, suivie par Patrick, Duncan et Ann, portant un gâteau soigneusement glacé à la vanille. Tous souhaitèrent un heureux anniversaire à la jeune femme et Camille, émue, embrassa chacun d'eux. Quand elle se retrouva devant Liam, elle fut légèrement embarrassée, mais ce dernier prit les devants et l'embrassa sur les deux joues, ce qui la fit rougir.

— On va manger le gâteau sur la galerie, déclara le maître des lieux. Ann, va nous couper ça, ordonna-t-il à son aînée.

— Vous êtes une belle bande de petits cachotiers, dit Camille en s'adressant aux enfants.

— Pourquoi vous nous dites ça? interrogea Duncan en adoptant son air le plus innocent.

— Penses-tu que je comprends pas à cette heure pourquoi vous passiez votre temps à me demander quand je suis venue au monde?

— C'était juste pour savoir, intervint Patrick.

— Vous êtes bien fins de m'avoir fait cette belle surprise-là.

Après avoir mangé du gâteau, Liam s'esquiva et laissa la jeune femme entrer dans la maison avec Rose et Ann pour s'assurer que les Connolly ne manqueraient pas de nourriture durant les deux prochains jours.

Peu avant le retour de Camille à la maison, Xavier arriva chez ses parents, tout pimpant et fraîchement rasé.

— T'es-tu fait beau parce que tu t'en vas veiller chez une fille ? lui demanda Eugénie lorsqu'il pénétra dans la cuisine d'été.

— Pantoute, je monte à Saint-Zéphirin avec Donat et Liam.

— J'espère que t'as pensé à te mettre une couche ce coup-ci, se moqua Bernadette en entrant derrière lui. J'ai entendu dire que c'est pas trop confortable de se soulager dans les fossés.

— Bedette ! s'exclama sa mère. Une fille qui sait se tenir dit pas des affaires comme ça.

— Mais m'man, moi, je disais ça juste pour lui rendre service, répliqua la jeune fille, moqueuse.

L'arrivée de Camille à cet instant créa une diversion dont Xavier profita pour lui souhaiter un bon anniversaire et lui dire qu'il avait un petit quelque chose pour elle dans son boghei.

Il sortit de la maison et alla chercher un miroir dont il avait confectionné le cadre.

— Tiens, t'accrocheras ça dans ta chambre, lui recommanda-t-il. Comme ça, tu vas pouvoir te voir vieillir tous les matins en te levant.

— C'est pas bien fin de dire ça à la plus vieille de la famille, lui fit remarquer Donat en entrant dans la pièce.

— Allez donc réveiller votre père, ordonna Marie en train de touiller le contenu d'une marmite déposée sur le poêle. La soupe est prête.

Xavier et Donat traversèrent vers ce qu'on appelait chez les Beauchemin le « haut-côté » et ils revinrent quelques minutes plus tard en portant leur père qu'ils déposèrent sur sa chaise, à un bout de la table.

On finissait de manger quand le bruit d'un attelage entrant dans la cour de la ferme attira Donat à la fenêtre.

— C'est Connolly, apprit-il aux autres. Voulez-vous ben me dire pourquoi il a attelé ? Il reste à un quart de mille.

Xavier finit de boire sa tasse de thé et rejoignit son frère sur la galerie.

— Donne-moi le temps d'atteler et on part, dit Donat au voisin en descendant de la galerie.

— Laisse faire, mon cheval est plus jeune que le tien. Il est capable de nous traîner jusqu'à Saint-Zéphirin. Montez.

Les trois femmes sortirent de la maison.

— Il reste un fond de baril de bagosse, dit Bernadette. Vous êtes sûrs que vous voulez pas le boire en chemin ? ajouta-t-elle pour plaisanter.

— T'es ben drôle, répondit Donat. Envoye, Liam, on y va.

La voiture quitta la cour et prit la route. Contrairement à la semaine précédente, il faisait beau et chaud en cette première soirée du mois de juillet et le trajet jusqu'à Saint-Zéphirin fut agréable. Les voyageurs dépassèrent plusieurs voitures occupées le plus souvent par des connaissances. En quelques occasions, on s'échangea des piques au passage quand il s'agissait d'adversaires politiques.

— On dirait ben qu'il va y avoir en masse de monde, fit remarquer Xavier.

— Oui, et ça risque de brasser, fit son frère. Je serais pas surpris qu'on retrouve là Maximilien Leclair et sa bande de boulés qui vont vouloir se venger de ce qui leur est arrivé la semaine passée. Toi, Liam, t'es mieux de faire attention. Je pense qu'il va te chercher.

— S'il me cherche, il va me trouver, rétorqua Liam d'une voix tranquille.

— Sans compter que les Rouges seront pas tout seuls dans la place, tint à préciser Xavier, heureux à l'idée d'en découdre.

— Dis donc, toi, l'apostropha son frère, j'ai comme l'impression que tu commences à aimer la politique en pas pour rire. C'est le deuxième samedi d'affilée que t'aimes mieux venir à une réunion plutôt que d'aller veiller chez ta blonde.

— C'est pas ça pantoute, se défendit son jeune frère. C'est juste que j'ai le sens de la famille. Je suis là pour te protéger des Rouges.

Donat lui jeta un coup d'œil, mais ne répliqua pas.

À leur arrivée à Saint-Zéphirin, une foule déjà importante s'était rassemblée devant l'église du village et les voitures encombraient la route au point que Donat conseilla au conducteur de s'arrêter chez le frère de Rémi Lafond qui habitait l'une des dernières maisons du village de Saint-Zéphirin. Ce dernier accepta volontiers d'héberger la voiture et le cheval, et les trois hommes se dirigèrent à pied vers le lieu de rassemblement.

Ils avaient à peine parcouru une centaine de pieds qu'un élégant attelage s'immobilisa devant eux et un groupe d'une vingtaine de partisans s'empressa de venir à la rencontre d'un jeune homme de petite stature aux épaules étroites coiffé d'un haut-de-forme qu'il venait de retirer pour l'épousseter.

— C'est qui ce gars-là ? demanda Xavier à deux inconnus qui se précipitaient vers le nouvel arrivant.

— C'est Laurier, lui cria l'un d'eux en pressant l'autre de le suivre plus rapidement.

— Blasphème ! jura Xavier. C'est une vraie chenille à poils, leur candidat. On soufflerait dessus, il serait ben capable de tomber. Ils ont oublié de l'engraisser.

— En tout cas, on n'en voudrait pas chez les Bleus, assura Donat.

Pendant qu'un groupe de plus en plus important de partisans libéraux faisaient cortège à leur candidat pour qu'il parvienne sans incident au parvis de l'église, Edward John Hemming arriva à son tour à Saint-Zéphirin et dut, lui aussi, parcourir une bonne distance à pied à cause des voitures qui encombraient le chemin. Le député conservateur était accompagné d'une importante cohorte de supporteurs dont faisait partie Anthime Lemire.

Au passage, ce dernier fit signe à Donat et à ses compagnons de se joindre au groupe.

— Essayez de vous installer en arrière, comme la semaine passée, recommanda-t-il encore une fois aux trois hommes. Quand il y a du trouble, vous le savez à cette heure, ça vient ordinairement de là. Ceux qui sont en avant viennent pour écouter, eux.

La foule s'ouvrit devant Hemming pour lui laisser la chance d'accéder au parvis où l'attendait déjà son adversaire. Tout au long de sa marche, il dut entendre aussi bien les moqueries des partisans libéraux que les cris d'encouragement de ses supporteurs. Laurier avait connu le même sort quelques minutes plus tôt.

Le commerçant Ozias Dumont avait été désigné comme modérateur par les deux candidats et le petit homme agita longuement une cloche pour réclamer le silence. Quand il l'eut obtenu, il apprit à l'assistance qu'il y avait eu tirage au sort et que le député sortant serait le premier à prendre la parole.

Hemming répéta, à peu de chose près, ce qu'il avait dit à Sainte-Monique la semaine précédente avant que le jeune avocat de Victoriaville vienne faire part à l'auditoire de ce qu'il entendait faire durant son mandat si on l'élisait. Les paroles de l'un et l'autre avaient été ponctuées par des huées que les applaudissements de leurs partisans avaient inutilement cherché à enterrer.

Les deux clans s'étaient nettement répartis. À gauche, les libéraux formaient un groupe compact et bruyant qui ne ménageait pas ses efforts pour rendre inaudibles les paroles de Hemming. À droite, les partisans conservateurs étaient plus nombreux, mais ils semblaient beaucoup moins agressifs, comme si l'élection de leur candidat n'était qu'une formalité. Ils considéraient Laurier comme un jeune amateur qui n'avait aucune chance de détrôner un politicien aussi chevronné que le député actuel du district.

— Il parle ben en maudit, par exemple, fit remarquer Xavier à ses deux compagnons en parlant de Wilfrid Laurier.

— C'est une grande gueule, mais il a encore pas mal de croûtes à manger pour être capable de battre notre homme, rétorqua son frère.

Après les discours d'ouverture, Dumont sembla perdre rapidement le contrôle des débats quand les deux adversaires commencèrent à s'échanger des invectives et à se traiter de voleur et d'incapable. Comme l'avait prévu Lemire, on se mit à se bousculer dans les derniers rangs.

— On va aller voir, dit Xavier, excité à l'idée d'échanger quelques coups.

Sa réputation d'homme fort dans la région n'était plus à faire et certains forts en gueule allaient y songer deux fois plutôt qu'une avant de s'en prendre au cadet des Beauchemin.

Au moment où les trois hommes parvenaient à se frayer un chemin jusqu'à l'endroit du principal tumulte, Donat entendit un partisan libéral crier à un adversaire :

— Ça sent pas mal mauvais dans le coin.

— Ouais, approuva son voisin, hilare. On dirait qu'il y a des merdeux qui ont oublié de s'essuyer. En tout cas, ça sent fort.

— Est-ce que ça se pourrait que ce soient des petites natures qui digèrent mal la bagosse, par hasard ? intervint Maximilien Leclair en s'avançant vers des partisans conservateurs qui semblaient peu désireux d'en découdre avec le groupe de fanfarons qui entouraient le fier-à-bras.

Xavier bifurqua immédiatement vers la petite troupe de provocateurs, entraînant avec lui son frère et Liam. Leclair aperçut le trio au dernier instant, ce qui ne l'empêcha pas de s'écrier, goguenard :

— Ah ben, ciboire ! Il me semblait ben que ça sentait encore plus mauvais.

Immédiatement, le vide se fit autour des deux hommes forts. Leclair fit deux pas de côté et décocha un coup de poing en direction de Xavier. Malheureusement pour lui, il rata sa cible. Le fils de Baptiste Beauchemin l'empoigna par les cheveux et lui administra alors une volée de coups dont il allait se souvenir longtemps. Pendant ce temps, le débat se poursuivait sur le parvis entre les deux adversaires politiques. La bousculade à l'arrière de la foule ne semblait pas les déranger le moins du monde. C'était monnaie courante.

Quand Leclair ne tint plus sur ses jambes, Xavier le repoussa vers deux de ses compagnons qui s'empressèrent de le soulever et de le traîner à l'écart, du côté des Rouges. Ils ne manifestèrent pas la moindre envie d'engager le combat avec celui qui venait de terrasser leur chef. Un peu plus loin, Donat et Liam, en compagnie de quelques partisans des Bleus, s'étaient avancés, menaçants, en direction des autres partisans de Leclair. On échangea des insultes et des coups jusqu'à ce que les Rouges semblent se rendre compte qu'ils s'étaient un peu trop éloignés de la masse des libéraux présents à l'assemblée.

Plus loin, des gens des deux clans étaient parvenus à séparer d'autres belligérants. Finalement, les têtes chaudes s'écartèrent de la foule pour soigner leurs plaies et bosses à grand renfort de rasades d'alcool.

Quand Ozias Dumont jugea que les voix de Laurier et de Hemming faiblissaient à force de s'invectiver, il mit fin à l'assemblée contradictoire en rappelant à l'auditoire que le vote aurait lieu le 9 juillet et que des registres de votation allaient être ouverts dès huit heures dans chacune des paroisses.

Avant de quitter Saint-Zéphirin, Donat s'empressa d'aller voir Anthime Lemire pour lui demander s'il y aurait un registre à Saint-Bernard-Abbé, même si la mission n'était pas encore une paroisse. L'autre le rassura sur ce point sans la moindre hésitation et exigea que lui ou un de ses compagnons soit présent à l'école durant toute la journée pour voir à ce qu'on ne cherche pas à intimider les électeurs bleus, évidemment.

Sur le chemin du retour, Liam fit tout de même remarquer aux deux frères Beauchemin :

— En tout cas, on sait à cette heure que l'affaire du séné dans la bagosse était un coup de cochon des Rouges. Ils avaient tous l'air au courant et trouvaient ça ben drôle.

— Ils vont nous le payer, tu vas voir, promit Donat. On va leur organiser tout un charivari après les élections, quand Hemming va avoir été réélu.

—Tout de même, je pense qu'on est mieux de se méfier de Leclair et de sa bande. Ils sont vicieux, ces gars-là. Ils sont ben capables de venir semer le trouble chez nous pour se venger.

— Inquiète-toi pas, le rassura Xavier. On va ouvrir l'œil. S'ils ont le front de venir brasser à Saint-Bernard, ils vont le regretter.

Quelques minutes plus tard, le soleil se coucha et Liam arrêta sa voiture pour allumer le fanal suspendu en avant. Le reste du trajet se déroula dans un silence relatif. Donat avait une pommette tuméfiée alors que l'œil droit de Liam prenait des teintes mauves du plus curieux effet.

Un peu avant le pont, les voyageurs croisèrent le boghei d'Amable Fréchette qu'ils saluèrent en passant. Le jeune homme revenait de veiller avec Bernadette.

Xavier attela Prince à son vieux boghei et il entra brièvement dans la maison pour souhaiter une bonne nuit à sa mère, la seule de la famille qui n'était pas encore couchée.

— Si vous m'invitez à souper demain soir, dit-il à Marie, je viendrais ben passer un bout de soirée avec vous, m'man.

— T'es toujours le bienvenu, mon garçon, répondit sa mère, surprise de sa demande.

C'était la première fois, depuis bien des mois, qu'il proposait de venir passer un dimanche soir avec les siens. Lorsqu'elle se mit au lit peu après, elle retrouva Baptiste en train de ronfler. Cependant, elle était maintenant tellement habituée à faire les questions et les réponses quand elle était en sa présence qu'elle ne put s'empêcher de lui murmurer :

— Ça se pourrait bien que notre garçon ait enfin compris le bon sens. Il va venir souper avec nous autres demain, au lieu d'aller veiller avec la fille perdue de Laura Benoît.

Le lendemain matin, Eugénie poussa des hauts cris quand elle aperçut, à son réveil, la joue tuméfiée de son mari.

— Il y a pas à dire, dit-elle, mécontente, c'était une riche idée d'aller te mêler de politique. Regarde dans quel état t'es à matin. Tu vas avoir l'air fin devant tout le monde quand monsieur le curé va annoncer que t'es le nouveau syndic.

Pour une fois, sa belle-mère l'approuva.

— Des vrais enfants quand on n'est pas là pour les surveiller, laissa-t-elle tomber.

— C'est bien vrai ce que vous dites, m'man, intervint Camille.

— Toi, attends de voir l'œil de Connolly, la prévint son frère. Pour moi, il doit voir juste d'un œil à matin.

— C'est pas mon affaire, déclara-t-elle sur un ton sans appel. En plus, à matin, c'est mon tour de rester à la maison pour prendre soin de p'pa et du petit.

— Voulez-vous bien me dire quelle bande de sauvages vous êtes ? reprit sa mère.

Donat ne se donna pas la peine de lui répondre. Il se borna à s'approcher du miroir suspendu au-dessus de l'évier pour regarder son visage avant de se raser.

— Et Xavier dans tout ça ? demanda Camille.

— Lui, il a rien, répondit son frère.

Cet après-midi-là, les quatre femmes chez les Beauchemin venaient à peine de s'installer sur la galerie avec des travaux de couture lorsque Liam Connolly pénétra dans la cour, à pied, et l'air étrangement emprunté dans son costume noir du dimanche, l'œil droit presque entièrement bouché.

— J'en connais un qui va être de bonne humeur de se faire réveiller juste comme il vient de se coucher, murmura Eugénie.

— Donat se recouchera, répliqua sa belle-mère sur le même ton.

— Il doit avoir de la misère à voir où il marche avec juste un œil, plaisanta à mi-voix Bernadette, incorrigible.

— Tais-toi, il va t'entendre, lui murmura Camille.

— Dis-moi pas que tu te promènes sur le chemin avec une chaleur pareille, poursuivit Marie à haute voix, en s'adressant au voisin qui approchait de la galerie.

— Pantoute, madame Beauchemin.

— Tu t'en vas prier à la croix du chemin pour te faire pardonner tous tes péchés ? suggéra Bernadette avec son effronterie coutumière.

— Je suis pas maîtresse d'école, moi. J'ai pas le temps de faire des péchés, rétorqua Liam avec un mince sourire.

— Je suppose que tu veux parler à Donat ? lui demanda Marie, prête à se lever pour aller prévenir son fils.

— Non, madame Beauchemin. Si vous y voyez pas d'objection, je voudrais juste dire quelques mots dans le privé à votre fille.

— À moi ? demanda Bernadette, en feignant la surprise.

— Non, j'aurais dû dire à la moins haïssable des deux, répondit le veuf. Si ça dérange pas Camille, ben sûr.

— Non, pas une miette, fit Camille en se levant et en déposant son travail d'aiguille sur son siège.

La jeune femme descendit de la galerie et s'en éloigna de quelques dizaines de pieds en compagnie de Liam Connolly. Tous les deux se mirent à arpenter lentement la cour.

— Qu'est-ce qu'il y a ? demanda-t-elle, un peu inquiète. Est-ce qu'un des enfants est malade ?

— Non, ils vont bien. Si je suis venu vous voir, c'est pour autre chose, déclara-t-il d'une voix passablement embarrassée.

— Pourquoi ? fit-elle, intriguée, en jetant un coup d'œil aux trois femmes assises sur la galerie qui les épiaient.

— Ben, voilà…

Liam Connolly toussota à quelques reprises avant de poursuivre un ton plus bas.

— Je voulais vous en parler depuis longtemps, mais j'osais pas.

— De quoi vous vouliez me parler ?

— Bon, je me jette à l'eau, dit-il en passant un doigt entre son col de chemise et son cou. Je pense pas me tromper en disant que vous aimez pas mal mes enfants, pas vrai ?

— Vous avez raison. Je les aime bien gros, avoua Camille, intriguée.

— Vous aimez mes enfants et moi, je trouve depuis longtemps que vous me feriez une ben bonne femme, Camille. Est-ce que vous accepteriez de me marier ? demanda-t-il à la jeune femme qui avait brusquement cessé de marcher à ses côtés en entendant sa demande.

— Mais je vous connais pas pantoute, fit-elle, stupéfaite.

— Moi, je vous connais bien, répliqua-t-il. Vous venez chez nous depuis l'automne passé.

La célibataire demeura longtemps silencieuse, puis elle se remit en marche d'un pas un peu plus hésitant.

— Écoutez, Liam, c'est vrai que je vais chez vous depuis le mois de novembre, mais si je me trompe pas, on a dû se parler une dizaine de fois, pas plus.

— Vous êtes pas obligée de me répondre aujourd'hui, Camille, dit-il d'une voix légèrement suppliante. Il y a pas le feu.

— En plus, avec la maladie de mon père, ma mère a pas mal besoin de mon aide.

— Je comprends tout ça, mais est-ce que vous accepteriez que je vienne accrocher mon fanal une fois ou deux par semaine, pour vous donner le temps de me connaître?

La jeune femme prit tout de même le temps de réfléchir et n'eut pas le cœur de refuser la permission demandée.

— Si vous voulez, Liam, accepta-t-elle sans grand entrain. Mais il est bien entendu que ça changera rien à ce qui est convenu quand je vais voir vos enfants.

Le veuf comprit à quoi elle faisait allusion et s'empressa de la rassurer à ce sujet.

— Inquiétez-vous pas, lui dit-il avec un grand sourire. Je serai pas plus encombrant quand vous viendrez, vous avez ma parole. Est-ce que je peux venir passer un bout de veillée avec vous à soir? s'empressa-t-il de lui demander.

— Je vais vous attendre, lui promit-elle.

Tous les deux revinrent lentement vers la maison. Liam salua tout le monde et prit congé. À peine venait-il de quitter la cour de la ferme que Marie, dévorée par la curiosité, demanda à sa fille:

— Veux-tu bien me dire ce qu'il avait de si secret à te dire?

— Il m'a demandée en mariage, laissa tomber Camille d'une voix éteinte.

— C'est pas vrai! s'exclama sa jeune sœur, tout excitée.

— J'espère que t'as accepté, fit Eugénie qui se voyait déjà débarrassée de l'une des sœurs Beauchemin.

— Non.

— Comment ça, non? interrogea Bernadette, aussi surprise que sa belle-sœur.

— J'ai dit non parce que je le connais pas pantoute, cet homme-là, expliqua Camille, agacée par l'insistance des deux jeunes femmes.

— T'as bien fait, trancha sa mère avec autorité. Le mariage, c'est pour la vie. Si tu l'aimes pas, c'est ton affaire.

— J'en reviens pas que t'aies refusé, poursuivit Eugénie, dont la déception était évidente. Il me semble que les chances de se marier quand on est vieille fille sont tellement rares que tu devrais sauter sur l'occasion quand elle se présente. Si ça se trouve, t'auras peut-être plus jamais cette chance-là.

— T'es bien pressée de te débarrasser de moi, toi, lui fit remarquer sèchement Camille en la regardant sans ciller.

— Ben non, tu sais bien que c'est pas ça, fit sa belle-sœur, soudainement gênée d'être percée à jour. Mais j'aurais tellement aimé te voir mariée et heureuse.

— Moi aussi, j'aurais aimé ça aller à tes noces, intervint Bernadette, pour alléger l'atmosphère.

— J'ai pas dit que je le marierais pas. J'ai dit non pour tout de suite, expliqua la jeune femme. J'ai accepté qu'il me fréquente et on verra plus tard.

— T'as bien fait, l'approuva encore une fois sa mère.

— Oui, mais comment on va faire avec le salon? s'inquiéta subitement Bernadette. Moi aussi, je reçois. Où est-ce que je vais aller avec Amable?

— Tant qu'il va faire beau et chaud, vous pourrez toujours vous installer dans la balançoire et sur la galerie, dit Marie à ses deux filles. Quand il fera noir, un couple veillera dans la cuisine avec nous autres un bout de temps et changera de place au milieu de la soirée pour aller s'asseoir dans le salon. Comme ça, il y aura pas de jaloux.

— C'est Amable qui va aimer ça encore, se plaignit Bernadette.

— Si ça fait pas son affaire, à ton Amable, il aura qu'à rester chez eux, fit sa mère d'une voix abrupte.

Il y eut un long silence sur la galerie. En ce chaud dimanche après-midi, chacune sembla plongée dans ses pensées durant un bon moment. Marie pensait aux implications d'un mariage de sa fille aînée pendant que cette dernière se demandait si elle avait bien fait d'accepter de se laisser fréquenter par Liam Connolly. Si Eugénie se lamentait intérieurement sur la malchance de voir sa belle-sœur refuser d'épouser le voisin, Bernadette, elle, songeait à divers arrangements propres à ne pas trop déranger ses fréquentations.

— À moins que le voisin vienne veiller un soir dans la semaine et le dimanche après-midi, reprit-elle soudain à haute voix. Dans ce cas, je pourrais demander à Amable de venir le samedi soir et le dimanche soir.

— Non, Bedette! déclara sa mère. Je veux la paix dans la semaine. Tu t'imagines tout de même pas que je vais passer la moitié de ma vie à jouer au chaperon. Il en est pas question. Ici dedans, les garçons vont venir en visite le samedi soir et le dimanche, pas dans la semaine.

Sur ces mots de sa mère, Camille se leva avec son travail d'aiguille dans les mains.

— Je pense que je vais aller dormir une heure avant d'aller faire le train, déclara-t-elle en entrant dans la maison.

La jeune femme monta à l'étage en faisant attention de ne pas réveiller son père, son frère et le petit Alexis. Dès qu'elle eut refermé la porte de sa chambre, elle se laissa tomber sur son lit, s'abandonnant enfin à l'inquiétude que la demande de Liam Connolly avait provoquée chez elle. Les mains posées à plat sur ses cuisses, elle fixait la ramure bruissante des arbres par l'unique fenêtre de la pièce.

— Pourquoi je lui ai dit qu'il pouvait venir veiller? se demanda-t-elle à voix basse. J'étais pas obligée…

Finalement, elle regrettait de s'être laissée décontenancer par l'insistance du voisin. Elle ne l'aimait pas et surtout elle n'aimait pas le type d'homme qu'il était. Elle le soupçonnait depuis trop longtemps d'être un père brutal... Quand elle avait refusé de l'épouser sous le prétexte de ne pas le connaître, elle aurait dû ajouter, si elle avait été franche, qu'elle ne voulait pas de lui comme mari parce qu'il ne lui inspirait pas confiance.

— Qu'est-ce qui m'a pris de lui laisser croire qu'un jour, peut-être... ?

La question était inutile. Elle n'avait pensé qu'aux enfants. Elle les aimait. Si elle avait carrément refusé leur père, celui-ci lui aurait, selon toute probabilité, définitivement fermé la porte de sa maison au nez et ça en aurait été fait de sa relation avec les quatre petits.

Elle avait envie de pleurer.

— Pourquoi il est venu me demander ça, lui ? s'emporta-t-elle finalement. Tout allait si bien avant.

Elle s'étendit sur son couvre-lit après avoir retiré ses chaussures et le sommeil l'emporta, même si la légère brise qui agitait les feuilles des arbres ne pénétrait pas par la fenêtre ouverte.

Au souper, Xavier et Donat installèrent leur père au bout de la table avant de prendre place aux côtés des autres membres de la famille. Puis, comme au début de chaque repas, Marie récita le bénédicité à la place de son mari avant d'inviter les siens à se servir dans les plats déposés au centre de la table.

— Prenez votre temps pour manger ce rôti-là, prévint Eugénie, c'est le dernier beau morceau de notre vache.

— C'est vrai, reconnut Camille. Après, il ne reste que des cubes pour les bouillis et un petit jambon. Ensuite, comme toutes les années, il y aura juste des briques de lard salé pour se rendre au mois de novembre.

— On se débrouillera, intervint Marie en tendant un morceau de viande à son mari au bout de sa fourchette. Il nous reste toujours bien une demi-douzaine de boîtes de viande qu'on a mises en conserve l'automne passé.

— Vous êtes ben chanceux d'avoir encore tout ça, intervint Xavier. Moi, il me reste juste du lard depuis le commencement de juin.

— Achète-toi des poules, lui suggéra Camille. Elles vont te donner des œufs et tu pourras en tuer une pour la manger quand tu seras mal pris.

— Ouais, mais ça veut dire qu'il va falloir me bâtir un poulailler, répliqua son jeune frère sans enthousiasme.

— On n'a rien sans mal. Tu devrais le savoir, fit sa mère.

On parla peu autour de la table durant le reste du repas. Ce n'est qu'au dessert que Marie informa Baptiste de la demande de Liam Connolly de fréquenter leur fille aînée. Rien dans le visage en grande partie paralysé de l'infirme ne révéla si la nouvelle lui faisait plaisir ou non, mais il y avait fort à parier qu'elle ne l'enchantait guère si on songeait à ce qu'il pensait des habitants d'origine irlandaise de la région.

— J'ai pas dit oui, tint à préciser la célibataire.

— Eh ben! s'exclama le cadet de la famille, narquois. On commence à comprendre pourquoi le veuf a accepté de te donner un coup de main pendant les élections, dit-il à son frère Donat. Pour moi, il voulait ben se faire voir par la famille Beauchemin.

— C'est un bon homme, déclara Donat. Camille pourrait tomber sur pire. Je me demande même pourquoi elle a pas dit oui tout de suite, ajouta-t-il.

Il était évident que sa femme lui avait fait part de sa déception de constater que Camille n'était guère tentée par l'idée d'épouser leur voisin.

— Si quelqu'un te le demande, tu lui diras que ça te regarde pas, répliqua Camille d'une voix cinglante en se levant pour commencer à desservir.

La réplique était si vive et si peu conforme au caractère paisible de la célibataire que Donat en demeura bouche bée. Sa mère lui fit un signe discret de la main de ne pas insister et s'empressa de changer de sujet.

Quelques minutes plus tard, Donat entraîna Xavier et Antonin à l'extérieur pour leur montrer son importante provision de bûches de cèdre empilées dans un coin de la remise.

— Je suppose que t'as pas de bardeaux pour la couverture de ta maison quand tu vas l'avoir bâtie.

— Non, j'ai pas eu le temps de m'occuper de ça, confirma Xavier.

— La semaine prochaine, les femmes vont s'occuper des fraises qui sont prêtes. Moi, je vais commencer à te faire des bardeaux, si ça fait ton affaire.

— Dis-moi quel jour tu veux faire ça, on va venir te donner un coup de main. En même temps, j'haïrais pas ça apprendre comment faire, proposa Xavier.

— Qu'est-ce que tu dirais de mardi ?

— On va venir, promit son jeune frère.

Pendant ce temps, dans la cuisine d'été, Camille avait commencé à essuyer la vaisselle que sa belle-sœur lavait. Bernadette vint l'aider.

— Tu peux t'installer au salon avec Amable toute la soirée si ça te tente, dit-elle à sa sœur. Ça me dérange pas de veiller dans la cuisine.

— Il en est pas question, trancha sa mère occupée à ranger la nourriture dans le garde-manger. Toi, ça te dérange peut-être pas, mais ça fera pas plaisir pantoute à Liam Connolly. S'il vient ici dedans, c'est pas pour jaser avec nous autres, c'est pour te parler à toi.

— Mais j'ai rien à lui dire, moi, protesta la célibataire.

— Inquiète-toi pas pour ça, voulut la rassurer sa mère. Vous trouverez bien quelque chose à vous dire.

— Si tu veux des conseils, ma sœur, je peux toujours t'en donner, proposa Bernadette avec un sourire qui en disait long.

— Bedette, mêle-toi de tes affaires, lui ordonna sèchement sa mère.

Ce soir-là, Bernadette entraîna Amable Fréchette au salon de sept heures à huit heures trente et elle dut expliquer à son cavalier, guère enchanté, qu'ils devaient libérer la place pour sa sœur et son cavalier en train de parler dans la cuisine avec les autres membres de la famille.

— Qu'est-ce que tu veux que je dise, moi, à toute ta famille qui est dans la cuisine? lui demanda le garçon, de fort mauvaise humeur.

— T'es pas obligé de parler si t'as rien à dire, rétorqua la jeune fille. Puis, à part ça, si ça fait pas ton affaire, t'as juste à t'en retourner chez vous.

L'air boudeur, le beau Brummell vint s'asseoir à table aux côtés de la jeune institutrice et ouvrit à peine la bouche durant l'heure suivante. Finalement, il partit vers neuf heures et demie, au grand soulagement de Bernadette.

— On peut pas dire que ton cavalier a ben de la jasette, lui fit remarquer Xavier en riant.

— C'est un grand insignifiant, laissa-t-elle tomber. Il commence déjà à me fatiguer.

— Si t'es pas capable d'endurer un homme plus longtemps que deux ou trois semaines, t'es partie pour rester vieille fille, toi aussi, lui fit remarquer Eugénie.

Le regard plein de reproches que lui adressa sa belle-mère lui fit comprendre qu'elle venait de commettre une bourde et la jeune femme rougit légèrement.

Chapitre 8

Un cadeau

Le mardi matin, Marie venait à peine de déclarer aux siens qu'ils allaient cueillir toutes les fraises qui restaient quand la voiture de Xavier vint s'arrêter devant les bâtiments.

— Dis-moi pas qu'on va avoir de l'aide en plus, dit-elle, ravie, en voyant descendre de voiture son fils cadet et son employé.

— Pantoute, m'man, fit Donat avant de sortir de la maison pour aller rejoindre les visiteurs. J'ai offert à Xavier de lui montrer comment faire des bardeaux. Il va en avoir besoin pour sa maison.

— C'est fin, ça, fit sa mère, mécontente. Ça veut dire que tu pourras pas nous aider, je suppose ?

— Je peux pas être partout à la fois, m'man. Mais vous êtes quatre pour faire cette besogne-là, ajouta-t-il. Vous devriez être capables d'en venir à bout sans moi.

— Ben oui, ramasser les fraises, les équeuter et faire les confitures, sans compter qu'il faut prendre soin de ton père et du petit...

— Écoutez, m'man. Là, on va faire des bardeaux, et si on a le temps de vous donner un coup de main cet après-midi, on va le faire.

Sur ces mots, Donat quitta la maison et alla rejoindre son frère et Antonin qui avaient eu le temps de dételer Prince et de le faire entrer dans l'enclos, près de l'écurie.

— Je suis pas aussi bon que le père pour faire ça, déclara Donat en sortant de la grange un banc grossier muni d'une sorte d'étau. Mais tu vas voir, je me débrouille.

— J'ai jamais fait ça, dit Antonin.

— T'es pas tout seul, fit son jeune patron.

— Je comprends pas ça, reprit son frère aîné.

— Chaque fois que le père en faisait, il me confiait un autre ouvrage, expliqua Xavier.

— Tu vas voir, c'est pas compliqué. Toutes les bûches de cèdre ont seize pouces de long et on a gardé celles qui avaient le moins de nœuds. Antonin, apporte-nous-en quelques-unes.

L'adolescent lui rapporta quelques bûches. Donat prit un coin et une massue.

— Regardez, tous les deux. Vous allez débiter chaque bûche en planchettes et moi, avec le départoir, je vais en planer un bout pour l'amincir. C'est pas plus compliqué que ça. Vous avez juste à vous arranger pour que les planchettes soient à peu près de la même épaisseur.

Les deux hommes et l'adolescent s'installèrent devant la grange et se mirent au travail sans plus attendre. Pendant que Xavier débitait les planchettes, son frère, assis sur le banc, en planait l'une des extrémités et Antonin récupérait chaque bardeau pour l'empiler dans la voiture.

Au milieu de l'après-midi, ils estimèrent avoir produit suffisamment de bardeaux pour une première journée.

— T'as pas à t'inquiéter, je vais avoir le temps de t'en faire encore pas mal avant que ta couverture soit prête, dit Donat à son frère.

— Si c'est comme ça, on va aller donner un coup de main aux femmes, décida le cadet de la famille en aidant à ranger les outils dans la grange.

À leur arrivée dans le champ, ils ne trouvèrent que Camille en train de cueillir les petits fruits rouges.

— Où sont les autres? lui demanda Xavier.

— À la maison. Eugénie vient de rentrer pour s'occuper d'Alexis, et Bernadette aide m'man à équeuter pour les confitures.

— Va donc les rejoindre, lui conseilla son jeune frère en s'emparant de son seau. Nous autres, on va finir le ramassage.

Camille ne se fit pas prier pour rentrer à la maison pendant que les hommes cueillaient les dernières fraises.

À la fin de l'après-midi, Xavier et Antonin refusèrent de rester à souper sous le prétexte qu'ils devaient aller soigner leurs animaux. Xavier remercia son frère pour les bardeaux et ils quittèrent la ferme pour retourner à la cabane au bout du rang Sainte-Ursule.

S'il était resté pour le repas, Marie aurait bien aimé demander à son fils pourquoi Catherine Benoît n'avait pas accompagné sa mère et son frère à la messe le dimanche précédent. Toutefois, elle s'en était abstenue, car il lui semblait plus sage de ne pas poser cette question qui reviendrait à reconnaître que Xavier entretenait toujours une relation avec la jeune fille.

❧

Ce soir-là, après le souper, Donat fit sa toilette et s'endimancha.

— Es-tu bien sûr que c'est nécessaire de mettre ton linge du dimanche pour cette réunion-là? lui demanda Eugénie en le voyant boutonner la chemise qu'elle avait repassée le matin même.

— Quand mon père allait au conseil des syndics, il s'habillait comme du monde, laissa tomber son mari. Le conseil des commissaires est pas moins important. Envoye, Bedette, donne-moi la clé de l'école que je parte, ajouta-t-il avec un rien d'impatience.

— En tout cas, arrangez-vous pas pour tout salir, fit-elle avec humeur en lui tendant la clé. J'ai tout nettoyé et j'ai lavé le plancher avant de fermer le dernier jour d'école. J'ai pas le goût pantoute de tout recommencer.

— Inquiète-toi pas avec ça. De toute façon, il y a rien qui dit que c'est toi qui vas faire l'école au mois de septembre.

— Aïe, fais pas le fou ! le prévint sa sœur, soudain alarmée. L'inspecteur a dit que je faisais bien l'école quand il est venu. À part ça, moi, je suis sûre que je fais du bon ouvrage depuis deux ans, tu sauras.

Donat quitta la maison et il fut le premier arrivé à l'école de Saint-Bernard-Abbé. Il déverrouilla la porte et ouvrit quelques fenêtres pour aérer les lieux. À peine venait-il de s'asseoir qu'il vit Télesphore Dionne et son voisin, Évariste Bourgeois, traverser la route pour participer à la première réunion du conseil scolaire de Saint-Bernard-Abbé.

— J'ai apporté du papier, une plume et de l'encre, annonça le propriétaire du magasin général, le seul commissaire qui savait écrire. On sait jamais, ça peut être utile.

— C'est une bonne idée, approuva Donat. Je pensais justement qu'il allait falloir préparer un contrat pour engager la maîtresse d'école. Il paraît qu'il faut ça à cette heure.

— Est-ce que ta sœur veut encore faire l'école l'année prochaine ? demanda Évariste Bourgeois de sa grosse voix bourrue.

— Elle m'a dit qu'elle voulait continuer.

— Si c'est comme ça, je vois pas pourquoi on ne la réengagerait pas, intervint Télesphore, si elle demande des gages raisonnables, ben sûr, prit-il soin d'ajouter prudemment.

— Je lui en ai parlé, convint le jeune président du conseil. Ça fait deux ans qu'on la paie soixante-dix piastres par année. Cette année, elle aimerait qu'on lui en donne soixante-douze. Je pense pas que ce soit exagéré, surtout si on calcule qu'on n'a pas à payer le chauffage de l'appartement, en haut.

Télesphore regarda Évariste et hocha la tête avant de dire :

— Il me semble qu'on devrait accepter. Qu'est-ce que t'en penses, Évariste?

— Ça m'a l'air ben correct.

— Est-ce que vous pouvez lui écrire ça noir sur blanc? demanda Donat à Télesphore. Ce sera son contrat et je vais lui demander de le signer. Il paraît que l'inspecteur veut ça.

Le document fut rédigé en quelques instants. Il stipulait que Bernadette Beauchemin s'engageait à enseigner du 1er septembre 1871 au 30 juin 1872 pour la somme de soixante-douze dollars.

— Un coup parti, on pourrait tout de suite parler des taxes que les propriétaires vont avoir à payer, enchaîna le jeune président de la commission scolaire. Est-ce qu'on les augmente ou on les laisse comme elles étaient?

— Il me semble qu'on devrait demander une couple de cennes de plus, suggéra le forgeron. Tout coûte plus cher et on vient d'augmenter le salaire de la maîtresse. Il va falloir plus d'argent pour commander de la craie, d'autres ardoises et même des livres pour la maîtresse.

— Ça a ben du bon sens, déclara Donat.

— Dix cennes de plus? demanda Télesphore.

— C'est pas exagéré, reconnut Évariste.

— Payable pour la fin août, comme les années passées? interrogea le président.

— Pourquoi pas, laissa tomber le forgeron.

— Et qu'est-ce qu'on fait avec ceux qui veulent nous payer en bois de chauffage? s'enquit Télesphore.

— Moi, je dirais qu'on devrait accepter l'offre des premiers qui la feront, déclara Donat. Comme ça, on n'aura pas à se creuser la tête pour chercher quelqu'un prêt à nous en vendre. Mais après ça, on dira qu'on a le bois qu'il nous faut.

Télesphore rédigea un document officiel qui allait être affiché à la porte de la chapelle, document dans lequel étaient spécifiés le montant des taxes scolaires ainsi que la date limite pour s'en acquitter.

— Ça va encore pas mal se lamenter, avertit Évariste en allumant sa pipe.

— De toute façon, il y en a toujours pour qui cette taxe-là est trop élevée, fit Télesphore avec philosophie. Certains, comme Angèle Cloutier, disent que ça devrait être seulement aux parents des enfants qui vont à l'école à la payer.

— On n'est pas pour recommencer cette vieille chicane-là, dit Donat qui en avait entendu parler à satiété à la maison au temps où son père collectait personnellement le montant à payer pour l'entretien de l'école.

— Qu'est-ce qu'on dit à ceux qui demandent si on va ouvrir des nouvelles écoles dans les rangs Sainte-Ursule et Saint-Paul? demanda Télesphore. J'aime autant vous dire que ça jase de ça continuellement au magasin.

— C'est ben clair, déclara le fils de Baptiste après une brève réflexion. On leur dit qu'on est prêts à leur ouvrir toutes les écoles qu'ils veulent s'ils sont prêts à payer pour ça. Je l'ai déjà dit à ceux qui en ont parlé après l'élection.

— Ellis disait encore hier que Laurier va être capable de nous avoir un bon montant pour ouvrir une école dans Sainte-Ursule.

— Ben sûr, se moqua Donat. Si jamais Laurier est élu, et ça c'est loin d'être fait, j'ai ben hâte de voir comment un petit député dans l'opposition pourrait se débrouiller pour avoir autant d'argent que Hemming nous en a donné quand il était député du gouvernement au pouvoir. Ellis raconte n'importe quoi.

— Si je comprends ben, il y aura pas de nouvelle école à Saint-Bernard cette année? demanda Évariste.

— En plein ça, répondit Donat… à moins que quelqu'un nous arrive avec au moins deux cent soixante-dix piastres comptant.

— C'est parfait, approuva Télesphore.

— Pendant que j'y pense, reprit Donat, est-ce que ce serait pas une bonne idée d'écrire dans un cahier ce qu'on a décidé à chacune de nos réunions ? J'ai entendu dire que c'est ce qui se faisait aux réunions des syndics.

Évariste et Télesphore se consultèrent brièvement du regard.

— C'est correct, je vais m'en occuper, accepta le propriétaire du magasin général.

La première réunion du conseil prit fin avec la promesse de Télesphore d'afficher une copie du compte rendu de la réunion dans son magasin.

Quand Donat rentra à la maison après avoir verrouillé la porte de l'école, il était persuadé d'avoir habilement mené les premiers débats de la nouvelle commission scolaire. À son arrivée à la maison, il déposa devant sa jeune sœur son premier contrat d'engagement en se vantant d'avoir arraché de haute lutte une augmentation de son traitement de deux dollars, ce qui combla la jeune fille. Elle allait enfin avoir l'esprit tranquille durant tout l'été. Son poste était confirmé.

Le lendemain matin, les habitants de la région furent accueillis à leur réveil par un petit jour gris annonciateur de pluie. Le ciel nuageux se reflétait sur les eaux de la rivière dont on entendait la chute gronder. Dans le magasin général, quelques clients peu pressés s'étaient rassemblés devant le long comptoir en bois.

— Je sais pas ce que ce maudit boiteux a en tête, déclara Évariste Bourgeois, mais il m'a fait faire quatre roues la semaine passée.

— Qu'est-ce que t'as à te plaindre ? lui demanda Cléomène Paquette. C'est ton ouvrage de forgeron de faire ça, non ?

— Ouais, mais des roues comme ça, j'en avais encore jamais faites. Deux petites roues pas plus grandes que ma main et deux autres hautes de trois pieds. C'est sûr que c'est pas pour une voiture, ces affaires-là.

— Ça t'a pas tenté de lui demander ce qu'il voulait en faire ? interrogea Hormidas Meilleur après avoir retiré sa pipe de sa bouche.

— C'est ce que j'ai fait.

— Puis ?

— Il m'a dit qu'il savait pas encore trop trop quoi en faire, mais je l'ai pas cru.

— Si j'étais toi, Évariste, j'éviterais de l'appeler le maudit boiteux, lui conseilla le gros Tancrède Bélanger. Oublie pas qu'avec son moulin, le jeune risque de devenir pas mal pesant à Saint-Bernard.

— Ça empêche pas qu'il…

— Laisse faire, le coupa le facteur. Moi, j'ai une nouvelle pas mal plus intéressante pour vous autres.

— Ah oui ? fit Paquette, curieux.

Quelqu'un fit tinter la clochette suspendue au-dessus de la porte du magasin général et tous tournèrent la tête pour voir entrer le curé Ouellet. Toutes les personnes présentes se hâtèrent de saluer le prêtre qui leur rendit poliment leur salut.

Alexandrine Dionne s'empressa de s'extirper de derrière le comptoir, où elle se réfugiait la plupart du temps, pour s'enquérir des besoins du nouvel arrivant.

— Des chandelles et du sucre du pays, si vous en avez, madame, répondit le pasteur en regardant autour de lui.

— Suivez-moi, monsieur le curé, je vais vous donner ça tout de suite.

Tous les deux s'éloignèrent vers le fond du magasin.

— Puis, c'est quoi votre nouvelle, père Meilleur ? lui demanda Cléomène en faisant signe à Tancrède Bélanger de lui tendre sa blague à tabac que l'autre venait d'extraire de l'une de ses poches.

— On m'a dit à la gare qu'il y avait quelqu'un de Saint-Bernard qui a pris le train la semaine passée pour Montréal.

— En v'là une nouvelle, bougonna Bélanger qui surveillait Paquette en train de bourrer le fourneau de sa pipe avec son tabac.

— Vous savez pas qui est parti? demanda Meilleur en déplaçant légèrement son chapeau melon aux teintes verdâtres sur sa tête.

— Pantoute, fit Évariste Bourgeois avec impatience. Accouchez donc qu'on baptise, torrieu!

— Il paraît que la fille de Laura Benoît est repartie en ville avec une sœur, comme il y a deux ans, déclara le facteur en adoptant un air de conspirateur.

— C'est pas vrai! s'exclama Tancrède Bélanger, stupéfait. Dites-moi pas que cette petite dévergondée-là est encore en famille avant le mariage!

— Si c'est ça, le garçon de Baptiste Beauchemin doit être ben au courant de l'affaire, affirma Cléomène. Je me suis laissé dire qu'il allait veiller chez Laura Benoît toutes les semaines depuis l'hiver passé.

— Toi, Cléomène, fais ben attention que le Xavier t'entende jamais dire ça, le mit en garde Évariste Bourgeois qui avait un grand respect pour la force physique du jeune homme. Si jamais il entend dire que tu colportes ce bruit-là, on va te retrouver crucifié sur la porte de ta grange, je t'en passe un papier.

— Et en attendant, ceux qui s'amusent à calomnier leur prochain seraient mieux de pas oublier de venir se confesser, poursuivit Charles-Omer Ouellet d'une voix sévère en apparaissant soudainement dans le dos des quatre hommes regroupés devant le comptoir du magasin.

Le prêtre était revenu derrière le groupe sans qu'on l'ait entendu approcher. Il décocha un regard désapprobateur aux hommes d'âge mûr qui s'écartèrent précipitamment pour le laisser acquitter le prix de ses achats. Avant même que le curé ait payé, chacun se trouva une raison pour s'éclipser rapidement.

Le dimanche suivant, Constant Aubé avala rapidement le dîner préparé par Mary Hyland avant d'atteler son cheval et de quitter la maison où il était pensionnaire depuis plus d'un mois. Il descendit la pente abrupte du rang Sainte-Ursule, traversa le pont et se dirigea vers son terrain au bout duquel on finissait la construction de son moulin à farine. Le boghei avança en cahotant sur une cinquantaine de pieds avant de longer ce qui allait devenir sa maison dans quelques semaines. Déjà, la charpente se dressait sur un épais solage en pierre.

Le jeune propriétaire arrêta son attelage et en descendit avant d'aller s'asseoir sur une grosse pierre pour mieux surveiller la route étroite et ombragée du rang Saint-Jean qui longeait son terrain. Il demeura immobile durant près d'une heure et il ne vit passer que la voiture de Rémi Lafond dans laquelle se tenaient la femme de ce dernier, Emma, et ses deux enfants. Il resta sur place encore quelques minutes pour s'assurer que le cavalier de Bernadette ne se rendait pas chez les Beauchemin cet après-midi-là.

Peu après deux heures, il rassembla tout son courage et se dirigea vers le moulin où il avait entreposé, la veille, et dans le plus grand secret, ce sur quoi il avait travaillé chaque soir depuis deux semaines. Il sortit du moulin un instant plus tard en poussant devant lui ce qui avait toute l'apparence d'un fauteuil roulant.

En fait, il avait pris une chaise berçante dont il avait remplacé le siège et le dossier tressés en babiche par de très larges bandes de cuir souple. Il avait retiré les berceaux et avait fixé à leur place deux barres de fer auxquelles il avait assujetti deux petites roues pivotantes à l'avant et deux grandes roues fixes à l'arrière. Il s'agissait des roues qui avaient tant intrigué le forgeron.

Sans effort, il hissa le fauteuil dans sa voiture avant d'y monter à son tour.

Avant de se mettre en route, il prit une grande inspiration et s'assura du bout des doigts de n'être pas trop décoiffé. Depuis qu'il avait entrepris la construction de ce fauteuil, il n'avait cessé de se demander comment son cadeau allait être perçu par les Beauchemin, surtout par Bernadette, dont il était toujours aussi follement amoureux.

Quand il s'était rendu compte qu'elle recevait Amable Fréchette, il s'était effacé, la mort dans l'âme, se jugeant incapable de concurrencer le bel homme. Mille fois, il maudit sa boiterie et les traits grossiers de son visage, mais il n'y pouvait rien et il le savait. Toutefois, il ne parvenait pas à renoncer à la jeune fille, et la fabrication du fauteuil roulant destiné à son père était, tout comme les prêts de romans dans le passé, un moyen d'approcher celle qu'il aimait tant.

Il aurait préféré trouver Baptiste et Marie Beauchemin seuls à la maison avec Bernadette, mais il savait que c'était pratiquement impossible par un si beau dimanche du mois de juillet. Il s'estima encore chanceux de ne pas trouver sur place un Amable Fréchette goguenard.

Il avait fini la fabrication du fauteuil la veille, à la fin de la soirée, et il n'était pas question que les ouvriers le trouvent au moulin le lendemain matin, en entrant au travail.

— Le pire qui peut arriver, se dit-il à mi-voix pour se rassurer alors que sa voiture approchait de la ferme des Beauchemin, c'est qu'ils n'en veuillent pas. Dans ce cas-là, je m'en débarrasserai quelque part.

À son entrée dans la cour de la ferme, il aperçut Baptiste assis sur une chaise berçante, sur la galerie, aux côtés de son gendre et de son fils Donat pendant que Camille, Bernadette, Emma, Eugénie et Marie discutaient un peu plus loin. Toutes les têtes se tournèrent vers lui à son arrivée, ce qui eut le don de le mettre encore plus mal à l'aise.

— Bon, qu'est-ce qu'il vient faire ici dedans, lui? demanda Bernadette à mi-voix.

— Laisse-lui une chance de descendre de voiture et on va le savoir, lui répondit abruptement sa mère.

Constant Aubé laissa son attelage sur le côté de la maison et descendit de voiture sans se presser. Sans s'en rendre compte, Donat lui facilita la tâche en venant le rejoindre pour s'informer de la raison de sa visite.

— Est-ce que tu viens nous faire une visite de politesse ou ben t'as besoin de quelque chose ? lui demanda-t-il en lui tendant la main avec affabilité.

— Je viens dire un petit bonjour à ton père, si ça le dérange pas trop, parvint à dire l'ancien employé de Thomas Hyland.

— Tu peux bien, l'invita le fils de Baptiste. J'ai comme l'impression qu'il trouve les journées pas mal longues, cloué dans sa chaise berçante.

— Disons que c'est un peu pour ça que je viens, s'empressa de poursuivre le visiteur en tirant de sa voiture ce qui semblait être un curieux assemblage de cuir et de roues.

— Qu'est-ce que c'est ? l'interrogea Donat, intrigué.

— C'est une affaire que j'ai faite pour ton père, mais je sais pas si ça va l'intéresser. C'est une sorte de fauteuil roulant.

— Viens nous montrer ça, l'invita Donat en le précédant vers la galerie.

Constant poussa son fauteuil jusqu'à la galerie sous le regard étonné de tous les occupants qui s'empressèrent de descendre les trois marches de l'escalier pour venir regarder l'objet de plus près.

— C'est pour monsieur Beauchemin, dit Constant à Marie. J'ai pensé qu'avec ça vous pourriez déplacer votre mari plus facilement dans la maison et dehors sans avoir à le lever à chaque fois. J'ai remplacé le siège et le dossier par du cuir pour que ce soit plus confortable pour lui. Comme ça, vous avez pas besoin de toujours lui mettre des coussins.

— J'en reviens pas, déclara Rémi Lafond, franchement

admiratif. Dis donc, toi, est-ce qu'il y a quelque chose que t'es pas capable de faire ?

— Il y en a pas mal, répondit Constant, rassuré par le bon accueil fait à son présent.

— C'est tout un cadeau que tu fais là à mon père, lui fit remarquer Camille, émue par tant de générosité.

— C'est vrai ce que dit ma sœur, reprit Bernadette. C'en est même gênant.

— Est-ce que vous pensez qu'on pourrait l'essayer pour voir si ça plaît à monsieur Beauchemin ? demanda Constant, tout heureux que Bernadette apprécie le cadeau qu'il faisait à son père.

— C'est certain, accepta Donat en déposant le fauteuil roulant sur la galerie près de son père qui fixait de son unique œil valide ce que venait d'apporter le visiteur.

Donat et Rémi soulevèrent l'infirme et le déposèrent dans le fauteuil. Marie s'empara immédiatement des poignées qui permettaient de le manœuvrer. Elle le poussa sans effort jusqu'au bout de la galerie et grâce aux petites roues pivotantes à l'avant, elle parvint à faire demi-tour et à revenir à son point de départ sans déployer trop d'efforts.

— C'est une vraie bénédiction, cette affaire-là ! s'écria-t-elle, enchantée.

— Êtes-vous bien assis là-dedans, p'pa ? demanda Bernadette à son père.

Ce dernier hocha la tête à plusieurs reprises, ce qui remplit de satisfaction le concepteur du fauteuil roulant.

— C'est ben beau tout ça, mais tu vas nous dire combien on te doit, intervint Donat après avoir offert à Constant de prendre place sur la chaise berçante que son père venait de libérer.

— Absolument rien, déclara le jeune homme. C'est un cadeau. Je suis juste content si ça peut vous rendre service.

Le visiteur eut droit à des remerciements de tous les membres de la famille et il dut accepter de boire un verre de bagosse. À l'instant où il allait annoncer qu'il devait partir parce qu'il ne voulait pas être importun, Bernadette l'invita à aller s'asseoir avec elle sur la balançoire. Un peu rougissant, il s'empressa d'accepter son invitation.

Une heure plus tard, il prit congé des Beauchemin après avoir refusé de partager leur souper. Il savait que Bernadette devait recevoir Amable Fréchette à veiller et il ne voulait pas se retrouver dans la position pénible du gêneur dont on ne sait comment se défaire.

Après son départ, Bernadette, songeuse, alla rejoindre les femmes de la maison pour aider à la préparation du repas du soir.

— On dira ce qu'on voudra, déclara sa mère sans s'adresser à l'une des trois femmes en particulier, mais ce garçon-là a toute une tête sur les épaules.

— Et il a bon cœur, à part ça, renchérit sa bru.

— S'il me demandait la permission de venir accrocher son fanal les bons soirs, je dirais peut-être pas non, poursuivit Camille. C'est bien de valeur que j'aie pas l'air de l'intéresser, ajouta-t-elle en adressant un clin d'œil à sa mère.

— Aïe toi ! protesta Bernadette en éprouvant pour la première fois depuis bien longtemps un pincement de jalousie, oublie pas que t'as Liam.

— Je suis pas encore mariée avec lui, tu sauras, répliqua sa sœur avec bonne humeur.

Ce soir-là, la fille cadette de Baptiste et Marie Beauchemin décida de se débarrasser d'Amable Fréchette et de donner une chance à Constant Aubé, même si elle avait encore du mal à se faire à l'idée d'être courtisée par un boiteux pas très beau.

Chapitre 9

Les élections

Fait étonnant, les autorités ne semblaient pas avoir réalisé que le 9 juillet, date du vote dans les districts de Drummond et d'Arthabasca, tombait un dimanche. Plus d'un habitant de la région s'étonna que le clergé ait accepté que l'élection du député se tienne le jour du Seigneur.

— Ça a pas grande importance, déclara Donat quand il se rendit compte de la chose. En revenant de la messe, le monde va s'arrêter à l'école pour signer le registre et je vais être là pour voir à ce que les Rouges fassent pas d'affaires croches.

— Dire que tu peux même pas voter, lui fit remarquer sa mère. Il me semble que tu te donnes bien du mal pour rien.

— Je peux pas voter parce que je suis pas propriétaire, m'man, se défendit-il. Si vous vous donniez à moi, vous et p'pa, je pourrais.

— Ça, mon garçon, il en est pas question pantoute! répliqua sèchement sa mère.

Le jeune cultivateur jeta un regard d'avertissement à sa femme qui avait assisté à la scène. Maintenant, tout était clair. Il avait dit clairement ce à quoi ils songeaient tous les deux depuis de longs mois et c'était une brutale fin de non-recevoir. Donat se promit de revenir à la charge à la fin de l'été, et cette fois-là il présenterait des arguments autrement plus convaincants que le droit de vote pour appuyer son exigence.

Le vendredi précédant le vote, Anthime Lemire fit son apparition chez les Beauchemin.

— J'ai une mauvaise nouvelle pour toi, mon jeune, lui déclara le grand et gros homme en mordant dans une carotte de tabac à chiquer. Il y aura pas de registre de vote à Saint-Bernard-Abbé.

— Pourquoi ça ?

— Celui qui est responsable des élections dit qu'il y a un registre par paroisse, pas plus. Il paraît que vous autres, vous êtes pas une paroisse. Ça fait que les électeurs de chez vous sont inscrits dans le registre de Sainte-Monique et ils vont être obligés d'aller voter là-bas.

— Je vous dis que ça fera pas l'affaire de grand monde, cette histoire-là, lui fit remarquer le jeune cultivateur, mécontent.

— Que ça fasse leur affaire ou pas changera rien, rétorqua l'autre. Toi, ton ouvrage, c'est de t'organiser pour le dire à ton monde et, surtout, de venir avec tes gars à Sainte-Monique pour voir à ce qu'on ne tripatouille pas le registre ou qu'on n'empêche pas aucun Bleu de voter.

— C'est correct, accepta Donat de mauvais gré. Mais je vous dis que Hemming est mieux de pas m'oublier dans ses prières quand il va avoir des cadeaux à faire après son élection, prit-il soin d'ajouter.

— Inquiète-toi pas pour ça, il a la mémoire longue, le bonhomme, le rassura l'organisateur. En passant, si tu peux empêcher une couple de Rouges de se rendre jusqu'au registre pour voter, on t'en voudra pas, tint-il à préciser avec un bon gros rire.

— J'aime pas ben ben ce genre d'affaire-là, laissa tomber le fils de Baptiste Beauchemin qui savait pourtant fort bien qu'il s'agissait là d'une pratique courante.

— Va surtout pas t'imaginer que les Rouges vont se gêner, eux autres, poursuivit Lemire. En tout cas, conseille à ton monde de s'organiser en bande pour aller voter. Ça va être plus sûr.

Lors des élections de 1867, des groupes de partisans avaient bloqué des routes pour empêcher des adversaires d'aller voter. Il y avait eu de nombreux accrochages dans le district, sans compter le sabotage de plusieurs voitures. Certains avaient même découvert, une fois rendus au bureau de vote, que quelqu'un avait déjà tracé une croix à côté de leur nom.

Une fois de plus, Donat dut délaisser le travail pressant sur la ferme pour aller faire une tournée des maisons de Saint-Bernard-Abbé et informer les gens de l'endroit où serait installé le bureau de vote. Heureusement, il put encore compter sur l'aide de Liam et de Xavier.

— C'est bien d'avance, cette histoire d'élection-là, se plaignit Marie en le voyant partir pour faire la tournée des fermes du rang. C'est pas en courant les chemins que l'ouvrage va se faire.

— Je le sais, m'man, rétorqua-t-il en cachant mal son agacement. Ça fait pas plus mon affaire qu'à vous, mais si on veut avoir quelque chose de Hemming, il faut se donner du mal pour le faire élire.

— Laisse-moi donc tranquille avec ça, fit sa mère, sarcastique. Tu vas t'apercevoir que le lendemain de son élection, il se souviendra plus de rien et tu vas te lécher la patte. Tu vas t'être fait haïr pour rien par bien du monde.

— Craignez rien, j'irai lui rafraîchir la mémoire s'il le faut. J'ai l'intention de lui demander de l'argent pour ouvrir une autre école l'automne prochain et il va nous aider.

— Dans Sainte-Ursule? intervint Bernadette.

— Il en est pas question. Il y a trop de Rouges dans ce rang-là. J'en ai parlé aux deux autres commissaires, on pensait plutôt au rang Saint-Paul pour la deuxième école.

De toute évidence, il pensait surtout que l'ouverture d'une école aurait donné encore plus d'importance au rang

Sainte-Ursule qui prenait déjà de plus en plus l'allure du village de Saint-Bernard-Abbé. En outre, c'était dans ce rang qu'habitaient Samuel Ellis et bon nombre de Rouges.

❦

Le dimanche matin, Donat, Xavier et Liam durent prendre le chemin de Sainte-Monique tout de suite après la messe. Marie avait eu pitié d'eux et leur avait préparé un goûter copieux.

— Allez-vous être revenus pour le train ? leur demanda Camille quand les trois hommes montèrent dans la voiture.

— Ben non, répondit Donat. Ça fermera pas avant la noirceur.

— En 1867, si j'ai bonne mémoire, c'est resté ouvert deux jours et demi pour permettre à tout le monde de voter, intervint Liam. J'ai entendu dire que ça ferme seulement quand il y a personne qui s'est présenté pendant deux heures, ajouta-t-il.

— Blasphème ! jura Xavier en regardant le contenu du panier que venait de lui tendre Camille. Si on est pour se nourrir pendant deux jours avec juste ce qu'il y a là-dedans, on va ben mourir de faim.

— Il y a des champs à Sainte-Monique, intervint Bernadette, moqueuse. Vous aurez juste à aller brouter là.

Un éclat de rire salua la saillie de la jeune fille.

— Je vais tout de même aller donner un coup de main à Ann à faire le train, annonça Camille d'une voix tranquille.

— Ben non, Camille, les enfants sont capables de se débrouiller tout seuls, fit Liam.

— J'aime autant y aller, s'entêta la jeune femme. Je les trouve encore pas mal jeunes pour soigner les animaux tout seuls.

— Bon, ça a tout l'air qu'on va encore faire le train toutes seules, fit remarquer Bernadette, morose.

— Tu pourrais demander à Amable de te donner un coup de main, plaisanta Xavier.

— Laisse faire, toi. Il y a bien assez que je vais être obligée de l'endurer à soir.

— Whow ! on dirait ben que le beau Amable Fréchette a bientôt fini de venir user son fond de culotte dans le salon du père, plaisanta-t-il en adressant un clin d'œil à son frère et à Liam.

— Ça va faire, Xavier, lui ordonna sa mère. Et vous autres, essayez de vous conduire comme du monde, recommanda-t-elle à ses deux fils. Faites-moi pas honte. Organisez-vous pas pour revenir amochés comme la dernière fois.

— Promis, m'man, dit Xavier en riant. On va être sages comme des petits Jésus.

— Et toi, Liam, t'es le plus vieux. Je compte sur toi pour les empêcher de faire des niaiseries, poursuivit la mère de famille, comme si elle n'avait pas entendu son fils cadet.

L'Irlandais hocha la tête. De toute évidence, il ne se rendait à Sainte-Monique qu'à contrecœur. Il aurait de beaucoup préféré passer la journée avec Camille.

— Pourquoi il y a des gros bâtons au fond du boghei ? demanda Bernadette en prenant un air angélique.

Marie se pencha immédiatement au-dessus de la voiture pour vérifier l'exactitude de la remarque de sa fille. Elle vit trois gros bâtons.

— C'est quoi, ça ? demanda-t-elle à Donat.

— Ça, m'man, c'est pour nous défendre au cas où on ferait une mauvaise rencontre en chemin, expliqua-t-il en adressant à sa sœur un regard meurtrier. Bon, nous autres, il faut qu'on y aille, s'empressa-t-il de dire en mettant son attelage en marche.

La voiture sortit de la cour de la ferme en soulevant un petit nuage de poussière. Durant tout le trajet, les trois hommes ne rencontrèrent qu'une seule voiture se dirigeant vers le village de Sainte-Monique.

— On dirait ben que le monde a décidé de venir voter seulement après le dîner, fit remarquer Liam.

À leur arrivée au village, ils se dirigèrent immédiatement vers l'école devant laquelle il y avait un petit attroupement d'hommes en train de discuter paisiblement. Donat aperçut son oncle Armand entouré de quelques hommes dont le notaire Letendre. Il alla attacher sa bête pendant que son frère et Liam se joignaient au groupe. Il pénétra ensuite dans la classe où tous les pupitres avaient été repoussés contre les murs.

Il faisait passablement chaud à l'intérieur, même si on avait ouvert largement toutes les fenêtres. On avait installé une table au centre de la pièce, table sur laquelle un registre était ouvert à côté d'un encrier et d'une plume. Derrière la table, chacun des partis avait fait en sorte de déléguer un responsable pour s'assurer qu'il n'y aurait pas tricherie et que l'électeur mettait sa croix au bon endroit.

L'un des responsables, un imposant vieillard à la barbe blanche, se leva et vint vers lui pour l'entraîner dans un coin du local.

— C'est toi, Donat Beauchemin ?

— Oui.

— Parfait, Lemire m'a dit que tu viendrais avec un ou deux hommes.

— C'est ça.

— Bon, j'aimerais que vous vous installiez pas trop loin de la porte pour laisser entrer juste une personne à la fois. Là, c'est tranquille, mais ça risque de changer vite.

— C'est correct, accepta le fils de Baptiste Beauchemin, soulagé de ne pas avoir à demeurer enfermé dans un local aussi chaud.

— Les Rouges vont probablement envoyer Joseph-Antoine Grenier ou Maximilien Leclair. Si c'est Leclair, garde-le ben à l'œil.

— Je le connais, il va avoir le meilleur de se tenir tranquille, lui promit Donat.

Le jeune homme sortit de l'école sur ces mots et alla rejoindre son frère et Liam en train de parler avec Armand Beauchemin et le notaire.

— J'espère que vous avez fait votre « X » à la bonne place, mon oncle, plaisanta-t-il en se joignant au groupe.

— Fais pas de farce avec ça, toi, rétorqua le gros homme, avant de prendre des nouvelles de son frère qu'il n'avait pas vu depuis le printemps.

— D'après moi, Hemming va entrer pas mal fort, déclara Liam.

— Je suis pas trop certain de ça, le tempéra le notaire Letendre. Vous autres, vous vous fiez à ce que vous avez vu à Sainte-Monique et à Saint-Zéphirin. Moi, je me suis pas mal promené depuis trois semaines et je peux vous dire qu'ailleurs on n'est pas si content que ça de ce qu'il a fait.

— Seriez-vous viré Rouge, monsieur le notaire ? plaisanta Xavier.

— Pas du tout, mon garçon, répondit l'homme de loi, un peu offusqué qu'on ose mettre en doute sa foi dans le Parti conservateur. Mais bien des gens ont eu l'air d'aimer ce que Wilfrid Laurier leur a promis. Je dis pas que Hemming va perdre, mais je pense que ça va être plus chaud qu'on pense.

— Ça, ça veut dire qu'on est aussi ben d'ouvrir l'œil pour que personne vienne jouer dans le registre.

— Le vieux Adrien Pincourt, en dedans, va y voir, intervint Armand Beauchemin. C'est pas un fou et il laissera rien passer. En passant, Xavier m'a dit que t'avais rien apporté pour payer la traite à ceux qui vont avoir voté du bon bord ?

— Lemire m'en a pas apporté, mon oncle, se défendit Donat.

— C'est vrai qu'après ce qui est arrivé à ceux à qui t'en as offert la dernière fois, c'est pas sûr qu'il y en a qui auraient accepté d'en boire.

Quelques minutes plus tard, le notaire et Armand Beauchemin prirent congé pour rentrer chez eux, alors que Joseph-Antoine Grenier arrivait avec un jeune homme qui se donnait des airs de matamore. Tous les deux s'installèrent de chaque côté de la porte de l'école, apparemment bien décidés à intimider les indécis ou les électeurs d'allégeance conservatrice.

Sans attendre, Xavier se dirigea vers le jeune qui cherchait à être intimidant.

— Déménage, lui ordonna-t-il sèchement en lui indiquant du doigt d'aller s'installer à côté de Grenier.

L'imposante carrure et la réputation du fils de Baptiste firent en sorte que le nouvel arrivant alla se poster aux côtés de Grenier sans protester. Toutefois, cela n'empêcha pas ces cinq hommes installés à proximité de la porte de l'école de se regarder en chiens de faïence durant tout l'après-midi de ce dimanche consacré au vote. Cependant, à aucun moment ils n'eurent besoin d'en venir aux coups.

Des électeurs de Saint-Bernard-Abbé et de Sainte-Monique se présentèrent régulièrement jusqu'à l'heure du souper. Il y eut bien quelques échanges d'insultes entre les partisans de chacun des partis, mais le tout se fit sans échauffourée.

Vers l'heure du souper, Donat, songeur, finit par dire à ses compagnons :

— C'est tout de même drôle qu'on n'ait pas encore vu la face de Leclair.

— Il est peut-être fatigué de recevoir des claques sur la gueule, plaisanta Xavier.

— Moi, en tout cas, je commence à avoir hâte que cette journée-là finisse, déclara Liam qui ne parvenait pas à cacher son ennui.

— C'est vrai que c'est ennuyant, l'approuva Xavier. Il se passe rien.

— D'après moi, ça doit achever, intervint Donat. Il est déjà venu tellement de monde qu'il doit plus en rester ben gros.

Peu après l'angélus, Liam alla chercher les restes du repas de midi, rangés dans le boghei, que les trois hommes s'empressèrent de terminer tant bien que mal. Ce repas frugal ne fut troublé par l'arrivée d'aucun électeur. Les deux responsables finirent par sortir de l'école quelques minutes plus tard pour venir s'asseoir à la porte, histoire d'échapper à la chaleur qui régnait à l'intérieur.

Le temps s'écoulait lentement et le soleil commença à baisser à l'horizon.

— Blasphème ! Il me semble que ça fait un maudit bon bout de temps qu'il y a eu personne, déclara soudain Xavier en s'adressant aux deux responsables.

Ces derniers tirèrent en même temps leur montre de gousset et la consultèrent.

— Ça fait presque deux heures, annonça Adrien Pincourt.

— Est-ce qu'on se donne encore un quart d'heure ? lui demanda le représentant du candidat libéral.

— On peut ben faire ça, accepta obligeamment son adversaire.

Ainsi, peu après, à sept heures trente, le bureau de vote fut fermé et le registre fut emporté par les deux responsables. Chacun remonta dans sa voiture pour rentrer à la maison.

— Une bonne affaire de faite, déclara Donat, satisfait, alors que son attelage quittait Sainte-Monique.

— Il y a pas eu de trouble. Tout s'est passé correctement, précisa son jeune frère avec un certain regret.

— On va enfin pouvoir avoir la paix, conclut Liam, apparemment heureux d'en avoir fini avec la campagne électorale.

À leur retour à la maison un peu après neuf heures, Marie insista pour leur servir un souper plus consistant que les restes qu'ils avaient avalés et Liam dut accepter de s'asseoir à table et de manger comme les fils de la maison.

— Si le cœur vous le dit, vous pouvez ben veiller un peu au salon, offrit la maîtresse de maison à Camille et à son prétendant au moment où ce dernier s'apprêtait à rentrer chez lui.

Liam tourna les yeux vers Camille, attendant de toute évidence une invitation qui tardait un peu.

— Si t'es pas trop fatigué de ta journée, finit-elle par lui dire sans grand empressement.

— Je suis pas fatigué pantoute, dit-il avec un grand sourire.

La seule concession que le veuf avait arrachée à celle qu'il brûlait d'épouser avait été qu'ils se tutoient. À part ça, elle se cantonnait dans une réserve assez réfrigérante. Mais leurs fréquentations ne dataient que d'une semaine et il ne désespérait pas de l'apprivoiser.

Camille alluma une lampe à huile et précéda son amoureux dans la pièce voisine pendant que sa mère venait prendre place dans la chaise berçante qu'elle tira de manière à voir ce qui se déroulait au salon.

— Qu'est-ce qui se passe? demanda Liam. Ta sœur veille pas avec Fréchette à soir?

— Non, il est venu cet après-midi et elle lui a dit qu'elle voulait plus le voir.

— Elle m'a l'air pas mal capricieuse, non?

— Peut-être, mais je pense qu'elle a un autre garçon en tête.

— Elle est encore jeune, elle peut encore se permettre de faire la difficile, laissa-t-il tomber.

Camille comprit l'allusion, mais elle se garda bien de la relever.

Une heure plus tard, alors que l'Irlandais et Xavier allaient prendre congé, Donat tint à les accompagner à l'extérieur.

— Aussitôt qu'on va connaître les résultats, on va organiser un charivari pour Ellis, leur annonça-t-il à mi-voix. Ça va lui baisser le caquet à ce maudit-là.

— Où est-ce que tu vas prendre ton monde ? lui demanda son frère.

— Inquiète-toi pas pour ça. Je connais une vingtaine d'hommes qui vont se faire un plaisir de venir avec nous autres. Je vais m'arranger pour qu'on ait quelque chose à boire, à part ça, promit-il.

Retirée dans sa chambre depuis déjà quelques minutes, Bernadette se demandait si elle n'avait pas agi un peu trop précipitamment en signifiant son congé à Amable Fréchette. C'était un bel homme et, de plus, il hériterait probablement de la terre paternelle du rang Saint-Paul parce qu'il était l'aîné de la famille. D'accord, il n'était pas aussi intéressant que Constant Aubé, mais il était beau et personne ne riait de lui quand il marchait.

— Je suis bien niaiseuse ! dit-elle à voix basse en soufflant sa lampe. Qu'est-ce qui dit que Constant Aubé va vouloir venir veiller avec moi ? Je vais avoir l'air d'une belle dinde s'il décide d'aller veiller avec une autre fille de Saint-Bernard...

La jeune fille s'endormit ce soir-là en imaginant toutes sortes de scénarios dans lesquels le nouveau maître du moulin à farine l'ignorait en lui préférant une autre fille plus sérieuse qu'elle.

❦

La nouvelle n'arriva à Saint-Bernard-Abbé que deux jours plus tard et sema la consternation chez tous les partisans conservateurs du district. Encore une fois, ce fut Hormidas Meilleur, le facteur, qui la propagea avec un plaisir apparent un peu avant l'heure du dîner.

— Tenez-vous ben, j'ai toute une nouvelle pour vous autres, avertit-il les quelques hommes rassemblés sur la galerie du magasin général en ce mardi après-midi.

— Quelle menterie vous allez encore nous sortir, le père ? osa lui dire John White en riant.

— Aïe, toi, prends-moi pas pour un jériboire d'Irlandais ! s'emporta le petit homme en repoussant son chapeau melon. Je mens jamais, moi.

— Laisse-le parler, ordonna Samuel Ellis qui venait d'arriver. J'ai de l'ouvrage qui m'attend et je voudrais ben apprendre cette nouvelle-là avant de mourir de vieillesse.

— Vous me croirez peut-être pas, reprit le facteur, bavard incorrigible et déjà oublieux de l'insulte, mais Hemming est pas rentré.

— Quoi ? Qu'est-ce que vous venez de dire là ? lui demanda Antonius Côté, interloqué.

— C'est comme je viens de te le dire. Hemming a été battu par Laurier.

— Ça se peut pas, déclara Évariste Bourgeois, incapable d'imaginer la défaite de son candidat.

— Il a été battu et pas à peu près à part ça, poursuivit le facteur, imperturbable. Il paraît que Laurier a eu plus que sept cents voix de plus que lui.

— J'arrive pas à le croire, dit Télesphore Dionne d'une voix blanche.

— Moi non plus, fit Côté, aussi sonné que le propriétaire du magasin général.

— *Goddam*, c'est la plus belle journée de ma vie ! s'exclama Ellis en esquissant quelques pas de danse après avoir pris White dans ses bras. J'arrive pas à y croire, on a gagné ! Ça, ça se fête ! Que le diable emporte l'ouvrage aujourd'hui. Viens-t'en, on va aller boire et célébrer cette nouvelle-là.

Devant l'air catastrophé des autres hommes présents, l'Irlandais ne put s'empêcher de dire avec un faux air de commisération :

— Pauvres vous autres! C'est ben de valeur que vous ayez voté pour le mauvais cheval. Vous allez souffrir pendant au moins quatre ans...

— Exagère pas, Ellis, lui ordonna un Évariste Bourgeois menaçant qui était prêt à en venir aux coups.

— Ouais, je pense qu'on est mieux d'aller fêter ailleurs, fit le rouquin à l'endroit de John White. On dirait qu'il y a des mauvais perdants et qu'ils entendent pas pantoute à rire.

Sur ces mots, les deux hommes, hilares, montèrent dans leur voiture et les partisans de Hemming virent les deux bogheis monter la côte abrupte du rang Sainte-Ursule en direction de la ferme d'Ellis.

— Pour moi, on n'a pas fini d'entendre sa grande gueule d'Irlandais, déclara le forgeron, pas encore remis du choc.

Quelques minutes plus tard, Antonius Côté s'arrêta chez les Beauchemin pour leur apprendre la défaite de Hemming.

— Ça se peut pas! s'écria Donat, incrédule, en regardant les siens rassemblés dans la cuisine d'été. Il peut pas avoir été battu, il y a personne qui connaissait Laurier avant les élections.

— C'est le père Meilleur qui raconte ça partout, dit le voisin. Il a l'air ben sûr de son affaire, à part ça.

— J'en reviens pas.

Donat regarda son père dont la main droite frappait convulsivement le bras de son fauteuil roulant qu'il ne quittait pratiquement plus. Sa mère fut la première à retrouver ses esprits.

— Regarde dans quel état ça met ton père, cette niaiserie-là, lui reprocha-t-elle. En tout cas, si c'est vrai, j'espère que tu vas retenir ta leçon.

— Quelle leçon, m'man? lui demanda Donat, l'air mauvais.

— Que la politique rapporte rien de bon, mon garçon. Regarde-toi! T'as perdu des heures et des heures à courir les chemins. T'as reçu des coups et t'as même été malade à cause de ça. Tout ça, pour rien pantoute! Là, tu te ramasses Gros-Jean comme devant et, si ça se trouve, tu t'es fait haïr pour rien par bien du monde.

— J'en reviens pas! répéta le jeune cultivateur après avoir salué Antonius Côté qui venait de partir. Pour moi, il y a une erreur. Le père Meilleur a dû mal comprendre. Lemire va m'envoyer quelqu'un pour me dire que Hemming est rentré, ajouta-t-il avec un mince espoir dans la voix. Ça se peut pas que j'aie fait tout cet ouvrage pour rien.

Si Donat s'était attendu à recevoir la visite de l'organisateur conservateur du district durant la journée, il dut déchanter. Anthime Lemire semblait l'avoir définitivement oublié... ce qui ne fut pas le cas de tous les habitants de Saint-Bernard-Abbé.

❦

Donat passa une très mauvaise journée. Après la visite du voisin, il laissa les femmes de la maison s'occuper de la cueillette des framboises pour retourner dans l'un de ses champs où il avait commencé, la veille, à creuser un canal d'irrigation. Quand il rentra pour soigner les animaux à la fin de la journée, il était encore d'humeur morose, une humeur qui ne changea guère durant la soirée.

— Reviens-en, finit par lui ordonner Camille. C'est pas la fin du monde, sainte bénite! Je suis certaine que Liam et Xavier en font pas une montagne, eux autres.

— C'est parce qu'ils comptaient pas sur l'élection de Hemming, laissa tomber son frère. Tu comprends pas, toi, que j'avais besoin de lui pour faire ouvrir une autre école à Saint-Bernard. Là, il en est plus question. En plus, ça me surprendrait même pas qu'Ellis ait le front d'aller voir Laurier pour en faire ouvrir une dans Sainte-Ursule.

— Je comprends peut-être pas grand-chose dans la politique, rétorqua sa sœur aînée, mais si les Bleus forment encore le gouvernement, je pense pas que Samuel Ellis obtienne de l'aide.

Cette dernière remarque sembla rasséréner un peu son frère. Il avait oublié que les élections ne prendraient fin que trois jours plus tard et que ce n'était que ce jour-là qu'on saurait si le Parti conservateur était encore au pouvoir.

Vers dix heures, Marie invita les siens à s'agenouiller pour la prière du soir et tout le monde se retira dans sa chambre pour une nuit de sommeil bien méritée.

Quelques instants plus tard, Donat venait à peine de sombrer dans un sommeil sans rêve quand il fut réveillé en sursaut par sa femme qui le secouait brusquement.

— Donat! Donat! Lève-toi, lui ordonna Eugénie, affolée. C'est quoi ces bruits assourdissants? Il se passe quelque chose devant la maison…

Mal réveillé, son mari s'assit dans le lit au moment même où le petit Alexis se mettait à pleurer dans le noir.

— Veux-tu bien me dire ce qui se passe dehors? demanda Eugénie en se levant pour aller consoler son enfant.

Donat ne se donna pas la peine de lui répondre. Il se leva à son tour et se rendit à la fenêtre. Il écarta le rideau pour tenter de voir ce qui se passait dans la cour de la ferme. Un tintamarre assourdissant de casseroles et d'objets métalliques frappés à coups redoublés lui apprit qu'un groupe d'une vingtaine de Rouges de la région avait organisé un charivari pour le narguer. À la lueur de torches et de fanaux, il vit les participants en train de sauter et de danser au milieu de la cour de la ferme. Des voix avinées lançaient des cris et des injures et le tout était ponctué par des rires moqueurs.

— Ah ben, maudit torrieu, par exemple! jura le fils de Baptiste Beauchemin, fou de rage. Il manquait plus que ça! Ils viendront pas rire dans ma face, chez nous, c'est pas vrai.

Il se dirigea d'un pas décidé vers la porte, dans le noir.

— Attends que j'allume une lampe, dit Eugénie en déposant Alexis dans leur lit.

— Laisse faire, j'ai pas besoin de lampe.

À l'instant où il sortait de sa chambre, il vit Bernadette et Camille, en robe de nuit, en train de descendre au rez-de-chaussée. Ils trouvèrent leur mère debout devant l'une des fenêtres de la cuisine d'hiver.

— Vous allumez pas, m'man? lui demanda Bernadette, étonnée de voir sa mère si calme dans la circonstance.

— Non, on est mieux de pas allumer de lampe. Ce serait leur donner la satisfaction de leur faire croire qu'ils sont arrivés à nous réveiller avec leurs niaiseries.

— Ben, moi, j'endurerai pas ça, annonça Donat d'une voix décidée en se dirigeant vers le fusil suspendu à l'un des murs de la pièce.

— Toi, tu laisses ça à sa place, lui ordonna sévèrement sa mère. T'es tout de même pas pour tirer sur le monde. Laisse-les faire, ils vont vite se fatiguer si on bouge pas et ils vont finir par s'en retourner chez eux.

À contrecœur, son fils lui obéit, se contentant de s'approcher de la fenêtre à son tour pour tenter d'identifier certains des manifestants. À la lueur des torches, il reconnut Ellis, White, Leclair de Sainte-Monique et quelques autres.

— Eux autres, ils vont me payer ça, fit-il les dents serrées.

— En attendant, ton père est tout énervé, déclara Marie. Je retourne dans la chambre le calmer. À votre place, je remonterais me coucher. Allumez pas de lampe et faites comme si vous entendiez rien. Ils vont finir par s'essouffler.

— Ça, c'est un plan d'Ellis. L'enfant de chienne a organisé tout ça, j'en mettrais ma main au feu, fit Donat.

— La belle affaire! Je suppose que t'en aurais fait autant si Hemming avait gagné, laissa tomber Camille d'une voix désabusée avant de se mettre à monter l'escalier qui conduisait aux chambres.

. Marie ne s'était pas trompée. Le charivari perdit peu à peu de son intensité, et une heure plus tard les fêtards se retirèrent en faisant assez de bruit pour réveiller tous les habitants du rang Saint-Jean sur leur passage.

Le lendemain matin, Bernadette fut la première à sortir de la maison parce que c'était son tour d'aller rassembler la demi-douzaine de vaches en train de paître dans le champ. À son retour, après avoir fait entrer les bêtes dans l'étable, la jeune fille trouva son frère dans la cuisine d'été, prêt à aller les traire.

— Tu vas bien aimer ça, lui dit-elle en retirant ses bottes mouillées par la rosée du matin. Les sans-génie qui sont venus nous réveiller pendant la nuit ont barbouillé les portes de la maison et de l'étable avec du goudron.

— C'est pas vrai! s'exclama son frère en se dirigeant vers la porte.

— La porte d'en avant, lui précisa sa sœur.

Camille, Eugénie et Marie suivirent Donat à l'extérieur pour constater les dégâts. Il n'y avait pas d'erreur. Un drôle s'était amusé à tracer avec du goudron une grande croix tant sur la porte de la maison que sur celle de l'étable.

— Les écœurants! s'écria Donat. Ils vont me payer ça!

— En attendant, on sait ce qu'on va avoir à faire à matin, fit sa mère d'une voix amère.

Le samedi suivant, Donat Beauchemin eut tout de même la consolation d'apprendre que le parti de Pierre-Joseph-Olivier Chapleau avait été réélu pour un second mandat en remportant quarante-six des soixante-cinq comtés. Pendant quelques heures, il songea à organiser un charivari à son tour, mais devant le peu d'enthousiasme manifesté par son frère et Liam, il abandonna l'idée. Cependant, cela ne l'empêcha pas de passer la plus grande partie de la journée à plastronner au magasin général en compagnie de quelques chauds partisans.

— On n'a peut-être pas fait élire Hemming, déclara-t-il à qui voulait l'entendre, mais nous autres, on forme le gouvernement. Les Rouges vont vite s'apercevoir que c'est pas leur petit Laurier qui va leur avoir quoi que ce soit.

Étrangement, les plus ardents libéraux de Saint-Bernard-Abbé, comme Samuel Ellis et John White, se firent très discrets au lendemain de cette victoire conservatrice.

Chapitre 10

Un drame

Après les tensions suscitées par les élections, la vie reprit son cours normal à Saint-Bernard-Abbé, même si certains se gardaient bien d'oublier les attaques, souvent déplacées, de leurs adversaires politiques. Les deux dernières semaines du mois de juillet s'écoulèrent paisiblement, rythmées par les travaux des champs.

Les cultivateurs de la région n'eurent pas à se plaindre du temps. Ils se réjouirent des quelques journées de pluie qui empêchèrent les récoltes de brûler dans les champs. En général, un soleil de plomb apporta une chaleur bienfaisante et tout laissait prévoir une excellente récolte de foin.

Le dernier lundi du mois, Donat Beauchemin devait se présenter à ce qui allait être sa première réunion du conseil des syndics. Tout en procédant à sa toilette après le souper, il ne pouvait s'empêcher de redouter un peu sa première rencontre après les élections avec Samuel Ellis, le président du conseil. Ce dernier ne lui avait sûrement pas encore pardonné de lui avoir été préféré pour occuper le poste de commissaire et, pour sa part, il n'avait pas encore digéré le charivari organisé par son adversaire, même si la fièvre de la campagne électorale était passablement retombée. Bref, même s'il s'attendait à un affrontement désagréable, il n'était pas prêt à renoncer à la gloire d'être syndic, malgré son jeune âge.

Avant de quitter la maison, il poussa le fauteuil roulant de son père sur la galerie pour lui permettre de respirer un peu d'air frais après une journée particulièrement chaude et il alla atteler la Noire au boghei. Son arrivée à la sacristie coïncida avec celles d'Antonius Côté et d'Anatole Blanchette. Un peu nerveux, il se dirigea vers les deux hommes d'âge mûr.

— Ça fait pas mal drôle de te voir venir prendre la place de ton père, lui dit Blanchette.

— Et monsieur le curé a eu une bonne idée de te nommer, ajouta Côté, aimable, en levant la main pour saluer Ellis et Hyland qui arrivaient à bord de la même voiture.

— Bon, on est aussi ben d'entrer voir monsieur le curé, fit Blanchette en frappant à la porte de la sacristie.

Le curé Ouellet vint ouvrir et invita les syndics à entrer. La sacristie était une grande pièce assez bien éclairée de vingt-quatre pieds sur vingt-six. Située sur le bas-côté, derrière l'autel, elle servait aussi bien de sacristie que de logement d'habitation au prêtre. Le centre était occupé par un vieux poêle à deux ponts. Dans un coin était située la table où le curé mangeait, alors qu'un simple rideau dissimulait son lit dans l'encoignure opposée.

Le prêtre fit signe à ses visiteurs de prendre place autour de la table placée sous l'une des fenêtres et demanda à Dieu d'éclairer les débats avant de les inviter à s'asseoir. Samuel Ellis, l'air impénétrable, avait pris place à l'autre extrémité de la table, face au prêtre.

— Je laisse la parole au président du syndic, dit aimablement le curé de Saint-Bernard-Abbé en s'assoyant à son tour.

— J'aimerais d'abord souhaiter la bienvenue à Donat Beauchemin au conseil, dit l'Irlandais en adressant un sourire légèrement contraint au nouveau venu, ce qui surprit le jeune cultivateur. Un de plus pour nous aider, ce sera pas de trop.

Tous les hommes présents approuvèrent bruyamment, ce qui mit à l'aise le nouveau syndic de la mission.

— Je pense qu'on peut commencer, annonça le président.

— Moi, j'aimerais qu'on parle tout de suite de l'affaire du cimetière, dit Thomas Hyland. Ça se discute pas mal à Saint-Bernard depuis le printemps passé, depuis que la petite fille d'Athanase Cormier est morte.

— Encore une chance qu'il y ait eu de la place dans le lot des Cormier au cimetière de Saint-Zéphirin pour enterrer la petite, sinon on aurait eu l'air fin, poursuivit Blanchette.

— Là, j'ai une bonne nouvelle pour vous autres, intervint Charles-Omer Ouellet. J'ai écrit à monseigneur et son secrétaire m'a répondu la semaine passée. Saint-Bernard a le droit d'avoir un cimetière, même si ce n'est pas encore une paroisse reconnue.

— Ah! ça, c'est toute une bonne nouvelle, dit le cultivateur du rang Saint-Paul.

— Oui, mais il va falloir choisir un terrain proche de la chapelle, le clôturer et l'entretenir, par exemple, tint à préciser le prêtre. Ce sont les conditions fixées par l'évêché. De plus, il faudrait dresser une croix au centre du cimetière pour bien faire comprendre qu'il s'agit d'un lieu sacré.

— Qu'est-ce que vous diriez, monsieur le curé, si on prenait un terrain de cent pieds par cent cinquante pieds en arrière de la chapelle? Il y a de la place en masse et ça fait partie du lot qui appartient à la mission.

Les six hommes discutèrent durant quelques instants et s'entendirent pour venir faucher le futur cimetière dès la semaine suivante et le clôturer provisoirement avec des perches.

— Il faudrait bâtir un charnier avant la fin de l'automne, intervint Donat pour la première fois.

— Après les récoltes, on demandera au monde de participer à une corvée pour le construire, suggéra le curé.

— Je fournirai le bois, offrit généreusement Hyland.

— Je sais que le syndic doit faire face à de bien grosses dépenses, reprit Charles-Omer Ouellet, mais la construction d'un jubé pour permettre à plus de paroissiens de s'asseoir durant les cérémonies devient indispensable.

En entendant cette demande, Samuel Ellis fronça les sourcils et son visage prit un air inquiet.

— C'est connu, j'ai pas toujours été d'accord avec Baptiste Beauchemin, déclara-t-il en jetant un coup d'œil vers Donat, mais je dois dire que comme maître d'œuvre, il a fait du maudit bel ouvrage. Il a pas trop endetté la mission avec la construction de la chapelle. Mais aujourd'hui, on a tout de même une bonne dette sur le dos et si on commence à parler de construire un jubé, il va falloir aussi parler d'acheter des bancs… Tout ça, c'est pas une petite dépense, monsieur le curé.

— Je le sais bien, reconnut le prêtre.

— Moi, je pensais surtout que, cette année, ce serait plus important de mieux faire isoler la sacristie parce que l'hiver passé, vous avez gelé ben raide.

— C'était pas si pire que ça, se défendit le curé. Je pense que c'est surtout votre femme que ça dérangeait.

Bridget Ellis, à titre de ménagère du curé, venait cuisiner et faire le ménage chaque avant-midi et elle n'avait cessé de se plaindre de la température glaciale qui régnait dans la sacristie.

— C'est sûr que ça coûterait moins cher de faire isoler la sacristie, dit Côté en allumant sa pipe.

— J'aimerais tout de même mieux qu'on s'occupe du jubé, reprit le curé de Saint-Bernard-Abbé. C'est plus important que ma carcasse.

— Si c'est comme ça, déclara le président des syndics, je peux toujours essayer d'aller parler à Eugène Bélisle cette semaine. Ses hommes ont presque fini le moulin à farine dans Saint-Jean. Il doit venir jeter un coup d'œil au moulin et à la maison que le petit Aubé est en train de se faire construire. Je vais lui demander combien il demanderait pour bâtir un jubé. Après, on pourra toujours discuter si on a les moyens de se payer ça à la prochaine réunion, à la fin du mois d'août.

— Si jamais on a les moyens de construire un jubé, ce sera plus une chapelle. Ça va être une vraie église, fit remarquer Antonius Côté.

— En plein ça, monsieur Côté, approuva le curé Ouellet. Et ça m'amène à vous demander ce que vous pensez de l'idée d'adresser à monseigneur Laflèche une requête pour lui demander de faire de Saint-Bernard-Abbé une paroisse canonique. Qu'est-ce que vous en pensez?

Tous les membres du conseil se regardèrent, surpris par la proposition.

— Est-ce que vous pensez, monsieur le curé, que monseigneur va vouloir? interrogea Samuel Ellis.

— On peut toujours faire la requête, répondit le prêtre.

— Qu'est-ce qui va se passer après ça? lui demanda Donat.

— À peu près ce qui s'est passé quand vous avez signé une pétition l'année passée. Monseigneur va déléguer quelqu'un pour venir rencontrer les francs-tenanciers de Saint-Bernard et vérifier s'ils ont le désir et les moyens financiers d'avoir leur propre paroisse.

— Moi, je suis pour, déclara tout net Thomas Hyland.

— Moi aussi, dit Anatole Blanchette.

Les autres approuvèrent à leur tour.

— Le conseil des syndics vous appuie, monsieur le curé, déclara Samuel Ellis sur un ton qui ne laissait aucun doute sur l'importance qu'il donnait à son rôle de président.

— Dans ce cas-là, reprit le prêtre en se levant, j'écris tout de suite la demande devant vous et vous allez pouvoir la contresigner avant de partir.

Il ne fallut que quelques minutes à Charles-Omer Ouellet pour rédiger la requête. Seul Thomas Hyland la relut et la signa de son nom, les autres membres se contentèrent d'apposer un X au bas de la page.

— Écris donc Président du Syndic à côté de mon X, dit Ellis à Hyland.

Au moment où les hommes allaient quitter la sacristie, le curé de Saint-Bernard-Abbé les retint un bref instant pour les informer qu'il allait s'absenter durant les quatre jours suivants.

— Je suis invité chez un ami de Notre-Dame-de-Pierreville. Il doit m'emmener à la pêche. C'est utile, les amis, quand vous n'avez plus de parents vivants, ajouta-t-il avec une légère note de tristesse.

— Est-ce que ça veut dire que vous allez nous revenir avec des histoires de pêche qu'on va avoir de la misère à croire? plaisanta Hyland.

— Vous saurez que votre curé conte jamais de menterie, même quand il parle de pêche, répondit en riant Charles-Omer Ouellet. Je vais être absent jusqu'à samedi. J'ai demandé au brave curé Lanctôt de me remplacer, lui ou un de ses vicaires, s'il y a une urgence.

Les hommes sortirent de la sacristie en souhaitant au curé un bon repos. Donat rentra à la maison, heureux de l'accueil reçu au conseil, mais gardant tout de même une certaine prévention à l'encontre de son président.

Il raconta aux siens tout ce qui s'était dit à la réunion et son père manifesta son approbation par des hochements de tête saccadés pour approuver surtout la demande de transformer la mission Saint-Bernard-Abbé en paroisse.

— J'espère que monseigneur va accepter qu'on devienne une vraie paroisse, déclara Marie avant d'inviter les siens à s'agenouiller pour la prière du soir. Il me semble que ce serait normal qu'on soit comme tout le monde autour.

Durant la nuit, des nuages s'accumulèrent dans le ciel et, au réveil, les Beauchemin furent accueillis par une petite pluie fine.

— Ça va faire du bien au jardin, cette pluie-là, déclara Marie en déposant un plat d'œufs brouillés au centre de la table.

— Moi, j'en ai pour la journée à réparer la waggine si on veut qu'elle soit de service pour les foins, la semaine prochaine, fit savoir Donat qui venait de rentrer de soigner les animaux avec ses deux sœurs. Il y a des madriers pourris qu'il va falloir changer. À part ça, j'aimerais ben trouver quelqu'un capable de me donner un coup de main pour les foins.

— On est quatre femmes pour t'aider, lui fit remarquer sa mère.

— C'est ben beau, m'man, mais faucher, c'est de la besogne d'homme. C'est ben trop dur pour des femmes.

— En attendant, on va bien être obligés de cuire aujourd'hui, même s'il mouille, intervint Camille. Il reste juste un pain dans la huche.

— C'est ça, l'approuva sa mère. Pendant que tu feras cuire, je vais faire du beurre. Je pense qu'il en reste juste un peu dans le puits. Eugénie et Bedette feront le ménage.

Bernadette fit la moue en apprenant que sa mère lui avait encore tracé une journée de travail sans qu'elle ait son mot à dire. Même si on n'en était qu'à la première journée du mois d'août, la jeune institutrice commençait à avoir sérieusement hâte de retourner enseigner.

Depuis deux semaines, Bernadette arborait un air boudeur qui avait le don d'énerver sa mère et celle-ci ne se privait pas de la rabrouer.

— Change d'air, Bedette ! lui répétait-elle au moins trois fois par jour. La besogne que t'as à faire est pas si éreintante que ça.

La jeune fille se contentait la plupart du temps de hausser les épaules, mais elle avait du mal à abandonner son air morose. Depuis qu'elle avait signifié son congé à Amable Fréchette, elle s'ennuyait et elle ne comprenait pas que Constant Aubé ne se soit pas encore précipité pour occuper la place que le bel Amable avait libérée bien malgré lui. Elle avait la nette impression que la chance n'était guère de son côté.

Au lendemain des élections, elle avait cru qu'il lui suffirait de s'approcher du propriétaire du moulin à farine à la fin de la grand-messe et de lui faire comprendre à mots couverts qu'il serait le bienvenu chez les Beauchemin. La manœuvre aurait été trop facile… Le hasard avait voulu que Constant Aubé décide d'assister à la basse-messe parce qu'il n'y avait plus de bancs à louer à la chapelle et que rester debout durant deux longues heures, à la grand-messe, lui était trop pénible à cause de son infirmité à la jambe.

Bien sûr, elle aurait pu aller se promener sur la route et s'arrêter, comme par hasard, devant la maison qu'il était en train de construire avec les employés d'Eugène Bélisle à moins d'un demi-mille de chez les Beauchemin, mais sa mère veillait.

— Pourquoi moi je peux pas marcher toute seule sur la route jusqu'à chez Emma? s'emporta-t-elle quand sa mère lui défendit de se promener seule sur le chemin. Camille a bien le droit, elle!

— Camille a pas ton âge, et elle s'en va pas traîner dans un coin où plein d'hommes travaillent, déclara sa mère sur un ton sans appel.

— Mais, m'man, c'est comme une prison, ici dedans! Tout ce que je veux, c'est aller jaser une heure avec Emma.

— Pantoute, ma fille, si tu tiens tant que ça à aller rendre visite à Emma, attends après le souper. Je vais y aller avec toi.

Évidemment, cette proposition ne lui convenait absolument pas puisqu'elle ne pourrait pas ainsi relancer l'ancien employé de Thomas Hyland. Bref, elle désespérait d'approcher le futur résident du rang Saint-Jean. Durant les deux dernières semaines, elle avait été à même de constater que la construction de sa maison avançait rapidement uniquement quand elle passait devant avec la famille pour se rendre à la messe dominicale. Elle avait même entendu Donat mentionner, la veille, que la grande roue à godets du moulin à farine avait commencé à tourner.

À la fin de l'avant-midi, Marie s'avança vers la porte moustiquaire au bruit d'une voix qu'elle ne reconnaissait pas. Elle n'avait pourtant pas entendu de voiture entrer dans la cour. Camille était à l'arrière de la maison en train de sortir sa première fournée de pains alors qu'Eugénie et Bernadette finissaient le ménage à l'étage. Il n'y avait que Baptiste assis dans son fauteuil roulant, sur la galerie.

— Qu'est-ce que je peux faire pour vous ? demanda-t-elle à l'inconnu en poussant la porte.

L'homme debout au pied des marches était de taille moyenne et lourdement charpenté. Il pouvait avoir une trentaine d'années et arborait une épaisse moustache brune. Malgré le baluchon déposé à ses pieds, ce n'était sûrement pas un mendiant puisque ses vêtements étaient propres, bien que mouillés.

— Bonjour, madame, la salua poliment l'inconnu en retirant sa casquette. Je me cherche de l'ouvrage et je demandais à monsieur s'il avait pas besoin d'un homme engagé, ajouta-t-il en tournant la tête vers Baptiste.

— Mon mari est malade, lui expliqua-t-elle. Il peut pas vous répondre. Restez pas là, montez sur la galerie, il recommence à mouiller.

À cet instant, Camille revint précipitamment vers la maison en serrant contre elle quatre grosses miches de pain. Elle monta sur la galerie et l'inconnu s'empressa de lui ouvrir la porte quand il constata qu'elle avait les mains encombrées.

— Assoyez-vous, lui offrit Marie. Je vais aller vous chercher une tasse de thé.

L'homme ne se fit pas prier et prit place près de Baptiste qui le fixait de son œil unique.

Marie revint avec une tasse qu'elle lui tendit.

— Comment vous appelez-vous ?

— Gustave Joyal. Ma famille vient de Saint-Pierre-de-Sorel. Mais tous, sauf un de mes frères, sont morts de la typhoïde en 1866.

— Où est-ce que vous travailliez avant ? demanda la maîtresse de maison au jeune homme.

— Aux États, madame. J'ai travaillé cinq ans dans une filature à Springfield avec mon frère. Puis, quand mon frère est mort dans un accident le mois passé, j'ai décidé de revenir. Depuis ce temps-là, je me cherche de l'ouvrage.

L'homme avait l'air franc et il plut à Marie.

— Vous connaissez l'ouvrage sur une terre ? prit-elle tout de même la précaution de lui demander.

— J'ai été élevé sur une terre, madame. L'ouvrage dur me fait pas peur.

— Bon, je pense qu'on peut vous engager si vous pouvez vous entendre avec mon garçon Donat. Là, j'aime autant vous le dire tout de suite, on est un peu méfiants parce qu'on a eu un homme engagé qui nous a volés à la fin du printemps. Si vous faites l'affaire, on s'entendra sur vos gages à la fin de la journée.

— Je comprends, madame…

— … madame Beauchemin.

Puis, en se tournant vers la porte moustiquaire, la maîtresse de maison héla Camille.

— Oui, m'man, répondit l'aînée.

— Tu vas aller installer Gustave dans la chambre verte, en haut. Après, t'iras le conduire jusqu'à Donat qui est en train de travailler dans la grange.

Lorsque Marie vit sa fille accompagner Gustave Joyal à la grange quelques minutes plus tard, elle ne put s'empêcher de dire à son mari :

— J'espère que celui-là va faire l'affaire de Donat.

— En tout cas, moi, il ferait bien mon affaire, fit une voix derrière la femme de Baptiste.

Marie se tourna tout d'une pièce pour découvrir Bernadette, le nez dans la moustiquaire, en train de regarder le nouvel employé de la famille qui marchait aux côtés de sa sœur.

— Toi, l'excitée, t'es mieux de savoir te tenir, la mit en garde sa mère d'une voix sévère. Gustave Joyal, c'est un employé, pas ton cavalier. Que je te prenne pas à lui faire de l'œil, parce que je vais t'en faire passer l'envie.

— Voyons donc, m'man ! protesta la jeune fille. Je faisais une farce.

— Ce sont pas des farces à faire. Tiens-toi à ta place.

Si Marie Beauchemin avait eu peur que son fils accepte mal le nouveau venu, elle fut bien vite rassurée. À la fin de la première journée de travail, le jeune cultivateur ne tarissait pas d'éloges sur la vaillance et l'habileté de celui que sa mère avait engagé. Soulagée, la femme de Baptiste s'entendit facilement avec Gustave au sujet de ses gages et le jeune homme fut aussitôt considéré comme faisant partie de la maisonnée.

Les jours suivants, on s'aperçut avec satisfaction que Gustave Joyal était un homme discret qui savait se rendre utile de mille et une façons, pour la plus grande satisfaction des Beauchemin.

❦

Le vendredi matin, le soleil venait à peine de poindre à l'horizon que Marie sortit de sa chambre à coucher. Comme chaque jour de l'année, elle était la première à se lever, prête à réveiller toute sa maisonnée pour qu'on se mette au travail sans tarder.

Ce matin-là, elle allait se planter au pied de l'escalier pour crier à ses enfants de se lever quand le bruit d'une voiture entrant dans la cour de la ferme la fit sursauter.

— Bondance ! Veux-tu bien me dire qui traîne sur le chemin à cette heure-là ? dit-elle à mi-voix en se précipitant vers l'une des fenêtres de la cuisine d'hiver pour identifier le ou les visiteurs.

Elle reconnut immédiatement Samuel Ellis qui descendait de voiture et se dirigeait vers la porte de la cuisine d'été.

— Qu'est-ce qu'il peut bien nous vouloir, lui, à une heure pareille ? fit-elle en allant lui ouvrir la porte.

Son intuition lui disait que seule une mauvaise nouvelle pouvait avoir incité l'Irlandais à prendre la route aussi tôt.

— Entrez, monsieur Ellis, lui dit-elle en s'effaçant. Qu'est-ce qui se passe ?

— Une ben mauvaise nouvelle, madame Beauchemin. Est-ce que je peux parler à votre garçon ?

— Bien sûr, j'allais justement le réveiller. Il va descendre tout de suite. Assoyez-vous, ce sera pas long.

Sur ces mots, la maîtresse de maison traversa la cuisine d'été et passa dans le haut-côté pour aller réveiller les siens.

— Donat ! Grouille-toi, cria-t-elle à son fils. Samuel Ellis veut te parler. Ça a l'air important.

Comme elle avait crié la nouvelle, debout au pied de l'escalier, tous l'entendirent à l'étage et Donat fut suivi par sa femme et ses deux sœurs dans l'escalier.

— Qu'est-ce qu'il y a ? demanda le jeune cultivateur, mal réveillé, en passant ses bretelles.

— Je le sais pas, répondit sa mère, il va te le dire. Il attend dans la cuisine d'été. Bernadette, allume le poêle et fais du thé, ordonna-t-elle à sa fille cadette. Mais avant, attache ta robe de chambre.

Tous entrèrent dans la cuisine d'été pour retrouver Samuel Ellis debout devant l'une des fenêtres.

— Torrieu, vous êtes de bonne heure à matin! lui reprocha Donat.

— Oui et j'ai une maudite bonne raison pour ça, répliqua le président du conseil des syndics. Monsieur le curé est mort.

— Ben, voyons donc! s'écria Camille.

— C'est pas possible! s'exclama Marie en mettant une main sur sa bouche.

— Comment ça? demanda Donat, stupéfait, ayant peine à croire ce qu'il venait d'entendre.

— Il paraît qu'il s'est noyé dans le lac Saint-Pierre hier après-midi, expliqua Samuel, aussi bouleversé que ses hôtes, en passant une main dans son épaisse tignasse rousse.

Au même moment, Gustave entra dans la cuisine et annonça qu'il allait commencer le train avant de quitter la maison.

— Assoyez-vous, monsieur Ellis, lui offrit Marie, le thé va être prêt dans deux minutes.

Samuel Ellis prit place au bout de l'un des deux bancs placés de chaque côté de la table.

— Je viens juste d'apprendre la nouvelle, poursuivit le président du conseil. L'ami de monsieur le curé m'a envoyé un de ses voisins. Le gars a pris le chemin en pleine nuit pour venir nous avertir. Il a frappé à ma porte un peu avant cinq heures.

Tous étaient bouleversés par la catastrophe qui venait de frapper la mission.

— Est-ce qu'il vous a dit comment c'était arrivé? lui demanda Donat qui retrouvait peu à peu son aplomb.

— D'après ce que j'ai pu comprendre, expliqua Ellis, monsieur le curé et son ami étaient sur le lac quand il y a eu des bons vents. Il paraît que leur chaloupe aurait chaviré et que monsieur le curé aurait coulé à pic. Le voisin m'a dit que les gens de Pierreville ont cherché son corps pendant une bonne partie de l'après-midi et durant la soirée. Ils l'ont retrouvé seulement un peu avant minuit.

— C'est toute une mauvaise nouvelle que vous nous apprenez là, intervint Camille.

— À qui le dis-tu! reconnut Samuel Ellis. On avait un ben bon prêtre à Saint-Bernard...

— Bon, qu'est-ce qu'on fait? demanda Donat.

— Tu te rappelles que monsieur le curé nous a dit, pas plus tard que lundi soir, qu'il avait plus de famille?

— Oui.

— Ça fait que je pense que c'est à nous autres de nous occuper de ses funérailles et, à moins que monseigneur soit contre, il va être le premier à être enterré dans notre nouveau cimetière. Qu'est-ce que t'en dis?

Les quatre femmes réunies dans la cuisine tournèrent la tête vers Donat, attendant sa décision.

— Je pense qu'il y a rien d'autre à faire.

— Je vais demander à Hyland de faire un cercueil, poursuivit Samuel Ellis. Toi, tu pourrais monter avec Blanchette dans son corbillard pour aller chercher monsieur le curé à Notre-Dame-de-Pierreville. Pendant ce temps-là, Côté va trouver du monde pour faucher le terrain qu'on a choisi pour être le cimetière et demander à Agénor Moreau d'aller aider ma femme à préparer la chapelle pour recevoir le corps. Moi, je vais monter à Trois-Rivières pour parler à monseigneur et lui demander la permission d'enterrer notre curé dans notre cimetière.

— Après le déjeuner, on va aller aider votre femme à fleurir la chapelle, offrit Marie.

— C'est ben correct, accepta Samuel. Il me reste à aller avertir les autres, ajouta-t-il sans grand entrain.

— Allez avertir Antonius Côté, moi, je vais me charger de Blanchette, proposa Donat. De toute façon, je dois monter avec lui.

Samuel Ellis n'attendit pas que le thé soit prêt. Il quitta la maison quelques instants plus tard et prit la direction de la ferme d'Antonius Côté, située plus loin dans le rang Saint-Jean.

— On va s'occuper du train avec Gustave, offrit Camille à son frère.

— Je te prépare à manger quelque chose tout de suite pendant que tu vas t'habiller, fit Eugénie en se dirigeant vers le garde-manger.

Avant d'aller aider sa mère et sa sœur à soigner les animaux avec Gustave, Camille alla atteler la Noire au boghei et vint entraver la bête à la balustrade de la galerie.

Quelques minutes plus tard, Donat, endimanché, monta dans la voiture et prit la direction de la ferme d'Anatole Blanchette. Ce dernier apprit la nouvelle de la mort de Charles-Omer Ouellet avec la même consternation que les Beauchemin. Il sortit la longue voiture noire de sa remise. La dernière fois qu'elle avait servi, c'était en avril dernier, lors du décès de la fille d'Athanase Cormier.

Le long trajet conduisant à Notre-Dame-de-Pierreville se fit dans un silence presque complet. Plus de vingt ans séparaient les deux hommes et ils avaient peu de chose à se dire. À leur arrivée au village, on leur apprit que le corps était chez Alphonse Desmarais, l'ami du défunt, et on leur expliqua comment s'y rendre. Chez Desmarais, les deux syndics de Saint-Bernard-Abbé découvrirent qu'on avait mis le corps dans un cercueil en pin verni posé sur des tréteaux au centre du salon où plusieurs personnes priaient.

Alphonse et Marie-Jeanne Desmarais offrirent généreusement d'organiser les funérailles de leur ami et de le faire enterrer dans leur lot familial, mais Donat et Samuel refusèrent leur proposition. Ils arguèrent que les gens de la mission tenaient à ce que leur curé soit enterré dans le nouveau cimetière.

— Je tiens à ce que Charles-Omer soit au moins enterré dans le cercueil où il est, déclara Alphonse Desmarais. C'est un cadeau.

— C'est entendu, fit Donat.

— En passant, je pense que vous êtes mieux de laisser le cercueil fermé, reprit l'ami du curé Ouellet. Le corps est peut-être pas resté longtemps dans l'eau, mais le visage est pas beau pantoute à regarder.

— C'est correct.

— Je suppose que le service va être chanté lundi matin ? demanda sa femme, une grande femme au chignon gris.

— On le sait pas encore, avoua Anatole Blanchette. Ça va dépendre du curé Lanctôt de Sainte-Monique. Je suppose que c'est lui ou un de ses vicaires qui célébrera l'office.

Peu avant midi, il faisait une chaleur torride. Le corps du prêtre fut sorti de la petite maison blanche des Desmarais entre deux haies de curieux et le cercueil fut déposé dans le landau. Le curé de la paroisse fit alors sonner le glas et c'est au son funèbre des cloches de l'église du village que la longue voiture noire prit la route de Saint-Bernard-Abbé.

— Il va falloir arrêter à Sainte-Monique pour avertir le curé Lanctôt, dit Anatole Blanchette quelques minutes après leur sortie de Baie-du-Febvre.

— Il y a pas moyen de faire autrement, reconnut son jeune compagnon sans grand enthousiasme. Espérons qu'il nous mettra pas de bâtons dans les roues.

Ils arrêtèrent le corbillard devant le presbytère de Sainte-Monique et Donat se résigna à aller sonner à la porte.

— Je sais pas si monsieur le curé va vouloir vous recevoir, lui dit la ménagère à la mine revêche qui vint lui ouvrir. Il vient juste de dîner.

— Dites-lui qu'on ramène le corps du curé Ouellet. Il est là, devant la porte, lui répondit le jeune cultivateur sans aucun ménagement.

— Mon Dieu! C'est pas vrai, s'écria la vieille dame. Attendez, ce sera pas long.

La ménagère de Louis-Georges Lanctôt disparut dans les profondeurs du presbytère et elle revint moins d'une minute plus tard, suivie par un prêtre âgé d'une cinquantaine d'années à l'air sévère.

— C'est quoi, cette histoire-là? demanda-t-il abruptement à Donat. T'es qui, toi?

— Je suis Donat Beauchemin et je suis syndic de Saint-Bernard-Abbé, monsieur le curé.

— Un autre des Beauchemin de Saint-Bernard-Abbé! s'exclama le prêtre avec un air renfrogné.

De toute évidence, il n'avait pas oublié les nombreux accrochages qu'il avait eus avec Baptiste Beauchemin.

— En plein ça, monsieur le curé.

— Je suppose que c'est une farce plate, l'histoire du curé mort?

— Pantoute, monsieur le curé. Notre curé est mort noyé hier et on vient d'aller chercher le corps à Notre-Dame-de-Pierreville.

Le visage du prêtre se décomposa lorsqu'il apprit la nouvelle.

— Pauvre homme! dit-il. Que Dieu ait son âme.

— Aujourd'hui, on le ramène pour l'exposer dans la chapelle et le conseil se demandait si vous viendriez pas chanter les funérailles lundi prochain.

— Avez-vous la permission de monseigneur pour faire ça? demanda le curé Lanctôt, en reprenant son air sévère.

— Le président du conseil est parti rencontrer monseigneur.

— Là, je sais pas trop si ce serait pas mieux que vous laissiez le corps de votre curé ici, dans notre église. On est pas mal mieux organisés que vous autres, dans les concessions, ajouta-t-il sur un ton méprisant.

— Je pense que le monde de Saint-Bernard aimerait pas trop ça, déclara Donat avec aplomb. Écoutez, si ça vous dérange trop de venir chanter le service, on va arrêter voir le curé Moisan à Saint-Zéphirin…

La menace porta. Louis-Georges Lanctôt n'allait pas accepter de céder sa place au pasteur de la paroisse voisine.

— Non, laisse faire. Je vais m'en occuper. Je vais être là après le souper pour la veillée au corps.

Le corbillard reprit la route de Saint-Bernard-Abbé. À leur arrivée au pied de la pente abrupte qui conduisait à la chapelle, les deux syndics de la mission découvrirent que leur retour était attendu par une foule de gens qui s'étaient massés des deux côtés de la route pour saluer l'arrivée de leur défunt pasteur.

Dès que la voiture s'immobilisa devant le parvis en bois, six hommes s'empressèrent de soulever la bière et, suivis par une foule de fidèles, ils allèrent la déposer sur deux tréteaux installés devant la sainte table.

Antonius Côté vint également accueillir Anatole Blanchette et Donat Beauchemin.

— Le cimetière a été fauché et on a planté une clôture de perches devant. J'ai eu ben de l'aide. Qui va ouvrir le cercueil ?

— On l'ouvrira pas, lui annonça Anatole Blanchette. Il paraît qu'il est pas trop beau à voir. Le monde va comprendre.

— Il va falloir aller avertir Hyland qu'on n'aura pas besoin d'un cercueil. On en a déjà un, déclara Blanchette.

— Naturellement, Ellis est pas encore revenu ? demanda Donat.

— Pas encore.

— On s'est organisés avec le curé Lanctôt pour les funérailles, lui annonça le fils de Baptiste Beauchemin. Il va même venir à soir pour prier au corps. Il voulait faire ça à Sainte-Monique.

— Il aurait manqué plus que ça ! s'indigna Antonius Côté.

— Il y a quelque chose qu'il va falloir faire au plus vite, reprit Donat en voyant les gens commencer à défiler devant le cercueil. Il faudrait trouver de la glace quelque part pour essayer de garder le corps le plus longtemps possible.

— En plein mois de juillet, on n'en trouvera nulle part, dit Antonius. Tout ce qu'on peut faire, c'est laisser les fenêtres de la chapelle ouvertes et prier pour qu'il fasse pas trop chaud.

Samuel Ellis ne revint de Trois-Rivières qu'au milieu de la soirée. Il ne perdit pas de temps. Après avoir avalé rapidement un peu de nourriture, il se présenta à la chapelle au moment où le curé Lanctôt s'apprêtait à quitter les lieux après avoir dirigé une longue cérémonie.

— J'ai suggéré de laisser la chapelle ouverte toute la nuit de manière à ce que les gens puissent venir prier au corps quand ils le veulent, annonça Donat au président du conseil dont les traits tirés disaient assez la fatigue.

— T'as ben fait, l'approuva Ellis.

— Puis ? demanda Anatole Blanchette qui venait de s'approcher des deux hommes.

— Monseigneur est d'accord pour qu'on l'enterre chez nous, déclara Ellis, en cachant mal sa satisfaction.

— Si c'est comme ça, on te laisse l'annoncer au curé Lanctôt qui s'en vient, fit Antonius Côté qui venait de s'approcher à son tour. Le v'là.

Samuel Ellis se dirigea vers Louis-Georges Lanctôt qui franchissait la porte de la chapelle après avoir demandé à son cocher d'aller chercher son boghei.

— Est-ce que le président du conseil est revenu de Trois-Rivières ? demanda le curé de Sainte-Monique à Donat, à qui il s'adressait pour la première fois de la soirée.

— J'en arrive, monsieur le curé, dit Samuel Ellis en s'avançant vers lui.

— Qu'est-ce que monseigneur a décidé à propos des funérailles ?

— Il est d'accord pour qu'on l'enterre dans notre nouveau cimetière, monsieur le curé.

— C'est correct, accepta le prêtre. Mais là, il va falloir changer notre fusil d'épaule parce qu'avec la chaleur qu'on a, le corps pourra pas se conserver jusqu'à lundi avant-midi.

— Qu'est-ce qu'on peut faire ? intervint Donat.

Louis-Georges Lanctôt continua à s'adresser à Samuel Ellis comme si le fils de Baptiste n'était pas là.

— On n'a pas le choix. Il va falloir chanter le service demain après-midi au plus tard.

— Si vite que ça ? fit le président.

— On peut pas célébrer des funérailles le dimanche et si on attend lundi…

— On va le dire au monde, déclara Anatole Blanchette qui n'avait pas encore ouvert la bouche.

— Demain, deux heures, conclut le pasteur de Sainte-Monique en descendant les marches du parvis pour monter dans le boghei que son bedeau venait d'approcher.

Les membres du conseil, sauf Hyland retenu à l'intérieur du temple, s'entretinrent à voix basse durant quelques instants avant de faire le tour des gens encore présents dans la chapelle pour leur annoncer l'heure des funérailles.

Quand Thomas Hyland s'étonna du changement de programme, Ellis lui en expliqua la raison.

— On va demander à Delphis de donner un coup de main à son père pour creuser la fosse, décida le président du conseil.

— Où est-ce qu'il va creuser, dans le cimetière ? lui demanda Donat.

— Qu'est-ce que vous diriez, vous autres, qu'on réserve un lot juste au centre pour nos prêtres, s'il y en a qui veulent être enterrés chez nous, plus tard ?

Tous furent d'accord.

— Vous trouvez pas que notre cimetière fait pas mal chenu ? intervint Antonius Côté. Il y a rien qui indique que c'est un cimetière. Il me semble qu'il faudrait une croix, quelque chose… Je sais qu'on va avoir un charnier plus tard, mais on a dit que ça se ferait pas avant l'automne prochain.

— Demain avant-midi, je vais vous faire une croix en bois, déclara Thomas Hyland. Vous avez juste à demander à Delphis et à Agénor de creuser un trou de quatre pieds au milieu du terrain. Je vais aller l'installer avec mon employé, à la fin de l'avant-midi.

Le lendemain, toute activité sembla s'arrêter à Saint-Bernard-Abbé. La chaleur était accablante et il ne soufflait pas la moindre brise. Les eaux de la rivière paraissaient immobiles, comme en attente d'un événement qui tardait à se produire. Malgré tout, durant la matinée, il y eut un va-et-vient incessant entre la chapelle et les trois rangs de la mission.

Durant la nuit précédente, quelques dizaines de paroissiens étaient venus prier au corps de Charles-Omer Ouellet après avoir appris que les portes de la chapelle allaient demeurer ouvertes toute la nuit. Quelques hommes tinrent à venir prêter main-forte à Thomas Hyland pour planter la grande croix en bois au centre du cimetière. Angèle Cloutier et Alexandrine Dionne vinrent en fleurir le pied.

— C'est ben de valeur qu'on n'ait pas les moyens d'avoir une cloche, déplora Antonius Côté en aidant à remettre de l'ordre dans la chapelle au début de l'après-midi, quelques minutes avant les funérailles.

— Ça viendra dans le temps comme dans le temps, laissa tomber Samuel Ellis à qui la présidence du syndic commençait à sérieusement peser.

Au début de l'après-midi, vers une heure et demie, le curé Lanctôt et ses deux vicaires envahirent la sacristie pour se préparer à célébrer les funérailles de leur confrère. La chapelle était déjà pleine et un bon nombre de personnes attendaient dehors le début de la cérémonie, cherchant un coin d'ombre pour échapper à la canicule, ne serait-ce que quelques instants.

Chez les Beauchemin, Eugénie avait décidé de demeurer à la maison pour prendre soin de son beau-père et de son bébé. Bernadette, Camille et leur mère montèrent dans la voiture aux côtés de Donat qui tenait à arriver tôt à la chapelle pour aider à maintenir l'ordre avec les autres syndics.

Au moment où le boghei pénétrait dans le stationnement près de la chapelle, Bernadette, en s'épongeant le front avec un mouchoir, ne put se retenir de dire :

— Seigneur ! On va bien étouffer de chaleur là-dedans.

— T'en mourras pas, fit sèchement sa mère en descendant de voiture.

Alors que les trois femmes se mettaient en route vers l'entrée du temple, Bernadette aperçut soudain Constant Aubé en grande conversation avec Aurélie Jutras, une grande et jolie jeune fille du rang Saint-Paul. Le propriétaire du moulin à farine semblait si absorbé qu'il ne sembla même pas la voir.

Bernadette piqua un fard et accéléra le pas pour ne pas laisser voir à sa mère et à sa sœur à quel point elle encaissait mal le coup. Cependant, sa réaction n'échappa pas à sa sœur.

— Sainte misère ! s'exclama Camille à voix basse en s'adressant à sa sœur cadette. On dirait bien que l'ancien homme engagé de Thomas Hyland est pas mal moins gêné avec les filles qu'il l'était avant.

— Tant mieux pour lui, murmura sa mère en feignant d'ignorer le trouble de sa fille cadette. C'est un bon garçon et il a un cœur en or. S'il a trouvé une belle fille qui s'intéresse à lui, qu'il en profite.

— Une belle fille, il faut le dire vite, ne put s'empêcher de dire Bernadette, incapable de cacher plus longtemps sa jalousie.

— La fille d'Adjutor Jutras est pas laide pantoute, la reprit sa mère en se glissant sur le banc loué par les Beauchemin. En plus, j'ai entendu dire que c'était une ménagère dépareillée... Le genre de fille que j'aimerais bien voir ton frère marier.

Bernadette choisit de ne rien dire et s'abîma dans des pensées moroses, regrettant plus que jamais d'avoir éconduit Amable Fréchette.

Le service funèbre fut célébré diacre sous diacre avec beaucoup de solennité. La chaleur étouffante régnant dans la chapelle n'incita nullement le curé Lanctôt à abréger la cérémonie. Il y avait tellement de monde que la foule entassée à l'arrière débordait sur le parvis. Après la lecture de l'Évangile, le célébrant vanta les grandes qualités du disparu et invita l'assistance à prier pour le repos de son âme.

— Il est certain qu'à compter d'aujourd'hui, votre pasteur, assis à la droite du Père, va vous regarder du haut du ciel et va vous protéger, conclut Louis-Georges Lanctôt dans une belle envolée oratoire.

— S'il est déjà au ciel, pourquoi il faudrait prier pour lui ? demanda Bernadette à voix basse à sa sœur aînée avec un certain bon sens.

— Laisse faire tes niaiseries et prie donc plutôt, lui ordonna sèchement sa mère à qui la remarque n'avait pas échappé.

Enfin, peu après trois heures trente, six hommes de Saint-Bernard-Abbé s'avancèrent dans l'allée centrale et se chargèrent du cercueil. Ils furent précédés par le vieil Agénor Moreau, porteur d'une croix, et les trois prêtres revêtus de leurs habits sacerdotaux noirs. Le bedeau conduisit lentement le long défilé au centre du terrain voisin, tout près de la croix plantée là quelques heures auparavant.

Le cercueil fut déposé près de la fosse creusée le matin même et le célébrant pria encore une fois pour le disparu. Finalement, sur un léger signe du curé Lanctôt, deux câbles furent passés sous la bière que l'on descendit lentement dans la fosse. Les prêtres demeurèrent longtemps sur place pendant que les gens défilaient les uns après les autres et jetaient une poignée de terre sur le cercueil. Peu après, le cimetière se vida de ses visiteurs et les membres du conseil accompagnèrent les ecclésiastiques jusqu'à la sacristie.

Avant de quitter les lieux en compagnie de ses vicaires, Louis-Georges Lanctôt ne put s'empêcher de dire aux syndics qui le remerciaient d'être venu célébrer la cérémonie funèbre :

— La disparition du curé Ouellet va probablement faire un grand changement pour vous autres.

Les syndics dressèrent immédiatement l'oreille.

— J'ai bien l'impression que monseigneur vous enverra pas un nouveau curé de sitôt. Il manque déjà de prêtres pour desservir les paroisses du diocèse…

— Vous croyez, monsieur le curé ? lui demanda Anatole Blanchette.

— J'ai entendu dire que l'idée d'ériger une mission en divisant deux belles paroisses comme Sainte-Monique et Saint-Zéphirin était une idée de feu monseigneur Cooke, eut la grâce d'expliquer avec hauteur le curé de Sainte-Monique. Il paraît que monseigneur Laflèche a tenu compte de son vœu à contrecœur après son décès. Rien ne dit qu'il va vous envoyer un autre prêtre.

— Et qu'est-ce qu'on va faire avec notre chapelle neuve s'il nous en envoie pas un autre ? demanda Samuel Ellis à qui l'idée de ne plus avoir de curé pour Saint-Bernard-Abbé n'était jamais venue.

— Ah ça, je le sais pas, reconnut le prêtre, en dissimulant mal une joie mauvaise. Quand Baptiste Beauchemin s'est mis en tête de faire signer une pétition pour en faire cons-truire une, je l'avais mis en garde, poursuivit-il. C'est ça qui arrive quand on n'écoute pas son curé.

Là-dessus, il fit signe à son cocher de mettre la voiture en marche.

—S'il fallait que... commença Samuel Ellis, bouleversé.

— Voyons donc! C'est la jalousie qui le fait parler, protesta Donat qui n'avait pas digéré ce que Louis-Georges Lanctôt venait de dire de son père. C'est sûr que monseigneur va nommer un remplaçant. Il nous laissera pas la chapelle sur les bras. La meilleure preuve, c'est qu'il vient d'accepter qu'on enterre le curé Ouellet dans notre cimetière. S'il avait eu dans l'idée de fermer la mission, il aurait pas accepté ça.

Ces paroles du plus jeune membre du conseil semblèrent rassurer quelque peu les autres. Chacun se dirigea alors vers sa voiture.

Camille, Bernadette et leur mère quittèrent Bridget Ellis et Annette Côté en voyant Donat s'approcher du boghei. Elles montèrent à bord, heureuses de pouvoir enfin rentrer à la maison.

—Je sais pas ce que t'as, Bedette, dit Marie, mais t'es mieux de faire plus d'effort que ça pour avoir un sourire quand tu parles au monde. Les femmes de la paroisse vont finir par penser que t'es un air bête.

Bernadette ne répondit rien. Sa sœur lui lança un regard moqueur. Il était évident que Camille avait compris pourquoi elle boudait. Elle s'était rendu compte que le caractère de sa cadette s'était assombri depuis qu'elle avait vu Constant Aubé s'entretenir avec Aurélie Jutras.

Le lendemain, les habitants de Saint-Bernard-Abbé durent renouer, bien malgré eux, avec de vieilles habitudes: l'obligation de parcourir plusieurs milles en voiture pour assister à la messe à Sainte-Monique ou encore à Saint-Zéphirin, leurs paroisses d'origine. L'absence de prêtre à la mission ne leur laissait guère de choix.

Chapitre 11

Encore elle

Trois jours après l'enterrement du curé Ouellet, la vie reprit son cours normal à Saint-Bernard-Abbé. En cette première semaine du mois d'août, il était largement temps de songer à faire les foins qui ondulaient dans les champs à la moindre brise.

— On commence à rentrer le foin aujourd'hui, annonça Donat alors qu'il sortait de table après un plantureux déjeuner.

— C'est correct, accepta sa mère. On remet la maison en ordre et on va aller vous rejoindre dans le champ.

Donat et Gustave quittèrent la maison et se dirigèrent vers la remise pour aiguiser leurs faux.

— Je suppose que t'as déjà fauché ? demanda le jeune cultivateur à son employé en s'emparant d'une petite meule pour la passer sur la lame de sa faux.

— Pas mal souvent.

— J'espère que t'as pas perdu la main.

— On va voir ça tout à l'heure.

Les deux hommes déposèrent les râteaux pour les femmes près de la galerie avant de traverser la route où ils se mirent à faucher avec des gestes larges. Donat s'était inquiété pour rien. Son homme engagé n'avait rien oublié durant son exil aux États-Unis, il tenait la cadence sans effort.

Moins d'une heure plus tard, Camille, Eugénie et Bernadette, chapeau de paille sur la tête et les manches de leur robe boutonnées aux poignets, vinrent les rejoindre et se mirent à constituer des meules avec leurs râteaux. Ils ne s'accordèrent qu'une courte pause au milieu de la matinée pour boire un peu d'eau tirée du puits. Ils travaillèrent sans se presser outre mesure jusqu'à l'heure du dîner.

— Ça sert à rien de courir si on veut être capables de faire une bonne journée quand il fait chaud comme ça, déclara Camille, forte de l'expérience des années passées. Quand on se dépêche, on se jette à terre et on n'est pas plus d'avance.

Les années précédentes, les Beauchemin mangeaient à l'ombre des arbres qui bordaient le champ quand ils faisaient les foins, mais cette année ils décidèrent d'un commun accord d'aller manger à la maison pour ne pas laisser leur père et leur mère seuls.

Durant la matinée, Bernadette avait levé les yeux à de nombreuses reprises vers le bord de la rivière où s'élevait maintenant le moulin à farine. La construction du moulin de Constant Aubé était maintenant terminée, mais on entendait les coups de marteaux des ouvriers de Bélisle qui finissaient de bâtir la maison de son propriétaire.

Après une brève sieste, il fut décidé qu'Eugénie demeurerait à la maison pour prendre soin de Baptiste et d'Alexis pendant que sa belle-mère se joindrait à ses filles dans le champ. C'était la période de l'année préférée de Marie et il n'était pas question qu'elle ne participe pas à la rentrée du foin. Vers trois heures, Gustave alla atteler la voiture et les deux hommes se mirent à la charger du foin entassé en petites meules dans le champ. Ils furent vite rejoints par les femmes qui venaient de finir de râteler.

Ce jour-là, on soigna les animaux un peu plus tard que d'habitude parce qu'on avait décidé de charger une seconde voiture avant d'aller faire le train. Le déchargement de cette seconde voiture n'eut lieu qu'après le repas du soir et on finit le travail au moment où le soleil commençait à baisser à l'horizon.

— On dirait qu'il va faire beau demain aussi, déclara Donat en regardant le soleil se coucher. Pour moi, demain soir, si on n'a pas de malchance, on devrait avoir presque fini les foins.

Ce soir-là, les habitants de la maison étaient si fatigués qu'ils se mirent au lit avant dix heures. Le lendemain matin, le travail reprit au même rythme que la veille. Donat ne s'était pas trompé de beaucoup puisque les Beauchemin n'eurent besoin que d'un avant-midi supplémentaire pour compléter l'ensemble du travail.

❧

Le jeudi avant-midi, Donat annonça à sa mère qu'il allait passer une partie de la journée avec Gustave chez Xavier à qui il avait promis d'apporter des bardeaux le dimanche précédent. Il allait en profiter pour lui donner un coup de main à construire sa maison.

Après avoir rempli la carriole d'une quantité appréciable de bardeaux de cèdre et de quelques outils, les deux hommes prirent la route. Le fils de Baptiste arrêta sa voiture sur le chemin, devant la demeure neuve de Constant Aubé située à quelques arpents de la ferme familiale.

La maison en pierre des champs avait fière allure. Construite à une cinquantaine de pieds de la route, elle était dotée d'un toit pentu et d'une large galerie qui courait sur sa façade et sur son côté gauche. Deux ouvriers et le jeune propriétaire étaient occupés à construire un appentis à l'arrière.

Constant Aubé aperçut son voisin et s'avança vers la route pour le saluer.

— Ça avance vite en batèche ton affaire, lui dit Donat.

— Le dedans est loin d'être fini, lui apprit Constant, mais ça commence à avoir du bon sens. J'ai demandé aux ouvriers de Bélisle de me bâtir une écurie et un poulailler avant de lâcher l'ouvrage. En plus, comme tu peux le voir, ils ont ouvert un bon chemin sur le côté de la maison pour aller jusqu'au moulin.

— Si t'as besoin de quelque chose, gêne-toi pas, lui offrit Donat.

— Merci, même chose pour toi.

Donat Beauchemin remit son attelage en marche. Au bout du rang, il franchit le pont et gravit la pente du rang Sainte-Ursule. Il passa devant la chapelle et poursuivit son chemin tout au long du rang jusqu'à la grande courbe au bout de laquelle se trouvait la ferme de son frère.

À son arrivée, il trouva Xavier et Antonin en train de décharger leur dernière voiture de foin dans l'étable de fortune construite l'automne précédent près de leur cabane.

— Finis ton ouvrage, conseilla Donat à son frère, on va déposer les bardeaux devant la maison.

Après avoir vidé la carriole, Donat et Gustave firent le tour du bâtiment presque achevé. La maison que finissait de construire le cadet des Beauchemin n'était pas aussi belle que celle de Constant Aubé, mais tout laissait prévoir qu'elle serait aussi confortable. Xavier et Antonin l'avaient bâtie pièce sur pièce et l'avaient dotée d'un toit pentu. Ils lui avaient adjoint un appentis à l'arrière qui allait être fort pratique.

— Torrieu, ils ont pas perdu leur temps, déclara Donat à son homme engagé. Si je me trompe pas, il leur reste juste les bardeaux à poser dehors et le dedans à finir.

— Et on a fait ça sans négliger l'ouvrage sur la terre, compléta Xavier en arrivant derrière eux en compagnie d'Antonin.

— Si t'es d'équerre, on n'est pas juste venus t'apporter des bardeaux, reprit Donat. On est prêts à te donner un coup de main à les poser. Je suppose que t'as une bonne échelle?

— J'ai ça, confirma Xavier.

— On en a apporté deux de chez nous. Avec ça, on va avancer vite, tu vas voir.

— Ça tombe ben en blasphème, dit le jeune propriétaire, j'ai acheté un quart de clous la semaine passée chez Dionne. On a tout ce qu'il faut.

Sans perdre de temps, les quatre hommes se partagèrent la tâche. Les deux frères prirent place au haut d'une échelle pendant que leurs employés les fournissaient en bardeaux.

À la fin de la journée, le toit de la nouvelle maison était aux trois quarts couvert, pour le plus grand plaisir de son jeune propriétaire.

— Aussitôt que t'auras un ouvrage qui demande de l'aide, tu me feras signe, offrit Xavier alors que Donat et Gustave montaient dans leur voiture pour rentrer à la maison.

— À la prochaine journée de pluie, on va revenir avec Rémi pour t'aider en dedans, lui promit son frère aîné.

Une surprise de taille attendait tout de même le fils de Baptiste Beauchemin en cette fin d'après-midi. Au moment où il passait devant le magasin général de Télesphore Dionne, il s'entendit héler par quelqu'un debout sur la galerie du magasin. Tournant la tête, il aperçut Hormidas Meilleur lui faisant signe de s'arrêter. Donat obtempéra.

— Qu'est-ce qu'il y a, père Meilleur?

— Attends, mon garçon, tu vas pouvoir emmener de la visite chez vous, dit le petit homme en repoussant son chapeau melon. Je les ai prises à la gare et je m'en allais justement les conduire chez ton père.

Le jeune cultivateur regarda la voiture du facteur stationnée près du magasin et n'y vit personne.

— C'est qui?

— Deux sœurs. Elles m'ont demandé d'arrêter au magasin pour faire quelques achats.

— Maudit torrieu! jura Donat à mi-voix. Il manquait plus que ça.

Gustave Joyal le regarda, ne comprenant pas pourquoi la nouvelle mettait le jeune cultivateur dans cet état.

— J'entre les avertir que tu vas les emmener, déclara Hormidas sans se donner la peine de descendre de la galerie. Leurs valises sont en arrière de mon boghei, ajouta-t-il, espérant que Donat ou son employé aille en prendre possession.

— C'est correct, on va s'en occuper, dit le fils de Baptiste en faisant faire demi-tour à son cheval pour pénétrer dans la cour commune séparant la forge du magasin.

Pourtant, Hormidas n'entra pas chez Dionne. Il préféra s'approcher de la carriole des Beauchemin en arborant son air rusé habituel.

— D'après toi, est-ce qu'il y a des chances que ces deux sœurs-là me payent avec autre chose que des prières? demanda-t-il au jeune homme.

Gustave ne put s'empêcher de sourire.

— Pourquoi vous me demandez ça, père Meilleur? fit Donat en feignant de ne pas comprendre.

— Ben, le mois passé, je suis allé deux fois conduire des sœurs chez de la parenté et, chaque fois, elles m'ont dit qu'elles prieraient pour moi et elles m'ont donné une image.

— C'était déjà ça, fit Donat sur un ton moqueur.

— Je veux ben croire, mais c'est pas avec des images que je nourris mon cheval, batèche, répliqua le petit homme en enfonçant plus profondément son chapeau.

— Moi, à votre place, je leur dirais tout de suite que vous voulez être payé, suggéra le fils de Baptiste.

— Pourquoi ce serait pas toi qui me paierais, proposa le facteur, l'air rusé. Après tout, c'est de la visite pour chez vous.

— Je dis pas le contraire, reconnut Donat, mais moi, je les ai pas invitées, ces sœurs-là.

Dépité par cette fin de non-recevoir, Hormidas Meilleur se décida à entrer dans le magasin d'où il sortit, moins de cinq minutes plus tard, chargé d'un petit sac. Il était suivi par une sœur Grise à la stature imposante âgée d'une quarantaine d'années et dont la lèvre supérieure s'ornait d'un début de moustache. À la vue du visage rond aux joues couperosées et des yeux noirs dissimulés derrière de fines lunettes à la monture de fer, Donat reconnut immédiatement la sœur de son père, sœur Marie du Rosaire.

— Mettez ça en arrière, mon brave, dit-elle avec autorité au facteur en approchant de la carriole d'où venaient de descendre Donat et Gustave.

— Bonjour, ma tante, la salua le jeune cultivateur sans grand enthousiasme.

— Bonjour, mon garçon, le salua sèchement la visiteuse. Qui est-ce? demanda-t-elle en désignant Gustave qui, un peu à l'écart, attendait.

— Notre nouvel homme engagé.

— C'est correct. Tu reconnais ma compagne, sœur Sainte-Anne...

— Bonjour, ma sœur, dit-il à la religieuse entre deux âges à l'apparence assez effacée.

Sœur Sainte-Anne lui adressa un sourire timide et le salua en hochant la tête.

— Vous pouvez y aller, mon brave, nous n'avons plus besoin de vous, dit abruptement sœur Marie du Rosaire en se tournant vers le facteur debout près de la carriole, attendant apparemment de se faire payer.

Donat adressa un regard narquois au petit homme au chapeau melon décoloré, le mettant au défi d'exiger d'être rétribué. Le veuf n'osa finalement pas et monta dans son boghei sans saluer personne.

— Grouille-toi, mon garçon. On n'est tout de même pas pour prendre racine ici, lui ordonna sa tante en s'installant d'autorité au centre de l'unique banc de la carriole. Elle fit une petite place à sa consœur et Donat n'eut d'autre choix que d'inviter Gustave à monter à l'arrière, près des échelles et des outils, avant de reprendre les rênes.

Durant le court trajet les ramenant à la maison, Donat ne put placer un seul mot. Mathilde Beauchemin, bavarde impénitente, posait les questions et y répondait elle-même, comme d'habitude. Elle représentait une sorte de calamité dont les Beauchemin se seraient bien passés. Tout laissait croire que Dieu, dans son infinie bonté, en avait décidé encore autrement cette année-là.

Le bruit de la voiture entrant dans la cour attira Bernadette à l'une des fenêtres de la cuisine d'été où elle était occupée à trier les framboises cueillies durant la matinée.

— Ah non, c'est pas vrai ! fit-elle à mi-voix en reconnaissant les deux visiteuses tassées sur le siège de la carriole.

— Qu'est-ce qu'il y a ? lui demanda Camille en train de repriser un vieux pantalon de Duncan Connolly.

— C'est ma tante Mathilde qui arrive !

— Sainte bénite ! s'exclama l'aînée. Attends que m'man revienne de chez Emma, elle va bien en faire une maladie.

— Moi, j'ai bien envie de monter dans ma chambre pour pas avoir à l'entendre me casser les oreilles tout de suite, rétorqua l'institutrice.

— Tu peux pas faire ça. Envoye, Bedette ! Sors de la maison avec moi pour la recevoir. À soir, on priera pour qu'elle se mette pas dans la tête de rester trop longtemps chez nous.

Les deux sœurs sortirent sur la galerie pour accueillir les religieuses qui venaient de descendre de voiture et à qui Gustave tendait leurs valises.

— Rentre-les dans la maison et va les porter en haut, lui ordonna la religieuse sur un ton impérieux en tournant carrément le dos à l'employé pour se diriger vers la galerie où Camille et sa sœur venaient d'apparaître.

— Vas-y, Gustave, et viens me rejoindre aux bâtiments pour le train, fit Donat en secouant la tête.

— Où sont vos parents ? demanda Mathilde Beauchemin après avoir tendu la joue à chacune de ses nièces.

— M'man devrait pas tarder à revenir, déclara Camille. Elle est partie faire un tour chez Emma. Si elle était sur la galerie là-bas, elle a certainement dû vous voir passer.

— Et elle a pas eu peur de laisser votre père tout seul ? osa dire la religieuse sur un ton de reproche.

— Commencez pas à critiquer m'man, ma tante, fit sèchement Bernadette, bien décidée à ne pas se laisser manger la laine sur le dos. Vous savez pas tout ce qu'elle est obligée de faire depuis que p'pa est handicapé.

La sœur Grise sursauta légèrement sous la riposte, mais elle ne sembla pas s'en offusquer.

— Et votre père, où est-ce qu'il est ?

— Il est couché depuis une heure. Il était pas trop bien depuis le dîner, expliqua Camille pendant que Gustave sortait de la maison pour rejoindre son patron à l'étable. Attends, Gustave, demanda-t-elle au jeune homme. Pendant que Bernadette va vous servir quelque chose à boire, ajouta-t-elle à l'intention des visiteuses, on va aller lever mon père.

— J'aurais aimé mieux que tu nous montres nos chambres, dit Mathilde Beauchemin à l'aînée de la famille.

— Ça va devoir attendre un peu, ma tante. Il va falloir installer Gustave ailleurs et déménager les affaires de Bedette dans ma chambre, expliqua Camille en cherchant à faire sentir à la sœur de son père à quel point sa visite dérangeait.

Cette mise au point fut tout à fait sans effet puisque la religieuse ne s'excusa pas le moins du monde pour le dérangement que sa venue occasionnait. Il était évident à ses yeux qu'elle faisait un grand honneur aux Beauchemin en les visitant.

Camille disparut de la cuisine d'été en compagnie de Gustave et tous les deux revinrent en poussant Baptiste dans son fauteuil roulant. Marie avait écrit à sa belle-sœur pour lui parler de l'attaque dont avait été victime son frère au début de l'hiver, mais, grâce à Dieu, cette dernière avait été incapable de se libérer pour venir le voir.

À la vue de Baptiste tassé, immobile et très amaigri au fond de son fauteuil roulant, la religieuse sursauta légèrement et il lui fallut quelques secondes pour reconnaître son frère dans cet homme paralysé qui la fixait de son unique œil ouvert.

— Mon pauvre Baptiste ! s'exclama-t-elle en s'approchant. J'en reviens pas comme t'as vieilli.

— Voyons, ma tante ! fit Camille, la voix chargée de reproche.

— Quoi ? Vous voyez bien que votre père a vieilli depuis sa maladie, insista l'imposante religieuse. Mes petites filles, il faut vous dire que quand Dieu envoie une pareille épreuve à quelqu'un, c'est souvent pour le punir pour ses péchés.

Durant cet échange, Gustave s'était esquivé pour rejoindre Donat à l'étable et l'aider à traire les vaches.

— Calvaire ! jura le fils de Baptiste. On avait ben besoin d'avoir ça dans les jambes. Là, il y aura pas moyen d'avoir la paix avant d'aller se coucher.

— Elle est si pire que ça ? lui demanda son employé.

— Attends, tu vas voir pourquoi il y a pas un saint homme qui a voulu marier cet agrès-là, laissa tomber son patron avec mauvaise humeur en commençant à laver le pis d'une vache.

Quelques minutes plus tard, Camille venait de pousser le fauteuil roulant de son père sur la galerie quand elle aperçut sa mère en compagnie d'Eugénie arriver à pied sur le chemin. Elle s'empressa d'aller à leur rencontre.

— J'ai une bonne nouvelle, m'man, qui va vous faire bien plaisir, annonça-t-elle à sa mère sur un ton sarcastique.

— Quoi ? fit sa mère, apparemment sur ses gardes.

— Ma tante Mathilde vient d'arriver avec sœur Sainte-Anne.

— Bondance! Qu'est-ce que j'ai fait au bon Dieu pour mériter ça?

— Est-ce qu'elle a dit jusqu'à quand elle était pour rester? se dépêcha de demander Eugénie à sa belle-sœur.

— Elle l'a pas dit, répondit Camille. En attendant, Bernadette est montée en haut ramasser ses affaires pour débarrasser sa chambre. Elle va coucher avec moi. Pour Gustave, je sais pas ce qu'il va falloir faire, ajouta-t-elle.

— C'est bien de valeur, mais il va garder sa chambre. Mathilde ou la sœur s'installera sur une paillasse dans le salon, déclara Marie sans la moindre hésitation. Il y a tout de même des limites à être sans-gêne.

À l'instant où elle disait cela, la porte moustiquaire claqua et les deux religieuses apparurent sur la galerie, aux côtés de Baptiste. Elles attendirent sans bouger que la maîtresse des lieux parvienne jusqu'à elles. Après avoir embrassé sa belle-sœur et sa nièce par alliance, sœur Marie du Rosaire les accompagna à l'intérieur, déversant déjà sur les deux femmes un flot de paroles propres à les étourdir. Marie la laissa parler et salua sœur Sainte-Anne, qui avait aussi accompagné la sœur de son mari l'été précédent.

— Ma pauvre Marie, tu devrais pas laisser Baptiste tout seul, sans surveillance, dans l'état où il est, finit-elle par déclarer sur un ton de reproche.

— Mon mari était pas tout seul, les deux filles étaient là.

— Ça fait rien, s'entêta la religieuse, ta place était d'être près de lui plutôt que de courir les chemins.

— Là, Mathilde, tu débordes, fit Marie d'une voix tranchante. Je sais exactement quoi faire et ton frère manque de rien.

— Moi, ce que je disais…

— C'est ça, dis rien. Bon, là, avant de préparer le souper, on va vous installer toi et sœur Sainte-Anne. Bernadette va vous laisser sa chambre. Elle a déjà déménagé ses affaires dans la chambre de Camille. Les filles vont se tasser pour vous faire de la place.

— Où va coucher sœur Sainte-Anne ? demanda Mathilde.

— Avec toi, répondit Marie sans hésiter.

— Mais ça se fait pas, osa dire sa belle-sœur.

— Dans ce cas-là, il va falloir que l'une de vous deux couche sur une paillasse dans le salon. J'ai pas d'autre chambre.

— Mais il y a quatre chambres en haut…

— Il y a la chambre de Donat et de sa femme, celle de notre homme engagé, celle des filles et l'autre qu'on te laisse.

— Ton homme engagé pourrait bien aller coucher sur la paillasse ou dans la grange le temps qu'on va être ici dedans.

— Non, je peux pas faire ça, parce que ça a été entendu qu'on lui fournirait une chambre quand on l'a engagé, mentit la maîtresse des lieux.

— À moins que ta fille Emma accepte d'héberger ma compagne.

— Penses-y pas, trancha sa belle-sœur. Rémi et elle sont en plein barda dans la maison et c'est vraiment pas le temps d'aller les encombrer.

Bref, sœur Marie du Rosaire dut accepter à contrecœur de partager sa chambre avec sœur Sainte-Anne et Bernadette aida les deux invitées à monter leurs valises.

Fière d'avoir eu le dernier mot sur son encombrante belle-sœur, Marie entreprit de préparer le souper avec Eugénie et Camille.

— Là, je veux pas manquer à la charité chrétienne, mais il va falloir prier qu'elle reste pas trop longtemps, murmura-t-elle à sa fille aînée.

— Moi, je voudrais bien savoir ce que ma tante Amanda a trouvé pour plus l'avoir sur les bras chaque été, rétorqua Camille en souriant. Je sais pas ce qu'elle a fait, mais ça doit être pas mal bon parce qu'elle a pas l'air à vouloir retourner chez mon oncle Armand.

Ce soir-là, tous les Beauchemin purent se rendre compte que sœur Marie du Rosaire n'était pas rancunière et qu'elle avait fini par accepter l'idée de partager sa chambre. Dès qu'elle eut fini de manger sa deuxième portion de pudding aux fraises, son bavardage reprit de plus belle.

Après avoir longuement déploré l'état de son frère, assis au bout de la table dans son fauteuil roulant, elle voulut tout savoir sur ce qui se passait à Saint-Bernard-Abbé et dans la famille.

— Votre facteur nous a dit que votre curé venait de mourir, commença-t-elle. Est-ce que vous savez qui va le remplacer ?

— Non, pas encore, ma tante, répondit Donat.

— Il paraît que t'as pris la place de ton père au conseil ? ajouta sœur Marie du Rosaire à l'attention de son neveu.

— Oui.

— Il me semble que t'es pas mal jeune pour t'occuper de ça, laissa tomber la religieuse, ses petits yeux vifs guettant sa réaction derrière les verres épais de ses lunettes.

— Il faut croire que c'était pas l'avis du curé Ouellet, ma tante.

— J'ai pas vu Hubert. Où est-ce qu'il est encore passé ? poursuivit l'incorrigible fouineuse.

— Il est retourné en communauté l'automne passé, Mathilde, répondit Marie. Je te l'ai écrit avant les fêtes, lui rappela-t-elle.

— C'est drôle, je m'en souvenais plus. Tant mieux, il a pris la bonne décision. Un garçon aussi maladif aurait jamais rien fait de bon sur une terre.

— Il était pas mal raplombé quand il est parti, ma tante, intervint Bernadette.

— Et toi, est-ce que t'as encore enseigné cette année ?

— Oui.

— Tu trouves pas que tu serais mieux de te trouver un mari et d'avoir des enfants plutôt que de t'occuper des enfants des autres?

— Il en faut des maîtresses d'école, Mathilde, lui fit sèchement remarquer Marie. Sans parler que Bedette est encore pas mal jeune pour se marier.

— Est-ce que le boiteux vient encore te voir? poursuivit sœur Marie du Rosaire, comme si elle n'avait pas entendu ce que sa belle-sœur venait de dire.

— Non, ma tante.

— Je l'ai dit quand je suis venue la dernière fois, tu devrais penser à entrer en communauté. On a de la place pour les jeunes filles instruites comme toi.

Camille se pinça les lèvres au souvenir de ce qu'avait alors dit à son sujet l'insupportable bavarde l'année précédente. Elle l'avait jugée trop vieille et sans intérêt pour la communauté des sœurs Grises.

— Et toi, mon garçon, d'où est-ce que tu viens? demanda-t-elle à brûle-pourpoint à Gustave Joyal au moment où il finissait de boire sa tasse de thé.

— Des États, ma sœur, mais là, je m'excuse, je dois aller jeter un coup d'œil sur une vache qui a pas l'air dans son état normal.

Ce disant, l'employé se leva de table, aussitôt imité par Donat.

— Attends-moi, il faut que j'aille voir ça aussi, lui ordonna son patron.

Les deux hommes s'esquivèrent rapidement.

— Bon, on traînera pas trop à table, déclara Marie. Emma et Rémi sont supposés venir faire un tour après le souper.

Camille fut la première à réagir. Elle alla remplir le bol à main d'eau chaude puisée dans le réchaud du poêle et tendit des linges à vaisselle aux deux religieuses. Elle se mit à laver la vaisselle pendant que sa mère, sa belle-sœur et Bernadette rangeaient la cuisine après avoir poussé le fauteuil roulant sur la galerie pour permettre à Baptiste d'échapper à sa sœur durant quelques minutes.

Sœur Marie du Rosaire, toujours aussi curieuse, demanda à Camille si elle songeait encore au mariage.

— Un veuf vient de la demander en mariage, intervint Bernadette.

— Non, c'est pas vrai! s'exclama la religieuse, apparemment surprise. Saute sur l'occasion, ma nièce. À ton âge, c'est inespéré.

— J'ai pas dit oui et je vais prendre le temps de bien penser à mon affaire, répondit Camille d'une voix posée en jetant un regard meurtrier à sa sœur.

— Qui est-ce? voulut savoir Mathilde Beauchemin.

— Un voisin, ma tante, se borna à répondre Camille avant de prendre le plat d'eaux grasses. Ouvre-moi la porte, Bedette, ordonna-t-elle à sa sœur cadette, il faut que j'aille jeter ça aux cochons.

Ce soir-là, à peine arrivée chez ses parents, Emma n'échappa pas à l'inquisition de sa tante qui voulut savoir pourquoi sa nièce n'attendait pas du nouveau puisque son dernier allait avoir trois ans dans moins d'un mois.

— Sais-tu, Mathilde, que t'es rendue pire que le curé Lanctôt, finit par lui dire sèchement Marie quand elle se rendit compte que sa fille était mal à l'aise d'aborder une question aussi intime.

— Pourquoi tu me dis ça? demanda la religieuse, surprise.

— Parce que ça regarde pas personne, cette affaire-là, lui dit abruptement sa belle-sœur à bout de patience.

Avant de se mettre au lit, la maîtresse de maison ne put s'empêcher de murmurer à son mari:

— Ça fait même pas une journée que ta sœur est arrivée et j'en peux déjà plus. J'espère juste qu'elle s'éternisera pas ici dedans.

Le lendemain avant-midi, Donat fit un effort méritoire pour se débarrasser des visiteuses encombrantes en proposant à sa tante de la conduire à Sainte-Monique pour qu'elle ait l'occasion de visiter son frère Armand. Sœur Marie du Rosaire repoussa l'offre en arguant qu'elle allait sûrement le voir après la grand-messe, le dimanche matin.

— J'aime mieux passer plus de temps avec vous autres. Je sens que je vais être bien plus utile ici dedans que là-bas.

Les Beauchemin présents dans la cuisine d'été se jetèrent un regard à la fois incrédule et déçu.

Après le déjeuner, Marie eut l'habileté de confier son mari aux soins de sa sœur en affirmant qu'elle devait absolument aider ce jour-là ses filles à récolter et à tresser des épis de blé de maïs.

— Si on veut manger du bon blé d'Inde lessivé, il faut se grouiller, déclara la maîtresse de maison.

— Si vous le permettez, madame Beauchemin, j'aimerais vous aider, proposa sœur Sainte-Anne en sortant de son mutisme habituel.

Marie accepta l'offre de la petite religieuse en se disant que c'était un acte de belle charité que de la soustraire à sa belle-sœur durant quelques heures.

— On va casser le blé d'Inde, mais on va en garder deux rangs pour le dîner de demain midi, déclara la maîtresse de maison. Il y a rien de meilleur qu'un bon épi avec du beurre. Ça aurait été bon aujourd'hui, mais le bouilli est presque prêt pour le dîner et j'ai prévu des saucisses pour souper.

Les quatre femmes entrèrent dans le petit champ de maïs situé à droite de la grange. Comme prévu, elles récoltèrent tous les épis, sauf la quantité nécessaire pour le repas du lendemain. Ensuite, elles s'installèrent à l'ombre du bâtiment pour les tresser les uns aux autres avant d'aller suspendre ces tresses aux murs de la grange.

Marie avait volontairement boudé la galerie où elles s'installaient habituellement pour le tressage. Au sourire narquois de ses filles, elle sut qu'elles avaient compris qu'elle voulait ainsi échapper à sœur Marie du Rosaire.

Apparemment, Mathilde Beauchemin avait souffert de n'avoir que son frère muet comme auditoire durant toute la matinée, parce qu'elle se reprit largement quand les femmes de la maison rentrèrent pour faire l'ordinaire. Elle ne ménagea ni ses conseils ni ses avis.

Après le dîner, toutes les femmes, sauf sœur Marie du Rosaire, s'empressèrent de retourner au tressage des épis après une courte sieste.

À l'heure du souper, tout le monde s'entassa autour de la table pour manger les saucisses et les pommes de terre que Camille et Eugénie venaient de préparer.

— En revenant de chez Dionne, j'ai rencontré Adjutor Jutras et sa fille Aurélie, dit Donat après avoir avalé une bouchée de saucisse de porc. Ils sortaient tous les deux de la maison de Constant Aubé.

Les traits du visage de Bernadette se durcirent un peu, mais elle ne dit rien.

— Je vous dis que l'Aurélie du père Jutras est devenue toute une belle fille, poursuivit le fils de Baptiste.

— Oublie pas que t'es un homme marié, toi, l'avertit Eugénie, mécontente de voir son mari apprécier la beauté d'une autre femme.

— C'est qui ce Aubé-là? demanda sœur Marie du Rosaire, toujours aussi curieuse.

— C'est le garçon qui est venu prêter des livres à Bedette l'été passé quand vous étiez ici, ma tante, répondit Camille.

— Ah! le boiteux.

— Il boite peut-être, intervint Donat, mais il a pas l'air de manquer d'argent. Il vient de se faire construire un moulin et une maison qui sont pas pire pantoute.

— Et toi, mon garçon, c'est quoi ton nom de famille ? demanda la religieuse en tournant son attention vers l'employé des Beauchemin.

— Joyal, ma sœur.

Gustave n'eut pas la chance de la veille et ne put échapper ce soir-là aux questions de l'invitée de ses patrons. Après un long interrogatoire qui dura plusieurs minutes, Mathilde Beauchemin finit par le lâcher pour se mettre à pérorer sur tous les Joyal qu'elle connaissait et avait connus au point d'en donner le tournis à ses auditeurs.

— Si ça vous fait rien, m'man, je vais aller marcher un peu sur le chemin, dit Bernadette après avoir vidé son assiette.

— Qu'est-ce qui se passe, ma fille ? intervint sœur Marie du Rosaire. Est-ce que t'aurais trop mangé ?

— Pantoute, ma tante. J'ai juste la tête qui tourne.

Sa mère comprit l'allusion et réprima mal un sourire.

— Vas-y, mais éloigne-toi pas trop. La noirceur approche.

— C'est pas bien prudent pour une fille de sortir de la maison quand il fait noir, se crut obligée d'ajouter l'invitée.

Bernadette se dépêcha de profiter de la permission de sa mère et sortit de la maison. Son malaise n'était pas seulement dû au bavardage incessant de sa tante. La nouvelle qu'Aurélie Jutras fréquentait celui quelle avait cru follement amoureux d'elle l'indisposait au plus haut point. Non seulement l'ignorait-il depuis qu'il avait offert un fauteuil rouant à son père, mais il s'affichait avec une fille de Saint-Bernard-Abbé au moins aussi attirante qu'elle.

À sa grande surprise, alors qu'elle sortait de la cour de la ferme, elle entendit une voiture approcher sur la route. Elle fit un écart et l'attelage s'arrêta près d'elle, devant l'entrée de la cour.

— Excuse-moi de t'avoir fait peur, mais je t'ai aperçue à la dernière minute, fit Constant Aubé en lui adressant un large sourire tout en descendant du boghei qu'il conduisait.

— Tu m'as pas fait peur, se défendit Bernadette, l'air un peu revêche. Qu'est-ce que tu fais sur le chemin à l'heure du souper?

— J'avais affaire à Antonius Côté, dit aimablement le meunier. À part ça, t'oublies que je suis un vieux garçon. J'ai personne qui m'attend à la maison pour me faire souper.

— À ce qu'on raconte un peu partout dans la paroisse, tu seras pas vieux garçon encore bien longtemps, répliqua-t-elle en dissimulant mal sa rancune.

— Qui raconte ça? demanda-t-il, curieux.

— Un peu tout le monde. Il paraît que tu fréquentes la fille d'Adjutor Jutras.

Constant secoua la tête, comme s'il avait du mal à en croire ses oreilles. Bernadette, à l'affût, guettait la moindre de ses réactions.

— Quoi? C'est pas vrai? demanda-t-elle.

— Pantoute.

— Comment ça se fait qu'on te voit partout avec elle d'abord? fit-elle en laissant tout de même percevoir une pointe de jalousie.

— On me voit pas partout avec elle, corrigea le jeune meunier.

— Je t'ai vu avec elle, samedi passé, à l'enterrement, sur le perron de l'église.

Constant sembla réfléchir un court moment comme s'il tentait de se rappeler.

— Ah oui, Aurélie me disait que mes rideaux avançaient pas mal.

— Tes rideaux?

— Ma maison est presque finie et je reste dedans à cette heure, lui apprit Constant. Alors, j'ai demandé à madame Jutras et à sa fille de me coudre des rideaux pour les fenêtres. Monsieur Jutras et sa fille sont venus les installer cet après-midi.

Bernadette fut incapable de cacher son soulagement en apprenant la nouvelle et décida de profiter tout de suite de l'occasion qui se présentait de faire comprendre clairement au jeune homme timide debout devant elle qu'elle accepterait volontiers qu'il vienne la courtiser.

— Et t'es pas allé encore veiller avec une fille de Saint-Bernard depuis que t'es revenu ? lui demanda-t-elle, hors de propos.

— J'ai pas eu le temps avec tout l'ouvrage que j'avais à faire avec le moulin et la maison.

— Et là ?

— Là, si une fille du rang Saint-Jean m'invitait, c'est sûr que je me dépêcherais à accepter, dit-il en rougissant légèrement.

— Il y a pas grand filles à marier dans notre rang, le taquina-t-elle.

— Même chez les Beauchemin ? demanda-t-il en s'enhardissant.

— Si tu parles de moi, tu peux bien venir accrocher ton fanal, l'invita-t-elle en adoptant un faux air d'indifférence.

— Je pensais que tu recevais déjà quelqu'un, fit-il, surpris.

— T'es en retard dans les nouvelles, plaisanta-t-elle, ça fait un bon mois que j'ai envoyé Amable Fréchette voir sa mère.

— Ah oui ! Tu l'as renvoyé comme ça ?

— Tu sauras, Constant Aubé, qu'une fille a le droit de voir autant de garçons qu'elle veut tant qu'elle est pas fiancée.

— Je savais pas ça.

— Là, tu le sais.

— Est-ce que ça veut dire que je pourrais venir te voir demain soir ? lui demanda-t-il, le cœur battant.

— Pourquoi pas, accepta-t-elle, avec un sourire mutin. Te rappelles-tu de sœur Marie du Rosaire ?

— La sœur qui est restée chez vous l'été passé ?

— En plein ça, c'est la sœur de mon père et elle est encore chez nous une couple de jours. Il va falloir que tu l'endures, comme nous autres.

— Le plaisir de te voir va me faire oublier ça, fit-il, galant, en remontant dans sa voiture.

Quelques instants plus tard, la jeune fille rentra à la maison d'excellente humeur.

— À qui est-ce que tu parlais ? s'empressa de lui demander Mathilde Beauchemin dès qu'elle eut passé la porte.

— À un ami, ma tante.

— Qui c'était ? fit sa mère.

— Constant Aubé. Il m'a demandé s'il pouvait venir veiller avec moi demain soir, expliqua la jeune institutrice.

Sa mère ne fit aucun commentaire en apprenant la nouvelle, mais Camille adressa à sa jeune sœur un petit sourire de connivence.

— Ça te dérangera pas trop qu'on prenne le salon un bout de temps demain soir, Camille ? demanda Bernadette en se tournant vers sa sœur.

— Pas une miette, répondit celle-ci en levant le nez du travail d'aiguille qu'elle venait de commencer.

— Ah ! Parce que toi aussi il y a un homme qui vient te voir ? fit la religieuse, étonnée.

— Bien oui, ma tante, même si je suis vieille fille, répondit Camille, exaspérée, en se levant pour aller s'asseoir sur la galerie afin d'échapper à la curiosité insatiable de sa tante.

❧

Le lendemain débuta sous un ciel gris annonciateur d'une averse imminente. Après le déjeuner, la maîtresse de maison envoya Bernadette cueillir le blé d'Inde derrière la grange.

— Apporte des chaudières, recommanda-t-elle à la jeune fille. Tu l'éplucheras sur place et tu donneras les épluchures aux vaches. Elles aiment ça sans bon sens.

Bernadette prit deux seaux dans la remise et se dirigea sans se presser vers le carré de maïs.

— Bonyenne! Qu'est-ce qui s'est passé? s'écria-t-elle en voyant tous les épis couchés sur le sol.

Elle pressa le pas, déposa ses seaux et releva quelques épis pour les examiner. Chaque épi avait été coupé à la base et un animal en avait mangé la partie qui ne touchait pas au sol.

— Ah ben! Les maudits chats sauvages! Attends que m'man apprenne ça, dit-elle à haute voix en faisant demi-tour après avoir déposé quelques épis dans l'un de ses seaux.

Elle revint à la maison moins de cinq minutes après son départ.

— Déjà revenue? fit sa tante, surprise.

— Qu'est-ce que tu fais là? lui demanda sa mère. Je t'ai demandé d'aller casser du blé d'Inde.

— J'en reviens, m'man, mais j'ai bien l'impression qu'on va manger autre chose à midi, affirma-t-elle en déposant son seau à demi rempli d'épis sur la table de la cuisine d'été. Regardez.

Marie s'avança vers la table et saisit un épi.

— C'est pas vrai, bondance! s'exclama-t-elle, en colère.

— Les deux rangs sont à terre.

— Ça se peut pas, fit sa mère, incrédule.

— Je vous le dis, m'man. Si vous me croyez pas, venez voir, insista Bernadette.

Marie se précipita à l'extérieur, suivie par ses filles et sa belle-sœur. Les quatre femmes s'arrêtèrent devant les deux rangées d'épis soigneusement couchés sur le sol.

— La maudite vermine! s'écria la maîtresse de maison. Si jamais j'aperçois un chat sauvage, il va faire connaissance avec ma fourche, je vous en donne ma parole. Si ça a de l'allure!

— T'aurais dû tresser ce blé d'Inde-là hier, comme le reste, intervint sur un ton docte sœur Marie du Rosaire.

— Achale-moi pas avec ça, toi, la rabroua sèchement sa belle-sœur. On pouvait pas savoir.

— Bon, qu'est-ce qu'on fait? demanda Camille dont le sens pratique faisait rarement défaut.

— Ramasse tout ça avec Bedette et donnes-en aux vaches et aux cochons.

— Vous pourriez quand même les tresser, suggéra Mathilde Beauchemin.

— C'est ça, répondit abruptement Marie. T'oublies qu'on va faire de la soupe avec ce blé d'Inde-là.

Au dîner, on dut se contenter de manger des crêpes arrosées de sirop d'érable.

À la fin de l'après-midi, Samuel Ellis et Antonius Proulx s'arrêtèrent chez les Beauchemin. Après avoir salué Baptiste et pris de ses nouvelles, les deux hommes demandèrent à voir Donat.

— Il est dans le deuxième champ derrière la grange avec notre homme engagé, leur apprit Marie. Regardez, ils sont en train de brûler des branches avant qu'il se mette à mouiller.

— On peut lui faire la commission si ça vous arrange, proposa sœur Marie du Rosaire, curieuse de savoir ce qu'ils voulaient dire à son neveu.

— Merci, ma sœur, mais c'est trop important. Il faut qu'on lui parle.

Dépitée, et sa curiosité encore plus piquée, la sœur Grise suivit du regard les deux hommes qui se dirigeaient à pied vers l'arrière de la grange.

Donat vit venir les visiteurs et alla à leur rencontre.

— On arrête une minute pour te parler, dit le président des syndics. C'est en rapport avec la paroisse et le remplacement de monsieur le curé.

— Ça pouvait pas attendre la prochaine réunion? demanda le jeune cultivateur, intrigué.

— Non, c'est pressant, répondit Antonius. Il faut dire qu'on a rencontré Anatole et Thomas à matin et on s'est mis à se demander si le curé Ouellet avait eu le temps d'envoyer notre demande de devenir une paroisse.

— On n'a pas retrouvé la lettre qu'on a signée quand on a ramassé ses affaires à la sacristie.

— C'est un signe, non ?

— Pas nécessairement, répondit l'Irlandais, le papier a pu être emporté avec les autres affaires du curé que son ami est venu chercher plus tôt. C'est lui qui a hérité de toutes ses affaires.

— Vous avez pas demandé au père Meilleur si monsieur le curé lui avait fait poster cette lettre-là ?

— Oui, répondit Côté, le facteur a dit que le curé Ouellet lui avait rien donné à poster avant de partir pour Notre-Dame-de-Pierreville.

— Ça peut vouloir dire qu'il l'a postée à Pierreville avant d'arriver chez ses amis, suggéra Donat avec un certain bon sens.

— Peut-être, mais il y a aussi l'histoire de son remplacement, dit Antonius Côté. Là, on n'est pas pour recommencer à aller à la messe à Sainte-Monique et à Saint-Zéphirin quand on a une chapelle presque neuve qu'on entretient et qu'on continue de payer. Le monde de Saint-Bernard acceptera pas ça ben longtemps.

—J'ai pensé que le conseil pourrait monter à Trois-Rivières rencontrer monseigneur, dit Ellis.

— C'est ben du dérangement, un voyage comme ça, et ça tombe mal en torrieu, ne put s'empêcher de déclarer Donat. On a tous de l'ouvrage par-dessus la tête.

— On sait ben, reconnut Antonius d'une voix hésitante.

— Pourquoi on attendrait pas la fin du mois ? suggéra le fils de Baptiste. Ça donnerait le temps à monseigneur de se virer de bord pour nous trouver un curé et, nous autres, on pourrait s'avancer dans notre ouvrage.

— Ouais… fit Samuel en arborant un air peu convaincu.

— En plus, on aurait le temps de recevoir une réponse au sujet de la paroisse. Si monseigneur accepte, c'est certain qu'il va nous envoyer un prêtre et on aura sauvé un voyage.

— On peut ben faire ça, qu'est-ce que t'en penses, Samuel? demanda Antonius au président des syndics.

— C'est correct, concéda Ellis, c'est ce qu'on va dire aux gens quand ils vont nous pousser dans le dos.

Sœur Marie du Rosaire vit revenir les deux visiteurs dans la cour de la ferme quelques minutes plus tard et elle s'empressa de leur demander s'ils avaient bien trouvé son neveu.

— Oui, ma sœur, merci, répondit Ellis en montant dans son boghei en compagnie de Côté.

— Je me demande bien ce qu'ils avaient de si important à dire à ton garçon, dit Mathilde Beauchemin à sa belle-sœur en rentrant dans la maison.

Marie ne se donna pas la peine de répondre et continua à peler les pommes de terre avec l'aide de Bernadette.

— Moi, en tout cas, je commence à avoir hâte que les patates nouvelles soient prêtes. Les vieilles sont pleines d'yeux et toutes molles, se plaignit la jeune fille.

— On les gaspillera quand même pas, laissa tomber sa mère.

Une heure plus tard, quand la religieuse chercha à savoir ce que Côté et Ellis avaient à lui dire, Donat se contenta de répondre qu'il s'agissait d'affaires de la paroisse et qu'il n'avait pas le droit d'en parler.

— Tu fais bien des mystères, mon garçon! lui fit remarquer sœur Marie du Rosaire d'une voix acerbe.

— C'est pour ça que je suis sur le conseil, ma tante. Monsieur le curé Ouellet m'a choisi parce que je parle pas pour rien. Il paraît que c'est une ben belle qualité.

Bernadette et sa sœur se pincèrent les lèvres pour ne pas éclater de rire devant l'air déconfit de leur tante.

Ce soir-là, la pluie commença à tomber à l'heure du souper. Sur le coup de sept heures, Liam Connolly, tout endimanché, vint frapper à la porte des Beauchemin pour veiller avec Camille. Celle-ci vint lui ouvrir. Il découvrit avec surprise les deux religieuses confortablement assises sur les chaises berçantes placées près du poêle. Le veuf salua tout le monde, tout de même un peu intimidé par le regard scrutateur de la grande et grosse religieuse qui le fixait sans ciller.

— Ma tante, sœur Sainte-Anne, je vous présente Liam Connolly, un voisin.

— C'est vous, le veuf? demanda effrontément Mathilde Beauchemin.

— En plein ça, ma sœur, répondit Liam, surpris par la remarque.

— Et vous avez…

— Vous allez nous excuser, ma tante, mais on va s'asseoir au salon avant que l'ami de Bedette arrive, s'empressa de dire Camille en faisant signe à son amoureux de passer devant elle.

— Bedette, va donc me chercher l'autre chaise berçante sur la galerie, demanda Marie à sa fille cadette.

La mère s'installa non loin de la porte du salon de manière à surveiller ce qui se passait dans la pièce voisine.

— Tu fais bien, l'approuva la religieuse.

Elle allait ajouter autre chose quand le bruit d'une voiture l'incita à tourner la tête vers l'une des fenêtres.

— Mon Dieu! C'est une vraie gare ici dedans, fit remarquer la sœur de Baptiste, ça arrête pas d'entrer et de sortir.

— Surtout d'entrer, laissa tomber sa belle-sœur.

— C'est Constant qui arrive, annonça Bernadette en vérifiant l'état de son chignon blond du bout des doigts.

— Et vous allez veiller où, vous deux ? demanda sœur Marie du Rosaire.

— On va passer un bout de soirée dans la cuisine, ma tante.

— J'ai jamais compris pourquoi les jeunes avaient besoin de s'installer à part, dit la religieuse.

— Voyons, ma tante ! protesta Bernadette en s'avançant vers la porte moustiquaire pour accueillir son soupirant. Tout le monde sait bien que c'est pour parler contre les vieux qui les laissent jamais tranquilles.

— Bedette, sois polie ! lui ordonna sa mère, fâchée de son effronterie.

— Pour moi, c'est juste une occasion de pécher, dit sèchement sœur Marie du Rosaire.

— C'est peut-être parce que vous avez l'esprit mal tourné, ma tante, dit en riant la jeune fille.

L'œil unique de Baptiste sembla traversé par un éclat de joie et sa main frappa convulsivement le bras de son fauteuil roulant, comme s'il approuvait la remarque de sa fille.

Constant subit le même examen que l'amoureux de Camille. Cependant, la sœur de Baptiste laissa errer son regard un peu plus longtemps sur la jambe plus courte de l'ami de sa nièce, ce qui eut pour effet de le faire rougir. Toutefois, le jeune homme trouva la force de saluer Baptiste et les autres personnes présentes dans la pièce avant d'accepter de prendre place auprès de Bernadette, sur le long banc derrière la table.

— On va veiller un petit bout de temps avec tout le monde, lui dit Bernadette. Ma sœur est dans le salon avec Liam Connolly. On prendra leur place tout à l'heure.

— C'est ben correct, accepta Constant sans manifester le moindre mécontentement.

Ce furent les seules paroles que les deux jeunes gens purent échanger durant un long moment, car sœur Marie du Rosaire commença à soumettre l'invité de sa nièce à un véritable barrage de questions tant sur ses origines que sur sa façon de gagner sa vie et sur ses projets d'avenir. Marie finit par avoir pitié de lui.

— Bernadette, tu pourrais peut-être installer ton père sur la galerie pour lui permettre de respirer un peu d'air frais. Vous pourriez lui tenir compagnie tous les deux, si ça vous dérange pas.

Constant s'empressa de pousser le fauteuil roulant à l'extérieur, suivi par une Bernadette heureuse d'échapper à la religieuse durant quelques minutes. Son amoureux semblait éprouver le même contentement qu'elle. Après lui avoir demandé ce qu'elle avait fait depuis la fin des classes, il lui raconta tout le travail fait autant au moulin que dans sa maison dans laquelle il avait emménagé au début de la semaine précédente.

— Elle est loin d'être finie, déclara-t-il, mais ça s'en vient ben. Cette semaine, je devrais commencer à me faire des meubles : un lit, une table et un banc. J'ai encore les pièces du haut à finir et les armoires dans la cuisine. Cet automne, je vais m'organiser pour me faire faire un coffre, des chaises, et deux chaises berçantes avant de commencer à meubler les chambres du haut.

— Comme ça, tu restes plus chez les Hyland, conclut Bernadette.

— Non. Même si c'est vrai que j'étais ben chez eux, il était temps que je me retrouve chez nous.

— Comment tu fais pour manger ?

— Je me débrouille. Avec mes frères, on faisait à manger à tour de rôle parce qu'il y en a pas un de marié. Je suis même pas pire pour cuire le pain.

— Ah ben ! s'exclama Bernadette, tu devrais montrer comment faire à Liam Connolly. D'après ma sœur, son pain est pas mangeable.

Au milieu de la soirée, Camille céda sa place au salon à sa sœur. Cependant, comme le temps était agréable malgré la légère pluie qui continuait de tomber, elle et Liam allèrent s'asseoir auprès de Baptiste sur la galerie.

— On pourrait bien aller les rejoindre, proposa Mathilde Beauchemin, apparemment torturée par la curiosité à l'endroit de Liam.

— Non, on va les laisser tranquilles, trancha sa belle-sœur sur un ton sans appel. Ils ont pas besoin de nous autres.

— Moi, d'habitude, je me méfie des veufs, chuchota-t-elle. Souvent, ils ont magané leur femme.

— Laisse faire, Mathilde. Camille est pas une enfant et, en plus, elle a pas dit «oui».

En fait, Camille s'était bien gardée de mettre sa mère au courant de la jalousie manifestée par son prétendant depuis que les Beauchemin avaient engagé Gustave Joyal. La célibataire avait commis la maladresse de lui vanter à quelques reprises l'habileté et la gentillesse de l'employé. La réaction du veuf avait été immédiate. Son humeur s'était assombrie et il avait cherché à amoindrir les mérites d'un homme qui avait pratiquement son âge.

— C'est facile d'être beau et fin quand t'es libre comme l'air et que t'as pas d'enfants à faire vivre, avait-il finalement déclaré d'une voix acide.

Camille avait été surprise de sa réaction et avait évité de commettre l'erreur de lui parler de nouveau de Gustave, même si, à chacune de ses visites, il cherchait à savoir ce qu'elle pensait de lui.

— Il est ben chanceux, votre homme engagé, lui répéta-t-il à plusieurs reprises.

— Pourquoi tu me dis ça?

— Parce qu'il peut te voir et te parler à toute heure de la journée, tandis que moi, je dois attendre de venir veiller avec toi, lui reprocha-t-il.

À sa décharge, il fallait reconnaître que l'Irlandais était un homme de parole et qu'il continuait à faire en sorte de ne pas se trouver dans la maison chaque fois qu'elle allait voir les enfants pour s'assurer qu'ils ne manquaient de rien.

❧

Le dimanche matin, Bernadette fut la première à venir rejoindre sa mère dans la cuisine où elle était en train d'allumer le poêle à bois. La pluie avait cessé durant la nuit, mais la route était détrempée, ce qui allait rendre le trajet jusqu'à Sainte-Monique pas mal moins agréable.

— M'man, Constant a offert de venir chercher ma tante et sœur Sainte-Anne à matin pour les emmener à la messe.

— Pourquoi il veut faire ça ? s'étonna Marie.

— Pour vous permettre de souffler un peu.

— Est-ce que ça paraît tant que ça que ta tante me tape sur les nerfs ?

— Disons que ça se voit.

— C'est correct, tu lui diras que je le trouve bien fin, accepta la femme de Baptiste.

— Je vais monter avec lui.

— Tiens ! Tiens !

— Il y a pas de danger, m'man, la rassura tout de suite la jeune fille en riant. Oubliez pas qu'il va y avoir deux sœurs pour nous surveiller.

Constant Aubé tint parole et vint chercher ses trois passagères pour les conduire à la messe à l'église de Sainte-Monique. Cependant, une fois arrivée sur les lieux, Bernadette laissa les deux religieuses s'avancer dans l'allée centrale avant d'entraîner son amoureux au jubé. Quelques minutes plus tard, ils furent rejoints par Camille, Marie et Donat. Du jubé, tous les cinq virent Mathilde Beauchemin se tordre vainement le cou pour tenter de les repérer.

— Seigneur ! murmura Marie à Camille, agenouillée près d'elle. Il me semble que ça va être reposant de pas entendre parler tout le temps.

À la fin de la messe, les membres de la famille de Baptiste Beauchemin retrouvèrent les deux religieuses en grande conversation sur le parvis de l'église avec Armand et Amanda.

— On dirait ben que vous reprenez goût à venir à la messe à Sainte-Monique, dit le gros homme en les accueillant avec le sourire.

— On haït pas ça venir vous voir, mon oncle, répliqua Donat. Mais profitez-en, parce que ce sera pas ben long qu'on va avoir un nouveau curé.

— À part ça, vous avez de la belle visite, intervint Amanda, la petite femme hypocondriaque d'Armand, sans donner l'impression que sa belle-sœur Mathilde l'insultait en ne venant plus se faire héberger chez elle, quelques jours, chaque été.

— Bien oui, reconnut Marie sans grand enthousiasme, on dirait qu'on a réussi à te voler ta visite.

— Chicanez-vous pas, dit sœur Marie du Rosaire, je viens de dire à Armand et Amanda que j'irai passer une couple de jours chez eux dans le temps des fêtes.

Comme Amanda n'insista guère pour inviter ses convives à la maison, tout le monde rentra à Saint-Bernard-Abbé. Constant Aubé déclina poliment l'invitation à rester dîner chez les Beauchemin, mais promit à Bernadette de venir passer quelques heures en sa compagnie à la fin de l'après-midi.

À la fin du repas, ce midi-là, Mathilde déclara:

— Pauvre Armand! Je me demande comment il fait pour endurer sa femme. Elle parle tout le temps et, en plus, elle arrête pas de se plaindre de toutes sortes de maladies.

— Ça doit être ben dur d'endurer quelqu'un qui parle tout le temps, laissa tomber Donat en allumant sa pipe.

— T'as raison, mon garçon, l'approuva sa tante sans se sentir visée le moins du monde. Bon, si ça vous dérange pas, je vais aller me reposer une heure ou deux. Il va falloir que je rentre à l'orphelinat demain.

— Déjà ? demanda hypocritement Bernadette.

— Quand je suis partie trop longtemps, ils s'ennuient de moi à Sorel.

Quelques minutes plus tard, les deux religieuses se retirèrent pour une sieste, pour le plus grand plaisir des habitants de la maison. Marie s'empressa de les imiter en poussant le fauteuil roulant de son mari jusque dans leur chambre. Donat l'accompagna pour déposer son père dans leur lit.

— Constant est supposé venir faire un tour cet après-midi, dit Bernadette. J'aime pas bien ça d'être obligée d'aller réveiller m'man pour nous chaperonner. Mais si je le fais pas, elle va me faire une crise.

— Je vais vous chaperonner, offrit Camille. Moi, j'ai pas l'intention d'aller m'étendre.

— Toi ?

— À moins que t'aimes mieux que j'aille demander à ma tante de le faire, plaisanta l'aînée.

— Fais-moi pas ça, toi ! Laisse-la dormir le plus long-temps possible… Au moins, on sait que c'est la dernière journée qu'on l'endure, murmura Bernadette à Eugénie.

— Si ta mère l'étrangle pas avant, pouffa sa belle-sœur. Elle arrête pas de critiquer tout ce qu'elle fait quand ta mère s'occupe de ton père. Je la trouve pas mal endurante.

— Si ma tante continue, je connais assez ma mère pour savoir qu'elle va finir par éclater, même s'il reste juste une journée à l'endurer, prédit la jeune institutrice.

Bernadette se trompait. Marie sut se montrer stoïque jusqu'au départ des deux religieuses, le lendemain matin.

Quand celles-ci eurent pris place dans le boghei conduit par Donat, la maîtresse de maison leur souhaita un bon voyage, mais elle se garda bien de les inviter à revenir. Dès que la voiture eut quitté la cour de la ferme, la maîtresse de maison poussa un profond soupir de soulagement.

— Mon Dieu que ça fait du bien un peu de silence ! Si cette visite-là nous tombait dessus en plein carême, je pense que l'endurer serait la plus grosse résolution que je pourrais prendre.

— Une chance, la belle-mère, que pas un homme a eu l'idée de la marier, chuchota Eugénie en se dirigeant à ses côtés vers la galerie.

— Il serait bien devenu fou, le pauvre, laissa tomber Marie sur un ton pénétré. En tout cas, je trouve que la petite sœur Sainte-Anne a bien du mérite de l'endurer.

— C'est vrai qu'on l'a à peine entendue durant les trois jours qu'elles ont été chez nous, fit remarquer Bernadette.

— Je veux pas manquer à la charité chrétienne, prit la précaution de dire la maîtresse des lieux, mais avec ta tante, cette pauvre petite sœur aura jamais grand chance de placer un mot.

Chapitre 12

Rose

À la fin de la deuxième semaine d'août, après deux dures journées de travail intense, le lin arraché et retourné à plusieurs reprises à l'extrémité du jardin avait été brayé par les femmes de la maison.

— Mon Dieu que ça fait du bien qu'on en ait fini avec le lin! s'écria Bernadette ce matin-là. Je pense que je vais avoir mal aux bras toute la semaine.

— Arrête donc de te plaindre pour des riens, la réprimanda sa mère. L'ouvrage a jamais tué personne, tu sauras.

— Qu'est-ce que vous diriez, madame Beauchemin, d'aller aux bleuets cet avant-midi? lui demanda sa bru. On a en plein la température qu'il faut. Il fait pas trop chaud et Donat m'a dit hier qu'il y en avait des belles talles proches du petit bois.

— C'est une bonne idée, m'man, approuva Camille.

— Si vous voulez, je peux rester pour garder Alexis et m'occuper de p'pa, proposa Bernadette.

Marie accepta. Après avoir aidé à soigner les animaux, les femmes cuisinèrent de la crème de blé pour le déjeuner.

— Pendant qu'on finit de préparer le repas, va m'allumer le foyer, Bedette, lui ordonna sa mère.

— Avez-vous encore idée de faire du pain à matin, avant de partir aux bleuets?

— Pantoute, il est temps de faire du savon. Il nous en reste juste deux pains.

— Ouach! fit la cadette en fronçant le nez. Ça va sentir mauvais tout l'avant-midi dans la maison.

— C'est pas si pire que ça, intervint sa sœur aînée.

— C'est sûr, toi, tu vas être aux bleuets, tu sentiras rien, répliqua Bernadette d'une voix acide.

Après avoir mangé la crème de blé généreusement sucrée avec du sirop d'érable, Donat et Gustave quittèrent la maison pour aller réparer la porte de l'étable qu'une vache avait brisée le matin même. Pendant qu'Eugénie et ses belles-sœurs rangeaient la cuisine, Marie alla déposer un vieux chaudron en fonte sur le foyer, au fond de la cour. Elle y versa tout le gras animal conservé tant bien que mal durant les trois derniers mois et ajouta une large mesure d'eau de lessive avant de rentrer à la maison.

Après avoir pris de petits seaux dans la remise en compagnie de Camille et d'Eugénie, quelques minutes plus tard, Marie vint jeter un coup d'œil au mélange pour s'assurer qu'il ne collait pas au fond du chaudron.

— Bedette, tu viendras brasser ça de temps en temps, cria-t-elle à sa fille. Ça commence à bouillir.

— Pouah! Ça me tombe sur le cœur, fit la jeune fille en grimaçant.

— On a besoin de savon pour se nettoyer. Arrête tes grimaces et organise-toi pour ne pas me gâcher ça. On n'a plus de gras. Quand il aura fondu, dépêche-toi à verser tout ça dans la *pan*. Je le couperai en revenant quand ce sera durci.

— C'est correct.

— Fais réchauffer le reste du bouilli pour le dîner, commanda sa mère avant d'entraîner Camille et Eugénie à sa suite derrière l'étable où s'ouvrait une piste étroite conduisant au boisé.

— Mangez pas tout ce que vous allez ramasser, plaisanta Donat en les voyant passer.

— Inquiète-toi pas, on va t'en laisser, lui promit Camille avec bonne humeur.

Pour les trois femmes, cette matinée de cueillette était un congé très apprécié après le travail intense des derniers jours. Avant de brayer le lin, elles avaient eu le temps de préparer des marinades. Après les bleuets, elles allaient commencer à cuisiner quelques dizaines de pots de ketchup vert et rouge.

Les trois femmes revinrent de leur cueillette de fort bonne humeur, portant plusieurs seaux bien remplis de savoureux petits fruits bleus.

— Donat s'était pas trompé, affirma Marie en s'épongeant le front. Les talles étaient belles. Je pense que j'ai jamais vu d'aussi gros bleuets depuis que j'étais jeune fille.

— Petit Jésus! Ça fait longtemps, ça, m'man! s'écria Bernadette pour plaisanter.

— Sois polie, toi! la rembarra sa mère, mi-sérieuse. Je suis tout de même pas si vieille que ça. Est-ce que le dîner est prêt?

— Il est sur le poêle. Il reste juste à appeler les hommes, répondit Bernadette.

— Tu t'es occupée du savon?

— Il est déjà pas mal dur, la rassura sa fille.

— Parfait, va chercher les hommes. On s'occupera de trier les bleuets après le dîner.

Après avoir mangé le bouilli de légumes réchauffé, chacun se délecta d'un bol de bleuets nappés de crème fraîche pour le dessert.

— Si le temps est au beau, on devrait être capables de faucher le blé au commencement de la semaine prochaine, annonça Donat en se retirant de la table après avoir bu une tasse de thé.

— Ça, c'est un signe que le temps de l'école approche déjà, dit Bernadette, nostalgique.

— Il te reste encore deux semaines, lui fit remarquer sa sœur.

Les quatre femmes prirent place autour de la table, une fois la vaisselle lavée. Une petite brise fraîche entrait par les fenêtres ouvertes de la cuisine d'été. Elles entreprirent de trier les bleuets cueillis avant de les faire cuire sur le poêle pour en faire de savoureuses confitures.

— Il aurait bien fallu que j'aille voir comment vont les enfants, dit Camille au moment où Alexis se réveillait de sa sieste en pleurant. On est jeudi et je suis pas allée les voir depuis lundi, ajouta-t-elle en manifestant un certain remords.

— S'ils avaient eu besoin de toi, tu penses pas qu'ils seraient venus te chercher? lui fit remarquer sa sœur.

— Probablement, mais…

Elle allait poursuivre quand elle entendit des pas sur la galerie.

— Veux-tu bien me dire qui vient d'arriver? demanda Marie à voix haute. J'ai pourtant pas entendu de voiture entrer dans la cour.

On frappa à la porte et Bernadette alla ouvrir.

— Tiens! En parlant du loup, dit-elle pour plaisanter. Entre, Patrick, je suppose que tu viens voir ma sœur.

— Oui, mademoiselle.

Camille quitta rapidement la table et alla au-devant du garçon de Liam Connolly qui venait de célébrer ses douze ans.

— Qu'est-ce qui se passe, Patrick? lui demanda-t-elle, déjà inquiète, tant il n'était pas dans les habitudes des enfants de Liam de venir la relancer à la maison.

— C'est Ann qui m'a dit de venir vous chercher, mademoiselle Camille. Rose est malade.

— Qu'est-ce qu'elle a?

— Elle a été mordue hier après-midi par un chien. Ann dit que sa jambe est tout enflée.

Camille ne perdit pas un instant. Elle s'empara de son chapeau de paille suspendu au mur derrière la porte et entraîna l'adolescent avec elle.

— Je vais aller voir ce qui se passe, dit-elle aux siens avant de refermer la porte moustiquaire.

La jeune femme pressait tant le pas sur la route poussiéreuse que Patrick avait du mal à la suivre. Un peu essoufflée d'avoir fait aussi vite, elle monta les trois marches conduisant à la galerie et pénétra dans la maison des Connolly sans frapper.

— Où est la petite ? demanda-t-elle à Duncan qui venait de descendre l'escalier.

— Elle est dans sa chambre avec Ann, répondit le petit garçon de dix ans.

Sans plus attendre, Camille monta à l'étage et pénétra dans la première chambre, à sa droite. Elle y trouva Rose, le visage tout pâle et geignant pendant que sa sœur aînée appliquait sur l'une de ses jambes une compresse.

Camille s'empressa de poser une main sur le front brûlant de l'enfant de six ans. Elle lui adressa quelques paroles de réconfort.

— C'est pas grave, ma Rose, lui dit-elle en déposant un baiser sur l'une de ses joues, on va arranger ce gros bobo-là.

Elle regarda la jambe blessée de l'enfant et, tout de suite, son inquiétude grandit à la vue de la peau tendue et enflée. Elle attira Ann sur le palier pour lui parler.

— Qu'est-ce qui lui est arrivé exactement ? demanda-t-elle à l'adolescente apparemment très soulagée de la voir arriver.

— Un chien qu'on connaissait pas est entré dans la cour. Quand Rose a voulu le chasser, il l'a mordue à une jambe.

— Est-ce qu'il avait l'air enragé ?

— Je le sais pas, mademoiselle Camille, j'étais en train de faire le lavage quand c'est arrivé.

— Comment tu l'as soignée ?

— Je lui ai fait des compresses d'eau froide et je lui ai fait boire un peu d'eau de Pâques. Hier, c'était pas trop pire, mais aujourd'hui, sa jambe est tout enflée et elle arrête pas de pleurer depuis à matin.

— Qu'est-ce que ton père en dit?

— Il a dit que c'était pas grave, que c'était pour guérir.

Camille se retint de justesse de ne pas s'emporter devant tant de légèreté.

— Où est-ce qu'il est, ton père? demanda-t-elle.

— Il est parti chez monsieur Provost.

— À pied?

— Oui, madame Camille.

— Bon, tu vas débarbouiller ta sœur et lui mettre une robe propre. Moi, je vais aller atteler. On la laissera pas comme ça. Duncan, va me chercher ton père chez le deuxième voisin. Fais ça vite, ordonna-t-elle au fils de Liam.

— Mais mon père…

— Laisse faire, je vais lui parler, moi, à ton père.

Camille se dirigea vers l'écurie en compagnie de Patrick qui l'aida à atteler un grand cheval bai assez doux. Elle venait à peine d'immobiliser le boghei des Connolly près de la galerie qu'elle vit arriver le maître des lieux pas particulièrement de bonne humeur. Son fils le suivait à une bonne distance.

— Veux-tu ben me dire ce qui se passe ici dedans pour m'envoyer quérir comme s'il y avait le feu? demanda-t-il durement à la jeune femme.

Les traits du visage de Camille se durcirent lorsqu'elle s'entendit apostrophée de la sorte.

— Entrez en dedans, les garçons, commanda-t-elle aux deux fils de Liam, j'ai à parler à votre père.

Trop heureux d'échapper à la colère évidente de leur père, Patrick et Duncan s'esquivèrent.

— Toi, tu vas me parler sur un autre ton, Liam Connolly! dit-elle, les dents serrées en s'approchant de l'homme qui pâlit légèrement en la voyant si déterminée.

Camille avait la même taille que lui et n'avait rien d'une frêle jeune fille. Le fait qu'elle ait laissé de côté sa placidité habituelle surprit son soupirant au point qu'il fit un pas en arrière.

— J'ai dit à Duncan d'aller te chercher parce qu'il faut emmener ta fille tout de suite chez le docteur Samson. Elle est malade comme un chien et tu t'en occupes pas.

— C'est juste un chien qui l'a mordue, se défendit-il, tout à coup beaucoup moins agressif.

— C'est infecté, comprends-tu ? Il faut y aller.

— Je suis tout de même pas pour dépenser de l'argent chez le docteur juste pour ça.

— Écoute-moi bien, Liam Connolly, dit-elle d'une voix dure, si jamais il arrive quelque chose à Rose, je te le pardonnerai jamais. Au lieu de venir me voir, tu resteras chez vous.

— C'est correct, c'est correct, répéta le veuf pour l'apaiser. Je vais l'emmener à Saint-Zéphirin.

— Tu nous emmènes à Saint-Zéphirin, rectifia-t-elle au moment où Ann franchissait la porte en portant sa petite sœur dans ses bras.

Camille s'avança immédiatement vers l'adolescente, prit la petite Rose dans ses bras et monta sans effort dans le boghei, refusant sèchement l'aide du père. Ce dernier monta à ses côtés et s'empara des rênes.

— Patrick, sois fin, monte avec nous autres jusqu'à chez nous, dit Camille au fils aîné du veuf. Tu diras à ma mère que je suis partie voir le docteur Samson avec ta petite sœur et que je sais pas à quelle heure je vais revenir.

L'adolescent jeta un regard à son père pour savoir s'il était d'accord. Liam se contenta de hocher la tête. Patrick monta à l'arrière sans dire un mot. Liam arrêta la voiture à l'entrée de la cour des Beauchemin pour laisser descendre son fils et poursuivit son chemin vers Saint-Zéphirin. À plusieurs reprises, il regarda sa passagère en espérant que sa colère avait disparu, mais la jeune femme ne donnait pas cette impression.

Enfermée dans un silence rageur, Camille maintenait sur ses genoux la fillette de six ans qui geignait de temps à autre quand un cahot secouait un peu trop durement le véhicule.

— Moi, le docteur Samson, je l'aime pas pantoute. C'est lui qui a soigné ma femme. Il est bête en maudit.

— C'est pas important, répliqua Camille. C'est un docteur et il va savoir quoi faire.

Plus d'une heure plus tard, la voiture de Liam Connolly s'arrêta devant la maison à un étage du docteur située en face de l'église de Saint-Zéphirin.

— J'espère qu'on n'a pas fait tout ce chemin-là pour rien, dit Liam en descendant de voiture.

— S'il est pas là, on va l'attendre, lui déclara une Camille intraitable. La petite a besoin de lui.

Liam contourna sa voiture et tendit les bras pour prendre Rose que lui confiait la jeune femme.

Ils eurent de la chance. Le médecin était à la maison. Il venait de rentrer d'un accouchement. L'homme âgé d'une quarantaine d'années avait le geste vif et la parole tranchante.

— Mets ta fille sur la table d'examen, dit-il à Liam. Je savais pas que tu t'étais remarié, ajouta-t-il en posant sur son nez un lorgnon retenu par une cordelette noire.

— Je suis pas sa femme, docteur. Je suis juste une voisine qui s'occupe des enfants de temps en temps, s'empressa de le corriger Camille, sans sourire.

— Ah bon! se borna à dire le praticien. Est-ce que vous êtes mariée?

— Non, docteur, mais on n'est pas venus vous voir pour moi, mais pour la petite qui a été mordue hier par un chien et sa jambe a l'air infectée.

Le docteur Samson s'approcha de la table et examina avec soin la jambe de la fillette qu'il tâta doucement.

— Il y a de l'infection et il était temps que vous vous décidiez à me l'emmener. Ça aurait dû être fait bien avant, ajouta-t-il en adressant au couple un regard de reproche. Là, il va falloir que je lui fasse une incision pour faire sortir le pus. Je vais nettoyer la plaie et la recoudre. Après, je vais donner à la petite quelque chose pour faire baisser sa fièvre.

— Allez-vous l'endormir ? s'informa Camille.

— Ça va coûter un peu plus cher si je dois prendre de l'éther, prévint le médecin. Vous pourriez vous contenter de la tenir pendant que je la soigne.

Liam allait accepter quand Camille le devança.

— Endormez-la, son père va payer. On n'est pas pour la faire souffrir encore plus.

Liam réprima une grimace, mais ne la contredit pas. Le praticien leur demanda d'aller s'asseoir dans la pièce voisine pendant qu'il s'occupait de la fillette.

Ils durent attendre un peu plus d'une heure avant de voir la porte s'ouvrir. Le docteur Samson retira son lorgnon avant de dire :

— La petite va bien, elle commence à se réveiller. Vous allez attendre un peu avant de partir parce que ça se peut qu'elle ait un peu mal au cœur en se réveillant.

— Est-ce que je peux aller m'en occuper, docteur ? demanda Camille, soulagée et enfin souriante.

— Faites donc ça pendant que je parle à son père, accepta le médecin en la laissant passer avant de refermer la porte derrière elle.

Il y eut un court silence entre les deux hommes avant que Liam Connolly se décide à dire :

— Combien je vais vous devoir, docteur ?

— Cinquante cennes, mais il y a rien de pressant là-dedans. Tu me régleras ça plus tard.

— Merci, docteur, ça m'arrangerait.

— Si t'aimes mieux me régler en bois de chauffage cet automne, ça me dérangerait pas.

— C'est ben correct.

— Sais-tu que je te trouve pas mal chanceux d'avoir trouvé une femme comme celle qui est à côté, reprit le médecin en baissant légèrement la voix.

— Vous trouvez ?

— Une femme comme ça qui a l'air d'aimer les enfants que t'as déjà, t'en trouveras pas partout, ça, je peux te le garantir.

— C'est vrai, reconnut Liam.

— Moi, à ta place, je me dépêcherais de la conduire au pied de l'autel avant qu'un autre se mette dans la tête de la marier. Qu'est-ce qu'un homme peut demander de mieux ?

— C'est ce que j'essaye de faire, docteur, mais l'idée de me marier a pas l'air de la tenter pantoute.

— Continue, l'encouragea le docteur Samson. J'ai dans l'idée que tu le regretteras pas si t'arrives à la décider.

Peu après, Camille sortit du bureau du médecin en portant Rose encore somnolente. Le docteur Samson remit à Liam un onguent pour aider la cicatrisation de la jambe de sa fille. Camille, reconnaissante, le remercia avec effusion après avoir déposé l'enfant dans les bras de son père.

À leur sortie de la maison du praticien, le ciel s'était ennuagé. Camille monta dans le boghei et tendit les bras pour recevoir la fillette.

— Tu peux ben l'installer sur le banc d'en arrière, lui suggéra Liam en reprenant les rênes.

— Non, j'aime mieux la tenir. Elle s'est rendormie et je veux pas que sa jambe frappe contre quelque chose.

Le veuf fit faire demi-tour à sa voiture et prit le chemin du retour. Pendant un long moment, il garda le silence, jetant un coup d'œil de temps à autre à Camille qui serrait contre elle l'enfant endormie. La scène était si touchante qu'il se sentait tout ému.

— Comme tu viens de le voir, j'ai de la misère à prendre soin de mes enfants, laissa-t-il finalement tomber à mi-voix.

— Oui, j'ai vu ça, fit la jeune femme avec encore une nuance de reproche dans la voix.

— Ces enfants-là ont besoin d'une mère, d'une vraie mère, insista-t-il… et moi, d'une bonne femme.

Camille garda le silence.

— Camille, c'est d'une femme comme toi qu'on a tous besoin. Marie-moi et tu le regretteras pas, je te le promets.

La fille aînée de Baptiste Beauchemin ne prononça pas un mot durant plusieurs minutes, se bornant à regarder la route qui se déroulait lentement devant elle. Au moment où Liam allait se résigner à se voir rejeté une fois de plus, elle lui dit sur un ton uniforme :

— Laisse-moi parler d'abord aux enfants en rentrant. Après, je te donnerai ma réponse.

Liam posa une main sur son bras pour lui signifier qu'il avait compris et s'enferma dans le silence de crainte qu'elle ne change d'avis. Elle avait dit « parler aux enfants » et non « parler à tes enfants »… C'était peut-être un signe qu'elle se laisserait finalement attendrir.

❧

En passant devant la ferme familiale, Camille aperçut sa mère et Bernadette assises sur la galerie aux côtés de son père. Il était près de sept heures et ils devaient avoir fini de souper quelques minutes plus tôt. Rose s'était réveillée un peu auparavant, mais continuait à se lover contre elle. Fait rassurant, son front était moins bouillant, la fièvre avait baissé.

Liam Connolly immobilisa son cheval devant la galerie de sa maison et s'empressa de descendre pour prendre sa fille dans ses bras et ainsi permettre à sa passagère de descendre à son tour. La porte s'ouvrit et livra passage à Ann, Duncan et Patrick qui n'osèrent pas approcher davantage, comme s'ils craignaient un éclat de leur père.

— Tu peux aller dételer et t'occuper des animaux, lui conseilla Camille à mi-voix en lui reprenant Rose. J'enverrai un des garçons te chercher quand j'aurai fini de parler aux enfants.

Liam se contenta de hocher la tête et remonta dans la voiture.

— Je peux aller dételer, p'pa, proposa Patrick, plein de bonne volonté.

— Laisse faire, fit Liam. Va plutôt en dedans avec mademoiselle Camille.

La jeune femme porta Rose à l'intérieur et la déposa avec précaution sur l'une des chaises berçantes.

— Avez-vous soupé ? demanda-t-elle aux trois enfants.

— Oui, on vient de finir la vaisselle, répondit Ann en se penchant vers sa sœur pour mieux constater son état.

— Vous pouvez vous arrêter de vous inquiéter pour Rose, le docteur l'a soignée. Elle va juste avoir de la misère à marcher une couple de jours. Là, je pense qu'elle a pas mal faim, ajouta-t-elle. Pas vrai, ma Rose ?

— Oui.

— Qu'est-ce qu'il reste, Ann ?

— Un peu de fricassée.

— Fais-la réchauffer. Ton père aussi va avoir faim quand il va rentrer.

Camille attendit que l'adolescente ait mis à réchauffer les restes de fricassée et soit revenue vers elle pour se décider à parler aux enfants de Liam Connolly.

— Assoyez-vous une minute, leur demanda-t-elle, j'ai à vous parler sérieusement.

Les enfants se regardèrent, mais obéirent, apparemment intrigués par le ton un peu solennel de celle qui s'occupait d'eux depuis presque un an.

— Je veux que vous soyez bien francs avec moi, prit-elle la précaution de préciser. Ce que j'ai à vous dire est très important.

Les enfants attendaient et elle cherchait ses mots, embarrassée.

— Bon, écoutez. Votre père m'a demandé de le marier pour que je vienne prendre soin de vous.

Les trois aînés se regardèrent, pas réellement surpris. De toute évidence, Ann avait probablement mis ses deux jeunes frères au courant que leur père la fréquentait dans l'intention de l'épouser. Peut-être étaient-ils simplement étonnés par la rapidité de la chose.

— J'ai pas dit oui à votre père.

— Vous voulez plus vous occuper de nous autres? demanda Duncan.

— C'est pas ça, tenta de le rassurer Camille. J'ai seulement dit à votre père que je vous en parlerais d'abord avant d'accepter. J'aimerais que ce soit bien clair. J'ai pas l'intention de remplacer votre mère. Je suis sûre qu'elle vous aimait et que vous l'aimez toujours autant.

Les enfants hochèrent la tête.

— Non, j'ai dit à votre père que j'accepterais seulement si vous vouliez que je sois votre deuxième mère et votre amie. Si vous pensez que vous m'aimez pas assez pour ça, dites-le. Mais si vous le voulez, je vais venir rester ici dedans et prendre soin de vous autres.

Camille, le cœur battant, attendit la réaction des enfants, surtout celle de Patrick et d'Ann, les deux aînés.

— Moi, je veux que vous veniez rester chez nous, s'empressa de déclarer Rose.

— Moi aussi, fit Duncan.

— Et vous autres, les grands? demanda Camille, inquiète de la réserve dans laquelle ils semblaient vouloir se cantonner.

— C'est correct, se décida à laisser tomber Patrick.

— Ça va faire drôle de vous voir tout le temps dans la maison, intervint Ann, en pensant soudain à ce que serait son nouveau quotidien, mais moi aussi, je veux bien.

Camille embrassa chacun des enfants sur une joue et envoya Duncan chercher son père aux bâtiments.

— Pendant que je dis deux mots à ton père, Ann, tu pourrais peut-être servir à manger à Rose.

Avant de sortir sur la galerie, elle prit soin de vérifier le pansement de la petite fille et recommanda à l'adolescente de ne pas laisser sa sœur marcher sur sa jambe blessée.

Quand Liam apparut au pied des marches de la galerie, elle descendit le rejoindre.

— Éloigne-toi pas trop, Duncan, demanda-t-elle au garçon, j'aimerais ça que tu viennes me reconduire à la maison quand j'aurai fini de parler à ton père.

Duncan acquiesça de la tête et rentra dans la maison. Camille entraîna Liam à l'écart de manière à ce que ses enfants n'entendent pas ce qu'elle avait à lui dire.

— Puis? l'interrogea-t-il, impatient.

— J'ai parlé aux enfants et ils veulent bien m'avoir comme deuxième mère, déclara-t-elle.

— J'aurais ben voulu voir qu'ils refusent, protesta-t-il.

— Ils ont voix au chapitre, Liam. Tu me demandes de remplacer leur mère, le raisonna-t-elle.

— C'est vrai, reconnut-il, un peu contrit. Est-ce que ça veut dire que t'acceptes de me marier? ajouta-t-il, plein d'espoir.

Elle hésita encore avant de répondre.

— Si tu me promets d'être patient avec moi et les enfants.

— Je te le jure.

— Dans ce cas-là, tu pourrais peut-être venir faire la grande demande samedi soir.

— Dis-moi pas qu'il va falloir que j'attende encore deux jours?

— Crains rien, je changerai pas d'avis, dit-elle pour le rassurer.

— À qui je vais demander ta main? À ta mère?

— Je pense que le mieux sera de me demander à mon père et à ma mère. Mon père est paralysé, mais il comprend tout.

— C'est correct, j'espère juste qu'il y aura pas trop de monde dans la maison quand je vais faire ça.

Il la prit alors vivement par la taille et l'embrassa avec fougue. Après un court instant, elle le repoussa.

— Fais attention, les enfants peuvent nous voir. Bon, il faut que je rentre.

— Je vais aller te reconduire, lui proposa-t-il.

— Non, ce serait pas correct. Il commence à faire noir et si on nous voyait tout seuls sur le chemin, on jaserait. Dis à Duncan que je l'attends.

Liam s'éloigna d'elle à regret et héla son fils à qui il demanda de raccompagner maintenant celle qu'il considérait comme sa fiancée.

— Est-ce que je peux y aller, moi aussi ? demanda Patrick à son père.

— Vas-y, consentit Liam en saluant Camille de la main.

— Protégée par deux grands garçons, il pourra rien m'arriver, dit-elle en se mettant en marche.

❧

Camille retrouva tous les siens paisiblement assis sur la galerie, en train de prendre le frais.

— Je suppose que t'as pas mangé ? lui demanda sa mère en s'apprêtant à se lever.

— Non, mais restez assise. J'ai pas bien faim. Je vais manger un petit quelque chose et je vais venir m'asseoir avec vous autres.

Une fois dans la cuisine d'été, elle s'empressa d'allumer une lampe. Elle prit une miche de pain dans la huche, s'en tailla deux tranches qu'elle mangea avec un morceau de fromage pris dans le garde-manger.

— Puis, comment va la petite ? lui demanda sa mère quand elle revint s'asseoir sur la galerie.

— Le docteur l'a soignée, mais il était temps d'aller le voir. C'était infecté. Il a dû faire une incision pour en sortir le pus.

— Pauvre petite fille, la plaignit Marie.

Il y eut un court silence avant que la fille aînée de Baptiste Beauchemin se décide à annoncer :

— Liam Connolly m'a encore demandé de le marier.

— Qu'est-ce que tu lui as répondu ? s'enquit sa belle-sœur, toujours aussi impatiente de la voir quitter le toit familial.

— J'ai accepté, dit-elle sans rien ajouter.

— T'as accepté, répéta sa mère.

— Oui, m'man, j'ai parlé aux enfants. Ils veulent bien que je devienne leur deuxième mère.

— Je suppose que t'as bien réfléchi, poursuivit Marie. Quatre enfants, c'est toute une besogne que tu vas te mettre sur les épaules, ma fille.

— Les enfants, c'est ce qui me fatigue le moins, m'man, avoua la jeune femme, ne parvenant pas à cacher que devenir l'épouse de Liam Connolly ne l'emballait pas particulièrement.

— T'es pas dans le chemin, Camille, lui rappela sa mère. Il y a rien qui t'oblige à marier le voisin si le cœur te le dit pas.

— Je le sais bien, m'man.

— C'est long toute une vie à côté d'un homme. Tu dois être bien sûre de l'aimer assez.

— Voyons, madame Beauchemin ! intervint Eugénie à qui ce discours déplaisait souverainement. Camille est capable de le dresser, ce veuf-là, si elle le veut.

Étrangement, Bernadette ne disait pas un seul mot, se contentant d'écouter sa sœur et sa mère. Elle songeait à Constant Aubé et se demandait si elle accepterait de l'épouser s'il le lui demandait.

« Il est bien fin, mais il est pas beau, et en plus il boite. Je vois pas pourquoi je le marierais », se dit-elle.

— Il va venir vous demander ma main samedi soir, m'man, poursuivit Camille.

— Et tu veux que j'accepte ?

— Oui.

— Et quand est-ce que vous pensez vous marier ?

— Ce serait une bonne idée de faire ça à la fin d'octobre, après les labours, mais je lui en ai pas encore parlé. Ça me permettrait de remettre un peu d'ordre dans la maison et de voir à ce que les enfants soient prêts pour l'hiver avant le mariage.

— Parce que t'as l'intention de continuer à aller chez les Connolly ! s'étonna Marie. Ça se fait pas pantoute, une affaire comme ça, s'empressa de dire sa mère, sévère.

— Inquiétez-vous pas, m'man, la rassura sa fille. Les conditions changeront pas une miette. Comme jusqu'à aujourd'hui, Liam sera pas dans la maison quand j'y serai. Personne va avoir un mot à dire là-dessus.

Ce soir-là, Eugénie ne parvint pas à cacher à Donat sa bonne humeur après avoir refermé derrière eux la porte de leur chambre à coucher. Elle enfila sa robe de nuit en chantonnant à voix basse.

— Veux-tu ben me dire ce que t'as à soir ? s'étonna son mari en jetant un regard inquiet vers le petit lit où dormait Alexis.

— Tu comprends pas ? Nos affaires sont en train de s'arranger. Camille va se marier cet automne et Bedette a l'air de trouver Constant Aubé à son goût. La maison va se vider. Quand ça va être fait, ton père et ta mère auront pas le choix de se donner à nous autres.

— Whow ! Va pas trop vite, lui ordonna-t-il en se glissant sous les couvertures. Il y a encore rien de fait avec Camille et, à ce que je sache, Bedette change de cavalier comme je change de chemise.

Dans la chambre voisine, Camille était étendue dans le noir, les yeux ouverts. Elle était loin d'éprouver la même allégresse que sa belle-sœur. Depuis qu'elle avait accepté de devenir la femme de Liam Connolly, elle était tiraillée par le doute. Avait-elle bien fait? Elle avait d'abord pensé aux enfants, mais elle avait maintenant l'impression, en y réfléchissant, qu'ils l'acceptaient comme seconde mère surtout parce qu'ils ne voulaient pas susciter la colère de leur père. Si encore elle avait été assurée d'être vraiment aimée par eux… À part Rose, rien n'était moins certain. Puis, il n'y avait pas que les enfants. Aimait-elle Liam Connolly? Elle n'en était vraiment pas certaine non plus. Bien sûr, l'homme de trente-six ans était attirant, travailleur et bon catholique. Il ne buvait pas. Tout ce qu'elle pouvait lui reprocher était une certaine dureté qui provenait peut-être de toutes les épreuves qu'il avait dû traverser depuis la mort de sa femme.

Camille finit par trouver le sommeil au moment où la pluie se mit à frapper les vitres de sa fenêtre.

Deux jours plus tard, après le souper, Liam se rendit chez les Beauchemin, vêtu de ses plus beaux habits, comme tous les samedis soirs. En cette fin de la troisième semaine du mois d'août, le temps était devenu un peu plus frais grâce à la pluie des derniers jours.

Alors qu'il entrait à pied dans la cour de la ferme, il dut s'écarter pour laisser passer le boghei conduit par un Constant Aubé aussi endimanché que lui.

— Tabarnouche! s'exclama-t-il en s'arrêtant près du jeune homme en train de descendre de voiture, t'es rendu paresseux en démon.

— Pourquoi tu me dis ça? fit l'autre, surpris.

— Ben, parce que tu restes juste à quelques arpents et tu viens veiller en boghei.

— C'est pas par paresse, c'est parce que je viens de chez Thomas Hyland, expliqua Constant avec bonne humeur. Je lui ai rapporté sa farine.

— Est-ce que ça veut dire que t'as déjà commencé à moudre?

— En plein ça. C'est Hyland qui a étrenné mon moulin, répondit Constant, incapable de cacher sa fierté.

— Puis, as-tu aimé ça?

— Il y a pas de plus belle besogne, affirma le jeune meunier, enthousiaste.

— En tout cas, ça va faire changement avec Boisvert si tu livres la farine, plaisanta Liam.

— J'ai pas pantoute l'intention de livrer, s'empressa de le corriger Constant. J'ai fait ça pour Thomas Hyland parce qu'il m'avait invité à souper.

— J'ai compris. Pendant que j'y pense, si le temps le permet, j'ai l'intention de faucher mon blé la semaine prochaine. Penses-tu avoir le temps de me le moudre?

— Ça dépendra du moment que tu me l'apporteras. Je vais moudre les commandes au fur et à mesure que les cultivateurs vont m'apporter leur récolte.

— Et pour les poches vides?

— J'en ai commandé une bonne quantité. Si les cultivateurs m'apportent leurs poches vides, ce sera moins cher que si je suis obligé de les fournir.

— Est-ce qu'on va pouvoir te payer en nature?

— Beau dommage! Les meuniers l'ont toujours fait dans la région de Québec d'où je viens. Je vois pas pourquoi je ferais pas la même chose.

À l'instant où les deux hommes se remettaient en marche, Gustave Joyal les salua en passant près d'eux. Seul Constant Aubé lui rendit son salut.

— Où est-ce que tu vas? lui demanda Constant.

— Passer un bout de veillée au magasin général, répondit l'homme engagé.

— Tu y vas à pied ?

— C'est juste un mille à marcher.

— Marche pas pour rien. Prends mon boghei, ça va aller plus vite, lui offrit le meunier.

— Ben, je sais pas trop…

— Envoye ! Ça va faire faire juste un peu d'exercice à mon cheval.

— Merci ben, accepta l'employé des Beauchemin, qui semblait ne pas avoir remarqué que l'Irlandais lui battait froid.

— Dites donc, les hommes, leur cria Bernadette, apparue soudainement sur la galerie, un châle sur les épaules. Quand vous aurez fini de placoter comme des vieilles commères, vous pourrez peut-être vous décider à entrer.

— On arrive, mademoiselle, dit Constant avec bonne humeur.

Celui-ci s'était rendu compte que l'amoureux de Camille feignait d'ignorer l'employé des Beauchemin et il s'en demanda la raison.

— On dirait que ta cavalière a hâte de te voir, plaisanta Liam.

— Je voudrais ben que ce soit vrai, avoua Constant.

Tous les deux pénétrèrent dans la cuisine d'été, saluèrent les personnes présentes et s'informèrent de la santé de Baptiste, un peu recroquevillé dans son fauteuil roulant. Quelques minutes plus tôt, Camille avait demandé à sa sœur de recevoir Constant au salon au début de la soirée, de manière à ce que Liam puisse faire la grande demande leurs parents pendant qu'elle et lui veilleraient avec eux dans la cuisine. Donat et Eugénie étaient partis jouer aux cartes chez les Gariépy. Sans témoins, Liam serait moins intimidé.

Dès que Bernadette eut entraîné son visiteur dans le salon, Liam, impatient, s'approcha de Baptiste et de Marie. Camille se tenait à l'écart.

— Monsieur, madame Beauchemin, j'aimerais vous demander la main de votre fille Camille, leur dit-il, la voix légèrement enrouée.

Baptiste fixa le prétendant de son aînée de son œil valide et sa main battit lentement contre le bras de son fauteuil roulant. Rien n'indiquait s'il approuvait ou non l'union. Par la force des choses, ce fut Marie qui prit la parole.

— Je suppose que vous en avez parlé entre vous deux?

— Oui, madame Beauchemin.

— Camille est d'accord pour te marier?

— Oui, m'man, intervint sa fille en s'avançant aux côtés de celui qui venait de demander sa main.

— J'espère, mon garçon, que tu te rends compte que tu maries une femme pas mal plus jeune que toi et qui a pas ton expérience.

— Ben sûr, madame Beauchemin.

— Tu sais que tu lui en demandes pas mal en partant en lui demandant d'élever tes quatre enfants?

— C'est certain, répondit Liam, mal à l'aise.

— Je connais ma fille, poursuivit Marie. Je sais qu'elle a les reins solides et qu'elle est capable de te faire une bonne femme et une bonne mère pour tes enfants.

— Moi aussi, je le pense, confirma le veuf.

— Tout ce que je te demande, c'est de la ménager.

— Craignez rien, madame Beauchemin, je vais en prendre ben soin.

— Si c'est comme ça, mon mari et moi, on te la donne. Quand est-ce que vous voulez vous marier?

— Camille m'a dit hier qu'on pourrait faire ça la dernière semaine d'octobre, après les labours, suggéra Liam.

— Et vos fiançailles?

Liam regarda Camille qui lui rendit son regard. De toute évidence, les futurs époux n'en avaient pas parlé.

— Est-ce que c'est bien nécessaire, m'man?

— On fera pas les choses à moitié, trancha sa mère. On va faire un souper de fiançailles dans quinze jours, le premier dimanche de septembre.

Dans le salon voisin, Bernadette avait fait signe à son amoureux de garder le silence et s'était approchée en catimini de la porte pour entendre tout ce qui se disait dans la cuisine.

— Qu'est-ce qui se passe ? lui demanda Constant, étonné de son comportement.

— Chut ! Parle moins fort. Liam Connolly est en train de demander ma sœur en mariage. Approche, lui ordonna-t-elle.

Il ne bougea pas du dur canapé rembourré avec du crin.

— Grouille-toi ! Tu manques le meilleur, s'impatienta-t-elle.

— Voyons, Bernadette, je peux pas faire ça. C'est pas poli d'écornifler. J'aurais l'air fin encore si ta mère me prenait en train d'essayer de savoir ce qui se dit à côté.

Bernadette ne tint aucun compte de ce qu'il disait et continua à écouter tout en lui faisant signe de la main de se taire. Quelques minutes plus tard, elle revint précipitamment s'asseoir à ses côtés en adoptant un air très sage. À la vue de Marie Beauchemin reprenant place sur sa chaise berçante tout près de la porte du salon, le jeune homme comprit tout.

— T'as ben failli te faire prendre, chuchota-t-il avec un petit rire à Bernadette.

— C'est toi qui le dis.

— Tu me fais penser à quelque chose, reprit Constant. J'ai passé mon boghei à votre homme engagé tout à l'heure. Il m'a semblé que Liam Connolly avait pas l'air à trop l'aimer. Est-ce qu'ils se sont chicanés ?

— Non, mais ma sœur m'a dit que Liam est un peu jaloux de Gustave.

Chapitre 13

Le nouveau curé

En cette fin du mois d'août, on aurait dit que les cultivateurs de Saint-Bernard-Abbé s'étaient entendus pour tous faucher leur blé en même temps. Les épis blonds étaient arrivés à maturité et on tenait à profiter du beau temps pour les récolter. Pour la première fois, on pourrait faire moudre le blé au nouveau moulin de Constant Aubé et bénéficier d'un gain de temps appréciable durant les dernières belles journées de l'été.

— Le jeune connaît son affaire, avait déclaré Thomas Hyland. Je crois ben que sa farine est encore meilleure que celle du père Boisvert. Moi, en tout cas, j'ai fini d'aller courir au diable vert quand on a un bon meunier dans la place.

La nouvelle avait vite fait le tour de Saint-Bernard-Abbé. Évidemment, le nouveau moulin à godets du rang Saint-Jean était vite devenu très fréquenté et son propriétaire avait dû engager Martial Côté, le fils aîné d'Antonius, pour l'aider dans sa tâche.

Cependant, il n'y avait pas que le nouveau moulin qui défrayait la chronique en cette fin du mois d'août. La veuve Cloutier était le centre des ragots depuis quelque temps. Certains auraient dit que c'était un juste retour des choses puisque la veuve aux allures hommasses était habituellement la source de la plupart des racontars malveillants qui circulaient dans les trois rangs de la mission.

Le tout avait commencé la semaine précédente quand l'irascible fermière avait fait une véritable crise à son voisin, Évariste Bourgeois, parce qu'il laissait trop souvent ses clients empiéter sur son terrain avec leur voiture.

— Baptême, c'est tout de même pas ma faute s'il y en a un qui, de temps en temps, touche à ta terre avec sa carriole, s'était-il défendu, surpris par la colère de la grande femme campée devant lui. D'habitude, la cour entre le magasin et la forge est ben assez grande.

— C'est à toi d'y voir, avait-elle sèchement répliqué.

— On te la mangera pas, ta terre.

— Non, puis je laisserai personne me la manger, avait-elle rétorqué, l'air mauvais. Il y a déjà ben assez que j'endure les enfants qui viennent marcher dans mes plates-bandes quand l'école recommence.

Le jour même, la veuve s'était empressée de tendre une vieille chaîne rouillée entre son terrain et celui du forgeron.

Deux jours plus tard, au magasin général, elle s'en était pris à Samuel Ellis devant une demi-douzaine de clients en lui disant qu'elle était allée faire un tour dans le cimetière, la veille, et qu'elle s'était rendu compte que les bornes avaient été déplacées quand on avait cerné l'endroit avec une clôture de perches le mois précédent.

— Ça me surprendrait pas mal, avait laissé tomber le président des syndics. C'est Anatole Blanchette qui s'est arrangé avec ça et tu sais comme moi comment il est méticuleux.

— Il fait peut-être attention, mais il a besoin de lunettes, l'Anatole, avait-elle répliqué. Vous m'avez volé au moins trois pieds de terrain et je veux les ravoir.

— T'es pas pour faire toute une histoire pour trois pieds, Angèle, avait-il dit d'une voix raisonnable.

— Une folle! s'était-elle emportée. Si tu t'imagines que je vais me laisser plumer, tu te trompes. Avoir su, je t'aurais jamais vendu ce lot-là pour la chapelle. Si tu penses que tu vas m'organiser parce que je suis une femme, tu vas t'apercevoir que je sais me défendre.

— Écoute, Angèle, je vais aller voir ça avec Anatole après les récoltes. S'il y a eu une erreur, on va tasser la clôture.

— Pas après les récoltes, avait rétorqué l'irritable fermière. Je te donne jusqu'à la fin de la semaine, sinon je vais aller l'arracher, cette maudite clôture-là.

Sur ces mots, la veuve avait tourné les talons et était sortie du magasin général.

Xavier Beauchemin avait assisté à toute la scène avec Antonin, Hormidas Meilleur et trois autres cultivateurs de Saint-Bernard-Abbé.

— Crédié, elle te l'a pas envoyé dire, mon Samuel! s'écria le facteur dont le nez rouge disait qu'il avait trouvé le moyen de consommer passablement de bagosse depuis le début de la journée.

— Tout ça, c'est de votre faute, père Meilleur, intervint Dionne à la blague. Si vous l'aviez mariée l'année passée, comme vous vous vantiez de le faire, elle serait d'un caractère plus accommodant.

— Aïe! protesta le petit homme en repoussant sur sa tête son chapeau melon verdi. Marier une veuve, ça se fait pas à la légère, tu sauras. C'est un pensez-y ben.

— Est-ce que ça se pourrait que vous ayez peur de pas être capable de la dompter? demanda Joseph Gariépy, le jeune voisin des Beauchemin.

Plusieurs des personnes présentes eurent un sourire en songeant à la disproportion de taille entre Angèle et son supposé prétendant.

— C'est pas ça pantoute. Il y a une bonne différence d'âge entre nous deux. Ça compte, ça.

— Voyons, père Meilleur, Angèle, si je me souviens ben, a quarante-sept ans. Vous, vous avez...

— Laisse faire mon âge, l'interrompit le facteur.

— En tout cas, on dirait ben qu'il lui manque un homme et que ça lui monte au cerveau, avança Évariste Bourgeois, qui n'avait pas encore dit un mot. Elle est rendue malendurante sans bon sens. Si elle continue comme ça, elle va être pire que ma femme.

— Attention à ce que vous dites, le prévint la grosse Alexandrine Dionne, réfugiée, comme d'habitude, derrière son comptoir. Je pourrais bien lui rapporter ce que vous venez de colporter.

— Si vous faites ça, vous allez avoir ma mort sur la conscience, madame Dionne, plaisanta à demi le forgeron.

Il y eut un long silence dans le magasin pendant que la femme du propriétaire quittait les lieux en empruntant la porte communicante entre le commerce et les appartements privés du couple.

— Si notre facteur a peur de la marier, on pourrait peut-être lui fournir un homme, plaisanta Xavier en donnant une bourrade à Gariépy.

— Lui fournir un homme? demanda Bourgeois. Qu'est-ce que t'entends par là?

— Je sais pas, moi, on pourrait lui faire une sorte d'épouvantail.

— Et t'en ferais quoi de cet épouvantail-là, le jeune?

— Ben, on pourrait profiter d'un moment où elle travaille dans son champ pour aller l'étendre dans son lit, suggéra Xavier en riant. Je suppose que ça lui ferait une blasphème de belle surprise le soir, quand elle viendrait pour se coucher.

— Ça doit être faisable avec des poches remplies de paille, dit Ellis, comme s'il pensait à haute voix.

— Est-ce qu'on le fait? demanda Xavier, soudain excité par la bonne blague.

— Pourquoi pas, laissa tomber Samuel Ellis, j'ai des poches en masse et c'est pas la paille qui me manque. Ceux qui veulent venir me donner un coup de main sont les bienvenus.

Xavier, Antonin, Évariste Bourgeois et Joseph Gariépy l'accompagnèrent jusqu'à sa grange où durant près de deux heures ils s'ingénièrent à créer un épouvantail avec des poches de jute remplies de paille. Pendant qu'Antonin dessinait tant bien que mal les traits d'un visage sur la tête grossière du mannequin, Samuel Ellis s'était glissé dans son grenier pour aller y chercher de vieux vêtements. Les hommes présents habillèrent leur création et se déclarèrent satisfaits devant l'épouvantail de près de six pieds de hauteur qu'ils étaient parvenus à créer.

— À cette heure, il va falloir trouver le bon moment pour aller le mettre dans son lit, déclara Samuel Ellis en déposant l'homme de paille à l'arrière de sa carriole.

— On sait même pas qui va avoir le front d'aller le mettre là, dit Joseph Gariépy.

— À mon avis, ça devrait être celui qui a eu l'idée, suggéra le gros forgeron en tournant la tête vers Xavier.

— J'ai pas peur pantoute d'y aller, affirma d'un air frondeur le fils cadet de Baptiste Beauchemin.

— C'est correct, fit Ellis, soulagé, on te laisse faire l'ouvrage. Au fond, c'est mieux comme ça. Mais essaye de te souvenir, le jeune, que la mère Cloutier est presque aussi solide que toi. Si elle te prend dans sa maison, tu risques de passer un mauvais quart d'heure.

— Inquiétez-vous pas pour moi, fanfaronna Xavier. Mettez l'épouvantail au fond de mon boghei et cachez-le avec une toile pour que personne le voie. Je sais qu'elle fait son train après le souper. C'est à cette heure-là que je vais aller le porter dans sa chambre.

— Il manque quelque chose de ben important, dit soudain Évariste. As-tu des concombres dans ton jardin, Samuel?

— Oui.

— Va donc m'en chercher un gros.

Ellis sembla comprendre les intentions de son complice et alla chercher ce qu'il venait de lui demander. Le concombre fut attaché à la taille du bonhomme de paille avec une ficelle avant d'être déposé dans le boghei de Xavier.

Avant de quitter la ferme de Samuel Ellis, les hommes présents jurèrent de ne jamais révéler le nom des participants au mauvais coup qu'ils préparaient.

— Les Dionne diront pas un mot, déclara Xavier, mais j'ai des doutes sur le père Meilleur. Quand il a un coup dans le nez, il a tendance à l'ouvrir.

— Je vais m'en occuper, dit le forgeron pour le rassurer.

Ce soir-là, Xavier et Antonin mangèrent tôt avant de venir stationner le boghei au fond de la cour, près de la forge d'Évariste Bourgeois. Celui-ci les attendait à la porte.

— Ça tombe ben en baptême, ma femme vient de partir chez les Bélanger, apprit-il à Xavier. Angèle Cloutier est encore dans sa cuisine en train de manger. Elle est à la veille d'aller aux bâtiments s'occuper de ses animaux.

Ils n'eurent pas à attendre très longtemps. À peine le forgeron avait-il fini sa phrase qu'ils virent la veuve sortir de sa maison par la porte arrière et se diriger vers son étable.

— Vous autres, vous guettez, dit Xavier. Criez si vous la voyez revenir avant que j'aie eu le temps de sortir de là.

Le forgeron et Antonin acceptèrent de surveiller de loin la fermière et se postèrent derrière une fenêtre de la forge.

Dès qu'Angèle Cloutier eut disparu dans son étable, Xavier ne perdit pas un instant. Il tira l'épouvantail de sous la toile goudronnée déposée au fond de son boghei. Après avoir jeté un coup d'œil autour de lui pour s'assurer que personne ne le voyait, il parcourut, penché en deux et chargé de l'encombrant mannequin, la courte distance séparant la forge de la maison voisine. Sans marquer la moindre hésitation, il ouvrit la porte moustiquaire et disparut à l'intérieur de la maison de la veuve.

Le jeune homme demeura dans la maison moins de cinq minutes, mais le temps sembla beaucoup plus long aux deux guetteurs. Il quitta les lieux aussi rapidement qu'il y était entré. À peine essoufflé, il vint rejoindre ses deux complices, un large sourire aux lèvres.

— Elle va avoir une blasphème de surprise à soir, dit-il en riant, après avoir pris le gobelet de bagosse que lui tendait le forgeron. J'ai dans l'idée qu'elle va s'en souvenir et qu'on va l'entendre crier de loin.

— D'habitude, elle se couche pas tard, fit Évariste. J'ai ben l'intention de veiller un peu pour voir ce qui va se passer.

— Nous autres aussi, on va attendre, déclara Xavier qui ne voulait pas rater la réaction de la veuve en découvrant le mannequin dans son lit.

— T'aurais peut-être intérêt à aller cacher ton boghei ailleurs, lui suggéra le forgeron. Si elle voit une voiture dans la cour, elle va se douter de quelque chose.

— C'est correct, accepta Xavier. Je vais aller le mettre chez mon beau-frère Rémi et je vais revenir à pied. Attends-moi ici, Antonin, ajouta-t-il à l'intention de l'adolescent.

Évidemment, il lui fallut expliquer à Rémi Lafond pourquoi il laissait sa voiture chez lui. Son beau-frère, mis en joie par la plaisanterie, insista pour l'accompagner à la forge. Il désirait, lui aussi, assister à son dénouement.

Le soleil se couchait rapidement et l'obscurité envahissait peu à peu la campagne environnante. Les deux beaux-frères traversèrent le pont et se glissèrent sans bruit par la porte de la forge demeurée entrouverte.

— Faites pas de bruit, chuchota Samuel Ellis, qui venait d'arriver. Les fenêtres chez Bourgeois sont ouvertes.

— Qu'est-ce que vous faites là, monsieur Ellis? lui demanda Xavier, surpris de voir l'Irlandais dans la forge.

— Tu t'imaginais tout de même pas que j'étais pour manquer ça? répliqua le cultivateur à la tignasse rousse.

— Où est passé notre forgeron?

— Sa femme est déjà revenue, murmura Antonin dans le noir. Il a dû rentrer à la maison pour qu'elle se doute de rien.

— Et la mère Cloutier?

— Elle aussi, elle est rentrée il y a une dizaine de minutes. Elle vient juste d'allumer sa lampe.

Les quatre hommes attendirent longtemps dans le noir que la veuve se décide à aller se mettre au lit.

— Voulez-vous ben me dire ce qu'elle a à niaiser comme ça? s'impatienta Xavier. Blasphème! il est passé neuf heures et demie. On n'est tout de même pas pour passer la nuit à attendre comme ça.

Les farceurs durent tout de même attendre une demi-heure supplémentaire avant de voir le halo d'une lampe à huile se déplacer dans la maison de la veuve vers ce qui devait être sa chambre à coucher.

— Ça y est, murmura Xavier, tout excité, elle vient de partir se coucher. Dans une minute, vous allez l'entendre crier comme une folle.

Le secondes s'égrenèrent lentement et il ne se passa rien.

— *Shitt!* Qu'est-ce qu'elle attend pour se coucher? demanda Ellis, de plus en plus impatient et la tête à demi sortie de la forge pour mieux entendre le cri de peur qu'allait pousser sa victime.

— Ça se peut pas qu'elle l'ait pas vu, fit Xavier. Je l'ai mis au milieu de son lit.

— T'es sûr de l'avoir mis là? lui demanda Rémi avec un petit rire.

— Certain et...

Le jeune homme allait ajouter quelque chose quand une porte claqua dans la nuit et un objet atterrit dans le terrain non loin de la forge.

— Qu'est-ce que c'est? demanda Antonin qui avait sursauté.

— Comment tu veux qu'on le sache? répondit Xavier. Il fait noir comme chez le diable.

— C'était ben la veuve qui vient d'ouvrir sa porte, non ? interrogea Ellis à son tour.

— Je suis pas sûr, mais on le dirait ben, fit Rémi Lafond.

— Attendez, je vais aller voir ce qui est tombé pas loin, reprit Antonin en se glissant par la porte restée entrouverte.

Il revint près de cinq minutes plus tard en tenant ce qui avait servi de tête à l'épouvantail.

— Ah ben, elle est bonne, celle-là ! s'exclama Rémi à mi-voix en se tapant sur les cuisses. On dirait ben que vous vous êtes donné ben du mal pour rien.

— J'en reviens pas, fit Ellis, consterné.

— Même pas le plus petit cri, ajouta Xavier, aussi sidéré que son complice.

— Tout ce trouble-là pour rien, compléta Antonin. Elle s'est contentée d'ouvrir la porte et de lancer la tête de l'épouvantail sur le terrain.

— Là, on a l'air fins en maudit, reprit Xavier. On est poignés pour aller coucher dans ton étable, Rémi, parce que si elle nous entend passer sur le chemin à une heure pareille, elle va tout de suite se douter de quelque chose.

— Il y a de la place, dit son beau-frère en riant. Et vous, monsieur Ellis ? Venez-vous coucher dans ma grange ?

— Je le ferais ben, mais ma femme m'attend. Je suis supposé être chez Hyland.

— Faites ben attention en montant la côte, le prévint Xavier. La veuve est ben capable d'être installée à la fenêtre de sa chambre et de vous tirer un coup de fusil si elle vous voit.

— À votre place, je traînerais encore au moins une heure ici dedans pour lui laisser le temps de s'endormir, lui suggéra Rémi.

Le lendemain, les restes de l'épouvantail avaient disparu du terrain d'Angèle Cloutier quand Xavier et Antonin passèrent devant sa maison pour retourner à la ferme, au bout du rang Sainte-Ursule. Durant la journée, Ellis, dépité, trouva le moyen d'apprendre au forgeron que leur plaisanterie avait fait long feu. Ce dernier lui avoua avoir passé de longues heures, étendu près de sa femme, à attendre le cri de sa voisine.

— C'était tout de même plus confortable qu'assis à terre dans ta forge, lui dit un Samuel Ellis frustré.

Durant quelques jours, les complices attendirent vainement que la veuve parle de sa mésaventure. Rien. Elle n'en dit pas un mot. Toutefois, des hommes comme Ellis et Bourgeois, qui la connaissaient depuis longtemps, se doutaient bien qu'elle chercherait à identifier les auteurs de la farce dont elle avait été victime. Si elle les découvrait, elle leur ferait payer cher leur petite plaisanterie.

❦

En fait, Samuel Ellis n'eut guère le temps de s'inquiéter des humeurs de la veuve Cloutier parce que le lendemain après-midi, au moment où il s'apprêtait à retourner faucher son blé, il vit arriver chez lui le vieil Agénor Moreau, à pied et tout essoufflé.

— Calvinus ! Est-ce que c'est le diable qui vous fait courir comme ça, le père ? demanda-t-il au bedeau en déposant la faux qu'il venait d'affûter.

— Laisse faire tes farces plates et grouille-toi de venir à la sacristie, dit le bedeau. Le nouveau curé vient d'arriver et il attend devant la chapelle. J'aime autant te dire qu'il a pas l'air d'être à prendre avec des pincettes.

— Notre nouveau curé ?

— Ben oui, il attend pour pouvoir entrer dans la sacristie et la porte est barrée. C'est toi qui as la clé. Une chance que j'ai vu une voiture proche de la chapelle et que j'ai traversé le chemin pour aller voir ce qui se passait, parce qu'il serait encore là à prendre racine.

— Est-ce que ça fait longtemps qu'il est là ?

— Il m'a dit que ça fait au moins une heure et il est pas de bonne humeur, tu peux me croire.

— C'est ben de valeur, mais il va attendre que j'attelle. J'ai pas le goût pantoute de marcher jusqu'à la chapelle.

— Fais ça vite, je vais monter avec toi. Marcher en plein soleil à mon âge…

Sans se presser plus que nécessaire, le président du conseil alla atteler son cheval et prévint sa femme au passage que le nouveau curé était arrivé. Après avoir fait monter le bedeau à ses côtés, il prit la route et parcourut le demi-mille qui séparait sa ferme de la chapelle.

Avant même de descendre de voiture, il aperçut le prêtre faisant les cent pas sur l'étroit parvis de la chapelle, la tête couverte de sa barrette et les deux mains dans le dos. Il arrêta soudain de marcher à la vue de la voiture s'immobilisant devant la chapelle. Il retira sa barrette et s'essuya le front avec un large mouchoir tiré de l'une de ses poches.

L'ecclésiastique devait avoir une quarantaine d'années bien sonnées. Il compensait son front largement dégarni par d'épais favoris poivre et sel. De taille moyenne, il était doté d'un ventre confortable comprimé par le large ceinturon de sa soutane.

Le prêtre attendit qu'Ellis et son bedeau aient pris pied sur le parvis pour les apostropher.

— Vous en avez mis du temps à venir! dit-il sèchement aux deux hommes.

— Bonjour, monsieur le curé, le salua Ellis en s'efforçant d'afficher un large sourire. Je suis Samuel Ellis, le président du conseil des syndics de Saint-Bernard-Abbé.

— C'est correct, c'est correct, répéta le prêtre sur un ton neutre en fixant Ellis de ses yeux noirs dissimulés en partie par ses épais sourcils et ses petites lunettes rondes.

— On vous attendait pas pantoute aujourd'hui, monsieur le curé, s'excusa le président des syndics, mal à l'aise d'être aussi mal reçu par le nouveau venu.

— Vous avez pas reçu de lettre de l'évêché vous prévenant que j'arrivais aujourd'hui ? s'étonna son vis-à-vis.

— Pantoute.

— Bon, je suis là et c'est le plus important, déclara l'ecclésiastique sur un ton tranchant. Je suis Josaphat Désilets, votre nouveau curé.

— Bienvenue à Saint-Bernard, monsieur le curé.

— Voulez-vous m'expliquer pourquoi les portes de la chapelle et de la sacristie sont barrées ?

— Ben, parce qu'on n'a pas eu de prêtre depuis la mort du curé Ouellet, expliqua Ellis. On pouvait pas laisser la chapelle et la sacristie ouvertes à tout venant.

— Êtes-vous en train de me dire que les curés de Sainte-Monique et de Saint-Zéphirin vous ont pas envoyé un vicaire dire la messe au moins le dimanche ?

— En plein ça, monsieur le curé, on a été obligés d'aller dans les vieilles paroisses tous les dimanches.

— Bon, on en reparlera, fit Josaphat Désilets. Là, j'aimerais bien avoir un coup de main pour vider mon boghei.

— On va vous aider. Il y a juste à faire avancer votre voiture jusqu'à la porte de la sacristie.

Le curé descendit du parvis et suivit les deux hommes. Ellis avait saisi le cheval du prêtre par le mors et il le conduisit près de la porte de la sacristie. Il tendit la clé au bedeau pour qu'il ouvre la porte pendant qu'il s'emparait de l'une des quatre lourdes malles qui constituaient les bagages du nouvel arrivé.

Agénor Moreau poussa la porte et, alors que le prêtre s'apprêtait à le suivre, un mulot lui passa sur les pieds pour fuir à l'extérieur.

— Ah ben, c'est le restant des écus ! s'exclama le curé en sursautant. Il manquait plus que ça ! Il y a de la vermine dans la sacristie.

Ellis ne dit pas un mot et alla déposer la malle au centre de la pièce. Le prêtre n'esquissa pas le moindre geste pour aider à entrer ses effets personnels. Pendant que le président des syndics s'échinait à transporter les trois autres grosses malles, le prêtre examinait d'un air dédaigneux la grande pièce où il allait être appelé à vivre. Il traversa la sacristie, ouvrit la porte et examina longuement la chapelle.

— Il y a plus rien dans le boghei, annonça Ellis en s'essuyant le visage. Vous auriez pu me donner un coup de main, père Moreau, ajouta-t-il en s'adressant au vieux bedeau qui n'avait pas quitté le nouveau curé d'une semelle.

— J'ai passé l'âge de forcer, mon jeune, se contenta de répondre le vieil homme.

— Bon, à cette heure, où est ma ménagère? demanda Josaphat Désilets. Il y a du ménage à faire ici dedans et mes bagages à défaire. En plus, j'ai pas encore dîné. Il est presque trois heures.

— C'est ma femme Bridget qui servait de ménagère au curé Ouellet, lui annonça Ellis.

— Où est-ce qu'elle est?

— Elle est à la maison, monsieur le curé.

— Vous allez lui dire que j'ai besoin d'elle et de venir le plus vite possible.

Le ton utilisé par le curé Désilets commençait à agacer sérieusement le cultivateur et il se permit une petite mise au point qui s'imposait, selon lui.

— Là, je sais pas trop si elle va être prête à venir tout de suite. Il faut comprendre, monsieur le curé, qu'elle a sa tâche à la maison. Du temps du curé Ouellet, elle s'était entendue avec lui pour venir lui préparer son dîner et son souper au commencement de l'avant-midi. Il se débrouillait avec son déjeuner. Le vendredi, elle restait un peu plus longtemps que d'habitude pour faire le ménage de la sacristie et le lavage de son linge.

— Avec moi, ça marchera pas comme ça, déclara abruptement Josaphat Désilets.

— Dans ce cas-là, monsieur le curé, j'ai ben peur que vous soyez obligé de vous trouver une autre ménagère.

— Je verrai ça plus tard. Où est-ce que je peux mettre mon cheval et ma voiture à l'abri ? Je me suis aperçu que j'ai pas plus d'écurie que j'ai de presbytère, ajouta-t-il d'une voix acide.

— Le curé Ouellet laissait son cheval et sa voiture chez mon fils, en face, répondit le bedeau. Quand il en avait besoin, il avait juste à traverser.

— Ouais. Bon, essayez de m'envoyer ma ménagère le plus vite possible, monsieur Ellis. J'aimerais aussi que vous préveniez les autres syndics de la mission que j'aimerais tous vous rencontrer demain soir, après le souper.

— Je vais leur faire la commission, lui promit le cultivateur rouquin qui n'avait qu'une hâte : s'en aller. Mais ça se pourrait qu'il en manque quelques-uns.

— Pourquoi ça ?

— Parce qu'on est en train de récolter notre blé et notre avoine. On travaille jusqu'au coucher du soleil pour profiter du beau temps.

— Dites-leur que c'est important.

Ellis ouvrit la porte et Agénor Moreau allait le suivre à l'extérieur quand le nouveau curé de Saint-Bernard-Abbé le retint.

— Pendant que j'y pense, monsieur Moreau, venez donc sonner les cloches à sept heures moins quart, je vais célébrer les vêpres ce soir.

— Quelles cloches ? s'étonna le bedeau.

— Voyons, celles du clocher !

— Mais il y a pas de cloches dans le clocher, monsieur le curé, intervint Ellis.

— Comment ça ?

— Parce qu'on n'a pas encore les moyens de s'en payer. On vient juste de construire la chapelle. Il faut du temps pour ramasser autant d'argent.

— J'aurai tout vu! s'écria le prêtre. Et comment on fait chez vous pour l'angélus et pour prévenir que c'est l'heure de venir à la messe?

— Je suppose qu'on s'est habitués à regarder l'heure sur nos montres, laissa tomber le président du syndic, un rien sarcastique.

Moins d'une heure plus tard, Bridget Ellis vint frapper à la porte de la sacristie, tenant à la main un panier rempli de denrées tirées de son garde-manger.

L'accorte fermière dut faire bonne impression sur Josaphat Désilets parce qu'il ne lui fit aucune remarque désagréable pendant qu'elle lui préparait une collation en lui cuisinant un souper léger. Ensuite, elle consacra tout son temps à ranger les effets personnels du nouveau curé dans les tiroirs des deux armoires placées dans son alcôve et dans le gros coffre laissé par le curé Ouellet. Le prêtre, lui, se contenta de s'abîmer dans la lecture de son bréviaire, assis sur l'unique chaise berçante de la pièce.

La nouvelle de l'arrivée du curé Désilets se répandit comme une traînée de poudre dans Saint-Bernard-Abbé. Le lendemain, plus d'un paroissien s'arrêta à la sacristie pour saluer son nouveau pasteur et lui souhaiter la bienvenue. En règle générale, on le trouva cassant et assez peu aimable.

— On peut pas dire qu'on est ben gâtés, affirma Cléomène Paquette aux Beauchemin, de retour d'une visite de politesse à la sacristie en compagnie de sa femme. J'ai jamais vu un curé aussi bête.

— C'est vrai, confirma sa femme, Aurélie. Pas un sourire, un vrai air de beu.

— Il est peut-être juste gêné, avança Marie, toujours prête à défendre un prêtre.

— S'il est gêné, il le cache ben en maudit, rétorqua le voisin. Il me fait presque regretter le curé Lanctôt.

Après le départ des Paquette, Bernadette ne put s'empêcher de dire:

— S'il est pire que le curé Lanctôt, ce sera pas drôle pantoute d'écouter ses sermons et surtout d'aller à la confesse.

— Tu sais ben qu'on peut pas se fier aux Paquette, répliqua sa mère. Ils sont tellement sans-dessein que monsieur le curé a dû s'en apercevoir et il a pas été capable de leur faire une belle façon.

— En tout cas, madame Beauchemin, Anne-Marie Gariépy est passée le voir hier matin, et elle aussi, elle l'a pas trouvé bien aimable, intervint la femme de Donat.

Ce soir-là, tous les syndics de Saint-Bernard-Abbé firent leur toilette après le souper et prirent le chemin du rang Sainte-Ursule en maugréant. Après une dure journée de travail passée sous un soleil de plomb, ils auraient préféré se reposer.

À la surprise de Samuel Ellis, ils se retrouvèrent tous sur le coup de sept heures dans le stationnement de la chapelle. Anatole Blanchette fut le dernier à rejoindre Antonius Côté, Donat Beauchemin, Samuel Ellis et Thomas Hyland. Les cinq hommes allèrent frapper à la porte de la sacristie. Le curé Désilets avait dû les voir arriver, parce qu'il leur ouvrit presque immédiatement. Chacun se présenta et salua l'hôte qui leur indiqua les deux bancs placés de part et d'autre de la table.

Comme le soleil était déjà sur son déclin, le prêtre avait allumé une lampe qu'il avait déposée au centre de la table. Après une courte prière, il invita les syndics à s'asseoir.

— J'ai été curé de Saint-Célestin pendant huit ans, dit-il comme entrée en matière. Monseigneur m'a demandé d'être missionnaire-résident à Saint-Bernard-Abbé, j'ai obéi. C'est certain que pour moi, ça fait toute une différence avec une vraie paroisse. Pas de presbytère, pas de bâtiments de service, pas de cloches et pas de vicaire…

Les syndics se regardèrent, ne sachant pas trop quoi penser de cette introduction qui leur laissait croire que l'homme ne venait chez eux qu'à contrecœur.

— Ceci dit, j'ai demandé à votre président de vous réunir ce soir parce que le secrétaire de monseigneur m'a fait parvenir une lettre m'informant que vous avez demandé de devenir une paroisse au début de l'été.

— On ne savait pas justement si monsieur le curé Ouellet avait eu le temps de poster notre pétition, intervint Samuel Ellis.

— On dirait qu'il l'a fait, dit froidement Josaphat Désilets. Là, je dois vous informer que l'évêché a décidé de donner suite à votre requête.

— Ah! fit Antonius, ravi.

— Il y a rien de fait, poursuivit le curé. Monseigneur va envoyer enquêter l'abbé Éloi Desmeules le mois prochain.

— Je suppose qu'il va faire comme le prêtre qui est venu poser des questions au printemps 1870 quand on a demandé la permission de construire la chapelle, fit Anatole Blanchette.

— Non, je connais l'abbé Desmeules, c'est un enquêteur sérieux et l'érection canonique d'une paroisse est quelque chose de pas mal plus important, le contredit avec hauteur le prêtre. Il se contentera pas de poser des questions. Il va tout vérifier. Les bornes de la mission, comme la chapelle. Il va surtout vouloir rencontrer tous les francs-tenanciers pour s'assurer qu'ils ont vraiment les ressources pour faire vivre correctement leur prêtre.

Les hommes se regardèrent, un peu inquiets.

— Il va aussi demander à tous s'ils préfèrent retourner dans leur paroisse d'origine ou faire partie de Saint-Bernard-Abbé. Inutile de vous dire que s'il y en a trop qui veulent partir, la mission va disparaître.

— Et notre chapelle? demanda Donat.

— S'il y a pas de prêtre pour desservir, votre chapelle sera inutile, affirma le nouveau curé sans mettre de gants blancs.

— Est-ce qu'on va savoir au moins quand il va passer, ce prêtre-là ? demanda Samuel Ellis, le visage fermé.

— L'évêché devrait m'envoyer une lettre pour me prévenir de la date. Je vous le dirai.

Durant un bref instant, aucun des six hommes réunis dans la sacristie ne parla. Puis le curé Désilets reprit la parole.

— J'aurais bien aimé avoir une ménagère toute la journée, mais il paraît que c'est pas possible, selon monsieur Ellis.

— Qu'est-ce que vous entendez par toute la journée, monsieur le curé ? lui demanda Thomas Hyland.

— J'entends une dame arrivant vers six heures le matin et qui ne partirait qu'après avoir lavé la vaisselle du souper.

— On n'est pas ben riches, monsieur le curé, intervint Antonius Côté. La femme de Samuel faisait la ménagère du curé Ouellet en échange de la dîme que les Ellis avaient pas à payer.

— Si vous trouvez une autre femme à Saint-Bernard qui accepte d'être votre ménagère au même prix, ça nous dérangera pas, conclut le président des syndics d'une voix neutre.

— Je vais essayer d'en trouver une, s'entêta le prêtre. Ce serait plus pratique pour moi. Pour le bedeau, il a pas l'air trop vaillant, mais je vais le mettre vite à ma main.

— Si vous le voulez, monsieur le curé, dit Donat, agacé. Essayez de vous souvenir que monsieur Moreau travaille pour presque rien et que vous allez avoir besoin de l'écurie de son garçon.

— Bon, je suppose que ça me servirait à rien de parler de l'achat d'une cloche, poursuivit Josaphat Désilets en dévisageant chacun des syndics assis autour de la table.

— On n'a pas une cenne pour ça cette année, trancha Samuel Ellis en passant une main dans son épaisse chevelure rousse.

— Surtout que ce serait pas ben raisonnable de faire cette dépense-là sans savoir si la chapelle servira plus à rien dans une couple de mois.

— Pourquoi dites-vous ça? demanda le curé.

— Si monseigneur ferme la mission...

— Évidemment.

Durant les minutes suivantes, on parla surtout des différents moyens à utiliser lors de la visite de l'enquêteur pour le persuader que Saint-Bernard-Abbé méritait de devenir une véritable paroisse.

Un peu après neuf heures, on leva la séance, mais non sans que Samuel Ellis dise finement au prêtre :

— Vous gênez pas, monsieur le curé, de me faire savoir les sujets que vous aimeriez voir discutés au conseil. Nos réunions se tiennent le dernier mardi de chaque mois. Du temps du curé Ouellet, on les faisait ici dedans, mais si ça vous dérange, on peut les faire à l'école. On a justement avec nous autres le président de la commission scolaire.

Josaphat Désilets eut un rictus. Il était assez intelligent pour avoir compris le rappel à l'ordre du président des syndics. De toute évidence, Samuel Ellis n'était pas prêt à se laisser mener par le bout du nez et il n'en ferait pas ce qu'il voudrait.

— Qui est-ce? demanda-t-il.

— Donat Beauchemin.

Le jeune homme hocha la tête.

— Je vous trouve pas mal jeune pour faire ce travail-là, laissa tomber l'ecclésiastique en fixant le fils de Baptiste Beauchemin. Il y a combien d'écoles de rang dans la mission ?

— Juste une, monsieur le curé, répondit sèchement Donat. En bas de la côte, en face du magasin général.

— Avant d'engager la maîtresse d'école, j'aimerais que vous me l'envoyiez pour que je voie si elle convient.

— Il est trop tard pour ça, elle est déjà engagée. Elle devrait faire l'affaire, ça fait déjà deux ans qu'elle fait la besogne et personne a jamais rien eu à lui reprocher, crut nécessaire d'ajouter le président de la commission scolaire.

— Et c'est sa sœur, précisa Anatole Blanchette.

— J'aimerais tout de même la rencontrer, s'entêta le prêtre en se levant pour signifier la fin de la réunion.

— Je le lui dirai, se borna à répondre Donat.

Les cinq syndics prirent congé de leur curé et sortirent de la sacristie.

— Calvaire! jura Antonius en marchant vers sa voiture en compagnie des autres. Avec lui, on n'est pas sortis de l'auberge.

— Il m'a l'air de vouloir fourrer son grand nez partout, répliqua un Anatole Blanchette d'aussi mauvaise humeur.

— Moi, s'il me fatigue trop, je lâche, annonça Donat. J'ai ben autre chose à faire que d'endurer ses caprices.

— Énervez-vous pas, intervint Hyland, toujours aussi pondéré. Là, il nous connaît pas et il est habitué à une vraie paroisse, pas à une mission. Il va comprendre et il va se calmer.

— J'espère que tu te trompes pas, laissa tomber Samuel Ellis d'une voix sans timbre.

À son retour à la maison, Donat ne put échapper aux questions de sa mère qui l'avait attendu en compagnie de Bernadette et d'Eugénie.

— Puis, comment il est? demanda-t-elle, curieuse, à son fils.

— Je pense que Cléomène Paquette s'est pas trompé, fit-il. Il est pire que le curé Lanctôt.

Quand Donat apprit à sa jeune sœur que le curé Désilets voulait la rencontrer, cette dernière ne fut guère enchantée de l'invitation.

— Mais j'ai rien à lui dire, moi, fit-elle, agacée.

— T'as pas le choix, tu dois aller le voir, intervint sa mère.

— Ben là, il va attendre que j'aie le temps, se rebella la jeune institutrice.

— En tout cas, je t'ai fait la commission, lui dit son frère. À ta place, j'irais le voir avant de commencer l'école.

❧

Deux jours plus tard, les habitants de Saint-Bernard-Abbé se retrouvèrent dans le stationnement de la chapelle un peu avant neuf heures trente pour assister à la première grand-messe célébrée par leur nouveau curé.

En ce dernier dimanche du mois d'août, le temps était frais et la brise poussait dans le ciel les derniers nuages qui l'avaient envahi la nuit précédente.

— Ses sermons sont aussi longs que ceux du curé Ouellet, chuchota Alexandrine Dionne à Angèle Cloutier et Émérentienne Bélanger au moment où les trois femmes allaient pénétrer dans la chapelle.

— Comment tu sais ça, toi ? lui demanda la veuve.

— Je suis venue à la basse-messe pour pouvoir communier.

Venir communier à la basse-messe pour ne pas avoir à jeûner toute la matinée était une pratique commune. Beaucoup de personnes pieuses apportaient un casse-croûte ou retournaient à la maison pour se sustenter entre les deux messes. Elles revenaient ensuite assister à la grand-messe, l'estomac bien lesté.

Évidemment, la chapelle se remplit rapidement de fidèles, heureux de ne plus avoir à faire le trajet jusqu'à Sainte-Monique ou Saint-Zéphirin. Comme au temps du curé Ouellet, un nombre impressionnant d'entre eux s'entassèrent tant bien que mal debout à l'arrière du temple. On chuchotait et on cherchait à protéger son espace vital, parfois en échangeant des coups sournois pour forcer le voisin à s'écarter un peu.

Josaphat Désilets fit son entrée dans le chœur, vêtu de ses ornements sacerdotaux verts et précédé de deux servants de messe. Comme les chuchotements ne prenaient pas fin assez rapidement à son goût, il tourna la tête vers l'assistance et fusilla du regard la masse de fidèles entassés à l'arrière d'où semblait provenir l'agitation la plus bruyante. Un calme relatif revint et il monta à l'autel pour y déposer son calice.

La célébration de la messe se déroula normalement et les habitants de Saint-Bernard-Abbé se rendirent compte que leur nouveau curé était doté d'une voix de stentor qui portait. À l'épître, ce dernier lut une lettre de saint Paul aux Galates qui parlait des dangers de la chair. Immédiatement, on sut sur quoi allait porter le sermon du prêtre.

— *Shitt*! fit Ellis à mi-voix à l'intention de sa femme assise à ses côtés dans le premier banc. J'ai complètement oublié de lui demander s'il avait l'intention de faire la moitié de son sermon en anglais.

Samuel Ellis allait avoir un sujet d'inquiétude autrement plus important.

Dès que le célébrant se tourna pour faire face aux fidèles et commencer sa prédication, il ne put ignorer la bousculade qui se produisait à l'arrière. Un bon nombre d'hommes, jeunes et moins jeunes, se frayaient un chemin vers la porte pour aller fumer et discuter sur le parvis.

— Bougez pas! hurla-t-il d'une voix forte.

Ce cri figea l'assistance et arrêta l'exode. Les fautifs se regardèrent, indécis sur la marche à suivre. Devaient-ils tenter de se glisser à l'extérieur quand même, quitte à encourir le courroux de leur curé, ou demeurer immobiles, sur place?

— Monsieur Moreau, faites rentrer ceux qui sont dehors, ordonna le prêtre d'une voix si forte qu'elle résonna partout dans la chapelle.

Des murmures commencèrent à s'élever un peu partout.

— Et on se tait dans la maison du Seigneur! tonna Josaphat Désilets.

Le vieux bedeau obtempéra et une quinzaine d'hommes rentrèrent dans la chapelle en cherchant à se fondre dans la foule debout à l'arrière, la mine piteuse. La porte du temple se referma et Agénor Moreau, tout fier, s'y adossa.

— Honte à vous qui refusez d'écouter la parole du Seigneur! tonna à nouveau le curé en fusillant les coupables du regard.

— Bien bon pour eux, chuchota Marie à ses deux filles assises à ses côtés. Ils ont juste à se conduire comme du monde.

— Bonyenne, m'man! On dirait que notre nouveau curé a pas peur pantoute de se faire haïr, chuchota Bernadette.

Elle adressa un mince sourire à sa sœur. L'une et l'autre avaient remarqué que Liam était du nombre des coupables.

— Ton Liam est pas si brave que ça, murmura-t-elle à Camille en se penchant vers elle. Il est rentré comme les autres, la queue entre les jambes.

— Comme Xavier.

— Chut! fit sa mère en leur faisant les gros yeux.

Le sermon dura près de quarante minutes, et Josaphat Désilets s'exprima effectivement en anglais pendant le dernier quart d'heure pour les Irlandais unilingues. À la fin, au moment où chacun espérait qu'il allait retourner à l'autel pour terminer la célébration de sa messe, il fit une déclaration qui en stupéfia plus d'un.

— Dorénavant, les syndics de Saint-Bernard-Abbé vont faire en sorte qu'il n'y ait jamais plus de quinze personnes debout à l'arrière. Les autres verront à se lever plus de bonne heure pour assister à la basse-messe. Si cela suffit pas pour avoir la paix durant la grand-messe, c'est bien simple, le bedeau barrera les portes aussitôt que tous les bancs seront occupés. Est-ce que je suis assez clair?

Des murmures lui répondirent.

— Évidemment, on n'aura plus ce problème-là dans quelques mois quand le jubé aura été construit.

Il termina sur ces mots et retourna à l'autel. Les fidèles se regardèrent. C'était la première fois qu'ils entendaient parler de la construction prochaine d'un jubé dans leur chapelle. Pour sa part, le président des syndics crispa les poings et murmura un juron bien senti. Il n'avait jamais été question à la réunion de bâtir un jubé cette année. Sa femme dut même le secouer lors de la communion tant il était profondément plongé dans de sombres pensées. Il commençait à se demander quelle mouche avait bien pu le piquer d'avoir fait tant d'efforts pour devenir président du conseil.

À la fin de la messe, bien peu de fidèles rentrèrent immédiatement chez eux tant ils tenaient à discuter du comportement de leur nouveau curé.

— Seigneur! Moi, j'avais espéré que notre nouveau curé ressemble au bon curé Moisan, déclara Élisabeth Quinn.

— Il aurait ressemblé au curé Ouellet et ça aurait bien fait mon affaire quand même, rétorqua Mary Hyland.

— Je veux pas manquer de respect, prit la précaution de dire Annette Moreau, mais celui-là m'a tout l'air d'un drôle d'agrès. D'après mon beau-père, il est raide comme une barre de fer.

— C'est l'impression qu'il donne, dit Élisabeth Quinn.

— En tout cas, il est mieux de se calmer, parce que son cheval et sa voiture, il ira les mettre ailleurs, reprit Annette Moreau, une mégère qui n'avait pas froid aux yeux.

— Attention, v'là Bridget, prévint Mary Hyland. Je voudrais bien savoir ce qu'elle en pense.

Bridget Ellis se joignit à ses voisines du rang Sainte-Ursule.

— Puis, t'habitues-tu à notre nouveau curé? lui demanda Élisabeth Quinn avec l'air de ne pas y toucher.

— Il ressemble pas au curé Ouellet, mais il est pas aussi pire qu'il en a l'air, se borna à dire la ménagère du prêtre.

Un peu plus loin, Ellis avait rejoint les autres syndics à qui il s'était contenté de déclarer :

— S'il y en a qui vous parlent du jubé, vous faites le mort. Vous dites que vous êtes pas au courant pantoute.

— Moi, je serais plutôt d'avis de les envoyer demander des explications à monsieur le curé, suggéra Donat.

— Pourquoi pas, laissa tomber Samuel Ellis. Après tout, il est tout seul à avoir parlé d'un jubé.

Un peu plus loin, à l'écart, Xavier Beauchemin avait abordé la mère de Catherine, même s'il voyait Cyprien et Marie-Rose, déjà assis dans leur boghei, adresser des signes impatients à Laura Benoît.

— Avez-vous eu des nouvelles de Catherine, madame Benoît ? demanda-t-il à la veuve.

— Pantoute, mon garçon, il faut croire qu'elle a bien de l'ouvrage à l'asile. Peut-être que je vais en avoir la semaine prochaine, ajouta-t-elle, consciente de la déception du jeune homme.

Xavier la remercia et alla rejoindre Antonin en train de parler à sa mère et à ses sœurs. Le fils cadet des Beauchemin était malheureux. Depuis son départ, Catherine ne lui avait donné aucun signe de vie. C'était comme si Montréal l'avait avalée et il doutait de plus en plus de son retour dans une semaine ou deux, comme elle le lui avait promis. L'été lui semblait interminable, même s'il avait travaillé sans relâche autant à défricher sa terre et à la cultiver qu'à terminer sa maison.

Maintenant, la cabane avait été transformée en remise et sa maison à un étage était terminée. Il allait entreprendre la confection de ses meubles dans les prochaines semaines et il avait même trouvé un poêle à bois usagé en excellent état qu'il projetait d'aller chercher chez les Desjardins de Saint-Zéphirin au milieu de la semaine suivante.

Depuis le départ de la jeune fille, il s'était demandé mille fois si elle l'aimait et si elle allait accepter de l'épouser, comme elle l'avait laissé entendre avant de partir en compagnie de sa cousine religieuse. Bref, c'était devenu une sorte de rituel. Chaque dimanche, après la messe, il demandait à Laura Benoît si elle avait eu des nouvelles de sa fille. La réponse était toujours négative.

— C'est drôle, mais j'ai eu l'impression que t'avais l'air pas mal moins fier que d'habitude quand monsieur le curé t'a fait rentrer de force dans la chapelle, se moqua Bernadette quand il eut rejoint la famille.

— Tu sauras que je suis rentré parce que je le voulais, se défendit son frère.

— J'espère au moins que ça va te servir de leçon, mon garçon, intervint sa mère, l'air sévère.

— C'est sûr, m'man. La prochaine fois, je ferai moins de bruit en sortant, plaisanta-t-il.

— Toi, je me demande à quel âge tu vas commencer à vieillir, fit Marie en haussant les épaules.

— Est-ce que vous m'invitez quand même à dîner ?

— Viens. À la maison, on sert même les mécréants, déclara sa mère en ébauchant un sourire.

Quelques minutes plus tard, Bernadette salua Constant Aubé de la main. Son amoureux, tout endimanché, était assis sur la galerie de sa maison, un livre sur les genoux. La veille, lors de l'une de ses deux visites hebdomadaires chez les Beauchemin, il avait révélé à la jeune fille qu'il allait se contenter d'assister à la basse-messe le dimanche matin jusqu'au moment où il pourrait louer un banc. Elle avait compris que se tenir debout près de deux heures à l'arrière de la chapelle lui était pénible à cause de sa jambe.

Chapitre 14

Menteur et voleur

Le mercredi matin suivant, Donat se préparait à atteler la Noire pour se rendre chez Xavier. Il lui avait promis quelques jours plus tôt de l'aider à installer le poêle usagé que ce dernier devait être allé chercher à Saint-Zéphirin la veille.

— Attends-moi cinq minutes, lui demanda Bernadette, je vais monter avec toi et tu me laisseras à la sacristie. Donne-moi juste le temps de changer de robe.

— Fais ça vite, lui commanda son frère.

— Aïe ! C'est pas moi qui ai demandé d'aller parler à monsieur le curé. Je m'en passerais bien, tu sauras.

Donat haussa les épaules et sortit de la maison pendant que sa jeune sœur endossait sa robe du dimanche.

— Arrange ton chignon, il est tout de travers, lui ordonna sa mère alors qu'elle traversait la cuisine d'été pour sortir sur la galerie.

Bernadette s'arrêta un court instant devant l'unique miroir de la pièce suspendu au-dessus de l'évier et arrangea sa coiffure avant de déposer sur sa tête un petit chapeau qu'elle fit tenir avec une longue épingle.

— Je serai pas longue, annonça-t-elle à sa mère.

— Inquiète-toi pas, intervint Camille, à matin, on ramasse des pommes. On va t'attendre pour les éplucher.

La jeune institutrice ne répliqua pas. Elle sortit juste au moment où son frère arrivait près de la galerie avec la voiture. Elle y monta et l'attelage s'engagea sur le rang

Saint-Jean où Cléomène Paquette passait avec un petit chargement de blé.

— Tiens, Cléomène s'en va faire moudre, dit Donat à sa sœur.

— Il a pas grand blé dans sa charrette, fit remarquer Bernadette.

— Paresseux comme il est, il a pas dû ensemencer trop grand. Il quête de la farine à gauche et à droite dans Saint-Bernard depuis plus qu'un mois. Mais on dirait ben que ça lui a pas servi de leçon.

Donat ne s'était pas trompé. Le voisin tourna dans l'étroit chemin qui conduisait au moulin de Constant Aubé, sur le bord de la rivière. Pendant ce temps, songeuse, Bernadette regardait le cours d'eau que longeait la voiture.

— Je m'étais pourtant promis de venir pêcher au moins une fois cet été, dit-elle, nostalgique.

— Pourquoi tu l'as pas fait ? lui demanda Donat en engageant doucement sa voiture sur le petit pont qui traversait la rivière.

— Parce que m'man a toujours de l'ouvrage à faire faire, se borna-t-elle à répondre.

La Noire tira le boghei avec peine jusqu'au haut de la côte abrupte du rang Sainte-Ursule. Arrivés au sommet, le frère et la sœur n'avaient plus que quelques centaines de pieds à parcourir avant d'arriver à la chapelle.

— Sainte bénite ! s'exclama Bernadette en apercevant le curé Désilets en grande conversation avec Angèle Cloutier devant la chapelle. On dirait que je tombe mal.

En fait, le prêtre et la veuve parlaient assez fort pour être entendus de loin, et la discussion n'avait pas l'air de trop bien se passer.

— Je vais te débarquer ici, annonça Donat en immobilisant son cheval à une bonne distance de la scène. Comme ça, tu pourras attendre qu'ils en aient fini sans avoir l'air de fouiner.

— C'est correct. Si t'es trop long à revenir, je rentrerai à la maison à pied.

Elle descendit du boghei sans que le prêtre ni la veuve semblent l'avoir aperçue et elle s'arrêta sur le côté gauche du chemin, comme pour admirer les chutes et la grande roue du moulin de Hyland que le courant faisait tourner.

— En tout cas, monsieur le curé, il y a pas ni ci ni ça, entendit-elle dire Angèle Cloutier. La clôture du cimetière est trois pieds au moins sur ma terre et il faut qu'elle soit reculée. Je l'ai déjà dit à Ellis, mais il a pas l'air de vouloir se grouiller pour la tasser.

— Vous pourriez bien faire don de ce petit bout de terrain à la paroisse, madame, répliqua Josaphat Désilets sur un ton plein de reproche.

— Écoutez, monsieur le curé. Ceux qui me connaissent savent que je suis pas un visage à deux faces. Je vais vous dire carrément ce que je pense. Je pense que j'ai vendu un lot au syndic de la mission pour une bouchée de pain, l'année passée. Un lot qui est même pas encore payé à moitié, à part ça.

— Personne a dû vous forcer, madame Cloutier.

— Non, mais si je l'avais pas fait, on n'aurait jamais eu de chapelle, tint-elle à préciser en dramatisant quelque peu. Mais là, il faut pas exagérer, tornom! J'ai payé ma dîme comme tout le monde et je vais pas me mettre dans le chemin pour vous faire plaisir.

— Bon, c'est correct, je vais demander aux syndics d'y voir, répliqua un Josaphat Désilets à bout de patience d'une voix tranchante. Mais je dois dire que vous me décevez bien gros, madame, poursuivit-il. Si vous nous donniez ce petit bout de terre, Dieu vous l'aurait remis dans l'autre monde.

— Ben là, ça m'aurait pas été ben utile de me faire donner ça dans l'autre monde, persifla effrontément la veuve. J'ai pas l'intention pantoute de cultiver une fois morte, vous saurez.

Là-dessus, elle tourna les talons et planta là le prêtre de manière si impolie qu'il en resta bouche bée. Ce ne fut qu'à cet instant qu'Angèle Cloutier aperçut Bernadette, lui tournant le dos, de l'autre côté de la route, et observant attentivement la rivière. La veuve se dirigea directement vers elle.

— Si t'as affaire à monsieur le curé, ma belle, t'es mieux de t'armer de patience parce que, comme ben des hommes, il est pas vite de comprenure, lui dit-elle d'une voix acide et assez fort pour que le prêtre l'entende clairement.

Elle n'attendit pas que la jeune institutrice lui réponde. L'imposante cultivatrice entreprit aussitôt de descendre la côte au pied de laquelle se trouvait sa ferme.

Bernadette prit une profonde inspiration et se mit en marche vers l'ecclésiastique qui venait d'ouvrir son bréviaire pour entamer sa lecture quotidienne.

— J'espère que je vous dérange pas, monsieur le curé? demanda-t-elle à Josaphat Désilets au moment où il levait la tête en entendant des pas approcher.

— Non. Tu as affaire à moi, ma fille? s'enquit-il en la dévisageant de ses petits yeux noirs fureteurs.

— Mon frère m'a dit que vous vouliez me parler, répondit la fille de Baptiste Beauchemin. Je suis la maîtresse d'école.

— Ah bon! Je pensais qu'il avait oublié de te prévenir. Je t'attendais plus tôt que ça.

— Donat n'a pas oublié, tint-elle à préciser. Vous savez ce que c'est, monsieur le curé, le travail manque pas sur une terre.

— Je voulais te voir pour m'assurer que tu étais assez qualifiée pour faire l'école, reprit le prêtre sur un ton plutôt désagréable.

— J'ai mon certificat de neuvième année et ça fait déjà deux ans que je fais l'école, monsieur le curé, dit Bernadette, légèrement offusquée. Personne a eu à se plaindre de moi depuis que je fais la classe et l'inspecteur qui est passé à la fin de l'année a recommandé à monsieur le curé Ouellet de me réengager cette année.

— C'est drôle, j'ai pas trouvé trace de ça nulle part dans les papiers de mon prédécesseur, dit le curé, l'air soupçonneux.

Cette dernière remarque ne plut guère à Bernadette qui perçut que le prêtre la soupçonnait de mentir. Son visage devint rouge et ses traits trahissaient une colère intérieure évidente.

— Si vous me croyez pas, monsieur le curé, vous avez juste à écrire à l'inspecteur Amédée Durand.

— Je le ferai probablement, laissa tomber son vis-à-vis.

— Avez-vous d'autres questions à me poser, monsieur le curé ? lui demanda-t-elle sèchement.

— T'enseignes le catéchisme chaque jour aux enfants ?

— Oui.

— Comme il faut ?

— Je le pense.

— Est-ce que tu te fâches aussi souvent avec les enfants ? conclut-il.

— Non, monsieur le curé, parce qu'eux autres, ils sont assez polis pour pas me traiter de menteuse. Si vous n'avez plus rien à me demander, je vais rentrer. Bonjour, monsieur le curé.

— Bonjour.

Elle salua le prêtre de la tête et, les larmes aux yeux, se mit en marche vers la côte qu'elle s'apprêtait à descendre. Elle allait rentrer chez elle à pied, même si cela représentait un trajet de près d'un mille et demi. Alors qu'elle s'engageait dans la pente, elle entendit une voiture approcher et fit un écart pour ne pas se retrouver sur la trajectoire du véhicule.

— Whow ! cria Constant à son cheval en reconnaissant Bernadette. Est-ce que je peux savoir ce que fait la plus belle fille de Saint-Bernard, à pied, aussi loin de la maison ?

À cet instant précis, le meunier aperçut des larmes dans les yeux de la jeune fille et, inquiet, s'empressa de descendre de voiture.

— Qu'est-ce qui se passe, Bernadette?

— C'est monsieur le curé.

— Qu'est-ce qu'il t'a fait?

Elle lui raconta en quelques mots la brève entrevue qu'elle venait d'avoir.

— Tu parles d'un air bête, déclara Constant. Monte, je te ramène à la maison.

— J'aime autant pas, ma mère va me disputer et ça va faire jaser.

— Tu peux quand même monter et je te laisserai devant ma maison. Comme ça, il te restera juste quelques arpents à marcher et il y aura que ta sœur Emma qui pourra t'avoir vue dans ma voiture. À part ça, je te promets de ben me conduire. D'ailleurs, t'as qu'à me regarder, j'ai l'air d'un vrai petit saint.

Cette dernière remarque eut le don de ramener le sourire chez la jeune fille qui monta sans plus se faire prier. La voiture descendit lentement la côte.

— Sainte bénite! il fallait bien qu'elle nous voie ensemble, elle, murmura Bernadette en apercevant la veuve Cloutier, debout près de son puits, lever la tête à leur passage.

— Elle, si elle va rapporter ça chez vous, j'empoisonne sa farine, menaça Constant pour plaisanter.

Constant déposa la jeune fille devant chez lui et Bernadette fit le reste du trajet à pied. À son retour, elle trouva la cuisine d'été embaumée par la compote de pommes en train de cuire dans la grosse marmite de fonte placée sur le poêle à bois.

— Puis? lui demanda sa mère assise en face de Camille et d'Eugénie, toutes les trois en train de peler d'autres pommes.

— Parlez-moi pas de lui, m'man ! s'écria-t-elle, retrouvant intacte toute sa rage en retirant l'épingle qui maintenait son chapeau en place.

— Bon, qu'est-ce qu'il y a encore ? s'enquit Marie, excédée.

— Il y a qu'il m'a presque traitée de menteuse quand je lui ai dit que j'avais eu un bon rapport de l'inspecteur ! J'ai jamais vu un air bête pareil !

— J'espère que t'as pas été effrontée avec monsieur le curé, s'inquiéta vivement sa mère.

— Non, je suis bien élevée, moi ! Je lui ai pas dit que je l'aimais pas pantoute, mais je lui ai fait comprendre, par exemple.

— Bedette !

— Ben quoi ! J'étais tout de même pas pour me laisser manger la laine sur le dos.

Sur ces mots, elle traversa dans le haut-côté pour aller changer de robe à l'étage. À peine venait-elle de disparaître que le bruit d'une voiture pénétrant dans la cour de la ferme fit tourner la tête des femmes vers les fenêtres. Marie vit avec surprise Antonin, l'employé de Xavier, assis aux côtés de son fils aîné. Elle se leva et sortit sur la galerie.

— Qu'est-ce qui se passe ? T'as déjà fini d'aider ton frère ?

— Non, j'ai fait le voyage pour rien, répondit Donat en arrêtant sa voiture près de la maison. Xavier a pas pu aller à Saint-Zéphirin hier parce qu'Antonin pouvait pas l'aider à transporter le poêle. Il était malade, et il l'est encore aujourd'hui.

Marie regarda l'adolescent. Il avait le teint blafard et toussait sans pouvoir s'arrêter.

— Là, je l'ai emmené parce que Xavier sait pas quoi faire. Je vais aller chercher le poêle avec lui.

— Descends, mon garçon. On va s'occuper de toi, ordonna Marie à l'employé de son fils. On dirait bien que t'as attrapé une bonne grippe. On va t'installer sur une paillasse dans le salon et on va te préparer des bonnes mouches de moutarde. Ça va te sortir le méchant du corps, tu vas voir.

À peine venait-elle de finir de parler que Xavier entra à son tour dans la cour, juché sur le banc de sa carriole.

— Ça vous dérange pas trop, m'man, de soigner Antonin ?

— Inquiète-toi pas, on va s'en occuper.

Gustave sortit de l'étable en poussant une brouette de fumier. Donat lui confia son cheval à dételer et monta aux côtés de son frère.

— Attendez-moi pas pour dîner. Je mangerai quelque chose en revenant, prévint-il avant que la voiture se mette en marche.

❧

Pendant la plus grande partie du trajet, les deux frères parlèrent peu. À leur entrée dans le village de Saint-Zéphirin, Xavier immobilisa la carriole devant le magasin général.

— Est-ce que c'est Bilodeau qui te vend son poêle usagé ? demanda-t-il.

— Pantoute, c'est Albéric Bouchard, mais je me souviens plus trop où il habite. Je lui ai parlé la semaine passée quand il est venu au moulin pour faire moudre son blé, mais j'ai complètement oublié de lui demander dans quel rang il restait.

— Je le sais pas plus, reconnut Donat. Laisse faire, on va s'informer chez Bilodeau, ajouta-t-il en descendant de voiture. Attends-moi, je serai pas long.

Donat sortit du magasin général cinq minutes plus tard pour retrouver un Xavier tout excité.

— Aïe ! Sais-tu qui je viens de voir passer ?

— Non.

— Ton voleur.

— De qui tu parles, torrieu?

— Je te parle de Gros-Gras, d'Ignace Houle, ton ancien homme engagé.

— Arrête donc, toi!

— Je te le dis, je viens de le voir entrer chez Lessard.

— Est-ce qu'il t'a vu?

— Pantoute, je venais de descendre de la carriole et j'étais debout à côté de Prince pour voir s'il y avait pas une roche prise dans un de ses sabots.

— Parfait, fit Donat avec un air d'intense satisfaction. Ah ben, attends un peu que je lui mette la main dessus, lui!

— Moi, à ta place, j'attendrais. Va d'abord demander à Bilodeau s'il travaille chez Lessard. S'il travaille là, on va pouvoir aller chercher mon poêle tranquillement chez Bouchard et, en revenant, on pourrait faire une petite surprise à ton maudit voleur. Qu'est-ce que t'en penses?

Donat ne se donna pas la peine de répondre. Il redescendit de voiture et s'empressa d'aller s'informer encore une fois auprès du propriétaire du magasin général. Il revint moins d'une minute plus tard.

— C'est correct, on va chez Bouchard, déclara-t-il en reprenant place aux côtés de son frère. Bilodeau m'a dit que Gros-Gras était apparu à Saint-Zéphirin au commencement du mois et que Lessard l'avait engagé. Il va être encore là quand on va avoir fini de charger ton poêle dans la carriole. On va revenir.

Les Beauchemin trouvèrent sans mal la ferme d'Albéric Bouchard et quelques minutes leur suffirent pour transporter le lourd poêle en fonte dans la carriole où ils le fixèrent solidement avec des cordes. L'aide du fermier et de l'un de ses employés avait été nécessaire pour y arriver.

— On demandera à Rémi de venir nous donner un coup de main pour l'entrer chez vous, déclara Donat en reprenant place à côté de son frère après que ce dernier eut réglé son achat. À cette heure, on va aller s'occuper de notre oiseau, ajouta-t-il en ne cachant pas une certaine jubilation.

La carriole longea tout le rang où habitaient les Bouchard et traversa la plus grande partie du village avant de venir s'arrêter près d'une vieille maison en bois dont les murs avaient été récemment chaulés.

— J'y vais, dit Donat sur un ton décidé en descendant de voiture.

— Attends-moi, fit son jeune frère, je veux pas manquer ça.

Tous les deux allèrent frapper à la porte et une petite dame un peu voûtée vint leur répondre.

— Bonjour, madame Lessard, salua poliment Donat. Est-ce qu'on pourrait dire deux mots à votre homme engagé?

— Vous allez le trouver avec mon mari, dans le champ, derrière la grange. Ils sont en train de charger de l'avoine.

— Merci, madame.

Les Beauchemin firent demi-tour, traversèrent la cour de la ferme et contournèrent la grange. Le fermier et Ignace Houle leur tournaient le dos et ne les entendirent pas approcher. Ils sursautèrent en les apercevant soudain tout près d'eux.

Tout de suite, Gros-Gras chercha des yeux un moyen de fuir, mais la mise en garde de Xavier le figea sur place.

— Toi, je te conseille de pas bouger, lui ordonna-t-il, l'air mauvais.

— Qu'est-ce que vous faites sur ma terre, vous deux? demanda Bastien Lessard, un quadragénaire tout en nerfs arborant un air peu commode.

— Bonjour, monsieur Lessard. On est de Saint-Bernard-Abbé. On a demandé à votre femme où on pouvait vous trouver, répondit Donat. On aurait un mot ou deux à dire à votre homme engagé, ajouta-t-il en serrant les dents.

— Qu'est-ce qui se passe?

Au même instant, Ignace Houle esquissa un geste, comme pour fuir. Mal lui en prit, Xavier ne fit que quelques enjambées avant de l'agripper solidement au collet.

— Toi, je t'ai dit de pas bouger, mon agrès! lui ordonna-t-il, l'air peu commode.

Gros-Gras cessa de s'agiter, mais Xavier ne le relâcha pas pour autant.

— Il se passe, monsieur Lessard, que vous avez engagé un maudit voleur et un malfaisant, expliqua Donat au fermier. Houle était notre homme engagé le printemps passé. Il est parti en pleine nuit en nous volant une dizaine de piastres et en ouvrant les clôtures pour que les vaches saccagent le jardin et prennent le chemin.

— Il a fait ça, lui? s'étonna Lessard en fixant son employé qui n'en menait pas large. C'est vrai, ça?

Ignace Houle ne répondit pas.

— Qu'est-ce que vous voulez en faire? demanda le fermier qui ne semblait éprouver aucune sympathie pour le voleur.

— On devrait le remettre à la police, déclara Donat, mais ça nous donnerait rien. Si vous nous donnez la permission, on pourrait fouiller ses affaires pour voir s'il resterait pas un peu de l'argent qu'il nous a volé.

Bastien Lessard réfléchit un court moment avant de prendre une décision. Il déposa sa faux.

— Venez à la maison, je vais vous montrer sa chambre. Après, il va ramasser ses guenilles et aller se faire pendre ailleurs. Moi, un voleur, j'en veux pas chez nous.

Les quatre hommes se mirent en marche vers la maison, mais l'un d'eux devait marcher à une vitesse qui n'était pas tout à fait la sienne. Xavier tenait toujours Ignace Houle par le collet et le faisait avancer d'un bon pas. Quand la femme de Lessard vit arriver le petit groupe, elle s'alarma.

— Inquiète-toi pas, Clémence, c'est des cultivateurs de Saint-Bernard. Il paraît qu'on a engagé un maudit voleur et un malfaisant.

— Je te l'avais dit que j'aimais pas pantoute son air sournois, répliqua la petite femme voûtée.

— Là, ils veulent aller voir dans ses affaires s'il aurait pas un peu de leur argent.

Lessard précéda son homme engagé et ses visiteurs à l'étage et leur ouvrit la porte d'une toute petite chambre ne renfermant qu'un lit et une commode bancale. Xavier projeta Gros-Gras sur le lit en lui intimant l'ordre de ne pas bouger pendant que son frère et lui se mirent à explorer les quelques vêtements rangés dans les tiroirs. Ils ne trouvèrent que six dollars roulés dans une paire de vieilles chaussettes.

— On dirait qu'il a trouvé le moyen de dépenser une bonne partie de ce qu'il nous a volé, fit Donat, un peu dépité, après avoir examiné la paillasse pour vérifier s'il n'en avait pas décousu un coin pour y enfouir de l'argent.

Elle était intacte.

— Je vais vous donner une piastre de plus, décida Lessard. Ce sont les gages que je lui dois. Toi, ramasse tes guenilles et pars d'ici, ordonna-t-il à son employé qui n'en menait pas large.

Le front couvert de sueur et la mine blafarde, Ignace Houle n'avait pas prononcé un seul mot depuis l'arrivée des frères Beauchemin.

— Pour vous en débarrasser plus vite, on va lui faire faire un bout de chemin, je crois ben, déclara Xavier en serrant les dents. Envoye, toi! Grouille-toi! commanda-t-il à son tour à Gros-Gras en l'empoignant par un bras pour lui faire quitter le lit sur lequel il était assis.

Pendant que Xavier surveillait Ignace Houle, Donat descendit à la cuisine avec le maître des lieux qui lui remit un dollar. L'aîné des Beauchemin le remercia et s'excusa pour le dérangement.

Quelques instants plus tard, Houle, chargé d'un maigre baluchon contenant toutes ses affaires, descendit à son tour, Xavier sur les talons. Tous sortirent à l'extérieur.

Les Lessard, debout sur leur galerie, virent celui qui avait été leur homme engagé prendre place contre sa volonté entre les deux Beauchemin sur l'unique banquette de la carriole. Les frères saluèrent le couple et se remirent en route.

Durant quelques minutes, le silence régna dans la voiture qui sortit du village et reprit la route de Saint-Bernard-Abbé.

— Vous avez pas le droit de faire ça, dit Gros-Gras d'une voix mal assurée.

— Quoi ! Il est capable de parler, cet animal-là ! s'exclama Xavier. Arrête la carriole, Donat. Je pense qu'il veut nous dire quelque chose. Qu'est-ce que tu viens de nous dire, toi ? demanda-t-il à leur passager involontaire.

— J'ai dit que vous avez pas le droit de me forcer à monter dans votre carriole.

Les deux frères se regardèrent, comme s'ils évaluaient la justesse des propos de leur voleur.

— Blasphème ! Je pense qu'il a raison, déclara Xavier en descendant avec souplesse de la carriole et en entraînant avec lui son prisonnier.

— C'est vrai, ça, reconnut Donat, l'air pénétré. On va te laisser marcher, je pense ben. Mais avant, on va régler nos comptes.

— T'as raison, mon frère. Les bons comptes font les bons amis, comme disait p'pa.

— D'après toi, Xavier, penses-tu qu'il avait le droit de nous voler et de faire sortir les vaches pour esquinter notre jardin ?

— Je le penserais pas, répondit son jeune frère en adoptant un air naïf.

Sur ces mots, il décocha un solide coup de poing au voleur qui n'eut pas la rapidité nécessaire pour l'esquiver. Il en reçut immédiatement un autre de la part de Donat.

— Celui-là, c'est pour l'argent que tu nous as volé, expliqua-t-il à Ignace Houle dont les genoux avaient fléchi.

Il avait déjà une pommette fendue et saignait aussi de la bouche. Il était étendu par terre quand Xavier le releva sans ménagement.

— Non, tu t'étends pas déjà au milieu du chemin pour dormir, plaisanta-t-il, l'air féroce. On n'en a pas fini avec toi. Ça, c'est pour avoir ouvert la clôture pour laisser sortir les vaches, précisa-t-il en lui expédiant une gifle propre à lui décrocher la tête.

— Et celle-là, c'est pour le jardin et les plates-bandes de ma mère que les vaches ont ruinés, précisa Donat avec une joie mauvaise en lui décochant, à son tour, une gifle aussi forte.

Au moment où Gros-Gras allait s'écraser à nouveau, sérieusement sonné par la raclée qu'il venait de recevoir, Donat le rattrapa de justesse pour le relever et il lui flanqua un maître coup de pied au derrière qui lui fit parcourir quelques pieds sans le vouloir.

— À cette heure, on a assez vu ta face de rat, déclara Xavier en faisant un pas dans sa direction, comme s'il voulait continuer à lui administrer des coups.

Ignace Houle, le visage ensanglanté, s'éloigna de quelques pas sur la route en titubant.

— Si jamais tu viens traîner encore dans le coin, on va s'occuper de toi, lui promit Donat. Tu vas te retrouver cloué sur une porte de grange, mon enfant de chienne. À cette heure, débarrasse les lieux.

Ignace Houle tenta de proférer des menaces, mais ses lèvres enflées empêchèrent les Beauchemin de le comprendre.

— Quoi ? Qu'est-ce que tu viens de dire ? demanda Donat en s'avançant, l'air menaçant.

L'autre choisit la fuite. Il s'enfonça rapidement dans le bois qui bordait la route. Les deux frères remontèrent dans la carriole et reprirent la direction de Saint-Bernard-Abbé.

— Pour moi, on le reverra pas de sitôt, prédit Xavier, l'air satisfait.

— M'man va être contente. On va lui rapporter une partie de ce qu'il nous a volé, déclara Donat en essuyant l'une de ses jointures maculée de sang sur son pantalon.

À leur arrivée dans le rang Saint-Jean, les Beauchemin firent monter leur beau-frère Rémi au passage et s'arrêtèrent à la maison paternelle afin de ramener Antonin à la maison du rang Sainte-Ursule. Quand la carriole s'immobilisa près de la maison, Liam Connolly et les femmes sortirent pour examiner l'achat de Xavier. Tous convinrent que le poêle semblait en excellent état et que son nouveau propriétaire avait fait un bon achat.

— On a une bonne nouvelle, m'man, lui annonça Donat. On a mis la main sur Gros-Gras à Saint-Zéphirin.

— C'est pas vrai !

— On lui a fait cracher six piastres sur l'argent qu'il vous a volé et on lui a sacré une volée qu'il est pas près d'oublier, poursuivit Xavier.

— Sept piastres, corrigea Donat. Lessard m'a même donné une piastre de plus. C'était l'argent de ses gages.

— J'espère que vous avez pas exagéré, intervint Camille.

— Énerve-toi pas avec ça, on lui a juste donné une petite leçon, répondit Donat. Pour moi, il est pas prêt à recommencer. En plus, Lessard l'a sacré dehors, ajouta-t-il en tendant les sept dollars à sa mère.

— Bon, c'est ben beau tout ça, mais j'ai arrêté pour ramener Antonin, déclara Xavier. On va aller débarquer le poêle.

— Avez-vous besoin d'aide? proposa Liam, qui n'avait pas ouvert la bouche.

— Beau dommage. Si t'as le temps de venir, t'es le bienvenu.

— C'est ça, allez-y, les encouragea la maîtresse de maison. Mais pour Antonin, il va rester ici dedans. On lui a mis des mouches de moutarde et il sue. C'est pas le temps de le sortir du lit. Tu viendras le chercher demain après-midi. Il devrait être mieux.

Après le départ des quatre hommes, les femmes rentrèrent dans la maison où elles étaient occupées à mettre en pot de la compote de pommes avant leur arrivée. Baptiste était assis près de l'une des fenêtres. Marie avait préféré ne pas l'installer sur la galerie parce qu'il faisait un peu trop frais pour le malade. Dans le salon, Antonin, bouillant de fièvre, avait fini par sombrer dans le sommeil.

— Si vous avez pas besoin de moi, m'man, je vais coudre, déclara Camille.

— À nous trois, on est assez, la rassura sa mère.

La jeune femme alla prendre un pantalon déposé sur une chaise et se mit en devoir d'enfiler une aiguille.

— Je te vois en train de réparer le linge des enfants de Liam, dit Bernadette. Est-ce que ça veut dire que tu te feras pas de robe pour tes fiançailles, dimanche prochain?

— J'en ai pas besoin, ma robe du dimanche va faire l'affaire, répondit Camille d'une voix neutre. Les enfants retournent à l'école lundi et il y a presque plus rien qui leur fait. Patrick et Duncan arrêtent pas de grandir.

— Et Ann, elle? fit sa mère.

— Elle est en train de devenir une vraie jeune fille. Elle aussi grandit, je lui ai allongé sa robe la semaine passée. Il y a juste Rose à qui son linge fait encore. Je veux que les enfants soient prêts pour l'école et qu'ils me fassent pas honte dimanche.

Marie jeta un coup d'œil à Eugénie et à Bernadette pour voir si elles avaient bien entendu. Son aînée en était déjà à considérer les quatre enfants de Liam comme les siens.

— Est-ce que ça veut dire qu'ils sont invités au souper ? demanda Bernadette.

— Voyons, Bedette, c'est normal ! C'est leur père qui se fiance, lui fit remarquer sa mère.

— Je demandais ça juste pour savoir, m'man. Pensez-vous que je pourrais inviter Constant au souper ?

Pendant un court instant, Marie hésita sur la réponse à donner.

— Pourquoi pas, finit-elle par dire. Après tout, il te fréquente et il a fait un beau cadeau à ton père en lui donnant un fauteuil roulant.

— J'enverrai Patrick l'inviter demain avant-midi, déclara Camille.

Chapitre 15

Les fiançailles

Quatre jours plus tard, la cuisine des Beauchemin ressemblait à une véritable fourmilière. Toutes les femmes de la maison s'activaient près du poêle et autour de la table depuis le début de l'après-midi. Dès le retour de la grand-messe, on s'était empressé de dîner pour être en mesure de se consacrer plus rapidement à la confection du souper de fête.

Constant Aubé pouvait se vanter d'avoir fait le cadeau le plus original à la fiancée en lui apportant, la veille, un gros jambon, ce qui soulagea énormément Marie qui se demandait si elle aurait suffisamment de viande pour nourrir tout son monde.

— Mais veux-tu bien me dire où t'as trouvé un beau jambon comme ça ? lui avait demandé Camille, ravie à la pensée de pouvoir libérer sa mère de l'inquiétude qui la taraudait depuis le début de la semaine.

— J'ai eu un client au moulin qui m'a payé en partie avec ça, avait répondu Constant. Comme la viande est rare ce temps-ci de l'année, j'ai pensé que ça pourrait faire ton affaire.

— Je te remercie bien gros, avait dit Camille en l'embrassant, ce qui l'avait fait rougir.

— Aïe, toi ! avait protesté Bernadette qui avait assisté à la scène. Prends pas l'habitude d'embrasser mon cavalier, tu m'entends ?

Constant avait alors éclaté de rire avant de prendre congé.

À la fin de l'après-midi, Emma, Rémi et leurs deux enfants précédèrent de peu Xavier, venu sans Antonin.

— Pourquoi ton homme engagé est pas venu ? lui demanda sa mère.

— Il aimait mieux rester à la maison et se coucher de bonne heure, m'man. Il se sent pas encore ben d'aplomb sur ses jambes, le jeune.

Comme il faisait beau en ce 3 septembre, les hommes décidèrent de s'installer sur la galerie aux côtés de Baptiste pendant que les femmes allaient mettre la dernière main à la préparation du souper.

— Je peux ben aller donner un coup de main à Donat à finir son train, proposa Xavier.

— Laisse faire, fit Eugénie, il l'a commencé de bonne heure et il est à la veille de revenir de l'étable.

À peine venaient-ils de s'asseoir qu'ils virent Constant arriver à pied.

— Blasphème ! s'exclama Xavier. Dis-moi pas que t'es rendu gratteux au point de vouloir ménager ton cheval.

— Pantoute, dit le meunier en riant. Penses-y un peu, ça me prend plus de temps à atteler qu'à venir à pied. Je reste pas loin comme toi.

Bernadette vint saluer son prétendant et l'abandonna sur la galerie pour retourner à l'intérieur.

— Il faut que j'aille aider Camille à se faire belle, dit-elle, moqueuse. Ça a l'air de rien, mais elle est pas mal vieille et c'est toute une besogne pour la rendre présentable.

— Mon espèce d'effrontée ! s'exclama sa sœur aînée, occupée à préparer une salade pour le souper. Tu sauras que je suis belle naturelle et que j'ai même pas besoin de poudre de riz pour me farder, ajouta-t-elle en riant.

Bernadette n'avait fait cette plaisanterie que pour faire perdre à sa sœur l'air un peu morose qu'elle affichait depuis son lever. Marie, debout devant le four pour vérifier la cuisson du jambon, se garda bien d'intervenir. Elle se doutait bien que sa fille aînée s'interrogeait sur sa décision d'épouser Liam Connolly. Elle-même se posait des questions sur son choix, mais elle évitait le sujet, se disant qu'à vingt-neuf ans, sa Camille était assez mature pour savoir ce qu'elle faisait.

Au moment où Donat revenait des bâtiments, Liam, précédé par ses quatre enfants, entra dans la cour de la ferme. Le bruit des voix attira la fiancée à la porte moustiquaire. Elle s'empressa de retirer le tablier blanc qui ceignait sa taille avant de sortir de la maison pour aller à la rencontre des nouveaux arrivants.

— Liam, tu peux t'asseoir avec les hommes dehors. Donat va sortir sa bagosse, pas vrai?

— Certain, assura son frère. Je peux faire n'importe quel sacrifice pour un bon verre.

— Vous autres, les jeunes, vous venez en dedans avec moi. J'ai de la bonne bière d'épinette et du sucre à la crème pour vous autres.

— T'as pas peur de gâcher leur souper? lui demanda sa mère.

— On soupera pas avant une heure, non?

Liam salua sa future belle-mère avant d'accepter la chaise que lui tendait Xavier pendant que ses enfants disparaissaient dans la maison à la suite de Camille.

Quand Ann proposa ses services quelques minutes plus tard, Camille s'empressa d'accepter son aide et lui tendit un tablier. Il n'y avait rien que l'adolescente de treize ans appréciait plus que d'être considérée comme une adulte.

À la suggestion de Marie, Donat avait dressé une seconde table de fortune au bout de la longue table de la cuisine d'été de manière à ce que tous les invités puissent manger ensemble, même s'ils étaient un peu tassés. On installa le fauteuil roulant de Baptiste au bout de la grande table et Marie fut priée de prendre place à ses côtés pour le faire manger pendant que Bernadette, Eugénie et Emma s'activaient à servir à chacun un bol de soupe aux pois. Après la récitation du bénédicité par Marie, tous mangèrent en silence, sauf Rose qui, assise à côté de Camille, posait des tas de questions.

Quand le jambon accompagné de pommes de terre et de navet eut été servi, les langues se délièrent un peu. Bernadette parla de l'école qui allait commencer dès le lendemain et elle demanda à la petite fille si elle avait hâte d'y aller pour une première fois. Sa réponse enthousiaste suscita de nombreux sourires autour de la table. Ensuite, Camille révéla aux invités que Patrick et Duncan allaient lui apprendre à lire et à écrire.

— Je te l'aurais montré, moi, si tu me l'avais demandé, intervint Bernadette.

— J'avais trop d'ouvrage pour apprendre, lui répondit sa sœur avec un clin d'œil discret. Mais à la maison, je vais avoir l'aide d'Ann et je vais avoir du temps.

Les deux garçons, tout fiers, lui adressèrent un sourire.

— Et moi, le futur, j'ai droit à rien ? demanda Liam, à demi sérieux.

— Toi, tu vas être le maître de la maison et tout le monde va te gâter, comme d'habitude, plaisanta Camille.

— Ça, c'est la meilleure nouvelle de la journée, fit Liam en prenant un air satisfait.

— Dans les limites du raisonnable, bien entendu, prit soin d'ajouter Camille, narquoise.

— Bien entendu, répéta le veuf en feignant de prendre l'air d'un martyr.

Au dessert, Liam se leva de table, l'air un peu emprunté. Il sortit de l'une des poches de son gilet noir un petit écrin d'où il tira une toute petite bague en or blanc.

— J'espère qu'elle va te faire, dit-il à sa fiancée en passant le bijou à son annulaire.

La bague lui allait parfaitement et, durant un court moment, elle l'admira.

— Bon, qu'est-ce que vous attendez pour vous embrasser ? demanda Rémi Lafond.

Un peu gênée par la présence des enfants, Camille tendit timidement ses lèvres à son futur époux qui sut faire preuve de retenue dans la circonstance. Camille et Liam se rassirent et les futurs mariés discutèrent durant plusieurs minutes de leurs projets d'avenir. Ils allaient se marier le dernier samedi d'octobre et la nouvelle madame Connolly se proposait d'équiper sans tarder les enfants pour l'hiver qui allait rapidement arriver. Pour sa part, Liam projetait de bûcher tout l'hiver et d'occuper ses soirées et les journées trop froides à construire des meubles.

— Depuis quand tu construis des meubles ? lui demanda Constant Aubé qui n'avait pratiquement pas parlé durant tout le repas.

— J'en ai toujours fait, révéla l'Irlandais. Tous les meubles de la maison, c'est moi qui les ai faits.

— Si t'as le goût, tu pourrais m'en construire. J'ai besoin d'un tas d'affaires pour meubler le salon et les chambres, poursuivit le jeune meunier.

— Ça ferait mon affaire, reconnut Liam.

— En échange, je pourrais te faire des attelages, des souliers ou des bottes, comme tu voudras. J'ai l'intention de travailler le cuir une bonne partie de l'hiver.

— Pourquoi pas, laissa tomber son interlocuteur.

— Moi aussi, je vais avoir besoin de meubles, déclara Xavier. Là, j'ai deux lits, deux coffres, une table et deux bancs. C'était correct pour la cabane, mais à cette heure que ma maison est construite, il va me falloir des meubles qui ont de l'allure.

— Comme une chaise berçante pour te reposer cet hiver, ironisa Bernadette.

— Je travaillerai peut-être pas en fou comme l'hiver passé, annonça le fils cadet de Baptiste, mais inquiète-toi pas, j'ai pas l'intention pantoute de passer mon hiver les deux pieds sur la bavette du poêle. Antonin et moi, on va faire du bois de chauffage et je me suis déjà entendu avec le même gars que l'année passée. Il est prêt à m'acheter tout le bois que je pourrai bûcher sur ma terre. L'argent qu'il va me donner va être bienvenu.

Vers neuf heures, Liam annonça son intention de rentrer avec les enfants et remercia sa future belle-mère.

— Je voudrais pas que la maîtresse se fâche après eux autres demain matin parce qu'ils dorment pendant qu'elle explique quelque chose, plaisanta-t-il.

Avant de partir, il fit signe aux enfants de remercier leurs hôtes. Ann fut la première à s'exécuter, mais il était évident que la présence de Baptiste au visage ravagé par son infirmité la mettait aussi mal à l'aise que ses frères et sa sœur.

Après le départ de la petite famille, Constant aida Xavier à ranger la table d'appoint dans la remise avant de prendre congé.

Ce soir-là, Camille se mit au lit en se promettant de cesser de se tourmenter. Elle avait fait le premier pas et il n'était plus question de reculer. Elle prit la résolution de devenir une excellente mère et une épouse irréprochable. Curieusement, elle s'endormit presque en se mettant au lit, épuisée par les émotions qu'elle venait de vivre.

❦

Le lendemain matin, Bernadette fut l'une des premières à se lever chez les Beauchemin.

— Seigneur, t'es bien tombée en bas de ton lit, toi ! s'exclama sa mère qui venait à peine de sortir de sa chambre quand elle la vit apparaître dans la cuisine d'été où elle était occupée à allumer le poêle.

— Je veux partir de bonne heure pour l'école, la prévint sa fille en allant se planter devant l'une des fenêtres pour voir le temps qu'il faisait. Donat et les autres commissaires ont fait une réunion dans ma classe vendredi soir et je suis pas sûre pantoute qu'ils ont tout remis en ordre avant de partir. Si ça se trouve, ça va sentir la pipe à plein nez là-dedans.

Le ciel était gris et une petite brise secouait le feuillage des érables plantés en bordure de la cour.

— Puisque t'es déjà debout, va donc me chercher de l'eau au puits, pendant que je vais réveiller les autres, lui commanda sa mère.

Durant le déjeuner, Donat annonça son intention de faucher l'avoine ce jour-là, même s'il y avait menace de pluie.

— On est déjà en retard, dit-il. On aurait dû faire ça au commencement de la semaine passée.

— On devrait avoir le temps d'en rentrer au moins une charretée avant que la pluie commence à tomber, intervint Gustave en finissant d'essuyer un reste de sirop d'érable avec un morceau de pain dans son assiette.

— Je suppose que ça me servirait à rien de demander si quelqu'un viendrait me reconduire à l'école? demanda Bernadette en quittant la table.

— Tu penses tout de même pas qu'on va perdre le temps d'atteler le boghei pour aller te reconduire, fit son frère en allumant sa pipe.

— Dans ce cas-là, je pars tout de suite, dit-elle sur un ton décidé. Vous vous débrouillerez avec la vaisselle. J'ai pas le temps de vous aider.

Eugénie allait protester quand sa belle-mère lui fit signe de se taire. La jeune institutrice se coiffa de son petit chapeau devant le miroir. Elle alla embrasser son père sur une joue, prit son sac de cuir fauve déposé près de la porte, salua tout le monde et allait sortir quand sa mère la retint.

— Prends un parapluie avant de partir. Tu vois bien qu'il va peut-être mouiller.

Bernadette décrocha l'un des deux grands parapluies noirs suspendus derrière la porte et quitta la maison.

— Ça sert à rien d'essayer de la retenir le matin quand c'est le premier jour d'école, dit Marie à Camille et à sa bru. Elle est nerveuse comme un pou et c'est tout juste si elle partirait pas pour l'école avant que le coq se lève. Elle va vite se calmer.

Camille et Eugénie ne commentèrent pas et se mirent à desservir la table.

— Je vais aller vous donner un coup de main dans le champ après avoir fait le lavage, dit Camille aux deux hommes.

— Commencez à faucher, poursuivit Marie, Eugénie et moi, on va remettre un peu d'ordre dans la maison et on va y aller nous autres aussi, chacune notre tour.

Pendant ce temps, Bernadette marchait d'un bon pas sur la petite route qui longeait la rivière. En passant devant la maison de Constant, elle se rendit compte que le moulin était en marche malgré l'heure matinale et elle en déduisit que son amoureux était déjà au travail. Plus loin dans le rang Saint-Jean, elle salua sa sœur Emma elle aussi dehors en train d'étendre sur sa corde les premiers vêtements qu'elle venait de laver.

À son arrivée à l'école, trois enfants faisaient la course dans la cour. Il lui restait près d'une heure avant de sonner la cloche. Elle déverrouilla la porte et retrouva sa classe telle qu'elle l'avait laissée le vendredi précédent. Donat n'avait pas menti : tout avait été remis en ordre.

Ce jour-là, elle était venue aérer les lieux et laver les fenêtres. À peine était-elle arrivée que Télesphore Dionne avait traversé la route pour lui remettre la liste des élèves auxquels elle devrait enseigner durant l'année. À titre de seul commissaire d'école capable d'écrire, il avait été chargé par Donat de noter les noms de chacun des enfants qui fréquenteraient l'école. La liste comportait dix-neuf noms, dont ceux de deux enfants de six ans qui allaient suivre leur première année d'école.

Après son ménage, installée à son pupitre pour préparer la rentrée des élèves, elle avait aperçu son frère qui fauchait la cour arrière et l'étroite bande de terrain devant le petit édifice blanc. Ensuite, Charles-Étienne Desroches et ses deux fils étaient venus immobiliser une voiture remplie de bûches près de la petite remise située à côté des toilettes sèches, à l'arrière de l'école.

— Bonne sainte Anne! Est-ce que je vais finir par avoir la paix aujourd'hui? s'était-elle exclamée, excédée, en sortant sur le petit perron de l'école.

— On vous apporte votre bois pour l'hiver, lui avait expliqué le cultivateur du rang Saint-Paul. Comme on est du bon monde, on va même vous le corder dans votre hangar.

En ce premier matin de classes, le calme régnait dans la petite école en bois. Il n'était troublé que par les cris excités des enfants toujours en train de jouer à l'arrière du bâtiment. La jeune institutrice plaça une ardoise et une craie sur chacun des pupitres avant de se décider à aller surveiller les enfants.

À sa sortie, elle constata que quatre ou cinq élèves descendaient la côte abrupte du rang Sainte-Ursule. Le ciel était toujours aussi gris, mais la pluie ne semblait pas prête à commencer. Tout en se dirigeant vers la cour arrière, elle se reprocha de ne pas avoir songé à avertir les petits Connolly de continuer à l'appeler « mademoiselle », même si leur père s'apprêtait à épouser sa sœur Camille. Il ne faudrait tout de même pas qu'ils se mettent à la tutoyer devant les autres enfants, cela mettrait sûrement à mal son autorité.

Ce jour-là, la pluie annoncée par le ciel gris et maussade du matin ne tomba finalement qu'un peu après l'heure du souper, à la plus grande satisfaction de tous. Pour leur part, les Beauchemin avaient eu le temps de rentrer la moitié de leur récolte d'avoine.

— On est ben chanceux d'avoir pu en faire autant aujourd'hui, déclara Gustave Joyal en s'essuyant le front après avoir déposé la fourche qu'il avait utilisée pour décharger la dernière charretée en compagnie de Camille et de Donat.

— On va laisser sécher ça tranquillement dans la tasserie, dit Donat, satisfait de sa récolte. Dans une couple de semaines, après les labours, on le battra. Pour ce qui reste dans le champ, il va falloir attendre une belle journée pour le rentrer.

Chapitre 16

Le jubé

Durant la première quinzaine de septembre, le travail ne manqua pas chez Baptiste Beauchemin, comme dans toutes les fermes de la région. Il faisait si chaud qu'on aurait pu se croire encore au cœur de l'été. Pourtant, les érables avaient commencé à jaunir et à rougir, signe annonciateur de l'automne qui approchait rapidement. Le matin, il n'était pas rare de voir un léger brouillard s'élever des eaux de la rivière et noyer tout le paysage jusqu'à ce que le soleil réchauffe l'air.

Avec l'aide de ses filles et d'Eugénie, Marie était pratiquement parvenue à vider son grand jardin de tout son contenu. Il ne restait plus que les carottes et les citrouilles puisque la veille on avait fini de mettre en pots des betteraves marinées. De fait, Camille semblait infatigable. Au lendemain de ses fiançailles, la jeune femme avait soudainement réalisé que le garde-manger de son futur foyer était presque vide parce qu'on n'y avait fait aucune provision en vue de l'hiver qui approchait à grands pas. Elle s'était ouverte de son inquiétude à sa mère.

— Je crois bien qu'il est un peu trop tard pour les confitures, déclara cette dernière, compréhensive. Mais tu peux quand même faire des marinades et de la compote de pommes et de rhubarbe.

— Il va falloir que j'aille passer mes après-midi avec Ann pour y voir, décida Camille. Si je fais pas ça, on va manger juste des patates et de la viande tout l'hiver.

Ainsi, Liam Connolly avait dû se trouver des occupations hors de la maison chaque jour de la semaine après le dîner pour respecter la parole donnée à sa fiancée. Camille arrivait tôt et travaillait à vider le jardin plus ou moins bien entretenu par les enfants depuis le printemps précédent. Toutefois, elle parvint à mettre en conserve une quantité appréciable de tomates, de fèves et de betteraves. Elle trouva même le temps de faire quelques recettes de ketchup vert et de la compote de pommes.

— Mon père trouve que ça lui coûte pas mal plus cher en manger qu'avant, laissa tomber l'adolescente à sa future mère.

— Pourquoi il dit ça ? lui demanda Camille, intriguée, en repoussant une mèche de cheveux qui s'était détachée de son chignon.

— Parce que ma mère faisait pas autant de conserves.

— Eh bien ! Il va falloir qu'il s'habitue, répliqua la jeune femme. Pour être en santé, il faut manger comme du monde.

Ce jour-là, elle attendit que Liam apparaisse à la porte de la cuisine pour lui dire qu'elle comptait sur lui pour ramasser les pommes de terre.

— Je sais pas si je vais avoir le temps de venir demain, ils ont commencé à faire ça chez nous aujourd'hui et on va en avoir pour deux jours au moins.

— C'est pas pantoute ce que j'avais prévu pour demain, dit-il avec une certaine mauvaise humeur.

— Tu fais ce que tu veux, répliqua-t-elle en se coiffant de son chapeau de paille. Mais tu vas trouver l'hiver pas mal long à manger du lard tout seul, sans patates à tous les repas.

— C'est correct, on va faire ça.

Camille sentit qu'il s'apprêtait à faire rater une ou deux journées d'école aux enfants pour l'aider à déterrer et à transporter les pommes de terre dans le caveau.

— Essaye de pas faire manquer l'école aux trois enfants, suggéra-t-elle avec douceur. Rose aime ça et elle a besoin d'au moins un de ses frères pour y aller.

— Inquiète-toi pas pour ça, répliqua-t-il sur un ton qui se voulait rassurant.

Elle l'avait laissé sur ces mots et était rentrée lentement à la maison à pied.

— Un merci de temps en temps, ce serait pas de trop, se dit-elle à mi-voix en marchant. C'est comme si j'étais obligée d'aller mettre de l'ordre chez eux tous les jours.

À son retour à la maison, la jeune femme ne put faire autrement que d'aider sa mère et sa belle-sœur à transporter des seaux de pommes de terre qu'elles allaient vider dans le caveau, sous la maison. Assis sur la galerie, une couverture sur les jambes, Baptiste les regardait, impassible, de son unique œil valide.

Quand Bernadette revint de l'école, elle s'empressa de changer de robe pour aider à achever ce travail éreintant entrepris le matin même. À son arrivée dans ce qu'on appelait «le carré de patates», Marie se releva, les mains appliquées sur ses reins douloureux.

— Bon, je crois bien que je vais te laisser la place et aller préparer le souper, déclara-t-elle. Donat a envoyé Gustave chercher les vaches. Il doit avoir commencé le train à l'heure qu'il est.

Durant près d'une heure, Eugénie et ses deux belles-sœurs continuèrent à aller déverser des pommes de terre dans le caveau avant de s'arrêter.

— Il reste plus une patate, annonça Eugénie, satisfaite. Ça, c'est l'ouvrage que j'haïs le plus faire, ajouta-t-elle en se dirigeant vers la remise pour y déposer son seau.

— Les patates sont pas encore rentrées chez Liam, ne put s'empêcher de dire Camille. Je pensais qu'on en aurait pour deux jours, comme l'année passée, pour tout ramasser.

— Ça a été plus vite parce que Donat et Gustave nous ont donné un coup de main, expliqua Eugénie.

— J'espère que t'as pas l'intention d'aller faire ça chez les Connolly, intervint sa jeune sœur, qui avait remarqué son air épuisé.

— Non, mais je lui ai demandé d'y voir demain. Il va peut-être se faire aider par Patrick. Ça fait que sois pas surprise s'il est pas à l'école.

Un peu plus tard, Camille se retrouva seule dans la cuisine avec sa mère.

— Il me semble que tu reviens de plus en plus tard de chez ton futur, lui fit remarquer Marie, suspicieuse.

— Inquiétez-vous pas pour rien, m'man, Liam est pas dans la maison.

— Je pensais pas à ça pantoute, mentit sa mère.

— Mais il y a tellement à faire avec l'hiver qui s'en vient. Il y a rien de prêt.

— Exagère pas quand même, la mit en garde Marie en remarquant soudain ses traits tirés. Ça te donnerait rien de te jeter à terre avant ton mariage.

— Si encore j'avais droit à un peu de reconnaissance, laissa tomber la jeune femme d'une voix un peu éteinte.

Sa mère posa une main sur son bras et la força à la regarder.

— Écoute-moi bien, Camille, fit-elle, sévère. C'est à toi à t'organiser pour qu'on te prenne pas pour une servante dans cette maison-là. Si tu te laisses manger la laine sur le dos avant même d'être mariée, qu'est-ce qui va t'arriver après?

— Oui, m'man.

— Un merci, ça a jamais tué personne. C'est à toi d'y voir.

Quand Donat rentra à la maison, après un bref arrêt au puits pour se désaltérer, Bernadette se souvint du message qu'elle devait lui livrer.

— Monsieur Ellis s'est arrêté à l'école à midi, apprit-elle à son frère.

— Qu'est-ce qu'il voulait?

— Il m'a dit de te prévenir qu'il y avait une réunion du conseil à soir.

— Pourquoi à soir? demanda-t-il, de mauvaise humeur. On est supposés faire cette réunion-là le dernier mardi du mois...

— Il m'a dit que l'architecte Bélisle allait être là, ajouta la jeune institutrice.

— Ah ben, c'est la meilleure! s'exclama-t-il.

— Pourquoi tu dis ça? intervint sa mère.

— Si Bélisle est là, ça veut dire qu'il y a quelqu'un qui l'a fait venir de Saint-Zéphirin sans en parler aux autres syndics. Le seul qui a pu faire ça dans notre dos, c'est Samuel Ellis.

— Pourquoi il aurait fait ça? lui demanda sa femme en déposant un plat de pommes de terre fumantes sur la table.

— Ça peut pas être pour autre chose que pour le jubé. Monsieur le curé en veut un à tout prix et il comprend pas qu'on n'a pas les moyens d'en faire construire un cette année.

— On le comprend, dit Camille. Avec son idée de pas voir plus que quinze personnes debout en arrière à la grand-messe, il y a bien des gens de Saint-Bernard qui sont pas contents pantoute et ils s'en cachent pas.

— Il y a de quoi, reconnut son frère. Dionne m'a dit pas plus tard qu'hier qu'il y a des cultivateurs qui ont recommencé à aller à leur ancienne paroisse plutôt que d'être forcés à aller à la basse-messe.

En fait, le mécontentement de plusieurs fidèles de la mission était palpable depuis que Josaphat Désilets avait décidé de remettre de l'ordre dans la chapelle à la grand-messe du dimanche matin. Si certains avaient décidé de retourner assister à la grand-messe dans leur ancienne paroisse, d'autres, moins scrupuleux, avaient tout simplement renoncé à pratiquer, ce qui était inacceptable.

Un peu plus tard, Donat ronchonna durant tout le temps qu'il faisait sa toilette et il remercia à peine Gustave d'avoir attelé la Noire pour lui permettre de se présenter à l'heure à la réunion. Lorsqu'il arriva à la chapelle peu avant sept heures, le soleil se couchait.

— Les journées raccourcissent vite, lui fit remarquer Anatole Blanchette, qui descendit de son boghei en même temps que lui, près de la sacristie.

En se retournant, Donat aperçut Antonius Côté en grande conversation avec Samuel Ellis et Thomas Hyland. Les trois hommes ne semblaient pas du tout pressés d'aller frapper à la porte de la sacristie.

Le fils de Baptiste alla rejoindre les trois hommes en compagnie de Blanchette.

— Qui a fait venir Bélisle sans en parler d'abord aux autres ? demanda-t-il sur un ton plutôt agressif.

— Monte pas trop vite sur tes grands chevaux, le jeune, le prévint Ellis, guère de meilleure humeur que lui. C'est personne parmi nous autres. C'est monsieur le curé qui est venu me voir. Il m'a mis devant le fait accompli. En plus, c'est lui qui a demandé une réunion à soir.

— On dirait qu'il a pas compris ce que tu lui as dit à la dernière réunion, lui fit remarquer Côté, narquois. Il me semble pourtant que t'as été assez clair quand tu lui as dit que c'était toi qui organisais les réunions.

— Non, il a pas compris pantoute, déclara Ellis, les dents serrées.

— Ou il a pas eu le goût de comprendre, compléta Hyland avec un petit rire. Il y en a comme ça…

— J'espère que t'as pas été lui raconter que t'avais promis au curé Ouellet d'aller parler d'un jubé à Bélisle ? lui demanda Côté.

— Ben non, se défendit Ellis sans trop de conviction.

— On dirait que t'en es pas sûr, fit remarquer Blanchette, l'air soupçonneux.

— Ben oui, je suis certain, je suis pas fou.

— D'abord, étais-tu allé en parler à Bélisle ? demanda le gros cultivateur du rang Saint-Paul.

— Ben oui, reconnut le rouquin, mais comme monsieur le curé est mort la semaine après...

— Cette discussion-là sert à rien, trancha Thomas Hyland. Si on se décide à entrer, on va savoir le fin mot de l'histoire.

— C'est vrai. Ça sert à rien de se lamenter, dit le président du conseil des syndics. Comme vous le voyez, la voiture de Bélisle est là. Elle était déjà là quand je suis arrivé il y a une demi-heure. Ils sont en train de placoter en dedans. On y va. Plus vite on aura commencé, plus vite on en aura fini.

Sur ces mots, Ellis se dirigea vers la porte de la sacristie, suivi de près par ses quatre compagnons. Le curé Désilets les fit pénétrer dans la grande pièce éclairée chichement par une unique lampe à huile. Les syndics découvrirent alors l'architecte Eugène Bélisle déjà assis à la table. Le petit homme à l'épaisse chevelure poivre et sel se leva et vint serrer la main de chacun des nouveaux arrivants. Quand le prêtre le présenta à Donat, l'architecte de Saint-Zéphirin s'informa de l'état de santé de son père auquel il avait eu affaire à plusieurs reprises lors de la construction de la chapelle, l'année précédente.

Josaphat Désilets fit signe aux syndics de prendre place autour de la table et récita une courte prière, face au crucifix fixé au mur, avant de les inviter à s'asseoir.

— Comme vous l'avez deviné, j'ai demandé à monsieur Bélisle de venir nous rencontrer pour nous parler du jubé qu'il va falloir construire, déclara le prêtre d'entrée de jeu.

Donat attendit que l'un de ses collègues prenne la parole, mais personne n'en manifesta l'intention. Il décida alors d'intervenir.

— Si je me trompe pas, monsieur le curé, il me semble que le conseil a jamais parlé du jubé à la dernière réunion et...

— Attends que j'aie fini de parler, mon garçon, avant de prendre le mors aux dents, l'interrompit sèchement le prêtre.

Donat regarda les autres syndics. Aucun ne parut prêt à l'appuyer.

— Il faut d'abord que je vous dise que l'abbé Victor Desmeules m'a fait parvenir une lettre dans laquelle il annonce sa visite pour le samedi 14 octobre.

— J'espère que vous l'avez pas ouverte devant le facteur, monsieur le curé, plaisanta Anatole Blanchette.

— Pourquoi vous me dites ça ?

— Parce que le père Meilleur est la pire commère et que, s'il est au courant, tout le monde va le savoir avant demain soir.

— Inquiétez-vous pas pour ça, monsieur Blanchette, j'ai pas l'habitude de lire mon courrier devant le facteur, précisa le curé, l'air pincé. Bon, j'en reviens à l'abbé Desmeules, il m'a prévenu qu'il arriverait tôt le matin de manière à pouvoir faire le tour de la mission. Il veut tout examiner et se faire une idée des limites de la future paroisse. Il entend surtout rencontrer tous les francs-tenanciers de Saint-Bernard-Abbé, à deux heures, ce jour-là. J'ai dans l'idée qu'il va demander à chacun s'il veut rester à Saint-Bernard-Abbé ou retourner dans sa paroisse, vous pouvez compter là-dessus. Il est inutile de vous rappeler que l'avenir de la mission dépend de sa décision. Il peut aussi bien recommander à monseigneur l'érection de la mission en paroisse que l'annulation de la mission et votre retour à vos paroisses d'origine.

— Si je me trompe pas, il haïrait pas qu'un syndic l'accompagne dans sa tournée, intervint Samuel Ellis.

— Il ne l'a pas demandé, répondit le curé.

— Le conseil va tout de même s'organiser, ce jour-là, pour le recevoir quand il arrivera et on ira avec lui, décida l'Irlandais, sans consulter le prêtre.

Les membres du conseil approuvèrent.

— Allez-vous annoncer cette visite-là aux gens de Saint-Bernard, monsieur le curé? demanda Antonius Côté.

— Oui, je vais en parler en chaire. C'est d'abord pour cette raison que j'ai demandé cette réunion, poursuivit le curé Désilets. Je suppose que vous avez pas changé d'idée et que vous voulez toujours que Saint-Bernard devienne une véritable paroisse?

Tous les syndics s'empressèrent de confirmer qu'ils n'avaient pas changé d'avis.

— Dans ce cas-là, vous devez vous rendre compte que l'enquêteur va d'abord s'apercevoir que ça n'a pas d'allure qu'il n'y ait que quarante-six bancs dans une mission qui compte cinquante-huit familles canadiennes et trente et une familles irlandaises. Voyons donc! Il y a cinq cent vingt-six personnes qui vivent à Saint-Bernard-Abbé et sa chapelle est tellement petite qu'on peut à peine en faire asseoir la moitié.

— L'enquêteur va ben comprendre qu'on vient juste de construire la chapelle et qu'on n'a pas les moyens de faire plus pour tout de suite, répliqua Donat, qui se sentait obligé de défendre l'œuvre de son père.

— Il va peut-être le comprendre, mais il l'excusera pas, rétorqua sèchement le curé Désilets. Comme je le connais, il va sauter sur cette raison-là soit pour refuser qu'on devienne une paroisse, soit pour enlever à Saint-Bernard une bonne partie de sa population en disant qu'on n'a pas les moyens de la desservir convenablement, ajouta-t-il sur un ton posé.

— Et je suppose que vous pensez qu'un jubé pourrait le faire changer d'idée, se décida à dire Samuel Ellis.

— J'en ai longuement discuté avec monsieur Bélisle, ici présent. Il m'a dit que tu lui en avais parlé au commencement de l'été parce que l'idée trottait déjà dans la tête du curé Ouellet, je suppose.

— Monsieur le curé m'avait demandé de m'informer, reconnut Ellis à contrecœur.

— Mon prédécesseur avait raison, il nous en faut un, et pas plus tard que cet automne. Il faut que la construction du jubé ait commencé avant la visite de l'abbé Desmeules pour lui prouver qu'on prend tous les moyens pour accueillir tous les fidèles de la mission.

— Mais où est-ce qu'on va prendre l'argent? demanda Thomas Hyland. C'est ben beau vouloir convaincre l'enquêteur, mais ce jubé-là, monsieur Bélisle le construira pas pour des prières.

L'architecte de Saint-Zéphirin remonta ses lunettes qui avaient légèrement glissé sur son nez et secoua son épaisse crinière poivre et sel avant d'étaler sur la table plusieurs feuilles de papier sur lesquelles un plan avait été tracé.

— J'ai fait ce plan-là au mois de juillet, après avoir parlé avec monsieur Ellis.

Durant quelques instants, l'architecte prit la peine d'expliquer les travaux nécessaires pour l'ajout d'un jubé dans la chapelle.

— J'ai longuement discuté de tout ça avec monsieur le curé, conclut l'homme d'une voix pondérée. Vous me connaissez, j'ai pas l'habitude d'exagérer quand je fais un prix. Quand j'ai construit votre chapelle, j'ai calculé au plus juste.

Plusieurs hochèrent la tête en signe d'approbation.

— Mais là, vous comprendrez, c'est une autre paire de manches. Vous me devez encore pas mal d'argent et il faut tout de même que je paye mes ouvriers. Un jubé, ça a l'air de rien à première vue, mais comme je viens de vous l'expliquer, c'est toute une besogne. Il va falloir renforcer les murs et le plancher de la chapelle avant de l'installer.

— Est-ce que vous avez un chiffre en tête, monsieur Bélisle? lui demanda Donat.

— Oui, et je vous défie de trouver un prix plus bas.

— Combien ça coûterait ? s'enquit Ellis.

— Je peux pas vous le faire en bas de deux cents piastres.

— Deux cents piastres ! s'exclama Anatole Blanchette, horrifié.

— Oui, mais ça comprendrait aussi trois rangées de cinq bancs. C'est pas rien.

Les syndics se regardèrent, mais aucun n'osa reprendre la parole.

— À force de discuter avec monsieur Bélisle, intervint Josaphat Désilets, je l'ai persuadé d'accepter d'étendre sur dix ans notre dette, ce qui donnerait des paiements bien raisonnables à faire chaque année par la fabrique.

— S'il y a pas moyen de faire autrement… commença Hyland.

— Ça servirait pas à grand-chose d'en discuter jusqu'à amen, reprit Blanchette. Pourquoi on passe pas tout de suite au vote ?

— Oui, on va voter, décida Samuel Ellis en faisant acte de président. Quels sont ceux qui sont pour la construction d'un jubé ?

Il y eut un léger flottement, mais tous finirent par lever la main. Donat fut le dernier à s'exécuter, peu enchanté par la perspective de voir Saint-Bernard-Abbé s'enfoncer dans de lourdes dettes.

— Et pour la cloche ? reprit Josaphat Désilets, qui ne cachait pas sa satisfaction d'être parvenu si facilement à ses fins.

— Si ça vous fait rien, monsieur le curé, on parlera d'une cloche quand on aura moins de dettes sur le dos, osa dire Donat Beauchemin.

Le prêtre le fixa d'un œil mauvais et il allait répliquer quand le président du conseil intervint.

— Pour la cloche, on va aussi voter, si ça vous fait rien, monsieur le curé. Mais moi aussi, je pense qu'on n'aura pas les moyens de s'en payer une cette année.

Lors du vote à main levée, seul Josaphat Désilets vota pour l'achat d'une cloche.

— Je suppose que le président du conseil va être le maître d'œuvre, comme l'a été monsieur Beauchemin pour la construction de la chapelle ? demanda Eugène Bélisle.

— C'est ce qui se fait d'habitude, non ? intervint Hyland quand il s'aperçut que le curé allait s'y opposer.

— Oui, déclara Samuel Ellis, peu enchanté de voir cette nouvelle tâche lui tomber sur le dos.

— Je pourrai aussi y voir, suggéra Josaphat Désilets.

— Savez-vous, monsieur le curé, j'aime autant pas, répliqua carrément l'architecte. Si vous commencez à vous en mêler en même temps que monsieur Ellis, mes hommes sauront plus où donner de la tête. Croyez-moi, c'est bien plus facile quand il y a juste un responsable. Je vous conseillerais plutôt d'en parler au président de votre conseil si quelque chose fait pas votre affaire en vous rappelant que toute modification au plan que je viens de vous soumettre ce soir entraînera des coûts supplémentaires.

— Il faudrait pas quand même que…

— Monsieur Bélisle a raison, monsieur le curé, intervint Thomas Hyland, il est peut-être mieux qu'Ellis soit tout seul à s'en mêler.

Josaphat Désilets allait s'entêter quand il se rendit compte que tous les hommes assis autour de la table partageaient ouvertement la position de l'architecte. Il décida sagement de se taire.

Finalement, vers neuf heures, Bélisle fit signer à chacun des membres du conseil le contrat détaillé des travaux qu'il se proposait de commencer dès la fin de la semaine. Il prit congé du curé Désilets en même temps que les syndics.

— C'est drôle, j'ai l'impression qu'on s'est fait embarquer par notre curé, déclara Antonius Côté à Donat en montant dans sa voiture.

— C'est aussi ce que je pense. Je le trouve pas mal finaud. Je te gagerais une vieille cenne noire qu'il va trouver moyen de se mêler de la construction du jubé sous le nez d'Ellis. Tu sauras me le dire.

❦

Le lendemain après-midi, Camille alla aider Ann à déterrer les carottes et les navets du jardin et à les transporter dans le caveau où Liam et ses enfants avaient entassé une abondante récolte de pommes de terre.

À son arrivée chez les Connolly, elle avait trouvé Ann en train d'essuyer la vaisselle utilisée par son père et elle au dîner. Ce dernier venait de quitter la maison pour aller brûler des branches au bout de l'un de ses champs. La jeune femme retira sa bague de fiançailles et chercha, durant un court moment, où la déposer durant le travail qu'elle s'apprêtait à faire en compagnie de l'adolescente. Le bijou était un peu grand pour son doigt et elle craignait de le perdre. Ann la vit finalement le laisser sur la table.

— C'est drôle que vous ayez la même grosseur de doigt que ma mère, dit la fille aînée de Liam en rangeant son linge à essuyer la vaisselle.

— Pourquoi tu me dis ça ? lui demanda Camille, étonnée.

— Parce que c'était la bague de ma mère, répondit l'adolescente en pointant le bijou que la jeune femme venait de retirer de son doigt.

Cette remarque assombrit l'humeur de Camille qui ne cessa d'avoir des idées noires durant tout l'après-midi. Elle avait du mal à accepter que son fiancé lui ait offert comme bague de fiançailles une bague ayant appartenu à sa femme décédée. C'était, à ses yeux, un manque de considération qui la peinait énormément.

Ce soir-là, une atmosphère étrange régna chez les Beauchemin. On aurait dit que chacun, le visage fermé, était aux prises avec des choses désagréables et ne parvenait pas à s'en échapper pour communiquer avec les autres. Gustave Joyal avait dû le sentir parce que l'employé s'était empressé de monter dans sa chambre, à peine avalée la dernière bouchée de son souper.

Bernadette avait eu droit à la première visite du curé Désilets dans sa classe et le prêtre s'était montré tatillon et déplaisant durant plus d'une heure avant de partir sur la promesse de revenir bientôt.

— J'espère que les enfants vont connaître mieux leur catéchisme quand je vais revenir, avait-il dit sur un ton cassant.

De toute évidence, il la tenait pour responsable du peu de connaissances religieuses des enfants et mettait en doute sa compétence d'enseignante.

— Qu'il aille au diable! avait-elle murmuré quand il était monté dans sa voiture pour retourner à la sacristie.

Eugénie boudait ostensiblement à l'autre bout de la cuisine d'été. Sa belle-mère n'avait pas cessé de la houspiller toute la journée, particulièrement durant l'après-midi, parce qu'elle ne pouvait compter que sur son aide, une fois Camille partie chez les Connolly.

Marie ne cessait de lui lancer des regards pleins de rancune. Elle supportait de plus en plus mal l'indolence de sa bru qui, au moindre pleur d'Alexis, en profitait pour aller le bercer durant de longs moments, lui laissant tout le travail sur les bras.

— Bondance, il y a tout de même des limites à pourrir un enfant! avait-elle fini par s'écrier. Laisse-le brailler un peu, ça le fera pas mourir. Tu le gâtes trop.

Mais sa bru avait fait la sourde oreille et s'était empressée de prendre dans ses bras son petit garçon d'un an pour aller le bercer. Puis il y avait Baptiste, de plus en plus souvent incontinent, qu'il fallait nourrir et nettoyer comme un bébé. La maîtresse de maison se sentait fatiguée et se demandait où elle allait puiser l'énergie nécessaire pour le grand barda d'automne et la préparation du repas de mariage de sa fille aînée.

À la table, Camille cousait un vêtement pour Rose tout en faisant la face longue depuis son retour de chez les Connolly. La jeune femme avait eu beaucoup de mal à se retenir d'aller dire carrément à son fiancé ce qu'elle pensait de son manque de délicatesse. Mais là, elle se demandait si elle avait eu raison de résister à sa tentation. Il y avait tout de même des limites…

Pour sa part, Donat n'avait pratiquement pas ouvert la bouche de la soirée. Il n'avait aucune envie de se retrouver tiraillé encore entre sa mère et sa femme. Il avait bien d'autres sujets de préoccupation. Sa mère lui avait fait part, le matin même, de son intention de donner leur plus gros porc ou cinq dollars comme dot à Camille, ce qu'il n'avait vraiment pas prévu.

— Est-ce que c'est ben nécessaire, m'man? avait-il protesté. Il me semble que Connolly profite d'elle depuis déjà un an et, en plus, elle va arriver avec tout son trousseau.

— C'est pas à toi de décider ça, mon garçon, avait rétorqué sa mère de façon abrupte. Quand une fille se marie, la tradition veut que ses parents lui donnent une dot. Ta sœur est pas moins qu'une autre, elle va en avoir une. On va même lui donner le choix. C'est ce qu'on a fait pour Emma. Je vois pas pourquoi on n'en ferait pas autant pour elle.

Donat avait quitté la maison plutôt mécontent de la décision maternelle.

Marie annonça soudain qu'il était temps de faire la prière. Elle s'agenouilla la première au milieu de la cuisine, attendant avec une certaine impatience que les siens l'imitent. Tous abandonnèrent ce qu'ils étaient en train de faire et s'agenouillèrent à leur tour. Bernadette eut un soupir d'exaspération qui lui attira un lourd regard de sa mère.

Après la prière, Donat s'empressa d'aller remonter le mécanisme de l'horloge pendant que Camille et sa mère poussaient le fauteuil roulant de Baptiste dans la chambre. Toutes les deux soulevèrent l'infirme et le déposèrent sur le bord du lit.

— Monte pas tout de suite te coucher, dit Marie à sa fille, j'ai à te parler dans le particulier.

Camille retourna dans la cuisine d'été au moment où Bernadette la quittait pour monter à sa chambre.

— Tu te couches pas tout de suite? demanda-t-elle à son aînée.

— Dans deux minutes, répondit Camille sans donner plus d'explication.

Elle alla s'asseoir à la table et attendit que sa mère ait fini de mettre son père au lit. Elle n'eut pas à attendre très longtemps. Marie revint dans la cuisine et prit place en face de sa fille aînée.

— Je voulais te demander d'abord s'il te manquait un morceau dans ton trousseau.

— Non, m'man, j'ai tout ce qu'il faut. À l'âge où je me marie, j'ai eu tout le temps de le préparer, ajouta-t-elle avec un sourire contraint.

— C'est correct, à cette heure, je veux savoir ce que t'aimes mieux comme dot.

— J'ai pas besoin de dot, m'man.

— C'est pas une question de besoin, c'est une tradition. On en a donné une à Emma quand elle s'est mariée et on va en donner une à Bernadette si elle se décide un jour. Il y a pas de raison que t'en aies pas une, toi aussi. Qu'est-ce que t'aimes mieux: cinq piastres ou le plus gros de nos cochons?

Camille réfléchit durant un bref moment avant de dire à sa mère:

— Ni l'un ni l'autre, m'man. J'aimerais mieux, si ça vous prive pas trop, une bonne longueur de l'étoffe du pays qu'on a tissée l'hiver passé.

— Pourquoi tu choisis ça? s'étonna sa mère.

— Les enfants vont avoir besoin de linge chaud pour l'hiver et j'aurai jamais le temps de leur en tisser à temps.

— Si t'aimes mieux ça, j'ai rien à redire, accepta Marie en ne quittant pas des yeux le visage de sa fille.

— Merci, m'man, rien pouvait me faire plus plaisir.

— Bon, à cette heure que l'histoire de ta dot est réglée, est-ce que je peux savoir pourquoi t'as le visage aussi long depuis que t'es revenue de chez Liam ? J'espère qu'il s'est rien passé dont tu pourrais avoir honte ?

— Ben non, m'man. Qu'est-ce que vous allez chercher là ? C'est juste une niaiserie.

— Quelle niaiserie ? Vous vous êtes chicanés ?

— Non, c'est à cause de ma bague de fiançailles.

— Qu'est-ce qu'elle a, ta bague ?

— Ann m'a dit que c'était la bague de sa mère.

— Puis après ? demanda Marie, qui ne voyait apparemment pas le problème.

— J'ai juste pas aimé ça.

— Ah ben, là, tu me déçois pas mal, ma fille, fit Marie. Tu te mets tout à l'envers parce qu'il t'a donné la bague de sa femme… Qu'est-ce que tu voulais qu'il fasse ? Qu'il aille t'en acheter une à Sorel ?

— Je trouve que c'est me manquer de considération.

— Ma pauvre Camille ! la plaignit sa mère avec un air de commisération. T'oublies que l'argent est rare et qu'un homme qui a quatre enfants à nourrir a bien autre chose à faire de son argent que de laisser traîner au fond d'un tiroir une bague pour aller en acheter une autre. Moi, j'ai jamais eu de bague de fiançailles, juste une alliance, et j'en suis pas morte.

— Je le sais bien, reconnut la jeune femme avec un pauvre sourire.

— S'il t'a donné la bague de sa défunte, c'est qu'il te considère au moins autant qu'il la considérait. Tu devrais plutôt être fière de ça. En plus, si je me souviens bien, t'as pas fait tant d'histoire quand les enfants t'ont donné une broche de leur mère l'année passée.

— C'est vrai.

— Bon, arrête de t'en faire pour ça et dis-toi donc que cet homme-là t'aime, conclut Marie en se levant.

Camille monta se coucher en se disant que sa mère avait probablement raison, qu'elle s'en faisait pour un rien. Elle s'endormit en pensant à ce qu'elle allait faire avec l'étoffe que sa mère allait lui donner.

Chapitre 17

Au feu !

Après un trop bref été indien, les premières pluies d'automne firent leur apparition, apportant avec elles de la fraîcheur et de l'humidité. Avec les derniers jours de septembre, la température chuta brusquement et il était maintenant nécessaire de laisser le poêle allumé la plus grande partie de la journée pour rendre la maison confortable.

À l'extrémité du rang Sainte-Ursule, Xavier Beauchemin continuait à broyer du noir en attendant des nouvelles de Catherine Benoît. Il avait d'abord espéré qu'elle reviendrait à Saint-Bernard-Abbé dès le début du mois, mais cela ne s'était pas produit et il commençait sérieusement à désespérer de la revoir un jour. La veille, il avait fini de rentrer ses récoltes. Il ne lui restait plus que le sarrasin à faucher, et il ne le ferait que dans deux ou trois semaines. Il avait aussi vendu une quantité appréciable de bois à Thomas Hyland quelques jours auparavant. Le propriétaire de la scierie située de l'autre côté de la rivière, en face du moulin de Constant Aubé, fournissait le bois nécessaire à la construction du jubé.

— Avec cet argent-là, déclara-t-il à Antonin, j'ai décidé d'acheter les deux vaches que Tancrède Bélanger veut vendre. Il en demande un prix raisonnable en plus qu'elles attendent toutes les deux un veau.

Après le repas, il attela sa carriole et mit deux longes dans la voiture pour pouvoir tirer les deux bêtes. Il venait à peine de quitter sa cour quand il aperçut Laura Benoît sur le bord de la route, se dirigeant vers lui. Il arrêta immédiatement son attelage et descendit de voiture pour s'informer de ce qui se passait.

— Le facteur m'a laissé une lettre de Catherine avant le dîner, lui apprit-elle.

Son cœur se serra. Une prémonition lui disait que la mère de la jeune fille allait lui annoncer une mauvaise nouvelle.

— Ça a dû vous faire plaisir qu'elle vous écrive, se contenta-t-il de dire à la veuve. Est-ce qu'elle va ben ?

Il aurait aimé lui demander si sa fille avait parlé de lui, mais il n'osait pas.

— On le dirait.

Il avait une folle envie de la secouer pour lui faire cracher le contenu de la lettre. Si elle avait voulu le faire souffrir, elle ne s'y serait pas pris autrement.

— Est-ce qu'elle donne des nouvelles ? finit-il par demander, de plus en plus mal à l'aise.

— Oui, elle m'a demandé de te prévenir qu'elle allait revenir dans une dizaine de jours.

Xavier poussa un grand soupir de soulagement, soupir qui n'échappa pas à la mère de Catherine, incapable de cacher un sourire.

— J'espère que ça fait ton affaire, dit-elle sur un ton plaisant.

— C'est une ben bonne nouvelle, madame Benoît, répondit-il, soudain tout joyeux. Montez donc, je vais vous laisser chez vous en passant.

Laura Benoît ne se fit pas prier et monta à ses côtés. Il laissa sa voisine près de sa maison après l'avoir remerciée encore une fois de s'être donné la peine de venir lui donner des nouvelles de sa fille. Debout devant la porte de la remise, Cyprien Benoît, l'air hostile, l'ignora ostensiblement, ce qui ne dérangea pas le moins du monde son jeune voisin.

La tête remplie de projets d'avenir, le jeune homme, distrait, parcourut tout le rang Sainte-Ursule. Il ne vit pas plus Thomas Hyland en train de parler à son homme engagé près de la route que le curé Désilets en train de lire son bréviaire en faisant les cent pas devant la chapelle qui résonnait des coups de marteau des ouvriers au travail à l'intérieur. Il descendit la côte, emprunta le pont et parcourut quelques arpents avant de s'arrêter devant la petite maison grise des Bélanger.

Le marché fut vite conclu entre le gros Tancrède et le cadet des Beauchemin. Ils en avaient discuté durant de longues minutes le dimanche précédent, à la sortie de la grand-messe.

Alors qu'il traversait lentement le pont, les deux vaches attachées à l'arrière de sa carriole, Xavier songea soudain qu'il avait besoin d'allumettes et d'huile à lampe. Il fit entrer son attelage dans la cour commune entre le magasin général et la forge et entrava son cheval avant d'entrer chez Dionne.

À son entrée, il aperçut Agénor Moreau en grande conversation avec le propriétaire et Hormidas Meilleur, qui venait probablement de terminer sa tournée.

— À ce que je vois, les plus vaillants de la paroisse sont encore en train de s'éreinter à l'ouvrage, plaisanta-t-il, toujours d'excellente humeur.

— Aïe ! un peu de respect pour les plus vieux, lui intima le facteur, les pouces passés dans les entournures de son gilet en étoffe du pays et le chapeau melon repoussé vers l'arrière.

— On parle de choses sérieuses, nous autres, dit le vieux bedeau à son tour.

— Je suppose que vous êtes en train de gager lequel de vous deux va avoir la chance de marier madame Cloutier, fit Xavier, narquois. C'est vrai que vous êtes deux blasphèmes de bons partis !

— T'es pas drôle pantoute, mon garçon, s'insurgea Agénor Moreau. Tu sauras que tu parles à un homme qui a été marié trente-six ans… Il faut avoir la couenne dure pour endurer si longtemps la même femme. Je dirais même que ça ôte un peu le goût de recommencer, ajouta-t-il en adressant un clin d'œil de connivence au facteur.

— Vous, peut-être, mais notre facteur, c'est un vieux garçon, non ?

— Toi, fais pas de farce avec ça, lui ordonna Hormidas Meilleur. Je suis ben comme je suis là et j'ai pas besoin de personne pour me mener par le bout du nez du matin au soir.

— Moi, ça me fait rien, intervint Télesphore Dionne en regardant par la fenêtre, mais j'ai ben l'impression que tu vas avoir affaire à notre forgeron. Les vaches que tu traînes sont en train de lui laisser des belles bouses dans sa cour, et il aimera pas ça.

—Une bouse ! c'est pas pire que du crottin de cheval. Comme forgeron, il passe son temps à ferrer des chevaux. Il doit ben y en avoir de temps en temps qui se laissent aller dans sa forge. Je peux tout de même pas mettre une couche à mes vaches. Me donneriez-vous deux boîtes d'allumettes et une pinte d'huile à lampe ?

Pendant que le propriétaire du magasin général allait lui chercher ce qu'il demandait, Hormidas Meilleur reprit la parole.

— Tu devineras jamais qui j'ai croisé sur le chemin, à matin, dit-il à Xavier.

— Qui ?

— L'ancien homme engagé de ton père, celui que vous appeliez Gros-Gras, je pense.

— Pas le maudit voleur ? demanda Xavier, étonné. Ignace Houle ? Vous êtes ben sûr de ça ?

— Je pense pas me tromper. Il me semble ben que c'était lui, même s'il a l'air d'avoir pas mal maigri. Tout ce que je peux te dire, c'est qu'il m'a reconnu parce que, quand il m'a vu, il s'est dépêché de prendre le bord du bois.

— Je voudrais ben savoir ce que cette maudite racaille a à venir traîner à Saint-Bernard, fit Xavier.

— Tu lui demanderas quand tu le verras, se moqua le petit homme.

— Là, j'en reviens pas. On lui a sacré une volée cet été quand on l'a poigné à Saint-Zéphirin et on lui en a promis une autre si jamais il avait le front de revenir traîner dans le coin.

— On dirait ben qu'il a pas compris, dit Agénor Moreau.

— En tout cas, vous avez ben fait de le sacrer dehors, conclut le facteur. Je donnerais pas le bon Dieu sans confession à un gars qui a l'air aussi hypocrite.

— Chez nous, ils l'ont pas sacré à la porte, corrigea Xavier, il est parti en faisant des dégâts et après avoir volé l'argent de ma mère.

Si le fils cadet de Baptiste Beauchemin n'avait pas eu deux vaches attachées derrière sa carriole, il aurait fait demi-tour pour aller prévenir son frère que Gros-Gras traînait dans Saint-Bernard. Toutefois, il le prévint deux jours plus tard quand il le rencontra.

Ce matin-là, Marie s'était levée en frissonnant et s'était empressée d'allumer le poêle dans la cuisine d'été pour faire du thé. Les fenêtres étaient légèrement embuées et elle serra contre elle les pans de son châle.

— Maudit que c'est pas chaud ! se plaignit Donat en entrant dans la pièce.

— Oui, reconnut sa mère, je pense que c'est aujourd'hui qu'on va faire le barda d'automne. Je vois pas pourquoi on continuerait à geler ici dedans quand on peut être bien mieux dans le haut-côté.

En apprenant que ce déménagement rituel allait avoir lieu le jour même, Eugénie fut incapable de réprimer une grimace. Elle savait qu'une longue journée de travail s'annonçait pour les femmes de la maison.

— J'espère qu'on va avoir un coup de main des hommes, dit-elle.

— Le barda regarde pas pantoute les hommes, la contra sa belle-mère. On est quatre dans la maison, on devrait suffire à la besogne. Tout ce qu'ils vont faire après le déjeuner, c'est d'aller nettoyer les deux cheminées. Il manquerait plus qu'on passe au feu.

— On va être juste trois, madame Beauchemin, s'empressa de la corriger sa bru. Bedette va passer la journée à l'école.

— Crains rien, on va lui garder de l'ouvrage pour quand elle va revenir, fit Marie.

Cette précision eut le don de faire disparaître le sourire de l'institutrice. Quand elle quitta la maison après le déjeuner, sa mère prit soin de lui demander de ne pas traîner en chemin après l'école.

— Ayez pas peur, m'man, je vais faire ma part, comme d'habitude, dit-elle, excédée.

— Mais j'y compte bien, répliqua sa mère.

Évidemment, Camille n'alla pas chez Liam Connolly ce jour-là. Marie houspilla Donat jusqu'à ce qu'il se décide à monter sur le toit auquel était fixée à demeure une échelle. Il descendit un gros seau suspendu au bout d'un long câble dans le conduit des cheminées de manière à faire tomber la suie collée aux parois. Après avoir accompli cette tâche, il s'empressa de disparaître dans les bâtiments en compagnie de Gustave Joyal.

Ce ramonage avait bien sûr fait tomber beaucoup de suie et sali autant les deux poêles qu'autour des tuyaux. Il fallut sortir les tuyaux à l'extérieur pour les nettoyer avant de les remettre en place. On alluma le poêle de la pièce principale avant de laisser l'autre s'éteindre. Lorsque les murs, le plafond, le parquet et les fenêtres furent lavés, on repoussa contre un mur la lourde table et les bancs dans la cuisine d'été. Les armoires des deux pièces furent vidées et lavées et on replaça dans celles de la cuisine d'hiver toute la vaisselle. On décrocha finalement l'horloge pour aller la suspendre à l'un des murs de la cuisine d'hiver, sa véritable place dans la maison.

Au milieu de l'après-midi, on descendit toutes les paillasses et on les transporta dans la grange. On décousit un coin de chacune pour en extraire la vieille paille avec laquelle elles étaient rembourrées. Cette dernière fut jetée sur le tas de fumier et on la remplaça par de la neuve avant de recoudre l'enveloppe de grosse toile du pays.

Quand Bernadette revint de l'école, on lui confia quelques oreillers qui avaient besoin de plumes supplémentaires. La jeune fille dut les découdre en partie, ajouter les plumes recueillies durant l'année et recoudre chacun pendant que sa mère, Eugénie et Camille préparaient le repas du soir et aidaient à soigner les animaux.

Ce soir-là, Marie poussa un profond soupir de satisfaction en regardant autour d'elle.

— Là, c'est propre et ça sent bon, déclara-t-elle. On est presque prêts à hiverner.

En fait, la maîtresse de maison éprouvait autant de plaisir à s'installer dans sa cuisine d'été à la fin du printemps qu'elle en avait, à l'automne, à réintégrer sa cuisine d'hiver.

Une semaine plus tard, Bernadette se réveilla, un peu avant minuit, en proie à de violentes coliques.

— Ça, ça doit être les binnes, se dit-elle en endossant rapidement sa robe de chambre.

Pendant un court instant, elle hésita entre utiliser son pot de chambre glissé sous son lit ou se rendre aux toilettes sèches installées à une courte distance de la remise. Finalement, le dégoût de l'odeur qui allait se répandre dans sa chambre la poussa à sortir sans bruit de la pièce et à descendre au rez-de-chaussée sans se donner la peine d'allumer une lampe de service. Le clair de lune l'aidait à se déplacer dans l'obscurité. Parvenue dans la cuisine d'été, elle glissa ses pieds nus dans ses souliers et quitta la maison.

Sa colique revint et elle se précipita vers le petit édicule dont elle referma la porte derrière elle avant de se soulager.

Elle n'était là que depuis une ou deux minutes quand il lui sembla entendre des pas à l'extérieur. Pendant un moment, elle se demanda si ce n'était pas un animal en train de rôder et elle se retint de ne pas crier pour tenter de le faire fuir. Le bruit sembla s'éloigner, puis il revint. Si elle avait eu un bon bâton entre les mains, elle n'aurait pas hésité à sortir pour chasser l'intrus.

Ses intestins semblèrent soudain se tordre et la firent grimacer de douleur. Un instant plus tard, elle crut sentir une odeur de brûlé. Tout d'abord, elle ne s'en préoccupa pas, habituée qu'elle était à cette senteur dégagée par le poêle à bois. Puis, soudain, elle réalisa qu'à cette heure de la nuit, le poêle était éteint depuis déjà longtemps et que cette odeur ne pouvait provenir de là.

Elle sortit précipitamment de l'édicule, juste à temps pour reconnaître le visage d'Ignace Houle qui venait de tourner la tête vers elle, apparemment surpris de voir quelqu'un sortir des toilettes sèches.

— Qu'est-ce que tu fais là, toi ? lui cria-t-elle alors que l'intrus prenait ses jambes à son cou et se dirigeait à toute allure vers le champ situé à gauche de l'étable.

La jeune fille n'eut pas à s'interroger plus longtemps sur la raison de la présence de leur ancien employé près de la maison, en pleine nuit. Elle aperçut soudainement des flammes derrière la remise accolée à la cuisine d'été. De toute évidence, Houle y avait mis le feu.

Elle courut à la maison, ouvrit la porte à la volée et cria de toute la force de ses poumons :

— Au feu ! Au feu !

Quelques secondes suffirent pour que tous les habitants de la maison se retrouvent à l'extérieur.

— Le feu est dans la remise ! cria Bernadette à Donat, le premier sorti de la maison.

Ce dernier ne perdit pas un instant. Il se précipita vers la porte de la remise, s'empara de la demi-douzaine de vieux seaux empilés près de la porte et cria à sa mère et à ses sœurs de faire la chaîne avant d'empoigner le premier seau que Gustave venait de remplir au puits situé au centre de la cour. Le jeune cultivateur contourna la remise et lança le contenu du seau à la volée sur le foyer d'incendie.

— D'où est-ce que ça sort, cette paille-là ? cria-t-il aux autres en donnant des coups de pied rageurs à deux grosses meules de paille enflammée entassées contre le mur du petit bâtiment.

Personne ne répondit. Le plus important était de contrôler ce début d'incendie avant qu'il ne s'étende. Les flammes commençaient déjà à monter le long du mur et des flammèches risquaient de tomber sur le toit de la cuisine d'été et d'enflammer toute la maison.

— Grouillez-vous ! hurla Donat. Tout va y passer.

Les seaux passèrent rapidement de main en main. Par chance, il n'y avait aucun vent. Finalement, quelques minutes suffirent aux Beauchemin pour éteindre l'incendie avant qu'il fasse trop de ravages. Pendant que Donat et Gustave éloignaient avec une fourche les résidus de paille encore enflammés, les femmes continuèrent à arroser abondamment le bois calciné pour s'assurer que le feu ne reprendrait pas quand tous seraient rentrés se coucher.

— On dirait qu'il y a eu plus de peur que de mal, déclara Marie, soulagée, en essuyant la suie qui lui couvrait les mains.

— On verra les dégâts demain matin, quand il fera clair, fit son fils en rangeant les seaux. Ce que je comprends pas, c'est comment ça se fait qu'il y avait de la paille rendue derrière la remise, ajouta-t-il.

— C'est Gros-Gras qui a mis ça là, lui apprit Bernadette.

— Qu'est-ce que Gros-Gras vient faire là-dedans? lui demanda sa mère.

— J'étais aux toilettes et j'ai senti du brûlé. Je me suis dépêchée de sortir et je l'ai croisé alors qu'il venait de mettre le feu. Il a eu peur quand j'ai crié après lui et il a pris le champ.

— Ah ben, le pendard! s'écria Donat. Lui, il l'emportera pas au paradis. Demain matin, je vais faire le tour des voisins et on va le chercher. On peut pas le laisser se promener comme ça dans Saint-Bernard. Il y a rien qui dit qu'il recommencera pas ailleurs. S'il y avait eu le moindre vent, on perdait toutes nos voitures qui sont dans la remise et la maison aurait pu y passer au complet.

Énervés et fatigués par ce qui venait de se passer, tous rentrèrent à la maison. Marie alluma une lampe et son fils jeta deux rondins dans le poêle dans l'intention de faire du feu.

— Il est juste une heure et demie, lui dit sa mère en jetant un coup d'œil à l'horloge. On va retourner se coucher.

— Faites donc ça, les encouragea Donat. Moi, je vais veiller. Il est pas question que j'aille me coucher quand un fou comme ça rôde autour, il y a rien qui dit qu'il recommencera pas.

— Fais ce que tu veux, fit sa mère, moi, je retourne me coucher. Ton père doit être réveillé et se demander ce qui se passe.

— Je peux ben prendre mon tour pour surveiller, proposa obligeamment Gustave Joyal.

— T'es ben de service de le proposer, Gustave, fit Donat. Je dis pas non. Si je m'aperçois que je commence à m'endormir vers trois heures et demie, j'irai te réveiller pour prendre ma place.

Rassurées, les femmes de la maison décidèrent de se recoucher, suivies par l'employé. Tous se remirent au lit pour tenter de retrouver le sommeil.

Donat attendit que le calme revienne dans la maison pour se verser une tasse de thé qu'il but lentement, debout devant une fenêtre. Ensuite, il se dirigea vers le garde-manger au fond duquel était suspendu le fusil de son père. Il s'en empara, prit quelques balles remplies de chevrotine, souffla la lampe et quitta la maison.

Il traversa la cour, sortit de l'étable le tabouret qu'il utilisait pour la traite des vaches et s'y assit, adossé contre le mur. Il passa la nuit complète à l'extérieur de la maison. Quand il se sentait gagné par le sommeil, il quittait son tabouret et faisait lentement le tour des bâtiments et de la maison, l'arme à la main. Il ne lui vint pas à l'idée de réveiller son employé pour lui confier le soin de défendre la ferme. C'était à lui, et à lui seul, que revenait la tâche de protéger le bien dont il allait hériter un jour.

Aux premières lueurs de l'aube, Gustave sortit de la maison et alla chercher les vaches dans le pré. Sans un mot, les deux hommes entreprirent de faire le train, bientôt rejoints par Camille et Bernadette. À aucun moment Gustave ne demanda pourquoi on ne l'avait pas réveillé pour prendre la relève durant la nuit.

Avant de rentrer à la maison pour déjeuner, Donat et son homme engagé, accompagnés par les femmes de la maison, allèrent examiner de près les dommages causés par l'incendie à la remise. On allait devoir refaire une partie du mur calciné et Donat, hors de lui, maudit l'incendiaire.

Après le repas, il attela la Noire au boghei, malgré la fatigue d'une nuit sans sommeil. Il laissa Bernadette à son école, après avoir traversé le pont, et il prit la direction du rang Sainte-Ursule pour aller prévenir Xavier. Le cadet de la famille vit rouge quand il réalisa ce qui aurait pu arriver aux siens si Bernadette n'avait pas pris Houle sur le fait.

— Antonin, tu restes ici dedans au cas où il essaierait de mettre le feu ici aussi, dit-il à son employé. Moi, j'avertis le monde du rang et je te rejoins, Donat, à la maison. On va le retrouver, le blasphème de malfaisant !

— C'est correct, accepta son frère aîné, je vais arrêter chez Rémi en passant pour qu'il vienne nous aider.

Un peu après neuf heures, Donat et Xavier virent arriver une douzaine de cultivateurs autant du rang Saint-Jean que des rangs Saint-Paul et Sainte-Ursule, tous armés de leur fusil de chasse. La nouvelle s'était rapidement propagée dans Saint-Bernard et tous se sentaient concernés par ce qui était arrivé la nuit précédente. Les hommes, inquiets pour leurs biens, bouillaient d'envie de mettre la main au collet de l'incendiaire. Le dernier arrivé fut Constant Aubé. Malgré sa claudication, le jeune homme voulait participer à la battue.

Les chevaux furent dételés et enfermés dans l'enclos avec les deux chevaux de Baptiste Beauchemin, et les voitures furent abandonnées un peu partout dans la grande cour de la ferme. Les hommes se rassemblèrent autour de Donat.

— Il paraît qu'il a pris le bord du bois, derrière mon étable, expliqua-t-il aux cultivateurs. À mon avis, il a pas dû se donner la peine d'aller ben ben loin. Il a toujours été paresseux comme un âne.

— On pourrait se séparer en trois ou quatre petits groupes, proposa Conrad Boudreau, le voisin immédiat. Comme ça, on couvrirait plus de terrain. Qu'est-ce que t'en penses ?

— C'est pas une mauvaise idée, monsieur Boudreau.

— Je peux m'occuper du bois qui touche à ma terre avec deux hommes, suggéra-t-il. Je connais ben le coin et je vais voir vite s'il est passé par là.

Constant et Joseph Gariépy partirent immédiatement avec le gros homme.

— Pourquoi t'irais pas au centre avec Rémi et Liam ? demanda Xavier à son frère.

— C'est correct.

— Moi, je vais aller à ta gauche avec monsieur Côté, monsieur Ellis et Gustave, si ça fait leur affaire, ben entendu.

Les trois hommes concernés hochèrent la tête. Les trois derniers hommes, Amable Fréchette, Delphis Moreau et Anatole Blanchette, formèrent un dernier groupe et se mirent en marche à la gauche du groupe précédent.

— On essaye tout de même de le prendre vivant, cria Conrad Boudreau, le doyen des chasseurs. Si on le tue, on risque d'avoir des troubles à plus finir.

La battue se mit en marche de front à travers les champs de Conrad Boudreau, de Baptiste Beauchemin et de Joseph Gariépy. Les hommes s'enfoncèrent assez rapidement dans la forêt qui représentait une grande partie de la terre à bois des trois fermes. Durant plus d'une heure, les chasseurs avancèrent, scrutant autour d'eux une forêt dont les arbres commençaient à perdre leurs feuilles.

Au moment où certains songeaient à abandonner, pensant que l'avance du fugitif était devenue insurmontable, il y eut soudain des bruits de cavalcade et de branches cassées suivis par les cris de Liam Connolly.

— C'est correct, je l'ai ! hurla-t-il aux autres d'une voix légèrement essoufflée.

En quelques instants, la forêt se remplit de cris avertissant les autres groupes que la chasse était terminée. Le fiancé de Camille avait débusqué Ignace Houle sans trop le vouloir, en lui marchant presque dessus. Ce dernier s'était endormi au pied d'un arbre, enroulé dans une vieille couverture. Les voix des chasseurs l'avaient probablement tiré brusquement de son sommeil. Mal réveillé, il avait cherché trop tard à fuir, et, quand il s'était levé pour courir, il était tombé face à face avec un Liam Connolly à l'air mauvais qui pointait son arme dans sa direction.

— Si tu bouges, je te jure que je tire, dit-il à Gros-Gras en le repoussant contre un arbre du bout de son fusil.

L'ancien employé des Beauchemin, le visage blafard, s'était figé. Une expression de peur intense se peignit sur son visage quand il vit arriver Rémi et Donat, puis d'autres chasseurs à l'air aussi peu commode.

— On le ramène à la maison, décida Donat.

— Attends, lui ordonna Xavier qui venait de le rejoindre avec ses trois compagnons.

Il retira sa ceinture de cuir et l'utilisa pour lier sans ménagement les mains du fuyard dans son dos.

— Maudit que j'ai envie de lui en sacrer une! déclara-t-il, comme s'il avait de la peine à se retenir.

— Moi aussi, fit son frère en crispant les poings.

— Moi, j'ai entendu dire qu'il y a eu un temps où on les pendait tout de suite, au premier arbre, ceux qui mettaient le feu, intervint Conrad Boudreau.

En l'entendant, Ignace Houle devint verdâtre.

— On est peut-être mieux de se retenir, suggéra Constant Aubé avec bon sens. Le mieux est d'aller le conduire à la police de Sorel, ils vont savoir quoi en faire.

— Blasphème! Ça veut dire qu'on va perdre une journée d'ouvrage pour ce rat-là, s'emporta Xavier, mécontent.

— Avance! commanda Joseph Gariépy au prisonnier, tu nous as fait perdre assez de temps comme ça.

La douzaine d'hommes revint à la ferme de Baptiste Beauchemin un peu avant l'heure du dîner. Houle fut attaché à la margelle du puits par un Xavier toujours aussi mauvais.

— Si t'essayes de te détacher, mon désespoir, je te noie dedans, tu m'entends?

Marie, Camille et Eugénie vinrent se mêler aux chasseurs. Il y eut un échange de remerciements et tous se dirigèrent vers l'enclos pour aller y chercher leur cheval qu'ils attelèrent à leur voiture. Quelques minutes plus tard, il ne resta plus dans la cour que Rémi, Liam, Constant, Donat et Xavier.

— Vous allez dîner avec nous autres, déclara la maîtresse de maison.

— Vous êtes ben fine, madame Beauchemin, fit Constant Aubé, mais je dois retourner au moulin. J'ai laissé Martial tout seul tout l'avant-midi et j'ai deux charges de blé à moudre.

Liam s'excusa à son tour sous le prétexte que sa fille devait l'attendre pour manger. Rémi dit qu'il devait aller rassurer Emma qui attendait des nouvelles, mais il offrit ses services si on avait besoin de lui pour conduire Houle à Sorel.

— Je te prends au mot, dit Xavier avec bonne humeur, mon frère a passé la nuit debout à guetter pour que l'autre vienne pas remettre le feu à la maison. Je pense qu'on va le laisser aller se coucher après le dîner. Si tu veux venir avec moi à Sorel, ce serait ben utile.

— T'as juste à me prendre en passant.

Donat ne protesta pas. Soudain, le poids de la fatigue venait de lui tomber sur les épaules.

Après le départ de Rémi Lafond, le calme revint dans la cour de la ferme.

— La table est mise et votre père vous attend au bout de la table depuis un bon bout de temps, fit Marie en se dirigeant vers la galerie.

Xavier et Donat entrèrent dans la maison, se lavèrent les mains et prirent place à table. Pendant que Camille et Eugénie déposaient sur la table le bouilli de légumes et une miche de pain, Donat raconta à son père comment ils avaient capturé l'incendiaire. Après son récit, le silence retomba dans la cuisine. À plusieurs reprises durant le repas, Marie surprit Camille jetant un regard par la fenêtre en direction du puits.

— Qu'est-ce que t'as à regarder dehors ? finit-elle par lui demander, intriguée.

— Je regarde Gros-Gras. Avant de partir pour Sorel, il faudrait bien lui donner quelque chose à manger.

— J'aurai tout entendu ! se révolta Donat.

— C'est pas un chien, protesta sa sœur.

Durant un court instant, sa mère sembla sur le point de refuser de nourrir celui qui avait tenté de mettre le feu à la ferme… Puis, sa générosité naturelle prit le dessus et elle approuva sa fille.

— Prépare-lui une assiette de bouilli et un morceau de pain, ordonna-t-elle à Camille. Xavier va aller le détacher et le laisser manger proche du puits.

Xavier prit l'assiette en rechignant et alla la déposer sur la margelle du puits. Il détacha les mains de son prisonnier et le laissa dévorer le contenu de l'assiette avant de le rattacher. Après avoir rapporté l'assiette vide sur la galerie, le jeune homme salua sa famille, alla atteler Prince et fit monter Ignace Houle sans aucun ménagement dans sa voiture.

— Si l'idée te prend en chemin de te jeter en bas pour te sauver, le prévint-il, je te passe sur le corps avec le boghei.

Il s'arrêta quelques minutes plus tard devant la ferme de son beau-frère. Rémi sortit de sa maison en compagnie d'Emma. Celle-ci jeta un regard chargé de mépris à l'ancien employé de son père pendant que son mari prenait place dans la voiture.

Le trajet conduisant à Sorel était long, mais on livra l'incendiaire à la police à la fin de l'après-midi avec un réel soulagement.

— À cette heure, on est débarrassés d'une belle charogne, déclara Xavier en reprenant la route.

— On devrait manger quelque chose à l'auberge avant de reprendre le chemin, proposa Rémi.

Le soleil s'apprêtait déjà à se coucher. Malgré cela, les deux hommes s'arrêtèrent à la sortie de la ville dans une vieille auberge où mangeaient déjà quelques voyageurs qui s'interpellaient d'une table à l'autre. C'est ainsi que les deux cultivateurs de Saint-Bernard apprirent que Louis-Joseph Papineau, le héros de la rébellion de 1837, était mort la semaine précédente.

— Attends que j'apprenne ça au père, dit Xavier à son beau-frère. Il nous a souvent parlé de lui à la maison.

Les deux hommes mangèrent sans se mêler à la conversation devenue générale et rentrèrent chez eux à la nuit tombée.

Chapitre 18

L'incertitude

Le mois d'octobre débuta par quelques jours de pluie qui ternirent peu à peu les teintes orangées, rouges et jaunes des feuilles des érables. Le vent se mit de la partie et les arbres commencèrent à se dépouiller progressivement de leur ramure qui alla s'entasser contre le moindre obstacle.

Les premiers vols d'outardes firent leur apparition dans le ciel de Saint-Bernard-Abbé et certains se posèrent sur la rivière à la tombée du jour, troublant le sommeil des dormeurs en cancanant toute la nuit.

— À partir de demain, on va à la chasse aux canards, annonça Xavier à son homme engagé avec un plaisir évident.

— Est-ce qu'on fait comme l'automne passé ? demanda Antonin.

— Beau dommage ! Je te laisse le choix. Tu prends le matin ou le soir, comme tu veux.

L'adolescent choisit de se mettre à l'affût chaque matin dans la vieille embarcation sur laquelle ils avaient érigé une cache rudimentaire la semaine précédente. Elle était dissimulée dans les hautes herbes, près du rivage.

— Cette année, si on a de la chance, on pourrait encore en vendre à Angèle Cloutier et même à monsieur le curé, s'il en veut, décida Xavier. C'est Moreau qui m'a dit l'autre jour qu'il en prendrait, lui aussi.

— On va garder les plumes pour bourrer les oreillers, suggéra Antonin, toujours aussi pratique. Et qu'est-ce qu'on fait pour les appeaux ?

— On en a fait quatre l'hiver passé, ça devrait suffire. On va les attacher ensemble et les mettre à l'eau quand tu vas commencer demain matin.

— Pourquoi tu y vas pas à soir ? demanda Antonin, l'œil moqueur.

— J'ai ben mieux à faire à soir qu'à guetter les canards, tu sauras, répliqua le jeune homme en s'apprêtant à se raser après avoir affûté son rasoir sur une ceinture de cuir.

En cette fin de mercredi après-midi, Xavier Beauchemin avait toutes les raisons d'être d'excellente humeur et son homme engagé ne l'ignorait pas. Durant la matinée, le jeune fermier avait rencontré le facteur qui lui apprit qu'il venait de ramener la fille de Laura Benoît de la gare.

Après trois longs mois d'attente, il allait enfin revoir celle dont il était épris et qu'il s'était promis d'épouser. Évidemment, il s'attendait à une invitation à aller veiller en sa compagnie le soir même. C'est pourquoi il avait vu à soigner les animaux de bonne heure et avait houspillé Antonin pour manger une heure plus tôt, de manière à avoir le temps de faire sa toilette.

— On se croirait le samedi soir, ironisa l'adolescent en voyant son patron en train de tailler avec soin son épaisse moustache.

— Laisse faire, dit Xavier. À soir, c'est pas un soir comme les autres.

En fait, il se proposait de demander la main de Catherine le soir même. Il lui avait dit, la veille de son départ en juillet, qu'il la demanderait en mariage à son retour. Le moment était venu de passer aux actes.

Après s'être lavé et rasé, il alla enfiler son unique costume noir un peu élimé et noua sa cravate. Le col de sa chemise l'étouffait bien un peu, mais c'était le prix à payer pour être à son avantage. Il se regarda dans le tout petit miroir qu'il utilisait pour se raser : le résultat lui plut. Grand et les épaules larges, il avait un visage avenant et un sourire qui savait se faire charmeur quand il le désirait.

Satisfait de son examen, il s'assit dans sa chaise berçante près du poêle et se mit à attendre, ce qui étonna Antonin.

— T'attends quoi ?

— J'attends que les voisins m'invitent.

— Sacrifice ! J'espère que tu penses pas que c'est le gros Cyprien ou sa femme qui va venir te chercher.

— Ça me surprendrait pas mal, répliqua Xavier sur un ton plaisant.

— Tu crois que c'est ta blonde qui va venir frapper à la porte ?

— Ben non.

— Une chance que tu penses pas ça, reprit Antonin. Si c'était ça, t'aurais le temps de sécher sur pied à côté du poêle avant que ça arrive.

— Je le sais ben. C'est pas Catherine qui va venir, elle va m'envoyer le petit Migneault.

Joseph Migneault était le benjamin de treize enfants d'Aurélien Migneault du rang Saint-Paul, et Laura Benoît l'avait engagé le mois précédent pour aider son fils Cyprien. L'adolescent de quatorze ans n'était pas particulièrement éveillé, mais il pouvait rendre de précieux services aux Benoît.

— En tout cas, on dirait ben qu'elle est pas pressée de l'envoyer t'avertir, tint à préciser Antonin en regardant à l'extérieur au moment où le soleil commençait déjà à se coucher.

— Arrête de m'étriver ! lui ordonna Xavier en quittant sa chaise.

L'adolescent se tut pendant que son jeune patron arpentait nerveusement la grande cuisine de sa maison neuve, s'arrêtant de temps à autre devant une fenêtre pour jeter un coup d'œil vers la route.

La maison sentait le bois neuf et ne manquait pas d'attraits pour ceux qui avaient vécu une année entière dans une cabane inconfortable. Xavier avait construit une maison semblable à celle que son père avait érigée dans le rang Saint-Jean. Elle était aussi vaste et il avait reproduit les mêmes divisions intérieures. Évidemment, elle n'était pas en pierre et ne possédait pas encore une cuisine d'été, mais elle donnait la même impression d'être solidement ancrée au sol et prête à affronter toutes les intempéries.

Cependant, il y avait encore beaucoup de travail à accomplir pour la rendre confortable. Par exemple, deux des quatre chambres, à l'étage, n'étaient pas terminées et les armoires étaient encore dépourvues de portes. De plus, l'ameublement était plus que sommaire. La chambre du maître des lieux et celle d'Antonin ne contenaient qu'un lit et un coffre et on ne retrouvait dans la cuisine, pièce centrale de la maison, qu'une vieille horloge, une longue table, deux bancs, deux vieilles chaises berçantes, un coffre pour le bois et le poêle usagé acheté durant l'été.

Les minutes s'égrenaient avec une lenteur mortelle et Xavier finit par revenir s'asseoir près du poêle, l'humeur de plus en plus sombre. À l'autre bout de la pièce, Antonin se taisait, occupé à repriser maladroitement un accroc à une manche de son vieux manteau.

Quand l'horloge sonna huit heures, l'adolescent monta se coucher après avoir souhaité une bonne nuit à celui qu'il considérait plus comme un ami que comme un patron. Xavier se déchaussa lentement avant de se relever pour jeter une bûche dans le poêle. Il s'esquiva ensuite un court moment dans sa chambre pour retirer ses vêtements du dimanche.

La colère et la déception avaient progressivement succédé à l'allégresse qui l'avait habité tout l'après-midi. Pourquoi Catherine n'avait-elle pas envoyé le petit Migneault le prévenir de son retour? Pourquoi ne l'avait-

elle pas invité à aller veiller? Qu'est-ce que cela signifiait?
Le facteur n'avait certainement pas fait d'erreur. C'était
bien Catherine qu'il avait ramenée chez elle à la fin de
l'avant-midi. Après trois mois de séparation, elle aurait dû
être folle d'impatience de le revoir... Pourquoi ce silence?

Il n'avait aucune envie d'aller se coucher tant il se sentait
désemparé. Il savait fort bien que le sommeil le fuirait, dans
l'état d'esprit où il se trouvait. Comment interpréter ce
silence et cette indifférence de celle qui lui avait pourtant
promis d'être sa femme à son retour s'il n'avait pas changé
d'idée? Plus il y pensait, plus il s'interrogeait. Comment
se faisait-il qu'elle n'ait pas trouvé le temps de lui donner,
ne serait-ce qu'une fois, de ses nouvelles durant toutes
ces semaines? Qu'est-ce qu'elle avait fait exactement à
Montréal?

— Ça va faire! dit-il avec rage à mi-voix. Elle viendra pas
rire de moi en pleine face, ajouta-t-il. Si elle veut faire
l'indépendante, je suis capable de l'être, moi aussi. Je me
traînerai certainement pas à ses pieds...

Sur le coup de minuit, fort de sa résolution, mais tout de
même malheureux comme les pierres, il souffla la lampe à
huile demeurée au centre de la table et alla se coucher.

Le lendemain matin, Xavier fut réveillé par des coups de
fusil tirés sur la rivière. Peu habitué à se coucher après dix
heures, il avait dormi plus longtemps que d'habitude. Un
coup d'œil vers la fenêtre de sa chambre lui apprit que le
jour était levé. Il quitta son lit en se grattant furieusement
le cuir chevelu, s'habilla et quitta sa chambre pour découvrir
que le poêle avait été allumé. Il réalisa alors que les coups
de feu venaient probablement d'Antonin déjà à l'affût.

Il jeta quelques rondins dans le poêle et sortit soigner ses
animaux avant de revenir déjeuner à la maison. Son employé
rentra bredouille de la chasse, quelques minutes plus tard.

— C'est toi qui as tiré tout à l'heure? lui demanda Xavier.
— Oui.

— Combien t'en as tué ?

— Pas un, on dirait que nos appeaux leur font peur plutôt
que les attirer.

— Moi, je pense plutôt que tu tires les yeux fermés, se
moqua son patron.

— On va ben voir si tu vas être meilleur que moi, à soir,
répliqua l'adolescent piqué au vif par la remarque.

— En attendant, on dirait qu'on va avoir une journée qui
a du bon sens. On va en profiter pour faucher le sarrasin et,
si on a le temps, on va aller le porter au moulin.

La récolte de sarrasin était abondante et les deux hommes
ne terminèrent leur travail qu'à la fin de l'après-midi.

— Rentre le chariot dans la grange, ordonna Xavier à
son employé. C'est à mon tour d'aller voir s'il y a des
canards. Après le train, fais des grillades de lard.

Sur ces mots, il quitta Antonin pour aller prendre le fusil
dans la maison. Peu après, il traversa la route et descendit
au bord de la rivière pour aller se mettre à l'affût dans la
cache installée au bord de la rivière. Durant toute la journée,
il n'avait cessé de penser à Catherine, mais sa résolution
n'avait pas faibli.

La chance fut de son côté en cette fin de journée. Quand
il rentra au coucher du soleil, il tenait quatre grosses
outardes qu'Antonin l'aida à vider et à plumer après le
souper.

— On va en faire cuire une dans le four, annonça Xavier.
On va donner les autres à ma sœur Emma et à ma mère.

Le lendemain matin, il laissa Antonin à la ferme pour
qu'il répare le manche de la charrue qu'il avait l'intention
d'utiliser pour ses labours d'automne.

— T'es pas obligé de raconter à tout le monde que j'ai
pas encore tué un canard, lui dit Antonin au moment du
départ.

Le matin même, il était encore rentré sans en avoir
abattu un.

— Tu me connais, Antonin. Si on me pose la question, je vais être obligé de dire la vérité, dit Xavier, moqueur.

— Ben sûr, fit l'adolescent. Saint Xavier, priez pour nous, ajouta-t-il.

— Pendant que j'y pense, oublie pas d'aller jeter un coup d'œil au canard en train de cuire dans le four si tu veux qu'on ait quelque chose à manger à midi.

— J'oublierai pas, promit l'adolescent.

Xavier prit la route pour aller faire moudre son sarrasin au moulin de Constant Aubé. Il avait pris la précaution de déposer dans une vieille poche de jute à ses pieds les trois outardes qu'il voulait donner. En passant devant la maison des Benoît, il se contraignit à regarder fixement droit devant lui au cas où un membre de la famille l'aurait vu passer sur la route.

— Je lui laisse encore jusqu'à demain soir, dit-il à mi-voix, en songeant qu'il avait toujours l'habitude d'aller veiller chez Catherine le samedi et le dimanche soir, avant son départ pour Montréal.

Au passage, il laissa une outarde à Emma et il décida de passer d'abord chez ses parents avant de déposer son sarrasin au moulin. Sa mère ne voulut accepter qu'un oiseau, sous le prétexte que Liam lui en avait laissé un deux jours plus tôt et qu'ils l'avaient mangé la veille.

— Pourquoi tu le laisserais pas au petit Aubé? lui suggéra-t-elle. Il est bien de service et je suis certaine qu'il apprécierait.

Xavier prit bonne note de la suggestion, salua ses parents et reprit la route pour aller arrêter son chariot près du moulin où Constant Aubé et Martial Côté travaillaient depuis deux bonnes heures.

— T'es le premier à m'apporter ton sarrasin, lui fit remarquer le meunier. Je devrais avoir le temps de te moudre ça dans la journée de demain.

— Il y a rien qui presse, le rassura Xavier. Dis donc, je suis allé à la chasse hier et j'ai tué une couple de canards. En veux-tu un?

— Certain, accepta Constant.

— Il est déjà vidé et plumé.

— Je te revaudrai ça, lui promit l'ami de sa sœur.

La journée du samedi se déroula avec une lenteur mortelle. S'il avait fait beau, Xavier aurait entrepris sans attendre ses labours d'automne, mais une petite pluie froide s'était mise à tomber dès le début de l'avant-midi et l'avait contraint à travailler dans la maison. Antonin et lui avaient occupé la plus grande partie de ce samedi à clouer le plafond des deux chambres inachevées, à l'étage. Ce jour-là, tous les deux renoncèrent à la chasse.

Après le souper, le maître des lieux hésita longuement entre faire sa toilette en prévision d'une invitation possible chez les voisins ou tout simplement jouer aux cartes avec son employé, comme il le faisait parfois le soir. Puis, à la seule pensée du regard moqueur d'Antonin s'il se préparait inutilement une autre fois, il décida, la mort dans l'âme, de l'inviter à jouer aux cartes à la lueur de la lampe à huile.

Antonin respecta son humeur sombre et ne dit rien. Il était cependant évident que son patron était malheureux. En fait, Xavier était profondément blessé par cette indifférence de Catherine qu'il ne parvenait pas à s'expliquer. Sa fierté l'empêchait toutefois d'aller frapper à la porte des Benoît pour savoir de quoi il retournait.

— Elle veut pas me voir, murmura-t-il en retirant ses chaussures, assis sur son lit, à la fin de la soirée. Ben, que le diable l'emporte! Il y a d'autres filles à Saint-Bernard.

Le lendemain matin, la pluie n'avait pas cessé. Il ne changea rien à ses habitudes. Il partit tôt pour aller à la basse-messe avec son employé de manière à se trouver une place assise dans la chapelle. Après la cérémonie, il ne s'attarda pas sur le parvis, autant parce qu'il ne faisait pas beau que parce qu'il ne désirait pas croiser la voiture des Benoît se rendant à la grand-messe.

Une heure plus tard, la chapelle était bondée de fidèles désireux d'assister à la grand-messe. À l'arrière, la quinzaine de personnes debout adressaient des regards inquiets aux échafaudages laissés par les ouvriers d'Eugène Bélisle. Les travaux de construction du jubé étaient beaucoup plus longs qu'on l'avait d'abord envisagé. Cinq minutes avant la cérémonie, Josaphat Désilets, vêtu de sa chasuble verte, envoya le vieil Agénor Moreau compter le nombre de fidèles debout à l'arrière. Il avait mandat de ne tolérer que quinze personnes debout, pas une de plus.

— C'est pas mal malaisé de demander à quelqu'un de s'en aller, lui fit remarquer le bedeau.

— Il y a rien de malaisé là-dedans, fit le célébrant sur un ton cassant. Dites à ceux qui veulent pas sortir que s'ils s'en vont pas, je vais aller les sortir moi-même.

La tête basse, le vieil homme quitta la sacristie en marmonnant et traversa toute la chapelle pour aller compter ceux qui avaient pris place à l'arrière. Heureusement, il n'eut personne à expulser.

Après la lecture de l'Évangile, le curé Désilets insista lourdement sur l'importance à accorder à ce dimanche de l'Action de grâce. Il fallait remercier Dieu de toutes ses bontés et, surtout, des belles récoltes qu'il avait données. Il en profita pour rappeler à chacun que la dîme devait être versée avant la fin du mois et que la location des bancs allait avoir lieu le premier dimanche de novembre, comme il était de coutume de le faire. Ensuite, il procéda à la lecture des bans.

— Il y a promesse de mariage entre Camille Beauchemin, fille de Baptiste Beauchemin et de Marie Camirand de Saint-Bernard-Abbé, et Liam Connolly, veuf de Julia

O'Malley et fils de feu John Connolly et de feu Edwina Crevier de Nicolet. Toute personne qui verrait un empêchement à ce mariage est priée de se faire connaître ou de se taire pour toujours.

En s'entendant nommer devant toute l'assistance, Camille avait violemment rougi et ses mains étaient devenues toutes moites. Sa mère s'aperçut de son trouble et lui adressa un petit sourire d'encouragement. Même si la jeune femme s'y était attendue, elle n'avait pu s'empêcher d'avoir cette réaction de gêne d'être ainsi nommée devant toute la communauté. Pourtant, Liam l'avait prévenue la semaine précédente. Il lui avait dit qu'il était allé à la sacristie pour la publication des bans et il lui avait rappelé que le curé Désilets exigeait qu'ils aillent tous les deux se confesser la veille de leur mariage s'ils désiraient qu'il ait lieu. Le certificat de confession était obligatoire et le prêtre entendait bien l'exiger.

Ce jour-là, Xavier n'hésita pas une seconde à quitter la maison au début de l'après-midi avec Antonin pour aller souper chez ses parents, comme il le faisait pratiquement tous les dimanches depuis le début de l'été.

À la vue de son père, il oublia ses soucis. Il sentait qu'il n'avait pas le droit de se plaindre devant l'homme malade qui n'était plus que l'ombre de lui-même. Il aurait juré qu'il avait encore maigri dernièrement. En tout cas, il lui sembla encore plus léger que d'habitude lorsqu'il le souleva dans ses bras pour le porter dans son lit pour sa sieste quotidienne.

Pendant le repas, on discuta autant de chasse que de labours. Cependant, on revint rapidement sur l'incendie qui avait touché les Beauchemin et il fut entendu que Gustave Joyal s'attaquerait à refaire le mur de la remise incendiée pendant que Donat allait se consacrer à ce qu'il préférait faire par-dessus tout: labourer. Il fallait profiter du beau temps frais et sec de cette deuxième semaine d'octobre pour retourner la terre et tracer de beaux sillons bien droits.

— Si j'avais pas tant d'ouvrage à faire, dit Donat à sa mère, je serais allé chasser le canard, moi aussi.

— J'aimerais bien mieux que tu t'organises avec Xavier pour aller nous tuer un chevreuil. J'ai presque plus de viande et j'en ai besoin pour les noces.

— Laissez-moi d'abord finir les labours et on va s'en occuper après, m'man.

Mis à part la pénurie de viande, il n'y avait vraiment pas lieu de se plaindre en cette fin de saison. Les récoltes de blé, d'avoine, de pommes de terre et de sarrasin avaient été très bonnes. Le jardin avait donné des légumes en abondance. Il y avait eu suffisamment de petits fruits et de pommes pour remplir les tablettes du garde-manger de pots de confiture et de compote.

En fait, Marie Beauchemin se préoccupait beaucoup moins de la chasse aux outardes que de la rareté de plus en plus criante de viande dans la maison. Dans deux semaines, il lui faudrait cuisiner le repas de noces de Camille et elle n'avait plus qu'un ou deux petits morceaux de porc. Emma ne lui avait été d'aucun secours parce que, comme elle, elle n'avait pratiquement plus que du lard salé. Qu'allait-elle bien pouvoir servir aux invités? Depuis une dizaine de jours, elle se torturait l'esprit pour trouver une solution à ce problème.

Après le souper, Xavier s'attarda quelques instants pour parler avec Constant Aubé et Liam Connolly qui venaient de franchir le seuil de la maison paternelle pour veiller avec Bernadette et Camille. Il quitta les lieux au moment où Camille s'installait au salon avec son fiancé.

La voiture du cadet des Beauchemin venait à peine de partir que Bernadette fit remarquer à sa mère:

— Madame Cloutier a dit à matin, après la messe, que Catherine Benoît était revenue dans la paroisse. Je trouve ça drôle parce qu'on l'a pas vue avec sa mère et son frère à la messe à matin.

À ces mots, le visage de Marie se ferma.

— Ça nous regarde pas, se contenta-t-elle de laisser tomber en feignant l'indifférence la plus complète.

Elle avait aussi entendu la même rumeur ce matin-là et s'était inquiétée de la réaction de son fils. Son arrivée à la maison au milieu de l'après-midi l'avait grandement soulagée. Cela devait signifier que ses fréquentations de la fille de Laura Benoît étaient chose du passé.

— C'est drôle pareil que Xavier soit pas venu à la grand-messe, à matin, poursuivit l'institutrice.

— Tu sais bien qu'il va à la basse-messe depuis que monsieur le curé veut plus voir autant de monde debout en arrière, lui rappela sa mère.

— Ça doit tout de même faire son affaire, intervint Camille. Comme ça, il a la chance de pouvoir parler à Catherine Benoît.

— J'espère bien qu'il fait pas ça, répliqua sèchement Marie. Il me semble qu'il est rendu bien assez vieux pour comprendre qu'il y a rien à sortir de bon de cette fille-là.

Chapitre 19

L'enquêteur

Le samedi suivant, les syndics de Saint-Bernard-Abbé se retrouvèrent, comme convenu, devant la chapelle, sur le coup de huit heures. L'idée de se réunir ainsi pour accueillir l'abbé Victor Desmeules avait été lancée par Samuel Ellis et tous s'étaient empressés de l'accepter.

— C'est parfait, dit l'Irlandais en rejoignant ses collègues après avoir rangé sa voiture un peu à l'écart des matériaux de construction empilés près de la chapelle.

Depuis quelques minutes, les ouvriers d'Eugène Bélisle étaient déjà à l'œuvre à l'intérieur de la chapelle.

— Qu'est-ce qu'on va faire après l'avoir salué? demanda un Anatole Blanchette aussi endimanché que les autres.

— Je dirais que la plupart vont pouvoir retourner à la maison jusqu'à la réunion de cet après-midi, dit le président. Écoutez, j'ai pensé à quelque chose. C'est certain que monsieur le curé va vouloir venir faire le tour de Saint-Bernard avec l'enquêteur.

— Ce serait normal, reconnut Thomas Hyland.

— Moi, comme président, je suis obligé d'y aller avec eux autres, précisa-t-il en se rengorgeant.

— Puis? demanda Antonius Côté, guère impressionné.

— Il va y avoir encore une place dans mon boghei. Est-ce que quelqu'un veut venir avec nous autres pour donner des explications, si l'enquêteur en veut? Je voudrais pas que monsieur le curé prenne toute la place et raconte ce qu'il veut à l'enquêteur.

Les quatre autres syndics se regardèrent, apparemment peu intéressés par l'idée de passer toute la matinée sur le chemin avec les deux ecclésiastiques.

— Moi, j'ai une commande de bois à finir au moulin, s'excusa Hyland.

Blanchette et Côté déclarèrent préférer profiter de la fin d'une si belle matinée, si possible, pour avancer leurs labours d'automne.

— Et toi, Donat? fit Ellis.

Le fils aîné de Baptiste hésitait.

— Écoute, je veux pas te tordre le bras. Si t'as autre chose à faire, gêne-toi pas, insista le président des syndics.

— Non, je vais y aller, décida tout à coup Donat. Je pensais juste au petit prêtre qui est venu l'année passée. Il a tellement été détestable que je me demandais si celui qu'on attend va être pareil. Là, je sais pas si je vais avoir la patience de mon père et l'endurer aussi longtemps que lui.

— Moi aussi, je m'en souviens, reconnut Samuel. J'espère que l'abbé Desmeules lui ressemble pas trop. En tout cas, aujourd'hui, ma femme est sûre qu'il va manger ce qu'elle a cuisiné parce que monsieur le curé a dans la tête de le recevoir à dîner. Elle se souvient encore que l'autre, l'année passée, a jamais voulu s'arrêter pour souper, même si elle avait passé la journée au fourneau. Elle l'a encore sur le cœur, cette affaire-là.

— Où est monsieur le curé? demanda Antonius.

— Il finit de déjeuner et il va venir nous rejoindre, répondit l'Irlandais.

— Il y a pas de presse, laissa tomber Anatole qui avait du mal à se faire au caractère cassant du nouveau curé de Saint-Bernard-Abbé.

Quelques minutes plus tard, un boghei vint s'immobiliser devant la chapelle et un prêtre âgé d'une trentaine d'années descendit de voiture en même temps que son vieux cocher. Les cinq syndics s'avancèrent immédiatement vers lui.

— Bonjour, monsieur l'abbé. Samuel Ellis, pour vous servir, se présenta l'Irlandais.

— Bonjour, monsieur Ellis. Je suis l'abbé Desmeules, envoyé par l'évêché pour examiner la demande des gens de Saint-Bernard-Abbé de convertir leur mission en paroisse.

Le prêtre avait une figure avenante et des manières toutes simples. Il parut enchanté de constater que les syndics s'étaient tous dérangés simplement pour lui souhaiter la bienvenue à la mission. Il serra la main de chacun en leur adressant un sourire chaleureux.

— Je pense que monsieur le curé vous attend, intervint Ellis.

— Dans ce cas-là, allons le voir avant qu'il pense que je l'ai oublié, dit le prêtre en riant.

Le petit groupe se mit en marche et Ellis frappa à la porte de la sacristie qui s'ouvrit devant un Josaphat Désilets qui venait d'endosser son manteau et qui s'apprêtait à aller rejoindre le groupe.

— Je vois que vous avez fait la connaissance de mon conseil, dit-il au visiteur après lui avoir serré la main sans le moindre sourire.

— Oui, et j'apprécie beaucoup que tous ses membres soient venus m'accueillir, fit Victor Desmeules.

Samuel Ellis eut un petit sourire entendu. Le curé n'avait pas approuvé son idée de réunir le conseil pour recevoir l'envoyé de monseigneur Laflèche.

— C'était la moindre des choses, dit le pasteur d'une voix mielleuse. Merci, messieurs, on se reverra cet après-midi, à deux heures, ajouta-t-il en se tournant vers les syndics.

Il y eut un court moment de gêne avant que Samuel Ellis prenne la parole.

— On a pensé, monsieur le curé, que ce serait pas une mauvaise idée que je vous serve de cocher avec un autre syndic pendant la tournée de monsieur l'abbé. On pourrait prendre ma voiture et laisser souffler un peu le cocher et le cheval de monsieur l'abbé. En plus, on pourrait répondre à ses questions s'il en a.

— Une bien bonne idée, monsieur Ellis, s'empressa de déclarer l'enquêteur, j'accepte avec plaisir.

— Je sais pas si... commença à dire Josaphat Désilets, l'air assez mécontent.

— Évidemment, monsieur le curé, rien ne vous force à m'accompagner, le coupa l'envoyé de l'évêché. Je suis certain que ces messieurs me donneront les informations dont j'ai besoin.

L'air mi-figue, mi-raisin, le curé affirma que cela lui faisait plaisir de lui tenir compagnie et qu'il ne voyait aucune objection à la présence de deux des syndics.

— Vous m'avez écrit que vous désiriez d'abord aller jusqu'aux limites de la mission pour évaluer les distances que les francs-tenanciers les plus éloignés ont à couvrir pour venir à la chapelle, dit le curé de Saint-Bernard-Abbé.

Le prêtre se mit en marche aux côtés du visiteur et des syndics en direction de la façade de la chapelle où se trouvait la voiture de Samuel Ellis.

— Oui, répondit l'abbé Desmeules, je connais les distances sur papier, mais cela ne donne pas une juste idée des difficultés de la route. Mais avant ça, j'aimerais bien voir l'intérieur de votre chapelle. Je constate que vous êtes en train de faire réaliser de gros travaux.

— Saint-Bernard compte tout de même quatre-vingt-neuf familles et nous avons décidé de construire un grand jubé pour accommoder tout le monde, s'empressa de préciser Josaphat Désilets avec fierté.

Les deux prêtres pénétrèrent dans le temple et le curé en profita pour expliquer l'ampleur des travaux entrepris au visiteur. Pendant ce temps, les syndics s'éclipsèrent, sauf Donat et Samuel demeurés sur le parvis après avoir envoyé le vieux cocher de l'abbé et son boghei de l'autre côté de la route, chez Moreau.

À leur sortie de la chapelle, l'Irlandais installa les deux ecclésiastiques sur le siège arrière de sa voiture et prit place sur la banquette avant en compagnie de Donat.

Durant les trois heures suivantes, le boghei de Samuel Ellis sillonna chacun des rangs de la mission. À plusieurs reprises, le conducteur et son compagnon eurent à répondre aux questions pertinentes de l'enquêteur. Samuel et Donat emmenèrent également les deux ecclésiastiques sur la longue route accidentée menant aux deux vieilles paroisses afin de montrer à l'abbé Desmeules l'état du chemin qui le rendait souvent impraticable dès la fin de l'automne et jusqu'aux premiers jours du printemps suivant.

— Les Irlandais sont aussi bons catholiques que les Canadiens, monsieur l'abbé, tint à préciser Samuel Ellis, et ils aiment pas plus manquer la messe le dimanche que les Canadiens.

L'envoyé de l'évêché ne répondit rien, mais son visage trahissait l'expression de quelqu'un qui avait bien saisi l'allusion.

À midi, la voiture se retrouva au pied de la côte du rang Sainte-Ursule que le cheval, fourbu par une telle randonnée, avait du mal à monter.

— Pour moi, votre bedeau s'est endormi, monsieur le curé, fit remarquer l'enquêteur en tirant de l'une de ses poches une montre de gousset. Il est passé midi et j'ai pas entendu l'angélus.

— Il s'est pas endormi, mon cher abbé, répondit Josaphat Désilets. On n'a pas encore de cloche.

— Mais ça va venir, précisa Ellis en tournant la tête vers l'arrière.

On laissa les deux prêtres à la porte de la sacristie. Victor Desmeules tint à remercier les deux syndics avant de disparaître à l'intérieur pour aller manger en compagnie de son hôte.

— Où sont passés les hommes de Bélisle? demanda Donat en descendant de voiture près de son boghei.

— J'ai demandé à Bélisle de renvoyer ses ouvriers à la fin de l'avant-midi, l'informa le président du conseil. L'abbé Desmeules pouvait tout de même pas parler aux cultivateurs de Saint-Bernard au milieu des coups de marteau.

Peu avant deux heures, une centaine de personnes vinrent s'entasser sur les bancs de la chapelle de Saint-Bernard-Abbé. Pour éviter qu'une foule bruyante n'envahisse inutilement le temple, le curé Désilets avait fortement conseillé, le dimanche précédent, que les francs-tenanciers se présentent seuls à cette réunion où allait se jouer l'avenir de la mission.

Dès que les deux ecclésiastiques avancèrent dans le chœur, les murmures s'éteignirent. Victor Desmeules remercia les gens de s'être déplacés en si grand nombre pour le rencontrer et les félicita d'avoir choisi une si belle région pour s'établir. Ensuite, il expliqua avec des mots simples en quoi consistait son rôle d'enquêteur et il énuméra les conditions exigées pour l'érection canonique d'une paroisse.

Durant quelques minutes, il parla des obligations qu'entraînait la création d'une paroisse.

— De toute façon, je vous apprends rien, conclut-il. Vous venez tous de Sainte-Monique ou de Saint-Zéphirin, des grosses paroisses de notre diocèse.

Il termina la réunion en demandant aux francs-tenanciers présents de se lever. Tous se levèrent. L'enquêteur prit la peine de quitter le chœur pour compter lui-même les personnes debout.

— Parfait, vous pouvez vous rasseoir, leur dit-il avec un sourire chaleureux. Maintenant, j'aimerais que ceux qui désirent que Saint-Bernard-Abbé devienne une paroisse se lèvent.

Toute l'assistance se leva, sans aucune exception.

— Très bien, je vois que vous êtes unanimes à vouloir transformer la mission en paroisse. Je ferai mon rapport à monseigneur. Cependant, j'aime autant vous dire tout de suite que j'attendrai trois mois avant de remettre mon rapport de manière à ce que les francs-tenanciers désireux de retourner dans leur ancienne paroisse m'écrivent à l'évêché pour me faire connaître leur vœu.

L'assistance se mit à murmurer en entendant ces mots.

— Non, ne vous fâchez pas, leur conseilla le visiteur sur un ton apaisant en levant les mains. Chaque fois qu'on ouvre une nouvelle paroisse, il y a toujours des gens qui préfèrent demeurer dans leur ancienne paroisse. Là, aujourd'hui, ils n'osent peut-être pas se faire remarquer, mais je suis certain qu'ils vont m'écrire pour me faire connaître leur position.

Sur ces mots, Victor Desmeules remercia les gens de Saint-Bernard-Abbé de leur accueil et les salua avant de se retirer dans la sacristie, suivi de près par le curé Désilets.

— Ce serait ben écœurant qu'il y en ait qui nous lâchent, déclara Évariste Bourgeois en sortant de la chapelle.

— C'est vrai ce que tu dis, l'approuva Hormidas Meilleur.

— On a une grosse dette sur le dos. S'il y en a qui retournent dans leur vieille paroisse, les autres vont avoir à payer plus, conclut le propriétaire du magasin général.

— Énervez-vous pas avec ça, intervint Samuel Ellis en adoptant l'air de celui qui sait tout. Il y en aura pas un seul qui va faire ça à Saint-Bernard!

À la sortie de la chapelle, Xavier ignora superbement Cyprien Benoît et alla rejoindre son frère Donat en train de parler avec Côté et Blanchette.

Chapitre 20

La réconciliation

Le lendemain, Xavier procéda exactement comme le dimanche précédent pour ne pas avoir à croiser les Benoît à son retour de la chapelle. Après avoir entendu la dernière publication des bans concernant sa sœur aînée, il revint à la maison avec l'idée de consacrer sa journée à terminer le coffre qu'il avait l'intention de lui offrir la semaine suivante, le jour de son mariage.

Dès son retour, il s'empressa de changer de vêtements et mangea un reste de fèves au lard en compagnie d'Antonin.

— T'es pas obligé de passer la journée enfermé dans la maison avec moi, dit-il à son employé, la mine sombre. Si ça te tente de faire un tour au magasin général pour boire un verre de bière d'épinette, gêne-toi pas. Il fait beau, profites-en. Attelle Prince et vas-y. J'ai pas l'intention d'aller chez mon père avant la fin de l'après-midi.

Après une courte hésitation, l'adolescent accepta l'offre de son jeune patron. Il était fatigué de lui voir la face de carême depuis deux semaines, et il avait le goût de voir des gens souriants. Il y avait toujours quelques jeunes de Saint-Bernard-Abbé qui traînaient sur la galerie du magasin général le dimanche après-midi sous le prétexte de boire la bière d'épinette de la patronne, même quand il ne faisait pas très chaud.

Antonin venait à peine de quitter la ferme qu'on frappa à la porte de la maison. Xavier abandonna son marteau sur la table pour aller ouvrir et découvrit, à sa grande surprise, Joseph Migneault sur le seuil. Il n'eut pas à se demander très longtemps ce que lui voulait le jeune employé des Benoît.

— Mademoiselle Catherine dit qu'elle aimerait ça te voir, lui dit-il en arborant un petit air frondeur.

— Quand ça ? lui demanda-t-il abruptement.

— Elle l'a pas dit, mais d'après moi, c'est tout de suite.

— Dis-lui que c'est correct, j'y vais dans une heure.

Sur ces mots, il referma la porte et s'y adossa, le cœur battant la chamade. Il n'allait tout de même pas se précipiter ventre à terre, comme lorsqu'on siffle un chien. Il avait sa fierté après tout. Elle l'avait ignoré depuis son arrivée et voilà que, tout à coup, elle voulait lui parler… et tout de suite. Eh bien ! elle allait attendre un peu.

Toutefois, cela ne l'empêcha pas de se précipiter dans sa chambre pour faire sa toilette et s'endimancher. Oubliées toutes ses bonnes résolutions de ne plus adresser la parole aux Benoît et d'ignorer Catherine. Même s'il mourait d'envie de courir chez les voisins, il s'astreignit à s'asseoir dans sa chaise berçante et à allumer sa pipe, tout en gardant un œil sur l'horloge qui n'en finissait plus d'égrener lentement les minutes.

Quand il estima qu'une heure s'était écoulée depuis la visite de Joseph Migneault, il endossa son manteau et se dirigea vers la ferme voisine. Il fit une courte pause avant de frapper, en espérant que ni Cyprien ni sa femme ne viennent lui ouvrir la porte. Son désir fut exaucé. Laura Benoît lui ouvrit la porte et l'invita à entrer, comme s'il était venu la veille.

— Catherine s'en vient, lui dit-elle. Enlève ton manteau.

À peine la maîtresse de maison venait-elle de parler que Catherine entra dans la cuisine, souriante, mais très amaigrie et le visage extrêmement pâle. Xavier eut l'impression que son cœur cessait de battre quand il la vit et sa bouche s'asséccha. Laura Benoît eut un sourire entendu à la vue des deux jeunes gens un peu figés que sa présence gênait.

— Bon, passez donc dans le salon pour vous parler, leur conseilla-t-elle.

Catherine précéda son amoureux dans la pièce voisine pendant que sa mère s'assoyait sur une chaise qu'elle prit soin de placer de manière à pouvoir voir ce qui se passait dans le salon. Celui-ci était baigné par le soleil en ce dimanche après-midi un peu frisquet.

— T'es ben pâle, dit Xavier en cachant mal son inquiétude. Es-tu malade?

— Je l'ai été, mais je suis correcte à cette heure, lui répondit Catherine en prenant place à ses côtés sur le canapé toujours aussi inconfortable.

— Qu'est-ce que t'as eu?

— Personne a l'air de le savoir, avoua la jeune fille. Je t'avais dit que je reviendrais au mois de septembre…

— Oui, et je t'ai attendue, fit son amoureux sur un ton qui trahissait beaucoup de reproches.

— Je suis tombée malade à l'asile. J'avais de la misère à respirer. La cousine de ma mère a fait venir le docteur qui m'a obligée à rester couchée pendant deux semaines. Il disait que j'avais probablement bu de l'eau qui était pas bonne.

— Pourquoi tu l'as pas écrit à ta mère? demanda Xavier. Dans la seule lettre que tu lui as envoyée, tu te contentais de dire que tu reviendrais seulement au mois d'octobre.

— T'oublies que je sais pas écrire, lui rappela-t-elle. C'est la cousine de ma mère qui a écrit la lettre. Je sais même pas ce qu'elle a mis dedans.

— J'ai attendu de tes nouvelles pendant tout l'été, lui reprocha-t-il sans détour.

— Je t'ai dit en partant que je te laisserais tout l'été pour réfléchir, j'étais pas pour demander à la sœur de t'écrire de mes nouvelles.

Elle toussa soudainement et s'empressa de presser un mouchoir contre sa bouche.

— Ça fait rien, j'aurais aimé en avoir, s'entêta-t-il. À part ça, t'es revenue depuis deux semaines, comment ça se fait que c'est seulement aujourd'hui que tu me fais signe ? l'interrogea-t-il, soupçonneux.

— C'est la première journée que je peux me lever, lui expliqua-t-elle.

— T'étais pas guérie ?

— Ça a tout l'air que non. J'étais correcte quand je suis arrivée le mercredi matin, mais après le dîner j'ai perdu connaissance et j'ai commencé à faire de la fièvre. Ma mère a été obligée d'envoyer Cyprien chercher le docteur Samson. Pas nécessaire de te dire que mon frère était de bonne humeur. Déjà qu'il était pas content que je sois revenue...

— Je m'en doute, fit Xavier, l'air mauvais. Lui, il perd rien à attendre.

— C'est pas grave, dit-elle pour le calmer.

— Qu'est-ce que c'était, en fin de compte ?

— Je suis restée au lit jusqu'à hier, expliqua Catherine. Le docteur Samson avait pas l'air plus sûr que le médecin qui m'avait soignée en ville. Il m'a bourrée de toutes sortes de toniques et de pilules. Hier soir, pour la première fois, j'ai pu manger un vrai repas. À matin, quand je me suis réveillée, je me suis sentie bien et j'ai pu aller à la grand-messe. Je pensais te voir là.

— Ça risquait pas d'arriver, lui dit-il avant de lui raconter les exigences du nouveau curé qu'elle ne connaissait pas encore.

Il y eut un bref silence rempli de promesses entre les deux amoureux. Catherine fut secouée brusquement par une quinte de toux qui la laissa un peu haletante et plus pâle qu'avant.

— T'es certaine que tu vas mieux? lui demanda le fils de Baptiste Beauchemin, en la regardant avec beaucoup d'inquiétude.

— Certaine, tu peux pas savoir à quel point j'aurais aimé te revoir quand je suis arrivée, murmura-t-elle en s'empressant de changer de sujet de conversation.

— Moi aussi, admit-il, un peu gêné de son aveu.

— Je voulais que tu viennes veiller ce soir-là pour que tu me racontes tout ce que t'avais fait durant l'été, mais j'ai pas pu. Je suis tombée malade. J'espère que tu m'en as pas voulu?

— Pantoute, mentit-il, attendri par la nouvelle Catherine qu'il découvrait ce jour-là.

La jeune fille qui était revenue de Montréal lui semblait plus tendre et moins froide que celle qu'il avait fréquentée depuis la fin de l'automne précédent. Il mourait d'envie de lui rappeler la promesse faite avant son départ pour la ville, mais il sentait intuitivement que ce n'était pas le moment.

Ce dimanche après-midi passa beaucoup trop rapidement à son goût. Ils parlèrent des dernières nouvelles qui circulaient dans Saint-Bernard-Abbé.

Évidemment, Xavier ne put cacher le mariage de sa sœur le samedi suivant puisqu'elle avait dû entendre la publication des bans à la grand-messe, ce matin-là. Il se sentit passablement embarrassé de ne pouvoir l'inviter aux noces, sachant pertinemment que ses parents n'accepteraient jamais la présence de celle que sa mère continuait à traiter de fille perdue ou de Jézabel. Bien sûr, il aurait pu aller faire une colère chez ses parents pour tenter d'obtenir cette invitation, mais il craignait beaucoup trop que quelqu'un insulte celle qu'il aimait, ce qui l'obligerait à prendre sa défense et probablement à gâcher la fête.

Au moment de prendre congé, il regrettait déjà amèrement d'avoir promis à sa mère d'aller souper à la maison ce soir-là. Cependant, Catherine l'encouragea à tenir sa parole en lui disant qu'elle ne se sentait pas encore très forte et qu'elle irait se mettre au lit très tôt après le repas.

— Est-ce que tu penses que tu vas pouvoir venir veiller mercredi soir ? lui demanda-t-elle avec un sourire attendrissant.

— Ça dérangera pas personne en pleine semaine ? s'enquit-il.

— Ma mère va comprendre que tu pourras pas venir samedi prochain, lui expliqua-t-elle sans sentir le besoin d'en préciser la raison.

— Tu peux être certaine que je vais venir, promit-il en la quittant.

À sa sortie de la cour des Benoît, il croisa Cyprien et sa femme qui avaient dû aller passer l'après-midi chez les voisins. Il se borna à les saluer sèchement de la tête avant d'aller retrouver Antonin qui devait l'attendre.

Celui-ci l'attendait bel et bien à la maison où il était de retour depuis plus de deux heures. Il n'eut pas à lui demander d'où il venait. À la seule vue de son air heureux, il devina que Catherine Benoît l'avait reçu.

❧

La dernière semaine du mois d'octobre fut intense en activités chez les Beauchemin. Si Marie se fiait aux réponses reçues aux invitations que Bernadette avait adressées pour elle autant aux Camirand qu'aux Beauchemin, tout indiquait qu'ils allaient accueillir le samedi suivant plus de trente invités à la noce de Camille. Armand Beauchemin avait promis de venir ainsi que deux cousines de Baptiste. Les sœurs et le frère de Marie allaient aussi être de la fête.

— Il y a juste ma tante Mathilde qui a pas répondu, constata Bernadette avec un rien d'espoir en faisant le compte des réponses parvenues par la poste. Pour moi, elle pourra pas venir.

— J'espère que le bon Dieu t'entend, dit sa sœur, miséreuse.

— Si elle vient pas, on se consolera, intervint leur mère qui espérait bien ne pas avoir à supporter sa belle-sœur ce jour-là. Mais comme c'est là, ça a tout l'air qu'il y aura personne de la famille de Liam, déplora l'hôtesse. Ses deux oncles de Montréal ont pas répondu.

— Ça aurait été pas mal surprenant, m'man, expliqua Camille. Liam m'a dit qu'ils sont même pas venus à l'enterrement de sa femme.

Pendant cette dernière semaine, la fiancée avait décidé de mettre la dernière main à la robe blanche toute simple qu'elle allait porter le jour de ses noces et d'aider à la préparation de la fête pour soulager le plus possible sa mère, tiraillée entre les soins à dispenser à son mari invalide, la confection du repas et, évidemment, un grand ménage de la maison. Elle se rendait compte que Bernadette ne lui était pas d'un grand secours puisqu'elle passait la journée à l'école et Eugénie, toujours aussi nonchalante, énervait sa mère plus qu'autre chose. Pour ce faire, la future madame Connolly avait renoncé à aller s'occuper de la maison de Liam, entendant n'y mettre les pieds que le vendredi, veille de ses noces, pour vérifier l'état des vêtements des enfants. Il n'était pas question qu'ils se présentent négligés au mariage de leur père.

Cependant, la rareté de la viande continuait de préoccuper Marie.

— Bondance ! Comment veux-tu recevoir autant de monde avec deux petits morceaux de porc ? C'est bien beau vouloir les servir dans de la sauce, mais ça va ressembler à la pêche miraculeuse quand ils vont trouver un morceau de viande.

— Et votre idée de demander à Donat d'aller chasser ? lui rappela Bernadette.

— Je peux pas chasser tout seul, intervint Donat en train de se chausser pour aller aux bâtiments. Si je poigne un chevreuil, je serai pas capable de le sortir tout seul du bois. J'en ai parlé à Rémi, mais il a pas encore fini ses labours. On pourrait peut-être y aller mercredi ou jeudi.

— Et avec Xavier ou Gustave ?

— Xavier a du travail et Gustave est loin d'avoir fini de remettre d'aplomb le mur de la remise qui a brûlé, dit Marie. On peut pas recevoir du monde en laissant la remise comme ça. On va passer pour des beaux sans-dessein.

— Sans compter que demain, il doit partir pour la semaine pour aller voir son père malade, reprit Donat.

— On va essayer de se débrouiller avec ce qu'on a, fit sa mère, résignée. Mais c'est bien dommage que le cavalier de votre sœur ait pas un autre jambon à nous donner en cadeau, ajouta-t-elle en songeant au don fait par Constant Aubé lors des fiançailles.

— Là, m'man, il faudrait pas exagérer sur le pain bénit, fit Bernadette. Constant est meunier, pas boucher.

— Je le sais bien. Il reste juste à prier pour que le bon Dieu m'aide à trouver de la viande.

— Avoir su que ce mariage-là vous causerait autant de problèmes… commença Camille.

— Bien non, c'est pas la fin du monde, dit sa mère pour la rassurer.

Dieu avait dû entendre Marie Beauchemin et avoir pitié d'elle parce que son problème allait être résolu beaucoup plus facilement qu'elle ne l'avait espéré.

Le mardi matin, Antonin se leva le premier, à la barre du jour. Il alluma le poêle, se confectionna une épaisse tartine et quitta la maison pour aller prendre place dans la cache, comme il le faisait avec un bonheur assez inégal depuis plusieurs jours.

À l'extérieur, il fut accueilli par un brouillard qui le fit frissonner. Une abondante rosée recouvrait tout. Il traversa la route et se dirigea un peu à l'aveuglette à travers le champ jusqu'à la rive où il retrouva la cache. Il s'y installa pour attendre la levée du brouillard de ce triste matin d'octobre.

Assis assez inconfortablement sur le siège de son embarcation, il fixait les eaux calmes de la rivière en essayant de percer le brouillard. Il entendait clairement les cancanements des outardes sur la rivière, mais il ne les voyait pas.

Soudain, des bruits de pas près de l'embarcation le firent sursauter. Il pensa d'abord que Xavier avait décidé de déroger à leur entente en venant chasser avec lui le matin plutôt que d'attendre la fin de l'après-midi. Puis, il entendit qu'on s'ébrouait sur le bord de l'eau, vraiment très près de la cache.

L'adolescent, intrigué et vaguement inquiet, tourna la tête dans toutes les directions et chercha à voir malgré le brouillard qui semblait s'être encore épaissi… Il perçut alors un vague mouvement à une douzaine de pieds de sa cache. Son cœur s'arrêta de battre une seconde. Durant un bref instant, il se demanda si ce n'était pas un ours descendu boire à la rivière. Il avait les mains moites en empoignant nerveusement son fusil et en l'épaulant.

— Si je le manque, lui, il me manquera pas, se dit-il en sentant la sueur couler entre ses omoplates.

Il demeura assis dans l'embarcation, prit une profonde inspiration et visa du mieux qu'il put. Un souffle de vent effilocha un bref instant un peu de brouillard, juste assez pour lui faire voir clairement la tête d'un gros chevreuil qui ne l'avait vraisemblablement pas aperçu. Il tira instinctivement en priant pour ne pas l'avoir raté. Le coup de feu se répercuta dans l'air, faisant lever un vol d'outardes en train de se reposer sur la rivière.

Sur le coup, Antonin crut que la balle tirée n'avait pas atteint la cible parce que l'animal avait disparu de son champ de vision et le brouillard s'était refermé sur lui. Il sortit en jurant de sa cache et fit quelques pas en direction de l'endroit où il avait cru voir la bête. Il faillit buter contre elle. Le chevreuil avait été atteint en pleine tête et gisait sur le côté à une vingtaine de pas de l'endroit où il l'avait vu la dernière fois.

Fou de joie, il traversa le champ et la route et rentra à la maison pour trouver un Xavier Beauchemin à demi réveillé en train de boire une tasse de thé avant d'aller soigner ses animaux.

— Blasphème! T'as décidé de lâcher les canards parce que t'es pas capable d'en tuer un se moqua-t-il. Tu trouves que t'as gaspillé assez de cartouches?

— Avant de rire de moi, tu ferais mieux de venir m'aider à aller chercher le chevreuil que je viens de tuer, lui annonça fièrement Antonin.

— Arrête donc, toi! fit son jeune patron, cherchant à voir s'il s'agissait d'une plaisanterie.

— Viens voir, l'invita l'adolescent, je pense qu'on est mieux d'atteler Prince pour aller le chercher avec la waggine.

Xavier chaussa ses bottes et alla l'aider à atteler le cheval. Le brouillard commençait à se lever. Ils traversèrent le champ labouré la semaine précédente. À leur approche de la rive, ils aperçurent la masse de la bête abattue.

Xavier s'empressa d'examiner de près le chevreuil de belle taille étendu sur la terre retournée de son champ.

— J'en reviens pas, avoua-t-il à son employé. Tuer un chevreuil avec du petit plomb pour la chasse aux canards, j'ai jamais vu ça.

— Qu'est-ce que t'en penses? lui demanda fièrement le chasseur.

— Tu l'as eu parce que tu lui as tiré en pleine tête, constata Xavier en examinant la tête de l'animal.

Tous les deux peinèrent un bon moment pour tirer la bête dans la voiture et ils revinrent à la ferme. Prince semblait énervé par l'odeur du sang.

— Dételle-le et viens m'aider à faire le train, ordonna Xavier à l'adolescent. Après le déjeuner, on va le vider et le dépecer. Je pense que ma mère va être contente d'avoir un cuissot de chevreuil.

À la fin de la matinée, après avoir dépecé la bête et jeté ses abats sur le tas de fumier, Xavier décida de faire plaisir à son homme engagé.

— Attelle, Antonin, et va porter toi-même le cuissot à ma mère.

Le jeune homme ne se fit pas prier pour obéir. Évidemment, son cadeau fut accepté avec autant de joie que de soulagement et on ne le laissa pas repartir vers la ferme du rang Sainte-Ursule avant qu'il ait raconté dans ses moindres détails son fait d'arme.

Baptiste l'écouta avec attention et sembla apprécier le récit.

Le mercredi soir, Xavier brava la forte pluie qui tombait depuis la fin de l'après-midi pour aller veiller chez Catherine. Quand la jeune fille vint lui ouvrir, toujours aussi pâle, sa mère était à l'étage alors que Cyprien et sa femme étaient assis à table et lui tournaient ostensiblement le dos. Il devina qu'une scène venait encore de se produire chez les voisins.

À l'invitation de Catherine, il retira son manteau mouillé qu'il suspendit près de la porte et, alors qu'elle l'invitait à passer au salon, il vit Laura Benoît descendre l'escalier. La veuve avait les yeux rougis et paraissait faire un effort méritoire pour se donner bonne contenance devant l'amoureux de sa fille.

Xavier prit de ses nouvelles avant de suivre Catherine au salon, puis Laura Benoît s'installa dans la cuisine au même endroit que le dimanche précédent.

— Qu'est-ce qui se passe? demanda le jeune homme. Ta mère a l'air ben triste.

— C'est encore mon frère, avoua Catherine. Il s'est mis dans la tête que ma mère doit se donner à lui et, naturellement, lui et sa femme aimeraient que je m'en aille.

— Qu'est-ce que ta mère dit de ça ?

— Il en est pas question, elle veut pas.

— Tu viens juste de revenir à la maison, blasphème ! J'ai ben envie d'aller dire deux mots à ton frère, dit Xavier, les dents serrées et les poings crispés en esquissant le geste de quitter le canapé.

— C'est sa femme qui lui pousse dans le dos, murmura Catherine en posant une main sur son bras pour l'inciter à demeurer assis près d'elle. Laisse faire, mêle-toi pas de ça. Ma mère se laissera pas faire, tu peux en être certain.

Ensuite, Catherine s'informa du travail exécuté dans sa maison durant les derniers jours et des préparatifs de la noce de sa sœur. Évidemment, Xavier se fit une joie de raconter la chasse d'Antonin, mais il avoua ne pas savoir ce qui se passait chez ses parents à quelques jours du mariage de Camille. Il désirait surtout ne pas avoir à expliquer pourquoi la jeune fille n'était pas invitée.

Pour changer de sujet de conversation, il décida finalement de lui parler de ce qui lui tenait réellement à cœur. Il jeta un coup d'œil en direction de Laura Benoît qu'il pouvait voir non loin de l'embrasure de la porte du salon et il baissa volontairement la voix.

— Je t'en aurais ben parlé dimanche, commença-t-il, mais t'avais pas l'air dans ton assiette.

— De quoi voulais-tu me parler ? lui demanda-t-elle en posant une main sur l'une de ses mains.

— Tu te rappelles ce que je t'ai dit avant que tu partes pour Montréal ?

— Oui, répondit-elle dans un souffle.

— Je veux que tu saches que j'ai pas changé pantoute d'idée, tint-il à préciser. Je veux toujours te demander en mariage. Toi, tu devais me dire ce que t'en pensais en revenant.

Elle le regarda sans ciller. Sa main étreignit plus fermement celle du jeune homme assis près d'elle sur le canapé. Elle prit un long moment avant de répondre.

— Puis ? insista-t-il.

— Je veux bien, répondit-elle dans un souffle. Mais avant, je veux être certaine que tu ne le regretteras pas.

— Je regretterai pas, c'est certain.

— Je t'ai tout dit ce que t'avais à savoir, insista-t-elle. Tu le sais, j'ai une fille d'un an et demi à la crèche.

— Tu me l'as dit.

— Je veux que tu te rendes compte de ce qui nous attend, reprit-elle. Tout le monde me montre du doigt et parle dans mon dos. Ça va pas arrêter parce qu'on se marie.

— Que j'entende jamais personne dire un mot contre toi, fit-il, menaçant.

— Tu peux pas empêcher le monde de parler, Xavier. Tu sais aussi que ta famille m'aime pas et que ta mère voudra jamais que je mette les pieds dans sa maison.

— Puis après ? fit Xavier en feignant l'indifférence. On restera chez nous si personne veut nous voir.

— En plus, Cyprien et Marie-Rose t'aiment pas plus qu'ils m'aiment.

— Ça, ça me dérange pas pantoute, dit-il en élevant involontairement la voix. Je peux même te dire que ça fait plutôt mon affaire.

— Si tu me maries, ce sera pas facile, le mit-elle en garde.

— Je m'en sacre.

— Dans ce cas-là, j'accepte, dit-elle en lui adressant un sourire si merveilleux qu'il se sentit transporté de joie. Mais j'aimerais que t'attendes à Noël pour me demander en mariage à ma mère. Ça me donnerait le temps de me remettre d'aplomb. Il y a rien qui presse, non ?

— Non, fit-il, tout de même un peu déçu de ne pas faire sa demande officielle le soir même.

— Je suppose que t'aimerais qu'on se marie le printemps prochain ?

— Certain, accepta-t-il avec empressement.

— Tout ce temps-là va te donner le temps de finir le dedans de ta maison et, moi, de compléter mon trousseau.

— C'est correct.

— Peut-être que d'ici ce temps-là ta mère va s'habituer à l'idée de m'avoir comme bru.

— Pourquoi pas ? répliqua le jeune homme pas du tout convaincu d'une telle possibilité. Est-ce que tu vas en parler à ta mère avant les fêtes ? demanda-t-il, curieux.

— Non, répondit-elle après une légère hésitation, ce sera notre secret. Elle l'apprendra quand tu lui demanderas ma main.

Chapitre 21

Le mariage

Chez les Beauchemin, les deux premières journées de la semaine furent consacrées à un ménage en profondeur de toute la maison. La vaisselle de pierre fut, encore une fois, sortie des armoires et nettoyée. On astiqua les meubles et les fenêtres, et les rideaux furent décrochés et lavés.

— On va d'abord faire toute la cuisine et finir vendredi par le lavage des planchers, sinon on risque de les salir.

Si Bernadette avait cru un moment échapper à toutes ces corvées, elle fut vite détrompée. Dès qu'elle posait le pied dans la maison après sa journée d'enseignement, sa mère s'empressait de la mettre à contribution.

— C'est bien de valeur que tu te maries pas plus tard dans l'année, finit par dire Marie à sa fille. On aurait pu préparer la viande et les pâtisseries bien avant et les laisser dans la cuisine d'été. Le froid les aurait conservées.

Les résultats de tant de travail étaient visibles. Tout était propre dans la maison et la cuisine baignait dans toutes sortes d'odeurs appétissantes. Eugénie et sa belle-mère confectionnèrent des tartes aux bleuets, au sucre, aux œufs et à la mélasse pendant que Camille faisait cuire le pain et des beignets que Bernadette aurait pour tâche de glacer à son retour de l'école. La provision de vin de cerise fabriqué à la fin de l'été avait été contrôlée aussi soigneusement que le nombre de bouteilles de bagosse rangées dans le garde-manger.

La journée du vendredi allait être consacrée à la cuisson du cuissot de chevreuil et à la confection d'une épaisse soupe aux pois. Marie s'était finalement rangée à l'opinion de sa fille aînée et avait renoncé à sacrifier au repas les deux petits rôtis de porc qui lui restaient.

— J'ai quand même peur que cette viande-là goûte le sapinage, avait-elle dit, incertaine.

— Ça peut pas arriver, m'man, si vous la servez avec la sauce brune que vous préparez toujours avec de la farine grillée. Ça va être bon sans bon sens et tout le monde va en reprendre.

Après le déjeuner, la jeune femme avait annoncé qu'elle allait passer l'avant-midi chez Liam de manière à être de retour pour le dîner et d'aider au lavage des parquets.

— On peut bien se débrouiller sans toi, déclara sa mère.

— Dites pas ça, madame Beauchemin, s'empressa d'intervenir sa bru. Ça va aller bien plus vite si on est trois pour laver les planchers.

❧

En ce vendredi 27 octobre 1871, le ciel était gris et le temps plutôt frais pour cette période de l'année. Camille endossa son manteau et prit la direction de la ferme de Liam Connolly.

À son arrivée à la maison qui allait devenir la sienne vingt-quatre heures plus tard, elle découvrit la jeune Ann, les traits tirés par la fatigue, en train de nettoyer à fond ce qui était encore la chambre de son père.

— T'as bien l'air fatiguée, dit Camille à l'adolescente venue lui ouvrir.

— Je fais du ménage, se borna à dire la jeune fille. Mon père veut que la maison soit bien propre quand vous allez venir rester avec nous autres.

— Je comprends ça. Qu'est-ce qu'il te reste à faire ?

— La cuisine.

— On va se mettre ensemble, ça prendra pas plus qu'une heure, l'encouragea Camille en suspendant son manteau au crochet derrière la porte. Où est passé ton père ?

— Il est parti livrer de la farine à Saint-Zéphirin. Il m'a dit qu'il reviendrait pour dîner.

— On va lui faire une omelette après le ménage.

Quand le ménage fut terminé, Camille monta à l'étage pour examiner chaque chambre et, surtout, sortir les vêtements du dimanche de chacun des enfants. Il lui fallut repasser les robes de Rose et d'Ann ainsi que les chemises des garçons et de Liam. Elle terminait le travail quand elle vit passer la voiture de son fiancé en direction de l'écurie.

Elle s'empressa d'ouvrir la porte pour le héler.

— Dételle pas tout de suite, Liam, j'aimerais que tu me ramènes à la maison.

L'air un peu agacé, le veuf fit faire demi-tour à sa voiture et vint l'immobiliser près de la maison. Pendant ce temps, Camille était rentrée à l'intérieur pour recommander à Ann de voir à ce que ses frères et sa sœur fassent une toilette soignée ce soir-là en prévision du mariage du lendemain.

— Je compte sur toi, lui dit-elle en l'embrassant légèrement sur une joue avant de la quitter.

Elle monta à bord de la voiture où Liam l'attendait en manifestant une certaine impatience.

— T'avais pas assez d'ouvrage chez vous ? lui demanda-t-il en mettant la voiture en marche. Ann était ben capable de finir la besogne.

— Je le sais, mais elle est pas encore bien vieille pour en avoir autant à faire, répliqua-t-elle. En plus, je voulais être certaine que les enfants aient de beaux habits pour demain. J'ai repassé leur linge et ta chemise et j'ai demandé à Ann de voir à ce qu'ils se lavent comme il faut avant de se coucher à soir.

— Est-ce qu'il y a quelque chose que je peux faire ? finit-il par demander au moment où ils entraient dans la cour de la ferme des Beauchemin.

— Non, tout devrait être correct, le rassura-t-elle. Cet après-midi, je vais aller me confesser. Oublie pas d'y aller, toi aussi.

— J'en arrive, je suis arrêté à la sacristie en revenant de Saint-Zéphirin.

Il se pencha vers elle pour l'embrasser, mais elle l'esquiva et descendit de voiture.

— Pas devant tout le monde, le réprimanda-t-elle, Eugénie est devant la fenêtre.

Elle rentra précipitamment dans la maison avant qu'il ait le temps de protester.

— T'arrives à temps, lui dit sa mère en déposant un plat de crêpes au centre de la table, le dîner est prêt.

C'était là le menu rituel du vendredi chez les Beauchemin. Des crêpes à midi et des fèves au lard au souper. La maîtresse de maison prenait d'ailleurs la peine de retirer de la marmite la moindre parcelle de lard sous le prétexte qu'on devait faire maigre le vendredi.

— Après le dîner, je vais me dépêcher à aller à la confesse et je vais revenir vite vous donner un coup de main à laver les planchers, annonça Camille en prenant place à table.

— C'est dommage que tu te maries si tard, laissa tomber Eugénie. On aurait pu monter des tables dehors sous les arbres pour ton dîner de noces.

— Branchez-vous, rétorqua la jeune femme avec bonne humeur. M'man trouve que je me marie trop de bonne heure et toi, trop tard. Pour manger dehors, on a fait ça pour le mariage d'Emma, rétorqua Camille, mais si je me souviens bien, ça a été tout un aria pour servir le monde à table.

— À cette heure qu'on a une cuisine d'été, intervint Marie en présentant un morceau de crêpe à la bouche de son mari auprès duquel elle était assise, ça pose plus de problème. On a deux grandes tables. Demain, on va chauffer la cuisine d'été pour enlever l'humidité et on va installer là les plus jeunes.

À la fin du repas, Donat s'éclipsa durant quelques minutes pour aller atteler le Blond au boghei.

— Quand tu voudras monter au village, le boghei est prêt, dit-il à sa sœur.

— Toi, t'es chanceux que ton père t'entende pas parler du rang Sainte-Ursule comme du village, le réprimanda sa mère, en sortant de sa chambre.

Les deux femmes étaient allées mettre le malade au lit pour une sieste.

— Qu'on le veuille ou pas, m'man, ça va finir par être le village à cette heure que la chapelle est là, répliqua Donat, agacé.

Camille remercia son frère tout en finissant de boutonner son manteau.

— Oublie aucun péché, belle-sœur, lui recommanda Eugénie en prenant dans ses bras un Alexis qui rechignait pour se faire prendre.

— Si tu penses que j'ai eu le temps de faire des péchés, toi, répliqua Camille avec un demi-sourire qui dissimulait mal sa fatigue.

Un bruit de voiture à l'extérieur poussa Donat à s'approcher de l'une des deux fenêtres de la cuisine d'hiver.

— Ah ben, là! Vous allez toutes avoir la chance d'en faire, les prévint-il avec une bonne humeur forcée. V'là ma tante Mathilde avec la même sœur qui est venue avec elle à la fin de l'été.

— Sainte bénite, c'est pas vrai! s'exclama Marie.

— Tornom qu'on n'est pas chanceuses! renchérit Eugénie en tendant le cou pour vérifier si ce n'était pas une plaisanterie de son mari.

— Ma seule consolation, c'est que je vais vous la laisser à vous autres tout seuls demain après-midi, conclut Camille en ouvrant la porte pour sortir.

— Qu'est-ce qu'on fait, m'man? demanda Donat pour plaisanter. Est-ce qu'on barre la porte en criant qu'on n'est pas là?

— Arrête tes farces plates, Donat Beauchemin, répondit sa mère avec humeur. Va plutôt les aider à descendre et à transporter leurs valises... Comme si on n'avait pas assez de besogne, poursuivit-elle. Il va falloir, en plus, l'endurer, bondance!

— On pourrait peut-être leur offrir de laver les planchers pour se rendre utiles, suggéra Eugénie, avec une trace d'espoir.

— Pas de saint danger qu'elles fassent une affaire comme ça, répliqua sa belle-mère. On va les avoir dans les jambes et, en plus, il va falloir endurer les jacasseries de la sœur de mon mari.

Eugénie se retint à temps de dire que, lorsqu'elle serait la maîtresse de maison, sœur Marie du Rosaire se verrait rapidement interdire l'entrée.

Il y eut des éclats de voix à l'extérieur. Camille s'était arrêtée pour embrasser sa tante et saluer sœur Sainte-Anne, sa compagne. Pendant que la sœur de Baptiste s'informait auprès de la future mariée de la santé de son père, Donat s'était emparé des deux petites valises des religieuses et était allé les déposer dans la cuisine d'été avant de revenir vers le facteur qui, encore une fois, avait servi de cocher.

— Paie donc notre cocher, mon garçon, ordonna sœur Marie du Rosaire à son neveu avant de prendre la direction de la maison.

Donat lui lança un regard assassin et attendit qu'elle se soit suffisamment éloignée avec sa compagne pour demander au facteur:

— Combien je vous dois, monsieur Meilleur?

— Un petit verre de bagosse, si t'en as, dit Hormidas Meilleur en repoussant vers l'arrière son chapeau melon verdi par les intempéries. Mais fais-moi donc plaisir, le jeune, essaye de pas me demander d'aller reconduire ces sœurs-là à la gare. La plus grosse m'a encore donné un mal de tête juste à l'entendre jacasser tout le long du chemin.

Donat eut du mal à réprimer un sourire et il s'empressa d'aller chercher un grand verre d'alcool qu'Hormidas Meilleur but d'une traite, comme un vulgaire verre d'eau.

Quelques minutes plus tard, Camille eut la bonne idée de s'arrêter quelques instants chez Emma avant de se rendre à la sacristie. Elle ne demeura chez sa jeune sœur que quelques instants, le temps de lui apprendre l'arrivée des deux religieuses et l'embarras qu'elles représentaient au moment où elles devaient procéder aux derniers préparatifs du mariage.

— Je m'habille et je vais aller les chercher, dit Emma d'une voix décidée. Ça va vous permettre de souffler un peu. S'il y a moyen de les garder à coucher, je vais le faire.

— Tu serais bien fine, dit sa sœur.

— De toute façon, j'avais projeté d'aller vous aider à soir.

— En faisant ça, tu nous rendrais un immense service.

— Ouais, fit Rémi, pas trop enchanté par la perspective d'avoir la tante de sa femme sur les bras. Si ça te fait rien, dit-il à celle-ci, je vais garder les enfants jusqu'à ce que tu reviennes. Après ça, je vais me trouver quelque chose à faire dehors.

— Tu feras ce que tu voudras, déclara Emma en endossant déjà son manteau.

— La tante Mathilde, d'après moi, elle est pire que les dix plaies d'Égypte réunies.

Rassurée, Camille reprit la route, traversa le pont et passa devant l'école de Bernadette. Elle résista à la tentation de s'y arrêter un instant pour prévenir sa sœur de l'arrivée de leur tante.

— Elle la verra bien assez vite, dit-elle à mi-voix en faisant monter la côte à son cheval.

À son arrivée, les portes de la chapelle étaient grandes ouvertes et les ouvriers occupés à construire le jubé faisaient beaucoup de bruit, même si le curé avait demandé à plusieurs reprises à Ulric Boisvert, le contremaître, de les inciter à faire moins de tapage et à montrer plus de respect pour la maison du Seigneur.

— Écoutez, monsieur le curé, on peut pas construire un jubé sans se servir de nos scies et de nos marteaux. Ça se fait pas avec des prières une affaire comme ça.

— Quand même! avait laissé tomber le prêtre en affichant un air désapprobateur.

Il était évident que Josaphat Désilets n'aimait pas particulièrement l'homme et il ne faisait aucun effort pour le dissimuler. En fait, l'antipathie était réciproque.

Dans les circonstances, il était important de reconnaître que Samuel Ellis, président du conseil des syndics, avait bien fait les choses. Dès le premier jour des travaux, il était venu rencontrer le contremaître pour lui signifier qu'il était le maître d'œuvre des rénovations qu'il allait entreprendre avec ses ouvriers et qu'il désirait qu'il lui envoie monsieur le curé chaque fois qu'il viendrait lui demander des changements aux plans déjà établis.

Les ouvriers n'étaient au travail que depuis deux jours qu'Ulric Boisvert vit arriver le pasteur de Saint-Bernard-Abbé venant réclamer une modification à ce qui avait été entendu.

— Pour ça, monsieur le curé, il va falloir que vous alliez voir votre maître d'œuvre, avait dit l'homme.

— Mais je suis le curé de Saint-Bernard-Abbé, avait protesté le prêtre avec hauteur.

— Je dis pas le contraire, monsieur le curé, mais moi, je fais ce que me commande monsieur Bélisle, mentit Ulric Boisvert. Il m'a dit que seul monsieur Ellis pouvait demander des changements aux plans et qu'à ce moment-là il viendrait s'entendre avec lui pour un nouveau prix.

— Voyons donc!

— Les changements coûtent souvent cher, monsieur le curé, avait ajouté le contremaître en plantant là l'ecclésiastique pour aller voir ce que lui voulait l'un de ses ouvriers.

Depuis, la relation entre les deux hommes ne s'était guère améliorée.

Camille Beauchemin contourna la chapelle et vint immobiliser sa voiture près de la porte de la sacristie qui s'ouvrit dès qu'elle y frappa. Josaphat Désilets connaissait la raison de sa venue et l'invita à venir s'agenouiller dans le confessionnal de fortune dressé dans un coin de la sacristie.

La confession ne prit guère de temps, mais le confesseur se sentit obligé d'adresser de longues recommandations à celle qui allait se charger de l'éducation d'une famille de quatre enfants dès le lendemain.

— Fais bien attention au péché d'impureté, lui recommanda-t-il sur un ton sévère. J'espère que tu n'as pas déjà succombé, osa-t-il ajouter.

Agenouillée derrière le mince rideau qui les séparait, Camille rougit violemment.

— Je suis une fille honnête, monsieur le curé, protesta-t-elle, offusquée.

— C'est bien, ma fille, mais rappelle-toi que ce n'est pas parce que tu es mariée que tu dois te laisser entraîner dans la luxure. Il n'y a qu'un but au mariage: c'est la procréation. On se marie pour donner naissance à des enfants. L'acte de chair fait dans un autre but demeure un grave péché.

Camille laissa le confesseur l'abreuver de ses nombreux conseils. Finalement, il donna l'absolution à la jeune femme après lui avoir imposé une pénitence à faire à la maison parce que la chapelle en rénovation ne s'y prêtait guère.

— J'ai déjà le certificat de confession de ton fiancé, lui apprit-il, pendant qu'elle se relevait de l'agenouilloir. Je conserve le tien. Tout est en ordre pour votre mariage.

Camille le remercia et remonta en voiture. Elle venait de faire un pas de plus vers la cérémonie qui allait faire d'elle l'épouse de Liam Connolly. Elle ne put réprimer un vague sentiment d'inquiétude à cette pensée. C'était tellement différent de tout ce qu'elle avait rêvé depuis son adolescence. Combien de fois s'était-elle vue mariée à un bel homme plein de prévenances dont elle était profondément amoureuse ? Elle s'était imaginée baignant dans un monde de tendresse. Même s'ils devaient trimer dur d'une étoile à l'autre, ils se retrouvaient le soir, serrés l'un contre l'autre, attendant avec impatience l'arrivée de leur premier enfant…

Elle s'ébroua en se traitant de rêveuse. Rien de tout cela n'arriverait. Les années avaient filé très rapidement, trop rapidement… La jeune fille était devenue une vieille fille qu'on regardait avec un peu de pitié, même si elle n'avait pas encore trente ans. Un trésor oublié, disaient certains, peut-être par plaisanterie. Puis, voilà que demain, à la fin de la matinée, elle allait se retrouver la mère de quatre enfants auxquels elle était certes attachée, mais dont elle n'était pas certaine de l'amour à son endroit. Le pire, c'étaient les sentiments qu'elle éprouvait à l'égard du père. Liam, bien que gentil, restait inquiétant. Elle n'était pas encore parvenue à savoir ce que dissimulait l'amabilité qu'il lui manifestait.

Elle entra dans la cour de la ferme et poursuivit son chemin jusqu'aux bâtiments devant lesquels elle arrêta la voiture. Elle détela le cheval et le fit pénétrer dans l'écurie. Après lui avoir donné un peu d'avoine, elle se dirigea vers la maison.

À son entrée dans la cuisine, elle vit sa mère occupée devant le fourneau.

— Est-ce qu'Emma est venue chercher ma tante ? lui demanda-t-elle en retirant son manteau.

— Chut! fit sa mère. Ta tante est en haut en train de s'installer dans la chambre de Gustave.

— Qu'est-ce qui s'est passé? reprit Camille, un ton plus bas. J'ai demandé à Emma de l'inviter pour nous en débarrasser.

— Elle a pas voulu, répondit Marie, dépitée. Elle a dit qu'elle était surtout venue pour s'occuper de ton père parce qu'elle était sûre qu'on le négligerait pour se consacrer à ton mariage.

— C'est pas vrai! Dites-moi que je rêve. On va pas l'avoir sur le dos pendant qu'on finit le ménage! Où est passée Eugénie?

— Elle est partie coucher le petit.

— Bon, je monte me changer et on lave les planchers, déclara la jeune femme sur un ton décidé. Si elle nuit, elle va se tasser, ajouta-t-elle.

Quelques minutes plus tard, Camille et Eugénie se retrouvèrent dans la cuisine d'hiver au moment même où les deux religieuses descendaient.

— Ma tante, on doit laver les planchers, déclara Camille en se mettant à remplir un seau en puisant dans le réservoir accolé au poêle. Si ça vous fait rien, on va allumer le poêle dans la cuisine d'été et vous allez vous installer là avec sœur Sainte-Anne et mon père.

— Ce sera pas trop froid pour lui? demanda sœur Marie du Rosaire.

— Pantoute, ma tante, il va être correct.

Sans donner plus de temps à la religieuse pour discuter, elle ouvrit la porte de communication et alla allumer le poêle dans la pièce voisine. Ensuite, elle poussa elle-même le fauteuil roulant de son père, entraînant derrière elle sa tante et sa compagne. Quand elle vit sa mère se préparer à remplir, elle aussi, un seau dans l'intention de participer au lavage des parquets, elle s'y opposa.

— Laissez faire, m'man, on va s'occuper des planchers. Bedette est à la veille d'arriver et elle va nous aider. Allez donc vous reposer un peu en attendant.

Marie ne se fit pas prier et disparut dans sa chambre. Quand Bernadette revint de l'école, il restait la moitié du parquet de la cuisine à laver et elle insista pour que sa sœur aînée la laisse terminer le travail et aille préparer ses affaires pour le lendemain. Camille monta à l'étage et entra dans sa chambre dont elle referma doucement la porte derrière elle.

Au lieu d'allumer la petite lampe à huile de service, elle s'approcha lentement de la fenêtre et écarta les rideaux. Le soleil baissait rapidement à l'horizon et les ombres s'allongeaient déjà. L'érable planté à la gauche du poulailler avait perdu toutes ses feuilles et il tendait ses bras nus vers un ciel où couraient de nombreux nuages. Comme l'arbre était dépouillé de son imposante ramure, elle pouvait apercevoir la maison voisine des Gariépy, et un peu plus loin le toit de la maison qu'elle habiterait dans quelques heures. Les eaux grises de la rivière serpentaient au bout des champs, de l'autre côté de la route.

Soudain, elle réalisa qu'elle regardait ce paysage pour la dernière fois et se sentit étrangement bouleversée. Elle dut se secouer pour laisser retomber le rideau et allumer enfin la lampe. Il était temps qu'elle range tous ses biens dans le coffre placé près du mur. La robe de nuit dont l'encolure avait été ornée de petites fleurs roses brodées avec soin fut la dernière chose déposée dans le coffre. Son couvercle se referma avec un bruit qui lui sembla définitif. Elle aurait été incapable de dire s'il venait de se fermer sur son passé ou sur son avenir. Liam devait venir aider Donat à le transporter dans la nouvelle chambre où elle dormirait à compter du lendemain. Elle eut une pensée fugitive sur ce qui se passerait dans cette pièce la prochaine nuit et elle ne put réprimer un frisson d'appréhension.

Encore une fois, elle examina la robe et les jupons qu'elle allait porter le lendemain. La broche offerte par les enfants au jour de l'An précédent serait l'unique bijou qui allait la parer.

Avant de quitter la pièce, elle s'arrêta un bref instant devant le petit miroir suspendu au-dessus du vieux bureau et se regarda. Son large front droit n'avait encore aucune ride et ses yeux bruns, bien qu'un peu cernés, ne déparaient pas son visage rond aux traits réguliers encadré par son épaisse chevelure châtaine.

— Encore pas mal, décréta-t-elle à mi-voix avec un sourire résigné.

Un peu avant le souper, Liam Connolly vint frapper à la porte des Beauchemin. Il salua les personnes présentes et suivit Donat dans la chambre de Camille. Les deux hommes descendirent quelques instants plus tard en portant le lourd coffre en bois qu'ils allèrent déposer dans la voiture du fiancé. Alors qu'ils sortaient de la maison, Marie demanda à son futur gendre de venir la voir après avoir déposé le coffre dans la voiture. Elle souhaitait lui parler.

— Qu'est-ce que vous lui voulez, m'man ? lui demanda sa fille aînée, intriguée.

— Laisse faire, lui répondit sa mère, c'est pas important. C'est à propos des noces, demain.

Quand Liam rentra, il dut retirer ses chaussures encore une fois et suivre la mère de sa fiancée au salon. Toutes les personnes présentes dans la cuisine se taisaient, même sœur Marie du Rosaire. Donat rentra derrière lui et adressa un regard interrogateur à sa sœur Camille qui se borna à hausser les épaules, signifiant ainsi qu'elle n'en savait pas plus que lui. Les deux religieuses attendaient en silence, espérant probablement entendre ce qui se disait dans le salon.

Marie fit passer Liam au salon et referma la porte derrière eux.

— Assois-toi une minute, commanda-t-elle au fiancé de sa fille, j'ai à te parler. Normalement, ça devrait être à mon mari de te dire ça, mais comme il peut pas te parler, je vais le faire.

Un peu nerveux, Liam attendait qu'elle en vienne au fait.

— Bon, je voudrais juste te rappeler que Camille est une jeune fille, dit Marie sur un ton embarrassé. J'aimerais que tu t'en souviennes demain et que tu la ménages.

— Je vous le promets, madame Beauchemin, fit Liam, passablement gêné par ce que cela sous-entendait.

— Dis-toi qu'on te donne une vraie perle, vaillante en plus. Si tu sais t'y prendre, elle va te faire une excellente femme.

— C'est certain, l'approuva Liam.

— Tu sais déjà qu'elle aime tes enfants et qu'elle va être une bonne mère pour eux.

— Ça aussi, je le sais.

— C'est tout ce que je voulais te dire, conclut la mère de sa fiancée. Ah oui ! En passant, on va garder tes enfants à coucher demain soir. Ma fille Emma va en prendre deux chez elle et les deux autres vont coucher dans l'ancienne chambre de Camille. Vous viendrez les chercher dimanche après-midi, si ça vous convient.

— Vous êtes ben bonne, madame Beauchemin, c'est fin d'avoir pensé à ça.

La maîtresse de maison le raccompagna jusqu'à la porte où l'attendait Donat pour transporter le coffre chez lui.

Même si les Beauchemin auraient beaucoup aimé se reposer calmement ce soir-là, cela fut impossible. Sœur Marie du Rosaire fit en sorte d'agacer prodigieusement tout le monde avec son bavardage ininterrompu. Durant le souper, Bernadette fut sa cible de prédilection. La religieuse voulut absolument savoir comment elle enseignait le catéchisme aux enfants et, une fois informée, se crut obligée de critiquer sa manière de procéder et d'approuver la suspicion du curé Désilets à son endroit.

— As-tu toujours le même amoureux pas bien beau ? finit par lui demander sa tante.

— Oui, ma tante. Il est peut-être pas bien beau comme vous dites, mais il est fin, répondit l'institutrice, excédée. L'important, c'est qu'il me plaise à moi, conclut-elle en se levant pour commencer à desservir.

L'incorrigible matrone tourna ensuite son attention vers Eugénie. Elle voulut savoir, à mots couverts, bien entendu, pour quelle raison elle ne portait pas déjà un deuxième enfant. La jeune femme rougit et jeta un regard à son mari. Cependant, ce fut sa belle-mère qui la sauva.

— Occupe-toi pas de ça, Mathilde, c'est le bon Dieu qui décide.

Durant quelques instants, sœur Marie du Rosaire se tut, mais ce n'était que pour reprendre son souffle puisqu'elle s'empressa de déverser une foule de conseils sur la tête de Camille qui n'avait nulle envie de se faire dicter sa conduite par une religieuse qui ne connaissait rien à l'éducation des enfants et moins encore aux exigences d'un mari. Remarquant son agacement de plus en plus apparent, sœur Sainte-Anne, habituellement si effacée, osa s'adresser à sa compagne de sa petite voix douce :

— Il y a rien de pire que donner des conseils à des gens qui n'en demandent pas, ma sœur. C'est une perte de temps et ça agace tout le monde.

Mathilde Beauchemin sursauta légèrement en entendant la leçon et lança un regard courroucé à sa compagne.

— Vous auriez peut-être dû vous marier et avoir une famille, ma sœur, poursuivit la petite religieuse, insensible à sa désapprobation. Comme ça, tout le monde aurait pu constater ce que vous saviez faire.

Cette remarque était si inattendue que toutes les personnes assises autour de la table se mirent à rire. Pendant un moment, sœur Marie du Rosaire ne sut si elle devait rire ou se fâcher. Finalement, elle opta pour le rire.

Ce soir-là, on décida d'un commun accord de se coucher tôt parce que le lendemain serait assurément une journée éreintante. Même si le mariage n'était prévu que pour dix heures, on se doutait que les visiteurs allaient affluer à la maison tôt le matin.

Alors que Camille s'apprêtait à monter à l'étage avec les autres pour se mettre au lit, sa mère déposa une main sur son bras.

— Attends un peu, j'ai à te parler, lui dit-elle.

Sœur Marie du Rosaire s'immobilisa sur la deuxième marche de l'escalier, apparemment prête à revenir sur ses pas pour assister à l'entretien. Marie s'en rendit compte et s'adressa à sa belle-sœur avec une certaine brusquerie.

— Si ça te fait rien, Mathilde, j'aimerais parler seule à seule avec ma fille.

La religieuse hocha la tête et décida de suivre sœur Sainte-Anne à l'étage.

— Assois-toi une minute, ordonna la mère à sa fille en lui montrant l'une des chaises berçantes placées près du poêle en train de s'éteindre.

Camille s'assit sans protester, même si la fatigue d'une longue journée de travail lui faisait davantage aspirer à son lit.

— Tout d'abord, j'ai parlé à Liam quand il est venu chercher ton coffre. Demain, après les noces, ses deux filles vont coucher ici, dans ta chambre, et ses deux garçons vont aller coucher chez Emma. C'est déjà entendu avec ta sœur.

— Mais m'man, c'est pas nécessaire, protesta faiblement Camille.

— Voyons, ma fille! Une nuit de noces avec les enfants dans la maison, ça se fait pas.

— Si vous le pensez, dit Camille, incapable de cacher une certaine anxiété qui n'échappa pas à sa mère.

— Tu n'as pas à t'inquiéter, lui dit sa mère sur un ton qui se voulait apaisant. Ton Liam est pas un veau du printemps. C'est un homme fait qui a été longtemps marié. Il sait ce qu'il a à faire.

De toute évidence, la mère de famille était allée aussi loin qu'elle le pouvait dans l'explication de la nuit de noces.

— Je voulais aussi te dire que cette maison sera toujours la tienne et que tu y seras toujours bienvenue.

— Merci, m'man.

— En passant, je sais que t'aimes bien gros les enfants de Liam, mais gâte-les pas trop, ma fille. Pense aussi à toi. En plus, il y a bien des fois où tu vas être obligée d'être sévère avec eux, de les punir, comme moi je l'ai toujours fait avec vous autres. On fait jamais ça de gaieté de cœur, mais c'est le rôle d'une mère de les éduquer et d'en faire de bons chrétiens.

— Je comprends.

— À cette heure, je pense que t'es mieux d'aller te coucher si tu veux être regardable demain. Ta journée va être longue. Dis-toi que ça va être la plus belle journée de ta vie, ajouta-t-elle avec un sourire las.

Camille embrassa sa mère sur une joue avant de monter à sa chambre. Marie, de son côté, se dirigea sans bruit vers la cuisine d'été, elle ouvrit la porte donnant sur l'extérieur et alla suspendre sur la corde à linge son chapelet, comme le voulait la tradition, pour s'assurer du beau temps le jour du mariage.

Le lendemain matin, Donat eut la surprise de découvrir sa tante Mathilde en train d'allumer le poêle quand il descendit dans la cuisine.

— Fais pas de bruit, mon garçon. On va laisser dormir un peu ton père et ta mère.

Quelques instants plus tard, sœur Sainte-Anne précéda de peu Eugénie et Bernadette dans l'escalier. La petite religieuse proposa de s'occuper des poules pendant que les deux autres femmes iraient nourrir les animaux. Donat les laissa se partager le travail et se dirigea vers le champ pour aller chercher ses vaches.

Marie ne s'éveilla qu'un peu avant sept heures et elle sursauta en s'apercevant qu'il faisait déjà jour. Elle s'empressa de se lever et découvrit avec plaisir que les siens étaient déjà au travail et que sa belle-sœur avait même songé à allumer le poêle de la cuisine d'été depuis un bon moment.

— Camille est pas encore levée, lui annonça la religieuse.

— Je vais aller la réveiller. Il faut qu'elle se prépare, fit la mère de famille.

Sur ce, la maîtresse de maison monta à l'étage. Quand elle ouvrit la porte de la chambre de Camille, elle découvrit sa fille en train de finir de coiffer son chignon.

— Je pensais te réveiller, lui dit sa mère.

— Ça fait une bonne heure que je suis debout, m'man.

— As-tu fait ta toilette ?

— Oui, à l'eau froide. Je suis pas descendue me chercher de l'eau chaude parce que ça me tentait pas de faire la conversation à ma tante à matin.

— C'est correct, mais traîne pas trop, on pourrait avoir de la visite de bonne heure. Quand tu seras prête, tu descendras, fit Marie avant de refermer la porte derrière elle.

Camille s'était bien gardée de révéler à sa mère que le doute l'avait empêchée de dormir une partie de la nuit. À son réveil, elle s'était précipitée à la fenêtre pour constater que le ciel charriait quelques nuages, mais qu'il n'y avait aucune menace de pluie, ce qui l'avait soulagée.

Quelques minutes plus tard, Donat, sœur Sainte-Anne, Eugénie et Bernadette revenaient des bâtiments. À leur entrée dans la maison, Marie était occupée à raser Baptiste, et sœur Marie du Rosaire dressait le couvert sur la table de la cuisine d'été après l'avoir fait sur la table de la cuisine d'hiver.

Les femmes s'empressèrent d'aller chercher leur bol à main dans leur chambre et vinrent faire provision d'eau chaude au réservoir du poêle avant de disparaître pour faire leur toilette. Sœur Sainte-Anne donna à manger au petit Alexis pendant que ses parents se préparaient.

— Qui va rester pour garder les enfants et votre père ? demanda Marie en revenant de sa chambre, endimanchée, après avoir aidé Baptiste à s'habiller.

— Je peux bien rester, m'man, proposa Bernadette sans grand entrain.

— Tu peux pas faire ça, t'as invité Constant Aubé à venir au mariage, rétorqua sa mère.

— Dans ce cas-là, comme vous devez y aller, madame Beauchemin, c'est moi qui vais rester à la maison pour m'occuper du beau-père, des enfants d'Emma et d'Alexis, annonça Eugénie, un peu dépitée.

— Mais non, intervint sœur Sainte-Anne de sa petite voix fluette, je vais rester et m'occuper des petits.

— Et moi, je vais rester pour m'occuper de mon frère, ajouta Mathilde Beauchemin.

Camille descendit enfin rejoindre les siens dans la cuisine d'hiver. La jeune femme était resplendissante dans sa robe blanche toute simple serrée à la taille par un large ceinturon de la même couleur. Le vêtement descendait, comme il convenait, jusqu'aux chevilles de la future mariée et était boutonné très modestement au cou et aux poignets. Son unique parure était la broche en argent offerte par les enfants. Un petit chapeau en dentelle complétait les atours de la future mariée qui avait déposé sur ses joues un peu de poudre de riz.

Marie regarda avec fierté sa fille aînée.

— Tu fais une belle mariée, lui dit-elle avec le sourire.

Toutes les personnes présentes dans la pièce s'empressèrent de le confirmer.

— Tiens, maman, je l'ai rentré, dit Bernadette en lui tendant son chapelet qu'elle avait détaché de la corde à linge au passage.

Chez les Beauchemin, on se serait cru un dimanche matin, seul jour de la semaine où on ne pouvait déjeuner après avoir soigné les animaux parce qu'il fallait aller communier à la messe. Tout le monde était entassé dans la cuisine, un peu nerveux. Marie jetait un dernier regard à la nourriture pendant que Bernadette et Eugénie se disputaient l'unique miroir de la pièce pour vérifier leur coiffure.

Une voiture entra dans la cour de la ferme, ce qui incita Marie à lever les yeux vers l'horloge.

— Seigneur! Il est juste huit heures et demie. En v'là qui voulaient être sûrs de pas manquer les noces, s'exclama-t-elle avec une note réprobatrice.

— C'est juste Constant, m'man, lui dit Bernadette, la première à regarder par la fenêtre. Il est bien de bonne heure, lui! ajouta-t-elle, un peu mécontente, en se dirigeant vers la porte.

Elle lui ouvrit la porte avant même qu'il ait frappé.

— Je sais qu'il est trop de bonne heure pour venir te chercher, lui dit-il en rougissant légèrement. Je voulais juste demander si ça ferait l'affaire à ta mère que je vous prête six chaises pour les noces. Je les ai reçues hier. Elles sont dans la voiture.

— Entre et viens les offrir toi-même, fit-elle en s'effaçant pour le laisser entrer.

Constant entra dans la pièce et salua, embarrassé, toutes les personnes présentes avant d'expliquer à Marie la raison de sa visite. Évidemment, la maîtresse de maison accepta avec plaisir l'offre et Donat sortit avec le jeune meunier pour l'aider à transporter les chaises qui furent disposées autour du salon. Avant de prendre congé, l'amoureux de Bernadette s'enquit de l'identité de celui qui allait transporter à la chapelle le père de la mariée.

— Il va rester ici, mon garçon, déclara sœur Marie du Rosaire.

Devant l'air surpris de son ami de cœur, Bernadette lui demanda :

— Pourquoi tu veux savoir ça ?

— Ben, je voudrais pas me mêler de ce qui me regarde pas, prit-il la précaution de dire, mais je pensais que j'aurais pu l'emmener avec toi. Quelqu'un aurait pu m'aider à l'asseoir dans le boghei et on l'aurait installé dans son fauteuil roulant dans la chapelle.

— Drôle d'idée ! ne put s'empêcher de laisser tomber la religieuse.

Camille avait regardé le visage de son père pendant que Constant parlait et elle crut déceler une lueur de plaisir dans son œil unique.

— Je pense que ça plairait à p'pa, déclara-t-elle. Si tu crois que c'est faisable, Constant, j'aimerais bien ça, ajouta-t-elle.

— Qu'est-ce que vous en pensez, madame Beauchemin ? demanda le jeune homme en se tournant vers Marie.

— C'est plein de bon sens, on va faire ça. Xavier va te donner un coup de main à transporter son père.

— Parlant du loup, le v'là, annonça Bernadette qui venait d'apercevoir l'attelage de son frère entrant dans la cour.

— Ça vaut pas la peine de retourner chez vous, dit Bernadette à Constant. Reste avec nous autres si t'as rien d'important à faire avant le mariage.

Dans l'heure suivante, Rémi Lafond et sa petite famille furent suivis par Armand Beauchemin et Anselme Camirand, l'unique frère de Marie. Chacun alla déposer sur une petite table dressée au fond du salon un cadeau de mariage que la future madame Connolly s'empressa d'aller admirer. Xavier avait apporté le coffre terminé la veille et qu'il avait promis à sa sœur. Son oncle Armand lui avait offert une grosse soupière et Anselme Camirand, l'un des plus gros cultivateurs de Saint-Zéphirin, une petite horloge.

Vers neuf heures trente, il était temps de partir pour la chapelle. À ce moment-là, Camille s'avança vers son père et s'agenouilla devant lui. Aussitôt, le silence tomba dans la grande cuisine et tous les regards se tournèrent vers le père et la fille. Normalement, Baptiste aurait dû bénir celle qui allait quitter définitivement le toit familial, mais, à cause de l'état du pauvre homme, Camille se contenta de prendre la main tremblante de son père et la posa doucement sur sa tête en un geste plein de piété filiale. Une larme perla alors dans l'œil de Baptiste Beauchemin. Émues, toutes les personnes présentes attendirent que la future mariée se relève avant de se diriger vers leur manteau.

Xavier et Constant transportèrent sans mal Baptiste jusqu'au siège arrière du boghei du meunier et Bernadette prit place aux côtés de son père pour l'empêcher de tomber. Constant déposa à côté de lui le fauteuil roulant.

Rapidement, un petit défilé de voitures se forma. Sœur Marie du Rosaire avait subitement décidé d'assister au mariage puisque son patient, son frère, allait y être présent, et elle s'installa d'autorité dans la voiture d'Armand Beauchemin, au grand déplaisir d'Amanda, sa belle-sœur. Donat transporta sa femme, sa mère et la mariée.

À son arrivée devant la chapelle, Camille découvrit une vingtaine de personnes debout sur le parvis. De toute évidence, elles l'attendaient. Les hommes fumaient et les femmes s'étaient regroupées à l'écart pour parler. Il y avait quelques curieux de Saint-Bernard-Abbé qui s'étaient déplacés pour voir l'aînée de Baptiste Beauchemin dans sa robe de mariée. À sa descente de voiture, la jeune femme vit que Xavier l'attendait lui aussi sur le parvis, debout derrière le fauteuil roulant de son père.

— Même si c'est Donat ton témoin, lui dit-il, p'pa va t'accompagner jusqu'en avant.

En guise de réponse, elle se contenta de poser une main sur l'épaule de son père. Le trio pénétra dans la chapelle et se mit en marche vers la sainte table devant laquelle avaient été placées deux chaises. Liam Connolly occupait déjà celle de gauche. Arrivée à l'avant, Camille embrassa son père sur une joue et vint se placer aux côtés de son fiancé. Il y eut des murmures dans la chapelle où les invités et les curieux avaient pris place.

Avant de s'asseoir, Camille tourna la tête vers ceux qui allaient devenir ses quatre enfants dans quelques minutes. Ils étaient sagement assis dans le premier banc, derrière leur père, et elle leur décocha un sourire. Liam suivit son regard puis la regarda avec une fierté non déguisée avant de tourner la tête vers l'avant.

Le curé Désilets célébra le mariage avec beaucoup de simplicité. Durant son homélie, il insista sur les obligations que chacun des époux avait envers l'autre et sur l'importance de leur rôle auprès de leurs enfants. Après la bénédiction nuptiale, il termina la messe et renvoya les fidèles sur un *Ite missa est* prononcé d'une voix de stentor.

Les nouveaux mariés descendirent lentement l'allée centrale de la chapelle, suivis par leur famille et leurs invités. À peine venaient-ils de faire quelques pas que Rose échappa à sa sœur et à ses frères pour venir s'emparer de la main libre de sa nouvelle mère.

— Reste avec Ann, lui ordonna Liam, sévère.

— Laisse-la faire, intervint doucement Camille, c'est ma fille.

— C'est bien dommage qu'on n'ait pas de cloches, dit Angèle Cloutier qui n'avait pu s'empêcher de venir voir de quoi avaient l'air les mariés.

— On va en avoir quand on aura les moyens de s'en payer une, madame Cloutier, lui dit Donat au passage, incapable d'oublier son rôle de syndic.

En quelques instants, tout le monde se retrouva en voiture et une file d'une douzaine de véhicules entreprit de descendre lentement la côte du rang Sainte-Ursule pour aller rejoindre le rang Saint-Jean, de l'autre côté du pont. Un léger vent du nord soufflait, chassant les feuilles mortes sur la route. Liam Connolly avait fait monter Ann, Duncan et Patrick sur le siège arrière de sa voiture et Camille avait installé la petite Rose entre elle et lui. Il était évident qu'il avait astiqué son boghei et il était fier de conduire la première voiture du défilé.

À leur arrivée dans la cour des Beauchemin, les conducteurs dételaient leur cheval et le conduisaient dans l'enclos, laissant leur voiture derrière eux. Si le ciel était dégagé, le temps restait plutôt frais, ce qui incita les invités à ne pas traîner trop longtemps à l'extérieur.

Dès l'entrée des invités dans la maison, Bernadette et Eugénie s'empressaient de les débarrasser de leur manteau. Ceux-ci allaient ensuite féliciter les nouveaux mariés et leur remettre un cadeau que Marie déposait sur la table du salon. Il régnait dans la demeure de Baptiste Beauchemin un brouhaha extraordinaire. Marie était heureuse de recevoir tous ces gens. Elle était fière. Seule ombre au tableau, on entendait trop souvent la voix forte et désagréable de sœur Marie du Rosaire.

— Mon Dieu! J'ai complètement oublié d'inviter monsieur le curé à venir dîner! s'exclama brusquement la mère de la mariée en prenant un air catastrophé.

— Inquiétez-vous pas pour ça, m'man, intervint Donat qui venait d'aller chercher une bouteille de bagosse dans le garde-manger. Je l'ai invité à votre place après la messe, mais il pouvait pas venir parce qu'il avait promis d'aller voir le père Desjardins qui risque de pas passer la journée.

Marie, rassurée, retrouva son sourire et vit à ce qu'on serve aux femmes de son vin de cerise. Elle était redevenue sereine. Le matin même, elle avait été particulièrement soulagée en voyant Xavier arriver seul au mariage de sa sœur. Depuis quelques jours, elle craignait qu'il ne profite de l'occasion pour emmener la fille de Laura Benoît. Elle devinait que son fils cadet n'avait pas cessé de voir cette fille perdue et elle avait craint que celle-ci ait le culot de se présenter chez les Beauchemin. Elle aurait alors été obligée de lui refuser sa porte et son geste aurait assurément été à l'origine d'une belle querelle familiale, car elle se doutait bien que Xavier n'aurait jamais accepté sa décision.

Les hommes se retirèrent progressivement dans la cuisine d'été autour de Baptiste après avoir allumé leur pipe. Donat, à l'affût, tendait à chacun de la bagosse en précisant qu'il n'y avait rien de meilleur pour ouvrir l'appétit.

Pour sa part, Constant Aubé avait suivi Xavier, laissant Bernadette s'occuper des invitées et des enfants dans l'autre pièce.

— T'es venu tout seul ? demanda le meunier.

— Oui, Antonin aimait mieux rester à la maison pour s'occuper des animaux, répondit le frère de Bernadette en feignant de croire que l'autre parlait de son homme engagé.

Les hommes consacrèrent quelques minutes à s'informer sur la santé de Baptiste, mais ils voyaient bien à quel point son état était sérieux. Ceux qui ne l'avaient pas vu depuis longtemps ne purent que constater que sa santé ne semblait pas s'être améliorée durant les derniers mois.

— Monseigneur Laflèche ressemble en sacrifice à monseigneur Bourget, déclara un certain Germain Petit, l'époux d'une nièce de Marie qui travaillait à l'évêché de Trois-Rivières. Il est raide comme une barre et monseigneur Taschereau a pas l'air de lui faire peur pantoute, si je me fie à ce que son secrétaire raconte.

— Comment ça se fait que tu sais ça ? lui demanda Armand Beauchemin.

— Je travaille à l'évêché, répondit le Trifluvien. J'ai même entendu dire que monseigneur aurait ben aimé avoir le temps d'aller au concile à Rome l'année passée, après la mort de monseigneur Cooke. Il a son idée, lui aussi, sur l'infaillibilité du pape.

Durant quelques instants, Donat cessa de servir les invités pour raconter que les syndics de Saint-Bernard-Abbé avaient demandé de devenir une paroisse et qu'on avait reçu la visite de l'abbé Desmeules la semaine précédente.

— Je le connais, s'empressa de dire Germain Petit. C'est un prêtre qui est ben d'adon.

Ensuite, on aborda plusieurs sujets et ceux qui savaient lire expliquaient ce que disaient les journaux sur l'énorme incendie qui avait ravagé plus d'un tiers de la ville de Chicago au début du mois.

— Il y a eu des centaines de maisons qui ont brûlé et tellement de morts qu'ils ont pas encore fini de les compter, affirma un cousin de Baptiste.

On parla alors des dangers toujours présents d'incendie et Xavier intervint pour raconter ce qu'Ignace Houle avait fait et comment il avait été capturé après une battue le mois précédent.

Quelques minutes plus tard, Marie apparut dans la pièce et pria les invités de passer à table.

— Ouvrez-moi une fenêtre ou deux dans la cuisine d'été pour faire sortir un peu de boucane, c'est rendu qu'on se voit même plus, ordonna-t-elle avant de rentrer surveiller la cuisson des mets sur le poêle dans la cuisine d'hiver.

— On va faire deux tablées, prit sur elle d'annoncer sœur Marie du Rosaire. Les enfants mangeront à la deuxième.

La maîtresse de maison, agacée par son intervention intempestive, la pria de s'occuper de nourrir son frère et de laisser les autres femmes servir aux tables.

Les nouveaux mariés furent installés à la table de la cuisine d'hiver avec les huit invités les plus âgés. Une dizaine d'autres s'entassèrent dans la cuisine d'été. On servit immédiatement une soupe d'orge suivie d'une assiette garnie de ragoût de chevreuil et de pommes de terre.

— J'espère que ça goûte pas le sapinage, s'inquiéta Marie à voix basse en s'adressant à Amanda, la femme d'Armand, qui l'aidait à servir.

Cette dernière goûta à la viande qui baignait dans une onctueuse sauce brune.

— C'est meilleur qu'un ragoût de bœuf, la rassura la petite femme.

— Et toi, Ann, qu'est-ce que t'en penses ? demanda la maîtresse de maison à l'adolescente qui avait pris sur elle d'aider à servir aux tables.

Flattée qu'on lui demande son avis, la fille de Liam goûta elle aussi et déclara que c'était très bon. Soudain, quelques invités se mirent à frapper la table avec leurs couverts pour que les nouveaux mariés se lèvent et s'embrassent. Ceux-ci obtempérèrent, ce qui sembla gêner un peu les enfants de Liam assis à l'écart avec Alexis et les deux enfants d'Emma.

Bernadette et Emma se mirent à laver les assiettes et les ustensiles au fur et à mesure qu'on les retirait aux invités de manière à pouvoir les réutiliser pour la deuxième tablée. Quand les gens avaient fini de manger le mets principal, on leur servait un morceau de tarte accompagné d'une tasse de thé. Les tartes au sucre et aux œufs connurent beaucoup de succès.

— Qu'est-ce qu'elles ont, mes tartes aux bleuets ? s'inquiéta Marie. Vous pensez qu'elles sont pas bonnes ?

— Non, mais on aime encore plus les autres, répondit son frère en se tapant sur le ventre avec un bon gros rire.

Dès la dernière bouchée avalée, les gens se retiraient de table pour laisser la place aux invités qui n'avaient pas encore eu la chance de manger. Camille murmura quelques mots à l'oreille de Liam avant d'aller passer un tablier.

— Aïe ! C'est pas la place de la mariée de servir le jour de ses noces, protesta Emma.

— Laisse faire, j'ai fini de manger, déclara Camille. Ça va me faire du bien de bouger un peu.

En un rien de temps, les femmes échangèrent leurs rôles, celles qui avaient déjà mangé aidèrent à servir et les autres purent se régaler à leur tour. Pour sa part, Camille vit à installer tous les enfants à la table de la cuisine d'été et fit en sorte qu'ils ne manquent de rien, les encourageant même à s'empiffrer.

— Dites-vous que vous mangerez plus aussi bien avant les fêtes, expliqua-t-elle aux enfants de Liam. Profitez-en.

Sœur Sainte-Anne, assise avec les enfants, l'approuva.

Après le repas, les tables furent desservies et on repoussa celle de la cuisine d'été contre le mur pour permettre aux gens de danser. Joseph Gariépy, le jeune voisin, arriva, armé de son violon. Marie l'avait invité avec sa femme et ses trois enfants pour le repas, mais il avait décliné l'offre sous le prétexte que le dernier-né était malade. Violoneux de talent, il ne venait que pour faire danser les invités.

Il y eut d'abord un moment de gêne quand on se rendit compte qu'il manquait un animateur pour diriger les danseurs et annoncer les figures. De tout temps, c'était le rôle de Baptiste lors des veillées de fête.

— Qui va *caller* ? demanda Armand Beauchemin en tournant la tête dans toutes les directions.

— Moi, je peux ben me dévouer, annonça Xavier en prenant place près du violoniste. On commence ! annonça-t-il en élevant la voix.

Dès les premiers coups d'archet, les femmes s'empressèrent d'aller chercher leur mari pour les obliger à les faire danser. Bernadette venait à peine de s'asseoir aux côtés de Constant quand la musique commença et, pendant une minute, elle fut certaine que son cavalier ne l'inviterait pas à danser à cause de sa boiterie. Il n'en fut rien. Ce dernier se leva et l'entraîna dans la ronde sans éprouver trop de difficultés. À aucun moment la jeune institutrice ne se demanda si on se moquait de son cavalier dans son dos. Elle n'était nullement honteuse de lui.

Assise près de Baptiste, Mathilde ne cessait de parler d'une voix de plus en plus forte, cherchant à se faire entendre par-dessus les rires et le son du violon. Peu à peu, la température de la pièce montait et il fut décidé de laisser le poêle s'éteindre et même d'entrouvrir une fenêtre pour aérer la pièce.

De toute évidence, la noce était une réussite. La mariée dansait autant avec Liam qu'avec les hommes qui l'invitaient. Quand elle allait enfin s'asseoir quelques instants pour retrouver son souffle, Rose s'empressait de venir prendre place près d'elle. Elle dansa avec Patrick et Duncan et les encouragea à s'amuser, même si leur père ne cessait de leur lancer des regards sévères pour s'assurer qu'ils se tenaient bien.

Lors d'une courte pause, Xavier se rendit dans la chambre de ses parents où étaient empilés les manteaux des visiteurs pour prendre dans l'une de ses poches sa blague à tabac. Camille, venue chercher un mouchoir pour son père, y était déjà.

— Ça t'a pas tenté de venir accompagné? lui demanda-t-elle.

— J'y ai pensé, lui avoua-t-il, mais p'pa et m'man auraient pas aimé me voir arriver avec Catherine Benoît.

— Dis-moi pas que t'as recommencé à la fréquenter! s'étonna sa sœur aînée.

— J'ai jamais arrêté, répliqua Xavier à mi-voix.

— Est-ce que ça veut dire que c'est sérieux entre vous deux?

— Assez pour que je la demande en mariage aux fêtes, affirma le jeune homme.

— Es-tu sérieux ?

— Certain, c'est elle que je veux marier. Je l'aurais ben emmenée aujourd'hui, mais j'ai pas voulu gâcher ton mariage. Mais un jour ou l'autre, je vais venir ici dedans avec elle, que ça fasse plaisir à p'pa ou pas.

— Ça pourrait bien l'achever, lui fit remarquer Camille. Et m'man, elle...

— M'man va ben être obligée de s'habituer à l'idée. Si elle nous ferme la porte au nez, eh ben, on va rester chez nous, ajouta-t-il d'une voix décidée, avant de retourner dans la cuisine d'été.

Un peu avant quatre heures, Liam s'approcha de sa femme et lui murmura à l'oreille qu'il était temps de partir, Donat venait de quitter la maison pour atteler leur cheval.

— Donne-moi une minute pour parler aux enfants, lui dit-elle avant de se diriger vers les quatre enfants en train de manger du sucre à la crème que Bernadette venait de leur offrir.

Avant d'annoncer la prochaine danse, Xavier entrouvrit une autre fenêtre pour évacuer un peu de la fumée qui formait un nuage à mi-hauteur dans la pièce. Pendant ce temps, Camille fit signe à ses enfants de la suivre dans la pièce voisine.

— Votre père et moi, on va partir, leur apprit-elle. Ann et Rose, vous êtes invitées par ma mère à coucher ici. Vous deux, Patrick et Duncan, vous allez dormir chez ma sœur Emma qui reste proche du pont. Demain, on va venir vous chercher.

— Pourquoi on retourne pas chez nous tout de suite ? lui demanda la petite fille de six ans.

— Parce qu'il faut qu'on organise toutes sortes de choses avant ça, mentit Camille. À part ça, on peut pas refuser quand on est invité quelque part. Faites-nous pas honte, conclut-elle avant d'aller rejoindre Liam qui venait de disparaître dans la chambre de ses parents pour y prendre leurs manteaux.

Elle aurait préféré mille fois ramener les enfants avec elle à la maison, mais c'était impossible.

Lorsqu'ils revinrent dans la cuisine, leur manteau sur le dos, la musique s'arrêta et ils firent le tour des invités pour les remercier autant de leur cadeau que d'avoir participé à leur mariage. Enfin, Camille, émue aux larmes, embrassa sa mère et son père qu'elle remercia pour la fête. Liam, un peu emprunté, posa une main sur un bras de son beau-père et embrassa Marie sur une joue.

Avant que les nouveaux époux aient quitté la maison, certains invités, un peu émoustillés par la bagosse bue durant tout l'après-midi, leur donnèrent quelques conseils un peu lestes, malgré la présence des deux religieuses qui eurent la sagesse de feindre de ne rien comprendre.

Quelques minutes à peine après le départ des mariés, Armand Beauchemin annonça qu'il fallait partir pour aller faire le train, coupant ainsi la parole à sa femme Amanda qui avait entrepris de raconter aux sœurs de Marie toutes les maladies dont elle souffrait. Le couple disparut dans le haut-côté pour aller chercher les manteaux.

— Pauvre elle! dit l'une des sœurs à l'hôtesse. C'est à se demander si elle va se rendre aux fêtes.

— Inquiète-toi pas pour ça, lui murmura Marie, elle va tous nous enterrer.

Cependant, Armand et sa femme eurent une surprise de taille en découvrant sœur Marie du Rosaire et sœur Sainte-Anne, leur petite valise à leurs pieds et leur manteau sur le dos, les attendant près de la porte.

— Dites-moi pas qu'il y a quelqu'un qui vous a offert de vous ramener à Sorel? demanda Amanda d'une voix peu assurée.

— Bien non, répondit sa belle-sœur Mathilde, mais je trouve que je vous ai pas mal négligés depuis un an. Ça fait qu'on va aller passer une journée ou deux chez vous.

Amanda pâlit subitement, incapable de dissimuler le choc qu'elle venait d'éprouver. Elle cherchait fébrilement une excuse pour éconduire ces visiteuses, mais elle n'en trouva pas, ce qui sembla accroître son malaise.

— Xavier, aide donc ton oncle à apporter les valises dans son boghei, s'empressa d'intervenir Marie, de crainte que les religieuses ne changent d'idée.

Une grande partie de la fatigue occasionnée par cette journée de festivités venait de disparaître. Elle avait encore du mal à croire à sa chance d'être débarrassée si tôt de son encombrante belle-sœur.

Moins d'une heure plus tard, tous les invités avaient quitté la ferme du rang Saint-Jean et les femmes de la maison s'étaient mises courageusement au travail pour tout remettre en place pendant que Donat allait soigner les animaux.

❧

De retour sur sa ferme, Liam Connolly arrêta son attelage devant la porte de côté de sa maison pour permettre à sa femme de descendre.

— Je dételle et je reviens, lui dit-il avant de claquer de la langue pour remettre son cheval en route.

Camille pénétra dans la petite maison grise qui était maintenant la sienne. Déjà le soleil descendait à l'horizon. Elle retira rapidement son manteau et s'empressa d'allumer le poêle pour chasser l'humidité. Elle venait à peine d'explorer le garde-manger pour trouver ce qu'elle allait servir comme repas à son mari que ce dernier entrait dans la maison.

— Je vais me changer avant d'aller faire le train, annonça-t-il en se dirigeant vers l'unique chambre à coucher du rez-de-chaussée.

Une minute plus tard, il l'appela.

— Camille, viens donc m'aider à détacher le bouton de mon collet.

Elle alla le rejoindre dans la pièce et s'approcha pour lui venir en aide. Au moment où elle levait les bras pour détacher le bouton récalcitrant, il la saisit par la taille et la serra durement contre lui.

— Comment veux-tu que je le détache si tu… commença-t-elle à dire.

— Laisse faire, fit-il le souffle court, alors que l'une de ses mains s'était mise à explorer son corps sans aucun ménagement par-dessus ses vêtements.

— Voyons! Qu'est-ce qui te prend? protesta-t-elle avec une certaine véhémence.

Il ne répondit rien. Il la fit brutalement basculer sur le lit et se laissa tomber sur elle sans aucune précaution. Haletant, il se contenta de la clouer sur le lit de tout son poids tout en relevant sa robe et en malmenant ses dessous. Le souffle coupé et folle de terreur, Camille chercha à le repousser de toutes ses forces, incapable de comprendre ce qu'il lui prenait tout à coup. Toutefois, même si elle se débattit énergiquement, elle ne réussit pas à se dégager. À demi inconsciente et étouffée sous son poids, elle éprouva soudain une douleur fulgurante. En quelques instants, son mari parvint à ses fins en poussant des grognements de satisfaction.

Quand il eut fini, il se releva, rajusta ses vêtements et quitta la pièce sans se soucier d'elle le moins du monde. Avant même d'avoir pris complètement conscience de ce qui venait de se produire, elle entendit la porte de la maison claquer.

La jeune madame Connolly demeura un long moment à pleurer dans la demi-obscurité dans laquelle baignait la chambre à coucher. Puis, une rage folle la submergea et la poussa à se relever.

— Plus jamais ça, Liam Connolly! dit-elle, les dents serrées.

Elle retourna dans la cuisine où elle fit une toilette sommaire avant d'allumer une lampe à huile et de revenir dans la chambre. Elle ouvrit alors le coffre dans lequel s'entassait son trousseau. La belle robe de nuit au col orné de fleurettes fut le premier vêtement qu'elle vit. Les larmes aux yeux, elle s'en empara et l'enfouit au fond du coffre. Elle retira sa robe de mariée qu'elle déposa près de sa robe de nuit et endossa une robe de semaine avant de revenir préparer le souper.

Quand Liam rentra à la maison après avoir fait le train, il trouva deux couverts disposés à chacune des extrémités de la table. Le visage fermé, Camille déposa devant lui une assiette contenant un morceau de lard et deux œufs avant d'aller s'asseoir à sa place pour manger sans lui adresser la parole.

Le repas fut pris dans un silence contraint et le maître de maison n'osa ouvrir la bouche qu'au moment où il finissait d'essuyer un reste de sirop d'érable dans son assiette avec un morceau de pain.

— Écoute, lui dit-il avec un soupçon de regret dans la voix. Ce qui est arrivé, c'est normal entre un mari et une femme. T'es tout de même pas pour m'en vouloir pour ça, tabarnouche ! Vivre deux ans sans femme, c'est dur pour un homme, ajouta-t-il.

Camille déposa ses ustensiles avec brusquerie sur la table et le regarda sans ciller.

— Tu trouves peut-être ça normal, toi, de te conduire comme un animal, mais pas moi, Liam Connolly ! Si jamais t'essayes de recommencer, je vais te le faire regretter le restant de ta vie, tu m'entends ?

— Whow ! Pars pas à l'épouvante, baptême !

— Tu m'as entendue ? insista-t-elle en élevant la voix.

— Je t'ai entendue, je suis pas sourd.

Sans désarmer le moins du monde, Camille quitta la table et se mit à desservir. Quand elle passa près de lui pour lui enlever son couvert, il voulut la prendre par la taille dans un geste d'apaisement.

— Garde tes mains chez vous! lui ordonna-t-elle en s'écartant précipitamment, incapable de masquer sa répulsion.

Ce soir-là, ils veillèrent en silence, de part et d'autre du poêle à bois allumé, comme s'ils avaient été un vieux couple séparé par un lourd passé. Quand l'horloge sonna dix heures, Liam se leva et alla en remonter le mécanisme.

— Viens-tu te coucher? demanda-t-il à sa femme.

— Tout à l'heure, laissa-t-elle tomber sèchement, je n'ai pas envie de dormir.

Il secoua la tête et disparut dans la chambre. Même si elle tombait de sommeil, la jeune femme attendit encore une heure avant de se glisser dans la pièce après avoir éteint la lampe. Elle se déshabilla dans le noir et endossa sa plus vieille robe de nuit. Angoissée, elle guetta longuement la respiration régulière de son mari avant de se décider à s'étendre à ses côtés, le plus loin possible de lui.

Elle lui tourna le dos et se réfugia à l'extrémité de la paillasse inconfortable. Les yeux ouverts dans le noir, elle songeait à ce qu'aurait pu être cette première nuit s'il l'avait vraiment aimée. Le cœur étreint par la peine, elle ne pouvait s'empêcher de s'interroger sur le genre de vie qui l'attendait aux côtés d'un homme aussi égoïste.

Depuis le viol dont elle avait été victime quelques heures plus tôt, elle se reprochait pour la centième fois de n'avoir pas écouté son intuition qui lui disait de se méfier de Liam Connolly parce qu'il était un homme brutal. Elle eut tout de même une pensée attendrie pour les quatre enfants vraisemblablement en train de dormir chez ses parents et chez Emma à une heure aussi tardive. Puis, peu à peu, épuisée par tant d'émotions, elle sombra dans un profond sommeil.

Camille avait l'impression de venir à peine de s'endormir quand elle sentit une main sur sa hanche. Elle l'écarta sans ménagement et se leva sans la moindre hésitation. Le contact de ses pieds nus avec le parquet froid acheva de la réveiller. Le jour était déjà levé. Le ciel s'était ennuagé durant la nuit et des gouttes de pluie maculaient les vitres de la fenêtre.

— Pourquoi tu te lèves si de bonne heure ? lui demanda Liam en s'assoyant dans le lit.

— Je m'endors plus, répondit-elle en attrapant le châle qu'elle avait déposé sur le pied du lit. Je vais allumer le poêle.

— Tu pourrais ben rester au lit une petite heure de plus, suggéra-t-il en cachant mal ses intentions.

— J'ai pas le temps, il y a le dîner à préparer avant de partir pour la messe.

Sur ce, elle sortit de la chambre, incapable de dissimuler son soulagement. Dépité, Liam vint la rejoindre quelques minutes plus tard, déjà habillé et prêt à sortir pour s'occuper des animaux.

— Je te dis que t'es à-pic, toi, le matin, ne put-il s'empêcher de lui dire en se chaussant près de la porte.

Elle ne se donna pas la peine de lui répondre. Dès qu'il eut franchi la porte, elle fit sa toilette et s'endimancha avant de commencer à peler les pommes de terre qu'elle entendait servir avec un reste de rôti de porc. Avant le retour de son mari, elle eut le temps de remettre de l'ordre dans leur chambre à coucher et de vérifier l'état des chambres à l'étage. Ensuite, elle fit l'inventaire de la nourriture dont elle allait disposer pour nourrir sa petite famille durant les jours à venir. Elle constata rapidement qu'il ne restait qu'un peu de lard salé, des fruits et des légumes. Il lui faudrait cuire du pain de toute urgence dès le lendemain.

Quand Liam rentra, elle se borna à lui dire sur un ton neutre :

— Si t'as besoin d'eau chaude pour te raser, il y en a.

À l'heure de la grand-messe, la pluie avait cessé. Le couple arriva à la chapelle au moment où Donat descendait de voiture avec sa mère, Bernadette et les deux filles de Liam. Dès qu'elle aperçut Camille, Rose s'élança vers elle pour venir se blottir dans ses jupes. Ann, plus posée, vint à la rencontre de son père et de la jeune femme, suivie par Marie.

— Ces filles-là sont des anges, déclara-t-elle à Camille. Je suis prête à les garder n'importe quand.

— Vous êtes trop bonne, madame Beauchemin, fit Liam.

Marie ne sembla pas l'entendre. Elle scrutait le visage de sa fille aînée et décela sans peine que tout ne s'était pas passé comme elle l'avait imaginé.

Avant même que le petit groupe ait fait quelques pas en direction du parvis de la chapelle, Rémi Lafond arriva en voiture en compagnie de sa femme et des deux garçons de Liam.

— Pauvre Eugénie, c'est encore elle qui garde les enfants à matin, la plaignit Emma en s'avançant.

— C'est chacun son tour, déclara Bernadette en cherchant des yeux une connaissance à saluer.

Tous se mirent en marche vers la chapelle, mais Marie trouva le moyen de retenir sa fille un court instant, laissant les autres aller de l'avant.

— Est-ce que tout va à ton goût? lui demanda-t-elle, inquiète.

— Tout est correct, m'man, répondit Camille pour la rassurer.

Au coup d'œil que lui lança sa mère, il était évident qu'elle n'en croyait rien.

Après son sermon, avant de retourner à l'autel, le curé Désilets annonça aux fidèles que l'agronome Louis-Joseph Perreault viendrait rencontrer les cultivateurs de Saint-Bernard-Abbé à sept heures, le mercredi soir suivant, à l'école.

— Comment ça se fait que j'ai pas été pas mis au courant? chuchota Donat à Bernadette, assise à côté de lui. C'est moi, le président de la commission scolaire. C'est à moi que ce gars-là aurait dû demander la permission de faire une réunion dans l'école.

— Et moi, penses-tu que ça fait mon affaire de retrouver ma classe tout à l'envers jeudi matin? répondit-elle sur le même ton.

— C'est quoi d'abord, un agronome? Ça mange quoi en hiver, cette bibitte-là?

— Je le sais pas et je veux pas le savoir, murmura-t-elle.

— Chut! fit leur mère en tournant vers eux un regard réprobateur.

À la fin de la messe, Camille décida qu'il était largement temps que les enfants rentrent à la maison. Sans consulter son mari, elle remercia sa mère et Emma de les avoir gardés à coucher et prétexta, pour les ramener chez elle, qu'elle avait déjà préparé le dîner pour toute sa petite famille. Liam eut un léger mouvement d'humeur en l'entendant, mouvement qui n'échappa pas aux yeux de sa belle-mère. Elle en déduisit qu'il aurait probablement préféré profiter d'une lune de miel un peu plus longue. Si Camille en avait décidé autrement, ce n'était pas très bon signe.

Le visage fermé, Liam ramena les siens à la maison. Les enfants avaient l'air mal à l'aise, ils avaient remarqué que leur père n'était pas de bonne humeur et craignaient qu'il ne s'en prenne à eux. Pendant qu'il allait dételer le cheval, Camille demanda aux enfants d'aller changer de vêtements et elle profita de ces quelques instants pour faire de même. Au retour de tous dans la cuisine, Duncan lui demanda:

— Comment on doit vous appeler, mademoiselle Camille?

Ils l'avaient toujours appelée mademoiselle Camille depuis le premier jour où elle avait mis les pieds chez eux.

— Appelez-moi Camille, répondit-elle avec un sourire.

Quelques minutes plus tard, quand Liam entendit Ann appeler ainsi leur seconde mère, il fronça les sourcils et il s'apprêtait à la morigéner, mais Camille intervint.

— C'est moi qui ai dit aux enfants de m'appeler Camille.

Il n'eut pas l'air d'apprécier, mais choisit de se taire.

Chapitre 22

Chez les Connolly

Les jours suivants, Camille s'attacha à prendre en main sa maisonnée et, surtout, à changer la mentalité de Patrick et de Duncan qui avaient pris l'habitude de considérer leur sœur Ann comme la servante de la maison.

— Vous deux, mes moineaux, vous allez apprendre à faire votre lit le matin en vous levant et à vous ramasser.

— On n'a pas le temps, se défendit Duncan. Si on fait ça, on va être en retard à l'école.

— C'est parfait, je vais vous aider. À partir de demain matin, vous vous lèverez avant votre père. Comme ça, vous allez être capables de remettre de l'ordre dans votre chambre avant même d'aller l'aider à faire le train.

— Vous discutez pas et vous faites ce que Camille vient de vous dire, laissa tomber sèchement Liam, qui venait de prendre place à table.

Sa femme hocha la tête en signe d'appréciation de son appui et servit le souper avec l'aide d'Ann. En quelques jours, le maître des lieux avait appris qu'il était inutile d'envoyer les enfants se coucher plus tôt pour profiter d'une soirée en tête-à-tête avec sa nouvelle épouse. Camille lui avait vite fait comprendre qu'il n'obtiendrait rien de plus de sa part de cette manière.

Déjà, une certaine routine s'était établie dans la petite maison grise du rang Saint-Jean. Chaque soir, après le rangement de la cuisine, Rose et ses deux frères prenaient place à table. Ils faisaient leurs devoirs et apprenaient leurs leçons à la lueur de la lampe à huile pendant que Camille et Ann filaient et cardaient. Assis à l'écart près du poêle, Liam couvait son monde d'un regard absent en fumant. De toute évidence, il attendait avec une impatience mal déguisée l'heure du coucher des enfants.

À neuf heures, la nouvelle mère de famille signifiait aux enfants de se mettre à genoux pour prier avant d'aller se mettre au lit. La première fois, les enfants ronchonnèrent. Ils n'avaient jamais fait ça.

— C'est bien de valeur, mais à partir d'à soir, personne dans cette maison va aller se coucher sans avoir fait sa prière, déclara-t-elle sur le même ton que sa mère employait pour briser leur résistance quand elle ou un de ses frères s'entêtait à ne pas obéir à un ordre.

— On n'a jamais fait ça avant, avait protesté Patrick avec mauvaise humeur.

— Ben là, mon garçon, c'est comme ça que ça va se faire chaque soir, déclara sèchement Camille, excédée. On n'est pas des païens, ici dedans.

Ensuite, elle avait longuement regardé Liam qui n'avait pas bougé de sa chaise berçante et elle avait patiemment attendu qu'il se décide, à contrecœur, à s'agenouiller lui aussi avant de faire un grand signe de croix, début d'une longue prière qui mettait les genoux durement à contribution.

Bref, bon gré, mal gré, les Connolly, père et enfants, avaient dû apprendre que la nouvelle maîtresse de maison n'entendait pas à rire avec la pratique religieuse.

Par ailleurs, Liam était partagé entre un vague sentiment de culpabilité et une envie de plus en plus mal contrôlée de sa femme. Celle-ci avait résisté à toutes ses avances depuis le soir de leurs noces et elle esquivait sèchement toutes ses approches. Il se contenait de plus en plus difficilement et il était même tenté de la forcer à remplir ses devoirs.

En ce mardi soir, les enfants reçurent l'ordre habituel d'aller se coucher à neuf heures. Comme tous les soirs depuis leur retour à la maison, Camille leur accorda quelques minutes pour se mettre au lit avant de monter à l'étage pour aller vérifier que tous étaient couchés. Elle embrassa chacun sur le front en le bordant. À part Rose, ils feignaient de dormir déjà quand elle poussa la porte de leur chambre, mais elle savait qu'ils l'attendaient et appréciaient ce geste de tendresse.

Ce soir-là, contrairement aux soirs précédents, la jeune femme ne chercha pas à retarder l'heure d'aller se coucher. Quand Liam se leva pour remonter le mécanisme de l'horloge, elle prit la lampe et se dirigea vers leur chambre à coucher. Elle défit son chignon puis revêtit sa robe de nuit. En refermant le couvercle de son coffre maintenant placé au pied du lit, elle entrevit la robe de nuit brodée. Elle n'y toucha pas. Elle n'avait pas l'intention de la porter. Ce vêtement allait demeurer un douloureux rappel de ce qui s'était passé le soir de son mariage.

Elle déposa la lampe sur l'unique commode de la pièce et se mit au lit. Liam pénétra dans la pièce, souffla la lampe et entreprit de se déshabiller dans le noir. Il s'étendit à ses côtés et aussitôt sa main se mit à sa recherche. Il n'y avait aucun doute possible : il avait interprété son geste comme une tentative de mettre fin à la sorte de guerre froide qu'ils se livraient depuis la nuit de noces.

Camille ne résista pas, mais elle ne montra aucune bonne volonté. Elle se borna à rester passive, ce qui ne plut pas particulièrement à son mari. Les yeux fermés, elle attendit, résignée, qu'il en ait fini. Quand il roula sur le côté, enfin satisfait, elle se releva pour aller faire sa toilette dans la cuisine.

— Ce qui est sûr, c'est que ce sera pas plus qu'une fois par semaine, et encore, murmura-t-elle pour elle-même sur un ton dégoûté.

Quand elle revint dans la chambre, Liam ronflait déjà. Elle se glissa dans le lit en dressant mentalement la liste de tout ce qu'elle allait faire le jour suivant.

Le lendemain, Liam se montra encore moins agréable que d'habitude et elle en déduisit qu'elle aurait tout intérêt à lui faire attendre le plus possible ce qu'il désirait de sa femme. Cette attente aurait probablement le mérite de le rendre plus malléable. Elle n'avait rencontré la première femme de Liam qu'à deux ou trois reprises, elle en avait gardé le souvenir d'une petite femme effacée et maladive. Elle ignorait quel genre de femme avait été Julia Connolly et si elle s'était toujours pliée au moindre désir de son mari, mais cela ne se passerait pas ainsi avec Camille Beauchemin.

Le mercredi matin, Donat venait d'apprendre à Gustave Joyal, revenu l'avant-veille, qu'ils allaient occuper la journée à battre le grain au retour de la messe.

— Il me semble que tu pourrais laisser faire ça aujourd'hui, intervint sa mère. C'est la Toussaint.

— On est déjà le premier novembre, m'man, et on a pris du retard à cause des noces de Camille. Inquiétez-vous pas, les voisins nous verront pas travailler.

— En tout cas, moi, j'ai pas d'école, annonça Bernadette, incapable de cacher sa satisfaction.

— Ça tombe bien, cette affaire-là, dit sa mère, j'ai en masse de laine à carder et tu vas pouvoir m'aider.

— Bonyenne, m'man, on pourrait bien se reposer un peu, non?

— Il y a personne qui va venir faire cet ouvrage-là à notre place, tu sauras, ma fille! répliqua sèchement Marie en quittant la table sur laquelle le déjeuner venait d'être servi.

Bernadette était en train de se rendre compte de la quantité énorme de travail que sa sœur Camille abattait tous les jours dans la maison de ses parents. Elle n'était partie que depuis quelques jours et, déjà, elle sentait la différence. Elle allait devoir prendre à son compte une partie de la besogne que la jeune femme faisait.

— Qu'est-ce que je fais pour l'école ? demanda-t-elle à son frère. C'est à soir que l'agronome vient. La porte va être barrée et j'ai pas fait pousser les pupitres contre les murs, moi.

— T'avais pas à faire ça, déclara son frère. Si monsieur le curé a pris sur lui d'envoyer là l'agronome, il s'arrangera pour envoyer chercher la clé ici dedans et il trouvera du monde pour tout placer.

— Tu parles pas sérieusement, Donat, intervint sa mère, offusquée de le voir traiter le curé Désilets de façon si cavalière.

— Monsieur le curé a débordé, répondit son fils. Il avait juste à m'en parler avant de décider que la réunion se ferait à l'école. L'école, c'est pas sa chapelle !

Ce matin-là, le curé Désilets annonça qu'il ne présiderait aucune cérémonie le lendemain pour la fête des Morts puisque le cimetière de la mission ne contenait que la sépulture de son prédécesseur. Il laisserait chaque famille aller prier sur les tombes des siens dans sa paroisse d'origine.

Donat et son employé passèrent la journée dans la batterie de la grange à battre le grain avec un fléau. Séparer la paille du grain n'était jamais une mince affaire, mais c'était une nécessité à laquelle un cultivateur ne pouvait échapper.

Après le souper, le fils de Baptiste Beauchemin revint à de meilleurs sentiments et décida de faire un brin de toilette et de se rendre à l'école, autant pour faire sentir au prêtre qu'il était sur son territoire que pour écouter ce que l'agronome avait à dire aux cultivateurs de Saint-Bernard-Abbé.

— On sait jamais, ça va peut-être être utile ce qu'il a à nous raconter, dit-il à sa mère avant de partir.

En cette veille de la fête des Morts, le vent avait commencé à souffler à la fin de l'après-midi, abaissant la température de plusieurs degrés.

À son arrivée à l'école, Donat retrouva avec un certain étonnement Xavier et son beau-frère Rémi Lafond déjà sur le perron du petit édifice blanc. Les deux hommes avaient laissé leur voiture dans la cour du magasin général, en face.

— Blasphème! dépêche-toi à nous laisser entrer, l'apostropha Xavier. On est en train de geler tout rond.

— Il est juste six heures et demie, protesta son frère en déverrouillant la porte. Vous êtes ben pressés d'entendre ce que ce gars-là va dire.

— C'est pas ça, corrigea Xavier, Emma m'a invité à souper et, après le repas, on a décidé de venir entendre ce qu'il avait à raconter.

Les trois hommes entrèrent dans l'école. Donat alluma deux lampes et Rémi se mit en devoir d'allumer la fournaise au fond de la classe. Ensuite, ils repoussèrent les pupitres pour dégager un espace au centre de la pièce.

— As-tu entendu dire ce qui s'est passé au cimetière? demanda Rémi à son beau-frère syndic.

— Non.

— Il paraît que monsieur le curé était en beau diable. Il a découvert cet après-midi que la clôture en perches, au fond du cimetière, avait été toute débâtie.

— T'es pas sérieux?

— Dionne m'a dit qu'il a fait venir Ellis et qu'il lui a chanté un paquet de bêtises pour avoir rien fait quand Angèle Cloutier était venue se plaindre que vous lui aviez volé une couple de pieds de sa terre.

— C'est vrai qu'Ellis était supposé s'en occuper, reconnut Donat, mais comme il en parlait plus, j'étais certain qu'il était arrivé à calmer Angèle Cloutier.

— On le dirait pas, ricana Xavier. Tu la connais : avec elle, pas de demi-mesures. Le père Moreau dit l'avoir vue faire. Cet après-midi, elle est arrivée avec sa waggine attelée à ses deux chevaux et elle s'est amusée à foncer dans les perches tout le long du cimetière. À ce que j'ai vu en passant, il reste plus rien debout, à cette heure.

— Qu'est-ce qu'Ellis a fait ? demanda Donat.

— Il a vu rouge et Dionne m'a dit qu'il est allé lui dire deux mots.

— Puis ?

— À mon avis, il a dû se montrer pas mal poli avec elle, sinon elle l'aurait sorti à grands coups de balai. Tu la connais. En tout cas, il paraît qu'elle s'est contentée de lui dire qu'elle l'avait ben averti que la clôture du fond du cimetière était sur sa terre. D'après elle, elle avait le droit de faire ce qu'elle voulait avec ce qui traînait là.

— Et monsieur le curé ?

— Ellis m'a raconté que notre curé avait l'air d'en avoir peur comme si c'était le diable en personne et que c'est pour cette raison-là qu'il l'avait envoyé la voir.

Alors que Xavier finissait de parler, le curé Désilets fit son entrée dans l'école en compagnie d'un homme grand et mince au visage émacié.

— Joseph-Arthur Perreault, se présenta l'inconnu en tendant la main aux trois hommes déjà sur place.

— Donat Beauchemin, le président de la commission scolaire, dit Donat, à son tour. Je vous aurais ben invité à l'école si monsieur le curé m'avait pas devancé, tint-il à préciser.

Le pasteur de Saint-Bernard-Abbé piqua un fard, mais ne dit rien. Puis, peu à peu, une douzaine de cultivateurs firent leur entrée dans les lieux. Après avoir retiré leur manteau, ils allumèrent leur pipe et s'assirent sans façon sur les pupitres occupés habituellement par les enfants de la mission. L'agronome tira sa montre de gousset pour consulter l'heure et annonça qu'il attendrait encore quelques minutes pour donner une chance aux retardataires d'arriver.

On laissa Josaphat Désilets s'entretenir à voix basse avec l'étranger pour discuter avec des voisins.

— Désespoir ! s'exclama le gros Tancrède Bélanger à voix basse en jetant un coup d'œil vers Joseph-Arthur Perreault, maigre comme ça, ce gars-là peut pas sortir quand il vente le moindrement.

— En tout cas, s'il a une terre, il a pas l'air de manger à sa faim tous les jours, répliqua Antonius Côté en ricanant.

Finalement, l'attente fut inutile. Il n'y eut aucun nouvel arrivant dans les minutes suivantes et le curé Désilets décida de réciter une courte prière, face au crucifix fixé au mur, derrière la petite table de l'institutrice. Quand la quinzaine d'hommes présents se furent assis, le prêtre céda la parole à l'invité.

L'homme commença par affirmer que les bonnes récoltes n'étaient pas que le fait de la bonté de Dieu, ce qui eut pour effet de mécontenter ouvertement Josaphat Désilets.

L'agronome expliqua le but de sa profession et affirma être envoyé par le nouveau gouvernement pour apprendre aux cultivateurs à améliorer le rendement de leur terre.

Il y eut quelques murmures de protestation dans la petite salle, mais le conférencier n'en tint aucun compte et parla de la famine qui risquait de faire rage au Saguenay-Lac-Saint-Jean à cause des pluies et des gelées précoces que cette région éloignée de la province connaissait depuis le début de l'automne.

Ayant recouvré l'attention de son auditoire, il s'étendit ensuite longuement sur l'importance de faire la rotation des champs pour ne pas épuiser inutilement le sol. Il parla aussi de la manière la plus efficace d'engraisser les champs après les avoir labourés. Finalement, il exposa différentes méthodes de culture et aborda la réalité de la concurrence de plus en plus forte des fermiers de l'Ouest du pays.

— Attention aux méthodes laissées par nos ancêtres, les mit-il en garde. Ce n'est pas parce qu'ils s'en contentaient qu'elles sont nécessairement les meilleures.

Les hommes présents l'applaudirent poliment et l'agronome se retira en compagnie du curé Désilets qui n'avait pas desserré les dents durant toute la courte conférence. À leur sortie, les cultivateurs étaient divisés en deux clans. Les jeunes approuvaient les dires de Joseph-Arthur Perreault alors que les vieux affirmaient haut et fort que ce n'était qu'un prétentieux qui ne connaissait rien à la terre.

❧

Le lendemain, bien peu d'habitants de Saint-Bernard-Abbé demeurèrent à la maison malgré la pluie froide qui noyait le paysage depuis le lever du jour. La plupart choisirent de braver la route détrempée pour aller assister à la messe dans leur paroisse d'origine afin d'aller faire un tour au cimetière après la cérémonie religieuse.

Les Beauchemin déjeunèrent très tôt ce matin-là et prirent la route de Sainte-Monique où ils assistèrent à la messe du curé Lanctôt avant de se rendre au cimetière paroissial situé derrière l'église. Ils avaient laissé le petit Alexis et Baptiste aux soins d'Eugénie, un peu grippée. Xavier vint les rejoindre.

Après la messe, au moment où Marie retirait de la voiture les deux pots de fleurs apportés pour décorer le lot des Beauchemin, elle vit sans surprise approcher Camille et Liam précédés des quatre enfants.

— On va aller prier sur la tombe de leur mère et on va revenir, dit Camille au passage.

La jeune femme aurait pu dire qu'il lui avait fallu se fâcher ce matin-là pour arriver à persuader son mari de les emmener au cimetière et permettre ainsi aux enfants d'honorer la mémoire de leur mère.

— Mais t'as pas de cœur! avait-elle fini par s'écrier.

— Le chemin sera pas regardable, avait-il prétexté.

— Si les autres passent, pourquoi, nous autres, on serait pas capables d'en faire autant? avait-elle rétorqué avec un bon sens évident. Il faut que les enfants aillent prier sur la tombe de leur mère!

Liam avait fini par plier, mais il avait boudé tout le long du trajet. Camille avait emmené Ann et les garçons déterrer quelques bulbes de tulipe dans les anciennes plates-bandes de Julia Connolly. Avant de prier devant la sépulture de celle qui leur avait donné la vie, elle les aida à planter les bulbes à l'extrémité du lot. Ils refleuriraient sûrement le printemps suivant. Liam les regarda faire, apparemment impassible. Il fut impossible à sa femme de deviner s'il priait ou non. Elle préféra l'oublier et se concentra sur les enfants dont la tristesse était apparente.

Ensuite, toute la petite famille se dirigea vers le lot des Beauchemin où Armand et Amanda venaient de rejoindre le reste de la famille. Camille connaissait assez bien sa mère pour savoir qu'elle brûlait probablement de reprocher à sa belle-sœur de ne pas entretenir le lot familial alors qu'elle demeurait tout près.

— Mathilde est déjà repartie avec sœur Sainte-Anne? demanda Marie en sortant du cimetière après avoir prié quelques minutes sur la sépulture de tous les Beauchemin décédés.

— Elle est restée jusqu'à lundi matin, répondit Armand. J'ai été obligé de perdre une journée d'ouvrage pour aller les conduire à Sorel.

Peu après, on se sépara. Armand rentra chez lui avec sa femme. Comme la pluie n'avait pas cessé, Camille s'inquiéta pour les enfants et décida de ne pas suivre ses parents au cimetière de Saint-Zéphirin pour aller prier sur la tombe des Camirand, les parents de sa mère.

— Si ça vous fait rien, m'man, on va rentrer tout de suite, annonça-t-elle à sa mère. Les enfants sont pas habillés bien chaudement et j'ai peur qu'ils attrapent quelque chose.

— Je comprends, fit Marie.

À la fin de cette première semaine de novembre apparut le premier givre de la saison. À son lever, ce matin-là, Camille s'empressa d'aller allumer le poêle en frissonnant. Pendant que le thé chauffait, elle s'approcha de l'une des deux fenêtres de la cuisine pour regarder à l'extérieur. À sa grande surprise, tout était blanc. Les champs labourés encore noirs la veille étaient devenus aussi blancs que les toitures des bâtiments environnants.

— Déjà l'hiver, murmura-t-elle pour elle-même en resserrant contre elle son châle de laine.

Liam apparut dans la pièce alors que la vieille théière en fer émaillé commençait à crier, résultat du jet de vapeur. Elle alla prendre des tasses en pierre dans l'armoire et les remplit du liquide bouillant. Pendant qu'il buvait, elle s'avança au pied de l'escalier pour crier aux enfants de se lever.

Leur père venait à peine de quitter la maison que tous descendaient, déjà habillés et prêts à abattre leur part de travail. Camille entendit Ann tousser et exigea qu'elle demeure dans la maison et prépare les crêpes du déjeuner pendant qu'elle irait soigner les animaux avec ses frères.

— Toi, ma puce, tu vas mettre la table, commanda-t-elle à Rose, pleine de bonne volonté. Après, tu demanderas à Ann de te peigner. On dirait que t'as une charge de foin sur la tête.

Quand Patrick et Duncan prirent le chemin de l'école en compagnie de leur petite sœur, Camille eut un léger serrement de cœur. Elle trouvait la cadette bien petite pour marcher un mille matin et soir.

Ce matin-là, son mari annonça qu'il n'avait pas laissé les vaches sortir de l'étable et qu'il garderait dorénavant les chevaux dans l'écurie.

— C'est plus d'entretien, déclara-t-il, mais ils risquent moins de tomber malade.

Deux maisons plus loin, Donat ronchonnait. Ellis était passé la veille pour lui apprendre qu'il avait promis que la clôture en perches du cimetière serait réparée la semaine même et comme il ne s'agissait que de la clôture au fond, il s'était engagé à ce que les syndics réparent le tout dès le lendemain.

— Et notre besogne, elle, qui est-ce qui va la faire ? avait-il demandé, hargneux.

— Quand on est syndic, il faut se dévouer, avait affirmé le roux un peu sarcastique. Ce sera pas long, cette affaire-là.

— C'est vous qui le dites, avait rétorqué Donat avec humeur. C'est au moins trois cents pieds de perches à poser. Taboire, il y a juste un mort enterré là. Il y a pas de risque qu'il se sauve si on attend une semaine ou deux.

— C'est sûr, reconnut le président du conseil, mais oublie pas que plus on va attendre, plus la terre va être gelée et on va avoir de plus en plus de misère à planter les piquets.

Bref, avant de partir, Donat avait confié à Gustave le soin de vérifier l'état de la *sleigh*, du traîneau, du rouleau et de la gratte en prévision des premières chutes de neige qui n'allaient sûrement pas tarder à tomber. Sur place, le fils de Baptiste avait retrouvé les autres syndics guère de meilleure humeur que lui.

— On va d'abord mesurer ce baptême de cimetière-là, jura Anatole Blanchette. Moi, j'ai pas l'intention de revenir rebâtir cette maudite clôture-là de sitôt.

Sur ces mots, il s'éloigna en déroulant une grosse ficelle dont il confia une extrémité à Antonius Côté.

— Si la Cloutier était moins folle, on n'aurait pas à faire cet ouvrage-là, maugréa Côté. Comme si deux ou trois pieds de terre allaient faire une grosse différence sur tous les arpents qu'elle a.

Alors qu'il finissait de parler, un chariot chargé de perches conduit par Hyland et Ellis vint s'immobiliser au fond du cimetière.

— On a examiné hier les restes de la clôture massacrée par la Cloutier, il y a plus rien de bon, déclara Samuel Ellis en descendant du chariot. Elle a tout cassé. Thomas nous donne les perches. On a juste à les installer, ajouta-t-il.

— Je sais pas comment les gars qui sont venus nous aider ont fait, mais on dirait que la mère Cloutier avait raison, déclara Blanchette en revenant du fond du cimetière. On lui avait ben mangé au moins trois pieds de sa terre.

— Bon, là, t'es sûr d'avoir les bonnes mesures ? lui demanda Ellis.

— Oui.

— On est aussi ben de commencer tout de suite. Ça devrait pas prendre grand temps, dit Donat.

Malgré tout, il fallut tout de même plusieurs heures de travail pour tout remettre en état. Au moment où les cinq hommes, transis, finissaient, Josaphat Désilets sentit le besoin de venir inspecter le travail, ce qui leur déplut passablement.

Cet après-midi-là, Camille laissa Ann seule à la maison pour rendre une courte visite à ses parents qu'elle trouva seuls. Encore une fois, Eugénie était partie passer l'après-midi chez Anne-Marie Gariépy, la voisine, et Bernadette était à l'école. Durant sa visite, elle prit bien soin de cacher ce qui clochait dans son nouveau foyer. Elle ne parla presque pas de son mari et se garda de mentionner à quel point elle devait faire des prodiges pour nourrir correctement les enfants alors qu'il ne restait plus du tout de viande dans la maison.

Camille vit passer ses enfants devant la ferme des Beauchemin et les héla pour connaître la raison de leur retour hâtif à la maison.

— Monsieur le curé est venu et il nous a donné congé le reste de l'après-midi, expliqua un Duncan tout réjoui.

— Est-ce qu'on peut jouer dehors un bout de temps ? lui demanda Patrick.

— C'est d'accord, mais ne dérangez pas votre grande sœur, les mit-elle en garde. Votre père est pas loin non plus, il travaille dans la grange.

Camille garda Rose auprès d'elle et regarda les deux garçons reprendre la route.

À leur arrivée à la maison, Patrick et Duncan crièrent à leur sœur aînée qu'ils étaient là et qu'ils avaient la permission de Camille de jouer dehors, mais ils n'obtinrent aucune réponse.

— Gages-tu qu'elle est aux toilettes ? chuchota Patrick à son cadet.

Duncan n'eut pas besoin de plus d'explications. L'été précédent, ils s'étaient amusés à plusieurs reprises à effrayer leur sœur en lançant des pierres contre la porte et sur le toit des toilettes sèches installées dans la cour, derrière la remise.

Les deux jeunes sortirent de la maison, contournèrent la remise sans faire de bruit et se mirent à ramasser toutes les roches qui leur tombaient sous la main. Au signal de Patrick, ils se mirent à bombarder l'édicule en riant aux éclats.

Quand ils eurent épuisé toutes leurs munitions, il y eut un temps mort.

— Elle a peur de sortir, déclara Patrick, fanfaron.

Au même instant, la porte des toilettes sèches s'ouvrit sur leur père, rouge de fureur. Stupéfaits, les deux garçons demeurèrent bouche bée, incapables de comprendre ce qui s'était passé.

— À la maison, vous deux ! leur hurla Liam en détachant déjà la large ceinture de cuir qui retenait son pantalon.

Les deux condamnés, la mine basse, virent alors la porte du poulailler s'ouvrir sur leur sœur aînée qui venait d'aller chercher quelques œufs et comprirent trop tard leur méprise.

Dès leur entrée dans la cuisine, les garçons eurent droit à un véritable déluge de coups de ceinturon. Leur père, incapable de contrôler sa fureur, les frappa jusqu'à épuisement. Lorsqu'il cessa, ses deux fils, écrasés dans une encoignure de la pièce, pleuraient à chaudes larmes. Il sortit sans se retourner.

Ann avait assisté à toute la scène en tremblant. Quand elle se fut assurée que son père était retourné à la grange, elle mouilla deux linges qu'elle tendit à ses frères dont les bras, les jambes, le dos et même le visage avaient été zébrés par la ceinture de leur père.

Lorsque Camille rentra à la maison une demi-heure plus tard, Ann ne put faire autrement que de lui raconter ce qui s'était produit.

— Qu'est-ce que vous avez fait pour mériter ça? demanda-t-elle aux deux gamins.

— On a juste lancé des pierres sur les toilettes, expliqua Duncan. C'était juste pour faire peur à Ann, ajouta-t-il, comme si c'était moins grave.

— Et c'était p'pa qui était là, compléta Ann.

— Ça vous apprendra à faire des farces plates, déclara Camille. Maintenant, allez vous changer. Votre père est à la veille de faire le train. Grouillez-vous.

Dès qu'ils eurent disparu, Camille eut du mal à cacher son envie de pleurer.

— Si ça a de l'allure de battre des enfants comme ça! explosa-t-elle.

Ann l'entendit, mais ne dit rien.

Ce soir-là, le souper se prit dans un silence pesant. Camille attendit que les enfants soient montés se coucher pour parler à son mari.

— J'ai rien dit devant les enfants en voyant comment tu les as battus, lui dit-elle sèchement.

— J'aurais ben voulu voir ça, rétorqua-t-il.

— Il me semble que je t'ai déjà dit que des enfants, c'était pas des animaux qu'on dresse avec des coups.

— C'est mes enfants et je ferai ce que je voudrai.

— T'oublies que ce sont aussi les miens, à cette heure, répliqua-t-elle en élevant la voix. Si t'es pas capable de te contrôler quand tu les punis, laisse faire, je vais m'en occuper.

— Je suppose que t'es ben plus fine que moi, toi?

— En tout cas, assez pour savoir que les envoyer se coucher sans dessert aurait eu exactement le même effet que les coups que tu leur as donnés, Liam Connolly.

— Ça, c'est ce que tu dis.

— As-tu pensé à ce qui va se colporter dans tout Saint-Bernard quand les voisins vont les voir demain, le visage et les bras marqués de coups? On va passer pour des vrais sauvages.

Sensible à l'opinion de son entourage, Liam ne trouva rien à dire pendant un long moment avant de laisser tomber:

— Si t'aimes mieux ça, ils ont juste à rester ici dedans le reste de la semaine.

— Il en est pas question, trancha-t-elle. L'école est ouverte, ils vont y aller.

Évidemment, le lendemain, ces marques de coups n'échappèrent pas à Bernadette, qui s'empressa de rapporter l'information à la maison.

— Voulez-vous bien me dire quel maudit air bête est Liam Connolly? demanda-t-elle, révoltée, à sa mère et à Eugénie. J'ai jamais vu des enfants avoir autant de marques dans le visage et sur les bras. Ma foi du bon Dieu, il les a frappés comme on battrait même pas un chien!

— Est-ce que c'est si pire que ça? l'interrogea Marie, inquiète.

— J'ai jamais eu des élèves marqués comme ça, affirma Bernadette.

— Pour moi, ça va faire des flammèches avec Camille des affaires comme ça, intervint Eugénie. C'est pas le genre de femme qui va laisser maganer des enfants devant elle.

Sa belle-mère ne dit rien, mais son air préoccupé parlait de lui-même.

À la fin de la grand-messe de ce premier dimanche de novembre, le curé Désilets annonça que l'après-midi même, comme le voulait la tradition, on allait procéder à la mise aux enchères des bancs de la chapelle en insistant sur le fait que ceux du nouveau jubé seraient aussi à louer puisque l'architecte Bélisle prévoyait terminer les travaux dès la fin de la semaine suivante.

Pour les syndics, il s'agissait là d'une entrée de fonds bienvenue qui allait les aider à payer les coûts d'entretien de la chapelle et de son pasteur, coûts qui ne cessaient d'augmenter.

Au début de l'après-midi, la chapelle se remplit d'un bon nombre de fidèles, et ceux qui avaient été chassés de la grand-messe par manque de place par le curé Désilets n'étaient pas les moins nombreux. Dans le premier banc, côté Évangile, le gros Tancrède Bélanger, le plus fort enchérisseur l'année précédente, trônait en lançant des regards autour de lui comme pour mettre au défi quiconque voudrait lui arracher son banc.

Soudain, le pasteur de Saint-Bernard-Abbé traversa le chœur en compagnie de Thomas Hyland chargé d'un registre noir et d'une bouteille d'encre. Le bedeau, qui avait disposé une petite table et une chaise à l'avant de la chapelle, invita le syndic à s'y asseoir avec son registre.

— Comme le veut la tradition, le conseil remet aux enchères la location de tous les bancs de la chapelle, annonça le curé de sa voix forte. Même si nous ne sommes pas encore une paroisse, nous faisons comme dans toutes les chapelles du diocèse, prit-il la précaution d'ajouter.

Immédiatement, tous les murmures se turent.

— Cette année, j'ai décidé que nous allions faire différemment de ce qui a été fait l'an dernier par mon prédécesseur.

Il y eut de nombreux échanges de regards intrigués dans l'assistance.

— Qu'est-ce qu'il va encore nous sortir ? chuchota Donat à Antonius Côté assis à ses côtés.

— J'en ai pas la moindre idée, reconnut son voisin.

— Les affaires de Saint-Bernard-Abbé exigent beaucoup de temps de la part de chacun des syndics, poursuivit le prêtre. Il me semble que la moindre des choses est de leur prouver notre reconnaissance en leur réservant un banc pour la durée de leur mandat, comme cela se fait dans les autres paroisses.

Les murmures reprirent et Josaphat Désilets dut hausser le ton pour se faire entendre.

— Par conséquent, j'ai décidé d'accorder gratuitement le premier banc de chacune des deux rangées face à l'autel au président du conseil, Samuel Ellis, et à Donat Beauchemin, syndic et président de la commission scolaire. Le premier banc des deux autres rangées ainsi que le deuxième du côté de l'Évangile iront aux autres syndics.

Les syndics, heureux de cette reconnaissance et de l'économie qu'elle représentait, se regardèrent pas peu fiers.

— Est-ce que ça veut dire, monsieur le curé, que vous m'arrachez mon banc ? demanda Tancrède Bélanger en se levant, rouge de fureur.

— Je vous arrache rien, mon brave, répliqua le prêtre d'une voix tranchante. De toute façon, votre banc aurait été mis aux enchères comme les autres cet après-midi. Rappelez-vous qu'au ciel les premiers seront les derniers et les derniers seront les premiers.

— Ouais ! laissa tomber le cultivateur, apparemment peu convaincu.

— Nous sommes tout proches du Christ dans la maison de Dieu, même si on est assis au dernier banc.

— S'il continue comme ça, chuchota Donat sur un ton amusé, il y a plus personne qui va vouloir payer pour être dans les premiers bancs.

Dompté, Tancrède Bélanger se rassit, morose. Les enchères commencèrent et, comble de malchance, il dut affronter une Angèle Cloutier hargneuse qui lui contesta le deuxième banc du côté de l'épître. Les enchères montèrent de façon si déraisonnable que, finalement, il paya une fois et demie le montant versé l'année précédente pour occuper le premier banc. Le gros homme quitta immédiatement la chapelle après avoir versé la moitié du coût de la location en se jurant de ne pas acquitter la seconde moitié le premier mai suivant.

— Un vrai coupe-gorge ici dedans, dit-il à Conrad Boudreau au passage. En tout cas, la maudite Cloutier l'emportera pas au paradis !

Deux heures plus tard, Thomas Hyland ferma son registre. Les enchères étaient terminées et avaient rapporté autant qu'en novembre 1870, s'il se fiait à son rapport de l'année précédente, bien que les cinq meilleurs bancs eussent été remis gratuitement aux syndics de la mission. Les gens quittèrent la chapelle et Agénor Moreau jeta du gros sel dans le foyer pour éteindre la fournaise. Avant de partir, Josaphat Désilets avait rappelé aux pères de famille présents sur les lieux que sa visite paroissiale commencerait le lendemain avant-midi par le rang Sainte-Ursule.

— Pourquoi il commence pas par Saint-Jean ? demanda Donat à Antonius. Après tout, c'est notre rang qui est le plus ancien.

— Il le sait peut-être pas, répondit le syndic.

À son retour à la maison, c'est un Donat Beauchemin rempli d'orgueil qui apprit aux siens que, dorénavant, ils occuperaient le premier banc du côté de l'épître, et cela, gratuitement.

— Comment ça se fait ? lui demanda Bernadette.

— Parce que je suis syndic et président de la commission scolaire, s'empressa de lui répondre son frère.

— Xavier, lui ? demanda Marie.

— Cette année, il est arrivé à louer un banc, mais il est pas mal en arrière.

— As-tu vu Constant ?

— Oui, lui aussi en a loué un, mais il l'a pris au jubé, lui apprit Donat.

Bernadette eut un petit sourire de satisfaction. De cette manière, son amoureux assisterait dorénavant à la grand-messe et ils pourraient se parler à la sortie de la cérémonie hebdomadaire. Mieux, elle pourrait peut-être se glisser dans son banc pour assister à la messe en sa compagnie.

Marie eut l'air de comprendre à quoi elle pensait puisqu'elle lui dit :

— Même s'il a son banc, il est pas question que t'ailles écouter la messe avec lui, tu m'entends ? Ce serait déplacé et ça ferait jaser.

— J'ai jamais pensé à ça, m'man, mentit-elle en protestant.

Le regard que lui adressa sa mère lui apprit qu'elle n'était pas dupe.

— As-tu vu Liam ? reprit Marie en se tournant vers son fils qui venait de s'asseoir près de Baptiste en allumant sa pipe.

— Oui, ça lui a pris tellement de temps à se décider qu'il a failli être obligé de louer un des bancs du jubé, expliqua

Donat. J'ai dans l'idée que le beau-frère roule pas sur l'or, ajouta-t-il.

— Avec quatre enfants à nourrir et à habiller, le contraire serait surprenant.

Chapitre 23

Quel caractère!

Le lendemain matin, Josaphat Désilets sortit de son alcôve en grelottant. Du givre décorait les deux fenêtres de la sacristie. Il s'empressa d'aller allumer le poêle avant de s'habiller.

— J'aime mieux ne pas imaginer comment ça va être cet hiver! s'exclama-t-il à haute voix en se frictionnant les bras pour se réchauffer.

Il était évident que les murs de la sacristie étaient mal isolés et que la pièce était beaucoup trop vaste pour être réchauffée efficacement par le seul poêle placé en son centre.

Après avoir célébré la messe devant une poignée de fidèles, le prêtre revint dans la sacristie pour y trouver Bridget Ellis en train de préparer son déjeuner. Elle finit de dresser son couvert pendant qu'il retirait ses habits sacerdotaux.

— Qu'est-ce que je dois faire aujourd'hui, monsieur le curé? lui demanda-t-elle en déposant un grand bol de gruau devant lui. Vous avez dit que vous commenciez votre visite par notre rang à matin. Est-ce que je dois me dépêcher à retourner chez nous après avoir fait la vaisselle pour vous recevoir?

— Bien non, madame Ellis, j'arrêterai pas chez vous. On se voit tous les jours et votre mari passe me voir au moins deux fois par semaine. À moins que vous ayez quelque chose de spécial à me dire...

— Non, monsieur le curé.

— Bon, dans ce cas-là, rappelez juste à votre mari de me payer sa dîme. Je l'attends encore, même si la plupart des cultivateurs de Saint-Bernard l'ont déjà payée à l'époque des récoltes.

— Il l'a pas oublié, monsieur le curé, répliqua-t-elle poliment. Il a dû penser que c'était comme au temps de monsieur le curé Ouellet.

— C'est-à-dire?

— Le conseil me payait pas pour ma besogne de ménagère en échange de notre dîme.

— J'ai jamais dit à votre mari qu'on garderait les mêmes conditions, fit Josaphat Désilets d'une voix déplaisante.

L'épouse du président du conseil haussa les épaules et alla faire le lit du prêtre dans son alcôve. Elle rangea quelques affaires avant de revenir préparer la nourriture qu'il prendrait pour son dîner et son souper. La femme n'ignorait rien des efforts de l'ecclésiastique depuis son arrivée pour se trouver une ménagère qui serait à son service toute la journée, mais jusqu'à présent ses recherches avaient été vaines.

Il fallait reconnaître que les quelques dames de la mission qui auraient pu être intéressées par l'emploi étaient rebutées par le caractère cassant et désagréable du nouveau curé de Saint-Bernard-Abbé. On le respectait à cause de la soutane qu'il portait, mais aucune, semblait-il, n'était prête à se sacrifier.

— Monsieur le curé est passé me voir cette semaine pour savoir si j'étais intéressée à être sa ménagère, avait déclaré la veuve Leclerc, le dimanche précédent, à la sortie de la grand-messe. Je lui ai dit que j'avais pas la santé pour faire cette besogne-là.

— Mais je savais pas que vous étiez malade, madame Leclerc, répondit Alexandrine Dionne, apparemment surprise.

— Je suis pas malade pantoute, avait rétorqué la grande femme maigre, et j'ai pas l'intention de le devenir en endurant un homme comme lui. Mon défunt était peut-être pas facile à vivre, mais à côté de monsieur le curé, c'était rien.

Bref, on plaignait un peu Bridget Ellis, mais personne ne souhaitait lui ravir son poste. Pourtant, cette dernière, si elle s'était écoutée, aurait laissé tomber sa tâche depuis longtemps.

— J'ai jamais vu un homme aussi déplaisant, répétait-elle souvent à son mari. Il est toujours là à chercher la petite bête noire. Il y a jamais rien qui fait son affaire. Jamais un compliment, jamais !

— Arrête si ça fait pas ton affaire, lui suggérait alors Samuel, conscient de son aigreur.

— On sauve la dîme, c'est pas à dédaigner, disait-elle sur un ton résigné.

Pour sa part, dès que sa ménagère avait cessé de lui parler, Josaphat Désilets avait commencé à peser le pour et le contre de se faire accompagner dans sa visite paroissiale par le vieil Agénor Moreau. Si sa présence était souvent encombrante, songea-t-il, il pourrait néanmoins s'occuper de son cheval pendant qu'il serait dans les maisons. De plus, il aurait ainsi l'occasion de glaner quelques renseignements sur chacune des familles avant sa visite.

Il quitta brusquement la table et s'empressa d'ouvrir la porte communiquant avec la chapelle. Agénor Moreau s'apprêtait déjà à quitter les lieux pour rentrer chez son fils qui demeurait de l'autre côté de la route.

— Monsieur Moreau, allez manger un morceau et revenez avec la voiture, lui ordonna-t-il. Habillez-vous chaudement, vous allez m'accompagner dans ma visite paroissiale.

Le vieil homme hocha la tête et sortit de la chapelle.

— Bonyeu ! jura-t-il, il manquait plus que ça. Me v'là poigné pour aller geler comme un rat sur le chemin.

Toutefois, le bedeau eut la sagesse de glisser un cruchon de bagosse sous le siège du boghei avant de venir prendre le curé Désilets à la porte de la sacristie moins d'une heure plus tard.

— Par qui on commence? demanda-t-il au prêtre en mettant son attelage en marche.

— Par les Dionne du magasin général, décréta le curé en se couvrant les jambes de l'épaisse couverture de fourrure que le cocher avait pris la précaution de déposer à l'arrière.

La visite du curé Désilets chez Télesphore et Alexandrine Dionne se déroula sans anicroche. Les propriétaires du magasin général ne semblaient pas trop attristés par le fait que leur fille unique, Angélique, ait décidé de continuer à vivre chez une vieille tante à Saint-Grégoire.

— Vous comprenez, monsieur le curé, notre tante Hortense est notre dernière parente, et on n'a pas pu lui dire non quand elle a demandé, il y a sept ans, si notre fille pourrait pas aller rester avec elle. C'est une veuve sans enfant et Angélique va hériter d'elle.

— Vous priver de votre fille unique si longtemps prouve que vous avez bon cœur, leur déclara Josaphat Désilets en feignant d'ignorer que la bonne action du couple était surtout dictée par l'intérêt.

— Là, notre tante est retombée en enfance depuis un bout de temps. Angélique nous a écrit qu'elle va devoir être placée dans un hospice. Après, elle va revenir vivre avec nous autres. On a ben hâte, conclut Télesphore.

Au moment de quitter les Dionne, Josaphat Désilets se rappela ce qu'il s'était promis de leur dire.

— J'allais oublier, avoua-t-il en adoptant un air sévère. J'ai entendu dire que vous ouvrez votre magasin le dimanche, le jour du Seigneur…

— Pas toute la journée, monsieur le curé, se défendit Alexandrine, mal à l'aise. Le magasin est ouvert seulement jusqu'à midi.

— Et c'est juste pour rendre service au monde qui vient de loin et qui a pas le temps de venir pendant la semaine, sentit le besoin de préciser Télesphore, l'air tout de même un peu coupable.

— C'est pas ce qu'on m'a raconté, fit le prêtre sans s'encombrer de délicatesse. Il paraît que vous restez ouverts jusqu'à la fin de l'après-midi.

— Le magasin est fermé à midi, monsieur le curé, répéta Télesphore. S'il y a du monde qui vient, c'est juste parce qu'on aime la bière d'épinette de ma femme.

— Que vous vendez, évidemment, ajouta, sarcastique, Josaphat Désilets.

— On peut tout de même pas la donner, intervint Alexandrine, qui refusait de se sentir coupable.

— Je comprends, reconnut le curé. Mais à partir de dimanche prochain, vous allez me faire le plaisir de fermer votre magasin le dimanche et vous direz à ceux qui veulent de votre bière d'épinette de venir en boire durant la semaine.

— Mais ben des habitants de Saint-Bernard ont pris l'habitude d'arrêter au magasin après la grand-messe, plaida le marchand.

— Ils prendront d'autres habitudes. Le dimanche, on travaille pas, c'est une journée faite pour prier le Seigneur.

— Je vous dis que ça va se lamenter dans la paroisse, se crut autorisée à dire Alexandrine, mécontente.

— Les gens se lamenteront, conclut abruptement le prêtre.

Il les bénit et les laissa retourner au magasin où quelqu'un venait d'entrer s'il se fiait à la clochette qu'il avait entendue tinter dans la pièce voisine.

— Il y a pas à dire, il a un don pour se faire haïr, lui, déclara Télesphore avant d'aller servir le client au magasin.

— Pour la fermeture du magasin le dimanche matin, tu pourras toujours parler à Samuel Ellis quand tu le verras, lui suggéra sa femme. Peut-être qu'il pourrait essayer de le raisonner.

La visite du curé Désilets se poursuivit chez Évariste Bourgeois. Le forgeron et sa femme étaient des gens très pieux. Plus encore, le maître de la maison paya sa dîme en argent sonnant, fait assez exceptionnel pour être remarqué.

— Payez-vous toujours votre dîme en argent? lui demanda le prêtre en enfouissant dans la poche de son manteau la somme que l'homme venait de lui tendre.

— Non, monsieur le curé, d'habitude je fais comme presque tout le monde, je paye en nature. Mais là, je viens d'être payé par le docteur Samson pour sa clôture en fer forgé que j'ai faite l'été passé. Ça fait que je trouve plus pratique de vous donner de l'argent.

En sortant, le prêtre prit quelques instants avant de décider de se rendre chez la voisine du forgeron. Apparemment, Angèle Cloutier le mettait mal à l'aise depuis qu'elle était venue lui faire une crise au sujet de la clôture du cimetière. La femme semblait violente et peu impressionnée par sa soutane, ce qui le désarçonnait passablement. Josaphat Désilets dut faire un réel effort de volonté, mais il se dirigea finalement vers la maison de la veuve Cloutier.

L'atmosphère y était bien moins accueillante que dans la forge. La veuve n'avait vraisemblablement fait aucuns frais de toilette, elle ne l'invita pas à retirer son manteau et se contenta de lui indiquer le canapé avant de s'asseoir en face de lui après l'avoir fait entrer par la porte de la façade de la maison, comme le voulait la tradition.

— J'ai pas grand temps à vous accorder, monsieur le curé, lui dit-elle d'entrée de jeu. J'ai une vache qui est malade et il faut que j'aille m'en occuper si je veux pas la perdre.

— Je comprends, fit le prêtre en réprimant une grimace. Je sais que vous avez déjà payé votre dîme et je vous retiendrai pas très longtemps, ajouta-t-il par précaution. J'espère que vous êtes satisfaite de la place où la nouvelle clôture a été plantée dans le cimetière?

— Elle est à la place où elle aurait dû toujours être, laissa tomber la veuve au comportement assez masculin.

— Vous savez, madame Cloutier, que votre curé a pas de bâtiments de service pour y loger son cheval et ses voitures. Pire, il peut même pas avoir une vache ou des poules parce qu'il saurait pas où les mettre à l'abri durant l'hiver.

Le visage fermé, Angèle Cloutier se borna à fixer sur le prêtre un regard un peu hostile pendant qu'il parlait.

— Puis? demanda-t-elle.

— Tout ça, c'est dû au fait que la mission a pas de terrain, poursuivit Josaphat Désilets en adoptant un air misérable qui lui convenait assez mal.

— Si c'est juste ça, monsieur le curé, vous avez juste à demander au conseil de m'acheter le terrain en face de la chapelle, à côté de la terre des Moreau.

— La mission est bien pauvre.

— J'espère que vous avez pas pensé une minute que j'étais pour vous donner un autre bout de ma terre, s'insurgea-t-elle en durcissant le ton.

— Si je me fie à ce qui m'a été dit, reprit le prêtre en abandonnant toute douceur feinte, vous êtes loin d'avoir donné le terrain sur lequel a été bâtie la chapelle.

— Me prenez-vous pour une folle, monsieur le curé? explosa-t-elle. Pourquoi je donnerais mon bien?

— Pour le salut de votre âme, ma fille. Pour gagner votre ciel.

— Ben, si ça vous fait rien, j'aime mieux faire comme tout le monde de Saint-Bernard. J'aime mieux prier pour ça. Ça coûte moins cher.

Le curé de Saint-Bernard-Abbé, mécontent, se leva et entreprit de reboutonner son épais manteau après avoir posé sa barrette sur sa tête.

— Je vais vous bénir.

Le visage impassible, Angèle Cloutier s'agenouilla devant lui et se signa après avoir reçu la bénédiction de son pasteur.

— Pensez bien à ce que je viens de vous dire, lui recommanda Josaphat Désilets dans une dernière tentative pour obtenir ce qu'il désirait.

— C'est tout réfléchi, monsieur le curé, répondit la veuve d'une voix coupante en refermant la porte derrière lui.

Quelques instants plus tard, au moment où Agénor Moreau faisait monter la côte à son cheval, les premiers flocons de neige de la saison se mirent doucement à virevolter dans l'air. Assis à l'arrière du boghei, le curé Désilets avait l'air renfrogné et en passant devant la chapelle, il se demanda s'il ne ferait pas mieux d'en rester là avec sa visite paroissiale pour ce jour-là.

— Est-ce que vous voulez arrêter chez mon garçon? demanda le cocher en se tournant vers lui.

— On est aussi bien, répondit le prêtre.

La voiture poursuivit sa route sur quelques centaines de pieds avant de s'immobiliser à côté de la petite maison grise de Delphis Moreau. Agénor ouvrit la porte et fit entrer le visiteur en criant à sa bru que monsieur le curé était arrivé.

La rencontre ne dura qu'une dizaine de minutes. Josaphat Désilets connaissait presque aussi bien le couple Moreau que le père de Delphis. Il avait eu affaire à eux à plusieurs reprises depuis son arrivée à la mission puisqu'ils hébergeaient son cheval et gardaient sa voiture dans leur remise.

— Il me semble qu'il aurait au moins pu nous dire un petit merci parce qu'on prend soin de son cheval et de sa voiture, dit Georgette Moreau après avoir refermé la porte derrière le visiteur.

— Il faut croire que ce serait trop lui demander, répliqua son mari.

Ragaillardi après cette courte visite, le pasteur de Saint-Bernard-Abbé dut toutefois élever la voix chez les Gunn.

Il ne tint aucun compte du fait que Mary Gunn fût déjà mère de onze enfants à l'âge de trente-six ans. Lorsqu'elle apprit au prêtre que son dernier avait trois ans, il exigea que les enfants présents quittent le salon où avait lieu la rencontre.

Dès que Josaphat Désilets se retrouva seul en présence du mari et de la femme, il se tourna vers Mary, les yeux pleins de fureur.

— Tu devrais avoir honte et demander pardon à Dieu, lui dit-il en enflant la voix. Tu vas aller brûler pour l'éternité dans les flammes de l'enfer si tu continues à prendre des moyens pour ne pas donner naissance à un enfant. Tu m'entends ?

— J'en ai déjà onze, plaida la pauvre femme, terrorisée par cette perspective.

Joshua Gunn se contentait de baisser la tête et ne disait pas un mot, attendant que l'orage passe. Cependant, le curé ne lui adressa pas le moindre reproche. À ses yeux, tout était la faute de la femme.

— Dieu a dit : « Croissez et multipliez-vous », ma fille. Le but du mariage est d'avoir des enfants ! Si tu empêches les naissances, c'est la damnation éternelle qui te guette parce qu'en toute conscience je pourrai plus te donner l'absolution en confession.

Les larmes aux yeux, la mère d'une famille nombreuse, au corps précocement usé par ses nombreux accouchements, acquiesça, repentante. Sur ces entrefaites, Josaphat Désilets permit aux enfants de revenir dans la pièce. Peu après, il se leva et bénit toute la famille avant d'aller rejoindre son cocher sérieusement gelé.

Après le dîner, le curé poursuivit sa tournée dans le rang Sainte-Ursule. Quand le soleil baissa, il décida de rentrer à la sacristie. Le vent avait chassé les nuages et il n'était tombé, en fin de compte, que quelques flocons de neige.

— Demain matin, on visitera les deux dernières maisons du rang, annonça l'ecclésiastique, content de sa journée, à Agénor Moreau.

— Je sais pas comment les Benoît vont vous recevoir, monsieur le curé, ne put s'empêcher de dire le vieil homme.

— Pourquoi dites-vous ça ? lui demanda Josaphat Désilets, intrigué.

— À cause de la Catherine, pour sûr.

— La Catherine ?

Alors le père de Delphis Moreau ne put s'empêcher de raconter à son curé les rumeurs concernant la conduite éhontée de Catherine Benoît partie accoucher en ville l'année précédente et revenue vivre chez ses parents, comme si de rien n'était, quelques mois plus tard.

— Il manquait plus que ça ! s'exclama le curé à mi-voix en descendant de voiture devant la porte de la sacristie.

❦

Ce matin-là, Xavier Beauchemin était de nouveau allé chercher sa farine au moulin de Constant Aubé.

— Pour moi, cette fois, t'es parmi mes derniers clients de l'année, lui fit remarquer l'ami de sa sœur. Tout ce qu'il y avait à moudre a été moulu et les glaces sont à la veille de prendre sur la rivière. À ce moment-là, la roue tournera plus.

— Au fond, tu seras pas pire que Hyland, lui dit Xavier. Son moulin à bois arrête de tourner lui aussi avec le gel. Toi, qu'est-ce que t'as l'intention de faire cet hiver ? Tu vas bûcher ?

— Non, j'ai eu des clients de Sainte-Monique et de Saint-Zéphirin qui m'ont payé en bois de chauffage. J'en ai même en masse pour deux hivers. Là, j'ai déjà commencé à ramasser des peaux de vache, de mouton et de cochon. Quand le monde va commencer à faire boucherie, je vais en avoir encore plus.

— Parlant boucherie, comment tu vas te débrouiller ?

— Ça, je le sais pas trop encore, admit Constant, le visage soudainement assombri. J'ai une vieille vache que je suis prêt à faire abattre, mais de là à savoir comment la dépecer pour que sa viande soit mangeable...

— Écoute, je vais faire un marché avec toi, proposa Xavier, après une très courte hésitation. Moi, j'ai l'intention de tuer un gros cochon que j'ai engraissé toute l'année. Qu'est-ce que tu dirais si on faisait boucherie chez vous ? Moi, je suis capable de me débrouiller pour découper la viande. On partagerait moitié moitié.

Constant savait bien que sa vache donnerait beaucoup plus de viande que le porc, mais il trouva le marché équitable puisque Xavier se chargerait de découper.

— C'est correct. Quand est-ce qu'on ferait ça ?

— As-tu des poches de jute en masse ?

— C'est pas ce qui manque au moulin.

— As-tu des chaînes pour suspendre la vache et le cochon dans l'entrée de ta grange ?

— J'ai ça.

— Bon, eh bien, on pourrait les tuer jeudi matin et faire boucherie vendredi, s'il fait pas trop mauvais.

— Parfait, comme ça, je vais avoir tout mon temps pour leur enlever leur peau sans l'abîmer, dit Constant.

— Où est-ce que tu vas mettre ta viande ?

— En-dessous du grain, dans la grange. Une fois ben gelée, il y aura pas de danger.

— Je fais la même chose, conclut Xavier avant de prendre congé.

Après le départ du fils cadet de Baptiste, Constant se frotta les mains de contentement. Il venait de régler un problème qui le taraudait depuis quelques semaines. Il avait conscience de ne pas être un véritable fermier, occupé qu'il avait été depuis le printemps précédent autant par la construction de la maison et du moulin que par son métier de meunier. Bien sûr, une fois son étable, sa remise et sa grange bâties, il s'était empressé de faire l'acquisition de cinq vaches, de trois porcs, d'une douzaine de poules et de quelques moutons pour répondre à ses besoins les plus pressants. Cependant, par manque de temps, il avait dû acheter de l'avoine et du foin pour nourrir ses bêtes durant l'hiver.

Évidemment, ses deux héritages étaient écornés par toutes ces dépenses, mais il ne s'en inquiétait pas trop. Il avait obtenu exactement ce qu'il désirait le plus : l'intérêt de Bernadette Beauchemin et un moulin à farine. Si son moulin à farine fonctionnait à son entière satisfaction, il ne pouvait en dire autant de ses relations avec la jeune institutrice. Il lui semblait que ses affaires ne progressaient guère depuis le début de leurs fréquentations, quatre mois auparavant. Bernadette semblait apprécier sa compagnie, mais rien n'indiquait qu'elle l'aimait, ce qui l'attristait énormément. Après autant de visites chez elle, il attendait encore une marque de tendresse de sa part.

❦

Le lendemain matin, il faisait encore plus froid que la veille. L'air était vif et la terre noire avait pris la dureté de la pierre. Déjà de la glace se formait le long des berges de la rivière.

Après le déjeuner, le curé Désilets s'emmitoufla et prit place dans le boghei que venait d'avancer son bedeau.

— Bon, à matin, on finit le rang Sainte-Ursule, déclara le prêtre, et on va avoir le temps de commencer Saint-Jean.

Agénor Moreau se borna à hocher la tête et incita son cheval à avancer. Après avoir franchi la grande courbe, il entra dans la cour de la ferme des Benoît. Josaphat Désilets remarqua qu'un rideau venait de bouger à l'une des fenêtres, signe qu'on guettait son arrivée. Il descendit de voiture et se présenta à la porte de la façade de la maison qui s'ouvrit au moment même où il allait frapper.

Quatre adultes l'attendaient dans le petit salon. Marie-Rose devança sa belle-mère, elle s'empara de l'épais manteau de chat sauvage du pasteur et alla le déposer sur une chaise, dans la pièce voisine. Le curé s'adressa d'abord à Laura et se renseigna sur la durée de son veuvage. Il lui prodigua quelques paroles consolatrices en apprenant que son mari était décédé l'an dernier. Ensuite, il tourna son attention vers le jeune couple à qui il demanda depuis combien de temps ils étaient mariés.

— Trois ans, monsieur le curé, répondit Cyprien.

— Comment se fait-il que vous n'ayez pas encore d'enfant ? demanda-t-il, sévère, à Marie-Rose.

— On en veut plusieurs, monsieur le curé, intervint Marie-Rose, mais on dirait que le bon Dieu nous a oubliés.

— T'as pourtant l'air d'un homme capable, répliqua le prêtre, en jaugeant du regard les larges épaules et le cou épais du fils de Laura.

— On fait pourtant tout pour avoir des enfants, monsieur le curé, se crut obligé de dire le fils de Laura Benoît.

— Ouais, fit Josaphat Désilets, en tournant un regard courroucé vers Catherine. À ce que j'ai entendu dire, il a pas oublié toutes les femmes de la maison.

Un silence pesant tomba sur la pièce. Catherine et sa mère avaient soudainement pâli alors que Cyprien et sa femme jetaient un regard hargneux à la coupable. Catherine ne dit rien et se contenta de baisser les yeux.

Durant quelques minutes qui semblèrent interminables, Laura et sa fille durent subir un dur sermon du prêtre qui reprocha à la première d'avoir permis ce qui était arrivé et à la seconde d'avoir succombé. À l'entendre, l'une et l'autre n'auraient pas trop du reste de leur vie pour racheter ce qui était arrivé. Ensuite, il s'étendit sur le mauvais exemple que cela donnait à toutes les filles de Saint-Bernard-Abbé.

Catherine se mit à pleurer doucement alors que sa mère serrait les dents, les traits durcis, attendant avec une impatience non déguisée que le visiteur en finisse.

— T'aurais jamais dû revenir à Saint-Bernard-Abbé après avoir mis au monde un petit bâtard, déclara Josaphat Désilets d'une voix tranchante. Personne oubliera jamais ta faute dans la paroisse. Tu vas être marquée pour la vie. Dieu punit les pécheresses. À ta place, je partirais le plus tôt possible pour la ville et j'y resterais, lui conseilla-t-il.

— C'est ce qu'on a toujours dit, intervint Cyprien, l'air mauvais.

— Tais-toi, lui ordonna sèchement sa mère. Ma fille est fréquentée par le jeune voisin et ils parlent même de se marier, ajouta-t-elle en s'adressant au prêtre.

— C'est le père de l'enfant du péché, je suppose ?

— Pantoute, monsieur le curé.

— Si ce que vous me dites est vrai, ce serait vraiment miraculeux, déclara-t-il, comme s'il ne croyait pas la chose possible.

Finalement, le prêtre se retira sans avoir prononcé un seul mot de réconfort à l'intention des membres de la famille.

À la sortie de la ferme des Benoît, Agénor Moreau tourna à droite et poursuivit son chemin sur quelques arpents avant de s'arrêter près de la maison neuve de Xavier Beauchemin. Josaphat Désilets descendit de voiture et alla frapper à la porte de la façade, mais personne ne vint lui répondre. Il allait renoncer et remonter dans son boghei quand il entendit son cocher crier à quelqu'un que monsieur le curé attendait.

Quelques instants plus tard, Antonin Lemoyne arriva près de la voiture, un peu essoufflé.

— Bonjour, monsieur le curé, on pensait pas que vous viendriez aujourd'hui. Je vous fais entrer et je vais avertir Xavier que vous êtes là.

L'adolescent précéda le prêtre, lui ouvrit la porte et le fit passer dans la cuisine. Il s'empressa de jeter deux rondins dans le poêle avant de quitter les lieux où il revint, peu après, en compagnie de Xavier Beauchemin. À leur entrée dans la cuisine, ils découvrirent Josaphat Désilets assis sur l'une des deux chaises berçantes.

— Toutes mes excuses, monsieur le curé, fit le jeune homme en retirant sa tuque et son manteau. Je vous attendais pas. Mon cheval s'est blessé à une patte et j'étais en train de le soigner.

— C'est toi, Xavier Beauchemin? lui demanda le prêtre qui se rappelait l'avoir vu régulièrement à la basse-messe du dimanche, mais ignorait son nom.

— En plein ça, monsieur le curé. Et lui, c'est mon homme engagé, Antonin Lemoyne.

— T'es parent avec Donat Beauchemin?

— Donat, c'est mon frère. Ma parenté reste toute dans Saint-Jean. Il y a ma sœur Emma, la femme de Rémi Lafond. Vous devez connaître ma sœur Bernadette qui fait l'école. Il y a aussi ma sœur Camille qui a marié Liam Connolly à la fin du mois d'octobre et il y a aussi mon père, Baptiste Beauchemin.

— Bon, c'est correct. Au moins, je sais à qui je parle, fit le curé en jetant un regard inquisiteur autour de lui. Tu viens juste de construire ta maison?

— C'est ça, monsieur le curé. Elle est même pas tout à fait finie.

— En regardant le registre de la mission, j'ai vu que t'avais déjà payé ta dîme.

— Avec du bois de chauffage, tint à préciser Xavier.

— Parfait. Je sors de chez tes voisins, j'ai entendu dire que tu parlais de marier la fille de la maison?

— Qui vous a dit ça? demanda Xavier, étonné.

— Sa mère. C'est pas vrai?

— J'ai pas fait encore la grande demande, monsieur le curé.

— Est-ce que je dois en déduire que tu hésites ?

— Non, mais je trouve drôle que madame Benoît en parle comme si c'était chose faite.

— Qu'est-ce que ton père et ta mère pensent de ça ?

— Je leur en ai pas encore parlé, avoua le jeune homme.

— Tu penses qu'ils vont accepter une affaire comme ça ?

— Je le sais pas, mentit Xavier. Mais j'aime autant vous dire que s'ils sont pas d'accord, je vais la marier quand même, si elle veut.

— À ta place, mon garçon, je me presserais pas trop, lui conseilla le prêtre en adoptant une mine sévère. Marier une fille comme Catherine Benoît, c'est loin d'être un gage de bonheur. C'est pourtant pas les filles honnêtes qui manquent à Saint-Bernard. Pourquoi t'en choisis pas une de celles-là ?

— Parce que c'est Catherine que je veux, monsieur le curé, insista Xavier, un peu honteux d'avouer son amour devant Antonin.

— J'ai bien peur que tu te prépares une vie de malheurs, répliqua Josaphat Désilets. Avant de t'engager, pense aussi à tes parents et à tous les gens qui vont te tourner le dos quand tu vas en avoir fait ta femme.

Xavier hocha la tête, renonçant à défendre plus longtemps sa décision. Le curé se leva, remit son manteau et bénit les deux hommes avant de partir. Antonin lui ouvrit la porte pour le laisser sortir.

Xavier se planta devant la fenêtre et regarda le boghei sortir de sa cour.

— Moi, je l'aime pas ben gros, laissa tomber Antonin sur un ton convaincu. Je le trouve bête.

Son jeune patron ne répondit rien.

Les paroles du prêtre lui trottaient dans la tête. Il regrettait que Catherine ait déjà parlé de leur projet de mariage

462

aux siens. Il craignait que le curé Désilets n'en parle à ses parents lors de sa visite paroissiale avant même qu'il ait eu le temps de les préparer au choc. Puis il se secoua et renonça à se faire du souci pour ce qui était hors de son contrôle. Il remit son manteau et se coiffa de sa tuque.

— Pendant que je finis de soigner Prince, va donc ramasser les poches de jute qu'il va nous falloir pour faire boucherie et aiguise nos deux meilleurs couteaux, ordonna-t-il à son jeune employé.

— C'est correct, fit Antonin. Je vais aussi nettoyer le coffre à viande si j'ai le temps.

❧

Le lendemain avant-midi, Xavier et son employé eurent tout le mal du monde à immobiliser et à ligoter le gros porc qu'ils entendaient transporter chez Constant Aubé. Ils finirent par le cerner au fond de la soue et lui lièrent les pattes avant de le porter dans la voiture. L'animal couinait à n'en plus pouvoir, comme s'il sentait intuitivement sa dernière heure venue.

Durant la nuit, de lourds nuages noirs avaient fait leur apparition dans le ciel et le temps était beaucoup plus doux que lors des jours précédents.

— Ça me surprendrait pas pantoute qu'on ait notre première tempête de l'hiver, prédit Xavier en prenant les rênes de son attelage.

Dans la côte, il dut retenir Prince parce que la voiture du curé le précédait et se dirigeait vers le petit pont menant au rang Saint-Jean.

— J'espère qu'il a pas l'intention de commencer sa visite par ce bout-ci du rang, dit-il à son jeune employé. S'il fait ça, il va s'apercevoir qu'il y a pas un chat chez ma sœur. Ils font boucherie chez nous avec Donat et ma mère.

Le jeune homme laissa Agénor Moreau prendre les devants, ce qui lui permit de découvrir que le curé Désilets

463

avait décidé de commencer sa visite du rang par l'autre extrémité.

— Ouais, j'ai comme l'idée qu'il va avoir toute une surprise quand il va mettre les pieds chez Cléomène Paquette, dit-il en faisant entrer son attelage dans la cour de Constant Aubé.

— Pourquoi tu dis ça ? lui demanda son employé.

— Parce que les Paquette et la propreté, ça fait deux. Si monsieur le curé a jamais vu ce que c'était la maison de deux sans-dessein, il va en voir un bon exemple, répondit Xavier en riant.

Tous les deux eurent la surprise de découvrir le corps d'une vache suspendue au bout d'une chaîne dans l'entrée de la grange du meunier. La bête n'avait plus sa peau et elle avait été vidée.

— T'aurais pu nous attendre, fit Xavier en voyant apparaître Constant.

— La besogne était pas si difficile que ça, dit l'ami de sa sœur. Je l'ai assommée avec une masse, et après j'ai passé la chaîne dans l'anneau que j'avais vissé en haut et je l'ai fait tirer par mon cheval.

— Nous autres, on t'apporte notre cochon.

— Il y a pas à redire, vous l'avez ben engraissé, apprécia Constant en admirant la bête qui couinait au fond du chariot de ses visiteurs.

— On va le pendre par les pattes arrière pour l'égorger, annonça Xavier. J'ai apporté un seau. On va se partager le sang pour faire du boudin, si tu veux.

— J'en veux pas, refusa Constant, je sais pas en faire.

— Si c'est comme ça, on va garder le sang et je vais le donner à ma mère. Elle a jamais assez de boudin.

Ils se mirent à trois pour suspendre le porc au bout d'une deuxième chaîne. L'animal poussait des cris stridents, presque humains.

— Ils doivent l'entendre à l'autre bout du rang, fit Antonin.

— Prépare-toi avec la chaudière, lui dit Xavier en s'emparant de son couteau le mieux affûté.

Sans la moindre hésitation, il trancha la gorge de la bête dont les cris décrurent progressivement. Antonin arborait un air dégoûté en recueillant son sang qui coulait à flot continu.

Au même moment, la neige se mit à tomber à gros flocons.

— Je le vide, annonça Xavier au maître des lieux. Après ça, on va pouvoir commencer à s'occuper de ta vache. Toi, Antonin, je pense que t'es mieux d'aller porter le sang chez mon père avant qu'il caille. Essaye de pas en mettre partout dans la voiture.

Antonin déposa le seau dans la voiture et prit lentement le chemin de la ferme de Baptiste Beauchemin. À son arrivée, il trouva l'endroit en effervescence. Rémi, Emma, Donat et Marie étaient debout devant l'entrée de la grange et faisaient de grands gestes. Tous tournèrent la tête vers lui en le voyant arriver.

— On est en train de faire boucherie chez Aubé, madame Beauchemin, dit-il à Marie. Xavier m'a demandé de vous apporter du sang de cochon.

— Ah ben, ça, c'est enfin une bonne nouvelle ! s'écria la maîtresse de maison.

— Qu'est-ce qui se passe ?

— Maudit torrieu ! jura Donat, exaspéré. Il se passe que l'anneau qui retenait en l'air notre cochon a cassé pendant la nuit et qu'il y a des bêtes qui sont venues en manger une bonne partie.

Antonin s'approcha de la scène et découvrit qu'un bon tiers de la bête avait disparu.

— En tout cas, moi, ça me lève le cœur de préparer de la viande qui a été touchée par des animaux, déclara Emma.

Je voudrais pas que les enfants tombent malades en mangeant ça.

— C'est pas ça qui me fatigue, fit sa mère, debout à ses côtés. Une fois cuite, cette viande-là sera sans danger. Non, le pire, c'est qu'il va finir par nous manquer de la viande. Tous les ans, c'est la même histoire, rendus à la fin du printemps, on est obligés de l'étirer pour en avoir un peu jusqu'au mois de juillet. Moi, manger rien que du lard salé pendant trois mois...

— Une chance que c'est pas l'anneau de la vache qui a lâché, intervint Rémi sur un ton pondéré. Là, ça aurait été pas mal plus grave.

Avant de quitter les lieux, l'employé de Xavier apprit aux Beauchemin la visite du curé la veille et le fait que Xavier et lui l'avaient suivi dans le rang Saint-Jean un peu plus tôt le jour même.

— Pour moi, on va voir monsieur le curé sourdre au commencement de l'après-midi, prédit Marie. Ça veut dire qu'on peut commencer à couper la viande, mais on va arrêter de bonne heure avant le dîner pour se changer et mettre un peu d'ordre dans la maison.

— Il pouvait pas tomber plus mal, se plaignit Emma. Choisir le jour où on fait boucherie...

— Monsieur le curé pouvait pas savoir, l'excusa sa mère.

— À votre place, je m'énerverais pas trop avec ça, la rassura Donat. De la façon que ça tombe dehors, il prendra pas le chemin cet après-midi.

De retour chez Aubé, Antonin découvrit que Xavier et Constant avaient dressé dans la grange une table avec des madriers sur deux chevalets et qu'ils avaient entrepris de dépecer la vache.

— Mets le cheval dans l'écurie, lui suggéra le meunier. Il neige trop pour le laisser dehors.

Quand l'adolescent les rejoignit, il s'aperçut que la neige ne pénétrait pas par la porte ouverte du bâtiment parce que le vent soufflait dans l'autre direction. Il se mit à envelopper les pièces de viande qu'on lui tendait dans des sacs de jute.

De son côté, si Josaphat Désilets avait été plus sage ou mieux conseillé par son cocher, il aurait mis fin à ses visites paroissiales dès sa sortie de chez les Paquette, tant le temps avait l'air de se gâter sérieusement.

Sa visite chez Cléomène et Germaine Paquette ne lui avait pas particulièrement plu, tant la maison était dans un désordre indescriptible. Si le couple avait eu de nombreux enfants, le prêtre aurait pu lui trouver quelques excuses, mais il n'en était rien. Son mécontentement s'accentua encore quand il constata que les Paquette n'avaient fait aucun effort pour changer de vêtements, geste de respect envers leur pasteur. Ils portaient des vêtements malpropres, à l'image de leur maison.

Tout traînait et le parquet était si sale que l'ecclésiastique n'osait le regarder. De plus, l'odeur qui régnait dans la demeure était à faire frémir. Il dut même repousser avec un geste de dégoût un gros chat roux qui cherchait à monter sur ses genoux pendant qu'il leur parlait.

— De grâce, débarrassez-moi de cet animal ! avait-il fini par exiger dans un mouvement d'impatience.

Il s'était informé de leur santé.

— On a une ben petite santé, avait déclaré Cléomène sur un ton larmoyant. La vie est dure sur une terre, de nos jours.

— De quoi souffrez-vous ? leur avait-il demandé.

— On sait pas trop, avait déclaré Aurélie d'une voix languissante.

— Qu'est-ce que le docteur Samson dit ?

— On l'a jamais fait venir parce que ça coûte trop cher, avait avoué Cléomène.

Josaphat Désilets avait compris. Il se trouvait en face de deux fieffés paresseux qui n'avaient même pas le courage de nettoyer l'endroit où ils vivaient. Il leur avait fait un long sermon sur la paresse, mère de tous les vices et il les avait adjurés de se secouer et de se mettre au travail.

— Oubliez pas que la paresse est un péché, leur avait-il rappelé avant de les quitter, soulagé d'échapper à leur antre.

Agénor Moreau, à demi couvert par la neige qui tombait de plus en plus fort, l'avait accueilli à sa sortie avec un sourire entendu.

— Où est-ce qu'on va, monsieur le curé ? lui avait-il demandé.

— À côté, s'était borné à dire le prêtre sur un ton qui cachait mal que c'était là une évidence.

Le vieux bedeau s'était gardé de faire la moindre remarque, mais il connaissait bien Marthe Provost, la femme d'Éloi. Ce dernier n'était pas muet par hasard. Les gens de Saint-Bernard-Abbé soupçonnaient qu'il ne parlait pas parce qu'il n'était jamais parvenu à placer un mot avec une femme aussi bavarde.

La maison des Provost était d'une propreté irréprochable et l'accueil de ses propriétaires fut chaleureux et plein de respect, ce qui présentait un agréable contraste avec ce que le curé venait de subir chez les Paquette. Marthe avait sept enfants bien qu'elle en eût perdu trois en bas âge. Trois de ses enfants étaient à l'école ce matin-là. Pour une fois, le sermon ne vint pas du visiteur.

Dès qu'il eut pris place sur le meilleur siège du salon, Marthe Provost se mit à parler avec un débit précipité propre à étourdir toute personne normalement constituée. C'était à se demander comment la brave femme faisait pour respirer de temps à autre. Le prêtre apprit ainsi toute l'histoire de la famille Provost, les diverses maladies de ses enfants, ses deuils ainsi que ses espérances. À aucun moment l'ecclésiastique n'eut à poser la moindre question puisque la femme d'Éloi les posait avant lui et s'empressait d'y répondre.

Tout à fait étourdi, l'homme de Dieu se retrouva soudain avec une tasse de thé et une pointe de tarte aux raisins devant lui et il aurait été bien incapable de dire à quel moment la dame était allée les lui chercher.

Quelques instants plus tard, le curé de Saint-Bernard-Abbé se leva, au bord du vertige après ce flot de paroles incessantes et incapable de savoir exactement où il en était. Il bénit ses hôtes à la hâte, impatient de quitter les lieux pour retrouver le silence. Éloi Provost l'aida à endosser son manteau. En ouvrant la porte, tous les trois se rendirent brusquement compte qu'une véritable tempête de neige était en train de se déchaîner.

— Ça me fait rien, monsieur le curé, mais vous seriez peut-être mieux de rester ici dedans pour attendre que le pire soit passé, lui suggéra le maître des lieux.

— Si je fais ça, mon cocher sera pas capable de ramener le boghei, dit le prêtre. Pour moi, on va être capables de passer.

— Vous devriez tout de même attendre que ça se calme un peu, insista la bavarde.

— Ce sera pas nécessaire. C'est moins pire que ça en a l'air, s'empressa-t-il de lui répondre, trop content d'échapper à son bavardage.

Le prêtre sortit de la maison, heureux d'entendre le sifflement du vent au lieu du moulin à paroles qu'il venait de supporter durant près d'une heure.

En s'éloignant un peu de la maison, il dut relever le col de son épais manteau et baisser la tête pour ne pas être aveuglé par la neige. Il se rendit tout de même compte que la tempête qui faisait rage était beaucoup plus importante qu'il ne l'avait d'abord cru. Levant la tête, il fut incapable de voir l'autre côté de la route. Le vent rugissait et les flocons tombaient maintenant à l'horizontale. Devant ce mur blanc opaque, Josaphat Désilets songea, pendant un court moment, à retourner à l'intérieur… Puis, il se dit que son cocher était sûrement capable de le ramener rapidement à la sacristie qui était située à moins de deux milles. Il chercha alors des yeux celui-ci, mais il ne le vit pas.

— Père Moreau ! Père Moreau ! cria-t-il dans la tourmente en cherchant à apercevoir le vieil homme.

Il devina alors, plus qu'il ne le vit, Agénor Moreau s'avancer vers lui, un cruchon à la main.

— Où est-ce que vous étiez ?

— Dans l'entrée de leur remise, monsieur le curé. J'étais tout de même pas pour rester à geler dehors dans le boghei avec la neige qui tombe.

— Et qu'est-ce qu'il y avait dans ce cruchon-là ? lui demanda l'homme d'Église alors que son cocher poussait le contenant en grès sous le siège avant du boghei.

— Pas de l'eau bénite, monsieur le curé, répondit le petit homme d'une voix un peu hésitante. Juste un petit boire pour réchauffer mes vieux os.

— Bon, on s'en retourne à la sacristie, fit le curé mécontent en montant dans la voiture. Il fait trop mauvais pour continuer. Est-ce que vous êtes en état de me ramener ?

— Inquiétez-vous pas, monsieur le curé. Je suis capable de faire ça les yeux fermés. J'espère juste que le boghei va pouvoir monter la côte avec ce qui tombe, lui fit remarquer le vieil homme en mettant l'attelage en marche.

Parcourir le rang Saint-Jean à l'aveuglette ne fut pas une sinécure. Lors des coups de vent trop violents, le cheval bronchait et le cocher criait à tue-tête pour le faire avancer. Il devenait pratiquement impossible de voir plus loin qu'à quelques pieds devant soi et, à tout moment, la voiture risquait de sortir de la route.

— Je pense qu'on serait ben mieux de s'arrêter quelque part, monsieur le curé, hurla Agénor Moreau en tournant la tête vers son passager enfoui sous l'épaisse couverture de fourrure à l'arrière. C'est une *sleigh* qu'il nous faudrait, pas un boghei.

— On est presque rendus au pont, lui fit remarquer le prêtre. Si le cheval peut pas monter la côte, on...

Un bruit sinistre se produisit soudain, mais les deux hommes n'eurent pas le temps de s'interroger sur son origine. La roue gauche du boghei venait de se fracasser contre le parapet du pont et s'était détachée du moyeu. Déséquilibrée, la voiture pencha brusquement du côté gauche, projetant ses deux occupants dans la neige. Le cheval, sentant d'instinct l'allègement de sa charge, s'élança vers l'avant en traînant derrière lui le véhicule sérieusement endommagé.

— Sacrement! jura Agénor Moreau en se relevant péniblement, à demi assommé par le choc qu'il venait de subir. Où est-ce que t'es rendue, maudite carne? ajouta-t-il en plissant les yeux pour tenter de voir où était passé son cheval.

Il ne vit rien. Par contre, il entendit des plaintes quelques pieds plus loin qui lui rappelèrent soudainement que le curé Désilets était également avec lui dans la voiture. Les effets de l'alcool ingurgité pour se réchauffer disparurent presque intégralement et le bedeau aperçut le prêtre qui cherchait à se relever un peu plus loin, en prenant appui contre le parapet du pont. Il s'avança vers lui.

— Vous êtes-vous fait mal, monsieur le curé? demanda-t-il en tentant de l'aider à se relever.

Avec mille précautions, le prêtre finit par se remettre debout en chancelant.

— Maudite boisson! dit-il en chuintant.

— Mais c'est pas ma faute pantoute, monsieur le curé, se défendit Agénor Moreau, offusqué. C'est le cheval qui a fait un écart à l'entrée du pont. On n'allait même pas vite. On voyait rien. Il y avait pas...

Des bruits de voix approchant incitèrent Agénor Moreau à se taire.

Quelques minutes plus tôt, Xavier Beauchemin avait décidé de mettre fin au dépeçage de la vache pour rentrer chez lui avec Antonin pendant que la route était encore carrossable.

— Vous pourriez ben rester avec moi, leur avait généreusement offert le meunier.

— Merci, Constant, mais on n'a personne pour soigner les animaux. Déjà, on va avoir ben de la misère à rentrer.

En quelques instants, les morceaux de viande déjà dépecés qui lui revenaient furent déposés dans la voiture.

— Qu'est-ce que tu dirais qu'on finisse l'ouvrage après-demain ? demanda Xavier. Si ça continue à tomber comme ça, pour moi, le chemin sera pas ouvert avant ça.

On s'entendit donc pour terminer le travail le surlendemain.

Sans le savoir, le jeune cultivateur du rang Sainte-Ursule suivait d'assez près le boghei du bedeau. En entendant des voix à l'entrée du pont, il eut le réflexe d'immobiliser sa voiture. Il entrevit alors deux hommes couverts de neige quelques pieds plus loin.

— Qu'est-ce qui se passe ? demanda-t-il en descendant de voiture avec Antonin.

— On a eu un accident, répondit le bedeau. Je pense que monsieur le curé s'est fait mal.

— Vous êtes-vous cassé un membre, monsieur le curé ? s'enquit Xavier en s'approchant de Josaphat Désilets.

Le prêtre prit un moment pour se tâter et secoua la tête.

— Mais vous saignez de la bouche, lui fit remarquer le jeune homme. Et où est passée votre voiture, monsieur Moreau ? demanda-t-il au vieil homme.

— Je le sais pas pantoute.

— Bon, écoutez. Montez tous les deux dans mon chariot. On va s'arrêter chez Dionne pour voir ce qu'a monsieur le curé à la bouche. Il sera toujours temps de s'occuper de votre boghei après.

Tout le monde monta dans la voiture qui traversa le pont et vint s'arrêter devant la large galerie du magasin général. Au moment où les hommes en descendaient, ils entendirent un hennissement tout près.

Antonin se dirigea de ce côté et aperçut le boghei accidenté et le cheval immobilisé près de la forge. Il ramena le cheval en le tenant par le mors et l'attacha à la rambarde de la galerie avant d'aller rejoindre les autres à l'intérieur.

Dans le magasin pauvrement éclairé par une unique lampe à huile, l'atmosphère n'était pas à la fête. Alexandrine Dionne venait de tendre au pasteur de Saint-Bernard-Abbé un mouchoir propre qu'il appuya sur sa bouche. Le petit vol plané qu'il venait d'effectuer lui avait coûté une incisive, laissant ainsi un trou béant à l'avant de sa bouche. De plus, sa lèvre inférieure était sérieusement fendue.

Josaphat Désilets était encore un peu sonné par sa chute, mais il refusa l'hospitalité des propriétaires du magasin.

— Est-ce que votre dent est cassée dans la gencive, monsieur le curé ? demanda Alexandrine.

— Non, répondit le prêtre en tâtant précautionneusement l'endroit douloureux.

— Vous êtes chanceux dans votre malchance, affirma Télesphore. Au moins, vous aurez pas à attendre qu'un dentiste vous arrange ça.

— Bien chanceux, laissa tomber Josaphat Désilets, en lui lançant un regard meurtrier.

— Votre cheval et votre voiture sont attachés à la galerie, annonça Antonin.

— Ben, si ça vous dit, monsieur le curé, on va essayer de monter la côte et on va vous laisser à la sacristie, offrit le fils de Baptiste Beauchemin.

Le curé accepta d'un signe de tête.

— Attendez-moi une minute, ordonna Agénor Moreau. Je vais laisser le cheval et la voiture à Évariste, à côté, et je vais monter avec vous autres.

Dès que la porte du magasin se fut refermée, Télesphore ne put s'empêcher de faire remarquer à sa femme :

— Monsieur le curé va avoir l'air drôle avec un beau trou comme ça dans la bouche. Pour moi, ça va sortir en sifflant quand il va nous faire son sermon dimanche.

La montée de la côte fut beaucoup plus pénible qu'escompté. Malgré toute sa bonne volonté, Prince fut incapable de tirer une telle charge en pleine tempête dans la côte du rang Sainte-Ursule. Tous durent descendre de voiture, sauf le prêtre. Xavier saisit le mors de son cheval et le força à escalader la pente abrupte. Derrière la voiture, Agénor Moreau et Antonin avançaient, tête baissée, cinglés par un vent qui charriait une quantité impressionnante de neige.

Quelques minutes plus tard, Xavier et Antonin laissèrent leurs deux passagers à la sacristie et reprirent la route, de plus en plus impatients de se mettre à l'abri. La tête rentrée dans les épaules et la tuque enfoncée jusqu'aux yeux, Xavier prenait soin de ne pas sortir du chemin étroit qui longeait les fermes du rang. La neige continuait à tomber si dru qu'il n'arrivait pas à apercevoir les maisons devant lesquelles il passait.

Finalement, ils parvinrent à franchir la longue courbe et vinrent s'arrêter devant la grange en poussant un soupir de soulagement.

— Prends un morceau de viande et va allumer le poêle, ordonna Xavier à l'adolescent. Je vais dételer et placer la viande qu'on a rapportée en dessous du grain.

Quand il rentra dans la maison quelques minutes plus tard, son employé avait allumé le poêle et une lampe. Il avait même eu le temps de dresser le couvert.

La première tempête de l'hiver ne s'essouffla qu'au début de la soirée. Elle avait laissé près de deux pieds de neige que le vent avait entassée contre les murs des bâtiments et le pied des arbres. Sous un ciel enfin dégagé, on pouvait maintenant voir un paysage d'une blancheur extraordinaire qui semblait figé dans le froid. Les branches des pins et des sapins ployaient sous ce qui venait de tomber du ciel et les eaux de la rivière semblaient s'être subitement figées pour un très long sommeil.

Quand le vent se calma et que les flocons tombèrent de plus en plus clairsemés, la plupart des cultivateurs de Saint-Bernard-Abbé entreprirent de déneiger. Comme leurs voisins, Xavier et Antonin quittèrent la chaleur de la maison pour aller atteler Prince à la gratte. L'assemblage de madriers joints par des chaînes avait été lourdement lesté. Pendant que Xavier commençait un lent va-et-vient pour nettoyer la cour entre sa maison et ses bâtiments, Antonin, armé d'une hache et chaussé de raquettes, alla couper des branches de sapinage. Dès que son patron eut commencé à nettoyer la portion de route qui longeait sa terre, l'adolescent la balisa soigneusement en plantant des branches des deux côtés du chemin. Ce travail était d'autant plus important qu'il s'agissait d'une courbe facile à rater dans l'obscurité.

Au moment où Xavier finissait son travail, il aperçut Cyprien Benoît entreprendre la même besogne sur sa portion de route.

— J'aurais été aussi ben de dire à Aubé qu'on finirait la boucherie demain, dit le jeune cultivateur à son employé en rentrant dans la maison, heureux de pouvoir enfin se réchauffer. Même l'air bête d'à côté est déjà en train de nettoyer le chemin. Pour moi, on va pouvoir passer partout demain.

— J'en suis pas si sûr, le contredit Antonin. Si je me fie à l'hiver passé, ça se peut qu'il y en ait qui vont encore attendre pas mal tard demain pour faire leur ouvrage, lui fit-il remarquer avec raison.

❧

Le samedi matin, Josaphat Désilets dut faire un effort méritoire pour se décider à poursuivre sa visite paroissiale. Il n'aimait pas du tout l'air que lui donnait ce trou à l'avant de sa bouche quand il parlait. Il avait consulté des dizaines de fois le petit miroir qu'il utilisait pour se raser. Sans être particulièrement vaniteux, il était aussi fier de sa dentition que de ses épais favoris. Il avait l'impression que sa voix était étrangement transformée depuis la perte de son incisive et cela l'agaçait prodigieusement. Bref, en un mot comme en cent, son caractère déjà peu agréable s'était encore détérioré.

— J'espère que vous allez vous organiser pour pas nous faire verser aujourd'hui, dit-il à son bedeau en montant dans le traîneau qu'Agénor Moreau venait d'arrêter à la porte de la sacristie.

Le prêtre prit la précaution de jeter un coup d'œil sous la banquette du véhicule pour s'assurer que son bedeau n'apportait pas de petit boire.

— Ce serait pas mal difficile avec une *sleigh*, monsieur le curé, répondit le vieil homme, insensible au sarcasme. Si c'était une catherine, je dis pas. C'est plus haut sur patins.

— Bon, laissez faire. On va essayer de visiter quelques familles du rang Saint-Jean, avant le dîner.

— Avez-vous l'intention de continuer cet après-midi, monsieur le curé ?

— Non, pas le samedi. Cet après-midi, il faut que je confesse.

Depuis son arrivée à Saint-Bernard-Abbé, le curé Désilets s'était empressé de rétablir une règle commune dans les paroisses du diocèse et que son prédécesseur n'avait guère appliquée, soit la confession mensuelle. Il n'y avait pas un dimanche où il n'avait pas parlé de l'obligation pour les bons catholiques de se confesser régulièrement, au moins une fois par mois. Il reprenait souvent l'exemple de la ménagère qui fait son ménage chaque semaine pour tenir sa maison propre alors qu'il était beaucoup plus important de tenir son âme pure de toute souillure. Il ne manquait jamais d'appuyer son argumentation en répétant d'une voix sinistre que Dieu allait venir nous chercher comme un voleur et que les flammes de l'enfer attendaient ceux et celles qui ne seraient pas prêts à affronter leur Créateur.

Bref, il avait décrété que le samedi après-midi, de deux heures à quatre heures, serait consacré à la confession, en n'hésitant pas à dire qu'il se réservait le droit de refuser la Sainte Communion à tout fidèle qu'il ne voyait pas assez souvent en confession.

L'arrêt chez Antonius et Annette Côté fut, somme toute, assez plaisant. Le couple se garda de faire la moindre allusion à l'accident survenu sur le pont l'avant-veille et on parla surtout de l'établissement des deux aînés de la famille et des affaires de la mission. Antonius, à titre de syndic, avait des idées bien arrêtées sur certains sujets et il en profita pour en faire part au pasteur.

— Moi, ce qui me manque le plus, c'est le chant, dit Annette en tendant un plat de fondants au visiteur. Il me semble que les cérémonies seraient bien plus belles si on avait une chorale.

— Vous avez raison, madame, s'empressa de reconnaître le curé. J'avais justement l'intention de m'en occuper, une fois mes visites paroissiales terminées. D'ailleurs, je vais en parler demain, après mon sermon.

Une quinzaine de minutes plus tard, Josaphat Désilets prit congé. Son cocher le déposa ensuite devant la porte des Connolly. Camille, endimanchée, vint lui ouvrir et le fit passer au salon où l'attendaient, debout, Liam et ses quatre enfants.

La maîtresse de maison prit le manteau du visiteur et le confia à Ann pour qu'elle aille le déposer dans la cuisine et tous s'assirent, attendant avec politesse que le prêtre prenne la parole. Ce dernier s'informa de la santé de chacun et félicita Camille et Liam pour la tenue des enfants. Il rappela avoir eu l'occasion d'interroger les enfants à l'école lors de ses visites et poursuivit en posant quelques questions à Ann. L'adolescente, intimidée, ne répondit que par monosyllabes.

— Les enfants pourraient peut-être nous laisser seuls quelques instants, suggéra le curé Désilets, faisant ainsi clairement comprendre aux parents qu'il désirait s'entretenir en privé avec eux.

Camille, un peu étonnée, demanda aux enfants d'aller attendre dans la cuisine qu'on les rappelle. Dès qu'ils eurent quitté la pièce, le prêtre reprit la parole en n'y allant pas par quatre chemins.

— Comment ça se passe pour vous deux? leur demanda-t-il en les scrutant à tour de rôle. Vous êtes des nouveaux mariés. Je suppose que vous devez vous habituer à bien des affaires nouvelles. Toi, ma fille? ajouta-t-il en tournant les yeux vers Camille.

— Ça va bien, monsieur le curé, les enfants sont fins et causent pas de problèmes.

Le fait qu'elle ne mentionne que les enfants mit la puce à l'oreille du visiteur qui remarqua que le visage de Liam s'était un peu rembruni.

— Vous vous entendez bien, j'espère? fit-il en adressant ouvertement sa question davantage à Liam qu'à son épouse.

— Oui, ça va, répondit le cultivateur sans grand enthousiasme.

— Ce n'est pas parce que vous avez déjà quatre enfants qu'il faut vous arrêter en chemin, prit-il soin d'ajouter. Oubliez pas que le but du mariage est d'avoir des enfants.

— Oui, monsieur le curé, répondit Camille en rougissant légèrement.

— C'est à la femme d'y voir.

Le prêtre crut deviner l'existence d'un malaise dans le jeune couple et, conformément à son habitude, en mit la responsabilité sur le dos de la femme.

— L'important est de toujours se rappeler que le mari est le maître et que le devoir d'une épouse est de faire ce qu'il commande. Elle lui doit obéissance en tout. C'est ce que le

Christ a enseigné. Elle a des obligations autant envers son mari qu'envers ses enfants.

Le visage de Camille ne changea pas d'expression. Elle baissa les yeux et attendit, placide, que le pasteur de Saint-Bernard-Abbé lui permette de rappeler les enfants pour la bénédiction. En fait, Josaphat Désilets ne quitta la maison qu'une dizaine de minutes plus tard.

Après avoir refermé la porte sur le visiteur, la maîtresse de maison demanda aux enfants d'aller changer de vêtements et elle suivit son mari dans leur chambre à coucher pour retirer sa robe du dimanche.

— T'as pas dit grand-chose pendant que monsieur le curé était ici dedans, lui fit-il remarquer.

— C'était pas nécessaire, il m'a presque pas parlé, répondit-elle. Je suis sûre que ce sera pas comme ça chez Anne-Marie Gariépy, à côté. Elle, elle donne pas sa place quand il s'agit de raconter tout ce qui se passe à Saint-Bernard.

— En tout cas, ça, c'est un prêtre comme je les aime, déclara Liam en arborant un air satisfait.

— Moi aussi, mentit Camille. C'est juste de valeur qu'il ait l'air de connaître bien mieux les femmes que les hommes.

— Pourquoi tu dis ça? fit son mari, intrigué.

— Il a pas arrêté de parler des devoirs de la femme, mais il a pas dit un mot de ceux du mari. C'est comme s'il savait rien des hommes. Tu trouves pas ça drôle, toi?

Liam haussa les épaules et entreprit de mettre ses vieux vêtements. Camille fut incapable de dissimuler un petit sourire amusé quand il sortit de la pièce pour ordonner à ses fils de se dépêcher de venir le rejoindre dans l'étable où il avait projeté de faire un sérieux ménage.

Camille revint dans la cuisine et se mit à hacher tout ce qu'elle projetait de mettre dans les boyaux de porc qu'elle avait nettoyés et grattés avec un soin tout particulier. Elle projetait de cuisiner une trentaine de livres de saucisses avec des petits morceaux de viande, restes de la boucherie. Elle allait faire cuire cette viande avec différentes épices. C'était là la conclusion d'une semaine de travail bien remplie.

Quelques jours auparavant, lorsque les premiers froids avaient incité Liam à enfin garder à l'intérieur ses animaux, Camille lui avait demandé quand il entendait faire boucherie. Elle avait déjà rempli de saumure une vieille barrique pour le lard et attendait avec impatience de pouvoir enfin compter sur une bonne provision de viande.

— Entends-tu tuer une vache et un cochon, comme on a toujours fait chez nous?

— Je verrai ça, avait-il répondu, agacé par son insistance.

— Tu vas voir ça quand? avait-elle rétorqué avec impatience.

— Il y a rien qui presse, avait-il répondu.

— Ça me fait rien, mais à matin, tu manges le dernier morceau de lard qui nous reste. Après, il va falloir se contenter de patates et de galettes de sarrasin.

— C'est pas possible, avait-il protesté. Il en restait encore un quart du baril la dernière fois que j'ai regardé.

— T'oublies qu'on est six à manger trois repas par jour, lui avait-elle fait remarquer avec un rien d'impatience dans la voix. Quand tu te seras fait une idée, tu m'avertiras, avait-elle conclu avant de lui tourner le dos.

Ce matin-là, elle l'avait aperçu une heure plus tard en train d'enlever la peau de leur plus vieille vache qu'il avait suspendue au bout d'une chaîne dans l'entrée de la grange. Elle s'était empressée d'aller le rejoindre pour examiner la bête tout en se disant qu'il lui faudrait probablement faire des miracles pour avoir une viande tendre.

Le même jour, pour sa plus grande satisfaction, son mari avait sacrifié leur plus gros porc. Elle l'avait aidé avec enthousiasme à dépecer les deux animaux et à ranger ce qui allait être leur provision de viande pour l'année. Enfin, le casse-tête des repas venait de prendre fin, du moins jusqu'à la fin du printemps suivant.

Rien n'avait été perdu. Le sang du porc était devenu du succulent boudin, beaucoup d'os de la vache avaient été conservés pour faire de la soupe durant l'hiver et les peaux avaient été grattées, nettoyées et remisées parce qu'on avait toujours besoin de cuir sur une ferme. Une bonne quantité de lard avait été découpée en blocs et déposée dans la saumure et huit beaux jambons avaient été fumés dans le fumoir avant d'être mis dans des poches de jute et dissimulés sous le grain, dans la grange.

Après deux journées de travail intense, la nouvelle mère de famille pouvait s'estimer satisfaite de ses provisions et surtout de l'habileté de boucher de son mari.

— C'est peut-être un chialeux, avait-elle dit à mi-voix en rangeant les derniers morceaux de viande, mais il a fini par faire le nécessaire pour que les enfants mangent à leur faim.

*

Les Gariépy étaient une famille dotée de deux jeunes enfants à qui Josaphat Désilets ne trouva rien à reprocher. Ils avaient acquitté leur dîme dès la rentrée de leurs récoltes et le couple se confessait régulièrement. La jeune mère de famille était peut-être portée à la médisance, mais elle apparut au prêtre comme une femme pleine de bonne volonté et surtout attachée à bien éduquer ses petits enfants.

Quand Agénor Moreau immobilisa le traîneau près de la maison de Baptiste Beauchemin, le curé prévint son cocher qu'il s'agissait de sa dernière visite de la matinée. Il n'arrivait pas en pays inconnu puisqu'il connaissait Donat et la jeune institutrice et prévoyait une rencontre sans surprise.

Eugénie vint lui ouvrir la porte de la façade et le prêtre se retrouva devant toute la famille réunie dans la pièce. Tous les Beauchemin étaient vêtus proprement et il était évident qu'ils l'attendaient. On lui prit son manteau et Marie s'empressa de lui offrir le meilleur siège du salon. Chacun se présenta et le visiteur posa quelques questions à Gustave Joyal pour savoir d'où il venait et pourquoi il avait choisi de venir travailler à Saint-Bernard-Abbé.

— Gustave, va donc faire entrer monsieur Moreau dans la cuisine, ordonna Marie quand elle sentit que la curiosité du prêtre était enfin satisfaite.

L'employé quitta avec un soulagement apparent le salon pour aller inviter le cocher à venir se réchauffer à l'intérieur.

Josaphat Désilets n'osa pas s'opposer à la volonté de la maîtresse de maison et s'intéressa à Baptiste, immobile dans son fauteuil roulant. Marie se rendit compte que son mari bavait et elle prit un mouchoir pour lui essuyer la bouche sans rien dire. L'infirme fixait le curé de son œil unique et sa main non paralysée tremblait.

— Pourquoi votre mari ne vient-il pas à la messe le dimanche ? demanda le curé. Je pense l'avoir vu à la chapelle uniquement à l'occasion du mariage de votre fille.

Marie prit un air embarrassé, mais Donat intervint.

— Mon père est pas transportable, déclara-t-il tout net.

— Mais il est bien venu au mariage, s'entêta le prêtre.

— Oui, parce que la maison était pleine de monde et qu'on s'est mis à quatre pour le mettre dans le boghei.

— Avec un peu de bonne volonté…

— C'est pas possible, monsieur le curé, trancha le jeune syndic, un peu exaspéré par son insistance.

— Bon, quel âge a cet enfant-là ? demanda-t-il en regardant Alexis assis sur les genoux de sa mère.

— Quatorze mois, monsieur le curé, répondit Eugénie, toute fière.

— Je suppose que ça veut dire qu'il aura bientôt un petit frère ou une petite sœur ?

— On l'espère, monsieur le curé.

— Et toi, ma belle fille, quand est-ce que je vais célébrer ton mariage ? s'enquit-il auprès d'une Bernadette qui avait toujours autant de mal à cacher l'antipathie qu'il lui inspirait.

— Quand j'aurai trouvé le mari qu'il me faut, monsieur le curé, se borna-t-elle à répondre.

— Attention, ma fille, il faut pas te montrer trop difficile, la mit-il en garde. Le rôle d'une femme est de se marier et d'avoir une famille nombreuse. Est-ce que t'as un amoureux, au moins ?

— Non, j'ai juste un ami qui vient me voir de temps en temps, monsieur le curé.

— Je crois pas bien gros à ça, moi, de l'amitié entre une jeune fille et un jeune homme, laissa-t-il tomber, sévère. J'espère que vous surveillez ça de près, madame Beauchemin, ajouta-t-il sans la moindre trace d'humour en se tournant vers Marie.

— C'est une maison honnête, ici, monsieur le curé, ne put s'empêcher de dire la maîtresse de maison en adoptant un air pincé. Mes filles et mes garçons, je les surveille de près, comme je les ai toujours surveillés.

— Même celui qui reste dans le rang Sainte-Ursule ? demanda sèchement Josaphat Désilets.

— Même celui-là.

— Comme ça, vous approuvez son idée de marier la fille de ses voisins, même si c'est une pécheresse ?

Marie Beauchemin accusa durement le coup et tourna la tête vers son mari pour chercher à voir s'il avait compris ce qui venait d'être dit. Son visage se durcit quand elle aperçut un éclair de colère dans l'œil de Baptiste. Pour leur part, Eugénie, Bernadette et Donat se contentèrent de se regarder, chacun cherchant, de toute évidence, une réponse à la question posée par le prêtre. Ce fut Marie qui réagit la première.

— Inquiétez-vous pas avec ça, monsieur le curé, répondit-elle assez abruptement. Il y a encore rien de fait.

Le prêtre finit par se lever pour prendre congé tout en rappelant aux membres de la famille de faire l'impossible pour emmener Baptiste à la messe dominicale.

— J'aimerais dire deux mots en privé à votre mère, dit-il en boutonnant lentement son manteau.

Tous quittèrent le salon en saluant le pasteur, tout de même un peu intrigués par cette demande d'aparté. Dès que la porte du salon fut refermée, Josaphat Désilets dit à Marie :

— Je suppose que votre homme engagé dort dans la maison ?

— Bien sûr, monsieur le curé. On est tout de même pas pour le faire coucher dans les bâtiments en plein hiver.

— Vous trouvez pas ça un peu dangereux avec une jeune fille dans la maison ?

— Vous avez pas à vous en faire, monsieur le curé. Gustave est un bon garçon et ma fille a une tête sur les épaules. C'est pas pour rien qu'elle est bonne maîtresse d'école.

— Méfiez-vous quand même, madame, lui conseilla-t-il avant de sortir.

Après le départ de l'ecclésiastique, une véritable tempête se déclencha chez les Beauchemin.

— Qu'est-ce que c'est que cette affaire-là ? cria Marie en pénétrant dans la cuisine où se tenaient les siens. Il faut que ce soit monsieur le curé qui vienne m'apprendre que mon garçon veut marier une fille perdue de la paroisse ?

— Voyons, m'man, on le savait pas plus que vous, se défendit Donat.

— Prenez-moi pas pour une folle ! s'emporta la mère de famille. Vous me ferez jamais accroire que personne savait ce qui se passait.

— Non, on le savait pas, intervint Bernadette. D'abord, est-ce que c'est seulement vrai ? La Catherine Benoît vient juste de revenir de la ville. Elle a été partie pendant tout l'été et…

— C'est vrai, madame Beauchemin, l'interrompit Eugénie. Monsieur le curé a jamais dit qui lui avait dit ça. Ce serait pas mal surprenant que ce soit Xavier qui s'en soit vanté. Vous savez bien qu'il vous en aurait parlé avant.

— Pour moi, c'est juste des racontars, cette affaire-là, m'man, reprit Bernadette. Ça sert à rien de vous virer les sangs à l'envers avant d'en avoir parlé à Xavier. Il va venir souper demain. Vous allez savoir le fin mot de l'histoire.

Marie en avait tout de même les larmes aux yeux. Elle sentait au fond d'elle-même que le curé n'avait pas rapporté des racontars. La nouvelle devait provenir des Benoît ou, pire, de son fils lui-même.

— Attends que je lui parle, lui ! dit-elle, les dents serrées. C'est pas vrai qu'il va nous faire cette honte-là ! Il y a tout de même des limites à faire un fou de lui.

Elle jeta un regard à son mari dont on avait repoussé le fauteuil roulant près de l'une des deux fenêtres de la cuisine. Baptiste regardait à l'extérieur, émettant des borborygmes, comme lorsqu'il était profondément perturbé.

— Mon pauvre vieux, lui dit-elle, en posant une main sur son épaule, ça se passerait pas comme ça si t'étais debout sur tes deux pieds, pas vrai ?

Chapitre 24

Du nouveau

Le lendemain, avant d'aller à la messe, Camille profita de l'absence de Liam et de ses deux fils partis faire le train pour poursuivre la discussion entreprise la veille avec Ann.

Depuis quelques jours, elle s'était mis dans la tête d'envoyer l'aînée de Liam à l'école parce qu'elle ne voulait pas que la jeune fille soit sa seule enfant à ne pas savoir lire et écrire. Elle ne désirait surtout pas qu'elle demeure illettrée comme elle. La visite du curé Désilets, la veille, n'avait fait que la conforter dans son projet. Les paroles du prêtre laissaient voir un tel mépris pour la femme qu'elle était prête à se sacrifier pour permettre à sa fille adoptive d'être autre chose que l'esclave d'un homme toute sa vie.

Après avoir vérifié si Rose était prête à partir, elle offrit à l'adolescente de l'aider à se coiffer. Reconnaissante, Ann vint s'asseoir sur un banc devant sa belle-mère et lui tendit la brosse à cheveux.

— Écoute, Ann, avant de parler à ton père de t'envoyer à l'école avec tes frères et ta sœur, il faut que je sache si ça te tente, dit-elle sur un ton uni.

— J'ai pas envie, Camille, répéta l'adolescente encore une fois. J'en ai parlé à Patrick. À l'école, je vais être la plus grande. Ils vont tous rire de moi.

— C'est pas vrai, la contredit sa belle-mère. Je connais ma sœur et elle va s'arranger pour qu'on te laisse tranquille.

— Et puis, il y a de l'ouvrage à faire ici dedans, plaida Ann.

— J'ai pas besoin de toi toute la journée, la rassura Camille. Avant, t'étais obligée de rester pour aider ta mère malade, ensuite pour la remplacer quand elle est partie. À cette heure, je suis capable de faire la besogne et il y a pas de raison que tu restes enfermée ici dedans toute la journée.

— Mais toi, tu sais pas écrire et lire, lui rappela la jeune fille.

— Et je le regrette, avoua Camille. Dans mon temps, il y avait pas d'école et j'ai pas pu apprendre. Mais là, si tu vas à l'école, tu vas pouvoir me montrer le soir ce que tu vas avoir appris.

— Et mon père, qu'est-ce qu'il va dire de ça ? s'inquiéta Ann.

— Ton père, j'en fais mon affaire, affirma Camille avec un aplomb qu'elle était loin d'éprouver. L'important est que tu lui dises que tu tiens absolument à aller à l'école pour prendre soin de Rose, par exemple, et pour aider les garçons dans leurs devoirs et leurs leçons. Qu'est-ce que t'en dis ?

— Je sais pas trop, Camille.

— Écoute, essaye au moins jusqu'à Noël, proposa la jeune femme.

— C'est correct, consentit de guerre lasse l'adolescente.

Camille voyait bien qu'elle acceptait plus pour lui faire plaisir que parce qu'elle l'avait convaincue de s'instruire. Elle espéra que l'essai proposé lui donnerait le goût de poursuivre.

Lors de la visite du curé Désilets, elle avait été tentée de lui toucher un mot de son projet, mais elle avait craint qu'il ne lui dise que l'instruction était inutile pour une femme et ne servait qu'à la rendre prétentieuse, déclaration qu'il n'avait pas eu peur de faire à sa sœur Bernadette lors de l'une de ses visites à l'école.

Quand Liam rentra en compagnie de ses deux fils, Camille envoya les gamins faire leur toilette et se préparer pour la messe avant de suivre son mari dans leur chambre. Pendant que ce dernier commençait à s'endimancher, elle décida de passer à l'attaque.

— J'en reviens pas de toute la besogne qu'Ann abat dans une journée, dit-elle. Pour une petite fille de treize ans, je la trouve pas mal bonne. Elle est courageuse et elle a pas peur de l'ouvrage.

— C'est vrai, reconnut Liam en boutonnant sa chemise propre.

— Là, je trouve qu'il serait temps qu'elle en fasse un peu moins dans la maison. Je suis là et elle a pas besoin d'en faire autant. J'ai bien peur qu'elle s'ennuie un peu.

Liam la regarda avec attention, devinant qu'elle avait une idée derrière la tête.

— Pourquoi tu me dis ça ?

— J'ai pensé qu'au lieu de lui laisser perdre son temps dans la maison, elle pourrait peut-être essayer d'aller à l'école, au moins jusqu'à Noël pour voir si elle est capable d'apprendre quelque chose et s'occuper un peu de Rose. Qu'est-ce que t'en penses ?

— Ça servirait à rien, trancha-t-il. Montre-lui donc plutôt à carder et à tisser. Ça, ce serait utile à quelque chose.

— Elle peut apprendre ça facilement le soir. Écoute, Liam, il faut être juste. Après la mort de ta femme, ta fille a aidé ta belle-mère, puis l'a remplacée sans se plaindre quand elle est partie. Là, ses frères et sa sœur sont en train d'apprendre à lire et à écrire. Pourquoi elle aurait pas la même chance qu'eux autres ?

— Parce que c'est une fille et qu'elle a pas besoin de savoir ça pour tenir maison.

— Peut-être pas, mais c'est bien utile, par exemple. Penses-y.

Là-dessus, elle quitta la chambre à coucher pour aller vérifier si Patrick et Duncan étaient correctement habillés. Peu après, Liam apparut dans la cuisine, endossa son manteau et sortit pour aller atteler le cheval à la *sleigh*. Il ne dit rien. Ann regarda Camille qui lui fit un léger signe de tête de ne pas intervenir.

Ce matin-là, le curé Désilets prononça la seconde partie de son sermon en anglais. Depuis son arrivée à la mission, il avait pris soin de toujours prêcher dans les deux langues de manière à se faire comprendre de tous les fidèles présents dans la chapelle. Avant de retourner à l'autel poursuivre la célébration de la messe, il informa son auditoire qu'il allait poursuivre durant la semaine ses visites paroissiales tant dans le rang Saint-Jean que dans le rang Saint-Paul. Par ailleurs, il annonça son intention de former une chorale à Saint-Bernard-Abbé.

— Je suis certain qu'on va trouver assez de belles voix dans la mission pour avoir une belle chorale, affirma-t-il. Même si on n'a pas de clavecin ou d'orgue comme dans les autres paroisses, on est capables d'avoir de beaux chants pour embellir nos cérémonies.

Il y eut des murmures d'appréciation dans l'assistance.

— J'aimerais que tous les hommes intéressés à venir chanter donnent leur nom à monsieur Thomas Hyland, conclut le prêtre avant de tourner le dos aux fidèles pour dire l'offertoire.

À la fin de la messe, une petite dame assez maniérée âgée d'une cinquantaine d'années demeura une courte période dans son banc, le temps de laisser les fidèles sortir de la chapelle. Ensuite, elle s'approcha du bedeau en train d'éteindre les cierges allumés sur l'autel pour lui demander si elle pouvait parler au curé.

Agénor Moreau la laissa seule un bref moment pour aller s'informer auprès de Josaphat Désilets, occupé à retirer ses habits sacerdotaux.

— Qu'est-ce qu'elle veut? lui demanda le prêtre, impatient d'aller manger après le long jeûne imposé par la célébration de ses deux messes.

— Elle me l'a pas dit, monsieur le curé.

— Dites-lui de venir, ordonna Josaphat Désilets à son bedeau.

Ce dernier ouvrit la porte et retourna dans la chapelle.

— Venez, madame Comtois. Monsieur le curé vous attend, dit le vieil homme en revenant dans le chœur.

La femme le suivit dans la sacristie.

— Oui, madame…?

— Céleste Comtois, monsieur le curé.

— Qu'est-ce que je peux faire pour vous, madame Comtois? lui demanda le prêtre.

— Vous avez parlé d'une chorale, tout à l'heure. Si ça vous intéresse, monsieur le curé, j'ai un clavecin que je suis prête à donner à la mission.

— Un clavecin! Vous voulez nous donner votre clavecin! s'exclama Josaphat Désilets, absolument ravi de l'aubaine et oubliant instantanément la faim qui le tiraillait.

— En plein ça, monsieur le curé. Je l'ai pas à la maison, mais vous pourriez envoyer quelqu'un le chercher chez mon gendre, Louis-Paul Descôteaux, à Saint-Zéphirin. J'en ai hérité de ma mère et je l'ai laissé à ma fille, même si elle a jamais su en jouer.

— C'est tout un cadeau que vous nous faites là, madame Comtois, fit l'ecclésiastique, ravi. Je vais l'envoyer chercher cette semaine, vous pouvez en être certaine, et on va l'installer dans la chapelle.

— J'écrirai un mot à mon gendre pour qu'il donne l'instrument à ceux que vous allez envoyer.

— Un clavecin, c'est une vraie bénédiction du ciel, se sentit obligé d'ajouter le prêtre. Il nous restera juste à trouver quelqu'un capable d'en jouer et on pourra dire que Saint-Bernard a ce qu'il faut pour sa chorale.

— Si ça vous convient, je peux bien venir jouer, proposa Céleste Comtois.

— Vous savez jouer ? s'étonna Josaphat Désilets.

— Ma mère a vu à ce que ses trois filles sachent jouer, monsieur le curé. Malheureusement, je suis pas arrivée à apprendre à ma fille.

Le curé de Saint-Bernard-Abbé, transporté par cette offre providentielle, reconduisit la donatrice jusqu'à la porte en multipliant les remerciements. Il se dirigea ensuite vers la table sur laquelle Bridget Ellis avait déposé son dîner avant de quitter la sacristie. Il se frotta les mains de contentement et, tout en s'emparant de la miche de pain, se demanda qui envoyer à Saint-Zéphirin pour aller chercher le clavecin.

— Il me manque plus qu'une cloche, murmura-t-il en passant le bout de sa langue dans le trou de sa dentition.

Il ne s'habituait toujours pas à l'absence de cette dent qui rendait ses paroles un peu sifflantes quand il parlait.

⁂

Il fallut attendre le retour des Connolly de la grand-messe pour que Liam se décide à aborder la question de l'école et donne sa réponse.

Au moment de passer à table, il apostropha sa fille aînée sans trop de douceur.

— Dis donc, toi, est-ce que c'est vrai que tu veux aller à l'école avec les autres ?

Ann jeta un coup d'œil à Camille qui l'encouragea discrètement à répondre.

— Oui, p'pa, si vous voulez.

— Tu peux ben essayer une couple de semaines, laissa-t-il tomber. Si Camille s'aperçoit que tu perds ton temps, elle te gardera à la maison.

— Tu vas avoir l'air d'une grande niaiseuse, intervint Duncan.

— Toi, tu te tais ou tu sors de table tout de suite, s'interposa Camille, l'air sévère.

Cet après-midi-là, Camille profita de la sieste de son mari pour se rendre chez ses parents. Après avoir pris de leurs nouvelles, elle s'entretint longuement avec sa sœur Bernadette au sujet d'Ann. Elle lui demanda de l'encourager le plus possible de manière à ce qu'elle ait le goût de poursuivre après les fêtes.

— Inquiète-toi pas, la rassura l'institutrice. Elle va m'aider avec les plus jeunes et ça va bien aller.

Rassurée, la jeune femme rentra à la maison.

❦

Chez les Beauchemin pendant ce temps, Marie aurait aimé pouvoir parler à son fils cadet dès la fin de la grand-messe pour tirer au clair cette affaire dont elle avait eu vent lors de la visite du curé. Malheureusement, Xavier avait assisté à la basse-messe avec Antonin.

Elle avait très mal dormi la nuit précédente et Baptiste ne semblait pas avoir eu un sommeil moins agité que le sien. Elle savait fort bien qu'il n'accepterait jamais de voir le nom des Beauchemin associé à une fille comme Catherine Benoît. Il avait toujours été fier de la réputation des siens.

Si Xavier avait espéré que le curé Désilets ne colporterait pas la nouvelle de son intention d'épouser bientôt la voisine, il perdit toutes ses illusions en pénétrant dans la maison de son père à la fin de l'après-midi.

Donat, assis près du poêle aux côtés de son père, lui adressa une mimique qui le mit tout de suite sur ses gardes. Il suspendit toutefois son manteau et retira ses bottes avant d'aller déposer un baiser sur la joue de sa mère, occupée à peler des pommes de terre.

Marie s'essuya les mains sur son tablier, s'empara de l'une des deux lampes à huile allumées dans la pièce et lui dit sèchement :

— Viens donc à côté une minute, j'ai affaire à toi.

Xavier devina immédiatement ce dont il s'agissait et regretta d'être venu. Sa mère le précéda dans le salon et referma la porte derrière lui. Elle lui arrivait à peine à l'épaule, mais elle arborait le visage sévère qu'il avait appris à craindre quand il était jeune. La petite femme aussi large que haute se planta devant lui.

— Est-ce que je peux savoir à la fin ce qui se passe entre toi et Catherine Benoît ? lui demanda-t-elle.

— Ben...

— Est-ce que tu trouves normal que ton père et moi, on apprenne par monsieur le curé que tu parles de la marier ?

— Il y a encore rien de fait, m'man, dit-il pour se défendre.

— Non, mais ça a l'air d'être assez avancé pour que les Benoît le disent à monsieur le curé, par exemple. Je pensais que c'était fini, cette histoire-là !

— Non, c'est pas fini, avoua-t-il.

— Il paraît qu'elle est retournée en ville pendant des mois et toi, le sans-génie, tu l'as attendue.

— Elle avait pas le choix.

— Viens pas me dire que t'avais fait le fou avec elle ! s'écria Marie, hors d'elle.

— Ben non, qu'est-ce que vous imaginez là ? Pour qui vous la prenez ?

— Pour ce qu'elle est, mon garçon ! déclara sa mère d'une voix tranchante.

— Vous la connaissez pas, m'man.

Xavier rassembla son courage pour enfin défendre le projet qui lui tenait le plus à cœur.

— Écoutez, m'man. C'est vrai que j'ai parlé à Catherine que j'aimerais la demander en mariage le soir de Noël, mais elle a pas encore dit oui, mentit-il.

— Une folle ! Tu t'imagines tout de même pas qu'elle va dire non, innocent ! Il y a pas un garçon de la paroisse qui se respecte qui va marier une fille comme ça ! ajouta-t-elle en élevant la voix. Il y a juste toi, Xavier Beauchemin, pour penser marier une Marie-couche-toi-là qui a eu un bâtard, m'entends-tu ? Tout le monde de Saint-Bernard va rire de toi dans ton dos. T'oseras plus aller nulle part parce qu'on va te montrer du doigt.

La patience du jeune homme était à bout. Le visage pâle de rage, il finit par exploser.

— Vous avez pas le droit de dire ça de Catherine, dit-il rageusement. Là, ça va faire ! Elle vous a rien fait.

— Bien non, fit sa mère, sarcastique. Elle va faire des Beauchemin la risée de Saint-Bernard.

— Vous voulez rien comprendre, l'accusa-t-il. Vous lui donnez même pas une chance de s'expliquer.

— Non, et moi vivante, elle entrera jamais dans ma maison, je te le garantis.

— Si c'est comme ça, j'ai plus rien à faire ici, affirma le fils cadet des Beauchemin en ouvrant la porte du salon.

En proie à une folle colère, il sortit de la pièce en coup de vent et traversa la cuisine sans un regard pour personne. Il prit son manteau au passage, chaussa ses bottes et quitta la maison avec la ferme intention de ne pas y remettre les pieds de sitôt. Antonin s'empressa de saluer et suivit son patron à l'extérieur.

Xavier venait de poser exactement le même geste que moins d'un an auparavant et pour la même raison. Il n'avait pas oublié avoir volontairement boudé la fête du nouvel An chez ses parents parce qu'ils avaient carrément refusé qu'il y vienne avec la fille de Laura Benoît.

Quelques instants plus tard, Marie revint dans la cuisine pour y déposer la lampe.

— Servez à souper, dit-elle à Bernadette et Eugénie. Moi, j'ai pas faim, je mangerai pas. Bedette, fais manger ton père.

Sur ces mots, elle disparut dans sa chambre à coucher.

Lorsque Camille se leva en ce dernier lundi du mois de novembre, elle fut étonnée de trouver le poêle de la cuisine déjà allumé et Ann en train de mettre la table.

— Il est même pas six heures, lui fit-elle remarquer à mi-voix. Qu'est-ce que tu fais debout si de bonne heure ?

— Je m'endormais plus, répondit l'adolescente. Je suis réveillée depuis longtemps.

Sa belle-mère feignit de ne pas remarquer sa nervosité et prépara le thé que Liam allait boire à son lever dans quelques minutes. Elle se doutait bien que la jeune fille n'allait se rendre à l'école ce matin-là que pour lui faire plaisir et qu'elle était inquiète à l'idée de s'asseoir aux côtés d'enfants plus jeunes qu'elle. Aucun des élèves de Bernadette n'avait plus de onze ans.

Liam se leva à son tour, les bretelles battant sur ses cuisses, et prit la tasse de thé bouillant que sa femme lui tendait. Il ne dit pas un mot et se laissa tomber sur la chaise berçante pendant que sa fille et Camille préparaient la pâte à crêpes qui allait être utilisée quand le train serait terminé.

Les trois autres enfants descendirent dans la cuisine sans qu'on ait à les réveiller. Quand leur père se leva pour endosser son manteau, Duncan et Patrick s'habillèrent à leur tour, imités par leur belle-mère.

— Qu'est-ce que tu fais ? lui demanda Liam, étonné de voir Camille chausser ses bottes.

— J'ai décidé qu'à partir d'à matin je vais laisser Ann préparer le déjeuner pour aller aux bâtiments. Elle est aussi capable que moi de faire ça.

— Mais Camille, voulut protester l'adolescente.

— Laisse faire, c'est moi qui décide, trancha sa belle-mère.

Si son mari comprit qu'elle voulait ménager sa fille, il n'en montra rien. Il se contenta d'ouvrir la porte et de sortir à l'extérieur dans l'air glacé.

En fait, Camille avait pris cette décision la veille après avoir remarqué que Patrick portait une marque rouge au visage quand il était rentré de soigner les animaux avec son père. De toute évidence, il s'était encore laissé emporter par son caractère colérique et avait frappé son fils. En participant aux soins à donner aux animaux, elle espérait tenir Duncan et son frère loin de la portée de son mari.

À leur retour à la maison, ils trouvèrent un plat de crêpes dorées au milieu de la table à côté d'un pot de sirop d'érable. Après le bénédicité récité par le maître de maison, chacun mangea de bon appétit. À la fin du repas, Camille leva les yeux vers l'horloge et déclara :

— Vous touchez pas à la vaisselle. Vous avez pas le temps à matin. Habillez-vous et partez pour l'école.

Après une courte hésitation, Ann imita ses frères et sa sœur et s'habilla chaudement. Camille lui tendit le panier dans lequel était leur casse-croûte. Elle les embrassa sur une joue en leur recommandant de ne pas traîner en route. Dès que la porte se fut refermée, Liam se leva de table et s'approcha du poêle pour y gratter une allumette qui servit à allumer sa pipe.

— T'es en train d'en faire une bande de paresseux, dit-il.

— Pourquoi tu dis ça ?

— Ils font presque plus rien dans la maison.

— Inquiète-toi pas, ils vont faire leur large part, le corrigea-t-elle. À matin, c'est un peu spécial parce que Ann commence l'école, mais demain ils vont se lever un peu plus de bonne heure de manière à avoir le temps de replacer la cuisine avant de partir.

Il s'assit pour fumer durant quelques minutes avant de quitter la maison. Il avait entrepris, la semaine précédente, sa saison de bûcheron. Chaque matin, il partait pour le bois au bout de leur terre et il ne revenait qu'à l'heure du midi avant de repartir jusqu'au moment de soigner les animaux, à la fin de l'après-midi. Camille n'aimait pas beaucoup le voir aller bûcher seul, mais il n'y avait vraiment pas moyen de faire autrement. Les Connolly n'avaient pas les moyens financiers de s'offrir un employé, même en ne lui offrant que le gîte et le couvert.

En rangeant la nourriture, la jeune femme demanda à son mari :

— Est-ce que t'as l'intention de donner ton nom pour aller chanter dans la chorale ?

— Non.

— C'est bien dommage, déclara-t-elle. T'as tellement une belle voix.

— Tu trouves ?

— Je me rappelle encore au jour de l'An quand t'as chanté, répondit-elle. Chez nous, ils ont dit que ça faisait longtemps qu'ils avaient pas entendu quelqu'un avec une belle voix comme la tienne.

Elle exagérait un peu pour le flatter et l'inciter à sortir de la solitude dans laquelle il avait l'air d'être retombé aussitôt après leur mariage.

Liam ne dit rien, mais il rentra cet après-midi-là un peu plus tôt qu'à l'ordinaire et attela le cheval à la *sleigh*.

— J'ai affaire au village, dit-il à sa femme en entrouvrant la porte. Je vais ramener les enfants de l'école.

Quand il revint moins d'une heure plus tard, il laissa les enfants devant la porte de la maison et poursuivit son chemin jusqu'à l'écurie pour dételer sa bête. Depuis son départ, sa femme avait regardé par la fenêtre à plusieurs reprises, tellement elle était impatiente de voir arriver Ann pour connaître ses impressions après sa première journée d'école.

— Puis? demanda Camille à l'adolescente en train de suspendre son manteau à l'un des crochets derrière la porte.

— C'est pas aussi pire que je le pensais, reconnut Ann sans manifester beaucoup d'enthousiasme.

— La maîtresse l'a assise à côté de moi, déclara la petite Rose avec fierté.

— Elle fait la maîtresse comme mademoiselle Beauchemin, ajouta Duncan, avec un air dégoûté. C'est pas juste, elle sait même pas encore ses lettres.

— C'est vrai, ça? demanda Camille.

— Ta sœur m'a demandé de m'occuper des deux plus petites de la classe, avoua Ann sur un ton neutre.

— Bon, c'est correct. À cette heure, vous vous dépêchez d'aller vous changer et de venir aider à faire le train. Attendez pas que votre père vienne vous chercher.

Au souper, Liam déclara qu'il était passé donner son nom chez Hyland pour participer à la chorale.

— Ah! Il va y avoir au moins une belle voix dans cette chorale-là, fit Camille.

— On va avoir une pratique jeudi soir. Demain, il paraît que Joshua Gunn et Alcide Proulx vont aller chercher un clavecin à Saint-Zéphirin.

— Un clavecin?

— Ben oui, si je me fie à ce que Hyland m'a raconté, c'est Céleste Comtois du rang Saint-Paul qui le donne à la mission.

— Avec la chorale, ça va rendre les chants encore plus beaux, conclut Camille, heureuse.

Trois jours plus tard, quatorze hommes de Saint-Bernard-Abbé se retrouvèrent au début de la soirée devant la porte de la chapelle. Une neige légère tombait depuis quelques heures et le froid était assez intense.

— Voulez-vous ben me dire ce que niaise le père Moreau? se plaignit le gros Tancrède Bélanger en enfouissant ses mains dans les larges poches de son manteau en étoffe du pays.

— Pourtant, mon Tancrède, il me semble que t'en as ben assez épais sur les côtes pour pas souffrir du froid, se moqua Conrad Boudreau.

— Ris pas, toi, se défendit le cultivateur âgé d'une cinquantaine d'années. T'es pas maigre, toi aussi.

— Arrêtez de vous étriver, leur ordonna Hormidas Meilleur. Le v'là, le bonhomme, ajouta-t-il en pointant un doigt de l'autre côté du chemin.

— Ça va être chaud encore dans la chapelle s'il a pas allumé la fournaise, fit Éloi Provost avec mauvaise humeur. Moi, j'ai ben envie de sacrer mon camp tout de suite.

— Attends, Éloi, c'est peut-être monsieur le curé qui va te renvoyer à tes vaches dans cinq minutes, plaisanta Auguste Laurin du rang Saint-Paul.

— Envoyez, le père, dit Rémi Lafond au bedeau. Attendez pas de nous trouver gelés ben raides avant de vous décider à ouvrir la porte.

— Whow! Prenez pas le mors aux dents! fit le vieil homme en déverrouillant la porte de la chapelle. Monsieur le curé m'a dit d'ouvrir à sept heures, il est même pas encore sept heures.

Les hommes s'engouffrèrent dans le temple et se mirent aussitôt à pester à voix basse contre l'humidité et le froid qui régnaient dans les lieux.

— Crucifix, le père! Il me semble que vous auriez pu allumer la fournaise avant d'aller souper, se plaignit Boudreau.

— Monsieur le curé me l'a pas demandé, se défendit le bedeau.

— J'espère que vous attendez pas que monsieur le curé vous le dise pour aller aux toilettes, plaisanta Provost d'une voix acide.

Agénor Moreau s'éloigna sans rien dire et alla allumer deux lampes à huile qui éclairèrent chichement les lieux avant de s'occuper de faire du feu dans la fournaise placée au fond de la chapelle. Les hommes s'assirent sur les bancs en conservant leur manteau sur leur dos.

La porte de la sacristie s'ouvrit et livra passage au curé Désilets qui traversa le chœur et vint en direction des hommes.

— Est-ce que madame Comtois est arrivée? demanda-t-il.

Les futurs membres de la chorale se regardèrent avant de répondre qu'ils ne l'avaient pas vue.

— Au cas où vous ne seriez pas encore au courant, madame Comtois a fait cadeau d'un clavecin à la mission. On l'a installé dans le jubé, en haut. C'est là que la chorale va chanter. D'après moi, c'est de cet endroit que les voix vont porter le mieux. J'ai essayé, ça va être parfait. Madame Comtois a accepté d'accompagner la chorale.

Il y eut des murmures de contentement dans le groupe d'hommes.

— Bon, est-ce qu'il y en a un parmi vous qui connaît un peu la musique? demanda le prêtre.

Personne ne répondit.

— Moi, j'ai chanté dans la chorale de Sainte-Monique pendant dix ans, finit par déclarer Tancrède Bélanger en arborant un air suffisant. Je pense que je connais pas mal les cantiques qu'il faut chanter.

— C'est mieux que rien, dit un loustic. Mais si tu te mets debout devant la chorale, il y a personne qui va nous voir, ajouta-t-il, pince-sans-rire.

— Toi, Athanase Delorme, fais attention à ce que tu dis, le mit en garde le gros homme.

— Si c'est comme ça, reprit Josaphat Désilets, vous allez essayer de diriger notre nouvelle chorale, monsieur Bélanger.

Tancrède se leva, l'air important, au moment même où Céleste Comtois pénétrait dans la chapelle en compagnie de son mari, un petit homme à l'épaisse moustache tombante.

— Bonsoir, madame Comtois, la salua le curé de Saint-Bernard-Abbé. On n'attendait plus que vous pour commencer. Monsieur Bélanger va diriger notre chorale, ajouta-t-il.

Céleste salua de la tête le nouveau directeur de la future chorale.

— Bon, je vous laisse aller vous exercer au jubé, déclara le curé Désilets. Je vais me contenter de vous écouter dans le chœur.

Les quinze hommes suivirent Céleste Comtois au jubé. Elle s'assit au clavecin et attendit que Tancrède prenne une décision.

— Comme personne connaît la musique, annonça le directeur de la chorale, on va chanter à l'oreille et madame Comtois nous corrigera si on fausse trop.

D'un signe de la tête, la petite dame accepta. Elle joua les premières mesures d'un cantique que tous connaissaient bien et Tancrède se mit à battre la mesure avec les bras pendant que, devant lui, les quatorze chantres essayaient de chanter à l'unisson. Durant un peu plus d'une heure, on s'exerça à chanter cinq ou six chants et Tancrède Bélanger n'arrêta l'exercice que lorsque le curé, debout au milieu du chœur, applaudit avec enthousiasme. Le directeur de la chorale était si gonflé de sa nouvelle importance qu'il ne se rendait pas compte qu'en fait c'était Céleste Comtois, à son clavier, qui dirigeait tout.

— Il nous faudrait un maître-chantre, déclara cette dernière au moment où Tancrède allait signifier aux chanteurs la fin de la réunion.

— Je me demande si c'est nécessaire, rétorqua-t-il.

— Il va falloir bientôt commencer à penser aux chants de Noël et surtout au *Minuit, Chrétiens!* expliqua la dame.

Les chanteurs approuvèrent.

— Il y a pas de problème, je vais l'être, déclara le chef de la chorale en se rengorgeant.

— Je veux pas être insultante, monsieur Bélanger, intervint Céleste avec une certaine délicatesse, mais il m'a semblé entendre quelqu'un qui a une voix assez remarquable dans la chorale. Vous allez avoir à diriger, c'est déjà une grosse besogne. Vous seriez peut-être mieux de choisir quelqu'un d'autre pour être maître-chantre.

Un peu dépité de ne pas occuper le devant de la scène lors des cérémonies religieuses à venir, Tancrède hésita avant de céder. Il fallut que Josaphat Désilets, qui venait de rejoindre le groupe dans le jubé, intervienne.

— Madame Comtois a raison, monsieur Bélanger.

— C'est correct, mais de qui parlez-vous, madame? demanda le gros homme.

— Monsieur Connolly a une voix riche, répondit-elle avec un sourire en regardant Liam. Je pense qu'il devrait faire un bon maître-chantre.

Liam pâlit légèrement. Il n'était venu que pour plaire à Camille et parce qu'il aimait chanter. Mais de là à devenir le maître-chantre de Saint-Bernard-Abbé…

— Là, je sais pas si… commença-t-il à dire.

— Commence pas à te faire prier, intervint Hormidas Meilleur. Si tu fais pas l'ouvrage, c'est à moi qu'ils vont demander de la faire, ajouta le gnome.

— Jériboire, fais-nous pas ça! le pria Provost. Des plans pour vider la chapelle.

— Toi, t'es pas drôle pantoute, fit le facteur en lui jetant un regard mauvais.

— Monsieur Connolly, voulez-vous essayer de nous chanter le début de *Minuit, Chrétiens* ? demanda Céleste Comtois en plaquant quelques accords sur son clavecin.

Aussitôt, tous se turent pour juger de ce que cela donnerait. Liam, intimidé, se tourna à demi vers la musicienne et entonna de sa belle voix de baryton :

Minuit, Chrétiens, c'est l'heure solennelle
Où l'Homme-Dieu descendit jusqu'à nous,
Pour effacer la tache originelle,
Et de son Père arrêter le courroux.
Le monde entier tressaille d'espérance...

Céleste Comtois cessa de jouer et Liam s'arrêta de chanter.

— Très bien, monsieur Connolly, déclara-t-elle.

— Saint-Bernard va avoir un bon maître-chantre, déclara le curé Désilets, apparemment très satisfait.

— C'est pas mal gênant, fit Liam.

— Pantoute, le corrigea Tancrède. Oublie pas qu'on chante au fond du jubé. Il y a presque personne qui va te voir. À cette heure, qu'est-ce que vous diriez, vous autres, qu'on fasse une pratique tous les vendredis soirs ? ajouta-t-il en se tournant vers les autres membres de la nouvelle chorale. On pourrait faire ça jusqu'à Noël et, après, je pense qu'on fera ce que font d'habitude les chorales des autres paroisses. On se contentera de répéter une demi-heure avant la messe.

Tous approuvèrent et rentrèrent chez eux.

Pour sa part, à son retour à la maison, Liam se garda bien de révéler qu'on l'avait choisi pour être le soliste de la chorale de Saint-Bernard-Abbé. Camille ne le découvrit que le dimanche suivant en entendant sa voix lorsqu'il chanta en solo le chant de communion.

Après la cérémonie, elle lui manifesta toute sa fierté et sa joie et s'empressa de signaler le fait à tous les membres de sa famille qui ne lui avouèrent pas que Rémi, membre de la chorale, lui aussi, les avait déjà mis au courant quelques jours plus tôt.

Chapitre 25

Des surprises

Avec l'arrivée du mois de décembre, la vie des habitants de Saint-Bernard-Abbé sembla prendre un tout nouveau rythme, comme si l'apparition du froid et de la neige les faisait entrer dans une sorte d'hibernation. Tout s'enlisait dans une certaine torpeur. Il n'y avait pas eu de nouvelle tempête depuis celle de la mi-novembre, mais il était tombé quelques pouces de neige à plusieurs reprises, ce qui avait fait disparaître à demi les poteaux de clôture qui longeaient la route. Maintenant, les eaux de la rivière étaient gelées. Les enfants ne se risquaient pas encore à marcher sur la glace, mais cela viendrait bientôt.

À Saint-Bernard-Abbé, comme dans les paroisses environnantes, les jeunes gens étaient beaucoup moins nombreux depuis quelques semaines parce qu'un bon nombre avait choisi de passer l'hiver dans de nouveaux chantiers que des compagnies forestières venaient d'ouvrir. L'essentiel de la vie paraissait maintenant se faire autour du poêle qu'on maintenait allumé le plus longtemps possible pour réchauffer la maison.

À la mi-décembre, il aurait fallu être aveugle pour ne pas déceler les signes de l'approche des fêtes. Les enfants fréquentant l'école de Bernadette étaient de plus en plus agités. Ils obligeaient leur institutrice à élever la voix et même à punir plus souvent pour se faire obéir. Chaque matin, on pouvait voir les cultivateurs se diriger en raquettes vers le bois, au bout de leur terre, une hache ou un godendard sur l'épaule. C'était, le plus souvent, l'unique activité extérieure dans les fermes puisque les femmes accomplissaient tous leurs travaux à l'intérieur de la maison.

Constant Aubé était probablement l'homme le plus occupé du rang Saint-Jean en cette fin d'année 1871. Depuis la fermeture de son moulin à farine pour la saison, il s'était reconverti en cordonnier et en sellier, métiers pour lesquels il était de toute évidence particulièrement doué. L'année précédente, à l'époque où il était l'employé de Thomas Hyland, il avait confectionné plusieurs paires de souliers et de bottes avant de quitter Saint-Bernard-Abbé pour retourner auprès de son père malade. Les clients satisfaits avaient tellement vanté son travail qu'il suffisait à peine à la demande. Maintenant, on lui commandait non seulement des souliers et des bottes, mais aussi des courroies et tout l'appareillage en cuir qui entrait dans la composition d'un attelage. En fait, il était si occupé qu'il ne trouvait pas le temps de construire les meubles dont il avait besoin.

Quand Liam Connolly passa le voir au milieu du mois pour lui demander s'il désirait toujours qu'il lui confectionne une partie de son mobilier, il fut heureux d'accepter. Il fut entendu qu'il le paierait moitié en argent moitié en souliers et bottes pour les siens. L'entente convenait parfaitement aux deux hommes. D'une part, Constant pourrait se consacrer au travail du cuir, libéré de son souci. D'autre part, Liam occuperait de façon rentable les journées de mauvais temps où il ne pouvait aller bûcher.

Par ailleurs, Donat avait renouvelé l'accord passé l'hiver précédent avec son beau-frère, Rémi Lafond, même s'il pouvait maintenant compter sur l'aide de Gustave Joyal. Les trois hommes travaillaient ensemble à bûcher et à scier tantôt sur la terre de Baptiste Beauchemin, tantôt sur celle de Rémi.

Les femmes n'étaient pas en reste en ce début d'hiver. Elles ne demeuraient pas les bras croisés en attendant la période d'intenses activités des fêtes. Elles filaient, tissaient, cardaient et tricotaient dès qu'elles en avaient fini avec les tâches ménagères habituelles.

— C'est le plus beau temps de l'année pour nous autres, répétait souvent Marie à ses filles et à sa bru. On n'a plus rien à faire dehors, les confitures et les marinades sont faites et on n'est pas encore obligées de cuisiner comme des folles pour les fêtes. Le vin de cerise est fait et Donat s'est occupé de faire toute la bagosse qu'il va falloir pour recevoir comme du monde dans le temps du jour de l'An.

— Et ma tante Mathilde est pas encore arrivée, finit par dire Bernadette, l'air mutin.

— Toi, parle pas de malheur! s'écria sa mère. Il manquerait plus qu'on l'ait encore sur le dos dans le temps des fêtes, cette année.

— Et la charité chrétienne, qu'est-ce que vous en faites, m'man? lui demanda Camille, venue en visite cet après-midi-là.

— Laisse faire, il y a tout de même des limites à souffrir pour gagner son ciel, répondit sa mère, la mine farouche.

En fait, Marie Beauchemin faisait des vœux pour que la sœur Grise aille en visite chez son beau-frère Armand durant la période des fêtes. Elle avait bien assez de se torturer avec l'histoire de Xavier qui n'était pas revenu à la maison depuis deux semaines.

«Il a beau avoir une tête de cochon, il osera jamais nous faire ça», se disait-elle parfois en songeant à l'intention de son fils de demander Catherine Benoît en mariage.

❦

Le vendredi 15 décembre, Bernadette ferma son registre de présences et jeta un coup d'œil dans sa classe pour s'assurer que tout était en ordre avant de quitter sa chaise.

Le tableau avait été lavé par un élève et elle avait laissé mourir le feu dans la fournaise installée au fond de la pièce. Quelques minutes auparavant, elle avait laissé les enfants rentrer chez eux. Il était maintenant presque quatre heures et déjà le soleil se couchait.

— Encore quatre jours d'école, dit-elle à mi-voix en endossant son manteau pour rentrer à la maison.

À compter du 20 décembre, elle allait profiter de trois semaines de vacances, ce qui n'était pas pour lui déplaire. Ann Connolly avait été la dernière élève à partir en compagnie de sa sœur Rose et d'Annette Gariépy, l'autre élève de première année dont l'adolescente s'occupait régulièrement durant la classe. L'aînée de Liam Connolly semblait prendre goût peu à peu à l'école, sans manifester grand enthousiasme cependant.

Au moment de verrouiller la porte de son école, Bernadette se souvint qu'elle avait besoin d'une bouteille d'encre et de plumes et elle décida de traverser la route pour aller se les procurer chez Dionne.

Son sac à la main, elle allait traverser quand Télesphore Dionne vint immobiliser sa *sleigh* devant la galerie de son magasin. Le commerçant descendit de voiture et la salua en l'apercevant. Il s'empara d'une grosse valise déposée à l'arrière pendant qu'une jeune femme, les mains passées dans un élégant manchon, le suivit à l'intérieur du magasin général. Galamment, Télesphore tint la porte pour permettre à l'institutrice d'entrer.

À la vue de la jeune femme, Alexandrine Dionne avait quitté précipitamment l'arrière de son comptoir pour venir la serrer dans ses bras.

— Angélique! J'espère que t'es pas trop gelée? lui demanda la commerçante en l'embrassant sur chacune des joues.

— Bien non, m'man, on s'est arrêtés deux fois en chemin pour aller se réchauffer.

— Aie pas peur, intervint Télesphore avec un bon gros rire, je l'ai pas maganée, ta fille.

Bernadette assistait à cette scène de retrouvailles familiales avec le plus grand étonnement. Elle ignorait que les Dionne avaient une fille qui avait à peu près son âge. Elle n'en avait jamais entendu parler et déduisit que celle-ci avait dû vivre chez des parents éloignés depuis longtemps.

Puis les Dionne semblèrent réaliser que l'institutrice attendait que l'un ou l'autre se décide à la servir. Alexandrine fut la première à reprendre ses esprits.

— Va donc porter sa valise dans sa chambre, ordonna-t-elle à son mari avant de se tourner vers Bernadette. Est-ce que tu connais ma fille Angélique? lui demanda-t-elle.

— Non, madame Dionne. Bonjour, dit-elle à la nouvelle arrivée qui lui adressa un sourire chaleureux avant de la saluer à son tour.

La jeune femme retira son chapeau et déboutonna son épais manteau. Tout de suite, Bernadette fut frappée de la finesse des traits de son visage qu'une épaisse chevelure brune et bouclée mettait en valeur. Elle avait en outre des yeux bleus pleins de vie. Angélique Dionne était aussi grande et aussi svelte qu'elle. En une fraction de seconde, la fille de Baptiste Beauchemin réalisa qu'elle avait devant elle une adversaire qui allait lui contester le titre de plus belle fille de Saint-Bernard-Abbé. Peut-être ne venait-elle que pour une courte visite, espéra-t-elle. Les paroles d'Alexandrine Dionne allaient vite la détromper.

— C'est vrai que vous pouvez pas vous connaître, reconnut Alexandrine. Angélique est restée sept ans chez une tante qui vit maintenant à l'hospice. Si je me rappelle bien, toi, t'es restée un bout de temps chez tes grands-parents. Vous vous seriez connues s'il y avait eu une école à Saint-Bernard dans ce temps-là. Est-ce que tu as besoin de quelque chose?

— J'aurais besoin de deux plumes et d'une bouteille d'encre, si vous en avez, madame Dionne, demanda Bernadette.

— C'est vrai, Angélique, dit la commerçante en s'adressant à sa fille. Bernadette fait l'école en face.

— Ah oui, se contenta de dire la nouvelle arrivée, sans manifester un grand intérêt.

Les deux jeunes femmes s'évaluaient avec un vague sourire pendant que la femme de Télesphore Dionne cherchait sur une tablette les objets désirés par sa cliente.

— Angélique a étudié chez les sœurs à Nicolet. À cette heure que sa tante vit à l'hospice, elle va rester avec nous autres.

— Si c'est comme ça, on va certainement se revoir, affirma Bernadette pour se montrer aimable.

— Si tu vas aider à la guignolée, demain après-midi, vous allez sûrement vous voir parce qu'on va y aller toutes les deux, annonça Alexandrine en déposant sur le comptoir les objets que venait de lui demander l'institutrice.

Bernadette salua les deux femmes et rentra chez elle. Elle avait conscience qu'Angélique Dionne ne s'était guère montrée chaleureuse quand elle avait quitté le magasin.

À son retour à la maison, elle apprit la nouvelle à sa mère et à Eugénie. Si cette dernière ignorait l'existence de cette fille, Marie, pour sa part, se contenta de dire :

— Tiens ! Dis-moi pas que la septième merveille du monde est revenue.

— Pourquoi vous dites ça ? s'étonna sa fille.

— Parce que ça fait des années qu'Alexandrine Dionne nous parle de sa fille. À l'entendre, elle a tous les talents et elle est instruite sans bon sens. Je suppose que si elle est revenue pour tout de bon à Saint-Bernard, c'est que sa tante est morte.

— Non, il paraît qu'elle est à l'hospice, la corrigea sa fille.

— En tout cas, j'espère qu'en vieillissant cette fille-là a changé d'air, conclut Marie Beauchemin. Seigneur qu'elle avait l'air bête à l'âge ingrat !

Bernadette ne dit rien et monta changer de robe afin d'aider à préparer le souper.

Le lendemain après-midi, Marie et Bernadette montèrent dans la *sleigh* conduite par Donat. Celui-ci devait les laisser à la sacristie avant d'entreprendre la tournée des fermes du rang Saint-Jean pour amasser les dons des cultivateurs pour la guignolée. La semaine précédente, le curé Désilets avait chargé chacun des syndics de cette tâche après avoir demandé aux femmes de la mission de venir préparer des paniers de Noël pour les déshérités de Saint-Bernard-Abbé.

Le premier problème à résoudre avait été de trouver l'endroit où seraient confectionnés les paniers. Le prêtre aurait aimé que cela fût fait à l'école, mais Donat s'empressa de le faire changer d'avis en arguant que les lieux n'étaient pas chauffés la nuit et la fin de semaine et que les enfants pourraient piger dans les paniers. Comme il ne pouvait être question de faire le travail dans la chapelle même, on opta, faute de mieux, pour la sacristie, comme l'avait fait, l'année précédente, le bon curé Ouellet.

Ensuite, il avait fallu constituer des équipes. Hyland et Ellis avaient naturellement choisi de se charger des fermes du rang Sainte-Ursule. Donat aurait dû pouvoir compter sur l'aide d'Antonius Côté, domicilié dans son rang, mais quand il se rendit compte qu'Anatole Blanchette serait seul dans Saint-Paul, il suggéra à Antonius d'aller l'aider. Pour sa part, le fils de Baptiste demanda à Constant Aubé de l'accompagner dans sa collecte de denrées chez les cultivateurs du rang Saint-Jean, ce que ce dernier accepta sans rechigner.

À leur arrivée à la sacristie, Marie et Bernadette découvrirent que l'endroit avait déjà été pris d'assaut par une demi-douzaine de femmes et de jeunes filles de la mission. Bernadette repéra tout de suite Angélique Dionne, occupée à trier de vieux vêtements apportés par Bridget Ellis, qui semblait diriger les opérations.

Après avoir retiré leur manteau, la mère et la fille demandèrent à la ménagère du curé ce qu'elles pouvaient faire pour aider.

— Mon mari et Thomas Hyland ont déjà eu le temps de faire la moitié de Sainte-Ursule et ils ont rapporté plusieurs boîtes de manger. On va faire douze paniers comme l'année passée. Si vous voulez commencer à séparer les marinades et les confitures avec madame Moreau, ce serait bien utile.

Les deux nouvelles arrivées saluèrent poliment les femmes présentes avant de se mettre au travail avec Annette Moreau, une femme au caractère agréable qui adorait chanter. D'ailleurs, à peine Marie et sa fille venaient-elles de commencer à travailler à ses côtés, qu'elle entonna *La destinée, la rose au bois* que toutes les femmes présentes reprirent en chœur avec elle.

Bernadette jeta un coup d'œil vers Angélique Dionne. À aucun moment depuis son arrivée celle-ci n'avait donné l'impression qu'elle l'avait rencontrée la veille et que cela lui faisait plaisir de la revoir. Un comportement aussi peu amical la troublait. Cependant, quand Annette Moreau chanta les premières paroles de *À la claire fontaine*, elle s'efforça d'oublier la fille de Télesphore Dionne pour se joindre aux autres.

Le curé Désilets avait cessé de confesser dans la chapelle glaciale, faute de clients. Le prêtre était revenu s'asseoir dans la sacristie et semblait prendre plaisir à écouter ce chœur improvisé de voix féminines chanter des airs qui avaient bercé son enfance.

Quelques minutes plus tard, Donat et Constant Aubé firent leur entrée, porteurs de sacs de jute et de boîtes remplies de denrées et de vêtements. Bernadette regarda son cavalier et se rendit compte soudain à quel point il avait changé en un an.

Elle se rappelait encore comme il était timide et renfermé quand il travaillait au moulin de Thomas Hyland. Il ne se mêlait jamais aux gens de Saint-Bernard-Abbé et il bafouillait quand une fille lui faisait la charité de lui adresser la parole. Il avait honte de boiter et craignait sans cesse qu'on ne se moque de lui. Et c'était bien ce que les jeunes gens de la paroisse faisaient dès qu'il avait le dos tourné. Ils n'auraient jamais osé le faire devant lui parce qu'ils craignaient sa force.

Depuis son retour, Constant n'était plus le même homme. À vingt-cinq ans, il était en passe de devenir un homme de poids dans la mission. Dans les rangs, on n'entendait presque plus parler de la Bottine, son surnom avait pratiquement disparu. Ses tâches de meunier, de sellier et de cordonnier l'avaient forcé à quitter son isolement et à fréquenter les gens de son entourage. Maintenant, il ne pouvait ignorer qu'on appréciait au plus haut point ses habiletés remarquables et cela lui donnait confiance. De plus, le fait que Bernadette Beauchemin accepte de le recevoir régulièrement avait achevé, semblait-il, de le rendre heureux.

« C'est juste un ami », avait-elle dit au curé Désilets lors de sa visite paroissiale.

En le regardant refermer la porte de la sacristie, elle se demanda pour la centième fois si elle l'aimait. Il était intéressant et il l'écoutait attentivement lorsqu'elle racontait ses journées à l'école, mais...

— Constant, voudrais-tu m'apporter la boîte de vêtements que tu viens d'entrer ? demanda Angélique

Dionne d'une voix charmeuse en se tournant vers le jeune homme.

Ce dernier, tout sourire, prit la boîte et vint la déposer près de la fille de Télesphore Dionne. Les chants avaient cessé à l'entrée des deux hommes dans la sacristie et certaines dames semblaient tendre l'oreille pour tenter de saisir ce qu'Angélique avait à dire à Constant Aubé. De fait, cette dernière parlait trop bas, mais elle paraissait avoir beaucoup à dire au meunier. L'aparté dura assez longtemps pour que Donat le rappelle à l'ordre.

— Constant, on a encore pas mal d'affaires à débarquer, lui dit-il.

Constant sembla s'excuser auprès de la belle et suivit Donat à l'extérieur. Quand il rentra, il se dirigea vers Bernadette, passablement mortifiée qu'il paraisse enfin remarquer sa présence dans les lieux.

— Tu t'aperçois enfin que je suis là, lui chuchota-t-elle, la voix remplie de reproches.

— Voyons, Bedette…

— Appelle-moi pas Bedette, dit-elle sèchement. Mon nom, c'est Bernadette.

Il se tut, stupéfait par cet éclat dont il ne comprenait pas la raison.

— Qu'est-ce que la belle Angélique te voulait? lui demanda-t-elle en s'efforçant de reprendre son calme.

— Elle voulait savoir quand j'irais chez eux prendre ses mesures, répondit-il.

— Ses mesures?

— Hier soir, je suis passé au magasin général. Elle était avec son père derrière le comptoir. Quand il lui a dit que je faisais des souliers et des bottes, elle m'a dit qu'elle voulait avoir de nouvelles bottes parce que les siennes étaient finies.

— Et c'est pour ça qu'elle t'appelle Constant devant tout le monde? fit la fille de Baptiste en proie à une soudaine crise de jalousie.

— Comment veux-tu qu'elle m'appelle? répliqua le meunier, qui ne comprenait vraiment rien à cette saute d'humeur. C'est mon nom.

— Je suppose que tu veux y aller à soir? poursuivit la jeune fille.

— Pantoute, c'est samedi. Tu veux pas que j'aille veiller avec toi?

— T'es bien libre de faire ce que tu veux, répliqua-t-elle en feignant la plus parfaite indifférence.

— Est-ce que tu restes avec les femmes ou tu continues avec moi? plaisanta Donat en l'interpellant, debout près de la porte, prêt à partir.

— J'arrive, répondit Constant à regret.

Bernadette tourna la tête pour le regarder sortir et s'aperçut qu'Angélique Dionne avait eu le même réflexe qu'elle. Avant de détourner la tête, elle crut apercevoir une sorte de défi dans le regard de la jeune fille, ce qui la fit rager encore plus.

Quelques minutes plus tard, Marie quitta son poste et vint aider à distribuer les vêtements amassés par les syndics de la paroisse. Évidemment, il n'y avait rien de neuf, mais les gens avaient pris soin de repriser et de nettoyer les vieux vêtements. Marie posait ce geste de façon délibérée pour répondre à un souhait exprimé par Camille deux jours auparavant. Lors de sa dernière visite, sa fille lui avait demandé de repérer, si possible, des vêtements qui pourraient convenir aux garçons de Liam. Malgré toute sa bonne volonté, elle n'était pas encore parvenue à leur confectionner des pantalons et des chemises pour remplacer ceux qu'ils portaient.

— Ils grandissent tellement vite que tous leurs vêtements leur font plus. À part ça, vous vous rappelez comment les garçons sont durs sur leur linge, avait-elle ajouté.

— Liam dira rien si tu vas chercher du linge de la guignolée? s'était étonnée Marie.

— L'année passée, il a accepté, répliqua Camille. Je vois pas pourquoi il dirait non cette année.

Cet après-midi-là, Marie n'aperçut rien qui aurait pu convenir aux enfants de Camille. Les vêtements recueillis lui semblèrent tous trop grands ou déjà trop usés pour eux.

Le soleil finit par descendre à l'horizon et il fallut allumer des lampes pour éclairer les lieux. Un peu avant l'heure du souper, le travail des bénévoles était terminé. Elles avaient constitué une dizaine de paniers de Noël propres à dépanner les moins bien nantis de Saint-Bernard-Abbé.

— Quand est-ce qu'on va les porter ? demanda Donat à Samuel Ellis.

— Vous aurez pas à aller les porter, intervint le curé Désilets, cachant mal son impatience de voir tous ces gens rentrer chez eux et de retrouver la paix dans sa sacristie. Les pauvres viendront me voir pour demander un panier et je les remettrai seulement aux plus méritants.

— Vous savez, monsieur le curé, le monde de Saint-Bernard est pas mal fier, fit Donat, étonné. Pour moi, il y a ben du monde dans la misère qui voudront pas venir quémander.

— Tant pis pour eux autres, déclara sèchement le prêtre, l'orgueil est un péché.

— L'année passée, par exemple, monsieur le curé Ouellet a pas attendu qu'ils viennent, intervint Ellis. Il nous a demandé d'aller les porter chez ceux qui en avaient besoin à la nuit noire pour que les voisins nous voient pas.

— Ça se fera pas comme ça cette année, trancha sèchement Josaphat Désilets. Je vais en parler après mon sermon, demain.

Bref, la douzaine de boîtes renfermant des pots de marinades et de confitures, des tartes, des beignets, quelques douceurs et des vêtements furent repoussés contre le mur le plus éloigné du poêle de la sacristie. On laissa près de la porte, à l'extérieur, une boîte de morceaux de viande de manière à la conserver au froid.

❦

Ce samedi soir-là, Camille et Liam vinrent passer un bout de veillée chez les Beauchemin. Ils croisèrent Donat et Eugénie en route pour aller jouer aux cartes chez les Gariépy et arrivèrent quelques minutes à peine avant Constant Aubé que Bernadette attendait avec une certaine impatience.

Quand ce dernier arriva, il prit des nouvelles de la santé de tous et vérifia la fixation de l'une des petites roues du fauteuil roulant de Baptiste qui semblait avoir tendance à se bloquer, aux dires de Marie. Pendant ce temps, Liam lui parla des deux grands bancs dont il avait fini la construction.

— Veux-tu que je te les apporte la semaine prochaine ou t'aimes mieux attendre que j'aie fini de faire tes deux chaises berçantes? demanda-t-il au meunier.

— C'est à ta convenance, répondit Constant.

Ensuite, Bernadette invita le jeune homme à passer au salon et sa mère s'empressa de déplacer sa chaise berçante de manière à pouvoir garder un œil sur ce qui se passait dans la pièce voisine.

En s'assoyant, Marie se rappela la demande de sa fille et lui fit part de ce qu'elle avait vu à la sacristie l'après-midi même.

— J'ai bien regardé, Camille, mais j'ai rien vu qui pourrait faire l'affaire de Patrick et de Duncan.

Liam sursauta légèrement.

— Qu'est-ce que vous regardiez, madame Beauchemin? demanda-t-il à sa belle-mère.

— Camille m'a demandé de voir s'il y aurait pas un morceau de linge dans ce que les gens avaient donné pour la guignolée qui aurait pu faire à tes garçons.

En entendant ces mots, les traits du visage du cultivateur se figèrent et il adressa un regard furieux à sa femme.

Pendant un instant, Marie eut l'impression qu'il parviendrait à contrôler sa colère, mais ce fut plus fort que lui.

— *Shitt*! On n'est pas des pauvres, baptême! On va pas se mettre sur le dos les restants des autres! J'espère que vous avez pas demandé devant tout le monde quelque chose pour mes enfants? demanda-t-il à sa belle-mère.

— Bien non, énerve-toi pas avec ça. J'ai juste regardé.

Marie regretta d'avoir parlé de ça devant son gendre. Elle croyait que sa fille s'était déjà entendue avec lui à ce sujet. Camille s'empressa de questionner sa mère sur ce qui s'était fait et dit dans la sacristie durant l'après-midi.

Les Connolly ne demeurèrent qu'une petite heure en visite; Marie sentit bien que le malaise suscité par sa phrase malheureuse ne s'était pas dissipé. Elle souhaitait que ce ne soit pas la cause d'une scène de ménage entre les nouveaux époux.

Pourtant, ce fut bien ce qui se produisit. Aussitôt qu'ils se retrouvèrent sur la route en direction de leur ferme, Liam s'en prit à sa femme.

— Veux-tu ben me dire, baptême, ce qui t'a pris de demander à ta mère de faire ça? lui demanda-t-il sans prendre la peine de préciser de quoi il s'agissait. Veux-tu nous faire passer pour des maudits quêteux?

— J'ai fait ça pour les enfants, tu sauras! explosa-t-elle. S'il y a du monde assez bête pour nous prendre pour des quêteux, qu'ils le fassent. Ça m'empêchera pas de dormir! Patrick et Duncan ont plus rien à se mettre sur le dos et ils ont besoin de culottes et de chemises, et ça se fait pas tout seul. Il faut du temps pour les faire.

— Je pensais pas avoir marié une maudite paresseuse! eut-il le culot de déclarer.

— Ah bien là, tu débordes, Liam Connolly! s'écria-t-elle en cessant de marcher pour mieux lui faire face. J'arrête pas du matin au soir. J'ai juste deux bras, au cas où tu l'aurais pas remarqué. Moi, je travaille bien après le souper pendant que tu te reposes, ajouta-t-elle pour faire bonne mesure.

— Tout ça, c'est à cause de ton idée de folle d'envoyer Ann traîner à rien faire à l'école, déclara-t-il.

— Ça a rien à voir, fit-elle sèchement. C'est juste que je suis dans cette maison depuis seulement un mois et demi et qu'il a fallu que je m'organise pour qu'on ait à manger tout l'hiver.

— C'est juste ta besogne, laissa-t-il tomber.

— En plus, on dirait bien que t'as la mémoire courte, Liam Connolly, poursuivit-elle en prenant l'offensive. Je te ferai remarquer que l'année passée, avant les fêtes, t'as pas fait la fine bouche quand je suis allée chercher du linge à la sacristie. Moi, je vois pas pantoute la différence entre cette année et l'année passée.

— L'année passée, c'était une autre paire de manches, répliqua-t-il sèchement. Les gens pouvaient comprendre, j'étais un veuf pris avec quatre enfants. Cette année, ils ont une mère, ces enfants-là, et c'est à elle de les habiller.

— Dans ce cas-là, tu peux te calmer! lui ordonna-t-elle sur le même ton. C'est ce qui va arriver puisqu'il y a rien pour eux autres dans ce qui a été donné à la guignolée.

Ils marchèrent quelques pas en silence, ayant épuisé toute leur colère.

— En tout cas, c'est la dernière fois que je vais veiller chez vous un samedi soir, déclara Liam. C'est trop ennuyant.

— Pourquoi tu dis ça? demanda-t-elle, surprise.

— La plupart du temps, Donat et sa femme sont partis soit chez ta sœur Emma ou chez les Gariépy, et moi, je suis poigné pour vous écouter jaser entre femmes.

— Si tu trouves ça trop ennuyant, on a juste à aller faire un tour le dimanche.

— On verra ça.

Ces dernières paroles laissaient entendre qu'il n'avait guère l'intention de retourner visiter ses parents. Si tel était le cas, elle entendait bien, pour sa part, aller leur rendre visite au moins une fois par semaine. S'il voulait s'enfermer dans la maison, qu'il le fasse.

Lorsque le couple se mit au lit une heure plus tard, Camille repoussa les avances de son mari et se blottit à l'autre extrémité du lit.

— Tu fais pas ton devoir de femme mariée, lui reprocha-t-il dans le noir.

— C'est ça, dit-elle rageusement. Je fais pas mon devoir de femme mariée, pas plus que je fais celui de mère de famille. T'aurais dû te chercher une autre femme.

᪅

Le lendemain matin, les habitants de Saint-Bernard-Abbé se levèrent sous un ciel de plomb annonciateur de neige abondante. Autour de la chapelle, en ce dimanche matin, les attelages venaient s'immobiliser l'un après l'autre dans la cour à la gauche du temple.

— On dirait qu'il s'en prépare toute une, dit Évariste Bourgeois à Télesphore Dionne qui venait d'arriver avec sa femme et sa fille.

— C'est l'hiver, on n'y peut rien, rétorqua le commerçant, fataliste. J'ai entendu dire hier, au magasin, que des jeunes de la paroisse veulent faire des courses de traîneaux dans la côte cet après-midi.

— Première nouvelle. Au fond, c'est de leur âge et c'est pas ben dangereux.

— Pas dangereux en autant qu'ils s'arrêtent avant d'aller buter contre la galerie d'Angèle Cloutier, dit Télesphore un ton plus bas avec un sourire entendu.

L'hiver précédent, la veuve irascible avait menacé de tirer une charge de petits plombs sur celui qui viendrait encore frapper sa galerie avec son traîneau hors de contrôle.

— Il y a tout de même des limites à leurs maudites niaiseries, s'était-elle emportée. Ils m'ont déjà cassé une marche de mon escalier avec leurs traîneaux. Il y a d'autres côtes à Saint-Bernard. Qu'ils aillent jouer ailleurs.

Un peu plus loin, Donat venait de descendre de sa *sleigh* en compagnie d'Eugénie et de Bernadette. Cette dernière chercha du regard Constant Aubé et l'aperçut en grande conversation avec Angélique Dionne et sa mère. Eugénie avait suivi son regard et aperçu la scène.

— Dis donc, belle-sœur, est-ce que ton Constant te tricherait, par hasard? demanda-t-elle sur un ton moqueur.

— C'est pas mon Constant, c'est le Constant de personne, répliqua Bernadette sur un ton acide.

— C'est pas ton cavalier? s'étonna la femme de Donat, plus sérieuse.

— Pantoute.

— Mais il vient veiller avec toi tous les samedis et dimanches, poursuivit-elle, étonnée.

— Ça veut rien dire. On fait juste parler, c'est pas mon amoureux.

Sur ces mots, la jeune fille se dirigea vers le parvis et entra seule dans la chapelle déjà plus qu'à demi remplie.

Ce matin-là, le curé Désilets remercia les gens pour la générosité dont ils avaient fait preuve lors de la guignolée et il invita les déshérités de la paroisse à se présenter à la sacristie durant les jours suivants s'ils désiraient entrer en possession de l'un des douze paniers de Noël préparés la veille. Il y eut des murmures dans l'auditoire.

À la sortie de l'église, une heure plus tard, la neige s'était mise à tomber et les gens abrégèrent leurs échanges sur le parvis de la chapelle pour rentrer à la maison. Ce n'était pas à proprement parler une tempête puisqu'il n'y avait aucun vent, mais la neige tombait dru au point de limiter sérieusement la visibilité.

— Doux Jésus! s'exclama Alexandrine Dionne, on va bien se faire enterrer par la neige cette année avant l'arrivée de Noël.

— Moi, ce qui m'achale le plus, c'est d'être obligée d'allumer des lampes avant même qu'il soit midi, rétorqua Angèle Cloutier en prenant Eugénie à témoin. Ça, ça me déprime.

Un peu à l'écart, Bernadette surveillait Constant que Liam venait d'accoster. Elle regardait autour pour vérifier si Angélique Dionne n'était pas à l'affût. Quand elle l'aperçut déjà assise dans la *sleigh* de ses parents, elle s'empressa de se diriger vers Donat qui faisait signe à sa femme et à sa sœur de le rejoindre pour rentrer.

Ce dimanche-là, tout signe de vie sembla disparaître de Saint-Bernard-Abbé. Évidemment, les jeunes de la mission qui avaient projeté une course de traîneaux dans la côte abrupte du rang Sainte-Ursule avaient dû y renoncer à cause de la neige qui tomba sans interruption jusqu'au milieu de la nuit.

Constant Aubé vint tout de même veiller chez les Beauchemin, mais il dut se déplacer en raquettes et dégager la porte d'entrée avant de pouvoir pénétrer dans la maison. Par fierté, Bernadette ne fit aucune allusion au fait qu'elle l'avait surpris le matin même en conversation avec la fille de Télesphore Dionne, même si le fait l'agaçait prodigieusement.

❦

Le lendemain matin, tout le paysage s'était enrichi d'une autre importante couche de neige qui faisait plier les branches des sapins et disparaître les poteaux des clôtures.

— S'il y a quelque chose que j'haïs, c'est bien le lendemain d'une tempête, déclara Bernadette en regardant à l'extérieur avant d'aller nourrir les poules. Je sais jamais si j'irai pas à l'école pour rien.

— T'as pas le choix, intervint Donat en chaussant ses bottes. On te paye pour faire l'école, pas pour rester à rien faire à la maison.

— Et comment tu penses que je vais y aller à matin ? lui demanda-t-elle, de mauvaise humeur. Je suppose que tu vas atteler et venir me conduire ?

— Il en est pas question, déclara sa mère sur un ton sans appel. Ton frère doit déblayer la cour et nettoyer notre bout de chemin. Toi, après le déjeuner, t'auras juste à chausser tes raquettes et à y aller. T'es pas infirme, que je sache.

— C'est fin encore ! Je vais arriver à l'école à bout de souffle et avec le bas de ma robe tout mouillé !

— Bien, tu reprendras ton souffle et ta robe finira bien par sécher, conclut sa mère avant de lui tourner le dos pour finir de préparer le déjeuner. En attendant, grouille-toi d'aller donner un coup de main au train. C'est pas en te lamentant jusqu'à *amen* que les animaux vont être soignés.

La jeune fille enfonça sa tuque sur sa tête et sortit de la maison en faisant claquer la porte derrière elle.

— Un vrai caractère de Beauchemin ! laissa tomber Marie pour elle-même.

Elle se mit ensuite à parler à Baptiste qu'elle venait d'installer près du poêle pour lui permettre de se réchauffer. En un an, elle avait pris l'habitude de faire les questions et les réponses, sachant qu'il comprenait bien tout ce qu'elle disait. Quand on lui en faisait la remarque, elle se bornait à répondre avec un certain humour :

— C'est peut-être plus fatigant, mais comme ça il me contredit jamais.

À son retour des bâtiments, Bernadette mangea rapidement son déjeuner et s'habilla chaudement pour se rendre à l'école.

— Il est tombé plus qu'un pied de neige, fit-elle remarquer avant de sortir. Pour moi, il y a bien des enfants qui viendront pas.

— Comptes-y pas trop, lui dit son frère. C'est pas un peu de neige qui va les empêcher d'aller à l'école.

— Ils vont être énervés sans bon sens. Une chance qu'il reste juste quatre jours de classe avant le congé.

— En tout cas, quand tu vas revenir, le chemin va être dégagé, lui promit Donat.

À sa sortie de la maison, le soleil était levé et le ciel entièrement dégagé. Il faisait plus froid que la veille, mais il ne ventait pas. L'institutrice se rendit péniblement jusqu'à la remise et chaussa ses raquettes avant de se mettre en route. Si tôt le matin, aucun cultivateur du rang Saint-Jean n'avait eu le temps de dégager le chemin. Elle parcourut le mille qui la séparait de la petite école de l'autre côté du pont. Elle se rendit jusqu'au balcon, retira ses raquettes et pénétra dans la salle de classe pour allumer la fournaise.

À peine venait-elle de jeter une allumette sur les moreaux d'écorce d'érable utilisés pour allumer le feu qu'elle sursauta brutalement en entendant sur le balcon les raclements d'une pelle. Elle se précipita à la fenêtre et découvrit Constant Aubé, armé d'une pelle, en train de dégager le balcon. Elle s'empressa d'aller le rejoindre à l'extérieur.

— Veux-tu bien me dire ce que tu fais là ? lui demanda-t-elle, heureuse de pouvoir compter sur son aide.

— Je te suivais, j'étais tout de même pas pour te laisser pelleter, répondit-il avec bonne humeur. Je vais t'ouvrir un chemin. As-tu assez de bois en dedans pour chauffer un bout de temps ?

— Une brassée serait pas de trop, répondit-elle. Mais j'ai bien peur qu'Angèle Cloutier placote sur mon compte si elle te voit entrer dans l'école.

— Elle me verra pas entrer, lui promit Constant. Je vais poser les bûches sur le balcon et t'auras juste à les mettre à l'intérieur.

— T'es bien fin d'avoir marché toute cette distance-là pour venir me donner un coup de main, fit-elle en lui adressant un sourire de reconnaissance.

— Il y a pas de quoi. De toute façon, j'avais promis à Angélique Dionne de venir prendre les mesures de ses pieds à matin. Après avoir pelleté, je vais traverser chez les Dionne.

Constant ne se rendit pas compte de la disparition soudaine du sourire sur la figure de l'institutrice, à la suite de sa maladresse bien involontaire.

— Bon, je vais aller préparer ma classe, lui dit-elle abruptement avant de rentrer dans l'école.

Pendant un long moment, elle le regarda par la fenêtre s'échiner à pelleter un chemin de la route jusqu'au bâtiment. Puis elle quitta son poste d'observation pour aller distribuer les ardoises sur les pupitres et se mettre à écrire au tableau noir la première leçon de la journée. Alors qu'elle allait s'installer à son bureau, elle entendit le choc des bûches déposées par son amoureux sur le balcon. Le temps de remettre son manteau pour aller les chercher, Constant était retourné à l'arrière de l'école pour terminer son travail de déneigement.

Quelques minutes plus tard, les premiers élèves firent leur apparition devant l'école. Bernadette consulta l'horloge murale. Il était l'heure de commencer. Elle s'empara de sa cloche et sortit sur le balcon, étonnée tout de même de ne pas avoir revu Constant Aubé. Avant de sonner, elle aperçut la grosse pelle en bois appuyée contre le mur, près de la porte, et des traces conduisant au magasin des Dionne lui apprirent qu'il avait déjà traversé.

Elle fit entrer la demi-douzaine d'enfants qui avaient eu le courage de quitter la maison. Après la prière du matin, elle leur ordonna de recopier sur leur ardoise ce qui était écrit au tableau tout en se plantant devant une fenêtre pour évaluer la durée de la visite de Constant chez les Dionne.

Les minutes s'écoulèrent lentement, trop lentement au goût de la cadette de Baptiste Beauchemin aux prises avec une véritable crise de jalousie.

— Veux-tu bien me dire ce qu'il a à bretter comme ça ? murmura-t-elle. Ça prend tout de même pas des heures pour mesurer une paire de pieds.

Les enfants avaient fini depuis longtemps de recopier quand elle se rendit compte qu'ils la regardaient, intrigués. Énervée, elle se décida à faire la leçon quotidienne de catéchisme, mais elle travailla debout, à l'affût de tout mouvement qui se produirait en face.

Enfin, un peu plus d'une heure après le début de la classe, Bernadette vit sortir Constant Aubé non par la porte du magasin, mais par celle de la maison privée des Dionne. Pire encore, il n'était pas seul. Folle de rage, elle vit la belle Angélique sortir derrière son amoureux, les mains passées dans son manchon et une toque inclinée coquinement sur sa tête.

— Regarde le beau niaiseux ! dit-elle entre ses dents, en voyant Constant se pencher aux pieds de la belle pour attacher ses raquettes.

Elle s'éloigna brusquement de la fenêtre quand le couple passa devant l'école. Elle ne voulait surtout pas être aperçue en train de l'espionner. Sans se soucier des enfants qui ne comprenaient rien à son comportement étrange, elle se tordit le cou pour les voir traverser le pont et se diriger vers le rang Saint-Jean.

— Lui, il va me payer ça ! se dit-elle, amère. Il me prendra pas pour une folle ! Samedi prochain, il va aller veiller ailleurs !

Cette journée du lundi lui parut interminable et sa patience fut mise à rude épreuve, particulièrement dans l'après-midi quand le nombre de ses élèves tripla avec l'ouverture des chemins nettoyés par la plupart des cultivateurs de Saint-Bernard-Abbé.

❧

Deux jours plus tard, l'importante chute de neige n'était plus qu'un souvenir et on avait déjà oublié ses inconvénients quand le facteur arrêta son traîneau au magasin général à la fin de l'après-midi. Depuis belle lurette, Hormidas Meilleur avait troqué son chapeau melon pour un casque de fourrure à oreillettes et il était engoncé dans un épais manteau d'étoffe du pays, le visage protégé en partie par une large écharpe de laine.

— Je te laisse ici, le jeune, déclara-t-il à son passager en descendant de son traîneau. Je suis déjà pas mal en retard et il me reste encore tout le rang Saint-Paul à faire.

— C'est parfait comme ça, monsieur Meilleur, lui déclara le grand jeune homme assis à ses côtés et beaucoup moins emmitouflé que lui.

— À ta place, je prendrais le temps de me réchauffer un brin au magasin avant de rentrer chez vous, dit obligeamment le petit homme. T'as presque un mille à marcher.

— Vous avez raison, reconnut Hubert Beauchemin en esquissant un sourire après avoir tiré sa valise de l'arrière du véhicule.

Le frère de la communauté Saint-Joseph avait aperçu le facteur à sa descente du train et s'était empressé de lui demander s'il n'y aurait pas une petite place pour lui dans son traîneau. Toujours aussi accommodant, Hormidas Meilleur l'avait invité à monter.

Les deux hommes entrèrent avec soulagement dans le magasin général où régnait une chaleur agréable. Deux clients étaient assis près de la fournaise ventrue installée au centre de la grande pièce et disputaient une partie de dames. Ils levèrent à peine la tête en voyant entrer Hormidas Meilleur. En apercevant quelqu'un en compagnie du facteur, Alexandrine Dionne abandonna le rangement des tablettes auquel elle était occupée avec sa fille Angélique et s'approcha des nouveaux arrivés pour vérifier s'ils désiraient quelque chose. Elle reconnut immédiatement le plus jeune fils de Baptiste Beauchemin.

— Tiens, tu es venu visiter ton père et ta mère, lui dit-elle en dissimulant son étonnement de voir ce grand jeune homme sans sa soutane.

— En plein ça, madame Dionne. J'arrête juste pour me réchauffer une minute avant de reprendre le chemin, si ça vous dérange pas, sentit-il le besoin de lui expliquer.

Il tourna les yeux vers Angélique qui se dirigeait vers le comptoir à la suite de sa mère en ondulant légèrement de la croupe tout en replaçant du bout des doigts son épais chignon brun.

— Angélique, l'interpella sa mère. Reconnais-tu Hubert Beauchemin?

— Non, avoua-t-elle, ça fait tellement longtemps que je l'ai pas vu. Bonjour, fit-elle en lui adressant son sourire le plus charmeur.

Hubert la salua en rougissant légèrement. Son trouble n'échappa pas à la coquette.

Quelques instants plus tard, le fils de Baptiste Beauchemin souhaita une bonne journée aux gens présents, saisit sa valise cartonnée et quitta le magasin pour marcher vers le petit pont qui enjambait la rivière. Il avait à peine parcouru quelques centaines de pieds dans le rang Saint-Jean qu'il crut reconnaître la silhouette de sa sœur Bernadette devant lui. Il la héla. Elle s'arrêta, cherchant, de toute évidence, à reconnaître de loin qui l'avait appelée.

— Eh ben! On dirait que les petites maîtresses d'école sont indépendantes, plaisanta-t-il en s'approchant. Elles regardent plus personne, même pas ceux de leur famille.

— Qu'est-ce que tu fais là, toi? Tu viens faire une surprise à p'pa et à m'man? lui demanda-t-elle en se remettant en marche à ses côtés.

— C'est ça.

— Viens-tu passer les fêtes avec nous autres ?

— Je vais peut-être rester un peu plus longtemps que ça, avoua Hubert d'une voix un peu gênée.

— Viens pas me dire que c'est comme l'année passée quand ton supérieur t'a dit que t'avais pas la santé pour rester en communauté ?

— Non.

— J'espère que t'es pas encore malade ?

— Pantoute.

Bernadette s'immobilisa un instant au milieu de la route, imitée par son frère.

— Qu'est-ce qui se passe exactement ?

— Ça me tente plus de rester chez les frères, dit-il, l'air un peu honteux. J'arrête pas de penser à p'pa qui est malade et à m'man qui est prise pour s'occuper de lui. Puis je me dis que je serais ben plus utile à aider Donat qu'à nettoyer les planchers du juvénat.

— C'est toi qui le sais, rétorqua la jeune institutrice.

— Dis rien à m'man. Je vais lui parler moi-même.

À leur arrivée à la ferme, ils trouvèrent la cour déneigée. Bernadette fut la première à entrer dans la maison, suivie de près par son frère.

— Je vous amène de la belle visite, annonça-t-elle en entrant dans la cuisine d'hiver.

Marie et Eugénie, occupées à cuisiner le souper, tournèrent la tête en même temps vers la porte juste au moment où Hubert rejoignait sa sœur.

— Sainte bénite ! s'écria Marie en s'avançant vers son fils qu'elle n'avait pas vu depuis un an. Pourquoi tu nous as pas fait écrire par ton supérieur ? On t'aurait envoyé chercher à la gare.

— C'était pas nécessaire, m'man, répondit Hubert en l'embrassant sur une joue avant de faire de même avec sa belle-sœur. Où est p'pa ?

— Il dort, mais il est temps d'aller le réveiller. Viens donc avec moi. Tu vas m'aider à l'installer dans son fauteuil, ajouta-t-elle en s'essuyant les mains sur son tablier.

Hubert s'empressa de suspendre son manteau. Il suivit ensuite sa mère dans la chambre voisine. Lorsque Baptiste l'aperçut, son œil sembla plus brillant.

— Ton père est bien content de te revoir, lui dit Marie, qui voyait bien que son fils cadet était bouleversé de retrouver son père dans cet état.

— Moi aussi, p'pa, je suis content de vous revoir, dit-il, envahi par une vive émotion en le prenant dans ses bras pour le déposer dans le fauteuil roulant.

À vingt et un ans, Hubert Beauchemin était presque aussi grand et costaud que Xavier. S'il n'avait pas le charme et le bagout de son frère, il était, par contre, plus sérieux et plus sensible.

Le fauteuil roulant fut poussé près du poêle et Hubert s'assit sur la chaise berçante voisine.

— Tu vas rester pour les fêtes, j'espère? fit sa mère en retournant à sa tâche.

— Même plus longtemps, si vous voulez de moi, m'man.

Soudain Marie se rendit compte que son fils ne portait pas sa soutane.

— Comment ça se fait que t'as pas ta soutane sur le dos? lui demanda-t-elle.

— J'ai décidé de sortir pour de bon de la communauté. J'y retournerai plus, m'man. C'est fini.

De saisissement, Marie Beauchemin laissa tomber sur la table le couteau qui lui servait à peler les pommes de terre. Par contre, l'œil unique de Baptiste laissa passer un éclat de joie. Cela n'avait jamais été un secret pour personne dans la famille qu'il était contre l'idée que l'un de ses fils entre chez les frères.

— Ben, voyons donc! s'exclama la mère de famille, horrifiée par la nouvelle qu'elle venait d'apprendre. L'automne passé, t'as supplié le frère supérieur de te reprendre parce que tu t'ennuyais trop.

— Il y a ben des affaires qui ont changé depuis ce temps-là, m'man.

— J'espère que tu lâches pas parce que tu penses qu'on a absolument besoin de toi.

— Si c'était ça, m'man, je serais revenu avant aujourd'hui, expliqua patiemment Hubert, dès que p'pa est tombé malade. Non, je suis sorti parce que j'ai pas la vocation, et le frère supérieur le pense aussi.

Marie poussa un profond soupir de déception. Elle était heureuse de revoir son fils et de le garder à ses côtés, mais elle se demandait ce que les gens de la mission allaient penser quand ils le reverraient sans sa soutane.

— Et tes vœux ? lâcha-t-elle dans une dernière tentative.

— Je les ai pas prononcés le printemps passé justement parce que le frère Antoine doutait de ma vocation... Écoutez, m'man, si je vous dérange, je peux repartir, ajouta-t-il.

— Il en est pas question, s'empressa-t-elle de dire. Monte tes affaires dans l'ancienne chambre de Camille et installe-toi en attendant le souper. Donat est aux bâtiments avec notre homme engagé. Il devrait être à la veille de rentrer.

— Voyons, m'man, vous pouvez pas me donner la chambre de Camille, s'insurgea Hubert. Où est-ce qu'elle va coucher ?

— On dirait bien que ton supérieur t'a pas lu la lettre que je t'ai envoyée au mois d'octobre, intervint Bernadette. C'était écrit dedans que Camille se mariait à la fin du mois avec Liam Connolly.

— Hein ! Elle est mariée ?

— Ben oui, confirma sa mère. Tu peux prendre la chambre.

Durant tout cet échange, Eugénie n'avait pas ouvert la bouche une seule fois. Ses traits s'étaient rembrunis quand elle apprit le retour à la maison de son jeune beau-frère, mais elle ne dit rien.

Ce soir-là, Hubert endossa son manteau après le souper pour aller rendre une courte visite à sa sœur aînée. Camille et Liam lui firent un chaleureux accueil.

— Ton retour à la maison va peut-être changer les idées noires de m'man, lui dit sa sœur au moment où il s'apprêtait à les quitter.

— Quelles idées noires ? demanda Hubert.

— Tu le sais peut-être pas encore, mais Xavier a pas mis les pieds à la maison depuis plus qu'un mois.

— Qu'est-ce qui s'est passé ?

— M'man en parle pas, mais d'après Bedette, il s'est chicané avec elle parce qu'il s'est mis dans la tête de demander Catherine Benoît en mariage durant les fêtes.

— C'est pas la fille qui…

— Oui, en plein ça, le coupa sa sœur. Tu comprends bien que m'man veut pas de cette fille-là dans la famille. Xavier, lui, est enragé ben noir et il lui a dit qu'il remettrait pas les pieds de sitôt à la maison.

— Ouais, c'est pas ben drôle, cette affaire-là, déclara Hubert, pensif, avant de prendre congé.

Avant de rentrer à la maison, il décida de marcher jusque chez Rémi Lafond pour aller saluer son beau-frère et sa sœur Emma. Heureux de revoir Hubert, ils lui racontèrent la même chose que Camille.

— Comment t'as trouvé Camille ? lui demanda Emma.

— Pourquoi tu me demandes ça ? s'étonna son frère.

— Parce qu'on a l'impression, Rémi et moi, que ça brasse un peu avec Liam.

— Bon, v'là autre chose, laissa-t-il tomber.

— Remarque qu'on peut se tromper, s'empressa d'intervenir Rémi, c'est juste une impression de ta sœur.

— Et de m'man aussi, se crut obligée d'ajouter Emma.

À son retour à la maison, Hubert ne trouva dans la cuisine que Donat et sa mère. Elle raccommodait un vêtement pendant que son frère fumait paisiblement près du poêle.

— P'pa est déjà couché ? s'étonna-t-il.

— On vient de le coucher, confirma sa mère en se levant pour ranger ses articles de couture.

— On t'attendait, lui apprit Donat pendant qu'il suspendait son manteau à un crochet derrière la porte.

— Ah oui ?

— Ben, là, les affaires vont un peu changer ici dedans parce que t'es revenu, fit son frère. On a parlé à Gustave et il va s'en aller demain avant-midi.

— Pourquoi ? Est-ce que c'est moi qui le force à partir ? s'inquiéta Hubert.

— Oui et non. Écoute, on est assez de deux pour faire l'ouvrage sur notre terre. On avait décidé de garder Gustave cet hiver parce qu'on bûche mieux à deux et c'est moins dangereux. À cette heure que t'es là, on n'a plus besoin de lui.

— Je voulais pas pantoute lui faire perdre son ouvrage, se défendit le fils cadet de Baptiste Beauchemin.

— Inquiète-toi pas pour ça, intervint sa mère. On a l'impression que ça faisait plutôt son affaire de retourner chez son père. Il nous a dit qu'il y avait là de l'ouvrage en masse pour lui. On lui a réglé ses gages tantôt. Il va partir après le déjeuner.

Là-dessus, Donat quitta sa chaise berçante, leva un rond du poêle pour y secouer sa pipe avant de jeter une bûche d'érable dans le poêle. Hubert souhaita une bonne nuit à sa mère et monta à l'étage. Il venait de fermer la porte de sa chambre derrière lui quand il entendit son frère monter rejoindre sa femme dans leur chambre.

Donat venait à peine de s'asseoir sur le lit pour retirer ses chaussures qu'il sentit plus qu'il ne vit Eugénie se relever à moitié.

— Tu dors pas encore ? lui chuchota-t-il dans le noir pour ne pas réveiller Alexis endormi dans son petit lit au fond de la pièce.

— Comment veux-tu que je dorme avec ce qui vient de nous arriver ? demanda-t-elle d'une voix acerbe.

— De quoi tu parles ? fit-il en retirant son pantalon après avoir enlevé sa chemise.

— Je parle pas d'autre chose que de ton frère Hubert, répondit-elle à voix basse.

— Je comprends pas.

— Aïe ! je te dis, toi des fois ! Je sais pas ce que tu ferais si j'étais pas là ! s'emporta-t-elle. Tu vois pas ce qui nous arrive, non ? On vient juste de se débarrasser de ta sœur et v'là ton frère qui nous tombe sur le dos.

— Il est chez lui ici dedans, plaida Donat en se glissant sous les trois épaisses couvertures étendues sur le lit.

— Je le sais, reconnut Eugénie, mais c'est pas ça qui va arranger pantoute nos affaires. On commençait à avoir une chance que ton père et ta mère se donnent à nous autres, mais là, c'est plus possible avec lui dans la maison. Tu vas continuer à travailler comme un esclave sans jamais être sûr qu'un jour tu vas avoir la terre à toi. Comprends-tu ça ?

— T'as peut-être raison, fit Donat dans un soupir, mais à soir, je suis trop fatigué pour me casser la tête avec cette affaire-là. Si tu veux mon avis, on va attendre pour tout ça. Il y a rien qui dit que mon frère changera pas encore une fois d'idée et qu'il retournera pas chez les frères après un mois ou deux. Il l'a déjà fait, il peut le refaire. Dors donc et arrête de t'en faire avec ça.

Dans la pièce voisine, Bernadette n'avait pas encore trouvé le sommeil, même si elle était couchée depuis plus d'une heure. Elle n'avait pas cessé de revoir Constant en compagnie d'Angélique Dionne et elle se torturait à imaginer toutes sortes de scénarios dans lesquels la fille de Télesphore Dionne parvenait à séduire le trop naïf meunier.

— Lui, quand je vais le revoir, je vais lui dire d'aller veiller ailleurs, répéta-t-elle pour la dixième fois dans le noir. Il viendra pas me rire en pleine face. S'il la trouve si fine que ça, l'Angélique, qu'il aille veiller avec elle.

Chapitre 26

La course

Durant la nuit, un véritable froid sibérien envahit la région. Même si Marie s'était levée à quelques reprises pour jeter des bûches dans le poêle, il était éteint quand la maisonnée se réveilla.

— Désespoir! On gèle tout rond ici dedans à matin, déclara Donat en pénétrant dans la cuisine.

— Le poêle s'est éteint. Je viens de le rallumer, dit sa mère.

— Je pense qu'on est mieux de se grouiller à aller faire le train. Ça va au moins nous réchauffer, ajouta-t-il à l'intention de son employé et de Hubert qui venaient de le rejoindre.

Deux heures plus tard, l'ex-employé des Beauchemin annonça son intention de se rendre chez les Guérin, demeurant au bout du rang Saint-Paul, avant de retourner chez son père. Donat refusa de le laisser marcher si loin par un tel froid. Il attela le Blond à la *sleigh* pour aller le conduire et en profita pour laisser Bernadette à la porte de l'école.

L'institutrice garda son manteau sur le dos tant que la fournaise n'eut pas réchauffé la salle glaciale. En cette avant-dernière journée d'école avant le long congé des fêtes, elle n'eut pas le cœur de laisser les enfants attendre dans la cour l'heure du début de la classe. Elle les fit entrer dès leur arrivée et les invita à repasser leurs leçons, assis à leur pupitre.

Les quatre enfants de Camille furent les derniers à pénétrer dans l'école ce matin-là. Dès leur arrivée, Bernadette commença son enseignement. Vers la fin de l'avant-midi, une *sleigh* vint s'immobiliser près de l'école, ce qui incita Duncan Connolly à prévenir l'institutrice d'une visite.

— Pas encore monsieur le curé ! murmura-t-elle en s'avançant vers l'une des fenêtres pour identifier le visiteur. Il manquerait plus que ça. Comme si les enfants étaient pas assez énervés !

Elle eut la surprise de découvrir l'inspecteur Amédée Durand en train d'entraver sa bête et de déposer sur son dos une épaisse couverture pour la protéger du froid. Elle avait reconnu le jeune homme, même s'il était emmitouflé dans un épais manteau de chat sauvage et coiffé d'une toque enfoncée jusqu'aux yeux.

— Levez-vous, les enfants, ordonna Bernadette à ses élèves. C'est monsieur l'inspecteur, faites-moi pas honte. Dites-lui un beau bonjour et répondez bien à ses questions.

Elle ouvrit la porte dès que le visiteur frappa et elle l'invita à entrer en lui décochant son plus charmant sourire. Les enfants saluèrent l'inspecteur qui les salua à son tour en retirant son épais manteau et sa toque.

— Ça me fait plaisir de vous revoir, mademoiselle Beauchemin, dit-il à Bernadette en la suivant à l'avant du local.

— Moi aussi, monsieur l'inspecteur.

Durant une trentaine de minutes, l'homme interrogea les enfants pour évaluer leurs connaissances en français, en mathématiques, en géographie et en histoire, laissant au curé de Saint-Bernard-Abbé le soin de vérifier ce qu'ils savaient en catéchisme. À la plus grande joie de Bernadette, il n'y eut aucune fausse note. Mieux, Ann Connolly s'attira les félicitations d'Amédée Durand pour sa rapidité à résoudre les problèmes d'arithmétique.

— Bon, je crois bien que c'est presque l'heure où votre maîtresse vous envoie dîner, déclara-t-il en retirant son lorgnon. Je suis tellement content de vous qu'avec la permission de mademoiselle Beauchemin je vais vous donner congé cet après-midi et demain. À partir de tout de suite, vous êtes en congé jusqu'au lendemain de la fête des Rois.

Les enfants, surpris, regardèrent leur institutrice pour s'assurer qu'elle était d'accord. Bernadette hocha la tête avant de les inviter à s'habiller et à retourner chez eux. En moins de cinq minutes, la classe se vida, laissant Amédée Durand et la fille de Baptiste Beauchemin en tête-à-tête.

Après le départ des enfants, Bernadette tendit son registre et son cahier de préparation de classes à l'inspecteur installé à son bureau, le lorgnon sur le bout du nez. Pendant qu'il vérifiait le tout, elle remit un peu d'ordre dans le local.

— J'ai bien l'impression, mademoiselle, que mon rapport à votre sujet va être aussi louangeur que celui du printemps passé, déclara Amédée Durand en retirant son lorgnon, l'air satisfait. Vous faites un excellent travail.

— Merci, monsieur Durand.

— Je me suis arrêté dire deux mots à monsieur le curé en passant. Il n'a rien à vous reprocher, semble-t-il.

— Je suis contente d'apprendre ça, avoua-t-elle, soulagée.

— Comme l'année passée, je reviendrai donc vous voir à la fin du printemps.

— Je vous attendrai.

— Est-ce que monsieur votre père va mieux? s'informa-t-il. J'aurais plaisir à aller le saluer.

— Je suis certaine qu'il aimerait ça, dit poliment Bernadette.

Amédée Durand tira sa montre de gousset de la poche de sa veste et la consulta brièvement avant de déclarer:

— Si ça vous convient, je peux vous ramener chez vous et aller dire bonjour à votre père.

— Avec plaisir, répondit la jeune enseignante.

Ils mirent leur manteau et quittèrent l'école. Bernadette s'assura d'avoir bien verrouillé la porte. Au moment de prendre place aux côtés de l'inspecteur, elle aperçut Constant Aubé, debout dans la cour du magasin général, s'apprêtant de toute évidence à rentrer chez lui. Surpris de la voir en compagnie d'un inconnu, il semblait figé, attendant un signe de reconnaissance qui ne vint pas. Pire, la jeune fille feignit de ne pas le voir et s'installa aux côtés de l'inspecteur en manifestant une joyeuse animation.

« Ça, c'est pour lundi matin ! », songea-t-elle, espérant se venger ainsi du fait qu'elle l'avait vu marcher auprès d'Angélique Dionne quelques jours plus tôt.

L'attelage prit la direction du pont et du rang Saint-Jean, laissant derrière lui un Constant Aubé médusé.

Ce midi-là, Camille venait à peine de prendre place à table en face de son mari pour dîner quand elle entendit les enfants arriver dans la cour de la ferme. Surprise, elle se leva précipitamment pour voir ce qui se passait.

— Qu'est-ce que vous faites là, vous autres ? leur demanda durement leur père en les voyant entrer, le visage rougi par le froid.

— On a congé, répondit Duncan. L'inspecteur nous a dit qu'on n'avait pas à retourner à l'école avant la fête des Rois.

— C'est vrai, ça ? demanda Camille à l'aînée.

— Oui, il avait l'air content de nous autres.

— Il a même félicité Ann, intervint Patrick.

— Je suis bien contente, poursuivit Camille. Ôtez vos manteaux et approchez. Ce que vous avez apporté pour dîner à l'école doit être gelé. Laissez ça proche du poêle et venez manger une bonne soupe chaude.

Pendant que les enfants dînaient, Camille demanda à son mari :

— Est-ce que tu penses pouvoir m'apporter un petit sapin cet après-midi ? Les enfants pourraient le décorer, comme ils ont fait l'année passée.

— J'ai pas de temps à perdre avec cette niaiserie-là, laissa-t-il tomber. J'ai ben d'autres choses à faire que ça.

Camille ne répliqua pas. Avec l'aide des enfants, elle rangea la cuisine pendant qu'il fumait sa pipe avant de retourner bûcher. Quand le père de famille se leva et mit son manteau, il ordonna à ses fils :

— Vous deux, vous viendrez me rejoindre dans le bois vers deux heures et demie pour m'aider à charger le traîneau.

Duncan et Patrick ne dirent rien. Comme cela leur arrivait assez souvent depuis le début de l'hiver, ils iraient rejoindre leur père pour empiler des bûches sur le traîneau. Ils reviendraient les corder dans la remise avant d'aller aider à soigner les animaux.

Quelques minutes après le départ de Liam, Camille s'habilla à son tour.

— Qui vient m'aider à choisir un sapin ? demanda-t-elle avec bonne humeur.

Tous les enfants voulurent participer à l'excursion et s'empressèrent de se vêtir. Patrick alla chercher une hache dans la remise et accompagna les autres. Aucun d'eux n'eut à chausser ses raquettes pour se rendre au petit bois au bout de la terre parce que les allées et venues de Liam et de ses fils depuis plus d'un mois avaient tapé la neige. Rose fut la première à découvrir un petit sapin d'une taille idéale. Malgré les protestations des garçons, Camille s'empara de la hache et l'abattit.

Liam Connolly dut se douter de quelque chose puisqu'on cessa d'entendre ses coups de hache plus loin, dans le bois, pendant que Camille abattait l'arbre. On rapporta sans trop de mal le sapin à la maison et il fut installé dans un coin de la cuisine.

Quand les garçons retournèrent dans la forêt pour aider leur père, les filles entreprirent la décoration de l'arbre avec des cocottes de pin et des rubans pendant que Camille faisait cuire le pain et préparait le souper.

— Il est encore plus beau que celui de l'année passée, déclara Camille, enthousiaste, lorsque Ann et Rose lui demandèrent son opinion.

— C'est vrai qu'il est pas mal beau, reconnut Ann, apparemment heureuse.

Camille ne put retenir plus longtemps la question qui lui brûlait les lèvres depuis que les enfants lui avaient annoncé qu'ils n'auraient pas à retourner à l'école avant le début de la deuxième semaine du mois de janvier.

— Puis, Ann, as-tu décidé de continuer à aller à l'école ?

L'adolescente regarda sa seconde mère et amie durant un court instant avant de déclarer :

— Si ça te dérange pas, j'aimerais ça y retourner.

— Tu sais bien que rien pourrait me faire autant plaisir, dit Camille en la serrant contre elle.

Bernadette avait affirmé à sa sœur dès les premiers jours qu'elle n'en revenait pas de la rapidité et de l'avidité avec lesquelles l'adolescente apprenait.

— C'est ma meilleure ! avait-elle déclaré, enthousiaste. C'est un beau talent. En plus, on dirait qu'elle aime ça montrer aux autres. Aussitôt qu'elle comprend quelque chose, je peux me faire aider par elle.

D'ailleurs, Camille profitait directement des dons de sa fille adoptive puisqu'elle avait entrepris d'apprendre à lire et à écrire. Chaque soir, Camille délaissait durant quelques minutes son rouet ou son dévidoir pour s'installer à table où Ann lui enseignait à former ses lettres et à lire des mots qu'elle avait elle-même appris durant la journée.

— C'est une vraie perte de temps, cette affaire-là, répétait Liam, mécontent. Comme si une femme avait besoin d'apprendre tout ça pour tenir sa maison comme du monde.

— L'instruction, c'est toujours utile, déclarait sa femme, placide.

— Pas pour une femme.

— Autant pour une femme que pour un homme, affirmait-elle toujours sur un ton égal.

Quand Liam rentra à la maison avec ses fils pour se réchauffer un peu avant d'aller faire le train, il ne fit aucun commentaire en apercevant l'arbre de Noël installé dans la cuisine. Cependant, plus tard dans la soirée, il demanda à sa femme :

— Quand est-ce que tu commences à préparer le manger des fêtes ? On est déjà mercredi et Noël, c'est lundi prochain. Moi, j'ai hâte de manger des tourtières et des tartes.

— Je pense que j'en ferai pas cette année, laissa-t-elle tomber. J'ai pas de temps à perdre avec ces niaiseries-là. J'ai ben d'autres choses à faire que ça, ajouta-t-elle sur le même ton qu'il avait utilisé à l'heure du midi pour refuser d'aller abattre le sapin de Noël.

Liam Connolly sursauta, mais se garda bien d'entreprendre une discussion inutile. Pour sa part, Camille espérait qu'il retiendrait la leçon.

❧

Cet après-midi-là, un incident qui aurait pu avoir des conséquences plutôt fâcheuses se transforma en une occasion de fêter pour tout Saint-Bernard-Abbé.

Hormidas Meilleur venait d'engager sa *sleigh* dans la côte du rang Sainte-Ursule quand il aperçut au dernier moment trois enfants, hurlant d'excitation, qui la dévalaient à toute allure sur un traîneau. Son cheval broncha violemment et le facteur dut presque jeter son attelage dans le fossé pour éviter les imprudents qui le dépassèrent en riant.

— Maudit batèche de jeunes fous ! jura-t-il en reprenant difficilement le contrôle de sa *sleigh*.

Parvenu au pied de la pente, il s'arrêta près des enfants et les enguirlanda de belle façon avant de se remettre en marche pour s'arrêter quelques centaines de pieds plus loin, dans la cour commune du magasin et de la forge.

Le petit homme entra dans le magasin général, encore un peu secoué par l'incident, et il se mit à raconter ce qui venait de lui arriver à la demi-douzaine de clients en train de discuter près de la fournaise.

— Ces petits maudits-là ont failli me faire virer à l'envers, se plaignit Hormidas en déboutonnant son manteau. Comment ça se fait qu'ils sont pas à l'école ?

— J'ai entendu dire que l'inspecteur est passé et qu'il les a envoyés en congé, répondit Évariste Bourgeois.

— C'est vrai que ça doit être pas mal excitant de descendre la côte sur un petit traîneau, fit Samuel Ellis.

— Ça descend vite en batèche, en tout cas, précisa le facteur.

— L'hiver passé, je l'ai fait, intervint Amable Fréchette qui était là en compagnie d'un voisin. Si c'était pas de la mère Cloutier, je le ferais ben encore.

— Je connais ben des jeunes de Saint-Bernard qui aimeraient pas mal ça, confirma Télesphore, s'ils risquaient pas, chaque fois, de glisser jusqu'à la galerie d'Angèle.

— Sais-tu ce qu'on devrait faire, Télesphore ? reprit Samuel Ellis. On devrait organiser une course de traîneaux dans la côte un soir, avant Noël, par exemple.

— Pourquoi pas !

— Ce serait pour tous les hommes de la paroisse, dit Tancrède Bélanger, qui n'avait pas encore ouvert la bouche.

— C'est ça, une course pour les hommes, mariés ou garçons.

— Mais qu'est-ce que ça donnerait ? demanda Amable Fréchette.

Le silence tomba dans le magasin, à peine troublé par les échanges murmurés entre Alexandrine et sa fille, retranchées derrière le long comptoir en bois.

— Moi, j'ai une idée ! s'écria Angélique Dionne. Je remettrais une bouteille de parfum et une boîte de poudre de riz au gagnant.

— Qui fournirait ça ? demanda Télesphore, tout en se doutant bien de la réponse de sa fille.

— Vous, p'pa, répondit-elle sans la moindre hésitation.

Télesphore regarda sa femme un bref moment avant de se déclarer d'accord.

— On pourrait faire ça samedi soir, l'avant-veille de Noël, suggéra encore Angélique.

— Pourquoi le soir ? s'enquit Tancrède.

— Voyons, Tancrède, parce que la plupart des hommes travaillent le jour, répondit Hormidas Meilleur.

— Il y aura pas de triche, intervint Évariste Bourgeois. Je fournis les deux traîneaux. J'en ai deux vieux dans ma remise. Je vais juste vérifier les cordes pour les tirer.

— C'est parfait, déclara Télesphore. Moi, je fournis les cadeaux, mais il va falloir que quelqu'un s'organise pour apporter de la paille.

— Pourquoi du foin ? fit Amable, surpris.

— Innocent, pour arrêter les traîneaux dans le bas de la côte et empêcher qu'ils se retrouvent chez Angèle Cloutier au cas où ils manqueraient la courbe en bas.

— Moi, je suis prêt à être juge, déclara Tancrède en prenant un air important.

— C'est parfait, accepta le propriétaire du magasin général. Mais en échange, tu vas fournir la paille et l'installer.

— Ben...

— Ben quoi, monsieur Bélanger ? C'est pas la fin du monde, lui fit remarquer l'ami d'Amable Fréchette.

— C'est correct, accepta le gros homme, déjà pas mal moins emballé par l'idée de cette course. Et je m'occuperai des départs, en haut, devant chez Delphis Moreau.

— Moi, je vais être le juge en bas de la côte pour voir qui arrive le premier, décida Hormidas Meilleur. Ils vont partir deux par deux et on va éliminer les moins vites.

— Est-ce qu'il faut en parler à monsieur le curé ? demanda Alexandrine Dionne.

— Pourquoi pas ? répondit son mari. Il faut en parler à tout le monde de Saint-Bernard. Ça fait longtemps qu'il s'est rien passé chez nous. Je suis sûr que presque tout le monde va venir.

Durant les deux journées suivantes, la nouvelle fit le tour de Saint-Bernard-Abbé, suscitant une excitation extraordinaire. Bien des femmes mariées et des jeunes filles courtisées incitèrent leur mari ou leur cavalier à participer à cette course dans le but de gagner les cadeaux offerts par les propriétaires du magasin général.

Chez les Beauchemin, comme dans la plupart des maisons de la mission, on parlait de la course tout en cuisinant la nourriture qui allait être servie durant les fêtes. Pendant que Marie mettait la dernière main au ragoût, Eugénie et Bernadette confectionnaient des tartes aux raisins, aux œufs, au sirop d'érable et à la mélasse. On réservait la confection des pâtés à la viande et la cuisson d'un jambon pour le lendemain.

— Désespoir que ça sent bon ici dedans ! s'écria Donat en rentrant à la maison après un dur après-midi de travail en compagnie de son frère Hubert.

— Moi, j'ai hâte de manger tout ça. Je pense que ça fait au moins trois ans que j'ai pas goûté à une tourtière ni à une tarte, déclara Hubert en retirant sa tuque et son manteau.

— Toi, essaye pas de nous attendrir, riposta Bernadette. T'en mangeras pas avant les autres. Tu vas attendre le dîner de Noël pour y goûter.

— En tout cas, on va tout faire pour essayer de gagner la course ! annonça Donat.

— C'est pas un peu dangereux ? demanda sa mère. Malheureusement, même si ça m'inquiète, je sais que vous avez dans la tête d'y aller tous les deux de toute façon, pas vrai ?

Donat regarda son frère et tous deux éclatèrent de rire. Un rire contagieux qui fut repris par toute la famille.

— Il y a juste que, si je gagne, je saurai jamais à qui donner du parfum et de la poudre de riz, dit Hubert en plaisantant.

— Si tu gagnes, mon garçon, tu penseras à ta mère, reprit Marie.

— C'est ça, m'man, prenez tout pour vous et laissez-nous rien, plaisanta Bernadette.

— Toi, Bedette, t'as un cavalier. Il a juste à essayer de gagner pour toi.

Bernadette ne répliqua pas, mais elle se demandait si elle pouvait considérer Constant Aubé comme son cavalier. Il ne s'était pas manifesté depuis la tempête de neige au début de la semaine et elle n'avait pas eu l'occasion de lui ordonner de cesser de venir la voir à la maison. En fait, la course tombait bien puisque, le dimanche précédent, il avait été convenu qu'il ne viendrait lui tenir compagnie que le dimanche soir suivant, la veille de Noël.

À l'autre extrémité de la mission, soit au bout du rang Sainte-Ursule, l'atmosphère était passablement moins gaie chez Xavier Beauchemin. Depuis sa dispute avec sa mère, le jeune homme s'était entêté à l'éviter parce qu'il s'était promis de ne pas remettre les pieds dans la maison paternelle tant et aussi longtemps qu'elle refuserait d'ouvrir la porte à celle qu'il entendait demander en mariage le soir de Noël.

Catherine avait recouvré la santé. Elle était visiblement très amoureuse de lui et elle se montrait de plus en plus tendre à son endroit. Elle le voyait très malheureux et tentait de le persuader de faire la paix avec les siens.

— Il y a bien assez de Cyprien et de Rose-Marie qui nous parlent pas, lui répétait-elle. T'es pas pour bouder tout le monde dans ta famille.

Rien n'y faisait, le jeune homme se sentait pris au piège. Il voulait Catherine pour femme et refusait qu'elle soit considérée comme une brebis galeuse.

Lorsque Bridget Ellis pénétra dans la sacristie le vendredi matin pour préparer les repas de l'ecclésiastique pour la journée, elle trouva le curé Désilets en train de faire nerveusement les cent pas. Le fait qu'il ne soit pas en train de lire son bréviaire à cette heure-là mit la puce à l'oreille de la ménagère. Quelque chose n'allait pas.

Le prêtre ne lui laissa guère le temps d'élaborer des suppositions. Dès qu'elle eut suspendu son manteau et enlevé ses bottes, il lui demanda :

— Madame Ellis, voudriez-vous dire à votre mari que j'aimerais le voir cet après-midi ?

— Je peux bien le prévenir, monsieur le curé, mais je sais pas s'il va avoir le temps de venir vous voir, par exemple. Ces temps-ci, il bûche toute la journée.

— Dites-lui que c'est important, rétorqua sèchement Josaphat Désilets avant de lui tourner le dos pour aller endosser ses habits sacerdotaux en vue de la célébration.

À midi, quand la femme du président du syndic apprit à son mari que le curé voulait le voir de toute urgence, ce dernier ne put s'empêcher d'avoir un mouvement d'impatience.

— Jésus-Christ ! Il devrait ben savoir que j'ai pas juste ça à faire ! Qu'est-ce qu'il peut ben me vouloir encore ?

— Le meilleur moyen de le savoir, c'est d'y aller, rétorqua Bridget en lui servant son dîner.

Après le repas, il endossa son manteau et enfonça sa tuque sur sa tête sans rien dire.

— En fin de compte, vas-tu voir monsieur le curé ? lui demanda Bridget.

— Ben oui, sinon je vais passer l'après-midi à me demander ce qu'il me veut.

— Tu te changes pas ?

— J'ai pas le temps, il me prendra comme je suis, déclara-t-il, contrarié, en ouvrant la porte.

À son entrée dans la sacristie, Samuel Ellis n'était pas de meilleure humeur.

— Qu'est-ce qui se passe, monsieur le curé? s'enquit-il en cachant mal son impatience. Ma femme m'a dit que vous vouliez me voir et que ça pressait.

— Regardez, monsieur Ellis, se contenta de dire Josaphat Désilets en lui montrant onze paniers de Noël alignés contre le mur, au fond de la pièce.

— Qu'est-ce qu'il y a?

— Il y a que Cléomène Paquette a été le seul de la mission à venir demander un panier. On est à deux jours de Noël. Vous me ferez pas croire que les Paquette sont les seuls pauvres de Saint-Bernard-Abbé. Il me semble que j'en ai vu pas mal pendant ma visite paroissiale au mois de novembre. Comment ça se fait qu'ils sont pas venus en chercher un?

— On vous a prévenu, monsieur le curé, quand vous avez décidé de demander aux gens de venir chercher eux-mêmes un panier. Les cultivateurs de Saint-Bernard sont fiers. La plupart aimeraient mieux crever de faim que passer pour des quêteux.

— Mais c'est de l'orgueil! s'emporta subitement le prêtre.

— Peut-être, mais ça change rien.

— Bon, ça va faire, déclara le curé Désilets d'une voix tranchante. Je veux que ces paniers-là disparaissent de ma sacristie aujourd'hui. Vous allez demander de l'aide aux autres syndics et les distribuer aux gens qui en ont besoin. Vous devez certainement avoir quelques noms en tête, non?

— L'année passée, on a distribué une quinzaine de paniers et je pense pas que ces gens-là ont fait fortune cette année. On pourrait toujours aller leur en porter un à soir, quand il fera noir, proposa Samuel Ellis sans grand enthousiasme. Mais là, ça va être tout un aria. Il va falloir que je me trouve du monde.

— Je vous fais confiance, fit le prêtre. L'important, c'est que ce soit fait ce soir, sans faute.

Ce soir-là, Ellis parvint à persuader Thomas Hyland et Antonius Côté de l'aider dans la distribution des paniers de Noël, même s'il faisait très froid et que ces hommes étaient fatigués de leur journée de travail.

— J'espère au moins que monsieur le curé a compris et qu'il va s'en souvenir l'année prochaine, laissa tomber Thomas Hyland.

— Je gagerai pas là-dessus, déclara Ellis, excédé par cette surcharge de travail. Il a une maudite tête de cochon. Il comprend juste ce qu'il veut.

— C'est drôle, moi, j'en aurais pas donné un à Cléomène Paquette, intervint Côté avant de quitter les deux autres. Donner un panier à ce sans-dessein-là, c'est l'encourager à continuer à rien faire. J'ai rencontré Provost hier, il m'a dit que ça fait au moins une semaine qu'il reste dans la maison à se chauffer la couenne au lieu d'aller bûcher son bois. Après, il va venir pleurer misère et se plaindre qu'il lui en manque pour finir l'hiver.

Le samedi après-midi, Angèle Cloutier vint près de la route, devant sa maison, pour s'assurer que Tancrède Bélanger et ses deux aides n'étendaient pas de la paille sur son terrain.

— Veux-tu ben me dire pourquoi tu fais ça? demanda-t-elle au gros homme, un peu essoufflé.

— Fais-moi donc pas parler pour rien, Angèle, rétorqua-t-il en tentant de reprendre son souffle. C'est pour éviter que les traîneaux finissent contre ta galerie. Si t'étais moins malcommode, je serais pas obligé de faire cet ouvrage-là.

— Dans ce cas-là, c'est une bonne idée, approuva-t-elle, l'air mauvais. J'aime autant te dire que le premier qui vient me casser quelque chose chez nous va le regretter.

Tancrède haussa les épaules et finit d'entasser la paille.

— J'espère que t'as l'intention de venir ramasser cette cochonnerie-là après la course. Moi, j'ai pas envie pantoute d'avoir de la paille partout chez nous cet hiver.

— Inquiète-toi pas, ça va être ramassé.

Au souper chez Liam Connolly, Camille demanda à son mari s'il avait l'intention d'assister à la course de traîneaux. Aussitôt, les enfants prêtèrent attention.

— On gèle dehors, se contenta de répondre son mari.

— On a juste à s'habiller chaudement, reprit-elle.

— Le cheval a une bonne journée d'ouvrage dans le corps. Pourquoi le fatiguer en l'attelant pour aller voir ça ?

Consciente de la déception évidente des enfants autour de la table, Camille insista.

— Si je comprends bien, tu veux pas pantoute y aller ?

— Ouais.

— Dans ce cas-là, nous autres, on va s'habiller et on va y aller à pied. On trouvera ben quelqu'un qui va nous prendre en passant.

Son mari ne broncha pas.

— Grouillez-vous, les enfants. On lave la vaisselle et on s'habille.

La cuisine fut rangée en un rien de temps pendant que Liam, le regard absent, fumait, assis près du poêle. Quand les enfants allèrent décrocher leur manteau, il se leva lourdement en poussant un soupir d'exaspération.

— Patrick, viens m'aider à atteler, dit-il à son fils.

Quand le père et le fils furent sortis, Camille adressa un clin d'œil à Ann avant d'aller se préparer dans sa chambre. Elle avait cuisiné toute la journée avec l'adolescente. Évidemment, elle aurait préféré se reposer dans une cuisine bien chaude après une dure semaine de travail, mais elle savait que les enfants rêvaient d'assister à la course depuis qu'ils en avaient entendu parler.

À leur arrivée au bout du rang Saint-Jean, Camille suggéra à son mari de laisser leur attelage chez Rémi Lafond.

— Je pense qu'on est mieux d'être en bas pour voir la fin des courses, lui dit-elle. Et la grande cour de Dionne doit déjà être bien pleine.

En fait, à peine Liam venait-il d'engager son attelage dans la cour de la ferme de son beau-frère qu'il aperçut Donat, Eugénie, Bernadette et Hubert descendre de la *sleigh* des Beauchemin.

— Ça tentait pas à m'man de venir ? demanda Camille en s'approchant d'eux.

— Elle a dit qu'elle se sentait fatiguée et qu'elle aimait mieux rester avec p'pa et Alexis, répondit Bernadette. Mais en fait, je crois que c'est plutôt qu'elle trouve ça trop dangereux et aime mieux pas regarder.

— Est-ce que vous allez essayer de gagner ? demanda Liam à ses deux beaux-frères.

— Il paraît qu'on n'a pas le choix, répondit Hubert. Même Rémi va essayer. Il s'en vient.

— Si j'ai ben compris, nous autres, on va être poignés pour grimper la côte à pied pendant que les femmes vont rester tranquillement en bas à nous regarder, dit Donat en riant.

Emma sortit un instant parler à ses sœurs.

— Pourquoi tu viens pas ? s'enquit Camille.

— Après sept heures, les enfants sont pas tenables, lui expliqua sa sœur. J'aime autant rester en dedans. Arrêtez boire une tasse de thé en revenant, proposa-t-elle en se retirant dans sa maison.

Tous se mirent en marche vers le pont. Le ciel était couvert et l'absence de vent rendait la température assez douce. Dès qu'ils eurent franchi le pont, ils se rendirent compte que la plus grande partie de la foule s'était entassée frileusement au pied de la côte abrupte du rang Sainte-Ursule, à faible distance des amas de paille constitués par Tancrède Bélanger et ses assistants. En fait, la plupart des hommes se dirigeaient à pied vers le sommet de la côte, en face de la demeure des Moreau, tandis que les vieillards, les femmes et les enfants avaient choisi d'assister à la compétition au point d'arrivée.

— C'est sûr que le meilleur, ça va être celui qui va arriver à tourner au pied de la côte, dit Télesphore Dionne sur un ton docte. S'il est capable de faire ça, il pourrait même se rendre jusque dans ma cour, ajouta-t-il.

En entendant sa voix, Bernadette tourna la tête pour voir s'il était accompagné de sa fille. Celle-ci était bien là, au premier rang des spectateurs, parlant haut et fort.

— Maudit que je l'haïs, elle! murmura-t-elle.

— Qu'est-ce que tu viens de dire? lui demanda Camille, debout à ses côtés et serrant Rose contre elle.

— Rien.

Même si le bas de son visage était protégé du froid par une épaisse écharpe de laine, sa sœur l'avait bien entendue. Pourtant, Camille était beaucoup plus intéressée par ce que son mari allait pouvoir faire dans cette course. Sans la prévenir, il avait décidé de suivre Rémi, Hubert et Donat au point de départ de la course.

— Ça commence! hurla Tancrède Bélanger en levant les bras en haut de la côte.

— Laissez-moi ben voir qui arrive le premier, cria Hormidas Meilleur à son tour. Vous autres, tassez-vous! Enlevez-vous pour pas être frappés par les traîneaux. Ça peut être dangereux en batèche!

Alors commencèrent les descentes. Si les premières semblèrent relativement lentes, il en fut tout autrement des suivantes parce que le chemin était de plus en plus durci par les passages précédents. La plupart des compétiteurs terminèrent leur parcours dans la masse de paille sous les cris d'encouragement de la foule. Les gens tapaient du pied pour se réchauffer.

Chaque fois que les deux concurrents se relevaient, Hormidas se précipitait vers le vainqueur et lui remettait un carton en l'invitant à remonter la pente pour participer à une autre course. Bien sûr, il y eut des contestations et plus d'un lui conseilla de s'acheter des lunettes, mais rien n'y fit. Le petit homme, fort de son rôle de juge, avait tranché et le perdant devait céder sa place, bon gré mal gré.

Quand les hommes éliminés de la compétition se retrouvèrent assez nombreux au pied de la pente, de petits flacons de bagosse se mirent à circuler sous le prétexte de se réchauffer. En tout cas, cet alcool ne diminua en rien l'enthousiasme des nombreux spectateurs massés aussi des deux côtés de la côte. Chaque descente était saluée par des cris d'encouragement et des moqueries.

Soudain, Bernadette vit Constant Aubé se relever du traîneau sur lequel il s'était laissé glisser en adoptant bizarrement la position à plat ventre pour offrir moins de résistance au vent. Il glissa sur une vingtaine de pieds en direction du pont sous les applaudissements des spectateurs.

— Aubé est le gagnant de la dernière course ! cria Hormidas Meilleur en lui tendant un carton. Tu remontes, il en reste trois en haut, dit-il assez fort au meunier pour être entendu par tous.

— Vas-y, Constant, tu vas gagner ! cria Angélique Dionne, tout excitée.

Bernadette eut un rictus d'agacement en l'entendant.

— Elle est pas gênée, elle ! dit-elle, les dents serrées.

— De qui tu parles ? lui demanda Camille.

— De la Dionne, laissa tomber l'institutrice. Tu parles d'une effrontée. Elle vient juste d'arriver à Saint-Bernard et, déjà, elle essaye de voler le cavalier aux filles de la paroisse.

— Voyons donc, Bedette, reprends-toi ! la réprimanda sa sœur aînée. Elle fait juste encourager Constant Aubé. Elle cherche pas à te le voler.

Bernadette fit comme si elle ne l'avait pas entendue et lui tourna le dos pour voir Constant remonter péniblement la côte en claudiquant, le manteau couvert de neige. Elle ne savait pas si elle devait se réjouir ou non de la performance de son cavalier.

— C'est pas déjà fini ? demanda une jeune fille.

— Non, mais ça achève, expliqua Télesphore Dionne, encadré par sa femme et sa fille. Il reste deux courses et les gagnants de ces courses-là vont ensuite courir l'un contre l'autre en finale.

Les quatre concurrents les plus rapides furent ceux qui évitèrent l'amas de paille au bord de la route et qui parvinrent à obliquer dans le dernier tiers de la pente de manière à se laisser glisser sur une courte distance sur le chemin conduisant au pont.

— Aïe ! Rémi est un des quatre, dit Camille à Liam, un peu déçu d'avoir été parmi les premiers éliminés.

— Il y a aussi Constant, lui fit remarquer Bernadette.

— Les deux autres sont Gunn et un des garçons d'Ellis, ajouta Évariste Bourgeois, debout non loin des deux femmes.

Malheureusement, Rémi Lafond céda devant Joshua Gunn, mais Constant remporta sa course devant le fils aîné de Samuel Ellis.

— On va rentrer, déclara Liam, les enfants sont gelés.

— Attends juste cinq minutes, lui demanda sa femme. On va savoir qui gagne le prix. Les enfants sont bien habillés.

— Tu viendras me rejoindre à la voiture, lui dit-il sèchement. Moi, j'en ai assez.

Sur ces mots, il tourna les talons et s'ouvrit un chemin dans la petite foule pour traverser le pont.

— On dirait qu'il est pas de bonne humeur, fit remarquer Bernadette à sa sœur.

— C'est pas grave, ça va lui passer, répondit cette dernière, apparemment indifférente.

Les deux finalistes de la course prirent place en haut de la côte et Tancrède Bélanger, le juge des départs, vit à ce qu'ils soient correctement placés.

— À vos marques, prêts, partez ! cria-t-il soudain.

Les deux traîneaux prirent peu à peu de la vitesse dans le premier tiers de la pente. Gunn, assis bien droit sur le petit traîneau en bois, tenait serrée la corde servant à le tirer alors que Constant, à plat ventre, les jambes relevées, descendait la tête en avant. Durant un bref moment, la foule eut l'impression que les deux concurrents étaient nez à nez et le demeureraient jusqu'à la fin de la course.

— Pour moi, Télesphore, tu vas être obligé de donner deux cadeaux au lieu d'un, cria Évariste Bourgeois à son voisin.

Le propriétaire du magasin général ne répondit rien. Il guettait l'arrivée des compétiteurs au pied de la pente, là où tout allait se jouer. En fait, tout se décida dans le dernier tiers de la pente. Constant prit peu à peu de l'avance, parvint encore une fois à faire obliquer son traîneau et alla encore plus loin que les fois précédentes, laissant Joshua Gunn à une bonne vingtaine de pieds derrière lui.

Des cris et des applaudissements saluèrent sa performance. Le jeune homme se releva, secoua la neige qui le couvrait et tendit à Évariste Bourgeois son traîneau. Pendant ce temps, les quelques personnes demeurées en haut de la pente s'empressèrent de descendre pour assister à la remise du prix au gagnant. La foule se rassembla rapidement devant les deux juges, Télesphore Dionne, sa femme, sa fille et Constant Aubé. Le marchand, toujours un peu grandiloquent, se permit quelques mots de félicitations à l'endroit de tous les concurrents et louangea la performance de Constant Aubé.

Angélique avait confié son manchon à sa mère et tenait contre elle la boîte de poudre de riz et la bouteille de parfum autour desquels sa mère avait noué de jolis rubans rouges.

— Regarde-la qui fait la belle, murmura Bernadette, dépitée, à sa sœur.

— C'est vrai qu'elle est pas laide, dit Camille, sans aucune jalousie.

— Oui, et elle le sait peut-être un peu trop, répliqua Bernadette d'une voix acide.

Angélique tendit les prix au vainqueur en faisant des mines de coquette. Constant, rougissant, les accepta et remercia les donateurs avant de se tourner vers la petite foule où il chercha Bernadette des yeux durant quelques secondes. Lorsqu'il la repéra, il s'avança rapidement vers elle. Les gens s'écartèrent pour le laisser passer. Arrivé devant la jeune fille, il se contenta de lui remettre le parfum et la poudre de riz en disant :

— Je pense que ça va te faire mieux qu'à moi.

Pour le remercier, elle l'embrassa légèrement sur les lèvres devant tous.

Il y eut quelques remarques et des applaudissements que la jeune fille entendit à peine, tant elle était heureuse qu'il tourne le dos à Angélique Dionne pour venir lui offrir ses présents. C'était là un pied de nez à celle qu'elle considérait comme une rivale depuis qu'elle avait vu son cavalier en sa compagnie, au début de la semaine. Soudain, tous ses doutes étaient dissipés. Constant la préférait à l'autre, et maintenant tout le monde le savait.

Pour sa part, le meunier était transporté. Pour la première fois depuis qu'il la connaissait, Bernadette Beauchemin l'avait embrassé, et en public de surcroît.

La foule se dispersa peu à peu. Constant fit monter Bernadette, Camille et Rose dans sa *sleigh* laissée dans la cour du magasin général et il les déposa chez Rémi Lafond.

— Je t'attends pour veiller demain soir, lui rappela Bernadette au moment où il remettait son attelage en route.

— Je vais arriver de bonne heure. Si ta mère le veut, on pourrait s'organiser pour transporter ton père à la chapelle pour qu'il assiste à la messe de minuit. Veux-tu lui en parler ?

— C'est entendu, à demain.

Après le départ du jeune homme, Camille ne put s'empêcher de faire remarquer à sa jeune sœur :

— Toi, t'es chanceuse que m'man soit pas venue.

— Pourquoi?

— Embrasser un garçon devant tout le monde! Je te dis que tu te serais fait traiter de dévergondée. Elle t'aurait bien ramenée à la maison par le chignon.

— C'est pas la fin du monde, se défendit Bernadette.

— En tout cas, prie pour qu'elle en entende pas parler, conclut Camille en riant.

Chapitre 27

La dernière prière

— Il me semble qu'on pourrait bien laisser faire la messe à matin, dit Bernadette en serrant contre elle les pans de sa robe de chambre. Il y a la messe de minuit à soir.

— Bernadette Beauchemin! s'exclama sa mère, outrée. Tu devrais avoir honte. Toi, une maîtresse d'école, parler comme ça! On est dimanche.

— Je le sais, m'man, qu'on est dimanche, mais deux messes le même jour...

— Ça te fera pas mourir de prier un peu. Ça fait que grouille-toi et va te préparer si tu veux pas aller à la chapelle à pied. Donat et Hubert viennent de sortir pour atteler. Ça traîne dehors à des heures impossibles... C'est sûr que le matin, c'est pas d'équerre pour rien.

Après avoir regardé le ciel gris par la fenêtre, la jeune fille remonta dans sa chambre pour faire sa toilette et s'habiller. Quand elle descendit, elle trouva sa mère en train de se coiffer devant le miroir.

— Pendant que j'y pense, m'man, Constant offre de venir chercher p'pa à soir pour l'emmener à la messe de minuit.

— Je sais pas si c'est une si bonne idée que ça, fit Marie en jetant un regard à son époux, amorphe dans son fauteuil roulant. J'ai peur qu'il attrape du mal en sortant.

— Ça lui changerait les idées de venir.

— On verra ça après le souper.

Le bruit des grelots approchant de la maison incita les deux femmes à se hâter d'endosser leur manteau. Hubert et Donat étaient déjà assis dans la *sleigh* et les attendaient.

— Moi, je voudrais ben voir Xavier, dit Hubert à son frère aîné. Je l'ai pas encore vu depuis que je suis revenu.

— Il a plus l'air de vouloir venir à la grand-messe le dimanche, lui expliqua Donat. Pour moi, il va falloir que t'attendes la messe de minuit ou que t'attelles après le dîner pour aller le voir chez eux.

— Je pourrai pas après le dîner. J'avais dans l'idée d'aller plutôt voir un ou deux gars que j'ai pas vus depuis ben longtemps.

— Tu pourras toujours aller voir Xavier et sa maison neuve demain, suggéra Donat au moment où les deux femmes montaient dans la *sleigh*, laissant derrière elles Eugénie chargée de s'occuper de son beau-père et d'Alexis.

En ce quatrième et dernier dimanche de l'Avent, le curé Désilets ne dit pas un mot des paniers de Noël qu'il avait failli être obligé de conserver faute de preneurs. Par contre, il s'étendit presque pendant une heure sur les dangers de la période des fêtes. Il mit en garde les fidèles contre les risques de la promiscuité engendrée par les danses lascives et, surtout, contre les abus d'alcool qui rendaient les hommes semblables à des bêtes.

Lors de l'offertoire, Bernadette tourna la tête vers le jubé pour tenter de repérer Constant. Elle l'aperçut et lui adressa un sourire avant de regarder vers la droite où elle vit Angélique Dionne, les yeux pieusement baissés sur son missel, debout entre son père et sa mère.

— Arrête de faire la girouette et regarde en avant, lui murmura sa mère, mécontente, en se penchant vers elle.

À la sortie de la messe, les gens de Saint-Bernard-Abbé profitèrent du temps assez doux pour commenter abondamment la course de traîneaux de la veille. Donat alla rejoindre Antonius Côté et Samuel Ellis qui lui racontèrent comment ils avaient dû distribuer les produits de la guignolée à la dernière minute. Plus loin, Hubert avait rejoint trois jeunes de son âge pour discuter d'une excursion en raquettes.

Pour sa part, Marie, le visage fermé, avait aperçu Laura Benoît et sa fille se diriger lentement et avec dignité vers la *sleigh* que venait d'avancer Cyprien. Personne ne leur avait adressé la parole. Camille s'approcha de sa mère et de sa sœur au moment même où Angèle Cloutier et Évariste Bourgeois venaient prendre des nouvelles de Baptiste qu'ils n'avaient pas vu depuis le mariage de Camille.

— Ça change pas ben gros, leur répondit Marie.

— C'est bien de valeur, fit Angèle. Un si bon homme !

— Un homme capable, à part ça, insista le forgeron en affichant un air pénétré.

— Ça, tu peux le dire, Évariste, confirma la veuve. Et toi, Bernadette, as-tu commencé à te servir des cadeaux que t'a donnés ton cavalier ?

— Pas encore, madame Cloutier.

— Je te dis qu'il avait pas l'air peu fier quand tu l'as embrassé devant tout le monde.

Le rouge monta aux joues de Bernadette pendant que sa mère lui adressait un regard courroucé.

— Bon, vous allez nous excuser, dit-elle à Évariste et à sa voisine, mais mon mari nous attend pour dîner, et ce serait pas bien chrétien de le laisser jeûner dans son état.

Constant Aubé s'approcha pendant que Marie et sa fille se dirigeaient vers la *sleigh*. Marie, furieuse, ne lui accorda pas le moindre regard. Le jeune homme allait parler à Bernadette quand sa mère houspilla cette dernière pour l'inciter à monter plus rapidement.

— Envoye, Bedette, ton père nous attend pour dîner.

Désarçonné, Constant Aubé salua les Beauchemin et les regarda partir avant de monter dans sa *sleigh*, immobilisée un peu plus loin.

Marie garda le silence tout au long du trajet qui les ramenait à la maison. Sitôt qu'elle se retrouva à l'intérieur, elle laissa éclater sa colère.

— J'espère que t'es fière de toi ? apostropha-t-elle sa fille cadette, en retirant ses bottes et son manteau.

— Qu'est-ce qu'il y a ? demanda Bernadette en feignant de ne pas comprendre la raison de cette colère.

— T'as le front d'embrasser un garçon devant tout le monde de Saint-Bernard et tu viens me demander ce qu'il y a ? fit Marie en haussant le ton. Ma foi du bon Dieu, je pense que t'as perdu la tête, Bernadette Beauchemin !

Eugénie cessa de bercer Alexis et écouta de toutes ses oreilles.

— Voyons, m'man ! Il y avait rien de mal à ça, protesta-t-elle.

— Rien de mal à ça, persifla sa mère. Tu te conduis comme une Jézabel et tu trouves ça normal, toi ? Veux-tu finir comme la Catherine Benoît ?

— Whow, m'man ! Là, vous exagérez, se fâcha à son tour la jeune fille. C'était juste un petit bec pour le remercier de m'avoir donné des cadeaux.

— Espèce d'insignifiante ! Tu sauras que c'est comme ça que ça commence, ces histoires-là ! Dire que t'es une maîtresse d'école qui doit donner l'exemple aux jeunes…

Bernadette poussa un soupir d'exaspération, mais se garda de répliquer. Elle préféra s'esquiver dans sa chambre, à l'étage, pour aller changer de robe. Elle descendit peu après pour aider à dresser le couvert pendant qu'Eugénie et sa mère finissaient de faire rissoler des grillades qui allaient être servies avec des pommes de terre pour dîner.

Hubert poussa le fauteuil roulant de son père vers l'extrémité de la table et tous prirent place sur les bancs. Marie entreprit de faire manger son mari comme Eugénie faisait avec Alexis un peu plus loin. Les autres membres de la famille se servirent et mangèrent en silence.

— Je sais pas ce que p'pa a depuis à matin, dit Donat au moment de quitter la table, mais on dirait qu'il a l'air mieux que d'habitude.

Marie regarda le malade. Elle aurait juré que sa bouche était moins tordue et que sa main valide tremblait beaucoup moins que d'habitude.

— C'est pourtant vrai ce que tu dis là, il a l'air mieux.

— On va peut-être pouvoir l'emmener à la messe de minuit, comme l'a proposé Constant, intervint Bernadette en s'efforçant de faire oublier ce que sa mère considérait comme un grave écart de conduite.

— Peut-être bien, confirma Marie en remarquant la lueur de joie qui venait de passer dans le regard de son vieux compagnon.

Il y eut un long silence dans la cuisine, silence qui n'était brisé que par le bruit des tisons tombant dans le poêle.

— Les frères Lambert m'ont proposé d'aller faire un tour en raquettes après le dîner, déclara Hubert, hors de propos. Il paraît qu'on va être une dizaine de garçons et de filles, ajouta-t-il. Est-ce que ça te tente de venir avec nous autres ? demanda-t-il à sa sœur.

La jeune fille allait répondre quand sa mère la devança.

— Bedette a pas le temps. On va avoir du ménage à faire au cas où on aurait de la visite demain et il reste encore le sucre en crème et les bonbons aux patates à faire.

— Mais m'man…

— T'aurais dû faire ça hier soir, mais t'as aimé mieux sortir, lui fit remarquer sa mère.

La maîtresse de maison semblait de si mauvaise humeur que sa fille préféra ne pas discuter. Sa mère avait raison. Elle avait promis de cuisiner ces douceurs la veille et rien n'avait été fait.

Hubert quitta la maison au moment où Donat et Eugénie montaient faire leur sieste dominicale après avoir couché leur bébé. Marie demeura debout. Pendant un moment, elle hésita à aller installer Baptiste dans son lit avec l'aide de Bernadette. Quand elle se rendit compte qu'il n'avait pas l'air plus fatigué qu'elle, elle préféra pousser son fauteuil roulant face à l'une des fenêtres pour lui permettre de regarder à l'extérieur et rejoignit sa fille qui avait commencé à laver la vaisselle du dîner.

— Vous couchez pas p'pa? lui demanda Bernadette en essuyant une assiette.

— Non, il a pas l'air d'avoir envie de dormir. Quand Donat descendra tout à l'heure, il m'aidera à l'étendre dans notre lit. Il pourra dormir un peu avant le souper.

Les deux femmes finirent de ranger la cuisine et sortirent les ingrédients pour cuisiner les sucreries qui allaient compléter les mets préparés pour le temps des fêtes.

— On va faire deux recettes de chaque, déclara Marie. S'il en manque au jour de l'An, on en fera d'autres.

— Je m'attendais à ce que tante Amanda nous invite pour les fêtes, dit Bernadette. Il me semble que ça fait bien des années qu'on n'a pas été reçus chez eux.

— Ta tante est pas la plus recevante, lui fit remarquer sa mère. Chaque année, elle trouve toujours une raison pour reporter.

— Mais elle est jamais malade quand c'est vous qui l'invitez, par exemple.

— Cette année, je pense qu'on va rester entre nous autres parce que ton père est malade et que ça risque de pas mal le fatiguer, poursuivit Marie. C'est pour ça que je t'ai pas demandé d'envoyer des invitations comme l'année passée. À cette heure, on est pas mal nombreux si on compte Liam, Camille et les quatre enfants, Emma, Rémi et leurs deux enfants, Hubert, toi et Constant Aubé, si tu veux.

Bernadette constata que sa mère n'avait pas nommé Xavier, et encore moins celle à laquelle il se proposait de se fiancer le lendemain soir. Elle ne dit rien, sachant à quel point cette situation la peinait.

Durant de longues minutes, les deux femmes s'activèrent en silence autour de la table et ce n'est que lorsqu'elle s'approcha du poêle pour y jeter une bûche que Marie remarqua la tête profondément inclinée de son mari.

— Mon pauvre vieux! le plaignit-elle en se dirigeant vers lui. Tu cognes des clous. Je pense qu'on va aller t'installer dans ton lit. On dirait bien que t'as assez regardé ta rivière, de l'autre côté du chemin.

La quinquagénaire saisit les poignées du fauteuil roulant pour le faire pivoter en direction de leur chambre à coucher quand elle se rendit compte brusquement que son mari n'avait émis aucun borborygme, comme il le faisait habituellement quand elle le réveillait.

— Baptiste! On va aller te coucher dans ton lit, lui annonça-t-elle en le secouant doucement par une épaule.

La tête de l'infirme ballotta légèrement, mais rien n'indiqua qu'il avait entendu. Soudain, follement inquiète, sa femme contourna le fauteuil et éleva la voix pour le tirer de son sommeil.

Cet affolement de sa mère poussa Bernadette à laisser tomber la cuiller qu'elle tenait pour se précipiter à son tour vers son père.

— P'pa! P'pa! le héla-t-elle à son tour.

Rien. Bernadette fondit en larmes, aussitôt imitée par sa mère.

— Mais il peut pas être mort comme ça! s'écria Marie en plaquant une main sur la poitrine de son époux pour tenter de déceler les battements de son cœur. Voyons donc! Ça a pas d'allure, une affaire comme ça. Donat! Donat! réveille-toi. Descends vite, cria-t-elle en faisant quelques pas vers l'escalier qui conduisait aux chambres.

Donat, réveillé en sursaut par les cris de sa mère, se précipita dans l'escalier, suivi de près par sa femme.

— Je pense que ton père vient de mourir, dit-elle d'une voix hystérique en sanglotant, les mains sur le visage.

Donat, le cœur étreint par l'émotion, se pencha sur son père, pour tenter de détecter un signe de vie. Eugénie, moins touchée, s'empressa d'aller décrocher le petit miroir suspendu au-dessus de l'évier et le tendit à son mari qui le plaqua contre la bouche de son père. Pas la moindre buée. Marie avait pris l'une des mains de Baptiste et la serrait convulsivement.

— M'man, lâchez-le, lui ordonna son fils, la gorge serrée. Ça sert plus à rien. Je vais l'étendre dans le lit et, après ça, je vais aller chercher monsieur le curé.

— Moi, je m'habille et je vais chez Camille, déclara Bernadette en s'essuyant les yeux. Je vais dire à Liam d'aller avertir Emma et Xavier.

— Fais donc ça, accepta Donat en commençant à pousser doucement le fauteuil roulant vers la chambre de ses parents. Tu diras aussi à Liam d'envoyer Xavier prévenir le docteur Samson.

Déjà, sa mère ne l'écoutait plus. Elle l'avait devancé pour retirer le couvre-lit et les couvertures. Pendant que Donat étendait son père sur le lit, elle sortit deux cierges d'un tiroir de son bureau et les alluma pour les disposer de part et d'autre du défunt. Ensuite, elle s'empara de son chapelet et le lui noua autour des mains, elles-mêmes croisées sur sa poitrine.

La porte d'entrée claqua sur Bernadette et son frère. À l'étage, Alexis se mit à pleurer et Eugénie alla le consoler. Quand la jeune femme pénétra dans la chambre de ses beaux-parents quelques instants plus tard, Marie venait de fermer les rideaux.

— On va prier pour lui, dit-elle à sa bru en s'agenouillant au pied du lit. Il le mérite bien. Baptiste a travaillé si fort toute sa vie pour donner à la famille tout ce dont nous avions besoin, et pour permettre à tous les habitants de Saint-Bernard-Abbé de devenir une paroisse.

C'était un jour triste pour la famille Beauchemin, mais Baptiste pouvait être fier de ce qu'il avait accompli.

À suivre

Sainte-Brigitte-des-Saults
septembre 2009

Table des matières

Suivez-nous

GARANT DES FORÊTS
INTACTES

Achevé d'imprimer en octobre 2011
sur les presses de Transcontinental-Gagné
Louiseville, Québec